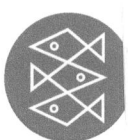 

Kontaktadresse nach EU-Produktsicherheitsverordnung:
produktsicherheit@fischerverlage.de

Bronte rechnet nicht damit, Alex nach ihrer gemeinsamen leidenschaftlichen Nacht in London jemals wiederzusehen. Aufgehört an ihn zu denken, hat sie seitdem jedoch nie. Als sie von Australien in die britische Metropole versetzt wird, um in der Bildredaktion eines Glamour-Magazins zu arbeiten, begegnet sie ihm gleich an ihrem ersten Arbeitstag: Alex ist ihr Kollege! Die Schmetterlinge in Brontes Bauch melden sich sofort zurück – aber Alex steckt gerade mitten in seinen Hochzeitsvorbereitungen und scheint die gemeinsame Nacht vergessen zu haben. Als Alex sie als Fotografin für seine eigene Hochzeit engagiert, muss Bronte sich entscheiden, ob sie ihn endgültig aufgeben soll oder anfangen muss, um ihn zu kämpfen. Zum Glück sind ihre neuen Freundinnen Bridget und Maria an ihrer Seite – und dann ist da auch noch der relaxte Hochzeitsmusiker Lachie, dem es gelingt, Bronte auf andere Gedanken zu bringen …

Als Tochter eines australischen Rennfahrers wuchs *Paige Toon* in Australien, England und Amerika auf. Nach ihrem Studium arbeitete sie zuerst bei verschiedenen Zeitschriften und anschließend sieben Jahre lang als Redakteurin beim Magazin »Heat«. Paige Toon schreibt inzwischen hauptberuflich und lebt mit ihrer Familie – sie ist verheiratet und hat zwei Kinder – in Cambridgeshire.

Weitere Informationen finden Sie auf www.fischerverlage.de

Aus dem Englischen von
Alice Jakubeit

FISCHER Taschenbuch

Die Nutzung unserer Werke für Text- und Data-Mining im Sinne von
§ 44b UrhG behalten wir uns explizit vor.

2. Auflage

© 2023 S. Fischer Verlag GmbH,
Hedderichstr. 114, 60596 Frankfurt am Main
Die Originalausgabe erschien 2014 unter dem Titel ›Thirteen Weddings‹
im Verlag Simon & Schuster UK Ltd, London.
© Paige Toon, 2014
Dieses Werk wurde vermittelt durch die
Literarische Agentur Thomas Schlück GmbH, 30827 Garbsen.

Printed in Germany
ISBN 978-3-596-03210-5

Für meinen Mann Greg.
Bronte mag zwar nicht an die Ehe glauben, aber ich tue es.
Für mich bist du Nathan / Johnny / Luis / Ben / Joe / Leo in einem!

Prolog

Ich bin *nicht annähernd* betrunken genug. Lustlos starre ich auf das Meer dauergewellter Möchtegern-achtziger-Jahre-Madonnas in neonfarbenen Tutus unten auf der Tanzfläche, die bereits völlig außer Kontrolle sind. Ein DJ verteilt flauschige weiße Haarreifen an eine beängstigend hohe Anzahl künftiger Bräute und heizt die Stimmung noch weiter an.
»WER FEIERT HIER SONST NOCH JUNGGESELLINNENABSCHIED?«, schreit er, und als hinter mir lautes Kreischen ertönt, krümme ich mich innerlich.
»HIER! HIER OBEN!«, brüllt Michelle, so laut sie kann, und scheucht eine errötete, lachende Polly an mir vorbei zur Treppe. Wir sind gerade erst angekommen und noch auf der oberen Ebene.
»VIEL GLÜCK, LADYS! GENIESST DEN ABEND!«, schreit der DJ, und dann werden die grellen Scheinwerfer über der Tanzfläche gedimmt, und die Musik wird aufgedreht. Michelle stöhnt, weil sie nicht rechtzeitig nach unten gekommen sind, aber Polly übertönt sie mit einem entzückten Kreischen: Sie hat den Song erkannt, der jetzt läuft.
»DAS IST KYLIE!«
Aufgeregt packt sie meine Hand und zerrt mich auf die Tanzfläche, wo ich ein Grinsen aufsetze und widerwillig einen Locomotion mit meiner Landsmännin tanze. Wann kann ich mich wohl endlich auf meinen Jetlag berufen und den Abend beenden?
»Ich wünschte, wir hätten uns verkleidet!«, jammert Michelle, als

ein Olivia-Newton-John-Verschnitt in Legwarmern hüftschwingend vorbeitanzt.
Michelle und ich sind nicht so richtig auf einer Wellenlänge. Ich kenne sie nicht. Jedenfalls kannte ich sie bis heute Abend nicht. Auch Kelly, Bridget und Maria war ich noch nie begegnet. Polly hingegen kenne ich gut. Aber im Augenblick wünschte ich fast, ich würde sie nicht kennen.
Wir sind seit unserer Highschoolzeit in Australien befreundet. Vor zweieinhalb Jahren ging sie wegen ihres Jobs nach Großbritannien und verlobte sich prompt mit einem Teetrinker. Nächste Woche ist nun die Hochzeit, aber an der Planung des Junggesellinnenabschieds war ich leider nicht beteiligt, sonst hätte ich nämlich dafür gesorgt, dass wir erst ordentlich vorglühen, bevor ich den ganzen Haufen zu einer Achtziger-Jahre-Party schleppe.
»Wer hat Lust auf einen Shot?«, brüllt Bridget, bevor der Song vorbei ist.
»ICH!«, erwidere ich und flüchte von der Tanzfläche. »Ich helfe dir tragen.«
Wir gehen an die Bar. »Sollen wir Tequila oder Wodka nehmen?«, schreit sie mir über die Schulter zu.
»Was hochprozentiger ist!«, schreie ich zurück und ernte einen Blick von einem Mann in unserer Nähe. Ich grinse ihn an. Er zuckt resigniert die Achseln. Hmm, ein echtes Sahneschnittchen. Die dunklen, oben ein wenig längeren Haare sind nach hinten gekämmt, und er trägt ein helles Hemd mit hochgekrempelten Ärmeln zu schwarzen Jeans.
»Bitte schön!«, schreit Bridget und reicht mir ein Glas. Wow, das ging aber schnell. »Cheers!«
»Wollen wir denn nicht auf die anderen warten?«, frage ich. Offenbar nicht: Sie kippt ihren Shot und verzieht das Gesicht. Ich hebe die Augenbrauen und tue es ihr gleich. Bäh. Wodka pur. Der Barkeeper hat sechs weitere Gläser aufgereiht und schenkt ein. »Ich glaube, du und ich, wir brauchen zusätzliche Munition.«

Bridget grinst verschwörerisch. Sie schiebt mir drei Gläser zu und nickt in Richtung der anderen.

Ich werfe noch einen Blick auf das Sahneschnittchen, aber der Mann starrt vor sich hin und wirkt zutiefst gelangweilt. Wir kehren zu den anderen zurück und verteilen die Shots. Zwei der Mädels scheinen nicht so wild auf ihren Shot zu sein, aber sie trinken ihn trotzdem, und dann läuft *Take On Me* von a-ha. Vielleicht liegt es am Wodka, vielleicht auch daran, dass ich diesen Song sehr mag oder dass es in diesem Laden wenigstens einen gutaussehenden Mann gibt; jedenfalls habe ich das Gefühl, dass es mit diesem Abend bergauf geht.

Und dann drängt sich ein Cowboy in unseren Kreis hinein und tanzt Michelle an. Und sie – oh mein Gott! – lässt ihn gewähren.

Bridget und ich wechseln einen vielsagenden Blick: Was soll das denn werden? Ich blicke mich um. Jungs sind Mangelware, aber ich entdecke immerhin zwei Michael Jacksons aus *Thriller* und einen Michael J. Fox aus *Ein Werwolf kommt selten allein* mit gelber Bomberjacke und beeindruckend haarigen Werwolfhandschuhen. Ganz in der Nähe tanzt eine Budweiser-Dose hingebungsvoll mit Batman und Robin. Das Gesicht des Mannes, das auch im Kostüm steckt, ist erhitzt und schweißnass.

Aus heiterem Himmel vermisse ich Jason. Und das will ich nun wirklich nicht.

Unwillkürlich sehe ich mich nach dem Mann in der Nähe der Bar um. Er steht noch immer dort, an eine Säule gelehnt, die Füße lässig gekreuzt, und spielt mit seinem iPhone. Er wirkt völlig fehl am Platze. Was der wohl hier macht? Ich wette, er ist nicht freiwillig da.

Plötzlich taucht Batman vor mir auf, und ich erschrecke mich fast zu Tode. Den unmaskierten unteren Teil seines Gesichts zu einem absurden Zahnpastalächeln verzogen, fängt er an, vor mir zu tanzen.

Ich glaube nicht, Kumpel ... Ich ducke mich weg und wende mich an Bridget. Sie vollführt die universelle Geste für: »Noch einen?«, und ich nicke begierig.
»Noch jemand was zu trinken?«, frage ich die anderen.
Polly und Maria entscheiden sich für Cocktails, aber Kelly und Michelle lehnen dankend ab.
Bridget und ich gehen wieder an die Bar.
»Die gehen auf mich«, sage ich zu Bridget, als sie versucht, den Barkeeper heranzuwinken. Außer uns warten noch ein paar andere Leute darauf, bedient zu werden, aber insgesamt ist erstaunlich wenig los an der Bar. »Willst du zu dem Shot auch einen Cocktail?«, frage ich Bridget.
»Klar. Ich nehme das Gleiche wie du.«
»Und woher kennst du Polly?«, frage ich sie.
»Von der Arbeit.«
»Was machst du denn?«
»Ich bin Reiseschriftstellerin.« Sie wirft die welligen, halblangen dunkelbraunen Haare nach hinten. »Ich habe letztes Jahr eines der Häuser ihrer Hotelkette in Barcelona besprochen. Seitdem schanzt sie mir schon mal ein paar Gratisübernachtungen zu.«
»Cool.«
»Was darf's sein?«
Der Barkeeper steht vor uns. Ich lehne mich über die Theke und gebe unsere Bestellung auf.
»*Angry Birds?*«, höre ich Bridget rufen und sehe mich um: Sie hat dem Sahneschnittchen einfach das Handy aus der Hand genommen. Er reagiert mit diesem resignierten Achselzucken, das ich sehr süß finde, und sie reicht ihm das Telefon mit gespieltem Abscheu zurück.
»Hauptsache, die Zeit vergeht«, antwortet er mit tiefer Stimme und leicht sarkastischem Unterton.
»Was machst du hier?«, fragt Bridget.
»Junggesellenabschied.«

»Wo ist der Bräutigam?«, mische ich mich ein und reiche Bridget ihren Shot.
Er deutet mit dem Telefon auf die Tanzfläche. »Irgendwo da drüben.«
»Und du hast keine Lust zu tanzen?«, frage ich ihn, während Bridget ihren Shot kippt.
»Nicht betrunken genug«, erwidert er.
»Das können wir beheben«, sagt Bridget vorlaut und beugt sich an mir vorbei zum Barkeeper vor, der gerade wild seinen silbernen Cocktailshaker schüttelt.
»Ich bin nie betrunken genug«, murmelt er mir zu.
»Ich bin Bronte«, stelle ich mich vor, kippe meinen Shot und verziehe das Gesicht. »Bäh.«
»Alex«, entgegnet er amüsiert. Seine Augen sind blau, glaube ich, aber bei diesem dämmrigen Licht ist das schwer zu sagen.
»Wir feiern einen Junggesellinnenabschied«, erzähle ich ihm. »Meine Freundin Polly heiratet nächste Woche.« Ich zeige sie ihm. »Die Blonde mit dem Pferdeschwanz.«
»Bist du Australierin?«, fragt er.
»Bingo.« Da hat er mich mal wieder verraten, mein Akzent. »Ich bin wegen der Hochzeit hier.«
»Woher kommst du?«
»Aus Sydney.«
»Bitte schön.« Bridget hält drei weitere Shots hoch.
Wenn das so weitergeht, bin ich bald hinüber. *Kling!* Und runter damit.
Der Barkeeper muss noch bezahlt werden, also begleiche ich unsere Schulden; in meinem Kopf dreht sich schon alles.
Ich höre Bridget lachen, während ich versuche, die vier Cocktailgläser zu balancieren. Schließlich gebe ich auf und reiche ihr eines.
»Bis später«, sagt sie zu Alex und wendet sich zu mir; ich lächele ihn nochmals an.

»Wow!«, formt sie mit den Lippen. Wir gehen zurück zu den anderen. »Der ist ja schnuckelig. Bist du vergeben?«
»Nein.« Nicht mehr. »Und du?«
»Ich habe gerade was mit jemandem angefangen«, erwidert sie bedauernd, »leider, sonst würde ich heute Abend jemanden aufreißen. Schnapp du ihn dir.«
Ich reiche Polly und Maria ihre Cocktails. »Ich bezweifle, dass er Single ist«, sage ich, damit sie Ruhe gibt, aber selbst *wenn* er Single wäre und obendrein an mir interessiert, wäre es mir noch zu früh – nach Jason.
Jetzt läuft *She Drives Me Crazy* von den Fine Young Canibals, und ich will tanzen. Meine Fußsohlen beginnen zu brennen. Ich wusste, ich hätte meine bewährten Cowboystiefel tragen sollen, aber ich habe mir heute stahlblaue Highheels gekauft und konnte einfach nicht widerstehen. Obendrein ist es dummerweise richtig heiß für einen Septembertag in Großbritannien. Ich weiß gar nicht, warum Polly immer über das Wetter jammert. Ich trage ein kurzes, enganliegendes schwarzes Kleid, und meine langen hellbraunen Haare habe ich zu einem lockeren Fischgrätenzopf geflochten, den ich über die linke Schulter drapiert habe. Mein Lidschatten ist dunkelgrün mit Glitzer darin und wahrscheinlich verschmiert, und vom Lippenstift ist bestimmt längst nichts mehr zu sehen.
Der Bierdosenmann rempelt mich an, und ich stoße ihn nicht einmal zurück. Der Alkohol in meinem Blut wirkt sich wohl besänftigend auf mich aus. Aber o-oh, schon kommt Batman wieder auf dumme Gedanken. Breit grinsend schiebt er seinen verschwitzten, in blaues Lycra gehüllten Körper auf mich zu. Zum Glück zieht Polly mich in diesem Moment zwischen den Leuten hindurch zu sich und rettet mich.
»Ich freue mich so, dass du gekommen bist!«, quietscht sie mir ins Ohr und schlingt mir den Arm um den Hals.
»Ich mich auch.« Ich hoffe, das klingt überzeugend.

»Besonders, wo du Hochzeiten gar nicht magst.« Sie schüttelt mich liebevoll – wenn auch ein bisschen ungestüm –, als wollte sie mich zur Vernunft bringen.
»So schlimm finde ich sie gar nicht«, lüge ich. Wenigstens heiratet sie nur standesamtlich. »Jedenfalls konnte ich deine ja wohl schlecht verpassen.«
»Dann hätte ich dich umgebracht!«
Das glaube ich sofort.
»Nicht zu fassen, dass ich schon zweieinhalb Jahre hier bin«, nuschelt sie. Ich konnte sie schon immer unter den Tisch trinken, denke ich amüsiert. »Wurde auch Zeit, dass mich mal jemand besuchen kommt«, fügt sie hinzu.
Jemand, nicht notwendigerweise ich.
»Kommt mir gar nicht so lange vor«, stimme ich ihr zu und trinke einen Schluck von meinem Seabreeze – Wodka mit Cranberry- und Grapefruitsaft. Wenn ich ehrlich bin, erkenne ich sie kaum wieder. Sie hat seit ihrer Verlobung vor acht Monaten über zwölf Kilo abgenommen. Ich war ein bisschen erschrocken, als ich sie wiedersah. Sie sah sich gar nicht mehr ähnlich.
»Wie läuft's bei der Arbeit?«, schreit Polly mir ins Ohr. »Ich habe das Gefühl, wir konnten uns kaum unterhalten, seit du angekommen bist.«
»Gut«, sage ich unverbindlich. Ich wurde vor kurzem zur stellvertretenden Bildredakteurin bei einer wöchentlich erscheinenden Frauenzeitschrift namens *Hebe* – benannt nach der griechischen Göttin der Jugend – befördert. Davor war ich bei einem Lifestylemagazin für Männer namens *Marbles*, aber mein dortiger Chef in der Bildredaktion schien auf seinem Posten zu kleben, daher musste ich etwas verändern, um weiterzukommen.
»Macht es dir wirklich nichts aus, im Hotel zu übernachten?«, fragt Polly mich zum soundsovielten Mal, das ungewohnt schmale Gesicht sorgenvoll verzogen.
»Überhaupt nichts!«, versichere ich ihr.

Ich kam gestern bei Tagesanbruch an. Polly traf ich zum Mittagessen – sie ist Managerin in meinem Hotel in der Nähe der St. Paul's Cathedral, von hier aus nur ein Stück die Straße rauf. Den gestrigen Nachmittag verschlief ich, um meinen Jetlag zu überwinden, und gestern Abend waren wir dann mit ihrem Verlobten, Grant, einem Bauingenieur, essen. Er ist ein lustiger Typ. Scheint meine Freundin wirklich zu lieben, und vor allem kann er mit ihrer manchmal ziemlich dominanten Persönlichkeit umgehen, was nur gut sein kann. Sie sind gerade erst zusammen in eine kleine Wohnung in einem Neubau in Flussnähe gezogen. Polly hatte zwar angeboten, ich könne auf ihrem Schlafsofa übernachten, aber ich wollte ihnen nicht zur Last fallen. Im Augenblick haben sie auch so schon genug um die Ohren. So kann ich die nächsten Tage nutzen, um London zu erkunden; allerdings wünschte ich, ich hätte mehr Zeit, denn ich bin zum ersten Mal hier. Am Mittwoch fahre ich mit Polly und Grant nach Brighton zu Grants Eltern, die die Hochzeit ausrichten, damit ich bei den letzten Vorbereitungen helfen und ein wenig Zeit mit meiner alten Freundin verbringen kann. Ich habe ihr noch nicht einmal von der Sache mit Jason erzählt. Sie wird so enttäuscht sein. Seit einer Ewigkeit liegt sie mir in den Ohren, ich solle mich endlich fest binden.
Vor ein paar Monaten zog der Mann, mit dem ich ein Jahr zusammen war, wegen seines Jobs nach Westaustralien. Er bat mich mitzukommen. Er bat mich um einiges. Aber das mit uns sollte wohl nicht sein. Vor drei Wochen haben wir Schluss gemacht.
Na toll. Jetzt bin ich nicht einmal mehr in Stimmung für *Footloose*.
»Ich gehe nur eben aufs Klo«, sage ich Polly, bevor sie noch merkt, dass etwas nicht in Ordnung ist. Ich drängele mich durch die Menge auf der Tanzfläche und komme vergleichsweise unversehrt am anderen Ende an. Rasch sehe ich zur Bar, aber der Platz an der Säule ist verlassen. Na ja.

Als ich mit schrecklich schmerzenden Füßen zurückkehre, stehen Polly und die anderen an der Bar und machen eine Pause. Ich muss mich dringend hinsetzen.

»Bronte!« Polly winkt mich zu sich. »Was willst du trinken?«

»Ich nehme noch einen Seabreeze, bitte.« Der Alkohol wird die Schmerzen in meinen Füßen hoffentlich betäuben. Plötzlich legt sich ein Arm um mich. Ich zucke zurück, aber der schwitzende, rotgesichtige Kerl, zu dem der Arm gehört, grinst nur betrunken und klammert sich an mich, als ginge es um sein Leben.

»Mein bester Kumpel heiratet nächste Woche«, erzählt er mir nuschelnd. »Der hier.« Er legt den anderen Arm um einen Typen links von ihm und zieht ihn an sich. »Er ist ... der beste. Freund. Der Welt.«

»Wow. Glückwunsch«, sage ich mit ausdrucksloser Miene und löse mich aus seinem Klammergriff, ehe er mich noch zu Boden reißt.

»Ich bin Nigel«, sagt der Betrunkene und bemüht sich, seriös und nüchtern zu klingen – ohne Erfolg.

»Wir feiern einen Junggesellinnenabschied!«, mischt Michelle sich ein.

Ermutige ihn nicht noch, du dumme Kuh!

Nigel reißt erstaunt die Augen auf, obwohl das in diesem Laden nun wirklich keine Überraschung sein kann. »Im *Ernst*? Wer ist die Braut?«

»Ich!«, sagt Polly kichernd und reicht mir mein Getränk.

»Wie heißt du?«, fragt Nigel sie und taumelt gegen seinen Kumpel.

»Polly«, erwidert sie fröhlich. Maria, Kelly und Bridget stellen sich zu uns. Ich nippe an meinem Drink und sehe resigniert zu, wie alle sich einander vorstellen. Die Jungs sind zu viert, und der Bräutigam heißt Brian, aber danach klinke ich mich gedanklich aus.

»ALEX!«, schreit Nigel mir plötzlich ins Ohr. Ich schlage mir die

Hand aufs Ohr und forme mit den Lippen: »Aua!« Dann taucht Alex – DER Alex – neben mir auf. Verdutzt beobachte ich, wie Nigel ihm den Arm um den Hals legt. »Wo *warst* du, Mann?«, fragt er fassungslos und schwankt dabei hin und her, vor und zurück. Alex ist anzusehen, wie anstrengend es ist, Nigel zu stützen.

»Du erwürgst mich«, sagt Alex erstickt zu ihm. Brian hilft ihm, sich von Nigels Arm zu befreien. Nigel erinnert mich an eines dieser Souvenirs: ein kleines braunes Koalafigürchen, das sich an einen Stamm klammert.

»Das ist Alex«, stellt Brian, der nur geringfügig nüchterner wirkt als Nigel, ihn vor. Ich sehe Kelly und Michelle einen anerkennenden Blick wechseln.

»Poppy heiratet nächste Woche«, mischt Nigel sich ein und deutet auf die errötende zukünftige Braut.

»POLLY!«, berichtigen Michelle und Kelly ihn lachend.

»Ah, klar, cool«, sagt Alex mit geheucheltem Interesse, an niemand Bestimmtes gerichtet. Verstohlen sieht er auf die Uhr, während seine Freunde um Polly und die anderen herumscharwenzeln.

»Ertappt.« Sanft stupse ich ihn mit dem Ellbogen an. Er blickt verlegen. »Der Shot hat nicht geholfen?«

»Nein«, erwidert er mit einem, wie ich glaube, aufrichtigen Lächeln, das jedoch sofort wieder erlischt. »Ich fürchte, ich bräuchte noch zehn von denen.«

»Dein Wunsch ist ihr Befehl«, kommentiere ich trocken, als ich sehe, wie der Barmann in Bridgets Auftrag Shotgläser aufreiht. Alex wirkt skeptisch. »Warum bist du denn so im Rückstand?«, frage ich neugierig. »Deine Kumpel sind sternhagelvoll.«

»Ich bin erst später dazugekommen.« Pause. »Musste noch arbeiten«, fügt er hinzu.

»An einem Samstag? Was machst du denn?«

»Ich, ähm, musste zu einem Fotoshooting.« Ich merke, dass er mir das nur widerwillig erzählt, aber natürlich muss ich jetzt fra-

gen, was der Anlass war. »Ähm, das war für ein Magazin«, gesteht er verlegen.
»Echt? Ich arbeite auch bei einem Magazin. Ich bin stellvertretende Chefin der Bildredaktion.«
»Ach?« Sofort entspannt er sich wieder. Ich verstehe ihn nur zu gut. Manche Leute sind nicht mehr zu halten, wenn man ihnen erzählt, dass man in der Medienbranche arbeitet.
An diesem Punkt unterbrechen uns die anderen, denn es ist »Zeit für den nächsten Shot«. Ich brauche eigentlich keinen mehr, aber ich stoße trotzdem mit Alex an und tausche dann verstohlen mein volles gegen sein leeres Glas, sobald er ausgetrunken hat.
»Du willst nicht mehr?«, fragt er.
»Ich hatte schon mehr als genug«, erwidere ich.
Er zuckt die Achseln und kippt den Shot runter, und dann plärrt *Girls Just Want To Have Fun* aus den Lautsprechern.
»LASST UNS TANZEN!«, schreit Michelle und zerrt Polly und Brian mit sich. Die anderen folgen ihnen anscheinend gern, aber Alex und ich bleiben zurück. »Immer noch nicht betrunken genug?«, frage ich ihn.
»Nein, aber lass dich von mir nicht abhalten«, sagt er.
»Ich muss mich hinsetzen. Meine Füße bringen mich um.«
Er deutet auf eine Bank neben der Tanzfläche, und das hebt meine Laune beträchtlich. Ich folge ihm und betrachte dabei seinen Hinterkopf. Seine dunklen Haare locken sich im Nacken. Er ist ganz anders als seine Freunde. Sie wirken so … gewöhnlich. Ich frage mich, woher er sie kennt. Er lässt sich auf die mit schwarzem Samt gepolsterte Bank plumpsen und lehnt den Kopf an die Wand. Ich setze mich neben ihn und schlage die Beine übereinander.
»Batman ist schon wieder zugange«, kommentiere ich, als der Möchtegern-Superheld und eine Frau in einem Minirock mit Leopardenmuster sich ein paar Schritte von uns entfernt sehr nahekommen. Sie wirkt ziemlich betrunken, aber das ist ihm sicher nur recht.

»Meine Güte«, murmelt Alex. Gerade klaubt die Frau einen Eiswürfel aus ihrem Glas und leckt aufreizend daran.
Mit großen Augen beobachte ich, wie Batman die Zunge rausstreckt und die Frau mit dem Eiswürfel darüberreibt. Ich kichere.
»Das ist der ideale Laden für notgeile Männer. Auf einen Mann kommen bestimmt zehn Frauen.«
»Hm-hm«, stimmt er zu.
»Und woher kennst du Brian?«, frage ich, um ein Gespräch in Gang zu bringen.
»Er heiratet meine kleine Schwester.«
»Oh«, sage ich vielsagend. »Verstehe.«
Er sieht mich an. »Wie meinst du das?«
»Ich hätte dich nicht mit ihnen in Verbindung gebracht«, erkläre ich ihm, wobei mir ein wenig zu spät klar wird, dass er das als extrem unhöflich aufnehmen könnte, aber schon fahre ich fort: »Sie kommen mir nicht wie Leute vor, mit denen du Zeit verbringen würdest.« Huch. »Hoppla, entschuldige, das ist der Alkohol, der da aus mir spricht.«
Er grinst. »Ich bin immer noch nicht betrunken genug.«
»Dann hol dir noch einen Shot.«
»Ich weiß nicht, wie lange ich noch bleibe«, gesteht er und schiebt einen herabgerutschten Ärmel wieder bis über den Ellbogen hoch.
»Na, danke«, sage ich gespielt eingeschnappt. »Lass mich ruhig allein, nur zu. Wahrscheinlich habe ich gleich einen Werwolf an mir kleben, aber mach ruhig. Lass ihn einfach auf mich los.«
Er grinst mich an und macht Anstalten aufzustehen. »Ich gehe an die Bar.«
»So ist's recht.« Yeah!
»Willst du noch einen?«
»Ich hätte gern noch einen Seabreeze. Ich glaube, wenn ich bei Wodka-Cocktails bleibe, habe ich bessere Chancen, nachher nicht umzukippen.«

Er blickt amüsiert und geht zur Bar. Ein bisschen aufgeregt sehe ich ihm hinterher, aber dann werde ich von Batman abgelenkt, der der Frau gerade den Eiswürfel unter den Minirock schiebt. Entgeistert schaue ich zu. Igitt, das ist ja widerlich. Jetzt hält er ihr den Eiswürfel wieder an den Mund, und sie saugt ihn zwischen ihre Lippen.

Als Alex nach ein paar Minuten zurückkehrt, merke ich es kaum, so gebannt bin ich von den neuesten Entwicklungen.

»Was ist los?« Er sieht mich fragend an und setzt sich wieder neben mich.

»Da«, zische ich. »Guck doch!«

Batman drückt sich von vorn an die Frau und Robin von hinten, eine Art Superhelden-Sandwich. Sie dreht den Kopf und schenkt Robin ein Lächeln, das sie sicher für verführerisch hält. Dann greift sie nach hinten, nimmt ihm die Spielzeugpistole aus der Hand, steckt sie sich in den Mund und tut so, als würde sie ihr einen blasen. Batman hat einen Ständer, fällt mir auf.

Ich werfe Alex einen ungläubigen Blick zu. Seine Kinnlade berührt beinahe den Boden, und das sieht so ulkig aus, dass ich lachen muss. Er sieht mir in die Augen.

»Leck mich«, sagt er fassungslos.

»Tut sie bestimmt, wenn du sie lieb bittest«, frotzele ich. Ich sehe wieder zu den Superhelden. Die Frau hat sich von ihnen gelöst und geht im Zickzack von der Tanzfläche in Richtung Toiletten. Batman und Robin klatschen sich ab, und mit einem Mal finde ich das Schauspiel nicht mehr amüsant, sondern abstoßend.

»Hoffentlich geht sie nach Hause«, sage ich, während Batman seinen Schritt zurechtrückt. »Igitt, das ist so peinlich ...«

Angewidert wendet Alex den Blick ab und sieht mich an. Ich erwidere seinen Blick und halte mir dabei die Hand ans Gesicht, um uns vor Blicken abzuschirmen. Er lächelt verschmitzt. Als ich ihm so in die Augen sehe, schlägt mein Herz schneller. Ich lasse die Hand sinken und sehe wieder zur Tanzfläche. Da entdecke

ich Polly. Sie steht stocksteif da und starrt mich finster an. Dann stürmt sie auf mich zu, und ich versteife mich: Polly kann verdammt unangenehm werden, wenn sie betrunken ist. Wie konnte ich *das* bloß vergessen?
»Was tust du da?«, will sie wissen.
Ich seufze innerlich. »Meine Füße bringen mich um.« Ich strecke einen Fuß im stahlblauen Stöckelschuh vor, doch sie zieht mich schon hoch. »Was ist mit Jason?«, blafft sie mir ins Ohr und blickt Alex finster an.
»Wir haben uns getrennt«, erzähle ich ihr gelassen. Zunächst wirkt sie betroffen, aber gleich darauf fragt sie vorwurfsvoll: »Warum? Herrgott, Bronte, ich dachte, er wäre der Richtige. Warum hast du mir das nicht erzählt?« Zum Glück wollte ich sowieso kein Mitgefühl.
»Ich wollte es dir nach heute Abend erzählen«, erwidere ich. »Jedenfalls ist es keine große Sache«, versuche ich sie zu beschwichtigen. »Aber ich brauche wirklich eine Verschnaufpause. Die Highheels waren keine gute Idee.« Sie wirft einen kurzen Blick auf meine Füße. Dann sieht sie mir wieder ins Gesicht, und ich bin nicht so sicher, ob sie jetzt Ruhe gibt. Aber da läuft *Never Gonna Stop Us Now* von Starship an, und Michelle – meine nichtsahnende Retterin – kommt und zieht Polly zurück auf die Tanzfläche. Ernüchtert setze ich mich wieder neben Alex.
»Worum ging's da?«, fragt er.
Trübsinnig nippe ich an meinem Cocktail. »Ich hatte ihr nicht erzählt, dass ich mich von meinem Freund getrennt habe.«
Schweigen. »Oh.«
»Ich hasse es, wenn sie betrunken ist. Ich kann dir gar nicht sagen, wie viele Abende damit geendet haben, dass sie im Suff völlig die Beherrschung verloren hat, als wir noch beide in Australien waren«, schimpfe ich. »Ich dachte, das hätte sie mittlerweile überwunden.«
»Wann hast du sie denn zum letzten Mal gesehen?«, fragt er.

»Vor zweieinhalb Jahren, bevor sie hierherzog.«
»Oh.«
»Sie ist zwar nicht meine beste Freundin«, lasse ich weiter Dampf ab, »aber ich kenne sie schon seit ewig und drei Tagen. Sie hat mich nicht mal gebeten, eine ihrer blöden Brautjungfern zu sein.«
»Oh, verstehe.«
»Wobei ich gar keine Brautjungfer sein will.«
»Nicht?«
»Nein. Ich finde Heiraten überflüssig und Hochzeiten total unerträglich, und das weiß sie.«
»Verstehe.«
»Entschuldige, ich quatsche dich voll.«
Er lächelt. »Schon gut.«
»Ich bin schon still.«
Wir schweigen eine Weile.
»Wann hast du dich von deinem Freund getrennt?«
Hm, interessant, dass er *das* fragt ...
»Vor ein paar Wochen.« Tapfer drehe ich den Spieß um. »Was ist mit dir? Bist du mit jemandem zusammen?«
Er sieht weg. »Nein«, antwortet er knapp. Ich befürchte schon, das sei das Ende unserer Unterhaltung, doch da erklärt er: »Ich habe mich auch vor ein paar Wochen von meiner Freundin getrennt.«
»Oh. Das tut mir leid.«
Er zuckt die Achseln, sieht mir aber nicht in die Augen. »Schon gut. O-oh.«
»Was?«
Er deutet auf die Tanzfläche. »Die Frau ist wieder da.«
Ich sehe zur Tanzfläche, wo die Frau im Leopardenrock wieder auf Batman und Robin zusteuert, aber die beiden tanzen jetzt mit zwei nett und einigermaßen nüchtern wirkenden Frauen. Wenn die wüssten, was die scheinbar so harmlosen Superhelden noch

vor kurzem mit einem Eiswürfel angestellt haben, würden sie das Weite suchen. Ich beobachte, wie die betrunkene Frau sich wieder an die Jungs heranmacht, und schäme mich fremd. Die beiden tun so, als sähen sie sie nicht.
»Hat sie denn keine Freundinnen, die sie nach Hause bringen können?«, frage ich besorgt. Wir sehen zu, wie die beiden anderen Frauen einen argwöhnischen Blick wechseln und dann in einer anderen Ecke weitertanzen. Als Batman und Robin begreifen, dass sie bei den beiden keine Chance mehr haben, kehren sie zu ihrem ursprünglichen Plan zurück und klemmen die betrunkene Frau erneut zwischen sich ein. Es ist, als würde man einen Autounfall beobachten: Man kann den Blick einfach nicht abwenden.
Plötzlich habe ich Alex' Glas in der Hand, und er steht. Eilig geht er zu Batman, packt ihn am Arm und zieht ihn energisch von der Frau weg. Batman ist so überrumpelt, dass er kurz stolpert. Ich kann Alex' Gesicht nicht sehen, aber Batman wirkt beschämt. Dann nickt er und klopft Robin auf den Arm. Als die beiden notgeilen Superhelden von der betrunkenen Frau ablassen, schwankt sie. Alex sagt etwas zu ihr, und sie runzelt die Stirn, als versuchte sie, seinen Worten einen Sinn abzugewinnen. Schließlich sieht sie sich um und deutet zur oberen Ebene, wo wir den Club betreten haben. Alex nimmt ihren Ellbogen und führt sie von der Tanzfläche.
Wow. Jetzt bin ich doch ziemlich beeindruckt.
Neben mir macht es plumps, und als ich mich erschrocken umdrehe, sitzt Bridget auf Alex' Platz.
»Polly ist ziemlich sauer auf dich«, sagt sie locker.
»Ach?« Mir rutscht das Herz in die Hose.
»Vielleicht sollten wir sie allmählich nach Hause bringen.«
»Viel Glück«, erwidere ich trocken.
»Das klingt, als hättest du das schon mal erlebt.« Sie legt den Kopf schräg und trinkt durch einen Strohhalm von ihrem Cocktail.

»Nicht nur einmal.« Ich seufze und stehe auf. »Wir müssen sie aber zuerst ein bisschen ausnüchtern.«
Ich mache mich auf den Weg zur Bar, um Polly eine Limonade mit Limettensaft zu holen. Wodka Lemon mit Limettensaft ist ihr Lieblingscocktail, aber jetzt merkt sie bestimmt nicht mehr, dass der Alkohol fehlt.
»He!« Ich spüre eine Hand auf dem Arm, fahre herum und sehe, dass sie Alex gehört. »Wirst du mir etwa untreu?«, fragt er vorwurfsvoll. »Da lässt man dich nur *eine* Minute allein …«
»Ich hole Polly bloß eine Limo«, erkläre ich ihm lächelnd. Er lässt die Hand sinken. »Wo ist die Frau?«
»Ich habe sie nach oben zu ihren Freundinnen gebracht. Sie wollten gerade gehen.«
»Gutes Timing. Das war wirklich nett von dir«, sage ich aufrichtig. Er wirkt, als wäre ihm das Lob peinlich. »Bin gleich wieder da«, verspreche ich.
Als ich zur Bank zurückkehre, sitzt Polly dort zwischen Alex und Bridget.
»Ich habe dir noch einen Drink geholt«, sage ich munter.
»Was ist das?« Polly beäugt den Drink misstrauisch.
»Wodka Lemon mit Limettensaft«, lüge ich.
Sie wirkt beschwichtigt. »Gut.« Bridget und Alex grinsen mich an.
»*Warum* hast du dich von Jason getrennt?«, ruft Polly aus heiterem Himmel. Unwillkürlich zuckt mein Blick zu Alex.
»Wann lässt du dich endlich auf was Festes ein? Ich dachte, es lief richtig gut«, fügt sie barsch hinzu.
»Tja, na ja, so was kann sich schon mal ändern.« Ich kann mir einen gekränkten Unterton nicht verkneifen.
»Ich glaube nicht, dass Bronte jetzt darüber reden möchte«, wirft Bridget vernünftig ein.
»Woher zum Teufel willst du das wissen? Du hast sie doch gerade erst kennengelernt!«, fällt Polly über sie her.

»Okay, Zeit, nach Hause zu gehen«, faucht Bridget, springt auf und zieht Polly mit hoch.

»Was? Warum? Ich will aber noch nicht!«, stammelt Polly.

»Doch, du willst. Es ist gleich ein Uhr, Grant wartet zu Hause auf dich und ist bestimmt total begeistert, wenn du euren neuen Teppich vollkotzt.« Zu meiner Verwunderung widerspricht Polly nicht. Bedeutet das, der Abend ist vorbei? Widerwillig stehe ich auf und bin eigenartig enttäuscht.

»Bleib«, sagt Bridget energisch. »Trink erst mal aus. Ich bringe sie nach Hause.«

»Was? Nein«, entgegne ich überrascht. »Ich komme mit.«

»Mach dich nicht lächerlich.« Sie winkt ab. »Dein Hotel liegt doch hier um die Ecke. Ich muss sowieso ein Taxi nehmen und fahre bei ihr vorbei.« Sie blickt an mir vorbei zu Alex, dann sieht sie mich vielsagend an. »Bleib«, wiederholt sie eindringlich. Aus dem Augenwinkel sehe ich, dass Alex sich vorbeugt und die Ellbogen auf die Knie stützt.

Mittlerweile sind auch die anderen Mädels bei uns. Maria und Kelly wollen ebenfalls noch bleiben, aber Michelle möchte mit Bridget und Polly zusammen ein Taxi nach Hause nehmen. Sie ist Pollys einzige Brautjungfer: eine Freundin von der Arbeit.

»Soll ich dich nach Hause bringen?«, frage ich Polly mit schlechtem Gewissen.

»Nein!«, ruft sie. »Geh zurück ins Hotel.« Sie grinst und schwankt ein bisschen. »Ich habe den Zimmermädchen gesagt, sie sollen dir mehr Schokolade aufs Kopfkissen legen. Und außerdem …« – sie schiebt mich ein bisschen von sich, dann packt sie mein Handgelenk – »… will Grant heute Nacht Sex.« Sie lässt mich los und wendet sich Michelle zu.

So genau wollte ich es gar nicht wissen.

»Bist du sicher?«, frage ich Bridget.

»Völlig.« Sie ist noch ziemlich fit, wenn man bedenkt, was sie alles getrunken hat.

Wir verabschieden uns voneinander, und dann gehen Maria und Kelly wieder auf die Tanzfläche, während ich mich nach Alex umsehe. Zum Glück ist er noch da. Als ich mich wieder neben ihn setze, blickt er hoch.
»Du bleibst noch?«, fragt er.
»Ich wollte dich nicht auf Gedeih und Verderb Batman und Co. ausliefern.«
»Mit denen werde ich fertig, keine Sorge«, gibt er zurück. Wenn er den Mund da mal nicht zu voll nimmt. Er betrachtet das Gedränge auf der Tanzfläche. »Ich habe meine Kumpel schon eine Weile nicht mehr gesehen.«
Oh. Sucht er nach einem Vorwand, um sich zu verdrücken?
»Mach dir meinetwegen keine Sorgen, geh ruhig, wenn du sie suchen möchtest.«
»Nein, nein«, sagt er hastig. »Ein schlechtes Gewissen habe ich allerdings schon.« Er sieht mich an und hebt eine Augenbraue. »Aber so schlecht auch wieder nicht.«
Ich kneife die Augen zusammen und spähe in die Menge. »Sind sie das da hinten?« Ich zeige ihm die Leute, die ich meine, und er hält den Kopf dicht neben meinen, um meinem ausgestreckten Zeigefinger mit dem Blick folgen zu können. Wir sind uns so nahe, dass ich sein Aftershave riechen kann. Mmmm, Moschus.
»O ja, das sind sie.«
»Also ... Brian, richtig?«
»Genau. Er heiratet meine kleine Schwester Jo.«
»Und haben sie deinen Segen?«
Er zuckt die Achseln. »Er ist in Ordnung.«
»Na, das ist ja mal ein überschwängliches Lob.«
Er lacht. »Nein, er ist wirklich in Ordnung. Ein feiner Kerl. So gut kenne ich ihn gar nicht.«
»Heute Abend wäre deine Gelegenheit, ihn besser kennenzulernen.« Ich weiß nicht, warum ich ihn darauf hinweise und ihn gewissermaßen ermuntere zu gehen.

Er zögert. »Na ja, er ist ziemlich hinüber. Ich weiß nicht, ob ich ihn gerade von seiner besten Seite erlebe.« Er trinkt aus. »Ich hole den Jungs was zu trinken, als kleine Wiedergutmachung.« Er steht auf.

»Damit sie noch betrunkener werden?«

»Wodka Lemon ohne Wodka wie für Polly?«, neckt er mich.

Eine Zeit lang sitze ich allein da und beobachte die Leute. Zu *I'm Holding Out For A Hero* wippe ich ein bisschen mit und warte – passend zum Song – auf meinen Helden. Womit ich logischerweise Alex meine und nicht etwa Batman und Robin. Leider setzen sich nach einer Weile Michael Jackson und Michael J. Fox neben mich.

»Bist du allein hier?«, fragt M. J. mit lüsternem Blick.

»Nein. Mein Freund holt mir gerade was zu trinken.« Leider nicht ganz die Wahrheit.

»Bist du Australierin?«, fragt Fox.

»Richtig.«

»Warum bist du nicht als Kylie gekommen?«, will M. J. wissen.

»Mir war nicht danach.« Sie verstehen den Wink nicht. Ich bin nicht interessiert.

»Warum nicht? Mit blonden Haaren würdest du viel schärfer aussehen.« Fox streicht mir mit seinem haarigen Werwolfhandschuh über die Haare.

»Lass das.« Ich schlage seine Hand weg, aber er lacht völlig ungerührt. Idiot. Ich stehe auf und pralle gegen Alex.

»Hoppla!« Er hält unsere Drinks in die Höhe, um möglichst wenig zu verschütten.

»Entschuldige!« Unsere Körper berühren sich, und mir wird ganz schummrig.

»Alles in Ordnung?« Er tritt einen winzigen Schritt zurück und blickt die Kerle auf der Bank hinter mir finster an.

»Ja, alles in Ordnung.« Ich deute mit dem Kopf nach links. Er folgt mir in eine Ecke neben der Tanzfläche und reicht mir einen

vertraut wirkenden Cocktail. »Seabreeze«, schreit er mir ins Ohr.
»Und ja, da ist Wodka drin.«
Ich stupse ihn fröhlich an. »Danke.«
»Sind die Kerle aufdringlich geworden?« Hier sitzen wir näher an den Lautsprechern, und er muss mir direkt ins Ohr sprechen, damit ich ihn verstehen kann.
»Nein, sie waren nur nervig. Sie fanden, ich hätte als Kylie kommen sollen, und mit blonden Haaren würde ich besser aussehen.«
Empört schüttelt er den Kopf. »Würdest du nicht.«
Ich lache. »Nein?«
»Eindeutig nicht.« Er hebt den Zipfel meines Zopfes in die Höhe, lässt ihn wieder auf mein Schlüsselbein fallen und stützt den Ellbogen auf das Regal hinter ihm an der Wand. Sein Hemd steht oben ein Stück offen, und ich kann seine glatte Brust sehen. Er schaut mich an, und ich wende hastig den Blick ab. Plötzlich fällt mir auf, dass mir die Füße nicht mehr weh tun.
»Wann bist du angekommen?«, fragt er.
»Gestern. Ich wohne in einem Hotel ein Stück die Straße rauf.«
»Ah, verstehe.« Seine Augenbrauen gehen in die Höhe. »Keine Hetze zur letzten U-Bahn also.«
»Wo wohnst du?«
Kurz wirkt er genervt. »Ich habe in Shoreditch gewohnt, aber jetzt wohne ich vorübergehend bei meinen Eltern in Crouch End.«
Ich kenne weder die eine noch die andere Gegend.
»Ostlondon und Nordlondon«, erklärt er, als er meinen fragenden Blick sieht.
Ich habe eine Vermutung. »Hast du vorher mit deiner Freundin zusammengewohnt?«
»Genau«, erwidert er kurz angebunden.
Ich weiß nicht, ob er darüber reden möchte, aber ich bin neugierig. »Warum habt ihr euch getrennt?«
»Warum habt ihr euch getrennt, du und dein Freund?«, kontert er.

Wenn er es so haben will – von mir aus.«»Er ist wegen eines Jobs nach Westaustralien gezogen. Er ist Wartungstechniker bei einer großen Bergwerksgesellschaft. Die Fernbeziehung hat bei uns nicht funktioniert.«
»Hast du nicht mal drüber nachgedacht, ihn zu begleiten?«, fragt er.
»Nein. Ich habe einen guten Job in Sydney.«
»Klingt, als hätte es nicht sein sollen.«
»Stimmt. Sonst hätten wir es hinbekommen. Aber wir waren auch nur ein Jahr zusammen.«
»Versuch's mal mit acht«, antwortet er trocken.
»*Acht*? So lange warst du mit deiner Freundin zusammen?«
»Ja. Wir haben uns im letzten Jahr an der Uni kennengelernt.«
»Wie alt bist du?«
»Gerade dreißig geworden. Und du?«
»Achtundzwanzig.«
Er fährt sich mit der Hand durch die Haare und stützt den Ellbogen wieder aufs Regal. Seine Wimpern sind lang und dunkel. Wie seine Augen wohl bei Tageslicht aussehen? Sie sind entweder grün oder blau.
»Und warum habt ihr euch nun getrennt?«, frage ich. »Du bist dran«, erinnere ich ihn lächelnd.
Er zuckt die Achseln. »Wie das eben so läuft.« Er geht nicht weiter ins Detail.
»Unfair«, beschwere ich mich.
»Wir hatten uns seit einer ganzen Weile auseinandergelebt«, verrät er mir schließlich. »Ich glaube, sie steht auf jemanden bei der Arbeit.«
»Hat sie dich betrogen?«, frage ich stirnrunzelnd.
»Ich glaube nicht«, erwidert er. »Aber sie wollte, glaube ich. Jetzt kann sie tun und lassen, was sie will.« Er presst die Lippen aufeinander; dann trinkt er einen Schluck Bier. »Allerdings haben wir *eigentlich* nur eine Auszeit«, fügt er düster hinzu.

»Was soll das denn heißen – Auszeit?«, frage ich gereizt. »Habt ihr euch nun getrennt oder nicht?«
Er verdreht die Augen. »Mir gefällt diese Bezeichnung auch nicht. In Wirklichkeit möchte sie sehen, was sonst noch im Angebot ist, während ich brav auf sie warte. *Danach* will sie darüber nachdenken, ob sie eine Familie gründet.« Wütend trinkt er noch einen Schluck Bier.
»Dann warte eben nicht«, sage ich. »Mach einfach dasselbe.«
Sein Blick begegnet meinem und hält ihn fest. Mein Puls beginnt zu rasen. Plötzlich ruft jemand seinen Namen. Ich zucke zusammen und drehe mich um: Nigel kommt mit der Zielstrebigkeit der Betrunkenen auf uns zu. »Wir dachten, du wärst schon nach Hause gegangen!«, ruft er verwundert. Ich sehe an ihm vorbei und entdecke Brian, der mit ... *Kelly und Maria tanzt?* Die übrigen beiden Junggesellenabschiedler scheinen gegangen zu sein.
»Komm, tanz mit uns!«, schreit Maria und winkt mich aufgeregt zu sich.
Ihre dunklen Haare schwingen um ihr olivfarbenes Gesicht, glänzend und anscheinend völlig unverschwitzt. Sie ist professionelle Hairstylistin und Visagistin und wird Polly für die Hochzeit zurechtmachen, also kennt sie garantiert alle Tricks.
»Jetzt *kommt* schon!«, drängt Nigel, packt meinen Arm mit seiner heißen, verschwitzten Pranke und zerrt mich zu den anderen.
Alex bleibt nichts anderes übrig, als uns zu folgen.
»Jetzt betrunken genug?«, frage ich ihn grinsend, als wir bei den anderen ankommen. Offenbar sind wir beide betrunken genug, denn als *Red Red Wine* aus den Lautsprechern dröhnt, beginnen wir ebenfalls zu tanzen. Ich wende mich ihm zu, halte mein Glas in die Höhe und singe mit, weil man kaum anders kann. Es ist ein erotischer, lässiger Song. Alex grinst mich an und legt mir die Hand auf die Hüfte. Ich glaube, mein Herz bleibt stehen. Dann rücke ich instinktiv näher an ihn heran. Meine Augen sind auf ei-

ner Höhe mit seinen Lippen, und die sind perfekt: nicht zu dünn, nicht zu voll.

»Wann fliegst du wieder nach Hause?«, brüllt er mir ins Ohr.

»In knapp zwei Wochen.«

Er rückt ein Stück ab und reißt die Augen auf. »Langer Flug für so kurze Zeit.«

»Ich habe nicht länger freibekommen. Meine Chefin ist eine kleine Sklaventreiberin.«

»Was?« Er runzelt die Stirn, legt mir die Hand an den Kopf und zieht mich näher zu sich, damit er mich besser hören kann.

Ich spüre, wie die Hitze seines Körpers in mich hineinsickert, und bekomme eine Gänsehaut. »Nach der Hochzeit fahre ich nach Italien.«

»Allein?«

»Ja. Rom, Florenz, Venedig, falls die Zeit reicht.«

Er legt mir wieder die Hand auf die Hüfte, und wir tanzen weiter. *Red Red Wine* geht zu Ende, und danach läuft ärgerlicherweise *The Only Way Is Up* von Yazz. Das war's mit dem Engtanz.

»Möchtest du noch was zu trinken?«, frage ich ihn.

Als wir an Maria vorbeigehen, zwinkert sie mir zu. »Möchtet ihr noch was?«, erkundige ich mich bei ihr und Kelly.

»Nein, danke. Ich glaube, wir gehen bald.« Sie deutet mit dem Daumen auf Alex, der schon zur Bar vorgeht. »Der ist aber ein Schnuckelchen.«

»Wem sagst du das«, schreie ich ihr ins Ohr.

»Prost.« An der Bar stoße ich mit ihm an, trinke einen Schluck und blicke dabei kokett zu ihm auf. Er steht ganz dicht vor mir, meine Highheels kuscheln zwischen seinen Converse-Sneakers, und plötzlich habe ich lauter Schmetterlinge im Bauch.

»Bis dann, Bronte!«, unterbricht uns Maria. Alex tritt einen Schritt zurück, und sie und Kelly umarmen mich zum Abschied.

»Fährst du am Freitag zu Grants Eltern?«, frage ich Maria.

»Am späten Nachmittag«, erwidert sie. »Ach, das wollte ich dich noch fragen: Soll ich dir für die Hochzeit die Haare machen und dich schminken?«

Sie macht das für Pollys engsten Kreis, aber mir war nicht klar, dass ich dazugehöre.

»Wirklich? Bist du sicher?«

»Ja. Polly bat mich, dich zu fragen.«

Also bin ich ihr doch wichtig, auch wenn sie mich nicht gebeten hat, ihre Brautjungfer zu sein. »Das wäre toll.« Ich lächele sie an, dann füge ich trocken hinzu: »Ich wette, im Augenblick sehe ich fürchterlich aus.«

»Quatsch, du siehst großartig aus.« Aber dann reibt sie mit den Daumen unter meinen Augen entlang – offenbar kann sie nicht anders. »Jetzt siehst du perfekt aus. Bis Freitag.« Zu Alex sagt sie fröhlich: »Bis dann!«.

»Ich dachte, mir stünde ein beschissener Abend bevor.« Erleichtert schüttelt Alex den Kopf. »Ich bin froh, dass ich dich kennengelernt habe.«

»Ich bin auch froh, dass ich dich kennengelernt habe«, entgegne ich lächelnd. Er sieht mir lange in die Augen.

»Welche Farbe haben deine Augen?«, frage ich neugierig. Ich kann sie immer noch nicht richtig erkennen.

»Blau. Und deine?«

»Grün.«

Plötzlich taumelt er gegen mich, denn Brian stolpert mit Nigel an ihm vorbei.

»Er hat gerade auf die Tanzfläche gekotzt«, erzählt Brian keuchend und versucht, Nigel aufrecht zu halten.

Erst mit leichter Verzögerung nehme ich Alex' Hand an meinem Bauch wahr.

»Ich bringe ihn nach Hause«, sagt Brian.

»Warte kurz«, sagt Alex zu mir. »Ich setze die beiden nur schnell ins Taxi.«

Ich nutze die Gelegenheit und gehe zur Toilette. Mein Make-up sieht gar nicht so übel aus. Maria muss Perfektionistin sein. Ich lege frischen Lippenstift auf und kehre an die Bar zurück. Alex ist nirgends zu sehen. Als er nach ein paar Minuten immer noch nicht wieder da ist, befürchte ich schon, dass er gar nicht mehr kommt. Und überhaupt, was mache ich hier eigentlich? Wie soll dieser Abend enden? Ich hatte noch nie einen One-Night-Stand, und ich werde jetzt nicht damit anfangen. Wenigstens glaube ich das. Oder doch? Ob ich einfach gehen sollte?

Aus dem Augenwinkel sehe ich blaues Lycra, und schon steht Batman mit seinem schmierigen Grinsen vor mir.

»Hey, meine Schöne.« Mittlerweile ist er noch betrunkener.

»Kein Interesse«, antworte ich in gelangweiltem Ton.

»Du weißt doch noch gar nicht, was ich sagen will«, sagt er und streichelt meinen Arm.

»Fass mich nicht an!«, rufe ich und schlage seine Hand weg. Ich weiß ja, wo seine Finger heute Abend schon waren. Er lacht bloß. Dann stolpert er rückwärts, und Alex steht zwischen mir und ihm, die Hand auf Batmans Brust.

»Verpiss dich bloß!«, höre ich Alex brüllen.

Batman hebt beschwichtigend die Hände und weicht zurück. Alex dreht sich zu mir um, und der Zorn in seinem wunderschönen Gesicht lässt mir den Atem stocken. Er tritt zu mir, zögert nur eine Sekunde, aber die Zeit scheint langsamer zu vergehen, und dann liegen seine Hände in meinen Haaren und seine Lippen auf meinen.

Oh, wow, das fühlt sich unglaublich gut an. Wenn ich bedenke, dass ich um ein Haar einfach gegangen wäre ... Unser Kuss wird leidenschaftlicher, und Schauer der Erregung laufen durch meinen Körper. Dann löst er sich von mir. Nein, nein, nein, nicht aufhören! Er sieht mir direkt in die Augen und ist mir noch immer so nahe, dass ich spüre, wie seine Brust sich heftig hebt und senkt. Ich lege ihm den Arm um die Taille, ziehe ihn noch enger an mich und spüre durch den dünnen Stoff seines Hemds seinen warmen Körper. Dann küsst er mich erneut, und alles um mich herum verschwimmt. Er küsst so anders als Jason. Jasons Lippen waren voller, seine Küsse waren feuchter und nicht immer nur angenehm. Alex dagegen … Alex könnte ich stundenlang küssen.

Irgendwann höre ich Pfiffe und Händeklatschen, und als wir uns widerstrebend voneinander lösen, stellen wir fest, dass der Club hell erleuchtet ist. Es läuft keine Musik mehr, die letzten Gäste gehen gerade, und zwei Typen grinsen uns im Vorbeigehen anzüglich an.

Ein wenig verlegen tritt Alex einen Schritt zurück. Ich seufze und lächele ihn zaghaft an. Der Club schließt, und ausgerechnet wir sind die letzten Mohikaner, obwohl wir beide ursprünglich gar nicht hier sein wollten.

Wir schließen uns den anderen Leuten an, die sich die Treppe hinaufschieben und aus dem Club in die kühle Nacht hinausströmen. Alex sieht auf die Uhr.

»Wie kommst du nach Hause?«, frage ich. Zu meiner Ernüchterung blickt er suchend die Straße entlang.

»Für die U-Bahn ist es zu spät«, erwidert er. »Mit dem Taxi, falls ich eins bekomme. Aber zuerst bringe ich dich zu deinem Hotel.«

»Hier lang.« Ich deute nach links, und wir machen uns auf den Weg. Als wir um eine Ecke biegen, erblicken wir ein Stück vor uns zwei einsame Gestalten, die ein Taxi heranwinken.

Batman und Robin.

»Jetzt haben sie sich solche Mühe gegeben und sind trotzdem bei keiner gelandet.«

Alex geht weiter, die Schultern hochgezogen. Es ist kalt. Ich verschränke die Arme vor der Brust und eile ihm hinterher. Jetzt spüre ich auch meine schmerzenden Füße wieder. Aus einem Impuls heraus hake ich mich bei Alex unter. Nach kurzem Zögern nimmt er die Hand aus der Tasche und legt den Arm um mich.

»Was machst du morgen?«, fragt er, während ich mich an ihn schmiege.
»Ich wollte mir ein bisschen die Stadt ansehen, den Tower of London und so. Zum Mittagessen treffe ich mich mit Polly, wenn sie nicht zu verkatert ist. Und du?«
»Meine Mutter macht einen Braten.«
»Das ist doch nett.« Ich kichere. »Muss ja auch Vorteile haben, wenn man zu Hause wohnt, was? Macht sie auch deine Wäsche?«
Er lacht. »Ja, das macht sie tatsächlich.«
»Noch ein Bonus.« Ich grinse ihn an, aber er blickt nach vorn.
»Ist es das?«, fragt er.
Ich folge seinem Blick und entdecke das Hotelvordach und die großen Blumentöpfe auf dem Bürgersteig davor, in warmes Licht getaucht, das durch die Glastür nach draußen fällt. »Ja«, erwidere ich niedergeschlagen.
Den Rest des Weges legen wir schweigend zurück. Wo die Dunkelheit auf das Licht trifft, bleiben wir zögernd stehen und wenden uns einander zu. Er sieht mich lange an. Schließlich trete ich auf ihn zu, greife in die lockigen Haare in seinem Nacken und hebe den Kopf. Sein Mund kommt mir entgegen. Ich erwidere seinen Kuss leidenschaftlich, will jede Sekunde ganz und gar auskosten. Er legt mir die Hand auf den Rücken und zieht mich an sich. Verlangen durchzuckt mich, und ich schnappe nach Luft, atemlos, schwindelig vor Sauerstoffmangel. Er löst sich von mir; seine Pupillen sind groß und dunkel.
»Komm mit mir rein«, flüstere ich – mein Herz lässt es mich aussprechen, bevor mein Verstand Schritt halten und möglicherweise intervenieren kann.
Er nickt, und dann liegt meine Hand in seiner, wir betreten gemeinsam die Hotellobby, und er drückt den Aufzugknopf. Ich blicke stur auf den Aufzug und sehe mich nicht zur Rezeption um, aus Angst, eine von Pollys Kolleginnen könnte mich erken-

nen und ihr morgen Bericht erstatten. Die Aufzugtür öffnet sich, und wir treten ein. Ich drücke den Knopf für den dritten Stock, und schon küssen wir uns wieder. Ich bin eingezwängt zwischen Aufzugwand und seinem festen Körper – eine köstliche Falle.
Während wir über den Flur zu meinem Zimmer gehen, suche ich schon in der Handtasche nach dem Schlüssel. Das Herz klopft mir bis zum Hals, aber nun beschleichen mich Zweifel.
Will ich mich wirklich auf den ersten One-Night-Stand meines Lebens einlassen?
Das grüne Lämpchen am Kartenleser leuchtet auf, und ein Klicken ertönt. Ich drücke die Tür auf und drehe mich zu Alex um. Das Zimmer liegt im Dunkeln, und meine Willensstärke verbirgt sich in irgendeiner schattigen Ecke. Ich will jetzt nicht aufhören. Unsere Küsse werden sanfter. Ich lasse die Hände unter sein Hemd gleiten und streiche über seine weiche Haut, die feste Muskeln umschließt. Als ich mit der Hand unter den Bund seiner Jeans fahre und mit dem Daumen über die Haare oberhalb des Nabels streiche, seufzt er. Ich öffne seine Gürtelschnalle, und unsere Küsse werden fiebriger. Er findet den Reißverschluss an der Rückseite meines Kleides und zieht ihn herab. Ich lasse das Kleid von den Schultern gleiten und danke einer wohlmeinenden Vorsehung dafür, dass ich heute hübsche Unterwäsche trage. Schnell haben wir uns bis auf die Unterwäsche ausgezogen, lassen uns aufs Bett fallen und küssen uns, während unsere Glieder sich umeinander schlingen.
Es knistert auf dem Kopfkissen. »Was ist das denn?«, murmelt Alex.
»Schokolade.« Ich greife hinter mich und fege mindestens ein halbes Dutzend kleine Täfelchen zu Boden.
»Du bist offenbar beliebt bei den Zimmermädchen«, flüstert er, während er meinen BH aufhakt. Dann findet sein Mund eine meiner Brustwarzen, und ich bin sprachlos vor Verlangen. Seine Lippen kehren zu meinem Mund zurück, und ich schlinge die

Beine um ihn. Oh, wow, er will mich *wirklich*. Und mir geht es genauso. Plötzlich erstarrt er. »Was ist?«, stoße ich hervor. Bitte hör jetzt nicht auf!
»Ich habe nichts dabei«, sagt er leise. »Ich meine, ich habe nicht damit gerechnet …«
Mist! Kondome. »Nein, ich auch nicht«, gebe ich zu und könnte mich dafür treten. »Ich habe das noch nie gemacht.«
Wir keuchen beide.
»Ich … ich nehme die Pille«, sage ich zögernd. »Ich war mit niemandem mehr zusammen seit … Ich meine, ich weiß, dass ich nichts habe …«
»Ich auch nicht. Ich hatte niemanden seit …«
Keiner von uns spricht den Namen des Expartners aus.
Ich hebe den Kopf und küsse ihn sanft auf den Mund. Er erwidert den Kuss, aber dann löst er sich von mir.
»Bist du sicher?«, fragt er leise. »Wir müssen nicht.«
»Ich möchte aber«, flüstere ich. »Du nicht?«
Es ist so dunkel, dass ich nicht viel sehen kann, aber ich bilde mir ein, hören zu können, dass er lächelt. »Klar, natürlich.«
Was kann schlecht daran sein, eine leidenschaftliche Nacht mit einem schönen Mann zu verbringen? Ich fahre mit den Fingernägeln über seinen Rücken und ziehe ihn in mich, ohne dass unsere Lippen sich voneinander lösen. Das Gefühl ist so intensiv, dass es mir den Atem nimmt.

Als ich aufwache, habe ich keine Ahnung, wie spät es ist. Mit dumpf pochendem Kopf drehe mich auf die andere Seite und blicke Alex an, der neben mir tief und fest schläft. Ich betrachte ihn ausgiebig: Die hinreißenden dunklen Wimpern sind wie Minifächer geschwungen. Im Schlaf sieht er sehr friedvoll aus. Am Kinn hat er einen Bartschatten, und seine schwarzen Haare sind unheimlich sexy. Durch einen Spalt zwischen den Vorhängen fällt Sonnenlicht auf sein Gesicht. Ich stütze mich auf den Ellbogen und beobachte die silbrigen Staubkörnchen, die in den hellen Sonnenstrahlen tanzen.

Alex murmelt etwas, und ich sehe ihn an.

»Wow, deine Augen sind aber *richtig* blau«, sage ich überrascht. Meine Stimme klingt rauchiger als sonst.

Schläfrig lächelt er mich an. »Wie spät ist es?« Auch seine Stimme klingt anders, ist belegt vom Schlaf und dem Alkohol.

»Ich weiß nicht. Ich glaube, es ist später Vormittag, dem Sonnenlicht nach zu urteilen.« Ich sehe zum Fenster. »Sieh dir den Sonnenstrahl an. Die Staubkörnchen darin sind wie Feenstaub. Zauberhaft.«

Er runzelt die Stirn. »Wovon redest du?«

»Siehst du die Staubkörnchen nicht?«

»Nein.«

»Vielleicht musst du das Gesicht aus dem Sonnenstrahl raushalten, um zu sehen, wie schön das ist.«

»Du bist schön.« Er streicht mir eine Haarsträhne hinters Ohr.

Ich grinse ihn an. »He, hast du mir da gerade ein richtig kitschiges Kompliment gemacht?«

Träge zuckt er die Achseln. »Möglich.« Er umfasst meinen Kopf und zieht mich zu sich herab, um mich zu küssen. Ich küsse ihn kurz, widerstehe aber der Versuchung, weiterzugehen.

»Lass mich nur eben die Zähne putzen.«

Ich schlüpfe aus dem Bett und bin verunsichert, weil ich so nackt bin, wie der liebe Gott mich schuf.

»Kannst du mir mein Handy zuwerfen? In der hinteren Hosentasche«, bittet er, ohne etwas von meiner Verlegenheit zu ahnen.

»Ich sollte meinen Eltern lieber eine SMS schicken, damit sie wissen, dass ich noch lebe.« Er betrachtet mich, und ich spüre, wie ich rot werde, während ich die Taschen seiner Jeans durchsuche. Ich werfe ihm das Handy zu, und er zieht amüsiert eine Augenbraue hoch. Dann flüchte ich ins Bad und stehe vor meinem Spiegelbild. Ich sehe aus wie ein Panda mit Dreadlocks. Ich löse

den Zopf, bürste die völlig zerzausten Haare aus und entferne das Make-up unter meinen Augen. Dann putze ich mir die Zähne, gehe aufs Klo, ziehe den Bademantel an, der an der Tür hängt, und kehre ins Schlafzimmer zurück.
Alex sitzt im Bett und starrt sein Telefon an. Er blickt hoch, und sein Gesichtsausdruck lässt mich wie angewurzelt stehen bleiben.
»Was ist los?«, frage ich beklommen.
Er fährt sich mit der Hand durch die verstrubbelten Haare und blickt wieder aufs Telefon. Ich sehe, dass seine Hand schwach zittert. Er wirkt geschockt.
»Was ist los?«, frage ich noch einmal.
»Zara …«, krächzt er. »Meine … Meine Freundin … Exfreundin …«
So heißt sie also. »Ja?« Ich nicke ungeduldig und warte darauf, dass er es ausspuckt.
»Sie will heute Mittag mit mir essen gehen.«
»Oh.« Ich setze mich aufs Bett, das ein bisschen nachfedert.
Er reibt sich über den Mund, sieht mich aber nicht an.
»Liebst du sie noch?«, frage ich sanft, drehe mich um und lege mich bäuchlings aufs Bett, das Gesicht ihm zugewandt.
»Ich glaube schon, doch«, sagt er leise und sieht mich an. Seine Augen glänzen feucht. Mit einem Mal fühle ich mich schrecklich.
»Also gehst du?«
Er schüttelt den Kopf, hält inne, schüttelt erneut den Kopf. »Ich weiß nicht.«
»Was steht sonst noch in der SMS?«
Er reicht mir das Handy und seufzt tief, während ich lese.

Ich glaube, ich habe einen Fehler gemacht. Ich vermisse dich.
Isst du mit mir zu Mittag?

Ich atme zittrig ein und reiche ihm das Telefon zurück.
»Was meinst du?«, fragt er.
»Was *ich* meine?«, frage ich bestürzt zurück.
»Entschuldige, ich weiß nicht, warum ich das gefragt habe.« Er reibt sich mit beiden Händen übers Gesicht. »Scheiße.«
Sofort bekomme ich Mitleid. »Tja …«, setze ich an.
Hoffnungsvoll blickt er auf, als erwarte er eine Perle der Weisheit von mir.
»Ich fliege in knapp zwei Wochen wieder nach Hause. Es ist also nicht so, als würden wir uns noch mal wiedersehen«, sage ich angespannt.
Er sieht mir in die Augen, und ich habe keine Ahnung, was ihm durch den Kopf geht, aber dann wird seine Miene weich, und er schüttelt noch einmal den Kopf und sieht weg.
»Du hast recht. Natürlich hast du recht.«
Er steht auf, und ich wende den Blick ab, während er seine Boxershorts und die Jeans anzieht. Dann sehe ich traurig zu, wie er sein Hemd zuknöpft. Schließlich setzt er sich neben mich aufs Bett, um Socken und Schuhe anzuziehen. Ich bin völlig fertig.
Er sieht mich an, und ich bin mir ziemlich sicher, dass es ihm genauso geht. »Es war schön, dich kennenzulernen«, sage ich und lächele zaghaft.
Er zieht mich an sich und lehnt seine Stirn an meine. Es ist so eine zärtliche Geste, dass ich mich zurückhalten muss, um ihn nicht zu küssen, als er sich langsam wieder von mir löst. Er drückt meinen Arm, steht auf und fährt sich frustriert mit den Fingern durch die Haare. Dann verschränkt er die Hände hinter dem Kopf. »Das ist so verrückt.«
Ich zwinge mich zu einem lässigen Lachen. »Ja, ein bisschen schon.«
Er schüttelt den Kopf, lässt die Arme sinken und tritt einen Schritt vor. Als ich zu ihm hochblicke, berührt er mit dem Daumen meine Wange und runzelt die Stirn.

»Ich mag dich wirklich«, sagt er mutlos, »ich kann nicht glauben, dass ich dich nie wiedersehen werde.«
Ich seufze, stehe auf und lege ihm die Arme um den Hals. Er vergräbt das Gesicht an meinem Hals und drückt mich an sich.
»Geh lieber.« Sein Hemd dämpft meine Stimme.
Ich spüre ihn nicken. Schließlich löst er sich von mir und geht zur Tür. »Mach's gut«, sagt er und wirft mir einen letzten Blick aus seinen sehr blauen Augen zu. Dann geht er.
Vergeblich versuche ich, den dicken Kloß herunterzuschlucken, den ich im Hals habe. Ich setze mich aufs Bett, vergrabe das Gesicht in den Händen und kämpfe mit den Tränen. Für One-Night-Stands bin ich offenbar wirklich nicht geschaffen.

Eineinhalb Jahre später

Kapitel 1

»Argh! Verdammter Mist ...«
»*Was?*«
»Scheiße, Scheiße, Scheiße!«, erliege ich dem Drang, kräftig zu fluchen, und bleibe wie angewurzelt auf dem kalten grauen Bürgersteig vor dem Centre Point, einem Hochhaus im Zentrum Londons, stehen.
»Was ist denn?«
Ich funkele Bridget an, die mich ihrerseits völlig verdutzt ansieht. Normalerweise fluche ich nicht so.
»Ich *wusste*, dass ich was vergessen habe!«
Bridget seufzt. »Was hast du denn vergessen?«
»Diese verdammten Dinger ... *Mist*!«
Ich mache auf dem Absatz kehrt und stürme davon.
»Soll ich Simon dann Bescheid geben, dass du zu spät kommst?«, ruft sie mir hinterher.
»Ja, bitte!«, rufe ich zurück, unfassbar wütend auf mich selbst. Verdammte bescheuerte Dingsdas – mir fällt nicht einmal ein, wie die Dinger heißen, aber ich brauche sie für das Fotoshooting heute Vormittag. Ich sehe auf die Uhr. Ich werde so was von zu spät kommen.
Ich gehe noch schneller, haste die Treppe hinab in die U-Bahn-Station Tottenham Court Road und versuche, mich nicht von der menschlichen Flut, die sich mir entgegenwälzt, umreißen zu lassen. Werde ich mich je an die ungeheuren Menschenmassen in dieser Stadt gewöhnen? Es ist Rushhour, und alle wollen in die

Londoner Innenstadt rein und nicht raus. Ich knalle mein Ticket auf den Kartenleser, gehe durchs Drehkreuz und betrete die Rolltreppe. Warum ich zur anderen Rolltreppe sehe – zu der, die aufwärts fährt –, weiß ich gar nicht, aber ich mache es jedenfalls. Und mir bleibt fast das Herz stehen. Da ist Alex.
Ich erstarre und blicke ungläubig in seine blauen Augen. Er begegnet meinem Blick und reißt die Augen auf. Viel zu schnell tragen die Rolltreppen uns aneinander vorbei in die falsche Richtung. Mit klopfendem Herzen hebe ich die Hand: eine stumme Bitte, oben auf mich zu warten. Anscheinend völlig fassungslos wendet er den Blick ab und sieht wieder nach vorn. Ich laufe die restlichen Stufen bis nach unten und schließe mich den Massen an, die sich am Fuß der Rolltreppe nach oben drängen. Ach, was soll's? Ich drängele mich einfach vor, schiebe und schlängele mich durch die Leute bis ganz vorn und auf die Rolltreppe nach oben, die mir gerade wie die längste Rolltreppe der Welt vorkommt. Mit schmerzenden Beinen und völlig außer Atem komme ich oben an und sehe mich hektisch nach ihm um. Jemand prallt von hinten gegen mich, aber ich nehme es kaum wahr. Noch jemand stößt gegen mich. »Passen Sie doch auf!«
Ich bin wie betäubt. Wo ist er hin? Ich lasse den Blick über Dutzende und Aberdutzende von Pendlern wandern, aber Alex sehe ich nirgends.
Zögerlich gehe ich auf die Drehkreuze zu und sehe mich weiter nach ihm um, während die Leute von hinten gegen mich schieben. Wie ich London in diesem Augenblick hasse! Was mache ich jetzt? Aufgeben? Oder nach draußen gehen und dort nach ihm suchen? Aus einem Impuls heraus knalle ich mein Ticket auf den Kartenleser, doch dann stehe ich vor dem nächsten Dilemma. Welcher Ausgang? Es gibt sechs. Ich entscheide mich spontan für die Oxford Street und geselle mich zu den Scharen, die die Treppe hinaufsteigen und auf den belebten Bürgersteig strömen.
Überall sind Menschen. Ich entdecke einen dunkelhaarigen

Mann, und mein Herz setzt kurz aus, aber er ist es nicht. Auch der nächste dunkelhaarige Mann, den ich sehe, ist nicht er, und der übernächste auch nicht. Er ist fort. Ich habe ihn verloren. Noch einmal.
Fassungslos und wie betäubt mache ich kehrt und gehe zurück in die U-Bahn-Station. Je tiefer ich hinabsteige, desto mutloser werde ich. Trübsinnig stehe ich auf dem Bahnsteig und warte auf die U-Bahn Richtung Norden nach Edgware. Ich sehe auf die Uhr: 9.35 Uhr. Falls er hier in der Nähe arbeitet, treffe ich ihn vielleicht wieder. Ich könnte ja jeden Tag an einem anderen Ausgang warten, bis er irgendwann aus einem herauskommt, aber dann würde ich vermutlich meinen Job verlieren, und meine neue Chefin ist sicher sowieso schon sauer, weil ich zu spät komme. Außerdem wäre das ein ziemlich zwanghaftes Verhalten, und ich bin nicht so der Stalking-Typ.
Als die U-Bahn einfährt, trete ich zurück und warte neben der Tür, bis die Pendler alle ausgestiegen sind. Dann steige ich ein, finde ausnahmsweise einen Sitzplatz, und hänge meinen Erinnerungen an Alex nach.
Immer wieder habe ich mich gefragt, was wohl aus ihm geworden ist. Ich bedauerte, dass ich ihn gehen ließ, ohne Kontaktdaten auszutauschen. Auch als ich wieder zu Hause war, suchte ich weiter in den Impressi von Magazinen nach einem »Alex«. Seinen Nachnamen kenne ich nicht, und dummerweise hatte ich ihn auch nicht gefragt, für welche Publikation er arbeitete. Ich hätte gern gewusst, ob er wieder mit seiner Freundin zusammen ist. Als ich von dem Bildredakteursposten bei unserem Schwestermagazin in London hörte, dachte ich unter anderem als Erstes an ihn. An Polly, Bridget und Alex.
Polly meinte, ich sei verrückt, wenn ich mir die Gelegenheit, für ein Jahr nach Großbritannien zu gehen, entgehen ließe, und auch Bridget ermutigte mich. Bridget und ich waren in Verbindung geblieben, nachdem wir bei der Hochzeitsfeier einen Riesenspaß

miteinander gehabt hatten: Ich hatte meinen Kummer um Alex im Alkohol ertränkt, und sie war erneut meine Komplizin gewesen. Ich wollte es nur ungern zugeben, aber er war mir unter die Haut gegangen.

Zu meiner Überraschung bekam ich die Stelle. Ich staune noch immer darüber. Mein Verlag, Tetlan, kümmerte sich um mein einjähriges Arbeitsvisum, und zwei Monate später hatte ich in Sydney zusammengepackt und war ans andere Ende der Erde geflogen. Bridget bot mir ein Zimmer in ihrer neuen Wohnung in Chalk Farm an – sie ist nicht mehr mit dem Mann zusammen, mit dem sie vor eineinhalb Jahren gerade etwas angefangen hatte –, und zufälligerweise arbeitet sie diese Woche als Freie für ein Magazin, das seinen Sitz eine Etage unter meinem hat.

Ich seufze innerlich. Warum hat er nicht oben an der Treppe auf mich gewartet? War mein Handzeichen nicht deutlich genug? War er es *wirklich*? Natürlich war er es. Hat er mich erkannt? Weiß er nicht mehr, wer ich bin?

Ich bin so in meine Gedanken vertieft, dass ich beinahe meine Haltestelle verpasse. Draußen auf dem Bürgersteig höre ich eine Nachricht meiner unmittelbaren Vorgesetzten, Nicky, auf meiner Mailbox ab.

»*Simon hat mir gerade gesagt, dass du zu spät kommst. Jetzt verpasst du das Briefing, also fahr direkt zum Studio in Kentish Town und fang an, aufzubauen. Ruf mich an, wenn du da bist. Und vergiss um Himmels willen nicht die Federboas!*«

Sie klingt sauer. Ich bin die Bildredakteurin bei *Hebe*, aber sie ist Director of Photography. Diese Position hatten wir in der *Hebe*-Redaktion in Sydney gar nicht. Somit bin ich eigentümlicherweise nicht einmal befördert worden. Ich unterstehe immer noch jemandem, der in der Hackordnung über mir und unter Simon, dem Chefredakteur des Magazins, rangiert. Simon führte zusammen mit Nicky per Videokonferenz das Vorstellungsgespräch mit mir. Ich mag ihn sehr – er ist bei allen beliebt –, aber indem ich Bridget bat, ihm Bescheid zu sagen, dass ich mich verspäten würde, bin ich Nicky wahrscheinlich auf die Füße getreten, wie mir ein bisschen spät klar wird. Bridget kennt Simon, weil sie früher als Freie für ihn gearbeitet hat, aber Nicky ist nun mal meine direkte Vorgesetzte.

Bridgets Wohnung liegt zehn Minuten zu Fuß von der U-Bahn-Station entfernt im mittleren Geschoss eines dreistöckigen Georgianischen Reihenhauses. Sie verfügt über zwei mittelgroße Schlafzimmer, ein Bad und einen modernen offenen Küchen- und Wohnbereich. Die Wohnung ist hell und luftig und hat große Schiebefenster, durch die man auf Bäume blickt. Jetzt im März sind die Äste kahl, aber es ist nur eine Frage der Zeit, bis wir wieder ins Grüne blicken. Obwohl die Wohnung nicht sehr groß ist – sie ist viel kleiner als das Haus, das ich mir in Sydney mit jemandem teilte –, mag ich sie sehr. Sie kommt mir sehr ... englisch vor. Ich bezahle die Miete an Bridgets Vater, der die Wohnung vor kurzem gekauft hat. Bridgets Eltern sind geschieden, und ihre Mutter habe ich noch nicht kennengelernt, aber ihr Vater schaute am Tag nach meiner Ankunft vorbei, um zu sehen, ob er bei irgendetwas helfen könne. Er konnte nicht – ich hatte meinen einen bescheidenen Koffer bereits ausgepackt –, aber die Geste wusste ich zu schätzen.

An meinem ersten Wochenende hier gingen Bridget und Polly mit mir auf dem Camden Market einkaufen, und wir erwarben ein paar Sachen für mein Zimmer: einen gelben Lampenschirm, eine grün-weiße Lichterkette, einen Teppich, ein paar Poster. Die Einrichtung ist noch immer ziemlich spartanisch, weshalb ich mich umso mehr über mich selbst ärgere, weil es mir gelungen ist, die Tüten mit den verfluchten Federboas an der Garderobe zu übersehen.

Obwohl ich erst seit drei Wochen hier bin, habe ich schon das Gefühl, dass ich auf dem besten Wege bin, eine Londonerin zu werden. Ich habe mir eine Woche Zeit gegeben, um mich einzugewöhnen und den Jetlag zu überwinden, ehe ich anfing zu arbeiten, und in dieser Zeit besorgte ich mir eine Fahrkarte für die U-Bahn und fuhr damit kreuz und quer durch London, um meine neue Stadt kennenzulernen. Mitte der ersten Woche traf ich mich mit Polly zum Mittagessen in dem Hotel, in dem ich bei meinem ersten Besuch gewohnt hatte. Es fühlte sich sehr komisch an, wieder dort zu sein. Ich habe Polly nie von der Nacht mit Alex erzählt, aber Bridget habe ich es gebeichtet. Ich weiß auch nicht, warum – ich kenne Polly doch seit vielen Jahren –, aber ich befürchtete, sie würde mich verurteilen, während Bridget ... tja, ich glaubte eben, sie würde das nicht tun. Ich hatte recht.

Als ich im Studio eintreffe, rufe ich Nicky an.
»Wir sind unterwegs«, sagt sie schroff. Vermutlich sitzt sie im Taxi. »Ist der Fotograf schon da?«
»Nein, ich bin die Erste.«
»Kümmere dich um das Catering fürs Mittagessen. Wir sind in zwanzig Minuten bei dir. Hast du an die Federboas gedacht?«
»Genau deshalb musste ich ja noch mal zurück«, erkläre ich ihr geduldig.
»Na gut.«
Sie beendet das Gespräch. Ich merke, dass ich die Luft angehalten habe, und atme geräuschvoll aus. Meine Chefin bei *Hebe* in Sydney war ein kleines Miststück, aber ich bin nicht sicher, ob ich nicht vom Regen in die Traufe gekommen bin. Im Bewerbungsgespräch war Nicky charmant, aber vielleicht erlebe ich sie jetzt ohne Simon so, wie sie wirklich ist.
Wir fotografieren die vier Jurorinnen einer Primetime-Reality-TV-Show, und das Motto ist »Kitsch«, daher die bunten Federboas. Phil, der Fotograf, trifft zehn Minuten nach mir ein – ein müde wirkender Mann Mitte vierzig, der aussieht, als hätte er ein paar lange Nächte zu viel gehabt. Als Nächste kommt die

Visagistin, und ich erlebe eine freudige Überraschung, denn diese olivfarbene Haut und die glänzenden dunklen Haare kenne ich.

»Maria?« Sie war bei Pollys Junggesellinnenabschied dabei.

»Bronte?«, ruft sie überrascht.

»Wie geht's dir?« Ich gehe zu ihr und umarme sie.

»Großartig!« Staunend tritt sie zurück.

»Ich wusste gar nicht, dass du auch für so was wie das hier Haare und Make-up machst.«

»Doch, doch, auch das.« Sie schüttelt den Kopf, noch immer verdutzt, mich wiederzusehen. »Ich wusste gar nicht, dass du in Großbritannien bist. Arbeitest du bei *Hebe*?«

»Ja, ich habe vor ein paar Wochen angefangen. Hab den Koffer gepackt und Sydney verlassen.«

»Wow.«

»Hast du Polly in letzter Zeit gesehen?«, frage ich.

»Nein, seit Monaten nicht.«

Das finde ich ein bisschen merkwürdig, wenn man bedenkt, dass Polly Maria zu ihrem Junggesellinnenabschied eingeladen hatte.

»Hey, ich wollte gerade Kaffee machen. Möchtest du einen?«

»Klar, das wäre toll.« Sie lächelt mich herzlich an.

Auf dem Weg in die Küche klingelt mein Handy. Es ist Nicky.

»Wir sind in zwei Minuten da«, sagt sie. »Ich brauche Hilfe, um die Requisiten nach oben zu tragen.«

»Klar«, erwidere ich, aber sie hat schon aufgelegt. Stirnrunzelnd sehe ich mein Handy an, dann schiebe ich es wieder in die Tasche und stapfe hinab auf die Straße. Ich muss eine gefühlte Ewigkeit draußen in der kalten Frühlingsluft warten und denke bedauernd an meinen warmen Mantel oben im Studio. So viel dazu, dass Nicky in zwei Minuten da sein wollte. Genau genommen hat sie »wir« gesagt. Dann bringt sie wohl Russ, den Autor, der das Interview führt, mit.

Ein Taxi hält an, und auf der Rückbank erspähe ich Nicky, die sich zum Fahrer vorbeugt, um zu bezahlen. Ich trete zurück, damit sie aussteigen kann, und mein Blick fällt auf den Mann, der ihr folgt. Mein Herz setzt aus. Alles scheint wie in Zeitlupe abzulaufen. Dann steht Alex vor mir.

Kapitel 2

»Das ist Alex Whittaker, unser neuer Art Director«, sagt Nicky beiläufig. »Simon meinte, er sollte beim Fotoshooting dabei sein.«
In seinen blauen Augen lese ich, dass er sich an mich erinnert. Erschüttert starren wir einander an. Er ist blasser, als ich ihn in Erinnerung habe, aber das liegt vielleicht daran, dass alles Blut aus seinem Gesicht gewichen ist. Ich wette, meiner Aussie-Bräune ist der Schreck auch nicht gut bekommen.
»Bronte Taylor, meine Stellvertreterin«, setzt Nicky ihre formlose Vorstellung fort und wendet sich dann an mich persönlich. »Holst du die Requisiten aus dem Taxi?« Sie bemerkt überhaupt nicht, dass ich wie erstarrt bin, und zwar nicht vor Kälte. »Wir gehen schon mal nach oben.« Sie bedeutet Alex, ihr zu folgen, und er zögert nur ganz kurz. Er lässt sich nicht anmerken, dass er mich kennt. Da kommt kein: »Hallo, wie ist es dir ergangen?« Kein: »Heilige Scheiße, DU bist es!« Nichts. Ich bin selbst sprachlos.
»Na komm, Schätzchen, ich hab nicht den ganzen Tag Zeit«, murrt der Taxifahrer. Mit einem Ruck komme ich zu mir, steige hinten ein und zerre fünf bunte Sonnenschirme, eine mittelgroße Kunstpalme und dann Karton um Karton heraus. Ich stelle alles auf den Bürgersteig, und leise Verärgerung regt sich in mir. Warum haben Nicky und ... hoppla, das war Alex! *Alex!* Ich wollte mich eigentlich darüber beklagen, dass sie mir nicht tragen helfen, aber dass Alex hier ist, haut mich einfach um. Er ist unser neuer Art Director!

»Sind da noch mehr Kartons?«, fragt Maria, als ich nach oben komme. »Ich helfe dir.«
»Gern. Danke.« Sonst bietet mir niemand Hilfe an.
»Euer Art Director kommt mir bekannt vor«, sinniert sie auf dem Weg nach unten, und mit Schrecken fällt mir wieder ein, dass sie dabei war, als wir uns in jenem Club damals so nahekamen. »Ich habe das Gefühl, ich habe ihn schon mal gesehen.«
»Vielleicht bei einem anderen Auftrag?« Ich klinge erstaunlich gelassen.
Sie zuckt die Achseln. »Muss wohl.«
Sie lässt das Thema fallen und hebt einen Karton auf, aber ich gerate in Panik. Was ist, wenn sie ihn doch einordnen kann? Es wäre mehr als peinlich, wenn sie in Gegenwart von Nicky irgendetwas ausplaudern würde.
»Kannst du ein Geheimnis für dich behalten?«, frage ich sie hastig.
Sie legt verdutzt den Kopf schräg und rückt den Karton, den sie trägt, zurecht. »Ja?«
»Aber erzähl's bitte nicht weiter.«
Sie schüttelt rasch den Kopf. »Keine Angst. Worum geht's denn?«
»Alex …«
»Oh!« Sie reißt die Augen auf, und ich weiß, sie hat es kapiert, ohne dass ich weiter ausholen müsste. »Beim Junggesellinnenabschied!«, ruft sie und lässt beinahe den Karton fallen.
»Pssst!«
»'tschuldige!«, quiekt sie.
»Ich habe ihn seitdem nicht mehr gesehen, und aus irgendeinem Grund tut er so, als würde er mich nicht kennen.«
»Was für ein Mistkerl«, sagt sie empört.
»Hm. Ja.«
Ich nehme ebenfalls einen Karton hoch, und zu meiner Erleichterung bohrt sie nicht weiter nach.
Kurz darauf treffen auch die TV-Jurorinnen ein, und dann wird es

hektisch im Studio, während wir – genau genommen hauptsächlich ich – das Set mit den bunten Requisiten vorbereiten: Sonnenschirme, Plastikcocktailgläser in Neonfarben, Kunstpalme, Lichterketten. Maria hat eine Kleiderstange voller bunter Klamotten mitgebracht, und Nicky sieht die Sachen durch und teilt jedem der Fernsehstars etwas zu, während Maria sich an die Haare und das Make-up macht. Phil stellt seine Fotoausrüstung auf, und Alex ... Vor einer Minute unterhielt er sich noch mit einer der Jurorinnen, aber jetzt kann ich ihn nicht mehr sehen ...
»Hey.«
Ich erschrecke zu Tode, denn er steht direkt hinter mir.
»Hi«, erwidere ich kurz angebunden.
»Ich hatte keine Ahnung ...« Er bricht ab.
»Nein, ich auch nicht.« Verlegen lächele ich ihn an. Ich habe ihm nicht verziehen, dass er vorhin nicht zugegeben hat, mich zu kennen, aber vielleicht versucht er jetzt, es wiedergutzumachen.
»Wie geht's dir?«, fragt er leise.
»Gut.« Ich zucke die Achseln und sehe mich um. »Alles bestens.«
»Wann bist du ... Wie ... Was ist passiert?«
»Du meinst, wie es kommt, dass ich hier vor dir stehe?«, frage ich.
Er nickt.
»Ich habe mich um eine Stelle beworben und sie bekommen. Ich bin für ein Jahr hier. Ich habe vor zwei Wochen bei *Hebe* angefangen, und eine Woche vorher bin ich aus Oz angekommen.«
»Wow. Wo wohnst du?«
»Chalk Farm. Bei Bridget. Vielleicht erinnerst du dich an sie.«
»Bridget?« Er runzelt die Stirn. »Ach, die Bridget mit den Shots!«
»Genau. Die Bridget mit den Shots.« Meine Miene wird weicher. »Wir sind nach dem Junggesellinnenabschied in Kontakt geblieben.«

Ich werfe einen Blick zu Maria, aber sie ist damit beschäftigt, bei einer der Jurorinnen, deren Haut bereits einen interessanten Orangeton aufweist, Primer aufzutragen.
»Da ist Maria«, flüstere ich. »Sie war damals auch dabei.«
Er wirkt geschockt.
»Ich weiß. Komischer Zufall, nicht wahr? Aber sie wird nichts sagen«, füge ich hastig hinzu.
Er atmet hörbar erleichtert aus, und ich mustere ihn neugierig. Es ist so sonderbar, ihn wiederzusehen. Aber ich kapier's nicht. Ich begreife sein Verhalten nicht. Was ist denn dabei, dass wir uns schon einmal begegnet sind? »Warst du das auf der Rolltreppe heute Morgen?«
Ich weiß, dass er es war, aber ich will, dass er es zugibt.
Er sieht zu Boden und tritt verhalten mit dem Fuß gegen eine Palme. »Ja.«
»Warum hast du nicht oben gewartet?« Betroffen schüttele ich den Kopf.
»Bronte!«
Nickys Stimme lässt uns aufschrecken.
»Ja?«
»Hast du das Catering im Griff oder was?«
Alex verschränkt betreten die Arme. Sie hat kein Recht, mit mir zu reden wie mit einem Diener. Mir liegt eine bissige Antwort auf der Zunge, aber in Gegenwart der anderen halte ich mich zurück; alles andere wäre unprofessionell.
»Ich bin dabei«, rufe ich daher zurück.
Alex tritt beiseite und lässt mich vorbei.
Der Rest des Vormittags ist extrem unangenehm. Alex spricht kaum mit mir, und ich spreche insgesamt mit kaum jemandem. Gegen Ende des Shootings trifft Russ, einer der Feature-Autoren bei *Hebe*, ein, und Nicky, die gerade Phils Fotos auf einem Laptop durchsieht, kommt zu mir.
»Russ ist jetzt hier, um das Interview zu führen.« Sie streicht sich

die halblangen hellblonden Haare aus dem Gesicht und mustert mich mit kühlen blauen Augen durch ihre rote Hornbrille. »Alex und ich fahren zurück ins Büro. Du kannst nachher alles mit Russ im Taxi zurückbringen.«
Großartig. Ich darf also allein hier aufräumen. »Okay.«
Sie wendet sich ab und lächelt alle charmant an. »Danke für das tolle Shooting, Leute!« Theatralisch küsst sie die vier Jurorinnen und Phil, dann wendet sie sich Alex zu. »Fertig?«, fragt sie ihn und winkt Maria, die noch ihre Make-up-Tasche packt, zum Abschied zu.
Alex wirft mir einen verwirrten Blick zu. »Kommt Bronte denn nicht …«
»Nein«, unterbricht Nicky ihn. »Sie bleibt hier und räumt auf. Wir sollten zurückfahren.«
Alex wirkt, als wäre ihm nicht wohl dabei, aber er widerspricht nicht. Es ist schließlich sein erster Arbeitstag. Nicky macht auf dem Absatz kehrt und wackelt mit ihrem knochigen Hintern hinaus, dicht gefolgt von einem Mann, von dem ich in den vergangenen eineinhalb Jahren sehr, sehr oft geträumt habe.
»Alles in Ordnung?«, fragt Maria besorgt.
»Es fühlt sich schon ein bisschen seltsam an«, gestehe ich ihr.
»Das *war* ja auch seltsam«, stimmt sie mir zu. »Ihr habt beide angespannt gewirkt.«
Erschrocken sehe ich sie an. »Meinst du …«
»Nein«, fällt sie mir ins Wort. »Das ist niemandem sonst aufgefallen. Nur mir, weil ich Bescheid wusste.«
Dabei weiß sie nicht einmal genau Bescheid, aber ich glaube, sie vermutet, dass wir miteinander geschlafen haben, und, na ja, da hätte sie recht.
»Sollen wir was trinken gehen?«, fragt sie mitfühlend. Ich sehe zu Russ. Er wird mindestens noch eine halbe Stunde für die Interviews brauchen, vielleicht auch länger.
»Klar, doch, okay, das wäre nett.« Dankbar lächele ich sie an.

Wir gehen ein Stück die Straße entlang bis zum erstbesten Pub, holen uns eine Cola und setzen uns in eine Nische am Fenster. Es riecht nach schalem Bier und dem Qualm aus den langen Jahren vor dem Rauchverbot, der sich in der Velourstapete und den Teppichen mit dem rot-braunen Wirbelmuster festgesetzt hat. Traurig trinke ich meine Cola.
»Möchtest du darüber reden?«, fragt Maria, und in ihren warmen braunen Augen liegt Mitgefühl.
»Ich weiß eigentlich nicht, was ich sagen soll«, murmele ich. »Ich hätte nicht gedacht, dass ich ihn je wiedersehe.«
»Das muss ein Schock gewesen sein.«
»Das Seltsamste daran ist, dass ich ihn heute Morgen schon auf der Rolltreppe in der U-Bahn-Station gesehen habe.«
Sie guckt mich ungläubig an. »Im Ernst?«
»Er fuhr nach oben, ich nach unten. Ich habe ihm ein Zeichen gegeben, er solle oben warten, aber das hat er nicht getan.« Es ist mir peinlich, das einzugestehen, und ich stütze niedergeschlagen das Kinn auf die Hand.
»Kein Wunder, dass du so durcheinander bist. Und dann tauche auch noch ich auf. Von wegen komische Zufälle.«
Ich betrachte sie über den Tisch hinweg. »Ich glaube nicht an Zufall.«
Sie lächelt und verkündigt hoheitsvoll: »Es gibt keinen Zufall. Nur Gottes Hand in einem größeren Plan.«
Ich lächele schief. »Ich glaube auch nicht an Gott.«
»Was ist mit Einstein?«
»Was soll mit dem sein?«
»Na ja, wie Albert Einstein selbst gesagt hat: Gott würfelt nicht.«
Ich grinse sie an. »Ich glaube immer noch nicht an Gott.«
Sie verdreht die Augen und gibt sich geschlagen. »Und was machst du jetzt?«
»Zurück ins Büro gehen und so tun, als wäre ich ihm noch nie begegnet.« Bei diesem Gedanken krampft sich mein Herz schmerz-

haft zusammen, was selbst mich überrascht. Ich kannte ihn doch kaum. Es war nur eine Nacht. Da sollte es doch nicht allzu schwer sein, darüber hinwegzukommen. »Was hast du jetzt vor?«
»Ich treffe mich mit einer Freundin. Sie heiratet am Wochenende, und ich mache ihr Make-up.«
»Cool. Wo wohnst du?«
»Golders Green.«
»Das ist nur ein paar Haltestellen hinter Chalk Farm, oder?«
»Genau. Warst du schon mal da?«
»Nein. Ich bin erst vor drei Wochen aus Oz gekommen.«
»Ah. Tja, es ist ein tolles Viertel, und Hampstead ist auch nicht weit. Da gibt es viele entzückende kleine Läden, Restaurants und Cafés. Eindeutig einen Besuch wert, und im Sommer kann man es im Hampstead Heath wunderbar aushalten.«
Ich sehe aus dem Fenster zum grauen Himmel. »Der Sommer kommt mir sehr weit weg vor.«
»Er kommt schneller, als du denkst.« Pause. »Und dann ist er genauso schnell wieder vorbei.«
Ich schnaube amüsiert. »Tja, ich bin ja nicht wegen des Wetters hier.«
Sie lächelt mich an. »Wie ist dein Job?« Ihr Lächeln erlischt, als ich zögere.
»Was denn? Bist du nicht zufrieden?«
»Ich bin heute einfach schlecht drauf.« Ich seufze tief. »Ich weiß nicht, was ich von meiner neuen Chefin halten soll«, gestehe ich Maria dann. »Aber vielleicht muss man sich einfach erst an sie gewöhnen.«
»Wie sie beim Shooting mit dir umgesprungen ist, fand ich nicht so toll«, sagt Maria mitfühlend.
»Nein, ich auch nicht«, erwidere ich bedrückt. »Ach ja, dann muss ich mich eben anderswo selbst verwirklichen.«
»Und wo?«
»Ich fotografiere gerne«, verrate ich ihr. »Ich stehe lieber hinter

der Kamera, als Paparazzi-Fotos von schwabbeligen Promi-Körperteilen zu sichten.«
»Übernimmst du auch Aufträge für andere?«
»Ab und an. Ich habe Babys von Freunden fotografiert und so, und außerdem ein paar Geburtstage und andere Veranstaltungen.«
Ihre Augen beginnen zu leuchten. »Was machst du am Wochenende?«
»Ähm, nichts ...«
»Rachel wird mir die Füße küssen!«, ruft sie aufgeregt.
»Wer ist Rachel?«
»Meine Mitbewohnerin. Sie ist Hochzeitsfotografin, und ihre Assistentin lässt sie dieses Wochenende voll im Stich. Kannst du aushelfen?«, fragt sie rasch.
Meine Kopfhaut kribbelt vor Panik. Eine Hochzeit? »Ich weiß nicht. Ich meine, vielleicht bin ich dafür nicht gut genug.«
»Rachel würde alle schwierigen Fotos übernehmen. Du müsstest sie bloß unterstützen.«
»Ich weiß nicht«, wiederhole ich unschlüssig. An die Ehe glaube ich ebenso wenig wie an den lieben Gott.
»Die Bezahlung ist gut. Komm doch einfach mal vorbei, und lern sie kennen. Was hältst du davon? Und bring dein Portfolio mit.«
»Schaden kann es nicht, schätze ich.« Das zusätzliche Geld könnte ich durchaus brauchen.
»Wunderbar!« Sie strahlt von einem Ohr zum anderen, und ich frage mich, worauf ich mich da wohl eingelassen habe.

Kapitel 3

Die rot angestrichene Haustür wird aufgerissen, und eine hübsche Frau, etwa Mitte dreißig, mit braunen Augen und blonden Löckchen strahlt mich an.
»Bronte!«, ruft sie. »Ich freue mich, dass du gekommen bist!«
»Hallo!« Ich erkenne sie sofort wieder. *Das* ist also Rachel ... »Du hast Pollys und Grants Hochzeit fotografiert.« Ich rücke meinen Laptop, den ich mir unter den Arm geklemmt habe, zurecht, und sie winkt mich in die vollgestellte Diele.
»Genau.« Sie schließt die Tür hinter mir. »Da war ich noch Sonntagsknipserin.«
»Sonntagsknipserin?«
Sie lächelt über meinen verwirrten Blick. »Teilzeit-Hochzeitsfotografin. Jetzt habe ich *endlich* meinen Job in der Buchhaltung gekündigt und mich selbständig gemacht.«
»Wow, das ist ja toll.«
Ich erinnere mich noch gut an sie. Mit ihrem freundlichen und umgänglichen Wesen hat sie dafür gesorgt, dass alle ganz entspannt waren. Ich habe Pollys Hochzeitsfotos noch nicht gesehen, aber ich wette, dass sie phantastisch sind.
»Möchtest du was trinken? Wir haben gerade eine Flasche Weißwein geöffnet«, sagt sie.
»Ein Glas Wein wäre schön.«
Sie führt mich in eine schicke und gleichzeitig gemütliche Küche im Stil eines Fünfziger-Jahre-Diners, ganz in blauen, rosa und cremefarbenen Pastelltönen gehalten. Maria sitzt am Küchen-

tisch, auf dem zwei große Gläser Weißwein neben einem Stapel großer, quadratischer schwarzer Bücher stehen. Sie springt auf.
»Hallo!«, sagt sie fröhlich. »Ich freue mich so, dass du kommen konntest.« Sie umarmt mich freundschaftlich.
Mir wird ein langstieliges Glas in die Hand gedrückt. »Danke«, sage ich.
»Maria hat erzählt, du bist gerade erst aus Australien gekommen?«, fragt Rachel, während wir uns an den Tisch setzen.
»Genau. Vor drei Wochen.«
»Und du hast schon mal Veranstaltungen fotografiert?«
»Ein paar«, erwidere ich unsicher und fühle mich genötigt, das weiter auszuführen. »Leider keine Hochzeiten, aber ich habe ein paar Porträts für Freunde gemacht.«
»Auch dokumentarische Fotografie?«, fragt sie weiter, und auf ihrer Stirn bilden sich Sorgenfalten.
»Ähm, na ja, ich habe viel auf Geburtstagen von Freunden fotografiert, und einmal habe ich eine Preisverleihung gemacht.« Damals, als ich noch bei *Marbles* gearbeitet habe, durfte ich mich einmal an einer langweiligen Wirtschaftspreisverleihung versuchen.
»Kannst du mir etwas zeigen?«
»Die Mappe mit meinen Arbeitsproben habe ich in Australien gelassen, aber ich habe einen Haufen Fotos auf meinem Laptop.«
Maria lächelt aufmunternd, während Rachel sich durch die Bilder klickt. Ich beobachte sie nervös und fühle mich wie bei einem Test.
»Wie läuft's bei der Arbeit?«, fragt Maria.
»Geht so.«
»Hast du viel mit Alex zu tun?«
»Kaum. Er ist ständig in irgendeinem Meeting.«
Der verglaste Konferenzraum liegt direkt gegenüber von meinem Schreibtisch, also habe ich einen ungehinderten Blick auf Alex. Seit dem Fotoshooting ignoriert er mich ziemlich.

Mir fällt auf, dass Rachel hin und wieder bei einem Foto hängenbleibt und sich die Zeit nimmt, es ausgiebig zu betrachten. Ich werde immer nervöser und trinke einen großen Schluck Wein. Ich liebe das Fotografieren und möchte, dass sie beeindruckt ist.
»Das ist ausgezeichnet«, sagt sie schließlich erfreut.
»Echt?«
»Perfekt. Genau, was ich gesucht habe.«
Ich atme auf. »Und was genau soll ich für dich tun? Ich meine, eine Kamera habe ich natürlich.« Als ich begann, den einen oder anderen Auftrag anzunehmen, habe ich in eine Kamera investiert. »Aber ich weiß nicht, ob meine beiden Objektive gut genug sind.«
»Keine Sorge. Meine Assistentin Sally leiht dir gerne ihre Ausrüstung.«
»Bist du sicher, dass sie nichts dagegen hat?«
»Garantiert nicht.« Rachel schnalzt mit der Zunge. »Sie ist mir etwas schuldig, weil sie mich so kurzfristig sitzen gelassen hat.«
»Warum hat sie denn abgesagt?«
»Ihr Freund will dieses Wochenende mit ihr wegfahren.«
Darüber ist Rachel vermutlich nicht sonderlich glücklich. Maria wirft mir einen vielsagenden Blick zu, der meine Vermutung bestätigt.
»Wo ist die Hochzeit?« Ich sehe Maria an.
»In einem Dorf bei Cambridge, ungefähr eine Stunde mit dem Auto; ich bin da in der Nähe aufgewachsen«, erklärt sie. »Wir können Samstagmorgen alle zusammen in Rachels Auto hinfahren.«
»Super.« Mein Blick fällt auf die schwarzen Bücher auf dem Tisch. Rachel entgeht das nicht: »Ein paar meiner Hochzeiten.« Sie reicht mir das oberste Buch. Auf dem Einband steht in schnörkeliger Schrift »Pippa und John«, und darunter befindet sich ein schönes romantisches Foto, auf dem der Bräutigam die Braut

nach hinten beugt und sanft auf den Mund küsst. Rachel erläutert mir ihre Arbeitsweise und erklärt, dass ein Hochzeitspaket die gesamte Geschichte der Hochzeit von der Vorbereitung an erzählt, manchmal bis hin zum letzten Tanz. Das ist etwas ganz anderes als die sonst üblichen, traditionellen ledergebundenen Alben mit fünfzig steifen Fotos der Hochzeitsgesellschaft in verschiedenen gestellten Posen. Rachels Alben sind voller natürlicher Fotos von entspannten, glücklichen Menschen, die offenbar den schönsten Tag ihres Lebens genießen.
Als ich Rachel sage, wie beeindruckt ich bin, lächelt sie. »Freut mich, dass es dir gefällt. Alles, was ich weiß, habe ich von der Hochzeitsfotografin Lina Orsino gelernt. Sie arbeitet mit einem Partner zusammen, Tom. Ich hoffe, dass ich irgendwann auch so arbeiten kann – mit einem Partner statt einer Assistentin –, aber eins nach dem anderen.«
»Klingt gut«, sage ich. »Und was soll ich nun für dich machen?«
Sie beugt sich vor, und ich setze mich aufrechter hin. »Der Gottesdienst findet gleich um die Ecke vom Haus der Brauteltern statt, du kannst also mitkommen, wenn ich fotografiere, wie Maria die Braut zurechtmacht, und dir ansehen, wie ich arbeite. Dann müsstest du ein bisschen früher in die Kirche gehen und Fotos von den kleinen Details machen. Die Leute wissen oft gar nicht zu schätzen, wie viel Mühe in so einer Hochzeit steckt, aber wir tun es, und wir müssen es für die Nachwelt festhalten. Mach also Fotos von den Blumen, den Kerzen, der Kirche ... »
Ich bin ziemlich eingeschüchtert, zwinge mich aber, weiter aufmerksam zuzuhören. Ich wünschte bloß, ich hätte etwas zu schreiben mitgebracht. Wobei ... »Hast du mal einen Zettel für mich?«
»Sicher!« Rachel wirkt erfreut, steht auf und sucht mir Stift und Papier heraus. Maria hält den Daumen hoch, und ich rücke verlegen auf meinem Stuhl hin und her, während Rachel sich wieder zu uns setzt.

In den nächsten zwei Stunden erklärt sie mir alles, und ich mache mir Notizen. Als ich mich schließlich verabschiede, merke ich, dass der Wein meine Nervosität nicht gelindert hat. Im Gegenteil: Sie nimmt immer weiter zu. Das Honorar, das Rachel mir zahlen will, ist deutlich mehr als das, was ich bei *Hebe* an einem Tag verdiene. Das ist natürlich phantastisch, aber ich finde, damit wächst meine Verantwortung. Ich hoffe wirklich, ich vermassele es nicht.

Am Freitag koche ich in der kleinen Teeküche, die zur Redaktion gehört, Kaffee für Nicky und Helen. Helen ist die stellvertretende Bildredakteurin und eine launische Kuh, die ich immer wieder dabei ertappe, dass sie mir böse Blicke zuwirft, ohne dass ich wüsste, wieso.
Ich drücke Nickys Teebeutel aus und werfe ihn in den Müll. Sydney fehlt mir. Gott sei Dank habe ich Bridget – wenn ich nicht die Abende mit ihr verbringen, das schlechte Fernsehprogramm verfolgen und bei Wein und Mikrowellenessen den Arbeitstag auseinandernehmen könnte, wäre ich verloren. Heute Abend wollen wir nach der Arbeit in den Pub – auf ein, zwei Gläser, mehr nicht, denn morgen muss ich früh raus. Es wird ein langer Tag.
»Hey«, höre ich jemanden sagen und drehe mich um. Russ kommt gerade in die Teeküche.
»Hi«, erwidere ich lächelnd.
Ich mag Russ, den stellvertretenden Feature-Redakteur bei *Hebe*. Am Montag hat er mir im Taxi zurück zum Büro sämtliche peinlichen Geheimnisse der Jurorinnen verraten, und ich habe Tränen gelacht. Ich glaube, er ist eine ziemliche Tratschtante, aber total witzig. Er ist knapp eins neunzig groß, nicht dick und nicht dünn, hat kurze rotblonde Haare, reichlich Sommersprossen und erinnert mich ein bisschen an Ed Sheeran – er ist ziemlich cool.
»Kommst du heute Abend mit in den Pub?«, fragt er und geht an mir vorbei, um den Wasserkessel zu füllen.

»Ich kann nicht. Ich bin schon mit meiner Mitbewohnerin verabredet.« Ich reiche ihm die Teebeutel.
»Bring sie einfach mit. Je mehr, desto lustiger«, sagt er entspannt.
Ich lehne mich an die Arbeitsplatte. Mit der Rückkehr zu meinen frostigen Kolleginnen habe ich es nicht so eilig. »Wer kommt denn sonst noch?«
»Pete und Lisa aus der Nachrichtenredaktion und Esther, die Feature-Redakteurin, kommen wahrscheinlich auf ein Glas mit. Zach aus der Herstellung und Tim aus der Graphik sind normalerweise auch dabei. Bei Alex weiß ich es nicht.«
Unwillkürlich versteife ich mich.
»Was ist mit Helen und Nicky?«, frage ich betont beiläufig.
»Ach, unwahrscheinlich. Nicky macht sich nie mit dem Fußvolk gemein, und Helen hängt in jeder freien Sekunde wie ein Klammeräffchen an ihrem Freund – bitte nicht wörtlich verstehen.« Er grinst schelmisch.
Ich bin überrascht von seiner Offenheit, versuche aber, es mir nicht anmerken zu lassen.
»Wie gefällt es dir in der Bildredaktion?«
»Ähm, es ist ganz okay«, erwidere ich matt.
»Helen ist zickig?«
Er wirft mir einen wissenden Blick zu, ungerührt von meiner Überraschung. »Sie hatte sich auf deinen Job beworben«, verrät er mir.
»Ach?«
»Simon fand, sie habe noch nicht genug Erfahrung.« Er hebt eine Augenbraue. »Allerdings weiß ich nicht, ob Nicky diese Meinung teilt …« Dabei belässt er es. Also wollte Nicky eigentlich Helen zur Bildredakteurin befördern, anstatt mich einzustellen.
»Verstehe.« Jetzt ergibt alles einen Sinn. Wahrscheinlich hat Simon die Entscheidung letztlich allein getroffen und ist damit meinen beiden engsten Kolleginnen auf die Füße getreten. Kein Wunder, dass mir ein eisiger Wind entgegenweht.

»Nimm's nicht so schwer«, sagt Russ mitfühlender, als ich es von einem Beinahe-Fremden – und obendrein von einem Kerl – erwartet hätte. »Alle wissen, wie zickig die beiden sind. Na ja, alle außer Simon.« Er verdreht die Augen. »Für Zickigkeit hat dieser Mann keine Antenne.«

Ich bin noch immer überrascht, dass er so offen mit mir spricht, aber ich kann nicht sagen, dass es mir nicht sehr recht wäre nach den ersten zwei Wochen, in denen ich mich hier völlig isoliert gefühlt habe.

»Komm mit in den Pub«, drängelt er und nimmt seinen Teebecher.

»Okay, ich schaue mal, ob Bridget Lust darauf hat.«

»Bridget Reed?«, erkundigt er sich, während wir gemeinsam die Teeküche verlassen.

»Genau die.«

»Ach, Bridget hat garantiert Lust, mit uns in den Pub zu gehen.« Er grinst.

»Kennst du sie gut?«

»Das nicht, aber ich habe sie oft genug bei Trinkspielen nach Feierabend erlebt, um zu wissen, dass sie gut zu uns passt.«

Lachend gehe ich an ihm vorbei und merke erst, dass ich genau neben Alex' Schreibtisch bin, als ich in seine strahlend blauen Augen über seinem Computerbildschirm sehe. Hastig wende ich den Blick ab.

»Bis später, Russ.«

Dann gehe ich zu meinem Schreibtisch.

Russ hat natürlich recht: Bridget lässt sich keine Gelegenheit zum Feiern entgehen.

Die *Hebe*-Ausgabe von nächster Woche ist um siebzehn Uhr druckfertig, und so geselle ich mich zu den anderen, die schon an der Tür stehen und ihre Jacken anziehen. Alex' Platz ist verlassen – er zeichnet drüben an Simons Schreibtisch die letzten

Korrekturbögen ab. Helen und Nicky kommen gemeinsam vorbei, unterhalten sich und ignorieren uns.

»Schönes Wochenende!«, ruft Russ ihnen vergnügt hinterher, und beide zucken zusammen.

»Euch auch«, ruft Nicky verlegen zurück.

Helen drückt den Aufzugknopf und sieht dabei Nicky an. Betreten schweigend warten die beiden, bis der Aufzug kommt.

Ich fange Russ' Blick auf. »Blöde Kühe«, sagt er leise und grinst mich an. Ich versuche, eine ernste Miene zu bewahren. »Bridget kommt nach?«, vergewissert er sich bei mir.

»Ja, sie sind noch nicht in Druck gegangen.«

Bridget arbeitet diese Woche als Freie für das monatlich erscheinende Reisemagazin *Let's Go!*

»Bridget Reed?« Lisa, die Nachrichtenredakteurin, hat uns gehört.

»Genau die«, erwidere ich lächelnd. Kennt denn jeder Bridget?

»Da gehen meine Hoffnungen auf einen entspannten Abend dahin«, murrt sie.

»Ich mache mir garantiert einen entspannten Abend«, erwidere ich mit Nachdruck.

»Viel Glück dabei«, wirft Russ trocken ein. »Tim, kommst du jetzt mit, oder was?«, schnauzt er unvermittelt.

Tim aus der Graphik klebt noch an seinem Computer.

»Ja«, erwidert er knapp, blickt auf und sieht Russ an. Er liegt voll im Geek-Trend: Brille mit schwarzem Gestell und verwuschelte dunkle Haare. »Fertig«, murmelt er und schnappt sich seine Jacke von der Stuhllehne. Ich sehe zu Alex, der sich genau in diesem Augenblick von Simon abwendet und mit den DIN-A3-Bögen in seinen Händen raschelt.

»Kommst du mit, einen trinken?«, ruft Tim ihm zu.

»Ähm ...« Er sieht auf die Uhr. »Wo geht ihr hin?« Sein Blick huscht zu mir.

»Bloß in den Pub auf der anderen Straßenseite«, sagt Tim.

»Vielleicht komme ich nach.« Mein Herz macht einen Satz und geht dann in den Sturzflug. Ich versuche, mir einzureden, dass es mir total egal ist.

Daran scheitere ich allerdings eklatant. In den ersten zwanzig Minuten im Pub fixiere ich ununterbrochen die Tür, denn Alex könnte ja jeden Augenblick hereinkommen. Ich würde ihn zu gern wieder einmal außerhalb der Arbeit erleben – diese Woche in der Redaktion war sehr eigenartig.

Dann kommt Bridget. »Hey, Leute!«, ruft sie fröhlich. »Wer hat Lust auf ein Trinkspiel?«

Alle stöhnen theatralisch.

»Bronte?«, fragt sie in neckischem Ton. »Wie wär's mit einem Shot?«

»Denk nicht mal dran«, warne ich sie. »Ich bleibe bei Bier. Ich muss morgen früh raus.«

»Was hast du denn vor?«, fragt Lisa, ein zierlicher Rotschopf, interessiert, während Bridget die Bestellungen der anderen sammelt und dann an die Bar geht.

»Ich gehe zu einer Hochzeitsfeier.«

»Das ist ja schön!«, sagt sie.

»Wessen Hochzeit?« Esther, die Feature-Redakteurin, hat uns gehört. Mit etwa eins achtzig ist sie extrem groß für eine Frau und sieht einfach atemberaubend aus mit ihren schulterlangen dunkelbraunen Haaren.

»Ich habe keine Ahnung.« Ich lächele über ihre und Lisas verwirrte Mienen. Dann erkläre ich es ihnen. »Ich assistiere der Hochzeitsfotografin.«

»Wow. Machst du das oft?«, fragt Lisa.

»Nein, das ist das erste Mal.«

»Wie aufregend!« Esther stupst Pete an. »Du solltest Bronte für deine Hochzeit im Juli engagieren.«

»Immer langsam.« Ich hebe die Hände. »Vielleicht bin ich gar nicht gut darin. Im Augenblick mache ich mir deswegen jeden-

falls fast in die Hose«, gebe ich zu und bringe damit alle zum Lachen. Bridget kommt mit unseren Getränken zurück und knallt ein Bierglas vor mir auf den Tisch.
Ehe der Abend vorüber ist, versucht sie garantiert, mich doch noch zu Shots zu überreden. Ich werde standhaft bleiben!
»Hey, da ist Alex«, sagt Tim. Seit Bridget hier ist, beobachte ich die Tür nicht mehr.
»Hi«, sagt Alex und lässt seine Tasche geräuschvoll neben den Tisch fallen. Dann erstarrt er: Er hat Bridget bemerkt.
»Hallo. Ich bin Bridget«, sagt sie geschmeidig und reicht ihm die Hand, ehe ich einen Herzinfarkt bekommen kann. »Wer bist du?«
»Alex«, erwidert er mit leicht gerunzelter Stirn und schüttelt ihr widerstrebend die Hand. »Kann ich irgendjemandem was zu trinken holen?«
Alle sind versorgt. Er geht an die Bar. Ich werfe Bridget über den Tisch hinweg einen fragenden Blick zu, und sie unterdrückt ein Grinsen. Als Alex zurück an den Tisch kommt, scheint er sich von seinem Schrecken erholt zu haben und setzt sich zwischen Lisa und Tim. Von meinem Platz aus kann ich sein Gesicht nicht gut sehen, was mir nur recht ist.
»Wie war deine erste Woche?«, fragt Lisa ihn.
»Gut. Ich habe mich bloß eingearbeitet und mit allem vertraut gemacht«, erwidert er mit seiner warmen, tiefen Stimme. Hören kann ich ihn unglücklicherweise sehr gut, und mir entfährt ein kleiner Seufzer. Warum bleibt er derart auf Abstand? Wenn er nicht auf mich steht, na schön. Wenn er eine andere hat, cool. Aber warum können wir nicht Freunde sein? Warum ist er so unnahbar?
»Was hast du dieses Wochenende vor?«, fragt Lisa, und zwar an Alex gewandt, wie mir klar wird. Ob es etwas mit ihrem Job in der Nachrichtenredaktion zu tun hat, dass sie so gut in Smalltalk ist?

»Ähm, einfach Zeit mit meiner Freundin verbringen«, erwidert er.
Obwohl ich so etwas schon vermutet hatte, trifft es mich.
»Na ja, mit meiner Verlobten«, stellt er klar.
Schlagartig kriege ich noch schlechtere Laune.
»Wie schön! Wann heiratet ihr denn?«, fragt Esther aufgeregt.
»Im Dezember«, verrät Alex. Ich trinke einen Schluck Bier. Bridget sieht mich an, das spüre ich, aber ich starre stur auf den Tisch.
»Wie aufregend!«, ruft Lisa begeistert.
»Wann habt ihr euch verlobt?«, fragt Esther ihn weiter aus, während ich unmerklich zusammenzucke. Müssen wir unbedingt alle rührseligen Details erfahren?
»Vor ein paar Monaten.« Alex rutscht auf seinem Stuhl hin und her. Er will gar nicht darüber reden, vielleicht weil ich hier bin; vielleicht ist er aber auch bloß zurückhaltend. Diesen Eindruck hatte ich damals von ihm gewonnen, aber eigentlich kenne ich ihn überhaupt nicht. Es war dumm von mir, zu glauben, dass ich ihn kenne.
»Lasst uns ein Trinkspiel spielen!«, ruft Bridget plötzlich, und wieder stöhnen alle. »Kommt schon, ihr seid solche Langweiler bei *Hebe*!« Sie schubst Russ, und er rutscht zur Seite, damit sie rauskann.
»Bronte, komm, hilf mir mit den Shots.«
»Ich trinke keine Shots«, wiederhole ich.
»Ja, ja, von mir aus. Komm und hilf mir trotzdem.«
Resigniert gucke ich an die Decke, aber insgeheim bin ich dankbar für ihr Ablenkungsmanöver.

Am nächsten Morgen bin ich früh wach. Trotz meiner guten Vorsätze habe ich einen Kater, wenn auch nur einen leichten. Bridget allerdings ist ziemlich mitgenommen.
Ich strecke den Kopf in ihr Zimmer. »Hey«, flüstere ich.

Ein ersticktes Stöhnen dringt aus ihrem Bett.
»Ich habe Kopfschmerztabletten für dich«, sage ich grinsend.
Sehr vorsichtig setzt sie sich auf, schluckt zwei Tabletten und spült mit Wasser nach. »Warum, warum bloß hast du mich diese Shots trinken lassen?«
»*Was?*« Ich glaub's nicht!
Sie schürzt die Lippen. »Was ich dir noch erzählen wollte: Auf dem Anrufbeantworter war eine Nachricht von deiner Mutter.«
»Was hat sie denn gesagt?«, frage ich argwöhnisch.
»Sie hätte sich bloß mal melden und Hallo sagen wollen.«
Nichts Wichtiges also.
Sie verdreht die Augen. »Ich wünsche dir einen schönen Tag. Hals- und Beinbruch.«
Nervosität überkommt mich, aber schon klingelt es an der Tür, und Bridget umklammert ihren Kopf. »Bring das zum Schweigen!«
»Mache ich.« Ich lache. »Bis morgen.«
»Viel Glück.«
»Danke.« Das werde ich brauchen.

Kapitel 4

»Wie fühlst du dich?«, fragt Maria Suzie, die Braut, während sie Grundierung auf deren blasses Gesicht aufträgt.
»Ich bin nervös«, gesteht Suzie.
Ich wäre auch nervös, wenn ich kurz davor stünde, mich rechtsgültig für den Rest meines Lebens an einen anderen Menschen zu binden. Wobei man sich natürlich immer scheiden lassen kann, wenn es nicht funktioniert.
»Das ist ein gutes Zeichen«, sagt Maria ermutigend. »Ich glaube, die Nervosität hilft einem, den Tag intensiver zu erleben.«
Meint sie das ernst? Tja, ich bin jedenfalls höllisch nervös, aber ich bin nicht sicher, ob ich speziell diesen Tag besonders intensiv erleben will.
»Du strahlst regelrecht«, sagt Rachel sanft und macht ein Foto. Ich sitze in der Ecke, sehe bloß zu und versuche, niemandem im Weg zu stehen. Rachel geht zur Tür, an der das Hochzeitskleid hängt. »Kannst du die Vorhänge ein bisschen zuziehen, damit das Licht sanfter ist?«, bittet sie mich.
Ich stehe auf und schließe die Vorhänge ein Stückchen. Rachel fotografiert aus nächster Nähe die vielen Spitzenblümchen auf dem Oberteil des Kleides. Ich freue mich schon darauf, Suzie darin zu sehen.
Dann macht Rachel ein paar Aufnahmen von den Schuhen der Braut und dem Ehering ihrer Großmutter, der auf ihr Strumpfband aufgenäht ist. Suzies Mutter bringt uns Tee. Ich hätte nicht gedacht, dass die Atmosphäre so entspannt sein würde.

Die Türklingel kündigt Suzies einzige Brautjungfer an, und die allgemeine Aufregung steigt ein bisschen. Die Brautjungfer ist eine liebe, freundliche Frau, aber trotzdem lädt sich die bisher so entspannte Atmosphäre von jetzt an immer weiter auf, je näher das große Ereignis rückt.
»Zeit für dich zu gehen«, sagt Rachel leise und lächelt, während Maria dem Make-up der Braut den letzten Schliff gibt.
Als Rachel mich zur Tür begleitet, kehrt meine Nervosität zurück.
»Also, vergiss nicht, die Details zu fotografieren«, sagt sie. »Die Blumen, die Kerzen, die Orgel …«
Leise Angst durchfährt mich.
»Das Kirchenprogramm, die Kirchenfenster …«, fährt sie fort.
Ich fange mich wieder und schüttele den Kopf. »Keine Sorge.«
»Versuch, die Ankunft des Bräutigams zu erwischen, falls er nicht schon da ist, und möglichst viele Gäste. Bitte die Gäste nicht, speziell für dich zu posieren, aber wenn dich jemand um ein Foto bittet, mach es.«
»Ja, ich weiß«, sage ich und nicke rasch.
»Und versuche vor allem, seine Reaktion einzufangen. Gib dein Bestes«, drängt sie ernst.
»Mache ich«, verspreche ich ihr.
»Gib einfach dein Bestes«, sagt sie noch einmal, und diesmal drückt sie beruhigend meinen Arm. Ich spüre, dass meine Unerfahrenheit sie ebenso nervös macht wie mich selbst.
Suzies Elternhaus ist nur drei Minuten zu Fuß von der Kirche entfernt. Der Bürgersteig ist taunass. Als wir heute Morgen eintrafen, lag noch Reif, aber jetzt lässt die Spätmärzsonne ihn schmelzen. Dünne weiße Wölkchen streifen den blauen Himmel. Die ganze Woche über war es bedeckt und richtig kalt. Suzie und Mike scheinen einfach totale Glückspilze zu sein! Ich atme die frische Frühlingsluft ein und lausche dem Gesang der Vögel in den Bäumen. Als ich an einem schnuckeligen kleinen Cottage mit

Strohdach hinter einer niedrigen, von leuchtend gelben Narzissen gesäumten Hecke vorbeikomme, mache ich aus einem Impuls heraus ein paar Aufnahmen. Dieses Dorf ist so hübsch, eine typische englische Postkartenidylle. Ich biege um eine Ecke, und der graue Schieferturm der Kirche kommt in Sicht. Er glänzt in der Sonne.
Ich trete in den Schatten der steinernen Kirche und gehe beklommen über den gewundenen asphaltierten Weg zum Kirchenportal. Um meine Nervosität in den Griff zu bekommen, atme ich tief durch.
Reiß dich zusammen, Bronte. Reiß dich bitte zusammen. Ich bleibe stehen, schließe die Augen und wappne mich innerlich.
»Hallo!«, höre ich jemanden fröhlich sagen. Ich reiße die Augen auf und erblicke einen gepflegten Zeremonienmeister, der mit einem Stoß Papiere am Portal wartet.
»Hi«, erwidere ich rasch.
»Braut oder Bräutigam?«, fragt er aufgeräumt.
»Fotografin«, sage ich, und er lächelt.
»Ah, gut.«
Ich zwinge mich, sein Lächeln zu erwidern, und gehe an ihm vorbei in die Kirche. Es ist das erste Mal seit Jahren, dass ich wieder in einer Kirche bin – Polly und Grant haben nur standesamtlich geheiratet. In kurzen stoßweisen Zügen atme ich die kalte, feuchte Luft ein. Der muffige Geruch macht mich ein wenig schwindelig. Wie kommt es, dass alle Kirchen so ähnlich riechen, auch wenn ganze Ozeane zwischen ihnen liegen?
Alles ist gut. Alles ist gut. Ich sehe mich um. Die Kirche ist groß und kühl, hat einen grauen Steinboden, cremefarbene Kalksteinmauern und gewaltige Bogenfenster aus farbigem Glas.
Auf den Bänken sitzen bereits etwa ein Dutzend Gäste, die sich leise unterhalten. Ehrfürchtige Stille liegt über allem.
Mein Vater sagte immer, Kirchen seien wie Bibliotheken. Aber das stimmt nicht. Kirchen und Bibliotheken ähneln sich überhaupt nicht. In Bibliotheken halte ich mich gerne auf.

Rachel hat den Pfarrer bereits kennengelernt, mich aber gebeten, mich ihm selbst vorzustellen. Zu meiner großen Erleichterung stelle ich fest, dass es sich um eine Pfarrerin handelt. Sie begrüßt mich herzlich.
»Ich bleibe hinten«, verspreche ich ihr und entspanne mich ein wenig. »Ich komme Ihnen nicht in die Quere.«
Rachel hat mir erzählt, dass die Pfarrer sie in der Regel mögen, weil sie während des Gottesdienstes nicht mit Blitz fotografiert und auch nicht wie eine Irre kreuz und quer durch die Kirche rennt. Da wir zu zweit sind, kann sie die ganze Zeit vorn in der Nähe der Kanzel bleiben.
Die Verantwortung, die auf mir lastet, hilft mir, mich zu konzentrieren. Ich kann das. Ganz bestimmt. Der Bräutigam ist noch nicht hier, also beginne ich damit, die kleinen Details zu fotografieren. Anfangs kommt die Kamera mir sehr laut vor, und ich zucke bei jedem Klicken zusammen, aber nach ein paar Aufnahmen gewöhne ich mich daran. Ich halte die hübschen Blumenarrangements fest – Narzissen, Hyazinthen und Rosen mit giftgrünem Gemeinem Schneeball –, die an den Enden der Kirchenbänke hängen, und das Sonnenlicht, das durch die Buntglasfenster hereinströmt. Dann überwinde ich mich und betrete den Altarraum. Ich schieße ein paar Fotos von den größeren Blumengestecken und den glänzenden silbernen Kerzenständern auf dem Altartisch. Mit klopfendem Herzen mache ich rasch ein paar Bilder von der Orgel mit ihren polierten goldenen Pfeifen und den nur allzu vertrauten schwarzen und cremefarbenen Tasten. Als der Bräutigam eintrifft, gehe ich zurück ins Kirchenschiff und stoße den Atem aus, den ich angehalten hatte, ohne es zu merken.
Mike ist Mitte zwanzig, genau wie Suzie und Maria. Er ist groß und schlank und hat kurze braune Haare. Maria hat mir erzählt, dass Suzie und Mike sich an der Universität kennengelernt haben und nächste Woche für ein Jahr auf Reisen gehen. Damit ist ihre

Hochzeit zugleich ihre Abschiedsfeier, und unsere Fotos werden in den kommenden zwölf Monaten ein bedeutendes Andenken an ihre Lieben zu Hause sein. Umso wichtiger ist es, dass sie dem Anlass gerecht werden.
Ich konzentriere mich auf Mike, der gerade einen Augenblick allein mit seiner Mutter verbringt, und mir gelingt ein entzückendes Foto von ihm, als seine Mutter ihn auf die Wange küsst und ihm danach lachend den Lippenstift abwischt. Verlegen stelle ich mich vor und wünsche ihm Glück.
Allmählich füllt die Kirche sich, aber die ehrfürchtige Stille bleibt, und als Suzies Mutter eintrifft, weiß ich, dass die Braut auf dem Weg hierher ist. Ich habe Rachels Einbeinstativ wie verabredet außer Sicht hinter der Kanzel aufgestellt. Rachel fotografiert mit kleiner, aber erstklassiger Ausrüstung. Ihr 85-mm-f1.2-Objektiv – der Heilige Gral der Objektive – fange so viel natürliches Licht ein, hat sie mir erklärt, dass sie bis zum ersten Tanz keinen Blitz verwenden muss, und auch dann nur, wenn sie das Geschehen auf der Tanzfläche festhalten will.
Ich mache ein paar Aufnahmen von Suzies Mutter. Dann gehe ich wieder hinaus und warte am Portal. Ich atme ganz tief durch. Alles ist gut. Ich mache es gut.
Bald darauf sehe ich Rachel. Suzie, ihr Vater und ihre Brautjungfer, die ein spitzenbesetztes dunkelrosa Kleid im Vintagelook trägt, kommen zu Fuß von Suzies Elternhaus, und lächelnd beobachte ich Rachel, die rückwärts vor den anderen hergeht und dabei ein Foto nach dem anderen schießt, ohne zu stolpern.
Suzie sieht atemberaubend schön aus. Maria hat ihre goldblonden Haare in großen Locken frisiert, die offen herabfallen. Anstelle eines traditionellen Schleiers trägt sie eine Kopfbedeckung aus zarter Spitze im Stil der Flapper mit einer großen weißen Seidenblume an der linken Seite. Ihr langer, eng anliegender Rock besteht aus weißer Spitze, und wie mir vorhin schon auffiel, ist das trägerlose Oberteil mit zig kleinen Spitzenblumen besetzt.

Rachel dreht sich um und kommt über den feuchten Rasen zu mir.
»Viel Glück!«, flüstert sie laut. »Vergiss nicht seine Reaktion!«, betont sie nochmals und eilt an mir vorbei in die Kirche.
»Keine Sorge«, verspreche ich ihr, aber sie ist schon weg.
Als Suzie und ihre Entourage auf mich zukommen, halte ich die Kamera ans Auge und schaue durch den Sucher. Dann gehe ich rückwärts in die Kirche, in der nun Orgelmusik ertönt, und fotografiere dabei unentwegt.
Ein kalter Schauer läuft mir über den Rücken. Die Musik füllt meinen Kopf ganz aus und hallt in meinem Körper wider, und kurz befürchte ich, ohnmächtig zu werden.
Ich zwinge mich, mich zu konzentrieren, bemühe mich, die unvergessliche Musik auszublenden, eile auf die andere Seite der Kirche und suche vorn nach Mike. Rachel hat mir eingeschärft, dass dies mein wichtigstes Foto heute ist. Sobald Suzie die Kirche betritt, besteht meine einzige Aufgabe darin, Mikes Reaktion festzuhalten, wenn er die Braut erblickt. Rachel sagt, dass dieses Foto vom Bräutigam und dessen Gegenstück, Rachels Foto von der Braut, wenn diese den Blick mit dem des Mannes verschränkt, an den sie sich gleich für den Rest ihres Lebens binden wird, die Bilder sind, die vielen Paaren am meisten bedeuten. Und nun bin ich dafür verantwortlich, dafür zu sorgen, dass meine Hälfte des Ensembles gelingt.
Der Organist spielt Wagners mitreißenden Hochzeitsmarsch, und ich wappne mich für den großen Augenblick. Ich zoome Mike heran, der sich nun langsam zu seiner Braut umdreht, die durch den Mittelgang auf ihn zukommt. Da hebt jemand sein iPad in die Höhe und versperrt mir komplett die Sicht. Scheiße! Die Brautjungfer geht an mir vorbei und ich sause nach links, bis ich wieder ungehinderte Sicht auf den Bräutigam habe. Aus dem Augenwinkel sehe ich einen weißen Fleck an mir vorbeiziehen. Während ich ein Foto nach dem anderen schieße, wird Mikes

Miene weich und seine Augen füllen sich mit Tränen. Da weiß ich, dass ich es geschafft habe: Ich habe meinen Teil getan. Ein ungeheures Glücksgefühl überkommt mich.

Ich würde nicht sagen, dass ich die Hochzeit von nun an genieße, aber es wird doch einfacher, und dass ich viel zu tun habe, ist dabei sehr hilfreich. Ich mache schöne Aufnahmen von Braut und Bräutigam am Altar, eingerahmt von den grünen und weißen Blumen, die jede zweite Kirchenbank am Mittelgang schmücken. Mittlerweile zucke ich auch nicht mehr bei jedem Klicken meiner Kamera zusammen und zoome näher heran, um den einen oder anderen Schnappschuss von Gästen zu machen, die sich verstohlen die Augen trockentupfen, sowie von zwei kleinen Kindern, die mich über die Schultern ihrer Eltern hinweg frech ansehen. Aber hauptsächlich halte ich mich im Hintergrund und lasse Rachel ihren Teil von der Kanzel aus machen.

Viel zu bald muss ich wieder mehr in den Vordergrund rücken: Ich muss Braut und Bräutigam ablichten, wenn sie als frischgebackenes Ehepaar durch den Mittelgang schreiten, und vor lauter Aufregung klopft mein Herz so laut, dass ich dabei Mendelssohns mir allzu vertrauten Hochzeitsmarsch fast nicht mehr hören kann. Überglücklich kommen Mike und Suzie in meine Richtung und bleiben unterwegs immer wieder stehen, um die Glückwünsche von Freunden und Angehörigen entgegenzunehmen. Bald sind sie an der letzten Bankreihe vorbei, und ich trete unaufhörlich fotografierend rückwärts durch das schwere Holzportal hinaus in herrliches Tageslicht. Die Tür vor mir fällt zu. Gleich darauf kommen Suzie und Mike heraus, und Mike reckt die Faust in die Luft und ruft: »JA!«

Als er Suzie direkt vor mir küsst, verkneife ich mir das Lachen und fange jeden glückseligen Sekundenbruchteil ein.

Die übrigen Gäste folgen rasch, und dann ist Rachel bei mir. »Hast du sie?«, fragt sie.

Ich nehme an, sie meint die Reaktion des Bräutigams, und nicke

glücklich, schwindelig vor Erleichterung. Ich habe es geschafft. Ich habe es überstanden.
Sie lacht, weil sie meine Reaktion falsch deutet. »Hat es dir Spaß gemacht?«
»Ja.« Tränen brennen in meinen Augen. Im Nachhinein glaube ich beinahe, es hat mir wirklich Spaß gemacht.
Sie tätschelt mir den Arm. »Das freut mich sehr. Aber es ist noch nicht vorbei«, erinnert sie mich belustigt.
Der schwierige Teil schon.

Die Hochzeitsfeier findet in einem schicken Pub ein Stück die Straße hinab statt. Ich gehe schon vor; Rachel kümmert sich noch um die restlichen Fotos vor der Kirche. Ein erwartungsvolles Knistern liegt in der Luft, während das aufgeregte, freundliche Personal letzte Hand an die Tischdekorationen legt und Champagner in hohe Flötengläser einschenkt. Einen Augenblick stehe ich bloß da, sehe mich um und nehme alles in mich auf. Der Pub verströmt eine Atmosphäre von Shabby Chic: unlackierte Dielen, offene Kamine, Velourstapeten und Gemälde an den Wänden. Auf den Tischen liegen weiße Spitzendecken, und in der Mitte steht jeweils ein weiß-grünes Blumenarrangement in einem rustikalen, weiß und silbern angemalten Topf. Ein Kellner geht herum, zündet Teelichter an und stellt sie in silbrig grüne Gläser, die überall auf den Tischen stehen. In einen schönen alten Vogelkäfig auf einem Tisch an der Tür können die Gäste ihre Hochzeitskarten stecken, und daneben stehen drei unterschiedlich hohe Torten auf Kuchenständern aus Kristallglas. Jede Torte ist mit dicken Cremerüschen in Rosa, Hellgelb und Weiß verziert. Winzige weiße Blüten schmücken sie zusätzlich.
Es ist hinreißend.
Nachdem ich genügend Aufnahmen vom Interieur des Pubs gemacht habe, gehe ich in den Garten, wo ein großes weißes Festzelt mit einer kleinen Bar darin auf dem Rasen aufgebaut ist. Eine

Kellnerin stellt gerade ein Tablett mit Weingläsern ab, die bis zum Rand mit einem pfirsichfarbenen Cocktail gefüllt sind. Von denen könnte ich jetzt auch einen brauchen. Ich mache ein paar Fotos und behalte dabei die Tür im Auge, bis schließlich nach und nach die Hochzeitsgesellschaft eintrifft.
Das übrige Personal hat sich im Pavillon versammelt, und als Suzie und Mike auf uns zukommen, applaudieren wir alle. Suzie errötet ganz entzückend und nimmt zwei Champagnerflöten.
»Prost!« Sie und Mike stoßen miteinander an. Sie kichert; er lächelt sie liebevoll an.
Während Cocktails und Canapés herumgereicht werden, mache ich weiter Schnappschüsse, bis mich jemand am Arm zupft. Ich drehe mich um und erblicke Suzie, die mich aus großen blassblauen Augen unter ihrem violetten Hut hervor ansieht.
»Sind ein paar schöne dabei?«, fragt sie.
»Natürlich.« Ich lächele sie an und zeige ihr ein paar meiner Fotos. »Sind doch großartig geworden, oder?«
Sie nickt zufrieden, und ich mache ein Bild von ihr. Sie schlägt meinen Arm weg, und ich lache. Rachel unterbricht uns.
»Zeit für die Gruppenfotos.« Sie reicht mir ein Blatt Papier, auf dem steht, welche Gruppenfotos Braut und Bräutigam sich wünschen: seine Familie, ihre Familie, die Hochzeitsgesellschaft, Freunde. Meine Aufgabe ist es, die Leute zusammenzutrommeln. Das ist gar nicht so einfach und ziemlich stressig, aber mehrere Freunde und Angehörige helfen mir dabei. Danach nehmen wir Suzie und Mike beiseite, um einige ganz intime Aufnahmen zu machen – kein Anhang erlaubt. Rachel braucht die volle Aufmerksamkeit von Braut und Bräutigam und möchte, dass die beiden möglichst entspannt sind, ohne dass scharenweise Freunde und Angehörige zuschauen. Also entführen wir die beiden auf die sonnenbeschienene grüne Wiese hinter dem Pub und machen einige atmosphärisch stimmige Fotos von ihnen, wie sie Hand in Hand durchs hohe Gras gehen. Klaglos umarmen und küssen sie

sich, als würden sie jeden Tag dabei fotografiert werden. Aufgabe erledigt.

»Vor den Reden können wir eine Pause machen«, erklärt Rachel und geht mir voran zurück in den Pub. Die Gäste setzen sich nun zum Hochzeitsessen an die Tische, und als wir an Marias Tisch vorbeikommen, grinse ich sie an. Sie ist jetzt als Gast hier und sitzt bei einer Gruppe junger Leute. Neidisch sehe ich auf ihr Champagnerglas. Gleich darauf betreten wir ein kleines Büro neben der Küche, und Rachel drückt mir ein Glas des prickelnden Getränks in die Hand.

»Wirklich?«, frage ich überrascht. Ich hätte nicht gedacht, dass wir bei der Arbeit trinken dürfen.

»Sicher. Eins bringt uns nicht um. Und du hast es dir wirklich verdient.«

»Oh ... danke.« Wir stoßen an, und ich trinke einen Schluck.

»Ganz ehrlich, ich weiß nicht, was ich heute ohne dich gemacht hätte«, sagt sie mit ernster Miene und hockt sich auf die Schreibtischkante.

»Du hast meine Fotos noch nicht gesehen«, witzele ich. »Hoffentlich sind sie okay«, füge ich nervös hinzu.

»Du kannst gerne morgen zu mir kommen und mir helfen, sie zu bearbeiten.«

»Supergern!« Das ist nicht übertrieben. Ich kann es kaum erwarten, die Früchte unserer Arbeit zu sehen. Ich dachte, ich würde wochenlang warten müssen, genau wie Braut und Bräutigam.

Eine Kellnerin erscheint mit zwei Tellern an der Tür. »Hungrig?«, fragt sie.

»Halbverhungert«, erwidert Rachel und steht auf, damit die Kellnerin die Teller auf den Schreibtisch stellen kann.

»Guten Appetit«, wünscht sie uns vergnügt und ist schon wieder fort. Wir rufen ihr ein Dankeschön hinterher. Ich mustere den Räucherlachs, den es als Vorspeise gibt. In unserem Vertrag steht,

dass uns Verpflegung zusteht, aber ich hatte nicht mit dem Hochzeitsessen gerechnet.
»Lecker.«
Die Pause ist viel zu schnell vorüber. Den ganzen Tag über muss ich freundlich und professionell sein, und jetzt stelle ich fest, dass ich gar nicht mehr aufhören kann zu gähnen.
»Als Nächstes kommen die Reden«, sagt Rachel und kichert, weil ich mir gar nicht mehr die Mühe mache, das gefühlt zwanzigste Gähnen zu unterdrücken. »Die machen dich bestimmt wieder munter. Die Leute hier scheinen ein netter Haufen zu sein, deshalb vermute ich, dass sie auch halbwegs anständige Reden halten. Und ich habe schon einiges an Schrott gehört, das kann ich dir sagen.« Ich lächele, und sie fährt fort: »Dann ist es Zeit, den Kuchen anzuschneiden – ein bisschen langweilig, aber das müssen wir auch abhaken –, und danach kommt der erste Tanz. Sobald der vorbei ist, hast du Feierabend und kannst mit Maria was trinken. Ich kümmere mich um den letzten Tanz und fahre uns nach Hause. Es ist ein langer Tag.«
»Ich weiß nicht, wie du immer noch so frisch sein kannst«, gestehe ich.
»Jede Menge Übung«, erwidert sie grinsend. »Und ich finde Hochzeiten total cool. Meiner Meinung nach ist man entweder Hochzeitsfotografin oder eine Fotografin, die auch Hochzeiten macht. Manche Leute glauben vielleicht, dass Hochzeitsfotografin kein besonders cooler Job ist, aber ich glaube, es ist viel netter, wenn man den großen Tag von jemandem dokumentieren lässt, der Hochzeiten wirklich liebt.«
Da muss ich ihr zustimmen, auch wenn das auf mich nicht zutrifft. Sie strahlt mich an und stürzt sich auf ihre Vorspeise.

Auf der Rückfahrt nach London bin ich eigenartig glücklich, und das hat nichts mit den paar Gläsern zu tun, die ich getrunken habe.

»Das war so ein schöner Tag. Danke, dass du mich gebeten hast, einzuspringen«, sage ich. Maria übernachtet bei ihren Eltern, daher sind wir nur zu zweit.
»Freut mich, dass es dir gefallen hat«, erwidert sie.
»Falls Sally dich noch mal im Stich lässt, gib mir bitte Bescheid. Ich springe gern wieder ein.« Wie schwer es mir anfangs fiel, habe ich anscheinend schon vergessen.
»Gut zu wissen«, erwidert sie lächelnd.
Ich sehe aus dem Fenster und gähne laut. Noch ehe wir Chalk Farm erreichen, bin ich eingeschlafen.

Kapitel 5

Als ich am Montagmorgen in die Teeküche gehe, um für meine schlechtgelaunten Kolleginnen in der Bildredaktion und mich Tee zu kochen, gähne ich noch immer. Den Großteil des gestrigen Tages verbrachte ich bei Rachel mit der Durchsicht und Bearbeitung der Fotos. Ich war sehr neugierig auf meine Bilder. Rachel schien ausgesprochen zufrieden mit mir zu sein, zumal es ja meine erste Hochzeit war. Es waren jedenfalls einige gute Aufnahmen dabei, aber ich habe auch einige Fehler gemacht. Hoffentlich lerne ich daraus. Rachel hat vorab einen Teaser – ein Foto, das die Leute neugierig machen soll – von Suzie und Mike ins Internet gestellt: eines der Bilder, auf denen sie Hand in Hand über die grüne Wiese wandeln. Rachels Website ist mit Facebook verknüpft, und schon haben die ersten Gäste ihre Kommentare zum Foto hinterlassen. Suzie selbst hat eine sehr nette Nachricht hinterlassen, in der sie uns für unsere Arbeit dankt. Andere Gäste werden sicher heute schon eigene Fotos posten, aber zumindest gibt es eine professionelle Aufnahme als Gegengewicht zu den Instagram-Bildern, auf denen unweigerlich halb geschlossene Augen und wenig schmeichelhafte Perspektiven zu sehen sein werden.
Die Tür geht auf, und ich drehe lächelnd den Kopf, weil ich mit Russ rechne, der Anstalten machte, mir zu folgen, als ich an ihm vorbeikam. Aber es ist Alex, und mein Magen krampft sich zusammen. Auch er scheint bei meinem Anblick nervös zu werden.

»Hi«, sage ich matt.
»Hey«, erwidert er, und flüchtig frage ich mich, ob er sich jetzt umdrehen und zurück an seinen Platz gehen wird, aber das tut er nicht.
»Wie war dein Wochenende?«, frage ich, um ein bisschen Smalltalk zu machen. Lisas Talent dafür wäre jetzt wirklich hilfreich.
»Schön.« Er holt zwei Becher aus dem Schrank. »Und wie war's bei dir?«
»Toll.« Das Wasser kocht, und ich schenke meine drei Becher voll. Dann fülle ich den Wasserkocher erneut und schalte ihn ein.
»Danke.« Er lehnt sich an die Arbeitsplatte und wirkt verlegen. »Was hast du gemacht?«
»Ich hatte eine …«
Er fällt mir ins Wort. »Richtig, du hattest eine Hochzeit, oder?«
»Genau«, erwidere ich lächelnd.
»Wie war's?«
»Richtig toll.« Unwillkürlich strahle ich ihn an.
»Ich dachte, du magst keine Hochzeiten?«
Woher weiß er das? Oh! Aus meinem Gezeter beim Junggesellinnenabschied! Ich bemühe mich, mir nicht anmerken zu lassen, wie überrascht ich bin, dass er sich daran erinnert.
»Stimmt. Aber ich fotografiere unheimlich gern.«
»Echt?« Er wirkt interessiert. »Ich auch.« Wir haben ein gemeinsames Hobby? »Was für eine Kamera hast du?«
»Eine Canon 60d, aber am Wochenende habe ich die Ausrüstung von Rachels Assistentin benutzt, und die hat ein besseres Modell. Und du?«
»Ich habe gerade erst eine Nikon d7000 gekauft.«
Ich sehe ihn fragend an.
»Das ist keine Profikamera, aber für meine Zwecke genügt sie.«
Das Wasser kocht. Als er in der engen Küche an mir vorbeigeht, atme ich unwillkürlich sein Aftershave ein, und mich überfällt

eine Erinnerung daran, wie er mich im Bett in den Nacken geküsst hat.
Ich wende mich ab und konzentriere mich darauf, die Teebeutel aus den Bechern zu fischen.
»Und wie ist es gelaufen?«, fragt er kurz darauf, lehnt sich wieder an die Arbeitsplatte und sieht mich an, während sein Tee zieht.
»Ziemlich gut, glaube ich.« Junge, Junge, sind diese Augen blau. »Aber ein paar Fehler habe ich auch gemacht.«
Er lächelt aufmunternd. »Zum Beispiel?«
»Ein paarmal habe ich falsch fokussiert. Einmal dachte ich, ich hätte den Bräutigam im Fokus, stattdessen war aber seine Tante im Vordergrund. Die Aufnahme wäre trotzdem toll geworden, wenn sie nicht gerade geblinzelt hätte, aber Rachel meinte, dass sie vielleicht ihre Augen von einem anderen Foto nehmen und mit Photoshop einfügen kann.«
Er lacht, und innerlich wird mir ganz kribbelig. »Im Ernst? So was macht sie?«
»Ständig.«
»Tja, das klingt doch gar nicht so schlimm«, sagt er tröstend, reicht mir Milch und Zucker und kümmert sich dann wieder um seinen eigenen Tee.
»Ein paar Fotos sind auch verwackelt«, füge ich hinzu. Ich möchte die Unterhaltung noch nicht beenden. »Besonders gegen Ende des Abends.«
Er sieht mich an. »War es eher dunkel im Raum?«
»Ziemlich dunkel, ja.«
»Kein Stativ?«
»Rachel hat ein Einbeinstativ. Aber nein, ich habe es nicht benutzt. Hätte ich wohl besser getan.«
»Rachel ist die Hochzeitsfotografin?«, fragt er.
»Ja. Sie ist super.«
»Jetzt bin ich aber neugierig auf diese Fotos.« Bei diesem Lächeln bekomme ich Herzflattern. Der Mann ist ein Traum …

Innerlich verpasse ich mir eine Ohrfeige. »Und du? Was hast du am Wochenende getrieben?«
»Ähm, der Vater meiner Freundin hatte Geburtstag, und wir waren im Pub essen.«
Offenbar ist es ihm unangenehm, über seine Verlobte zu sprechen, und ich weiß auch gar nicht, ob ich wirklich etwas über sie hören will – aber das muss ich überwinden, wenn wir zusammenarbeiten sollen. Ich möchte, dass es zwischen uns nicht mehr so verkrampft ist.
»Glückwunsch zu deiner Verlobung übrigens«, zwinge ich mich zu sagen. Irgendein Gefühl blitzt in seinem Blick auf, aber ich kann es nicht deuten.
»Danke.«
»Wie heißt deine Verlobte?«
»Zara.«
»Ah.« Er heiratet also die Frau, die sich damals vorübergehend von ihm getrennt hatte.
Er schenkt mir ein feines, wissendes Lächeln, das mich total aus der Fassung bringt. Dann platzt Russ in die Küche, und wir schrecken beide zusammen.
»Was geht ab?«, ruft er und klopft mir auf den Rücken. »Wie war die Hochzeit?«
»Toll, Mann«, antworte ich aufgeräumt und finde seinen Überschwang liebenswert.
»Du großes starkes Mädchen«, neckt Russ mich und ahmt meinen Akzent nach.
»Das ist der schlimmste Aussie-Akzent, den ich je gehört habe.« Ich kneife ihn in den Arm.
»Auaaa!«, ruft er übertrieben. »Ihr treibt Lisa heute noch in den Wahnsinn.«
»Wen meinst du mit ›ihr‹?«
»Ihr Australier. Ihr und euer verdammter Zeitunterschied. Als Lisa heute Morgen reinkam, hatte sie eine Nachricht von irgend-

einem Touri in Down Under. Er sagte, er hätte gerade Joseph Strike mit seiner Flamme gesehen. Sie hätte so einen blöden Koala umarmt. Mit einem richtig dicken Babybauch. Falls der Fotos davon hat, könnte das die Titelgeschichte für nächste Woche sein, aber sie kann ihn nicht erreichen, weil er vom Büro aus angerufen hatte und jetzt schon nach Hause gegangen ist, der faule Sack.«

Verwirrt schüttele ich den Kopf. »Wer hatte einen Babybauch? Joseph Strikes Freundin?« Genau genommen ist sie seine Verlobte, und Joseph Strike ist ein britischer Schauspieler, der es in Hollywood zum großen Star gebracht hat.

»Nein, der Koala.« Dann fügt er hinzu: »Mann! Natürlich meine ich die Freundin.«

Ich ignoriere das. »Wo wurde das Foto aufgenommen?«

»In irgendeinem Naturpark.«

»Weißt du, in welchem?«

Er runzelt die Stirn. »Ich meine, er hätte Adelaide gesagt.«

Meine Miene hellt sich auf. »Eine Freundin von mir arbeitet in einem Naturpark in den Adelaide Hills. Ob es derselbe ist? Soll ich sie mal anrufen und fragen, ob sie was gesehen hat?«

»Herrgott, ja! Tu das!«

»Bis später«, sage ich zu Alex.

»Klar«, erwidert er.

Russ folgt mir wie ein eifriger Hundewelpe zurück ins Büro, und ich fürchte schon, er will mir beim Telefonieren über die Schulter gucken. Das weiß ich aber zu verhindern.

»Ich komme nachher zu dir und erzähle dir alles«, verspreche ich ihm, und er macht sich vom Acker, wenn auch widerstrebend.

Lily kenne ich aus Sydney. Sie hat mich bei *Marbles*, dem Magazin, bei dem ich vor *Hebe* in Australien arbeitete, vertreten. Wir freundeten uns an, als sie mit ihrem Freund nach Südaustralien ging und darauf verzichtete, sich nach meiner Versetzung auf meinen Job als Redaktionsassistentin zu bewerben. Meine Eltern leben in einem Küstenstädtchen etwa eineinhalb Stunden südlich von Adelaide, also treffe ich Lily immer, wenn ich meine Eltern besuche. Sie ist eine vielversprechende Naturfotografin, und ich habe früher bei *Marbles* einige ihrer Fotos verwendet, aber sie arbeitet außerdem zusammen mit ihrem Mann Ben in einem Naturschutzpark in den Adelaide Hills.

»Hallo?«, meldet sich eine warme Männerstimme mit australischem Akzent.

»Ben? Hier ist Bronte.«

»Im Ernst? *Lily!*«, ruft er, die Hand auf der Sprechmuschel. »*Bronte ist am Telefon!*«

»*Echt?*«, höre ich meine Freundin im Hintergrund rufen.

»Sie wollte dir gerade mailen«, sagt Ben zu mir und klingt amüsiert. Es raschelt kurz, und dann kommt Lily ans Telefon.

»Joseph Strike«, sagt sie. »Hab ich recht?«

»Ja, allerdings. Hast du ihn gesehen?«, frage ich aufgeregt. Nicky, die neben Helen auf der anderen Seite des Schreibtischs sitzt, funkelt mich böse an. Wahrscheinlich glaubt sie, ich telefonierte privat.

»Ich habe Fotos.«

»Nein!«, stoße ich hervor. »Ist sie schwanger?«

»Eindeutig. Ich habe ein Superfoto, auf dem er seine Hand auf ihrem Bauch hat.«

»Wow! Können wir sie dir abkaufen?« Nun blickt auch Helen auf und beäugt mich über ihren Computer hinweg.

»Ooch, ich weiß nicht ... Was meinst du, wie viel sie wert sind?«, fragt sie kichernd.

Ich lache. »Wer hätte gedacht, dass du mal unter die Paparazzi gehen würdest?«

Nicky beobachtet mich nach wie vor verärgert. Ich habe ihre Neugier geweckt, und ich vermute, sie hasst es, wenn sie außen vor ist.

»Ich habe sie vorher um Erlaubnis gefragt«, gesteht Lily.

»Im Ernst?« Ich staune, dass sie sich das getraut hat. Joseph Strike ist ein großer Star.
»Ja. Sein Mädel und ich haben unsere Bäuche verglichen.«
»Was?!«, rufe ich aus. »Willst du damit sagen, du bist schwanger?«
»Ja.« Sie lacht glücklich. »Im vierten Monat.«
»Ach, wie schön!« Meine Stimme wird eine Oktave höher. »Ich freue mich so für dich! Freut Ben sich auch?«
»Und wie!« Ihr ist anzuhören, wie glücklich sie ist und dass sie am liebsten länger darüber reden würde, aber Nicky wirft mir tödliche Blicke zu. »Jedenfalls, Joseph hatte überhaupt nichts dagegen, dass ich ihn fotografiere. Die beiden sind so ein hübsches Paar«, sprudelt es aus ihr heraus. »Also, möchtest du sie sehen?«
»Ja, auf jeden Fall. Hast du sie schon jemand anderem gezeigt?«
»Sei nicht albern. Du bist die Erste, an die ich gedacht habe.«
»Wow. Das weiß ich zu schätzen, wirklich.«
»Gern geschehen. Gib mir mal deine neue E-Mail-Adresse, dann schicke ich sie dir rüber.«
Ich gebe ihr die Adresse und verspreche ihr, sie anzurufen, sobald ich mit meiner Chefin gesprochen habe.
»Worum ging's da?«, fragt Nicky gereizt, sobald ich auflege.
»Was hat sie gesagt?«, wirft Russ ein. Er muss mich die ganze Zeit beobachtet haben, wenn er jetzt schon wieder vor meinem Schreibtisch steht.
»Sie hat Fotos«, beantworte ich aufgeregt zuerst seine Frage. »Sie schickt sie mir gleich.«
»Du bist genial!« Er packt mich an der Schulter und schüttelt mich.
»Wer hat Fotos wovon?«, will Nicky wissen und blickt finster.
»Brontes Freundin in Australien hat Fotos von Joseph Strikes schwangerer Verlobter.«
»Sie ist schwanger?«, fragt Nicky überrascht.
»Anscheinend.« Ausgelassen schüttelt Russ mich noch einmal

und zieht sich einen freien Stuhl vom Schreibtisch der Herstellung hinter mir heran. Er deutet mit dem Kopf auf meinen Computer. »Sind sie schon da?«
Ich klicke auf meinen Posteingang. Nicky steht auf und kommt herüber. Helen folgt ihr, und dann taucht auch Lisa auf.
Der Name Lily Whiting erscheint in meinem Posteingang. Nervös klicke ich auf den Link.
»O mein Gott!«
»Wahnsinn …«
»Wow!«
»Krass!«
Während meine Kollegen entzückt gurren, betrachte ich ungeheuer erleichtert die fünf Fotos, die Lily geschickt hat. Das erste könnte definitiv aufs Cover: Joseph Strike in Shorts und einem eng anliegenden, cremefarbenen T-Shirt, unter dem sich sein makelloses Sixpack abzeichnet, lächelt seine unübersehbar schwangere Verlobte an, während seine Hand auf ihrem Bauch liegt. Auf dem letzten Foto hält Joseph einen Koala, und als ich bei diesem Bild angekommen bin, hat bereits die Hälfte der Frauen im Büro weiche Knie bekommen. Rund ein Dutzend Leute drängen sich um meinen Schreibtisch. Ich komme mir schon selbst halb wie ein Promi vor.
»Wer ist denn der scharfe Typ daneben?«, fragt Esther und beugt sich zum Bildschirm vor.
»Das ist Ben«, erzähle ich. Sie hat recht: Ben ist wirklich scharf. Groß, blond und sexy, sogar in seiner khakifarbenen Naturschutzparkuniform.
Simon, unserer Chefredakteur, beendet die Versammlung schließlich. »Okay, alle wieder an die Arbeit.« Widerstrebend gehen meine Kollegen zurück an ihre Plätze. »Bronte, hast du einen Augenblick Zeit?«
Nervös folge ich Simon ins hintere Büro, aber er möchte bloß wissen, wer Lily ist und wie seine Chancen stehen, sich die Ex-

klusivrechte zu sichern. Als er erfährt, dass sie früher für seinen Freund Jonathan bei *Marbles* gearbeitet hat, ist er entzückt.
»Dann empfindet sie hoffentlich noch ein bisschen Loyalität«, murmelt er. Ich weise ihn nicht darauf hin, dass ihre Loyalität im Zweifel eher mir als unserer Zeitschrift gilt. Er meint es ja nicht böse.
»Kannst du sie jetzt gleich anrufen und ihr ein Angebot machen?«, fragt er.
»Sicher.«
Wir einigen uns auf eine Summe, und er schiebt mir das Telefon auf seinem Schreibtisch zu. Offenbar möchte er, dass ich sofort anrufe, in seiner Gegenwart, um den Deal gleich unter Dach und Fach zu bringen. Leistungsdruck! »Ich muss mein Handy holen, da ist ihre Telefonnummer gespeichert«, sage ich und stehe zögerlich auf.
Als ich aus Simons Büro komme, spüre ich Nickys und Helens Blicke auf mir.
»Was ist los?«, fragt Nicky.
»Ich soll nur Lily anrufen und versuchen, uns die Exklusivrechte zu sichern.«
»Oh, klar«, sagt sie ein wenig von oben herab, aber ich kann mir nicht helfen: Nicky einmal eins auszuwischen, ist einfach ein prickelndes Gefühl. Bestimmt steht sie normalerweise immer im Mittelpunkt, aber mir gegenüber benimmt sie sich einfach nur mies, seit ich hier angefangen habe.
Als ich an meinen Schreibtisch gehe, grinst Alex mich an, und mir wird ganz warm ums Herz. Vielleicht können wir ja doch Freunde sein. Ich nehme mein Handy und kehre zurück zu Simon, der ungeduldig mit den Fingern auf den Schreibtisch trommelt. Wenige Minuten später haben wir unsere Exklusivrechte, und Simon ist so aufgeregt, wie ich ihn noch nie erlebt habe.
»Das muss ich gleich Clare erzählen«, sagt er grinsend. Clare ist seine Vorgesetzte, unsere Verlegerin. »Wir werden die Druck-

auflage erhöhen müssen.« Er klopft mir auf die Schulter. »Gut gemacht, Bronte. Einfach genial.«
»Danke.«
Als ich sein Büro wieder verlasse, platze ich fast vor Stolz. Russ und Lisa springen von ihren Plätzen auf.
»Hast du sie?«, fragt Lisa hastig, die Stirn besorgt in Falten gelegt.
Ich nicke. »Ja.«
»Juuhuuu!« Russ klatscht in die Hände.
»Super!« Auch Lisa ist begeistert. »Am besten versuchen wir, den Boulevardblättern zuvorzukommen und auch diesem Touristen seinen Schnappschuss abzukaufen.«
»Das mache ich.« Im Nu steht Nicky neben mir. »Lisa, kannst du mir seine Kontaktdaten besorgen? Ich rufe ihn heute Abend von zu Hause an. Ich möchte nicht durch den Zeitunterschied noch einen Tag verlieren.«
Russ sieht mich an und verdreht verstohlen die Augen, aber mir macht es eigentlich nichts aus, dass Nicky da reingegrätscht ist. Wenn es sie glücklich macht ...

Am Donnerstag ist Nicky nicht einmal mehr trotzig und defensiv, sondern wirkt kleinlaut. Es ist ihr nicht gelungen, den Mann zu erreichen – jedes Mal springt sofort seine Mailbox an –, und Simon vermutet, dass eines der Boulevardblätter die Bilder am Sonntag bringen wird. Es scheint ihn relativ kaltzulassen. *Hebe* erscheint dienstags, und er ist zuversichtlich, dass wir ganz oben auf der Publicitywelle schwimmen können. Unsere Fotos sind garantiert besser, weil Lily eine professionelle Fotografin ist, und wir haben auch eine bessere Geschichte dazu, weil sie uns alles weitererzählt hat, was Joseph zu ihr gesagt hat. Wir können das Ganze im Prinzip als Exklusivinterview verkaufen. Simon erwartet einen gewaltigen Anstieg bei den Verkaufszahlen.
Als Simon mich Donnerstagnachmittag zu sich ruft, bessert Ni-

ckys Stimmung sich auch nicht. Er beugt sich über Alex' Computer, und neben ihm steht Clare. »Möchtest du mal das Cover sehen?«, fragt er mich mit einem entspannten Lächeln.
Als ich um den Schreibtisch herumgehe, lehnt Alex sich zurück. Ich spüre, dass Nickys Blick sich in meinen Rücken bohrt. Clare schüchtert mich ein bisschen ein. Sie ist unglaublich selbstbewusst, kommuniziert sehr offen und wird von allen in der Redaktion respektiert. Sie und Simon verstehen sich blendend.
Alex hat ein Bild des Covers geöffnet, auf dem das Foto von Joseph Strike, der zärtlich den Bauch der schwangeren Alice berührt, den Ehrenplatz hat. Die leuchtenden Rosatöne des Magazins sind ein Hingucker, und die Schlagzeile dazu lautet:

Joe: »Ich kann es gar nicht erwarten, Vater zu werden!«

»Was meinst du?«, fragt Simon mich.
»Sieht toll aus«, erwidere ich.
»Gut gemacht, Bronte«, sagt Clare. »Ich habe gehört, dass wir das dir zu verdanken haben.«
Vergeblich kämpfe ich gegen das Erröten an. »Danke«, krächze ich, und aus dem Augenwinkel sehe ich Alex' Mundwinkel in die Höhe gehen.
»Hast du den Artikel gesehen?«, fragt er mich und lenkt mich von meiner Verlegenheit ab. Er öffnet fünf weitere Seiten: der Artikel mit den übrigen Fotos.
»Fabelhaft«, sage ich. Ich meine den Artikel ganz allgemein; jetzt, wo Clare und Simon hinter mir stehen, habe ich nicht die Nerven, ihn ganz durchlesen.
Simon lächelt herzlich. »Noch einmal: gut gemacht.«
»Gern geschehen.« Dann kehre ich möglichst unauffällig an meinen eigenen Schreibtisch zurück. Ich spüre Nickys Unmut deutlich; sie verströmt ihn wie giftige Dämpfe.

Am nächsten Tag lässt Simon uns früh Feierabend machen.
»Kommst du mit in den Pub, Bronte?«, ruft Russ mir zu. Es ist Freitag; inzwischen ist der Gang in den Pub fast eine Selbstverständlichkeit, auch wenn ich nicht lange bleiben will.
»Klar.«
»Hast du die Fotos für das Feature über die mageren Promis rausgesucht?«, mischt Nicky sich ein.
Ich bin unschlüssig. »Die meisten.«
»Wie viele bedeutet *die meisten*?« Ihr Tonfall ist eisig.
»Bis jetzt habe ich fünf. Die Deadline ist doch aber erst am Dienstag, oder?«, vergewissere ich mich. Wozu die Hektik?
»Wer weiß, was am Montag los ist«, erklärt sie.
Sie will mir nur das Leben schwermachen. Ich bin sicher, dass ich die Fotos bis Dienstag alle auftreibe. Zur Not arbeite ich Montagabend eben länger. Und es ist auch nur für ein Feature; Features haben eine längere Vorlaufzeit.
»Ich habe sie rechtzeitig fertig«, sage ich ruhig und suche meine Sachen zusammen. Ich lasse mich nicht von ihr einschüchtern und will an einem Freitag echt keine unnötigen Überstunden machen.
»Das will ich hoffen«, höre ich sie noch meckern, als ich zu den anderen gehe, die schon an der Tür warten.
»Kommst du?«, fragt Russ Alex.
»Ja, bin gerade fertig geworden.« Er nimmt seinen Mantel und lächelt uns strahlend an. »Kommt Bridget heute auch?«, fragt er mich.
»Mit ihr treffe ich mich später. Sie hat diese Woche von zu Hause gearbeitet«, erkläre ich ihm.
»Geht ihr zwei heute Abend richtig groß aus?«, fragt er und hält mir die Pubtür auf.
»Nein, nein. Wir sind bei meiner Freundin Polly zum Abendessen eingeladen.«
»Bei der betrunkenen zukünftigen Braut Polly?«

»Genau«, erwidere ich und werfe ihm einen fragenden Blick zu.
Er nickt und lässt das Thema fallen, als wir an die Theke treten.
»Diese Runde geht auf mich.«
Wir geben unsere Bestellungen auf, und dann wendet Lisa sich mir zu.
»Habe ich richtig gehört, dass Nicky dich auf die Fotos von den mageren Promis angesprochen hat?«, fragt sie mich.
»Ja«, sage ich resigniert.
»Was für eine blöde Kuh!«, ruft Russ. »Ich weiß nicht, wie du mit ihr arbeiten kannst.«
Dazu sage ich nichts, denn das frage ich mich allmählich selbst.
»Worum geht's?«, mischt Alex sich ein. »Macht sie dir das Leben schwer?«
»Sie ist in Ordnung.« Ich schüttele den Kopf. »Ich kann damit umgehen.«
Der Barkeeper kommt zu uns, um Alex' Bestellung aufzunehmen, und er verfolgt das Thema ›Nicky‹ nicht weiter.
»Was macht ihr alle am Wochenende?«, fragt Lisa.
»Nichts Besonderes«, erwidere ich.
»Keine Hochzeiten?«
Ich lache halbherzig. »Nein. Die richtige Assistentin ist wieder da.« Dieser Gedanke versetzt meiner Stimmung eigenartigerweise einen ziemlichen Dämpfer.

Nach einer Stunde verabschiede ich mich und fahre mit der U-Bahn zu Polly und Grant, die am Borough Market direkt an der London Bridge wohnen. Als die Aufzugtür sich öffnet, wartet Polly schon mit einem Glas Sekt in der Hand an der Wohnungstür.
»Hey du.« Sie grinst, umarmt mich und gibt mir das Glas.
»Was für eine tolle Wohnung«, sage ich begeistert und betrachte die weiß gestrichenen Dielen und die großen Fenster im Lagerhausstil mit Blick auf den Fluss. Die Wohnung ist sehr spartanisch eingerichtet, aber dennoch ist es so eng, dass man sich kaum um-

drehen geschweige denn ein Kleinkind unterbringen kann, also planen sie wohl in nächster Zeit keinen Nachwuchs.

»Bridget hat eine SMS geschickt: Sie ist an der London Bridge und gleich da.« Polly führt mich zum Sofa.

»Ach, dann muss ich sie knapp verpasst haben. Sie ist bestimmt froh, mal vor die Tür zu kommen, nachdem sie die ganze Woche zu Hause eingesperrt war.«

»Wie läuft es mit ihr?«, fragt Polly und setzt sich zu mir.

»Richtig gut.« Ich grinse. »Wir haben superviel Spaß.«

Sie lächelt und nickt, aber ihr Blick ist eigenartig stumpf. »Wie geht's dir?«, frage ich ein wenig erschrocken.

»Gut«, sagt sie munter und schlägt die Beine übereinander.

Als ich sie vor ein paar Wochen traf, war ich ein bisschen geschockt. Sie hat alles, was sie vor der Hochzeit abgenommen hatte, wieder zugenommen und ist sogar noch kräftiger als damals in Australien.

»Wie geht's Grant?«, frage ich.

»Gut. Er hat in letzter Zeit ziemlich viel zu tun auf der Arbeit.« Sie lässt die Mundwinkel hängen.

»Oje.« Klingt nicht nach ungetrübtem Glück. »Beruhigt sich die Lage denn bald wieder?«

»Ich hoffe es.«

Mein Blick fällt auf ein vertraut aussehendes Buch auf dem Couchtisch. »Sind das deine Hochzeitsfotos?«, frage ich aufgeregt.

Sie strahlt. »Ja.«

»Darf ich es mir mal ansehen?«

»Klar.«

Ich nehme das Album und blättere darin.

»Die sind richtig schön geworden«, sage ich zu Polly, die mir über die Schulter blickt.

»Ich war so dünn«, entgegnet sie tonlos, und ich sehe sie an.

»Du hast damals fabelhaft ausgesehen, und jetzt siehst du auch fabelhaft aus.«

Sie wirkt niedergeschlagen. »Grant sagt, auf diesen Fotos erkennt er mich kaum wieder.«
Mein Lächeln erlischt. Ich weiß gar nicht, was ich sagen soll.
»Hattest du schon abgenommen, als er dir den Antrag gemacht hat?«, frage ich vorsichtig.
»Nein. Da war ich so fett wie jetzt auch«, erwidert sie unverblümt.
»Dann weißt du doch, dass er dich so liebt, wie du bist. Er hat den Antrag *dir* gemacht, Polly.« Ich deute auf sie. »Nicht der Polly auf den Fotos.«
Ihr Blick trübt sich. »Ich wünschte irgendwie, er hätte auch mich geheiratet.« Sie deutet auf sich. »Anstatt *sie*.« Sie deutet auf das Buch.
Ich lächele mitfühlend und nehme mir vor, diese Erkenntnis als Rat an alle zukünftigen Bräute weiterzugeben, die mir begegnen. Nimm nicht ab, bloß damit du auf deinen Hochzeitsfotos gut aussiehst – sonst erkennst du dich hinterher vielleicht nicht mehr wieder.

»Hoffentlich ist bei Polly alles in Ordnung«, sage ich unterwegs zur U-Bahn-Station zu Bridget.
»Sie kam mir ein bisschen niedergeschlagen vor«, pflichtet Bridget mir bei.
Als wir gerade den Nachtisch beendeten, kam Grant nach Hause und sah ziemlich mitgenommen aus. Kurz nach Bridgets Ankunft hatte er Polly angerufen und ihr Bescheid gegeben, dass er länger arbeiten würde und wir nicht auf ihn warten sollten. Eine Stunde später kündigte er per SMS an, er wolle noch rasch einen trinken gehen. Daraus waren offenbar mehrere Gläser geworden, und er lallte ein bisschen. Polly war nicht erfreut, und so beschlossen wir, die beiden allein zu lassen.
Gerade als wir die Station betreten, klingelt mein Handy. Ich klaube es aus der Handtasche und runzele die Stirn, als ich sehe, dass die Anruferin Rachel ist.

»Hallo?«
»Bronte! Gott sei Dank, dass ich dich erreiche!«
»Was ist denn los?«
»Was machst du morgen?« Sie klingt atemlos und leicht panisch, und mein Herz setzt kurz aus.
»Nichts«, antworte ich rasch. »Warum?«
»Sally geht es nicht gut, und ich habe eine Hochzeit in Buckinghamshire. Kannst du einspringen?«
Mein Herz macht einen Luftsprung. »Gerne!«

Kapitel 6

Plötzlich ist die Hölle los. Das gellende Geschrei des kleinen Mädchens, das gerade aus seinem Nickerchen geweckt wurde, geht mir durch Mark und Bein. Und da bin ich nicht die Einzige: Veronica, die arme Braut, wirkt den Tränen nahe, als ihre knapp zweijährige Tochter Cassie sich an sie klammert und aufdreht.
»Ich nehme sie dir ab, dann kannst du dich fertig machen«, sagt Veronicas Mutter Mary sanft, doch als sie die Hand nach dem kreischenden Wutball ausstreckt, der sich da als Kind ausgibt, erreichen Cassies Schreie ungeahnte Höhen, und sie klammert sich an allem fest, was sie in die Finger bekommt. Gleich darauf schreit auch Veronica – Cassie hält sich an ihren Haaren fest.
»Mum, lass sie!«
Mary lässt los, und Cassie vergräbt das Gesicht an der Brust ihrer Mutter.
Rachel hatte mir berichtet, bei ihrem letzten Besuch sei Cassie fröhlich und aufgeweckt gewesen, doch heute wurde sie mit hohem Fieber wach und hat sich praktisch den ganzen Morgen an Veronica geklammert. Maria musste um sie herum arbeiten und machte Veronica zunächst die Haare, ehe sie sich dem Make-up zuwandte. Schließlich legte Veronica Cassie zu einem Nickerchen ins Bett, aber dem Geschrei nach zu urteilen, war das vielleicht ein Fehler.
Ich sehe aus dem Fenster und entdecke ein Taxi. »Das ist wahrscheinlich für mich«, sage ich zu Rachel. »Bis nachher.« Sie nickt besorgt.

Die Hochzeit findet in einem Dorf in Buckinghamshire statt, in der Nähe der Themse. Es ist ein nasser, windiger Tag, und als ich an der Kirche ankomme, fällt gerade der Blumenbogen über dem Tor herunter.
Jemand schreit. Ich renne los, um den Bogen aufzuheben, und zucke zusammen, weil der kalte Wind mir den Regen ins Gesicht peitscht. Dann höre ich Schritte herandonnern, und ein schwarzer Cutaway saust auf mich zu: einer der Zeremonienmeister.
»Mist!«, stößt er hervor, während ich mit Sallys schwerer Fototasche über der Schulter mühsam den Blumenbogen in die Höhe halte. »Kev! Pack mal mit an!«, schreit er in Richtung Kirche. Ein weiterer Zeremonienmeister eilt durch den Regen auf uns zu und hält sich die Hände schützend über die dunklen Haare. Dann treffen ein paar Gäste ein, die praktischerweise mit großen Regenschirmen ausgestattet sind, aber bis wir den Blumenschmuck wieder befestigt haben und in die Kirche gehen, sind wir völlig durchnässt. Erst da fällt mir auf, dass der erste Zeremonienmeister in Wirklichkeit der Bräutigam ist.
»Ich hole Ihnen ein Handtuch«, sage ich rasch und kämpfe gegen eine böse Vorahnung an, während ich mich zwinge, wieder einmal durch eine gewaltige, kalte und feuchte Kirche zu gehen, um nach dem Pfarrer zu suchen. Ich finde ihn der Sakristei, gleich hinter der Kanzel. Um mich ein wenig zu beruhigen, atme ich einmal tief durch; dann klopfe ich mit klammer Faust an die offene Tür.
»Verzeihung«, sage ich zittrig.
Verärgert blickt er hoch. Er hat einen rasierten Kopf, trägt Plugs in den Ohren und ein weißes Messgewand. So einen Pfarrer habe ich noch nie gesehen. Das hilft.
»Ich …« Ich muss mich räuspern. »Haben Sie vielleicht ein Handtuch? Der Bräutigam ist ein bisschen nass geworden«, erkläre ich entschuldigend, und meine Stimme zittert.
»Sehe ich aus wie ein Handtuchspender?«

Sein Tonfall macht mich fassungslos. »Tut mir leid«, sage ich und merke, wie ich wütend werde. »Es ist bloß so, dass der Blumenbogen heruntergefallen ist und ...«

»Wer sind Sie?«, fällt er mir hochmütig ins Wort, und sein Blick fällt auf die Fototasche.

»Ich bin die Assistentin der Fotografin«, erwidere ich.

»Das will ich nicht hoffen«, sagt er verächtlich und steht auf. Er ist recht klein, kaum größer als ich, aber ich bin auch eins siebzig. »Ich dulde keine Fotografen in meiner Kirche.«

Ich bin sprachlos. Zuerst halte ich es für einen Witz, aber mir wird schnell klar, dass es keiner ist.

»Aber ich ...«

»In diesem Gottesdienst geht es um Gott. Ich dulde nicht, dass Leute wie Sie von dem ablenken, weshalb wir hier sind.«

Erschrocken beteuere ich: »Wir werden Ihnen nicht im Weg sein, das verspreche ich.« Wissen Veronica und Rachel davon?

»Sie haben recht«, entgegnet er und mustert mich eisig. »Das werden Sie nicht.«

»Aber ...«

»Papierhandtücher finden Sie auf der Toilette gleich am Notausgang im Westflügel der Kirche«, fällt er mir erneut ins Wort.

Ich drehe mich um und gehe. Es ist sicher besser, wenn ich mich zuerst um den Bräutigam kümmere, ehe ich den Pfarrer in Angriff nehme.

Der Pfarrer lässt sich nicht umstimmen. Ich erkläre ihm, wir seien zu zweit, so dass wir seinen Gottesdienst gar nicht stören. Ich erzähle ihm, dass wir in der Kirche niemals mit Blitz arbeiten. Ich frage ihn, ob wir fotografieren dürfen, wie die Braut die Kirche betritt und die Angetrauten sie gemeinsam wieder verlassen. Noch nie im Leben wollte ich so unbedingt in einer Kirche sein. Aber er sagt zu allem Nein.

Schließlich frage ich, ob ich wenigstens das Innere der Kirche und die Ankunft der Braut fotografieren darf. Verächtlich stimmt er dem zu.

Ich nehme Matthew, den Bräutigam, beiseite und erkläre ihm alles. Vorhin sind mir ein paar lustige Schnappschüsse gelungen, als er und sein Zeremonienmeister sich abtrockneten. Da lachte er noch, aber jetzt schüttelt er unglücklich den Kopf. »Veronica wird am Boden zerstört sein.« Er denkt kurz nach. »Lassen Sie mich mit ihm reden.«

Entschlossen stapft er davon. Bedrückt sehe ich ihm hinterher, denn ich bezweifle, dass er mehr Glück haben wird als ich. Ich mache mich daran, die Kirche zu fotografieren, das lenkt mich ein bisschen von meiner Empörung über den Pfarrer ab. Aber die Kühle, die in der Kirche herrscht, dringt mir in die Knochen, und als ich fertig bin, zittere ich.

Kurz darauf kommt Matthew entmutigt zurück und stellt sich zu mir ans Kirchenportal. Es gelingt mir, ihn ein wenig aufzuheitern und einige schöne Fotos von ihm und den Gästen zu machen, die nach und nach vom Wind zerzaust eintreffen und unter ihren Regenschirmen lachen. Währenddessen biegt ein schwarz-silberner Bentley in die Straße ein. Perfektes Timing: Das ist der Brautwagen. Beklommen laufe ich um den Wagen herum zu Rachels Tür.

»Der Pfarrer erlaubt keine Fotos«, flüstere ich ihr in drängendem Ton zu.

Ihr Lächeln erlischt. »Überhaupt keine?«

»Wir dürfen die Braut beim Betreten der Kirche fotografieren, aber das war's dann bis nach dem Gottesdienst.«

»Mist«, murmelt sie und lässt die Schultern hängen. »Ich hatte Veronica gebeten, bei ihm nachzufragen, aber offenbar hat sie das nicht getan.«

Als Veronica, geschützt vom großen schwarzen Schirm des Chauffeurs, aus dem klassischen Auto steigt, sieht sie erschöpft, aber wunderschön aus. Sie trägt ein langes cremefarbenes Kleid mit

dreiviertellangen Spitzenärmeln und einem Überrock aus Spitze. Ihre dunkelblonden Haare sind an einer Seite zurückgebunden und in große Locken gelegt. Dazu trägt sie Perlenohrringe. Einen Schleier trägt sie nicht, und ihr Kleid hat keine Schleppe, sondern endet dicht über dem Boden. Die cremefarbenen Schuhe lugen unter dem Saum hervor. »Lass mich es ihr beibringen«, flüstert Rachel.
Ich nicke und setze ein Lächeln auf, ehe ich Veronica ansehe.
»Sie sehen hinreißend aus«, sage ich ihr. Sie erwidert mein Lächeln, wenn auch ein bisschen zittrig. Mary hebt Cassie an der anderen Seite aus dem Auto. Die Kleine drückt eine abgewetzte rosa Decke an sich und lutscht unglücklich an einer blauen Puppe mit dem Bildchen einer gelben Ente vorne drauf. Nicht die üblichen Accessoires eines Blumenmädchens. Sie bettelt darum, auf den Boden gestellt zu werden, entwindet sich ihrer Großmutter, läuft zu ihrer Mutter und umklammert ihr Bein. Veronica wirkt, als wäre sie mit den Nerven am Ende, und mich überkommt Mitleid mit ihr. Für sie war die Vorbereitungsphase völlig anders als für Suzie.
Ich kauere mich neben Cassie. »Du siehst wie eine Märchenprinzessin aus«, sage ich zu ihr. Unglücklich sieht die Kleine mich an. Ich grinse und strecke ihr die Zunge heraus, und als sie gerade beginnt zu lächeln, mache ich ein paar Fotos von ihr. Hoffentlich wird auch ihre Mutter später lächeln, wenn sie diese Fotos sieht, obwohl der heutige Tag alles andere als perfekt ist.

Sobald ich angeschnallt auf dem Beifahrersitz neben Rachel sitze, fange ich an zu gähnen. Sie lacht und lässt den Wagen an.
»Das war zäh«, sagt sie und fährt los.
»Es war toll.« Ich lächle schläfrig, selbst erstaunt, dass ich das so sehe.
»Es hat dir Spaß gemacht?«, fragt sie aufrichtig neugierig.
»Ja«, erwidere ich. »Ich glaube, am Ende hatten Veronica und

Matthew doch noch einen schönen Tag.« Auch wenn ich nichts von der Ehe halte: Die beiden scheinen ein nettes Paar zu sein und verdienen es, glücklich zu werden. »Zugegeben, das mit der Kirche war heftig«, schränke ich ein. »Der Pfarrer war ein Albtraum.«
»Ja, ein richtiges Ekelpaket, oder?«
»Hoffentlich bekommen wir es nie wieder mit so einem zu tun«, sage ich, ohne nachzudenken. Bei der nächsten Hochzeit ist Sally wieder dabei. Es wird also kein Wir mehr geben. Der Gedanke macht mich traurig.
»Vergiss es, der Nächste kommt bestimmt«, entgegnet Rachel, der mein kleiner Versprecher anscheinend gar nicht aufgefallen ist.

Kapitel 7

»Guten Morgen«, reißt Alex' warme Stimme mich am Montagmorgen in der Teeküche aus meinen Gedanken.
»Hi«, erwidere ich. Als ich an seinem Schreibtisch vorbeikam, plauderte er mit Tim, und ich bin sicher, er hat mich hier reingehen sehen.
»Wie war dein Wochenende?«, fragt er fröhlich.
»Toll. Ich war wieder bei einer Hochzeit«, erzähle ich ihm lächelnd, erleichtert, dass er sich in meiner Gegenwart jetzt sichtlich wohlfühlt.
»Ach?« Er wirkt verwirrt. »Ich dachte, das sei eine einmalige Angelegenheit gewesen?«
»So war es gedacht, aber Rachels Assistentin hat sich kurzfristig krankgemeldet, daher bin ich noch mal eingesprungen.«
»Das ist ja cool. Wie war's?«
»Fabelhaft. Na ja, ehrlich gesagt, am Anfang war es der reinste Albtraum. Das Brautpaar hat eine kleine Tochter, und die war krank. Dadurch war alles ein bisschen schwierig. Und außerdem war der Pfarrer ein totales Arschloch und hat uns keine Fotos vom Gottesdienst machen lassen.«
»Im Ernst?«
»Ja. Wirklich gemein. Die Braut war in Tränen aufgelöst. Und es hat gegossen und war extrem windig, und alle sind klatschnass geworden.«
»Klingt wirklich wie ein Albtraum.« Er lehnt sich an die Wand und verschränkt die Arme.

»Das war es auch, aber es war auch toll. Rachel ist *so gut* in ihrem Job. Sie hat ein ganz phantastisches Foto vom Brautpaar gemacht, hinterher im Regen unter einem Schirm. Richtig stilvoll.« Den Teaser hatte ich gestern gesehen. Das Foto ist wunderschön.
Er grinst. »Wie lief's in puncto Verwackeln?«
Ich lächele. »Ich glaube, ich werde ein bisschen besser.«
»Nicht nötig, Tantchens Augen von einem anderen Foto auszuborgen?«, neckt er mich.
Ich lache und schüttele den Kopf. »Ich glaube nicht. Aber auf manchen Bildern, die ich nach dem Gottesdienst vom Brautpaar gemacht habe, sieht es tatsächlich so aus, als ob die Blumen aus dem Kopf der Braut sprießen. Rachel sagt, das muss sie mit Photoshop retuschieren.«
Er sieht amüsiert aus, und ich spüre ein vertrautes Kribbeln im Bauch. Das ist nicht gut. Und jetzt hat auch noch der Tee zu lange gezogen. »Hoppla.« Ich fische die Teebeutel heraus. »Nicky mag ihn nicht so stark.«
»Vielleicht sollte sie ihn sich dann selbst kochen«, entgegnet er trocken.
»Hm-hm.«
Er wirft mir einen verschwörerischen Blick zu, der meine Nervosität noch verstärkt.
»Und was hast du so getrieben?«, frage ich betont beiläufig.
»Nicht viel. Zu Hause herumgewerkelt, Samstagabend mit ein paar Kumpels einen trinken gegangen.«
»Dann war deine Freundin nicht da? Ich meine, deine Verlobte«, berichtige ich mich.
»Nein, sie musste beruflich nach New York.«
»Was macht sie denn?«
»Sie arbeitet in der Werbung.« Er klingt wenig begeistert.
»Oh. Cool.«
Er zuckt die Achseln. »Ihr gefällt es.«

»Das ist die Hauptsache.«
Okay, wir haben unsere Befangenheit also doch nicht ganz überwunden. Ich mache Anstalten, meine Becher hochzuheben.
»Was ist mit dir?«, fragt er. »Meinst du, du fotografierst noch öfter Hochzeiten?«
»Würde ich gern. Das zusätzliche Geld könnte ich jedenfalls brauchen.« Ich lasse die Mundwinkel hängen. »Aber jetzt ist Rachels Assistentin wieder da. Mal sehen, ob ich bei einem anderen Fotografen andocken kann.«
»Das wäre doch schön.« Dann scheint ihm eine Idee zu kommen. »Zara und ich haben uns noch nicht um einen Fotografen für unsere Hochzeit im Dezember gekümmert.«
Er will doch nicht etwa mich bitten, das zu übernehmen, oder? Das ginge doch ein bisschen zu weit mit der neu erworbenen Vertrautheit.
»Kannst du Rachel denn wirklich empfehlen?«, fragt er.
Ich lächele. Puh! »Ja, unbedingt. Sie ist unglaublich. Soll ich dir ihre Kontaktdaten geben?«
Er grinst. »Das wäre toll. Danke.« Zusammen gehen wir zurück ins Büro. »Ah, das neue Heft ist da«, sagt er.
Er nimmt ein Teppichmesser, schlitzt die Plastikhülle auf und betrachtet das Cover. Ich nehme mir auch ein Heft.
»Es sieht toll aus«, sagt er und sieht mich an.
»Bronte? Bringst du mir auch eins mit?«, höre ich Nicky rufen.
»Und mir auch!«, ruft Helen.
Ich tue wie geheißen, und dann setze ich mich und lese die neueste Ausgabe von *Hebe*. Tee zu trinken und das aktuelle Heft zu lesen, ist wahrscheinlich der Teil vom Montagmorgen, der mir am liebsten ist – wir machen das alle.
»Wie kommst du mit den Fotos von den mageren Promis voran?«, reißt Nicky mich aus meinen Gedanken.
»Prima«, erwidere ich und sehe sie an.
»Ich schicke Helen zum Shooting zu *Die Höhle der Löwen* heute

Vormittag, also musst du dich diesmal um die Bildhonorarliste kümmern.«
Das ist eine dieser todlangweiligen Buchhaltungsaufgaben. Man muss jede einzelne Seite des Magazins durchkämmen und notieren, welches Foto von welcher Agentur kam und wie viel jedes Bild gekostet hat, damit wir wissen, wie viel wir monatlich für das Bildmaterial ausgeben. Das ist sehr, sehr langweilig, aber so sorgen wir dafür, dass wir niemandem zu viel zahlen. Normalerweise ist das die Aufgabe einer Assistentin und nicht die der Bildredakteurin, und es ist auch keineswegs eilig. Aber nach Nickys Miene zu urteilen, steht ihre Anweisung nicht zur Diskussion.
Ich lege das Magazin auf den Schreibtisch und mache mich an die Arbeit.

Das Wochenende verbringe ich ganz allein. Rachel fotografiert mit Sally eine Hochzeit, und Bridget ist mit ihrer Freundin Marty zu einer Abschiedsparty nach Cambridgeshire gefahren. Sie hat mich eingeladen mitzukommen, aber ich kenne die Gastgeber gar nicht: eine Freundin von Bridget, die letzten Herbst beinahe bei einem Autounfall ums Leben gekommen wäre, und ihr amerikanisch-kubanischer Lebensgefährte, der anscheinend unbedingt wieder mit ihr zurück nach Key West gehen möchte, wo sie sich kennengelernt haben. Es wäre mir unangenehm gewesen, da ohne Einladung aufzutauchen, auch wenn Bridget sagte, wenn man diesen Typen nicht mit eigenen Augen gesehen hätte, würde man nicht glauben, dass es ihn wirklich gibt. Sie muss sich wirklich einen Mann zulegen.
Genauso wie ich. Ich war mit niemandem mehr zusammen seit ... Nun ja, ich hatte seit Jason keinen festen Freund mehr, aber seit Alex habe ich auch mit niemandem mehr geschlafen.
Er war die ganze Woche sehr lieb zu mir, und allmählich glaube ich, dass wir doch Freunde sein können, obwohl es noch immer ein bisschen weh tut, wenn ich ihn ansehe. Ich werde darüber

hinwegkommen. Freitagabend kam er auf ein Bier mit in den Pub, verabschiedete sich aber früh, um mit Zara essen zu gehen. Was sie wohl für ein Mensch ist?
Ich habe ihm Rachels Kontaktdaten gegeben, und sie treffen sich diese Woche. Hoffentlich passt es für beide. Am Samstag habe ich viel an Rachel gedacht. Sally sollte sich ihres Jobs besser nicht zu sicher sein.

»Wann triffst du dich mit Rachel?«, frage ich Alex am Montagmorgen.
»Morgen Mittag. Sie kommt in die Stadt.«
»Gehst du allein hin?« Ich weiß nicht, warum ich das frage.
»Nein, Zara kommt auch mit.«
»Gut. Rachel lernt immer gern Braut und Bräutigam zusammen kennen. Stell dich darauf ein, dass sie hören will, was für einen glühenden Antrag du Zara gemacht hast.« Ich versuche, ein wenig Begeisterung in meine Stimme zu legen. Aber ich bin nicht begeistert. »In allen Einzelheiten.«
»Oh. Das war nicht besonders aufregend. Wir haben einfach beschlossen zu heiraten.«
»Was?!«, rufe ich. »Du hast deiner Freundin, mit der du fast ein Jahrzehnt zusammen bist, nicht mal einen anständigen Heiratsantrag gemacht?«
Er runzelt die Stirn; dann zieht er eine Augenbraue hoch. »Du weißt noch, wie lange wir zusammen sind?«
Ich zucke die Achseln. »Ja. So betrunken war ich nicht«, füge ich hinzu und erröte unter seinem amüsierten Blick.
Ehrlich gesagt erinnere ich mich an alles, was an jenem Abend und in jener Nacht geschah und gesagt wurde; die Information, dass er und seine Freundin bereits seit der Uni zusammen sind, ist nur ein Detail von vielen. Wobei ich ja genauso überrascht war, dass er sich noch an meine Abneigung gegen Hochzeiten erinnerte.

»Dann wollen wir mal wieder«, sage ich, anstatt diese Unterhaltung fortzusetzen.

Am späten Dienstagnachmittag erscheint Clare in der Redaktion.
»Kommt mal alle zusammen«, ruft Simon, und wir versammeln uns in der Mitte des Raums.
»Ich habe Neuigkeiten aus dem Vertrieb«, sagt er, und seiner Miene nach zu urteilen, sind sie gut. »Das Joseph-Strike-wird-Vater-Heft von letzter Woche ...« – er hält inne und macht es spannend – »hat unsere Verkaufszahlen um über 50 Prozent in die Höhe schnellen lassen!«
Alle schnappen nach Luft; dann gibt es spontanen Applaus.
»Wir danken allen, die an diesem Artikel gearbeitet haben, aber besonders Bronte, die diese phantastischen Fotos *und* das Interview akquiriert hat.« Alle sehen mich an, und ich versuche, nicht rot zu werden. »Falls ihr es noch nicht wisst: Brontes Freundin arbeitet in dem Naturpark, in dem diese Aufnahmen gemacht wurden. Genau genommen hat ihre Freundin diese Aufnahmen selbst gemacht. Sie hätte sie jedem verkaufen können, aber sie hat sie uns verkauft. Also danke, Bronte.«
»Gut gemacht, Bronte«, wirft Clare ein.
Ich werde immer röter. Erneut applaudieren alle – manche begeisterter als andere. Nicky beispielsweise, fällt mir auf, sieht Helen an und verdreht die Augen. Helen grinst süffisant. Aber selbst das macht mir nichts aus, und als unsere reizende, engagierte Redaktionsassistentin Sarah unter allgemeinem Jubeln mit vier Flaschen Champagner hereinkommt, vergeht meine Verlegenheit, und mir wird ganz warm ums Herz. Sarah öffnet eine Flasche und schenkt den Champagner in Plastikgläser. Das erste Glas reicht sie mir. »Bitteschön, Schätzchen«, sagt sie lächelnd.
»Danke.« Auch ich habe als Redaktionsassistentin angefangen und weiß, wie viel Arbeit es kostet, damit in einem so großen

Büro wie dem von *Hebe* alles reibungslos funktioniert. Daher habe ich große Hochachtung vor ihr.
»Prost, B.« Russ taucht neben mir auf.
»Prost.« Ich grinse ihn an.
Nicky, Helen und ein paar andere kehren mit ihren Gläsern an ihre Schreibtische zurück, und Russ wirft mir einen vielsagenden Blick zu. Lisa, Tim und Zach bleiben bei uns stehen. Es ist beinahe Feierabend.
»Prost«, sagt Alex und stellt sich zu uns. »Gut gemacht.« Er boxt mich sanft.
»Danke.« Mein verräterisches Gesicht wird schon wieder rot.
»Wie war euer Treffen mit Rachel?«, frage ich und zwinkere Sarah zu, die ihr iPhone rausgeholt hat und ein paar Fotos macht.
»Richtig gut.« Er nickt.
»Hat sie euch Arbeitsproben gezeigt?«
»Ja, sie hat ein paar von ihren Alben mitgebracht.« Beeindruckt schüttelt er den Kopf »Sie sind phantastisch. Ich mag ihren dokumentarischen Stil. Ich glaube, wir sollten es auf jeden Fall auch so machen.«
»Viel besser als der traditionelle Stil, oder?«, sage ich.
»Auf jeden Fall. Viel natürlicher. Dieses gestellte Zeug finde ich furchtbar.«
»Ich auch«, stimme ich ihm zu. »Was meint Zara?«
Er legt den Kopf schräg. »Ich glaube, es gefällt ihr. Sie ist ziemlich traditionell, obwohl man das nie vermuten würde. Wir müssten Rachel so bald wie möglich buchen.«
Ich bin so neugierig auf Zara. Ob ich der Versuchung widerstehen kann, Rachel nach ihr zu fragen, wenn wir uns das nächste Mal sehen? Wohl kaum.
»Hat sie denn schon andere Termine im Dezember?«, frage ich.
»Bis jetzt nicht, aber man kann nie wissen. Bestimmt gibt es noch mehr Paare, die mit dem Buchen ihres Fotografen so lange warten wie wir.«

»Du hast Glück. Sie hat erst vor kurzem ihren festen Job aufgegeben, deshalb glaube ich nicht, dass dieses Jahr schon so wahnsinnig viel los ist bei ihr. Aber für nächstes Jahr hat sie schon zig Buchungen.«
»Das wundert mich nicht. Danke noch mal für den Kontakt.«
»Gern geschehen. Ich hoffe, es klappt alles.«
»Ich auch.«

Ostern kommt und zieht vorüber, und sowohl bei der Arbeit als auch in meiner Freizeit spielen die Dinge sich allmählich ein. Nicky scheint ihren Groll überwunden zu haben, und wir drei arbeiten ganz gut zusammen, auch wenn ich nicht glaube, dass die Spannungen zwischen uns je ganz verschwinden werden.
Bridget ist wieder bei *Let's Go*, wo sie für den kürzlich abgewanderten Feature-Redakteur einspringt; wir treffen uns regelmäßig zum Mittagessen, und an den Freitagabenden gesellt sie sich im Pub zu uns. Alex kommt normalerweise auf ein, zwei Drinks mit, aber er geht immer früher als wir Übrigen. Er hat Rachel mittlerweile für seine Hochzeit gebucht, und ich freue mich tatsächlich darüber.
An einem Freitagabend Anfang Mai gehe ich mit Bridget, Maria und Bridgets Freundin Marty aus. Wir ziehen von Pub zu Pub, landen schließlich in einem Club und tanzen den ganzen Abend. Irgendwann sitzen Maria und ich kichernd in einer Sitzecke und versuchen zu ignorieren, dass Bridget und Marty links und rechts von uns mit irgendwelchen Jungs knutschen. Wir sind alle solo, und wenn es mehr gutaussehende Männer gäbe, würde ich das ja auch gern ausnutzen. Aber so wie die Dinge eben sind, freue ich mich einfach, dass ich ein bisschen Zeit mit meinen Freundinnen verbringen kann.
»Wie geht's Rachel?«, frage ich Maria.
»Gut. Morgen hat sie wieder eine Hochzeit.«
»Du machst nicht das Make-up?«

»Nein, die Braut hat eine Freundin darum gebeten.«
»O-oh, großer Fehler!«, rufe ich beschwipst.
»Wem sagst du das.«
»Wie macht Sally sich?«
Maria verzieht das Gesicht. »Ganz okay.«
»Ach?« Das klang nicht gerade begeistert.
»Ganz unter uns: Ich glaube, sie ist für dieses Hochzeitfotografieren nicht geschaffen.«
Darüber sollte ich mich eigentlich nicht freuen, aber ich tue es.
»Hm, sag Rachel, dass ich gerne wieder einspringe, falls sie mich mal braucht.«
»Mache ich«, verspricht Maria. »Sie findet dich großartig.«
Ich fühle mich geschmeichelt. »Echt?«
»Total!«, sagt Maria begeistert. »Viel besser als Sally.«
»Hat sie das gesagt?«, frage ich überrascht.
»Nicht direkt. Dafür ist Rachel viel zu nett, aber ich weiß, was sie denkt.«
Das muss ich erst mal sacken lassen. Dann stelle ich die Frage, die ich mir so lange verkniffen habe. »Hat sie dir erzählt, dass sie im Dezember Alex' Hochzeit fotografiert?«
»Nein.«
Verdammt. Dann kann ich nicht nach Zara fragen.
»Wie geht es dir damit?«, fragt sie vorsichtig.
Ich zucke die Achseln. »Es ist okay. Es war mein Vorschlag, dass er sie anruft. Sie ist großartig, und wir sind befreundet. Warum sollte ich sie da nicht zusammenbringen?«
Sie schweigt. Schließlich fragt sie: »Seid ihr das?«
Ich runzele die Stirn. »Sind wir was?«
»Befreundet?«
»Natürlich. Es ist alles entspannt zwischen uns.«
Sie lächelt. »Na, dann ist ja gut.«
»Ja.«

Am Sonntag ruft Rachel an.

»Hey du«, sagt sie herzlich. »Hast du Lust, bald mal vorbeizukommen und dir die Alben für Suzie und Mike und Veronica und Matthew anzusehen?«

»Ja, gern. Wie sind sie geworden?«

»Sie sind großartig. Ich habe viele deiner Fotos verwendet. Du hast an den beiden Tagen wirklich gute Arbeit geleistet.«

»Danke.« Ich bin total gerührt.

»Willst du eigentlich auch weiter ab und zu Hochzeiten fotografieren?«, fragt sie zögerlich.

»Ja«, erwidere ich seufzend. »Falls du mir jemanden empfehlen kannst, der eine Assistentin braucht, dann tu das bitte.«

Sie zögert. »Es ist so ... ich habe ein kleines Problem mit Sally.«

Mein Herz setzt kurz aus. »Echt?«

»Sie hatte gestern keinen Spaß dabei. Ich weiß, sie ist wahnsinnig in diesen neuen Mann verliebt, und das ist ja auch schön.« Ich habe nicht den Eindruck, dass Rachel das *so* schön findet. »Aber sie wäre einfach lieber woanders gewesen, und das konnte man ihr deutlich anmerken.«

»Oje.« Ich versuche mitfühlend zu klingen, aber mir schlägt das Herz bis zum Hals.

»Ich dachte ... Ich muss natürlich zuerst mit Sally reden«, stellt sie klar, »aber wärst du daran interessiert, dieses Jahr ein paar ihrer Hochzeiten zu übernehmen? Einfach damit sie mal Pause machen kann und es nicht so viel auf einmal ist.«

»Total gern!«, sprudelt es aus mir heraus.

»Wirklich?«, fragt sie hoffnungsvoll nach.

»Total gern!«, wiederhole ich, und sie lacht.

»Tja, nächstes Wochenende habe ich eine Hochzeit in Schottland, und in ein paar Wochen eine im Lake District. Sally kann sich einfach nicht entscheiden, ob sie so oft von ihrem Freund getrennt sein will. Ich brauche wirklich jemanden, der mit Begeisterung und Leidenschaft bei der Sache ist.«

»Ich bin mit Begeisterung und Leidenschaft dabei!«, falle ich ihr unwillkürlich ins Wort.

»Das höre ich gern«, erwidert sie. »Kann ich dich später noch mal anrufen, wenn ich mit ihr gesprochen habe?«

»Unbedingt!«

Kapitel 8

Wir sitzen noch keine halbe Stunde im Flugzeug nach Glasgow, da habe ich meine Neugier nicht mehr im Griff und frage Rachel nach Alex und Zara.
»Wie ist es mit Alex gelaufen?«
»Gut.« Rachel nickt. »Wir sind für Dezember gebucht.«
»Das ist toll.« Fühlt sich allerdings nicht so an. »Wie war Zara?«
»Kennst du sie noch nicht?«
»Nein, bis jetzt hat er sie noch nicht mit in den Pub gebracht.« Das ist bestimmt nur eine Frage der Zeit.
»Sie war nett«, sagt Rachel achselzuckend. »Mein Fotografiestil hat sie nicht übermäßig begeistert, aber vielleicht war sie einfach noch nicht sicher, wie sie es haben möchte. Alex schien jedenfalls Feuer und Flamme zu sein.«
Ich hätte wissen müssen, dass Rachel diplomatisch sein würde. Ich werde keine ungefilterte Einschätzung von ihr bekommen. Sie blättert weiter in ihrer Zeitschrift. Unterhaltung beendet? Nichts da. Ich kann das nicht auf sich beruhen lassen. »Wie sah sie aus?«
Rachel blickt auf und schürzt nachdenklich die Lippen. »Sie ist groß, schlank, attraktiv.« Sie zuckt die Achseln und blickt wieder in ihre Zeitschrift.
»Welche Haarfarbe?«
Sie sieht mich an. »Blond.«
»Hochgesteckt? Offen? Lang? Kurz?«
Das trägt mir einen befremdeten Blick ein. »Lang, glaube ich, sie hatte die Haare zusammengebunden.«

»Vielleicht hat sie ja eines von diesen Haarteilen benutzt«, sinniere ich.
»Vielleicht.« Jetzt guckt sie wirklich irritiert.
»Was hatte sie an?«
Rachel lacht auf und schüttelt den Kopf, liefert mir aber die gewünschten Details. »Nun, wenn ich mich recht entsinne, trug sie ein sehr gut sitzendes und zweifellos teures dunkelblaues Kostüm mit einer weißen Bluse. Außerdem eine schwarze Hornbrille und dunkelroten Lippenstift. Und mörderisch hohe Absätze.«
»Hornbrille? Bäh, das klingt ja wie Nicky.«
»Wer ist Nicky?« Sie runzelt die Stirn.
»Meine böse Chefin.«
»Also, Zara kam mir nicht böse vor«, stellt Rachel klar. »Nur ein bisschen sparsam mit Komplimenten. Bestimmt ist sie sehr nett.«
Klingt ein bisschen nach Zicke, finde ich. Aber das behalte ich für mich.

Das Hotel am Loch Lomond, in dem Braut, Bräutigam und die engere Familie wohnen, ist extrem teuer. Rachel und ich haben uns deswegen entschieden, in einem Gasthof zwanzig Minuten von dort entfernt abzusteigen. Als wir am Freitagabend mit dem Auto, das wir am Flughafen gemietet haben, dort ankommen, ist es schon spät, und wir gehen direkt auf unsere Zimmer.
Am nächsten Morgen fahren wir zum Hotel, wo Karmen, die Braut, sich fertigmacht.
»Karmens Familie ist türkisch«, erzählt Rachel, während wir durch den Hotelkorridor gehen, »aber sie hat den Großteil ihres Lebens in London verbracht.« Sie klopft an die Tür von Karmens Suite. Ehe ich fragen kann, was sie mit Schottland verbindet, geht die Tür auf, und eine korpulente Frau strahlt uns an.
»Herein! Herein!«, ruft sie mit türkischem Akzent und tritt beiseite. »Ich bin Karmens Tante Bora.«

Wir zwängen uns an der fülligen Frau vorbei in eine große, schon ziemlich volle Hochzeitssuite. »Die Fotografinnen sind hier!«, kündigt Karmens Tante uns an, und aufgeregtes Geschnatter erhebt sich.
Karmens Familie ist *riesig*, stelle ich bald fest. In jeder Hinsicht.
»Hallo!«, sagt Rachel herzlich und umarmt eine Frau, die ich für Karmen halte. Sie ist sehr, sehr … nun, sagen wir, üppig.
Hier kann ich mir den Rat, bloß nicht nur für die Hochzeit abzunehmen, sparen.
Zuerst bin ich ein wenig überwältigt von dem Tumult, der hier herrscht, aber alle sind sehr lustig. Karmen scherzt mit ihren fünf Brautjungfern, zwei Blumenmädchen, ihrem Pagen, ihrer Mutter und vier »Tantchen« – von denen anscheinend nicht alle mit ihr verwandt sind – und wirkt entspannt und glücklich. Die Visagistin hingegen ist weniger entspannt – genau genommen wirkt sie ziemlich gehetzt, während sie sich eine ausgelassene Brautjungfer nach der anderen vornimmt. Karmen hat sich für eine Visagistin hier aus der Gegend entschieden, die ihr vom Hotel empfohlen worden war, aber die Frau hätte wirklich ein weiteres Paar Hände brauchen können. Wenn bloß Maria hier wäre.
Unter all den Menschen hier im Raum zieht einer sogar noch mehr Aufmerksamkeit auf sich als die Braut, und zwar der kleinste: der vier Jahre alte Page Devrim. Einmal klettert er an Karmen hoch und schaukelt an ihrem flauschigen weißen Morgenmantel. Dann hakt er die Finger in ihren BH und zieht. Hoppla!
»Devrim, runter da!«, zetert sie. Eine der vielen Tanten stürzt herbei und nimmt ihn ihr ab. Da hat wohl jemand heute Morgen zu viel Zucker gegessen. Überall stehen Teller mit Gebäck, und Karmen lässt sich auch dann nicht davon abhalten, etwas zu knabbern, als die Visagistin sie zurechtmacht.
»Kommst du mit nach nebenan, um das Kleid zu fotografieren?«, fragt Rachel und deutet auf die Verbindungstür.

Ich nicke. Im Nebenzimmer herrscht himmlische Ruhe.
»Hast du Kopfschmerztabletten dabei?«, frage ich.
Sie kichert. Dann sieht sie Karmens gewaltiges weißes Kleid am Türrahmen hängen und bleibt wie angewurzelt stehen.
»Oje«, sagt sie seufzend.
»Was ist denn?«
»Versteh mich nicht falsch, ich liebe elegante Garderobe – aber das ist ein trägerloses Kleid.«
Ich bin verwirrt. Suzies trägerloses Kleid war doch wunderbar.
»Was stimmt denn nicht damit?«
»Vollbusige Bräute und trägerlose Kleider passen nicht zusammen. Sie wird den ganzen Tag daran herumzupfen. Das wird zahllose Fotos ruinieren.« Sie seufzt erneut. »Arbeite möglichst ohne Obersicht. Sonst muss ich hinterher überall die Brustwarzen wegretuschieren. Denk an meine Worte.«
»Hoffen wir bloß, dass Devrim ihre Möpse nicht noch mal auspackt«, bemerke ich.
Da das Hotel Alkohol ausschenkt, findet die Hochzeit in einem anderen Gebäude auf dem weitläufigen Gelände statt, zu dem es nur ein kurzer Fußweg ist. Ich weiß nicht, was ich erwartet habe, aber offenbar ist bei dieser schottischen Hochzeit niemand schottischer Abstammung. Lucas Familie ist jedenfalls italienisch, ebenfalls sehr lustig und vielköpfig, Luca und seine Zeremonienmeister sind allerdings überwiegend klein und dünn. Ich wäre von allein niemals darauf gekommen, dass er und Karmen ein Paar sind.
Es ist ein grauer, düsterer Tag, aber die Gäste, die nun in ausgelassener Stimmung und häufig in Übergrößen gewandet eintreffen, bilden in ihren farbenfrohen Aufmachungen einen hübschen Kontrast zum trüben Himmel.
Rachel schickt mir eine SMS und bittet mich, nach einem blauweißen Fiat 500 Ausschau zu halten. Wer fährt den? Und warum ein Fiat? Muss von der italienischen Seite kommen. Die Auswahl

des Hochzeitswagens steht in der Regel ganz oben auf der Prioritätenliste des Bräutigams, auch wenn er sich ansonsten kaum an der Hochzeitsplanung beteiligt.

Dann fährt der Wagen vor, und mir fällt die Kinnlade runter: Karmens Gesicht klebt inmitten einer weißen Stoffwolke sozusagen an der Windschutzscheibe.

Ich fange mich rasch wieder, beginne zu fotografieren und verkneife mir dabei das Lachen. Gleich darauf treffen auch Rachel und eine ganze Schar gackernder Brautjungfern in violetten, besorgniserregend trägerlosen Kleidern zu Fuß ein. Die erste Brautjungfer schreitet zum Fiat und öffnet der Braut die Tür.

»Aussteigen, Herzchen!«, ruft sie.

Das weiße Kleid erzittert und erbebt, doch Karmen bleibt wie festgewachsen im Auto sitzen.

»Mach schon, wir sind spät dran!«, brüllt eine andere Brautjungfer.

Wieder kommt Bewegung in das Brautkleid; dann: »Ich kann nicht! Ich klemme fest!«

Rachel wirft mir einen kurzen Blick zu, und ich muss einen hysterischen Lachkrampf unterdrücken, während zwei Brautjungfern so lange an Karmen zerren, bis sie schließlich regelrecht aus dem winzigen Auto herauspurzelt.

»Tadaaa!«, ruft sie fröhlich, und ihre Arme schwabbeln. Lachend schieße ich ein Foto nach dem anderen. Immerhin versteht sie Spaß.

Karmens Mutter und ihre Tanten gehen nach drinnen, und nachdem Rachel ein paar Fotos von Karmen und ihrem vielköpfigen Tross gemacht hat, folgt sie ihnen. Die Musik wird lauter, und die Blumenmädchen nehmen ihre Plätze ganz vorn ein. Dahinter folgt Devrim, der Page, und den Abschluss bildet die Horde violett gewandeter Brautjungfern. Plötzlich weicht Karmens strahlendes Lachen einem entsetzten Blick: Devrim verlässt seinen Platz, läuft zu ihr und schaukelt an ihrem Kleid. Glücklicherweise greift eine der Brautjungfern ein, bevor ich dem Bengel spontan eine Ohrfeige verpassen kann. Nun gehen die Blumenmädchen hinein. Als Devrim ihnen in seinem niedlichen Mininadelstreifenanzug hinterherläuft, höre ich lauter Oohs und Aahs. Der Schein kann trügen, meine Freunde.

Nun zu meiner Aufgabe. Der Bräutigam. Wohin ich auch blicke, ist mir die Sicht durch ein Meer von Smartphones verstellt. Das war vor Anbruch des digitalen Zeitalters doch bestimmt einfacher, oder? Aber ich finde eine Stelle, von der aus ich ungehinderte Sicht habe, gerade als Luca sich umdreht und seine Braut ansieht. Er errötet, und seine Augen füllen sich mit Tränen.

Dieser Anblick rührt selbst *mein* kaltes Zynikerinnenherz.

Nach der Trauung ist es Zeit für das unvermeidliche Konfettifoto. Alle versammeln sich um Braut und Bräutigam, Rachel zählt bis drei, und ...

»Aua!«, brüllt Karmen und schlägt sich die Hände vor die Augen.

»Wer hat mich mit Reis beworfen?«, zetert sie.

Reis?

»Ausländische Hochzeiten sind das reinste Minenfeld«, murmelt Rachel. Ich frage mich, welche Überraschungen diese hier noch bereithält.

Die Brautjungfern helfen Karmen, sich wieder auf den Beifahrersitz des Fiats zu zwängen, während Luca auf den Fahrersitz hüpft. Karmen reibt sich die Augen, und der Onkel, der sie mit Reis beworfen hat, steht mit hochrotem Kopf daneben. Doch als die Autotüren geschlossen werden, lugt sie aus ihrer weißen Chiffonwolke hervor und strahlt schon wieder. Ich frage mich, wie Luca unter dem ganzen Stoff den Schaltknüppel finden will.

Rachel und ich laufen, so schnell wir können, und kommen knapp vor Braut und Bräutigam am Hochzeitssaal an. Die nächsten Stunden sind sehr hektisch: Wir fotografieren das Brautpaar und ihre Gäste auf den üppigen grünen Rasenflächen des Hotels mit dem Loch Lomond im Hintergrund. Es ist wunderschön hier, und als die Wolken einmal aufreißen und die Sonne durchlassen, können wir unser Glück kaum fassen.

»Das wird unser Teaser«, sagt Rachel grinsend, als Luca Karmen im Arm hält und ihr in die Augen sieht. Die beiden sind wirklich ein hinreißendes Paar.

Später ziehen alle aus dem Ballsaal, in dem der Hochzeitsschmaus stattfand, zu Live-Unterhaltung und Tanz in den angrenzenden Tanzsaal um. Mir gelingt ein phantastischer Schnappschuss von Devrim, der hinter einer kräftigen Frau in einem scharlachroten Kleid steht und entzückend frech aussieht, besonders als sein erbsengroßes Hirn ihm die Idee einflüstert, sie in den Hintern zu kneifen. Sie fährt zusammen, und ich ziehe mich leise kichernd zurück. Vielleicht ist das etwas pubertär, aber ich amüsiere mich köstlich.

»Worüber lachst du?«, fragt Rachel grinsend.

»Devrim. So ein kleiner Racker.«

»Wem sagst du das«, entgegnet sie trocken. »Bei meiner Hochzeit sind auf keinen Fall Kinder dabei.«

»Ach, Kinder sind schon okay. Ich finde, sie bereichern die Atmosphäre. Vorausgesetzt, die Eltern haben sie unter Kontrolle …«

»Davon ist hier nicht viel zu merken«, kommentiert Rachel, während wir beide beobachten, wie Devrim unter Karmens sich bauschenden Röcken hervorkriecht. Die arme Braut wirkt ein bisschen verlegen. Devrims Mutter hingegen lacht bloß.

»Oha, wen haben wir denn da«, haucht Rachel mit einem Mal und blickt zu der kleinen Bühne, die hinter der Tanzfläche aufgebaut ist. Dort sitzt ein Mann mit sandblonden verwuschelten Haaren, einem relativ kurzen Bart und einer Gitarre auf einem Hocker. Ich sehe zu Rachel. Sie grinst.

In einem Wort: lecker.

Er beginnt zu spielen, und als er mit tiefer, erotischer, seelenvoller Stimme ins Mikrofon singt, vergesse ich beinahe, dass wir eigentlich arbeiten sollten. Rachel starrt ihn genauso hingerissen an.

Ich stupse sie an, und wir lachen uns gegenseitig aus. Dann holt Rachel ihre Speedlite-Blitzgeräte aus der Fototasche, denn gleich ist es Zeit für den ersten Tanz.

»Vielleicht gelingen mir mit Sallys 85er ein paar gute Bilder von ihm«, sage ich lässig zu Rachel. Sie wirft mir einen vielsagenden Blick zu, und ich grinse unschuldig. Dann gehe ich durch die Menge und stelle mich neben die Bühne, hebe die Kamera ans Auge und betrachte ihn durch den Sucher. Aus der Nähe sieht er noch heißer aus. Ich bin wie gebannt und muss mich zusammenreißen, um meine Arbeit nicht zu vernachlässigen. Beim Singen streift er mit den Lippen das Mikrofon, doch dann lehnt er sich zurück, um sich ganz auf seine Gitarre zu konzentrieren, und dabei fallen ihm die verwuschelten Haare in die Stirn und verdecken teilweise sein Gesicht. Ich beschließe, auf die andere Seite der Tanzfläche zu gehen. Vielleicht kann ich ihn von dort aus besser sehen. Gerade als ich mich umdrehe, um mir die Bühne genauer anzusehen, guckt er mich direkt an, und mir stockt der Atem. Ihn jetzt mit ruhiger Hand zu fotografieren, wird nicht ganz leicht sein, aber ich mache es trotzdem – es ist schließlich mein Job. Das jedenfalls ist der Vorwand, an den ich mich klammere.

Als ich zur anderen Seite der Tanzfläche gehe, folgt er mir mit dem Blick. Er ist gerade bei einer reinen Gitarrenpassage, und ein Lächeln umspielt seine Lippen, während ich ihn fotografiere. Es gelingt mir nicht, eine ausdruckslose Miene zu wahren. Doch dann singt er wieder und konzentriert sich ganz auf seine Musik. Rachel taucht neben mir auf. »Der schärfste Hochzeitsmusiker, der mir je untergekommen ist, Punkt, aus!«

Der Song geht zu Ende, und als der Guitar Man eine Ansage macht, spricht er mit australischem Akzent. Rachel und ich wechseln einen vielsagenden Blick.

»Ich möchte Karmen und Luca gratulieren. Alles Gute euch beiden. Ladys und Gentlemen, ein Hoch auf Braut und Bräutigam. Und jetzt der erste Tanz ...«

Aufgeregt stupst Rachel mich an. »Er ist Australier!«
»Hab ich gehört!« Ich muss unbedingt rauskriegen, woher er wohl kommt und was er in Schottland macht.
Die Gäste auf der Tanzfläche machen Platz für Karmen und Luca, die ihre Positionen in der Mitte einnehmen. Der Guitar Man stimmt *Love Cats* von The Cure an, und Karmen und Luca stürzen sich in eine einstudierte Choreographie. Plötzlich rennt Devrim auf die Tanzfläche und versucht, ihnen die Schau zu stehlen. Das geht allerdings völlig in die Hose, und er schlägt sich den Kopf an. Entsetzt schauen wir zu, wie er rot anläuft und dann den ganzen Saal zusammenbrüllt. Seine Mutter – das wurde aber auch Zeit! – eilt ihm zu Hilfe und holt ihn von der Tanzfläche. Ich glaube, in diesem Punkt sind wir uns hier alle einig: Geschieht dem kleinen Racker ganz recht.
Das Lied bricht ab, und Karmen wirkt geknickt. Doch dann schlägt der Gitarrist mit seinem schönen warmen Akzent vor: »Sollen wir noch mal von vorn anfangen?«
Alle lachen und jubeln. Karmen und Luca beginnen den eingeübten Tanz von neuem, und im Nu klatschen alle im Saal im Takt in die Hände und singen mit.
Nach dem ersten Tanz sind wir hier fertig, denn die Abendveranstaltung ist in unserem Auftrag nicht inbegriffen, und so suchen wir Braut und Bräutigam auf, um uns zu verabschieden.
»Müssen Sie wirklich schon gehen?«, fragt Karmen bedauernd. »Bleiben Sie doch noch und trinken Sie was. Amüsieren Sie sich.«
»Ja, bitte bleiben Sie«, ermuntert uns Luca. Rachel sieht mich an. Ich nicke hoffnungsvoll.
»Ich denke, wir können auch mit dem Taxi zurück zum Pub fahren und den Mietwagen morgen abholen, oder?« Es ist ja nicht so, als hätten wir heute Abend etwas Besseres vor.
»Ja!«, stimme ich zu.
»Yeah!«, ruft Karmen.

Sie bittet den Barkeeper, unsere Getränke auf ihre Rechnung zu schreiben, und Rachel verspricht, im Gegenzug noch ein paar Fotos zu machen, aber ganz entspannt. So haben alle etwas davon.

Rachel und ich holen uns jede ein Glas Wein und setzen uns an einen Tisch in der Nähe der Bühne.

»Lass nicht zu, dass ich die hier verliere«, sagt Rachel nach einer Weile. Sie deutet auf ihre Fototasche. »Einmal konnte ich meine Speicherkarten zehn Minuten lang nicht finden und hätte fast einen Herzinfarkt bekommen.«

»Kein Wunder!« Ich mag mir gar nicht vorstellen, wie es mir gehen würde, wenn ich diese winzigen Karten verlöre, auf denen Tausende von Bildern gespeichert sind. Eine ganze Hochzeit: futsch. Ich glaube, ich würde sterben.

»Vielleicht sollte ich alles, was wir jetzt nicht brauchen, nebenan einschließen?«, überlegt Rachel.

»Wahrscheinlich keine schlechte Idee. Soll ich das machen?«

»Schon gut. Flitz du an die Bar. Mein 200er und die Speedlites behalte ich bei mir.«

»Okay. Ich behalte Sallys 85er.« Weniger Verwackelgefahr. Alex würde mir zustimmen, denke ich lächelnd, ehe ich ihn aus meinen Gedanken verbanne.

Sie geht davon. Ich bleibe noch ein Weilchen sitzen und sehe dem Gitarristen zu, der gerade eine skurrile, coole, abgespeckte Version von Billy Idols *Dancing With Myself* spielt. Wieder begegnet er meinem Blick, und diesmal hält er den Blickkontakt mehrere Sekunden lang. Ich versuche, nicht verlegen wegzuschauen, und am Ende ist mir wahnsinnig heiß. Aber dann mache ich mir bewusst, dass er das bestimmt mit allen Frauen so macht, und komme mir ein bisschen dumm vor. Ich stehe auf und gehe an die Bar.

Als ich zurückkomme, spielt er nicht mehr. Stattdessen dröhnt Musik vom Band aus den Lautsprechern. Enttäuscht frage ich mich, ob er für heute Abend fertig ist.

Plötzlich wird ein Pint Bier vor mir auf den Tisch geknallt, und als ich hochblicke, steht der Guitar Man höchstpersönlich vor mir und grinst mich an.
»Hi«, sagt er. »Darf ich mich zu dir setzen?«
»Selber hi«, erwidere ich amüsiert. »Klar.«
Er zieht sich einen Stuhl heran und setzt sich. »Eine Landsmännin, was? Oder bist du nur richtig gut im Akzentenachahmen?«
»Ersteres.« Ich gebe ihm die Hand. »Ich bin Bronte.«
»Lachie.«
Es wird »Lockie« ausgesprochen, aber ich weiß, dass es eine Kurzform von Lachlan ist. Das ist bei uns in Down Under ein weit verbreiteter Vorname.
Sein Händedruck ist warm und fest, und er sieht mir dabei in die Augen und lächelt. Ungetrübtes Selbstvertrauen, was?
»Was machst du in Schottland?«, frage ich in betont neutralem, freundlichem Ton. Ich erliege deinem Charme nicht, Schatzi, auch wenn das ziemlich verführerisch ist.
»Mir gefällt's hier.« Er zuckt die Achseln. »Ich reise ein bisschen herum, und wenn es sich ergibt, trete ich auf und mache ein paar Hochzeiten.«
»Lebst du von deiner Musik?«
»Schön wär's. Nein, ich nehme hin und wieder einen Aushilfsjob an. Weiß nicht, wie lange ich noch bleibe.«
»In Schottland?«
»Ja, und ganz allgemein in Großbritannien. Zu Weihnachten muss ich zurück nach Hause. Und du?«
»Ich lebe und arbeite in London. Ich bin für ungefähr ein Jahr hier.«
»Cool. Hochzeitsfotografin?«
»Nein. Ich habe einen festen Job. Ab und zu mache ich am Wochenende eine Hochzeit.« Ich blicke auf und sehe Rachel auf uns zukommen. »Mit Rachel«, sage ich lächelnd, als sie bei uns ist.

»Hallo!« Sie setzt sich an Lachies andere Seite und versucht, sich nicht anmerken zu lassen, wie hingerissen sie ist.

Er gibt auch ihr die Hand, stellt sich vor und lehnt sich dann relaxed zurück, um sie nicht von der Unterhaltung auszuschließen. Sein hellgraues T-Shirt sitzt so locker, dass sich darunter nichts abzeichnet, aber da seine Arme muskulös und wohldefiniert sind, nehme ich an, dass er insgesamt gut in Form ist.

»Du bist also auch ein Aussie«, sagt Rachel lächelnd.

»Ja. In Perth geboren und aufgewachsen.«

Also ist er aus Westaustralien, von mir aus gesehen am anderen Ende des Landes. »Und du?«, fragt er mich.

»Ich bin in Südaustralien aufgewachsen, nicht weit von Adelaide, aber zuletzt habe ich in Sydney gelebt.«

»Cool.«

»Und Rachel ist aus ... Ich weiß gar nicht, woher du stammst«, sage ich und runzele die Stirn, als mein Versuch, sie miteinzubeziehen, nach hinten losgeht.

»Ich bin in Bath aufgewachsen«, erzählt sie. Dann sieht sie unsere ausdruckslosen Mienen. »Keiner von euch weiß, wo das ist, was?«

»Nein«, erwidere ich.

»Nö«, sagt er.

»Verdammte Aussies«, murmelt sie, und ich muss daran denken, wie ich an dem Tag, an dem ich Lily wegen der Joseph-Strike-Fotos anrief, mit Russ und Alex in der Teeküche stand.

Lachie grinst, trinkt sein Pint zu einem Drittel leer und knallt es wieder auf den Tisch. »Muss wieder da rauf. Vier Songs. Haltet mir den Platz warm, ja?«

Als er zurück zur Bühne schlendert, saugt Rachel zischend die Luft zwischen die Zähne. »Ist *der* scharf.«

»Rattenscharf«, stimme ich zu. »Und das weiß er auch«, füge ich trocken hinzu.

Wir beobachten, wie er seine Gitarre nimmt und dem DJ in der

Ecke zunickt. Die Musik aus den Lautsprechern verstummt, und er beginnt mit *I Bet You Look Good On The Dancefloor* von den Arctic Monkeys.

»Wie alt schätzt du ihn?«, frage ich Rachel und befehle meinem Blick, sich vom ihm zu lösen. Meine Augen sind heute sehr ungehorsam.

»Mitte zwanzig?«, erwidert Rachel. »Jedenfalls zu jung für mich.«

»Wer's glaubt!«, rufe ich. »Wie alt bist du denn?«

»Sechsunddreißig.«

»Na und?«

Sie lacht. »Man nennt das Lustknabe.«

»Er könnte selbst sechsunddreißig sein; das weiß man nicht.«

»Ha! Unwahrscheinlich«, spottet Rachel.

»Lass uns über was anderes reden«, schlage ich vor. »Ich habe das Gefühl, er kann sein Ego auch allein pflegen.«

Mit einiger Mühe gelingt es uns, Lachie nicht übermäßig viel Aufmerksamkeit zuteilwerden zu lassen, bis er sich wieder zu uns setzt.

»Seid ihr mit eurer Arbeit fertig?«, fragt er.

»Im Prinzip schon«, erwidert Rachel.

»Karmen hat uns eingeladen, noch auf ein paar Drinks zu bleiben, deshalb machen wir nachher, wenn alle ein bisschen lockerer sind, noch ein paar Fotos.«

»Habt ihr schon viele Hochzeiten fotografiert?« Bei dieser Frage sieht er mich an.

»Ich erst drei, aber Rachel hat schon zig gemacht.«

»Rund fünfzig«, präzisiert sie.

»Cool«, sagt er.

»Und du?«, frage ich ihn.

»Auch ungefähr so viele.«

»So viele? Sorry, aber wie alt bist du denn?«

Er grinst. »Vierundzwanzig.«

»Vierundzwanzig? Und du hast fast *fünfzig Hochzeiten* gemacht?«
»Ungefähr.«
»Wow.«
»Beeindruckend«, findet auch Rachel.
»Wie alt seid ihr?«, fragt er uns.
»Sechsunddreißig«, erwidert Rachel mit gerümpfter Nase.
»Neunundzwanzig«, gestehe ich. Damit sind wir beide ein bisschen zu alt für diesen selbstverliebten Knaben. Aber ihn scheint das nicht im mindesten abzuschrecken.
»Wann wirst du dreißig?«, fragt er mich und grinst.
»Nächsten Monat.«
»Ach?«, wirft Rachel ein.
»Ja. Aber ich will keine große Feier.«
»Vergiss es«, sagt Lachie und wendet sich an Rachel. »Ich hoffe doch, du stellst was auf die Beine.«
»Singst du auch auf dreißigsten Geburtstagen?«, fragt sie ihn.
»Ja logisch, ich mache alles.« Er grinst frech und sieht mich mit erhobener Augenbraue an.
O Mann, dieser Knabe hat mehr Selbstbewusstsein als Johnny Jefferson. Er ist bloß Hochzeitsmusiker, kein Rockstar, Herrgott nochmal!
Als er für die letzten Songs zurück auf die Bühne geht, sieht Rachel auf die Uhr. »Wie lang möchtest du noch bleiben?«, fragt sie.
»Noch eine halbe Stunde?«
»Passt«, erwidere ich. »Ich richte mich nach dir.«
»Okay, dann bestelle ich ein Taxi.«
Als wir gerade gehen wollen, kommt Lachie zurück. »Ihr geht schon?« Er runzelt die Stirn.
»Ja. Wir fliegen ganz früh zurück nach London. Geschafft für heute?«
»Ich bin nie geschafft, schon gar nicht abends.« Er zwinkert mir zu – ungelogen. Rachel lacht.

»Kann ich mit euch fahren?«, fragt er.
Irritiert schüttele ich den Kopf. »Du weißt doch gar nicht, wo wir übernachten.«
»Doch. Im The Hare.«
Rachel ist ebenso perplex wie ich. »Woher weißt du das?«
Er grinst. »Hab euch einchecken sehen.«
»Na, dann komm«, sagt Rachel und sieht zur Decke. Wie konnten wir den übersehen?
Wir holen unsere Fototaschen und Jacken aus dem Nebenraum. Lachie hängt sich den Gitarrenkoffer um und folgt uns. Im Taxi sitzt er vorn und plaudert die ganze Fahrt zum Gasthof über mit dem Taxifahrer. Der Klang ihrer Stimmen schläfert mich ein. Mit einem Ruck werde ich wach und blicke mit brennenden Augen hoch. Lachie steht lächelnd vor mir und hält mir die Autotür auf.
»Aufgewacht, ihr Schlafmützen«, sagt er.
Ich sehe zu Rachel. Sie gähnt. »Ich bin völlig erledigt, ich gehe direkt ins Bett«, sagt sie müde, aber mit einer gewissen Entschlossenheit, und steigt aus.
»Du trinkst aber an der Bar noch ein Bier mit mir, oder?«, fragt Lachie stirnrunzelnd. Ich zögere. »Ach, komm«, drängt er. »Eins bringt dich nicht um.«
»Das habe ich irgendwo schon mal gehört …«, entgegne ich trocken und steige ebenfalls aus. Er tritt kaum zurück, um mir Platz zu machen, also blicke ich direkt an ihm hoch. Vorhin ist mir gar nicht aufgefallen, wie groß er ist – er saß ja meistens. Ich schätze ihn auf knapp eins neunzig, meine Augen sind auf einer Höhe mit seiner breiten Brust. Noch immer trägt er nur sein T-Shirt, und die Gitarre hat er sich über die Schulter gehängt.
»Ist dir nicht kalt?«, frage ich, während wir den Gasthof betreten.
»Nein. Ich bin hart im Nehmen«, erwidert er und sieht mich an. »Fühl mal.« Er hält mir den Arm hin. »Immer noch richtig warm.«

»Bestimmt«, erwidere ich trocken und weigere mich, ihm den Bizeps zu tätscheln, doch das scheint ihn nicht aus der Fassung zu bringen.
»Also dann, gute Nacht«, sagt Rachel in der Lobby.
»Hat mich gefreut, dich kennenzulernen«, entgegnet Lachie.
»Gleichfalls.« Sie lächelt ihn an. Dann wendet sie sich mir zu. »Wir sehen uns morgen um neun beim Frühstück? Bis dahin müsste ich den Mietwagen am Hotel abgeholt haben.«
»Okay, danke«, erwidere ich lächelnd, nach wie vor unschlüssig, ob ich nicht lieber auch gleich ins Bett möchte.
»Denk nicht mal dran.« Lachie schiebt mich auf die Bar zu.
»Hey!«, beschwere ich mich. Er hat mir die Hand auf die Schulter gelegt und steuert mich zwischen den vollbesetzten Tischen hindurch. Ich stolpere vor ihm her. Erst an der Bar lässt er mich los.
»Ich sichere uns einen Tisch«, sage ich. Am Fenster wird gerade einer frei. Kurz darauf kommt Lachie mit einer Flasche Rotwein und zwei Gläsern an den Tisch.
»Australischer«, stelle ich fest.
»Adelaide Hills«, betont er und deutet mit dem Zeigefinger auf mich.
Ich muss grinsen. »Gute Wahl«, räume ich ein und stelle die Flasche zwischen uns auf den Tisch.
»Und wie kommt's, dass du auf Hochzeiten singst?«, frage ich, während er mir einschenkt. Unwillkürlich fällt mein Blick auf seine gebräunten, muskulösen Arme.
Er zuckt die Achseln. »Ich singe ja nicht nur auf Hochzeiten.«
»Das muss dir doch nicht peinlich sein«, sage ich.
»Ich weiß«, erwidert er, ernsthafter jetzt. »Ich habe früher ständig Straßenmusik gemacht, und als meine älteren Cousins und Schwestern heirateten, wurde das irgendwie mein Ding. Es sprach sich rum, und der Verdienst war höher als auf der Straße, also bin ich dabeigeblieben.« Er hebt das Glas und stößt mit mir an. »Cheers.«

»Cheers«, erwidere ich und trinke einen Schluck. »Mmm. Gute Wahl.« Ich stelle das Glas ab. »Und woher kennst du Karmen und Luca?«

»Ich kenne sie gar nicht. Luca hat … Mal sehen, ob ich das richtig hinbekomme. Der Sohn des Mannes von Lucas Tante arbeitet in dem Pub in Edinburgh, in dem ich arbeite und ab und zu auftrete, und der hat mich empfohlen.«

»Aha. Du lebst also in Edinburgh?«

»Im Augenblick. Aber nicht mehr lange. Vielleicht gehe ich demnächst nach London.« Er kratzt sich den Bart.

»Einfach so?«

»Ich arbeite in einem Pub. Das mache ich nur des Geldes wegen. Alles ist einfach, wenn man es wirklich will.«

Und wenn man das nötige Selbstvertrauen hat, ergänze ich im Stillen.

»Und du? Wo arbeitest du, wenn du nicht gerade Hochzeiten fotografierst?« Er beugt sich vor und stützt die gebräunten Unterarme auf den Tisch.

»Ich arbeite bei einer Zeitschrift.« Ich versuche, über meiner sperrigen Fototasche die Beine übereinanderzuschlagen. Ich will sie möglichst dicht bei mir behalten, ich will nicht riskieren, dass mir jemand meine Fotoausrüstung klaut.

»Echt? Bei welcher?«

»Sie heißt *Hebe*.«

»Kein Scheiß? Meine Schwestern lieben diese Zeitschrift. Ich wette, du kennst den ganzen Klatsch und Tratsch.«

»Das sagen die Leute immer, aber es gibt gar nicht so viel Insiderklatsch, wie man immer meint. Alles, was gut ist, landet in der Zeitschrift. Wenn die Gerüchte wirklich stimmen würden, würdest du davon wissen. Wie viele Schwestern hast du?« Ich trinke einen Schluck Rotwein.

»Vier.«

»Ui! Brüder auch?«

»Nein. Nur ich, das Nesthäkchen, der Goldjunge.«
Eigentlich ist er echt süß. Man kann sich jedenfalls gut mit ihm unterhalten.
»Hast du Geschwister?«, fragt er.
»Nein. Einzelkind.«
»Ah.«
Ich zucke die Achseln und bringe das Gespräch wieder auf ihn.
»Wie alt sind deine Schwestern?«
»Meine älteste Schwester Bea ist dreiunddreißig, Maggie ist einunddreißig, Tina ist neunundzwanzig und Lydia sechsundzwanzig.«
Vielleicht fühlt er sich deshalb so wohl in Gesellschaft älterer Frauen. Nicht dass ich *so* viel älter wäre. Liebe Güte.
Wir plaudern und leeren dabei die Weinflasche, bis die Lichter angehen.
»Und wie kommt's, dass du Assistentin einer Hochzeitsfotografin bist?«, fragt er lächelnd. Die Bar leert sich allmählich, aber er macht keinerlei Anstalten zu gehen.
»Rachel saß in der Klemme. Ich hatte schon ein bisschen freiberuflich als Fotografin gearbeitet, deshalb hat eine Freundin uns miteinander bekanntgemacht.«
»Macht es dir Spaß?«
»Ähm ...«
Er springt sofort auf mein Zögern an, wie ein Fisch, der nach einem Köder schnappt. »Es ist nicht das Richtige für dich?«
»Ich fotografiere gerne«, erkläre ich. »Und es hat mir Spaß gemacht, die drei Hochzeiten zu fotografieren, die ich bisher gemacht habe. Ich glaube bloß nicht an die Ehe. Oder an Gott. Und Kirchen finde ich furchtbar«, gestehe ich zu meinem eigenen Erstaunen. Der Wein hat mir offenbar die Zunge gelöst.
Er stellt das Glas ein bisschen zu laut auf den Tisch. »Hat Adelaide nicht den Beinamen ›Stadt der Kirchen‹?«
»Stimmt.« Ich Glückliche.

»Warum glaubst du nicht an die Ehe?«
»Warum muss das so aufwendig sein? Wenn man zusammen sein will, dann tut man es einfach. Und wenn nicht, dann nicht. Wozu die Urkunde? Wozu unter Gottes Augen schwören, den Rest des Lebens miteinander zu verbringen? Was mich zu meinem nächsten Problem mit dem ganzen Kram bringt: Wer glaubt schon noch an Gott?« Ich verziehe das Gesicht.
Er zuckt die Achseln. »Ich weiß nicht. Ich meine, ich irgendwie schon.«
»Ach?« Überrascht sehe ich ihn an.
»Ja.« Er lässt die Mundwinkel hängen, legt den Kopf schräg und sieht mich an. »Ich meine, ich glaube an irgendwas. Ich weiß nicht genau, was, aber *irgendwas* Größeres muss da sein.«
Ich rümpfe die Nase. »Warum? Warum muss da irgendwas Größeres sein?«
»Ich weiß nicht. Ich glaube einfach, dass es da sein muss.«
»Das ist nicht unbedingt das überzeugendste Argument, das ich je gehört habe«, necke ich ihn. Das Barpersonal zieht die Jacken an. Ich nicke den Leuten zu und sage mit einem feinen Lächeln zu Lachie: »Wir sollten gehen. Damit sie Schluss machen können.«
Er nickt und kratzt sich am Bart; dann verschränkt er die Arme, was seine Muskeln betont, und sieht mich an.
»In welchem Zimmer schläfst du?«, frage ich eigenartig nervös, greife hinter mich, nehme meine Jacke und stehe auf.
»In deinem?«, gibt er frech zurück und sieht zu mir hoch.
»Ha! Und wovon träumst du nachts?«
Er grinst, steht auf und hängt sich den Gitarrenkoffer um. »Bist du mit jemandem zusammen?«
Er ist so direkt! Nicht zu fassen! »Nein!«, rufe ich. »Das heißt noch lange nicht, dass ich mit dir schlafe!«
Er zuckt die Achseln. »Dann penne ich einfach bei dir auf dem Boden.«

»Geht's noch?« Tss. Ich gehe in die Lobby und spüre ihn dicht hinter mir, aber als ich die Treppe in Angriff nehme, merke ich, dass er mir nicht folgt. Irritiert drehe ich mich zu ihm um. »Liegt dein Zimmer nicht oben?«, frage ich stirnrunzelnd. Er steht am Fuß der Treppe und wirkt nicht mehr ganz so selbstbewusst.
Er zuckt die Achseln. »Ich hab keins.«
Mir fällt die Kinnlade runter. »Moment mal, du hast gesagt, du hast uns einchecken sehen ...«
»Ich habe in der Bar was getrunken. Was nicht heißt, dass ich auch hier schlafe.«
»Wo denn dann?«, frage ich ungläubig.
»Das Auto eines Freundes steht auf dem Parkplatz.«
»*Was?*«
Er lacht sorglos. »Ich schlafe im Auto. Ich habe es mir für die Fahrt hierher geliehen.«
»Meinst du das ernst?« Ich lasse mich auf eine Stufe plumpsen.
»Klar. Kein Ding. Ich hab früher schon draußen übernachtet.«
»Hast du wirklich erwartet, dass ich einfach mit dir schlafe?«
Er lehnt sich an die Wand und lächelt mich träge an. »Man darf ja wohl noch hoffen.«
Völlig perplex schüttele ich den Kopf. »Bestimmt hast du im Lauf der Jahre mühelos jede Menge hübscher Brautjungfern abgeschleppt, aber es war ein Irrtum, zu glauben, dass es bei mir genauso einfach ist.«
Sein Lächeln erlischt, ansonsten wirkt er aber völlig ungerührt.
»Ich kenne dich doch kaum.« Ich runzele die Stirn: Alex kannte ich auch kaum. Und man weiß ja, was mir das eingebracht hat.
»So furchterregend bin ich aber nicht, oder?«
Als ich ihn mit diesem frechen, sexy Grinsen da unten stehen sehe, durchfährt mich Erregung. Er ist wirklich verboten scharf.
Ich schüttele den Kopf und stehe auf. »Willst du wirklich im Auto schlafen?«
»Ohne das Auto würde ich einfach auf dem Boden schlafen.«

»Na, das ist doch schon mal was«, kommentiere ich trocken und sehe die Treppe hinauf.
»Dann gute Nacht.«
Ich bin sehr versucht, ihn zurückzurufen, aber das darf ich nicht.
Falsch. Das *werde* ich nicht. Das mache ich nicht noch einmal.
»Klopf morgen ans Autofenster, bevor ihr fahrt«, ruft er im Gehen. »Sieh nach, ob ich noch lebe.«
Ich starre auf seinen Rücken, aber schon dreht er den Kopf und grinst mich an. »Kleiner Scherz. Bis morgen, Bronte. Sag tschüss, wenn ihr losfahrt.« Er schiebt die Gasthoftür auf und geht, und ich unternehme nichts, um ihn zum Bleiben zu bewegen.

Kapitel 9

Ich verabschiede mich nicht von Lachie, als wir am nächsten Morgen abreisen. Zwar finde ich den Wagen, den er sich geborgt hat, auf dem Parkplatz – ein zerbeulter, alter roter Kombi, dessen Scheiben ein wenig beschlagen sind –, aber als ich durchs Fenster spähe, liegt er im Schlafsack auf dem Rücksitz und schläft noch. Ich bringe es nicht übers Herz, ihn zu wecken.

Als ich Donnerstagnachmittag im Büro mein Glas am Wasserspender auffülle, muss ich noch immer an ihn denken.
»Hey«, sagt Alex und stellt sich zu mir.
»Hi«, erwidere ich, atme seinen göttlichen Duft ein und seufze ganz leise.
»Viel zu tun?«
»Ja.« Ich nehme mein Glas, und er füllt seines. »Helen ist heute nicht da.«
»Bronte, du musst zu dem Shooting heute Nachmittag«, unterbricht mich Nicky und kommt zu mir.
»Echt?«
»Ja. Ich hab zu viel zu tun«, sagt sie barsch. »Ich habe eine Besprechung mit Clare und Simon, und dafür muss ich noch … Ach, ich bin einfach beschäftigt, okay?«, faucht sie und stürmt zurück an ihren Schreibtisch.
»Schon gut. Mache ich gern«, erwidere ich gelassen und folge ihr.
Zweifellos hätte sie Helen darum gebeten, wenn die heute hier

wäre. Seit ich angefangen habe, hat sie Helen viel öfter zu Shootings geschickt als mich. Darüber bin ich ziemlich enttäuscht, es macht mir wirklich Spaß.

»Hier«, sagt Nicky kurz angebunden, nimmt einen Stapel Papiere und wirft ihn mir praktisch zu.

Ich schnappe mir den Stapel hastig, ehe die einzelnen Blätter sich überall verstreuen können.

»Alles in Ordnung?« Ich blicke hoch. Simon mustert Nicky mit gerunzelter Stirn.

Sie setzt ein charmantes Lächeln auf. »Ja. Ich trage nur alles zusammen. Zu dem Shooting heute Nachmittag schicke ich Bronte. Das ist nett für sie, und ich habe mehr Zeit, um mich auf unsere morgige Besprechung mit Clare vorzubereiten.«

»Fein«, erwidert Simon unverbindlich.

Als er sich abwendet, erlischt Nickys Lächeln wieder, und sie funkelt mich an.

Was für eine falsche Schlange.

»Du kommst auch mit?«, frage ich Alex überrascht, als ich neben den beiden Kartons mit Requisiten an der Tür auf Russ warte, der wieder das Interview führen wird.

»Sicher.« Er nickt mir zu.

»Leute, ich muss nachkommen«, ruft Russ. »Ich muss für Esther noch was für die nächste Ausgabe schreiben.«

Alex und ich gehen nach draußen und winken ein Taxi heran. Er öffnet mir die Tür und steigt hinter mir ein, während ich dem Fahrer sage, dass er uns zur London Bridge fahren soll.

»Macht Nicky dir immer noch das Leben schwer?«, fragt Alex. »Du wirkst ein bisschen niedergeschlagen.«

»Sie ist einfach, wie sie immer ist«, sage ich resigniert. »Nichts, womit ich nicht fertig würde.«

»Wir haben diese Woche kaum miteinander gesprochen. Hattest du am Wochenende wieder eine Hochzeit?«

»Ja.« Meine Miene hellt sich geringfügig auf. »Sogar in Schottland.«

»Dann machst du weiter Hochzeiten mit Rachel?«

»Noch ein paar, ja, wenn Rachels Assistentin es nicht schafft. Aber keine Sorge, ich bin sicher, bei deiner Hochzeit im Dezember ist Sally dabei.«

»Warum sollte ich mir da Sorgen machen? Ehrlich gesagt hätte ich lieber dich dabei.«

»Wirklich?«

»Ja.« Er rückt ein Stück von mir ab. Vielleicht überlegt er es sich gerade anders. »Rachel meinte, du bist richtig gut.«

Ich grinse. »Obwohl mir immer mal der Fokus verrutscht und man gelegentlich mit Photoshop nachhelfen muss?«

Er lacht. »Ganz offensichtlich bist du nicht so schlecht. Sie hat richtig von dir geschwärmt.«

»Wirklich? Tja. Na ja, wir werden sehen, schätze ich. Bis Dezember ist es noch lange hin.« Und ich bin nach wie vor ziemlich sicher, dass ich diese Hochzeit nicht machen möchte. »Wie kommt ihr mit den Vorbereitungen voran?«

»Gut. Na ja, Zara regelt das meiste. Ich darf mich um das Auto und die Musik kümmern. Ach, und um die Fotografin.«

Ich lächle ihn an. »Rachel hat mir schon erzählt, dass der Bräutigam sich immer um das Auto und die Musik kümmert. Was stellst du dir vor?«

»Ich weiß noch nicht. Einen DJ, glaube ich. Aber nicht so einen Nullachtfünfzehn-DJ, der abgedroschene Hochzeitsmusik spielt. Falls du also Vorschläge hast …«

»Ich frage Rachel. Sie kennt da bestimmt jemanden.« Ich halte inne und denke an Lachie. »Übrigens habe ich am Wochenende einen richtig guten Hochzeitsmusiker kennengelernt. Einen Australier. Echt super. Hat Gitarre gespielt. Cooles Zeug, überhaupt nicht kitschig.«

»Du klingst ja ganz hingerissen.«

Ich lache. »War ich auch ein bisschen.«
»Ich weiß nicht, ob der was für uns ist«, sagt Alex sarkastisch.
»Na ja, ich wüsste sowieso nicht, wie ich mich mit ihm in Verbindung setzen sollte«, entgegne ich. Wer hatte ihm noch mal den Auftritt besorgt? Irgendwas mit Lucas Cousin und dessen Tante ... Ach, ich gebe auf.

Als wir mit dem Fotoshooting fertig sind, ist es sechs Uhr. Wir haben einen Haufen cooler junger Leute aus einer hippen neuen britischen TV-Sendung auf der London Bridge fotografiert. Zu meiner Überraschung tauchte auch Maria auf, um das Make-up zu machen. Über die Einzelheiten des Shootings wusste ich vorher gar nicht Bescheid.
»Fährt einer von euch zurück ins Büro?«, frage ich Russ und Alex, während Maria ihre Sachen zusammensucht.
»Ja, ich muss«, erwidert Russ.
»Ich fahre nach Hause«, erzählt Alex.
»Kannst du dann die Requisiten mit zurücknehmen?«, frage ich Russ. »Ich besuche vielleicht eine Freundin, die hier in der Nähe wohnt.
Polly hat mir gestern Nacht eine SMS geschickt, in der sie schrieb, dass sie sich gerade bei einer Nachtschicht langweile. Dann ist sie jetzt vielleicht zu Hause, und ich kann sie überraschen.
»Klar, geht in Ordnung«, stimmt Russ zu.
»Hast du Lust, mit mir Polly zu besuchen?«, frage ich Maria.
»Gern. Ich hab sie schon ewig nicht mehr gesehen.«
»Wie kommt das?« Ich verabschiede mich von den Jungs, und wir machen uns auf den Weg.
»Ich weiß auch nicht. Nach der Hochzeit schlug ich ihr ein paar Mal vor, dass wir uns treffen, aber sie war immer zu beschäftigt. Ehrlich gesagt kenne ich sie nicht besonders gut. Ich war ein bisschen überrascht, als sie mich zu ihrem Junggesellinnenabschied eingeladen hat.«

»Also, ich bin sehr froh darüber.«
»Ich auch.« Sie lächelt und hakt sich bei mir ein.

Unser Überraschungsbesuch sorgt in jeder Hinsicht für Überraschung: Polly ist überrascht, uns zu sehen; Maria ist überrascht darüber, wie sehr Polly sich seit ihrer letzten Begegnung äußerlich verändert hat – ich sehe es ihr an –, und meine Überraschung bezieht sich auf den Umstand, dass Polly eine Flasche Wein bereits zu zwei Dritteln geleert hat.
»Wo ist Grant?«, frage ich und mustere besorgt die Flasche – und meine Freundin.
»Er arbeitet.« Polly winkt ab. »So ein fleißiges Bienchen. Immer am Arbeiten.« Polly schenkt uns je ein kleines Glas Wein ein und füllt ihres auf. »Ich hole uns noch eine Flasche«, sagt sie und stößt sich auf dem Weg in die Küche am Couchtisch. »Aua!«
Ich werfe Maria einen kurzen Blick zu und folge Polly besorgt.
»Mach nicht noch eine Flasche auf«, sage ich. »Mir genügt das eine Glas.«
»Du bist so eine Spaßbremse!«, zetert sie. »Das ist nicht mehr angesagt, B.!«, fügt sie mit einem unerträglichen amerikanischen Akzent hinzu.
»Ich möchte eigentlich auch nicht viel trinken«, kommt Maria mir zu Hilfe. Polly funkelt uns beide wütend an, und dann taumelt sie gegen die Arbeitsplatte.
»Alles in Ordnung?«, frage ich besorgt.
Sie hält sich die Hand vor den Mund und sieht mit einem Mal ein bisschen blass um die Nase aus. Ich reiße erschrocken die Augen auf, aber schon torkelt sie aus der Küche. Als ich ihr hastig folge, höre ich schon von weitem, dass sie sich in die Toilettenschüssel übergibt. Während sie den Inhalt ihres Magens loswird, reibe ich ihr den Rücken und seufze tief.
Schließlich lässt sie sich auf die Fersen zurücksinken und stöhnt kläglich.

»Kannst du übernehmen?«, frage ich Maria, die an der Badezimmertür steht. Sie nickt unsicher. Ich gehe in die Küche und koche Kaffee. Polly muss ausnüchtern.
Als ich fertig bin, tausche ich wieder den Platz mit Maria. »Na komm, gehen wir zurück ins Wohnzimmer.«
»Grant«, murmelt sie und rührt sich nicht vom Fleck.
»Grant?« Will sie mir zu verstehen geben, dass er das Problem ist?
»Hol ihn«, fügt sie hinzu.
Wohl doch nicht, wenn sie ihn hierhaben will. Ich werfe Maria einen ratlosen Blick zu, aber sie zuckt bloß betreten die Achseln: Sie weiß auch nicht, was wir tun sollen.
»Grant!«, wiederholt Polly und sieht mich wütend an.
Ich seufze, stöbere ihr Telefon auf und wähle Grants Nummer. Es hat keinen Sinn, mit ihr zu diskutieren. Ich mache das nicht zum ersten Mal mit ihr durch.
»Was ist jetzt wieder los?«, schnauzt Grant statt einer Begrüßung.
»Hier ist Bronte«, sage ich ruhig.
»Bronte?« Er klingt überrascht. »Was machst du … Wo ist Polly?«
»Ich bin *bei* Polly«, sage ich.
»Hat sie wieder getrunken?«, fragt er tonlos, ehe ich etwas erklären kann.
»Sie ist ziemlich hinüber. Bist du weit weg?«
Er seufzt tief. »Ich fahre jetzt nach Hause. In einer halben Stunde bin ich da.«
Das gebe ich an Polly weiter.
»Er wird mich umbringen.« Torkelnd steht sie auf.
Ich folge ihr ins Wohnzimmer.
»Polly, was ist los?«, frage ich besorgt und reiche ihr eine Tasse Kaffee. »Ist bei euch beiden alles in Ordnung?«
»Nein.« Sie hat einen Schluckauf. »Die Ehe ist *schwierig*«, sagt sie laut und hickst. »*Schwierig.*«

»Warum? Hat er dich irgendwie verletzt?«
»Mich verletzt?« Sie schnaubt höhnisch. »Entschuldigung, hast du meinen Mann kennengelernt? Er ist der liebste Mann, der je gelebt hat.« Ihr Seufzer wird von einem weiteren Hicksen unterbrochen. »Er ist bloß nie hier. Und wenn er hier ist, nörgelt er an mir herum. Er nimmt mich nicht mit, wenn er mit seinen Freunden ausgeht. Er findet mich nicht mehr lustig.«
Falls sie regelmäßig in diesem Zustand ist, überrascht mich das nicht. »Hast du mit jemandem darüber gesprochen? Ich meine, du weißt, du kannst jederzeit mit mir über Grant sprechen«, betone ich. »Aber meinst du nicht, du solltest mal mit jemandem über dein Trinkverhalten sprechen?«
Sie lacht bitter auf. »Du tust so, als hättest *du* keine Probleme. Meine Mutter hat deine Mutter neulich im Einkaufszentrum getroffen.«
Mein Magen krampft sich zusammen, und mein Gesicht brennt, als hätte ich Säure abbekommen.
Sie fährt fort. »Sie hat gesagt, du rufst sie nie an, nie ...«
»Halt den Mund«, falle ich ihr ins Wort. Ich habe mich völlig versteift. Ein wenig benommen starrt sie mich an. »Halt einfach den Mund«, sage ich erneut und springe auf. Ich spüre Marias Erschütterung, die sich wie eine Last auf meine Schultern senkt.
Das Geräusch eines Schlüssels im Schloss lenkt uns ab. Dann geht die Tür auf, und Grant kommt herein; man sieht ihm seine Bestürzung deutlich an.
»Verdammt nochmal, Polly«, murmelt er.
»Spricht nicht so mit mir!«, stößt sie hervor, und ihr Gesicht verzerrt sich.
»Pst!«, zischt er. »Die Nachbarn gehen in die Luft, wenn du wieder loslegst.«
»Hey«, sage ich beschwichtigend.
»Ich glaube, es wäre besser, wenn ihr zwei geht«, sagt Grant zu uns, ohne den Blick von Polly abzuwenden.

Beklommen steht Maria auf.

»Tut mir leid«, murmelt er und wartet an der Tür.

»Schon gut.« Ich folge Maria hinaus ins Treppenhaus. »Vielleicht muss sie einfach ein bisschen schlafen«, schlage ich vor.

Er nickt. »Ich bringe sie ins Bett.«

»Ich bin doch kein kleines Kind!«, schimpft Polly, die uns gehört hat.

»Du bist müde, Pol, du hast doch gerade Nachtschicht«, argumentiere ich.

Das scheint sie als vernünftiges Argument gelten zu lassen, sogar in ihrem besoffenen Schädel.

»Danke«, flüstert Grant.

»Ruf mich an, ja?«, erwidere ich leise. »Falls sie Hilfe braucht, dann versuch das nicht allein.«

Er nickt, und ich sehe, dass er mit den Tränen kämpft. Dann schließt er die Tür hinter uns.

Kapitel 10

Der nächste Tag ist ein Freitag, und ich treffe mich mit Bridget zum Mittagessen. Sie arbeitet noch immer als Freie für *Let's Go!*, solange dort Bewerbungsgespräche mit potentiellen neuen Feature-Redakteuren geführt werden. Man hat sie gebeten, sich auf die Stelle zu bewerben, aber sie weiß nicht, ob sie sich nach der Freiheit als Selbständige fest und in Vollzeit an ein Magazin binden will. Ich versuche, sie davon zu überzeugen, wie nett es doch wäre, wenn wir jeden Tag zusammen zur Arbeit fahren könnten.
Ich hole sie in ihrer Redaktion ab, und wir gehen gemeinsam nach unten. Als wir gerade die gewaltige, mit beigefarbenem Marmor ausgekleidete Lobby betreten, kommt Alex aus dem Aufzug.
»Hey, Bridget«, sagt er.
»Hallöchen«, grüßt sie zurück. »Wie läuft's bei *Hebe*?«
Er geht nach wie vor freitagabends mit uns einen trinken, bleibt aber nie lange. Mal sehen, ob er heute mitkommt.
»Gut. Die Auflage ist gestiegen.«
»Muss deine exzellente Arbeit als Art Director sein«, neckt sie ihn lächelnd.
Ich gehe als Erste durch die Drehtür nach draußen, und sofort fallen mir mehrere Dinge gleichzeitig auf: Gitarrenmusik, Gesang, eine kleine Menschenansammlung auf dem Bürgersteig und ... Lachie. Da steht Lachie in einer grünen Jacke und mit einer Beanie auf den verwuschelten blonden Haaren. Als er mich entdeckt, leuchten seine Augen auf. Dann grinst er breit, bricht seine Darbietung des Stones-Songs *You Can't Always Get What*

You Want ab und beginnt mit *Wake Me Up Before You Go Go* von Wham. Bridget prallt gegen mich.

»Uff! Entschuldige!« Dann schnappt sie nach Luft, und ich vermute, Alex ist gegen sie geprallt. Aber meine volle Aufmerksamkeit gilt Lachie. Er singt den beschwingten Song mit einem verzückten Ausdruck im Gesicht. Ich imitiere seine Miene und dann lache ich los, weil ich es wirklich nicht fassen kann. Bridget tritt links neben mich und Alex rechts.

»Lecker«, sagt Bridget, die noch nicht begriffen hat, dass dies der Lachie ist, von dem ich ihr erzählt habe.

»Kennst du den?«, fragt Alex mich verwirrt, als ich anfange mitzuwippen. Lachie singt den Song ganz buchstäblich für mich: Weck mich, bevor du gehst.

»Ja.« Ich nicke fröhlich. »Das ist Lachie. Der Hochzeitsmusiker, von dem ich dir erzählt habe.«

Der Rhythmus ist ansteckend, und als Lachie so richtig loslegt, klatschen ein paar Leute mit. Ich lache vor Freude, und als er fertig ist, applaudiere ich überschwänglich. Er zieht sich den Gitarrengurt über den Kopf, packt das Instrument am Hals, steigt über den offenen Gitarrenkoffer, der voller Münzen ist, und kommt zu mir.

»Hey!«, sagt er herzlich und nimmt mich in die Arme.

»Was machst du hier?« Ich löse mich von ihm und strahle ihn an, und seine Gitarre prallt gegen mich. Er ist genauso schön, wie ich ihn in Erinnerung hatte.

»Ich dachte, ich stalke dich einfach«, erwidert er mit einem frechen Grinsen.

»Aber wie hast du mich gefunden?« Ich bin verwirrt.

»Du hast mir doch erzählt, dass du bei *Hebe* arbeitest.« Er deutet mit dem Kopf auf das Gebäude.

»Ich fasse es nicht.« Verblüfft schüttele ich den Kopf. »Dann bist du jetzt in London?«

»Fürs Erste.« Er grinst.

Bridget stupst mich an, und mit einem Ruck komme ich zu mir.
»Sorry. Das ist Bridget.«
»Hallo«, säuselt sie, und ich muss mir das Kichern verkneifen.
»Und das ist Alex.«
»Hi«, sagt Lachie und schüttelt den beiden freundlich die Hände.
»Dann bis später«, verabschiedet Alex sich gleich darauf mit leicht gerunzelter Stirn von mir. Er wirft Lachie noch einen Blick zu.
»Bis dann.« Ich lächele ihn flüchtig an und wende mich wieder Lachie zu, während Alex am Zebrastreifen die Straße überquert. Die Leute um uns herum haben sich zerstreut. »Bridget und ich wollten gerade essen gehen. Willst du mitkommen?«
»Klar.«
Während er die Münzen aus seinem Gitarrenkoffer klaubt und die Gitarre verstaut, formt Bridget mit den Lippen eine durch und durch unanständige Bemerkung. Ich wette, *sie* würde nicht lange überlegen, sondern fröhlich mit ihm in die Kiste hüpfen. Diese Vorstellung gefällt mir nicht so wirklich, was ein bisschen albern ist, wenn man bedenkt, dass ich die Gelegenheit hatte und sie ungenutzt verstreichen ließ.
Wir gehen in einen Pub im Herzen von Covent Garden, der sein eigenes Bier braut, und schlendern die Treppe hinab zu den Tischen im Keller. Lachie vertraut mir seine Gitarre an, während er mit Bridget die Getränke holt und unser Essen bestellt. Es widerstrebt mir, die beiden miteinander allein zu lassen, aber ich weiß bereits, was ich essen will, und Bridget muss sich noch entscheiden. Ich gehe mit der Gitarre an einen Ecktisch. Sie ist schwerer, als ich gedacht hätte. Der schwarze Koffer ist abgestoßen und zerkratzt, und als ich ihn an die Wand lehne, bin ich eigenartig nervös. Diese Gitarre bedeutet ihm bestimmt sehr viel.
Als Bridget und Lachie mit den Getränken an unseren Tisch kommen, lachen sie über irgendetwas.
»Ich fasse es nicht, dass du ihn im Auto schlafen gelassen hast!«,

ruft Bridget, während Lachie auf die Sitzbank mir gegenüber rutscht.
»Das hatte ich dir doch schon erzählt«, wiegele ich leicht verärgert ab. Sie setzt sich neben ihn statt neben mich. Treulose Kuh.
»Ja, aber da hatte ich ihn noch nicht gesehen«, entgegnet sie völlig ungeniert.
Lachie wirkt ausgesprochen amüsiert über ihr Kompliment, hebt sein Pint und stößt mit mir – Cola light – und Bridget – Cider – an. Ich würde mich nicht trauen, während der Arbeitszeit Alkohol zu trinken, selbst an einem Freitag nicht – ich möchte Nicky nicht unnötig noch mehr reizen. Als sie von ihrer heutigen Besprechung mit Simon und Clare, der Verlegerin, zurückkehrte, war ihre Laune im Keller. Und da Helen noch immer krank ist, bin ich sozusagen das Schwarze in der Zielscheibe ihrer Gereiztheit.
»Wo wohnst du in London?«, frage ich Lachie.
»Weiß nicht. Ich bin gerade erst angekommen.«
Ich starre ihn an. Er hat keine Bleibe?
»Ich dachte, vielleicht möchtest du deinen früheren Fehler wiedergutmachen«, fügt er hinzu. Bridgets Augen leuchten auf, während mir die Kinnlade runterfällt, aber ehe eine von uns etwas sagen kann, lacht er in sich hinein. »Kleiner Scherz. Ich penne bei einem Kumpel in Camden.«
»Verdammt«, sagt Bridget enttäuscht.
»Als ob bei uns Platz für ihn wäre«, murmele ich Bridget zu.
»Er hätte das Sofa haben können«, entgegnet sie achselzuckend. Lachie grinst. »Und ich habe ein Doppelbett«, fügt sie beiläufig hinzu und trinkt einen Schluck Cider.
»Ich auch«, betone ich vorlaut.
»Jetzt kommen wir endlich voran«, mischt Lachie sich ein.
Ich sehe ihn an und verdrehe die Augen. »Seit wann bist du denn hier?«
»Gestern.«

Gestern, und da kommt er mich heute schon besuchen? Ich bin eigenartig gerührt. »Hast du einen Job?«
»Noch nicht. Aber mein Kumpel sagt, in einem Pub in Camden, wo er arbeitet, brauchen sie jemanden. Da gehe ich nachher mal vorbei.«
»Und bis dahin Straßenmusik?«
»Das ist der Plan.«
Die Kellnerin bringt unsere Bestellungen, und wir unterhalten uns beim Essen weiter, bis Bridget und ich schließlich zurück zur Arbeit müssen.
»Ich muss noch schnell zur Apotheke. Bis bald hoffentlich«, sagt Bridget zu Lachie. Glücklicherweise hat sich ihr Hormonpegel im Verlauf des Mittagessens wieder normalisiert.
»Mit Sicherheit.« Er umarmt sie rasch, und sie legt ihm taktisch geschickt die Hand auf die Brust und lächelt mich ekstatisch an. Ich seufze leise.
»Ich begleite dich zurück zur Arbeit«, sagt Lachie.
»Bis dann«, sage ich zu Bridget und wende mich ab.
»Hey, warte mal«, ruft Lachie Bridget zurück. »Hast du schon Pläne für ihren Geburtstag?«
Bridget sieht verwirrt aus. »Geburtstag?«
»Du wirst doch nächsten Monat dreißig, oder?« Er sieht mich an.
Ich nicke widerwillig. Eigentlich wollte ich das nicht an die große Glocke hängen, geschweige denn, einem Beinahe-Fremden Mitspracherecht einräumen.
»Wann?«, stößt Bridget hervor.
»Am Zwölften«, antworte ich. »Ich hatte aber nicht vor …«
»Also wirklich, Bronte!«, faucht sie und wirkt ernsthaft sauer.
»Du weißt doch, ich komme erst am fünfzehnten aus Key West zurück! Warum hast du nichts gesagt, als ich meine Flüge gebucht habe?«
»Das ist doch keine große Sache«, wende ich matt ein. Sie be-

sucht die Freunde, die letzten Monat zurück in die USA gegangen sind – anscheinend haben sie ein Bed & Breakfast eröffnet. Da hätte ich ihr wohl kaum einen Strich durch die Rechnung machen wollen.
»Natürlich ist das eine große Sache! Es ist dein Dreißigster! Das ist eine RIESENGROSSE Sache!«
Ich hatte irgendwie gehofft, ganz heimlich dreißig zu werden ...
»Wir feiern nach, wenn du wieder hier bist«, sage ich besänftigend. »Es sind ja nur ein paar Tage.«
»Wir feiern nächstes Wochenende«, bestimmt sie.
»Geht nicht. Ich habe eine Hochzeit im Lake District.«
»Dann dieses Wochenende. Mist! Da bleibt nicht genug Zeit, um irgendwas zu organisieren! Ich fasse es nicht, dass du mir das antust!«
»Lass uns das später besprechen«, sage ich energisch. »Kommst du in den Pub?«
Sie runzelt die Stirn. »Natürlich.«
»Dumme Frage.«
»In welchen Pub?«, fragt Lachie, als wir uns durch Scharen von Touristen einen Weg zurück Richtung *Hebe* bahnen.
»Schräg gegenüber von der Redaktion. Komm doch auch, wenn du magst«, sage ich, ohne nachzudenken, und frage mich sofort, ob das wirklich eine gute Idee war. Andererseits wüsste ich nicht, warum das ein Problem sein sollte.
»Cool. Klar, das mache ich vielleicht.«
»Tja, da wären wir.« Ich blicke an dem glasverkleideten Gebäude empor, das die diversen Zeitschriften von Tetlan UK beherbergt.
»Schönen Nachmittag«, sagt er.
»Kommst du heute Abend wirklich?«, hake ich nach.
»Warum nicht? Hab nichts Besseres vor.«
»Wolltest du nicht in diesem anderen Pub vorbeischauen und fragen, ob sie Arbeit für dich haben?«

»Ich schaue stattdessen in deinem Pub vorbei. Ich bin da nicht wählerisch.«
Ganz einfach, genauso, wie er in Schottland sagte.

Am Nachmittag stehe ich grinsend am Kopierer. Alex kommt zu mir. Heute trägt er ein dunkelblaues Jeanshemd mit hochgekrempelten Ärmeln, und das bringt das Blau seiner Augen besonders gut zur Geltung.
»Also, was macht der Typ hier?«, fragt er.
»Wer? Lachie?«, frage ich und versuche ganz entspannt zu klingen. Natürlich meint er Lachie.
»Ja.« Er verschränkt die Arme und beobachtet, wie ich an den Einstellungen des Kopierers herumfummele.
»Er hatte erzählt, dass er vielleicht nach London kommt«, antworte ich. »Und das hat er offenbar getan.«
»Was willst du machen?«, fragt er stirnrunzelnd und deutet mit dem Kopf auf den Kopierer.
»DIN A3, doppelseitig.«
Er tritt an den Kopierer, drückt ein paar Tasten und dann den Start-Knopf. Sein Aftershave macht mich ganz kribbelig. Wie kann ich das abstellen?
»Kommst du heute Abend in den Pub?«, frage ich.
»Ja. Zara ist übers Wochenende verreist.«
»Dann machst du also einen drauf?«, necke ich ihn.
»Möglich«, erwidert er und grinst verschwörerisch.

Ich bin gespannt, ob Lachie wirklich auftaucht. Ich weiß ja wirklich nicht, ob ich ihn je wiedersehe, und ich habe keine Möglichkeit, Kontakt zu ihm aufzunehmen, falls er nicht auftaucht – alles wie gehabt natürlich. Aber er hat mich heute gleich aufgesucht, deshalb bin ich eigentlich zuversichtlich, dass er sich an den Pub-Plan halten wird.
Und da ist er auch. Als wir nach der Arbeit zu sechst in den

Pub kommen, sitzt er schon mit einem Pint Bier auf einem Barhocker.
»Hey!«, grüßt er fröhlich.
»Du arbeitest also nicht hinter der Theke?«, frage ich, als er mich freundschaftlich umarmt.
»Nö. Die brauchen gerade niemanden.«
»Na ja, dir bleibt immer noch Camden.«
»Genau. Hi.« Er winkt meinen Kollegen zu. Ich sehe mich um und erblicke erfreute Mienen bei Lisa und Esther und leise Verstimmung bei Russ, Tim, Pete und Alex.
»Das ist Lachie«, sage ich und füge hinzu, »auch ein Aussie«, als würde das alles erklären: Wir Aussies halten zusammen und so weiter.
Ehe irgendjemand etwas erwidern kann, kommt Bridget durch die Tür.
»Hallo, ihr *Hebes*!«, ruft sie zu meiner Erheiterung. Dann: »Lachie? Was machst du denn hier?«
»Bronte hat mich eingeladen.«
Sie umarmt ihn. »Gute Arbeit, Mitbewohnerin.« Sie boxt mich an den Arm.
»Wer möchte was trinken?«, unterbricht uns Alex.
»Hi!«, meldet sich eine lebhafte Stimme.
Ich sehe mich um: Maria ist auch da. »Hallo!«, rufe ich und umarme sie.
»Hey, Maria«, sagt Russ und legt ihr die Hand aufs Kreuz. »Kann ich dir was zu trinken holen?«
»Moment mal, ich dachte, diese Runde geht auf mich?«, fragt Alex verwirrt.
»Ich hole Marias und mein Getränk, und du und Bronte, ihr könnt machen, was ihr wollt«, entscheidet Russ. Ich sehe Alex mit erhobener Augenbraue an und drehe mich wieder zur Theke um. Prompt spüre ich Lachies Knie an meinem Bein. Ich rücke ein Stück zu Alex hinüber, doch dadurch berühren sich unsere

Ellbogen. Ich versteife mich und rücke instinktiv wieder von ihm ab.

Ein paar Pints später bin ich schon viel lockerer. Wir sind alle an einen Tisch umgezogen, und Lachie kommt bei meinen Kolleginnen ziemlich gut an. Er sitzt eingezwängt zwischen Maria und Lisa. Als ich zur Toilette ging, ist Lisa auf meinen Platz gerückt und hat mir dafür den Platz neben Alex überlassen.

»Ich dachte, er ist nicht so der Kitsch-Typ«, merkt Alex an und sieht mich mit seinen absurd blauen Augen an.

»Wie bitte?« Ich werfe ihm einen verdutzten Blick zu. Ich bin ein bisschen abgelenkt, weil Maria gerade spielerisch Lachies Haare umfrisiert.

»Du hast gesagt, er spielt coole Sachen, keinen Kitsch.«

Wovon redet er? Er hat Lachie doch gar nicht spielen gehört. Oh, Moment mal. Wham heute Mittag. »Meinst du *Wake Me Up Before You Go Go*?«

»Genau. Viel kitschiger kann es nicht mehr werden.«

Ich lache. »Das war ein Witz zwischen uns.«

Er mustert mich verunsichert, und als seine Augen sich weiten, wird mir klar, dass er womöglich gerade die falschen Schlüsse zieht. Auch gut.

»Ich brauche mal eure Hilfe«, sagt Bridget laut. Alle am Tisch sehen sie an. »In ein paar Wochen ist Brontes dreißigster Geburtstag.« Diverse Augenpaare wenden sich mir zu. Ich stöhne laut und lehne mich zurück. »Ich fliege übernächstes Wochenende für zwei Wochen weg und werde den Geburtstag verpassen«, fährt Bridget verärgert fort, als wären wir alle daran schuld. »Ich dachte, wir könnten die Feier einfach vorziehen. Was macht ihr alle nächstes Wochenende?«

»Ich habe es dir doch schon gesagt«, werfe ich ein, als Maria gerade den Mund öffnet. »Ich habe eine Hochzeit im Lake District. Maria auch.« Ich lächele sie an. »Und ich will keine große Feier.« Ich wende mich wieder Bridget zu.

»Genau darum geht's mir!«, ruft Bridget mit besorgniserregender Begeisterung. »Wie wär's, wenn wir mit dir in den Lake District kommen? Meine Tante hat ein kleines Cottage in Keswick – das ist nicht weit von da, wo eure Hochzeit stattfindet, richtig?« Sie wartet meine Antwort gar nicht ab. Ganz offensichtlich hat sie sich schlaugemacht.
»Wir könnten dort übernachten, oder wir zelten einfach. Gleich auf der anderen Seite vom See ist ein Campingplatz.«
»Superidee«, sagt Russ begeistert.
»Ich wäre dabei«, wirft Lachie ein.
»Ich habe auch Zeit«, sagt Lisa.
»Ich kann nicht«, erzählt Esther uns enttäuscht. »Mein Vater wird da fünfzig.«
Tim hat auch keine Zeit, und Pete glaubt, seine Verlobte Sylvie hätte sie möglicherweise bereits anderweitig verplant. Alex hat bisher nichts gesagt, aber ich weiß sowieso, dass seine Antwort Nein lauten wird.
»Alex?«, spricht Bridget ihn direkt an. »Was ist mit dir?«
»Vielleicht.«
Überrascht sehe ich ihn an. »Zara ist nicht da«, erklärt er. »Ich wüsste also nicht, was dagegenspricht.«
»Sie ist oft weg, deine Lady, oder?«, merkt Russ an.
»Ziemlich oft«, bestätigt Alex.
Meine Nerven sind zum Zerreißen gespannt.
»Also, was sagst du?«, fragt Bridget. Ihre Frage richtet sich an mich. »Wir kommen vorbei und platzen in deine Hochzeit. Kleiner Scherz«, fügt sie hinzu, als sie meine entgeisterte Miene sieht. »Tagsüber machst du deine Arbeit, und abends feiern wir. Ja?«
»Wahrscheinlich sind wir gegen acht fertig«, räume ich zögernd ein.
Ihre Miene hellt sich auf. »Das ist ja perfekt! Wir können Freitagabend direkt nach der Arbeit anreisen, Samstagabend feiern

und am Sonntag noch ein bisschen was unternehmen, bevor wir rechtzeitig zur Arbeit am Montag zurückfahren. Was haltet ihr davon?«, fragt sie den gesamten Tisch.
»Ich finde, das ist ein fabelhafter Plan«, antwortet Maria für alle.

Kapitel 11

Am Sonntag rufe ich Polly an und bin erleichtert, als sie ans Telefon geht. Ich dachte schon, sie würde absichtlich nicht abheben, wenn ich anrufe. Sie erzählt mir, am kommenden Wochenende wolle sie Grants Eltern besuchen und könne daher nicht mit in den Lake District kommen. Erstaunlicherweise scheint Bridgets Plan aufzugehen. Sie wollte auch Polly und Grant einladen, aber es ist wahrscheinlich besser, dass sie nicht kommen können, wenn Polly gerade versucht, die Finger vom Alkohol zu lassen. Ich sage ihr, dass ich mir Sorgen um sie gemacht habe, aber sie lässt mich auf ihre typische Art abblitzen, wirft mir vor, ich würde überreagieren, und behauptet, was Maria und ich letztens gesehen haben, sei nur ein Ausrutscher gewesen. Ich betone nochmals, dass ich für sie da bin, wenn sie mich braucht, und belasse es dabei.

Am darauffolgenden Freitag treffen wir uns nach Feierabend alle in der Redaktion, um gemeinsam zur Feier meines dreißigsten Geburtstags – und zu meiner vierten Hochzeit – in den Lake District zu fahren.
»Danke, dass du mich mitnimmst, Mann«, sagt Lachie zu Alex.
Rachel nimmt Maria, Russ und Lisa mit, und Alex, der außer Rachel als Einziger von uns ein Auto hat, nimmt Bridget, Lachie und mich mit.
Wir verabreden, uns an einer Autobahnraststätte wiederzutreffen, eine Kleinigkeit zu essen und den Rest des Weges dann im Konvoi zu fahren.

»Kein Thema«, antwortet Alex, auch wenn er alles andere als begeistert darüber wirkte, meinen neuen Kumpel im Auto mitzunehmen. Er versuchte, Russ zu überreden, bei ihm mitzufahren, aber der wollte unbedingt bei Maria im Auto sitzen. Die beiden scheinen sich richtig gut zu verstehen seit letzten Freitag im Pub – so gut, dass Maria im Verlauf des Abends immer weniger mit Lachies und immer mehr mit Russ' Haaren spielte.
»Ich weiß nicht, ob die in den Kofferraum passt.« Alex deutet mit dem Kopf auf Lachies Gitarre. Wir gehen durch die schmuddelige Tiefgarage zu seinem blauen Alfa Romeo Brera.
»Die kann mit mir auf den Rücksitz«, sagt Lachie.
»Eine meiner Taschen kann auch zu mir auf den Rücksitz«, sagt Bridget. Sie sitzt also neben Lachie, was? Andererseits habe ich nichts dagegen, vorn neben Alex zu sitzen. Lachie hat einen Rucksack über der Schulter hängen. Alex' Tasche und das Zelt liegen bereits im Kofferraum. Er hat sich von seiner Schwester und deren Mann, den ich bei seinem Junggesellenabschied kennenlernte, ein zweites Zelt geliehen.
Jener Abend scheint eine halbe Ewigkeit zurückzuliegen.
Rachel, Maria und ich hatten bereits ein Bed & Breakfast gebucht, aber die anderen übernachten heute im Haus von Bridgets Tante. Morgen müssen sie dann auf einen Campingplatz auf der anderen Seite des Sees umziehen, weil die nächsten Feriengäste eintreffen. Da Russ und Lisa ebenfalls Zelte dabeihaben, können Maria und ich spontan entscheiden, wo wir schlafen: Entweder wir pennen auch im Zelt oder wir übernachten mit Rachel wieder in unserem B&B. Rachel hat keine Lust, auf dem Boden zu schlafen, wenn ein bequemes Bett auf sie wartet, zumal es schon bezahlt ist. Sie hat aber versprochen, sich nach der Hochzeit am Lagerfeuer auf ein paar Drinks zu uns zu gesellen.
»Hast du vor, viel darauf zu spielen?« Alex deutet mit dem Kopf auf Lachies Gitarre und sieht in den Kofferraum, um zu überprüfen, ob sie nicht doch hineinpasst. Tut sie nicht.

»Wir machen ein Lagerfeuer, Mann. An einem Lagerfeuer muss gesungen werden.«

Alex runzelt die Stirn, nimmt mir meine Taschen ab und bringt sie noch irgendwo unter, auch die Fototasche.

»Dein Freund ist ein bisschen unentspannt«, murmelt Lachie so dicht an meinem Ohr, dass ich seinen Atem spüre, und setzt sich mit seiner Gitarre hinter dem Beifahrersitz auf die Rückbank.

»Ooh, es ist ein bisschen eng«, sagt Bridget, als sie sich zu Lachie auf den Rücksitz setzt.

»Kuschel dich an mich, Bridgie«, erwidert Lachie. »Du kannst deinen hübschen kleinen Kopf an meine Schulter lehnen.«

Alex und ich wechseln einen vielsagenden Blick: Wir wissen beide, dass Bridget dieser Aufforderung nur zu gerne nachkommen wird. Alex steuert das Auto aus der Tiefgarage und mitten hinein in den Londoner Berufsverkehr. Das Radio läuft, und Lachie singt mit. Alex dreht das Radio lauter, und ich lächele in mich hinein und lasse ihn sich aufs Fahren konzentrieren.

Nach zwei Stunden schlafen Lachie und Bridget tief und fest. Lachies Kopf lehnt an der Kopfstütze, und Bridgets Kopf ruht an seiner Schulter. Ich drehe mich zu Alex.

»Also hatte Zara nichts dagegen, dass du mitkommst?«

Er blickt in den Rückspiegel und vergewissert sich, dass Lachie in nächster Zeit nicht singen wird. Dann dreht er das Radio wieder leiser.

»Nein, warum sollte sie?«

Ich zucke die Achseln. »Ich weiß nicht. Aber das ist schön«, füge ich verlegen hinzu.

»Was ist jetzt mit ihm?« Mit gerunzelter Stirn deutet Alex Richtung Rückbank.

»Was meinst du damit?«

»Was macht er hier?«

»Das habe ich dir doch gesagt. Ich habe ihn vor ein paar Wochen auf einer Hochzeit in Schottland kennengelernt.«

»Und da kommt er einfach so nach London und spürt dich auf?«
»Ich habe anscheinend einen bleibenden Eindruck hinterlassen. Er hat einen Job in einem Pub in Camden gefunden.«
»Findest du das nicht ein bisschen übertrieben?«
Ich lache. »Er ist doch nur nett, du Spinner. Jetzt entspann dich mal. Es hat nichts zu bedeuten. Es ist ja nicht so, als wäre er in mich verknallt«, füge ich in selbstironischem Ton hinzu.
»Ich weiß nicht. Es scheint total normal für ihn zu sein, dass die Frauen ihm zu Füßen liegen.«
»Wen kümmert's, was für ihn normal ist?«, entgegne ich. »Ich mache, was ich will. Und außerdem: Ich bin Single, er ist Single, wo ist das Problem?« An seinem Mund zuckt ein Muskel. Er blickt stur nach vorn auf die Straße. »Was hast du gegen ihn?«, frage ich, bekomme aber keine Antwort. »Du musst ihn bloß besser kennenlernen«, stelle ich schließlich fest.
»Wie gut kennst *du* ihn denn?« Er sieht mich kurz an, und sein Tonfall ist vorwurfsvoll.
»Worauf willst du hinaus?«, erwidere ich, und als er wieder auf die Straße blickt, wird mir ganz kalt. Als ob er das Recht hätte, mir solche Fragen zu stellen!
Erneut sieht er mich an. »Hast du mit ihm geschlafen?«
Hoppla. So viel Direktheit hätte ich ihm gar nicht zugetraut. Glücklicherweise ist mein Ärger stärker als meine Überraschung.
»Und wenn? Was geht dich das an?«, gehe ich zum Gegenangriff über.
»Nichts. Es geht mich nichts an«, räumt er leise ein und blinkt, um einen Lastwagen zu überholen. »Du kannst schlafen, mit wem du willst.«
Erschüttert und wütend starre ich ihn an. »Das unterstellst du mir also?«, frage ich eisig. »One-Night-Stands mit jedem, der mir über den Weg läuft?«

Er zuckt die Achseln. »Vergiss es.«
Fassungslos starre ich ihn an. Dann drehe ich mich aus einem Impuls heraus zur Rückbank um. Lachies Augen sind halb geöffnet und auf mich gerichtet. Gleich darauf sind sie wieder geschlossen, und ich frage mich, ob ich mir das gerade nur eingebildet habe oder ob Lachie unsere Unterhaltung tatsächlich mitangehört hat.

Kapitel 12

»Als ich heute Morgen aufgewacht bin, konnte ich es nicht glauben. Wayne hat zu mir gesagt – nicht heute Morgen natürlich, weil man sich ja am Morgen des großen Tages nicht sehen darf – aber davor hat er zu mir gesagt: ›Das Wetter ist beschissen im Lake District!‹, aber er hat sich geirrt! Seht euch das an! Guckt doch mal raus!«
»Wunderschön, nicht wahr?«, sagt Maria herzlich, während Rachel fotografiert.
»Total umwerfend«, fährt Becky, unsere überaus redselige Braut, fort. »Wenn ich daran denke, dass er in London heiraten wollte. In London! Im langweiligen alten London statt hier? Ich bin so froh, dass ich nicht lockergelassen habe. So froh.«
»Halt bitte mal einen Moment still«, sagt Maria sanft.
»Ich gehe zum Standesamt«, flüstere ich Rachel zu. Sie nickt amüsiert.
Soweit wir gehört haben, willigte Wayne nur ein, Becky zu heiraten, weil sie ihm die Pistole auf die Brust gesetzt hatte. Sie ist jetzt Ende dreißig, und die beiden waren zwölf Jahre zusammen, ohne dass er ihr einen Heiratsantrag gemacht hätte. Sie will Kinder, er ein bequemes Leben. Sie kam zu dem Schluss, dass es an der Zeit sei, ihm das Leben schwerzumachen oder einen Schlussstrich zu ziehen.
Ich verstehe noch immer nicht, warum sie sich das antut.
Wayne hat eindeutig nichts mit Hochzeiten am Hut.
»Was sollen die ganzen Blumen? Ich habe ihr doch gesagt, sie

soll es schlicht halten«, beschwert er sich gerade bei seiner Mutter, die sich offensichtlich große Mühe mit ihrer Garderobe gegeben hat: ein lila Seidenkostüm und ein großer, dazu passender Hut.
»Es ist ihr großer Tag«, entgegnet Waynes Mutter vernünftig. »Sie hat lange darauf gewartet.«
»Das ist doch lächerlich. Wir müssen doch nicht heiraten, um zusammen zu sein.«
Da muss ich ihm allerdings recht geben. Nur dürfte es ein bisschen zu spät sein, um jetzt außer mir noch andere davon zu überzeugen …
Wayne blickt mürrisch drein, und ich will ihn nicht mit finsterer Miene fotografieren. »Sieht Ihre Mutter nicht hinreißend aus, Wayne?«, sage ich deswegen und hoffe, dass er lächelt, wenn er zu ihr schaut.
Doch stattdessen sagt er zu meiner Erschütterung: »Ich will keine Fotos. Gehen Sie mir mit dem Ding da weg!«
»Wayne!« Entsetzt schnappt seine Mutter nach Luft. Aber er stürmt davon.
Oje. Das kann ja heiter werden.
Ich arbeite mit sämtlichen Tricks und fotografiere ihn mit Zoom aus der Ferne, aber ich bekomme trotzdem kaum eine Aufnahme zustande, auf der er nicht finster blickt.
Zum Glück gibt es die Blumen, kann ich da nur sagen. Darauf kann ich mich konzentrieren. An den vergoldeten Stühlen am Mittelgang sind mit violetten Bändern üppige Sträuße aus rosa-violetten Christrosen, blauem Rittersporn, Traubenhyazinthen und Kornblumen befestigt, und gewaltige Blumenarrangements zieren jede verfügbare Oberfläche. Es sieht hinreißend aus.
Als Becky eintrifft, ist sie wie ein heller Sonnenstrahl. Hoffentlich färbt ein wenig von ihrer Freude auch auf ihren Zukünftigen ab. Da sie ja nur standesamtlich heiraten, hätte ich gedacht, dass Becky etwas Schlichtes tragen würde, aber zu meiner Überraschung hat

sie sich für das volle Programm entschieden. Sie ist nicht schlank, hat aber auch nicht den Fehler gemacht, ein trägerloses Kleid zu wählen, sondern eines mit einem schmeichelhaften V-Ausschnitt und einem voluminösen Rock. Das Oberteil mit den breiten Trägern ist strukturiert und die Taille ganz entzückend mit Glas- und echten Perlen besetzt. Die kastanienbraunen Haare hat sie hochgesteckt, und dazu trägt sie Diamantohrringe.
Rachel sieht mich an und hebt erfreut den Daumen.
»Ich finde es immer toll, wenn eine Braut sich richtig in Schale wirft«, sagt sie und will an mir vorbeigehen. »Wie läuft's hier?«
»Ähm, ganz gut.«
»Was ist los?«, fragt sie besorgt.
»Ich glaube, wir haben einen kleinen Fall von Bräutigam wider Willen.«
Wir blicken beide zu Wayne, der gerade auf die Uhr sieht. Sein Anzug ist ganz nett, aber nichts Besonderes. Jedenfalls verglichen mit dem Aufwand, den Becky getrieben hat.
»Keine Sorge, wir bekommen später bestimmt ein paar hübsche Aufnahmen hin«, versichert Rachel mir.
Ich habe ihr Stativ vorn aufgebaut; sie muss also nur noch fotografieren. Aus einer kleinen Stereoanlage ertönt jetzt *Once Upon A Time ... Storybook Love* aus *Die Braut des Prinzen*, und ich beiße mir auf die Lippe. Immerhin ist das mal eine hübsche Abwechslung zum ewigen Hochzeitsmarsch.
Becky kommt durch den Mittelgang, und ich mache mich bereit, um Waynes Reaktion einzufangen. Doch er dreht sich nicht um; sein Blick ist fest auf den Standesbeamten gerichtet. Die Gäste gurren und schnappen bewundernd nach Luft, als Becky an ihnen vorbeigeht, und da wird offenbar auch Wayne neugierig, denn nun dreht er sich langsam um. Hoppla! Vor Schreck klappt ihm die Kinnlade runter. Kein Lächeln. Ungläubig starrt er seine Braut an. Offensichtlich hatte er keine Ahnung, dass sie sich für ein richtiges Brautkleid entschieden hat. Zwar reißt er sich

schnell wieder zusammen und rückt seine Gesichtszüge zurecht, aber Becky tut mir sehr leid.

Im Lauf des Tages merke ich zu meiner Überraschung, dass Becky sich von ihrem Ehemann wider Willen nicht sonderlich aus der Fassung bringen lässt. Für sie ist es der schönste Tag ihres Lebens. Die Fahrt zum Hochzeitsempfang führt über eine gewundene Straße. Zu unserer Rechten liegt hinter einer grauen, mit grünbraunem Moos gesprenkelten Feldsteinmauer der See, und zu unserer Linken stehen hohe, üppig belaubte Bäume, zu deren Füßen grünes Gras und Farne wachsen, deren fedrige Wedel sich dem spärlichen Sonnenschein entgegenrecken.

Schmale Wasserfälle winden sich die majestätischen, in verwischten Grün-, Mauve-, Braun- und Grautönen gewandeten Berge hinab. Dürre Ginstersträucher voller gelber Blüten klammern sich an die Hänge, und die leuchtend orangefarbenen, rosa, roten oder gelben Rhododendren stehen in voller Blüte.

Wir beschließen, das phantastische Wetter richtig auszunutzen und machen die Gruppenaufnahmen im Garten. Doch als wir die Leute aufstellen, merken wir, dass der Bräutigam fehlt. Ich finde ihn hinter dem Hotel, wo er telefoniert.

»Ich will nicht auf irgendwelche Fotos«, blafft er, sobald er mich erblickt.

»Aber wir machen jetzt die Gruppenaufnahmen«, wende ich ein.

Er ignoriert mich. »Ja, danke«, sagt er niedergeschlagen ins Telefon. »Jetzt hat sie mich an die Kette gelegt, aber egal.«

Als Rachel und ich endlich Pause machen können, sind wir erleichtert.

Unter ein paar Bäumen am See steht eine steinerne Bank, und dort setzen wir uns hin, um zu verschnaufen. Die Abendluft ist mild, aber die Bank ist kalt. Durch die Bäume hindurch sehe ich am anderen Ende des Sees vier Gestalten spazieren gehen, die mir bekannt vorkommen: zwei Männer – einer blond, der andere dunkelhaarig – und zwei Frauen.

»Sind das die anderen?« Ich springe auf, laufe ein Stück vor und winke. Der Mann, den ich für Lachie halte, winkt zurück. »Haben wir Zeit, zu ihnen zu gehen und Hallo zu sagen?«, rufe ich Rachel zu.
»Geh ruhig«, erwidert sie, ohne sich zu rühren. »Wir haben ungefähr eine halbe Stunde. Ich ruhe mich hier ein bisschen aus.«
»Okay, bin gleich wieder da.« Ich laufe den Weg entlang. Meine Fototasche hängt schwer an meiner Schulter, und die Kamera schlägt mir gegen den Bauch. Nach und nach kann ich die Gesichter besser erkennen. Die letzten zwanzig Meter läuft Lachie mir entgegen, und ich grinse. Er hebt mich hoch und wirbelt mich herum. Damit hatte ich nicht gerechnet.
»Lass mich runter!«, schimpfe ich. Als ich wieder mit beiden Beinen auf dem Boden stehe, ist mir ein bisschen schwindelig.
»Wie läuft's«, fragt er und wehrt mich lachend ab, als ich versuche, ihn zu schlagen. Er trägt ein weißes, leicht abgetragenes T-Shirt.
»Ach, es ist ein bisschen doof, ehrlich gesagt.«
»Was ist denn los?«, fragt Alex stirnrunzelnd, als er, Bridget und Lisa auch bei uns sind.
»Der Bräutigam ist ein totaler Knallkopf«, erwidere ich zur allgemeinen Erheiterung. »Was macht ihr hier?«
»Das da drüben ist der Campingplatz«, sagt Lachie, dreht sich um und deutet mit einem gebräunten, muskulösen Arm auf einen Punkt hinter sich.
»Wow, so nah. Die Hochzeitsfeier ist gleich am anderen Ufer.« Ich deute nach rechts auf ein weißgetünchtes Gebäude. »Ich könnte nachher eigentlich zu Fuß kommen.«
»Es ist dann sicher zu dunkel.« Alex schüttelt energisch den Kopf. »Ich hole dich mit dem Auto ab.«
»Ich hole dich zu Fuß ab«, wirft Lachie ein.
»Schon gut, Rachel fährt ja.« Ich lächele. Dann sehe ich Bridget fragend an. »Wie ist euer Zelt?« Sie hat sich die Haare gerade zu

einem modischen geraden Bob schneiden lassen und sieht toll aus.

»Willst du eine ehrliche Antwort?« Das klingt nicht gut.

»Ja ...«, erwidere ich zögerlich.

»Ich fasse es nicht, dass ich das vorgeschlagen habe.«

Ich lache. »Warum?«

»Ich glaube, ich bin nicht der Typ für Camping. Das Zelt ist total klein!« Genervt verzieht sie das Gesicht. »Und der Boden ist total hart!«

»Warst du noch nie zelten?«, fragt Lachie und mustert sie amüsiert.

»Nein.«

»Nein?«, frage ich verdutzt. Aber sie war doch Feuer und Flamme! »Und warum hast du es dann vorgeschlagen?«

»Ich wusste nicht, dass meine Tante ausgebucht ist«, gesteht sie.

»Du kannst mein Bett im B&B haben, wenn du magst. Ich kann gerne im Zelt schlafen.«

Ihre Stimmung hebt sich sichtlich. »Im Ernst?«

»Klar.« Ich suche die Wiese hinter ihnen ab. »Wo sind eigentlich Maria und Russ?«

»Oben bei den Zelten«, erzählt Lisa mit einem schelmischen Blick.

»Wusstest du, dass sie letzte Woche noch rumgemacht haben?«, fragt Bridget mich mit zusammengekniffenen Augen. »Nach dem Pub.«

»Echt? Hoppla.« Ich frage mich, warum sie das nicht erwähnt hat. Vielleicht ist es ihr ja peinlich. Ich sehe mich nach Rachel um.

»Ich muss wieder zurück.«

»Wir begleiten dich«, bestimmt Alex. Er und ich gehen gemeinsam los.

Die Sonnenstrahlen fallen warm auf meinen Hals und meine Schultern. Ich trage eine elegante schwarze Hose und eine dunkelblaue Bluse, die Haare habe ich zu einem Pferdeschwanz zusammengebunden.

»Soll ich die für dich tragen«, fragt Alex und deutet mit dem Kopf auf meine schwere Fototasche.

»Nicht nötig«, lasse ich ihn abblitzen.

»Gib schon her.«

Ich gebe sie ihm. »Danke.«

Er deutet auf meine Kamera. »Kann ich mal ein paar von deinen Bildern sehen?«

»Klar.« Ich schalte die Kamera ein und scrolle im Gehen durch die Fotos. An einer kleinen grauen Steinbrücke, die über ein munter plätscherndes Bächlein führt, bleiben wir stehen, und ich halte ihm das Display hin.

»Da ist ein Fisch!«, ruft Lisa, während Bridget einen Schuh auszieht und sich über eine Blase beklagt.

Alex beugt sich zu mir. Ich wende mich wieder meinen Fotos zu, und dabei steigt mir sein Aftershave in die Nase. »Bei denen hier habe ich die falsche Belichtung gewählt«, erinnere ich mich, als ich die Fotos vom Standesamt durchsehe.

»Aber die Silhouetten von Braut und Bräutigam sehen gut aus«, kommentiert er und berührt meine Hand, um mir zu bedeuten, ich solle langsamer blättern.

»Rachel belichtet manuell, wenn sie vor einem Fenster fotografiert; sie hat also bestimmt bekommen, was sie wollte«, erzähle ich und merke, dass meine Stimme ganz leicht bebt. »Schau hier.« Ich gehe zurück bis zu den Fotos vom Bräutigam vor der Trauung.

»Du liebe Güte«, ruft er und zieht die Kamera dichter heran. »Was für ein Miesepeter.«

»Genau.« Lachend sehe ich Alex an.

Rachel kommt zu uns. »Hallo, Leute.« Sie deutet mit dem Kopf in Richtung Hochzeitsgesellschaft und dann auf mich. »Wir sollten zurückgehen.«

»Klar«, erwidere ich.
»Was meinst du, wie lange ihr noch zu tun habt?«, fragt Alex mich.
»Nicht mehr lange, zum Glück. Wir müssen nur noch den ersten Tanz abhaken, und dann sind wir fertig.«
»Gibt es in der Nähe einen Pub?«
»Gleich nebenan.«
Alex geht zurück zu den anderen. »Was haltet ihr davon, wenn wir bei ein, zwei Bierchen auf Bronte und Rachel warten?«
»Guter Plan«, stimmen die anderen zu.
Alex dreht sich zu mir um und lächelt mich an. »Dann können wir nämlich alle zusammen zurückgehen.«

Kapitel 13

»Ich brauche einen Drink. Einen großen«, verkündet Rachel.
»Ach, verdammt, ich muss ja fahren«, fällt ihr dann ein.
Rachel und ich sind wahnsinnig erleichtert, diesen Tag hinter uns zu haben.
»Lass doch deinen Wagen hier stehen und geh zu Fuß mit uns zurück«, schlägt Alex vor. »Morgen kann ich dich hier vorbeifahren.«
»Danke, aber ich schlafe im B&B. Ihr könnt gerne auf dem harten Boden herumwälzen, aber auf mich wartet ein Bett.«
Wir gehen mit unseren Getränken an den Tisch, wo die anderen schon warten.
»Bronte!«, ruft Lachie, als er mich sieht. Er hat schon ein paar Gläschen intus, und nun schäumt sein ohnehin überschwängliches Temperament sozusagen über.
Rachel setzt sich, und Alex begibt sich auf die Suche nach einem weiteren Stuhl.
»Sie braucht keinen«, ruft Lachie ihm hinterher und zieht mich auf seinen Schoß. Ich schnappe überrascht nach Luft. Dann vergräbt er das Gesicht an meinem Hals und küsst mich lachend immer wieder gleich oberhalb des Schlüsselbeins.
»He!«, zetere ich. Sein Bart kitzelt. »Hör auf!«, stoße ich hervor und boxe ihn auf den Oberschenkel.
Er gehorcht, nimmt aber seinen warmen Arm nicht von meiner Taille und lächelt mich an. Seine hellblauen Augen funkeln. Was für ein Charmeur.

Alex wendet scheinbar unbeeindruckt den Blick von uns ab, setzt sich und nimmt sich ein Glas Bier.
»Was macht Zara dieses Wochenende?«, frage ich, um ihn miteinzubeziehen. Ich möchte nicht, dass er bereut, mitgekommen zu sein.
»Sie ...«
»Wer ist Zara?«, unterbricht Lachie Alex.
»Seine Verlobte«, erkläre ich.
»Echt?« Er klingt völlig überrascht und sieht an mir vorbei zu Alex. »Du heiratest, Kumpel?«
»Ja«, erwidert Alex und wirkt nicht erfreut darüber, dass Lachie sich einmischt.
»Wann?«, fragt Lachie.
»Dezember.«
»Lässt du Bron deine Hochzeit fotografieren?« Lachie lässt eine Hand leicht auf meinem rechten Bein ruhen.
»Rachel macht das«, werfe ich rasch ein und lächele sie an.
»Tja, falls du einen erstklassigen Hochzeitsmusiker brauchst, weißt du ja, wo du mich findest«, sagt Lachie frech und lässt mich auf seinem Knie auf und ab hopsen.
»Hörst du mal damit auf?« Ich boxe ihn noch einmal auf den Oberschenkel. Er trägt eine ausgewaschene blaue Jeans.
»Ich behalte es im Hinterkopf«, erwidert Alex trocken. »Sie musste beruflich nach New York«, beantwortet er meine Frage und bemüht sich nach Kräften, Lachie zu ignorieren.
»Schon wieder?«
Er nickt.
»Fährt sie oft dorthin?«
»Alle paar Wochen.«
»Du vermisst sie bestimmt«, sagt Lisa, die zugehört hat.
»Ja.« Er zuckt die Achseln.
»Schon mal daran gedacht, nach New York zu ziehen?«, fragt Lisa. Mein Herz setzt kurz aus.

»Ach, eigentlich nicht«, erwidert Alex und sieht mir in die Augen. Aber schon vergräbt Lachie wieder das Gesicht an meinem Hals, und ich bin damit beschäftigt, seine kitzelnden Küsse abzuwehren.

Wir kehren zum Campingplatz zurück, solange es noch hell genug ist, um den Weg zu erkennen. Bridget mit ihren wunden Füßen lässt sich von Rachel mitnehmen, aber wir anderen genießen die frische Luft.
»Jetzt erzähl mal, was das mit deinem Kumpel da ist«, sagt Lachie leise und deutet auf Alex, der vor uns neben Lisa geht und sich mit ihr über die Arbeit unterhält. Bei der Anreise hatte Alex mir eine ganz ähnliche Frage zu Lachie gestellt.
»Wie meinst du das? Da gibt's nichts zu erzählen«, erwidere ich unverbindlich.
»Was läuft da zwischen euch?«
»Nichts«, sage ich verärgert, aber so leise, dass die anderen mich nicht hören können. »Du hast ihn doch gehört. Er heiratet im Dezember.« Lachie denkt eine Weile nach. Dann sagt er: »Ich will dir ja nicht zu nahetreten, aber ich finde, ihr geht ziemlich verkrampft miteinander um. Als hättet ihr mal was miteinander gehabt.«
Jetzt verkrampfe ich mich wirklich. »Du *trittst* mir zu nahe, und ich wäre dir sehr dankbar, wenn du jetzt den Mund halten würdest.«
Er steckt die Hände in die Hosentaschen, kann aber nicht lange still sein.
»Wissen die anderen davon?«
»Wovon?«
»Dass da mal was lief?«
»Was soll das denn? Ich habe nicht gesagt, dass wir was miteinander hatten.«
Lachie sieht mich an, und ausnahmsweise entdecke ich keine Spur von Erheiterung in seinem Blick.

Ich atme tief durch und gebe nach. Er wird mein Geheimnis für sich behalten, glaube ich.

»Wenn du es unbedingt wissen willst«, sage ich leise, »Alex und ich sind uns vor eineinhalb Jahren begegnet, als er und seine Freundin vorübergehend getrennt waren. Etwas ... ist passiert.« Ich überlasse es ihm, die Leerstelle zu füllen. »Ich hatte nicht erwartet, ihn je wiederzusehen.«

»Und jetzt arbeitet ihr zusammen?«

»Ja.«

»Ätzend«, kommentiert er leise.

»So kann man es auch sagen.«

»Mach dir nichts draus, Bronnie, ich lenke dich ab.« Er legt mir den Arm um den Hals und zieht mich an sich.

Bronnie? »Mann, lass das!« Ich stoße ihn weg. Das hat Alex gehört. Er dreht sich nach uns um. Ich zwinge mich, ungezwungen zu lachen, und er wendet sich wieder seiner Unterhaltung mit Lisa zu. »Ich brauche niemanden, der mich von ihm ablenkt, besten Dank«, sage ich leise. »Zwischen uns läuft nichts, und im Augenblick bin ich sowieso ganz zufrieden damit, Single zu sein.«

»Ich wollte dir nur helfen«, sagt er leise. Habe ich ihn gekränkt? Ich werfe ihm einen prüfenden Blick zu, aber ich kann seine Miene nicht deuten.

Der befestigte Weg weicht grauem Schotter, und Alex' Converse-Sneakers lassen beim Gehen kleine Staubwölkchen aufsteigen. Ich hole die Kamera heraus und mache ein paar Aufnahmen. Die Landschaft um uns herum ist atemberaubend schön. Majestätische Berge überlagern einander, das frische Laub der Birken ist noch frühlingshaft hellgrün statt sommerlich dunkel, und auf den Wiesen wachsen zwischen den Farnen blaue Hasenglöckchen. Beinahe lache ich laut auf: Das alles ist so perfekt, dass es inszeniert wirkt. Wenn ich einen Film mit einem solchen Setting sähe, würde ich denken: Die haben es einen Tacken übertrieben.

Ich drehe mich um und mache ein Foto von Lachie. Dann bitte ich die anderen, sich zu mir umzudrehen. Alex streicht sich die Haare aus dem Gesicht. Er sieht fabelhaft aus in der schwarzen Jeans und dem dunkelgrauen Langarmshirt, die Ärmel hat er bis zum Ellbogen hochgeschoben. Seine Unterarme sind wirklich sehr sexy, finde ich.
Oje. So etwas sollte ich wirklich lieber nicht denken.
Wir verlassen den staubigen Schotterweg und klettern einen kleinen Abhang hinauf, um zum Campingplatz zu gelangen. Das grüne Gras ist struppig und nass, und der morastartige Boden macht glucksende Geräusche unter meinen Stiefeln. Lachie springt wie eine Ziege über die feuchtesten Stellen, und wir Übrigen orientieren uns an ihm. Durch ein robustes Holztor in einer wuchtigen, moosbewachsenen Natursteinmauer kommen wir in einen Kiefernwald.
Die anderen haben ihre Zelte bereits aufgestellt und ein Lagerfeuer vorbereitet, das sie jetzt nur noch anzünden müssen.
Russ und Alex übernehmen das. Knisternd erwacht das Feuer zum Leben. Eingerahmt wird die Feuerstelle von Baumstämmen, die als Sitzgelegenheiten gedacht sind. Dahinter stehen vier Zelte mit den Öffnungen zur Feuerstelle. In einem Zelt schläft Lisa, in einem anderen schlafen Alex und Russ; Lachie hat ein kleines Einpersonenzelt für sich allein, und Bridget sollte das vierte Zelt nehmen, ehe Maria und ich anboten, mit ihr zu tauschen, und sie beschloss, im B&B zu übernachten. Lisa holt zwei Flaschen Prosecco und Plastikbecher aus ihrem Zelt, und gleich darauf taucht Maria mit diversen Tüten Popcorn und Marshmallows auf. Dann kommt Bridget mit einem Kuchen, der mit brennenden Kerzen dekoriert ist, hinter ihrem Zelt hervor. Lachie folgt ihr und spielt auf seiner Gitarre.
Dann singen sie alle *Happy Birthday* für mich. »Ooh!«, rufe ich gerührt. Eine der Kerzen auf dem Kuchen hat die Form der Zahl 30 und flackert, während Bridget vorsichtig ums Lagerfeuer her-

um auf mich zukommt. Mit feuchten Augen blase ich die Kerzen aus. Ich bin wirklich gerührt: Sie haben sich alle solche Mühe gegeben.

»Danke«, sage ich glücklich und umarme Bridget unbeholfen über den Kuchen hinweg.

»Herzlichen Glückwunsch zum Geburtstag, Bronte.« Russ steigt über einen Baumstamm und gibt mir einen Kuss auf die Wange.

»Sie hat noch nicht Geburtstag«, erinnert ihn Bridget. »Denk dran, der ist erst am Zwölften. Ich fasse es immer noch nicht, dass ich nicht dabei sein werde.«

»Sei nicht albern. Du wirst eine wunderschöne Zeit verbringen«, sage ich.

»Wohin fährst du?«, fragt Lachie sie.

Dann plaudern sie über Key West. Wir machen es uns alle auf den Baumstämmen ums Feuer gemütlich. Ich sitze zwischen Russ und Lisa. Alex sitzt an Russ' anderer Seite. Russ und ich unterhalten uns über die Arbeit, und er zieht über Nicky her, ich glaube, er will mir eine Freude machen. Dann versuchen wir, Alex Informationen über Simons Redesignpläne aus der Nase zu ziehen. Nach einer Weile steht Russ auf und setzt sich neben Maria, und Lisa unterhält sich mit Rachel.

»Ich wusste nicht, dass Nicky dir noch immer das Leben schwermacht.« Alex rückt zu mir auf.

»Nicht immer«, erwidere ich und wärme mir die Hände am Feuer. »Keine große Sache.«

»Es klingt aber gar nicht gut«, sagt er besorgt.

Ich sehe ihn an und stelle fest, dass er mich betrachtet. Der orange Schein des Feuers beleuchtet eine Seite seines Gesichts; die andere Hälfte liegt im Schatten. Seine Augen wirken in diesem dämmerigen Licht dunkel, und die schwarzen Haare hat er sich wie so oft aus dem Gesicht gestrichen. Mein Herz vollführt einen Salto und landet unsanft wieder. Ich darf nicht so für ihn empfinden.

»Wer hat Lust auf einen Song am Lagerfeuer?«, ruft Lachie plötzlich.
»Yeah!«, rufen wir Mädels.
Als Lachie mit einer abgespeckten Version von *Get Lucky* von Daft Punk beginnt, reißt Alex den Blick von mir los und seufzt leise.
Ich betrachte die hingerissenen Mienen der Mädels. Dann sehe ich, wie Russ Alex einen resignierten Blick zuwirft.
»Du musst zugeben, er singt verdammt gut«, kommentiere ich.
»Hm-hm«, brummt er zustimmend. »Ich habe diesen Song letzten Sommer zu oft gehört.«
»Was für Musik hörst du denn?«, frage ich, amüsiert über seine Eifersucht.
»Ach, ich weiß nicht«, sagt er beiläufig. »Kylie, T'Pau, UB40 ...«
Ich lache, und er grinst. »Hauptsache es ist aus den Achtzigern«, witzelt er.
»Jetzt *weiß* ich, dass du lügst.« Ich werfe ihm einen vielsagenden Blick zu.
»Ich habe nie behauptet, dass ich keine Musik aus den Achtzigern mag.«
»Stimmt«, räume ich ein. »Also magst du sie doch?«, frage ich überrascht.
»Eigentlich nicht«, erwidert er und lacht in sich hinein. »UB40 finde ich allerdings ganz nett.«
Zu *Red Red Wine* tanzten wir damals. Bei der Erinnerung daran prickelt meine Haut.
Lachie singt davon, die ganze Nacht aufzubleiben, um bei jemandem zu landen. Dabei sieht er mir tief in die Augen und grinst mich an. Ich lächele verhalten zurück und sehe ins Feuer.
»Ich würde das nicht tun«, warnt Alex mich leise.
»Was?« Ich sehe ihn an. Er wirkt zwiegespalten.
Er wirft einen kurzen Blick zu Lachie. »Nichts«, flüstert er dann, steht so unvermittelt auf, dass ich erschrecke, und geht davon.

»Alles in Ordnung, Mann?«, ruft Russ ihm hinterher.
»Muss nur aufs Klo«, erwidert Alex mit ausdrucksloser Stimme.
Ich starre ins Feuer, zutiefst verwirrt und benommen.

Später, als wir den gesamten Alkohol und alles Knabberzeug vernichtet haben, sehe ich Maria mit Lisa tuscheln. Rachel hat uns schon vor einer Weile gute Nacht gewünscht, Russ und Alex sind gemeinsam Holz sammeln gegangen, Lachie hat wieder die Gitarre zur Hand genommen, und Bridget telefoniert mit dem Taxiunternehmen.
»He!«, zische ich Maria zu. »Worum geht's?«
»Wir besprechen bloß die Schlafarrangements«, erwidert sie verlegen lächelnd und wendet sich wieder Lisa zu. »Bist du sicher?«
»Moment mal, wer schläft wo?«, flüstere ich etwas zu laut.
»Maria und Russ schlafen in einem Zelt«, erzählt Lisa und versucht, eine neutrale Miene zu bewahren. »Und ich schlafe bei dir, falls du immer noch hierbleiben willst.«
»Ja.« Ich nicke.
»Bridget fährt zurück zum B&B«, fügt sie hinzu.
»Nein, tue ich nicht«, sagt Bridget laut und steckt ihr Handy weg. »Ich bekomme kein Taxi.«
»Oh«, sage ich. Es fällt mir schwer, ihre Enttäuschung ernst zu nehmen. »So ein Pech.«
»Wollt ihr zwei dann in einem Zelt übernachten?«, fragt Lisa uns.
»Lachie kann bei Alex schlafen, und ich nehme das Einpersonenzelt«, bestimmt sie lächelnd.
»Moment mal, was ist?« Alex kommt gerade zurück und hat offenbar noch das Ende unserer Unterhaltung gehört. Lachie hört auf zu spielen und hört ebenfalls zu.
»Kann Lachie bei dir im Zelt schlafen?«, frage ich.
»Warum?« Er runzelt die Stirn.
»Russ und Maria gehen in ein Zelt ...«, sage ich bedeutungsvoll.

»Oh!« Jetzt kapiert er es, aber er wirkt nicht allzu glücklich über seinen neuen Zeltgenossen.
»Ich hätte auch nichts dagegen, mit Bronnie in ein Zelt zu gehen«, wirft Lachie augenzwinkernd ein. Bron ... Bronnie ... Australier verteilen ständig Spitznamen.
»Dein Zelt ist nur für eine Person. Da ist kein Platz für Bron*te*«, erklärt Alex und betont meinen Namen auf der zweiten Silbe.
»Sie ist doch ganz klein«, sagt Lachie. »Und wir können kuscheln«, fügt er frech hinzu.
»Du gibst einfach nicht auf, was?« Bridget lacht.
»Ich will doch nur helfen, Bridgie«, entgegnet er fröhlich. Ihr hat er auch schon einen Kosenamen verpasst.
»Nein, du kannst zu mir ins Zelt«, bestimmt Alex. »Ich finde, Bronte sollte das Einpersonenzelt bekommen. Es ist doch ihr Geburtstag«, schlägt er vor.
»Gute Idee«, stimmt Lisa zu.
»Mir ist es egal, wo ich schlafe«, sage ich zu Alex. »Aber ich hoffe, ihr habt auch einen Schlafsack für mich.«
»Ich könnte dich wärmen«, schlägt Lachie vor.
»Ja, ich hab noch einen Schlafsack«, sagt Alex laut und ignoriert Lachie.
»Ruf mich einfach, wenn dir kalt wird«, wirft Lachie ein.
»Würdest du sie bitte in Ruhe lassen?«, ruft Alex.
Ich *glaube*, das war ein Scherz.
Nach einigem Hin und Her liege ich schließlich in meinem Zelt. Im Zelt nebenan nörgeln Lachie und Alex aneinander herum, und daneben murrt Bridget vor sich hin. Auf der anderen Seite kichern Russ und Maria leise. Nach einer gefühlten Ewigkeit wird es endlich still, und ich drehe mich auf dem harten Boden auf die Seite. Irgendwo schlägt ein Vogel Radau.
»Was zum Teufel war das denn?«, zerreißt Lachies Stimme die Stille.
»Ein Fasan«, antwortet Alex müde. »Der Wald schläft nie«, fügt

er im Tonfall des Sprechers einer Naturreportage hinzu. Amüsiert schürze ich die Lippen.
Russ und Maria flüstern sich etwas zu und kichern erstickt, und dann senkt sich wieder Stille herab.
Als ich gerade eindöse, höre ich, wie sie sich küssen.
»Wenigstens zwei kommen hier zum Zuge«, murmelt Lachie.
»Halt die Klappe!«, blafft Alex.
Wir Übrigen lachen. Während Maria und Russ »zum Zuge kommen«, schlafe ich endlich ein.

Am nächsten Morgen wache ich schon früh mit schmerzendem Kopf und voller Blase auf. Ich habe in meinen Klamotten geschlafen, daher muss ich nur meine Stiefel anziehen und den Reißverschluss des Zelts öffnen. Die Luft ist feucht und das Feuer längst erloschen, nurmehr ein Aschehaufen, umgeben von Baumstämmen. Ich richte mich auf, räkele mich gähnend und mache mich auf den Weg zu den Toiletten.
Innerlich fluchend, weil ich nicht einmal eine Zahnbürste mitgenommen habe, verlasse ich das Waschgebäude und sehe Lachie und Bridget auf mich zukommen. Er hat ihr den Arm um den Hals gelegt, und kurz glaube ich, ich hätte etwas verpasst, doch dann wird mir klar, dass das einfach sein normales überschwängliches Verhalten ist.
»Bronnie!«, sagt er freudestrahlend, lässt Bridgets Hals los und strubbelt ihr durch die Haare. Sie schlägt verärgert seine Hand weg und wirkt ziemlich genervt.
Ihr neuer Bob hat die Nacht nicht gut überstanden: Sie sieht aus, als hätte sie ein Vogelnest auf dem Kopf. »Alles in Ordnung?«, frage ich sie grinsend.
»Nein, ich bin scheißmüde«, faucht sie, aber an ihren gekräuselten Lippen erkenne ich, dass sie nicht so wütend ist, wie sie klingt. Sie geht ins Waschhaus. Lachie breitet die Arme aus, und ich gehe lächelnd zu ihm. Seine Arme umschlingen mich, und ich lege das

Gesicht an seine warme Brust. »Wie hast du geschlafen?«, fragt er. Seine Stimme klingt gedämpft, weil er den Mund auf meine Haare gelegt hat, während er mich sanft wiegt.
»Gut«, murmele ich und verspüre eine absurde Zufriedenheit.
Er ist wirklich sehr süß und nett und liebt Körperkontakt, und ja, er flirtet auch gern, nicht nur mit mir, sondern mit allen. Aber ich mag ihn. Sehr sogar. Trotzdem meinte ich ernst, was ich ihm gestern sagte: Ich bin wirklich ganz zufrieden damit, Single zu sein.
Ich löse mich von ihm und sehe ihn an. »Und du?«
»Auch. Ich kann überall schlafen.« Seine hellblauen Augen sehen müde aus, und seine blonden Haare sind noch verwuschelter als sonst schon. »Ich glaube, Maria und Russ haben kaum ein Auge zugetan«, fügt er mit erhobener Augenbraue hinzu.
»Echt? Ich bin eingeschlafen, nachdem das Knutschen losging.«
»Sie sind ein lustiges Paar«, bemerkt er.
Körperlich sind die beiden sehr gegensätzlich, der große Russ mit seinen roten Haaren, der hellen Haut und den Sommersprossen und die kleine, kurvige Maria mit ihrer olivfarbenen Haut und den glänzenden dunklen Haaren.
»Sie scheinen gut miteinander auszukommen.«
Er lacht. »Ganz offensichtlich.« Er lässt mich los. »Bis nachher.«
Als ich zurück zu den Zelten komme, ist Alex wach und macht wieder Feuer.
»Morgen«, sage ich herzlich.
»Hey.« Er lächelt mich verschlafen an.
»Wärst du so nett, mich rüber zum B&B zu fahren, damit ich mir die Zähne putzen und mich umziehen kann?«
»Sicher«, erwidert er. »Jetzt sofort?«
»Das wäre toll. Wenn du so weit bist.«
»Ich wette, du willst duschen«, wirft Bridget ein, die gerade rechtzeitig zurückgekommen ist, um das Ende unserer Unterhaltung zu hören. »Das ist geschummelt!«

»Du kannst mitkommen«, biete ich ihr an.
»Verdammt gute Idee«, erklärt sie und krabbelt zurück in ihr Zelt, um ihre Sachen zu holen.
Maria bittet uns, auszuchecken und ihre Taschen mitzubringen. Sie mag nicht von Russ' Seite weichen – sie hat die rosige Gesichtsfarbe der frisch Verliebten.
Im B&B dusche ich rasch und ziehe mir noch im Bad etwas Frisches an, während Alex und Bridget auf dem Bett liegen und fernsehen. Danach fühle ich mich gleich viel besser.
»Die Dusche gehört ganz dir«, sage ich zu Bridget.
»Man dankt.« Wir tauschen die Plätze. Kaum hat Bridget die Badezimmertür geschlossen, reicht Alex mir einen braunen Umschlag.
»Was ist das?«, frage ich verwirrt.
»Mach auf«, drängt er mich, und die Haut an seinen Augenwinkeln kräuselt sich.
Ich öffne die Lasche und ziehe ein gefaktes *Hebe*-Cover aus dem Umschlag. Der Cover-Star bin ich: Ich halte ein Plastikglas in die Höhe und zwinkere frech in die Kamera.
Regelrecht überwältigt schnappe ich nach Luft und schlage mir die Hand auf den Mund. Dann betrachte ich das Bild genauer.
»Bronte wird 30!«, lautet die Schlagzeile, und überall auf dem Cover sind lustige kleine Insiderwitze über verwackelte Fotos, Photoshop und Freitagabende im Pub eingestreut. Das Foto erkenne ich als eines von denen wieder, die unsere Redaktionsassistentin Sarah machte, als wir die Joseph-Strike-Ausgabe feierten.
»Hast du das gemacht?«, fragte ich, und als er nickt und über meine Reaktion lächelt, bin ich unendlich gerührt. Solche gefakten Cover bekommen die Leute sonst, wenn sie kündigen, nicht zum Geburtstag.
»Ich wollte es dir gestern Abend schon geben, aber ...« Er zuckt die Achseln.

Es war zu viel anderes los.
»Danke«, flüstere ich.
»Gern geschehen«, erwidert er sanft. »Also, möchtest du eine bestimmte Sendung sehen?«, fragt er, während ich noch immer das Cover betrachte.
»Nein, alles gut.« Behutsam lege ich mein Cover zwischen uns aufs Bett, drehe mich auf die Seite und sehe ihn an. »Ich mache nur kurz die Augen zu.«
Der Morgennebel hat sich verzogen, und Sonnenschein fällt durchs Fenster aufs Bett. Ich bade in der Wärme und bin von tiefer Zufriedenheit erfüllt. Aber dann überfällt mich aus heiterem Himmel ein schrecklich beklemmendes Gefühl, und ich reiße die Augen auf. Alex sieht noch immer fern; ein Arm liegt auf seinem Bauch, und seine Brust hebt und senkt sich langsam und regelmäßig. Ich sehe ihm ins Gesicht, doch er ist auf den Fernseher konzentriert. Ein Gefühl von Déjà-vu beschleicht mich, und dann wird mir klar, dass wir am Morgen, nachdem wir miteinander geschlafen hatten, genau so am Fenster im Bett lagen.
Möglicherweise spürt er meinen Blick. Jedenfalls sieht er mich fragend an. Im hellen Sonnenschein wirken seine blauen Augen noch heller.
»Ich bin müde«, sage ich und ignoriere mein komisches Gefühl. »Hast du gut geschlafen?«
»Nein«, erwidert er. »Dein Freund tritt um sich.«
»Echt?« Ich grinse. »Tut mir leid.« Ich weiß, dass er nicht wirklich sauer ist, aber es tut mir trotzdem leid. »Wünschst du dir, du wärst nicht mitgekommen?«
Er runzelt die Stirn. »Natürlich nicht. Wie kommst du darauf?«
»Ach, ich weiß auch nicht …«
Er schüttelt den Kopf. »Es macht Spaß.«
Ich drehe mich auf den Rücken. »Du wärst also nicht lieber zu Hause geblieben, wo du deine Ruhe gehabt und in deinem schönen großen Doppelbett hättest schlafen können?«

Er wirft mir einen durchdringenden Blick zu. »Nein«, sagt er nachdrücklich.
Ich grinse. »Schön.«
Er hält den Blickkontakt noch einen Moment, und meine Beklemmung verwandelt sich in Nervosität. Ich glaube, er will etwas sagen, doch da ertönt im Bad der Fön. Das scheint ihn zur Besinnung zu bringen, und er sieht wieder zum Fernseher.
»Was?«, frage ich neugierig.
Ernst sieht er mich an. »Was ich auf der Hinfahrt im Auto gesagt habe, tut mir leid.«
»Oh. Schon gut.«
»Ich weiß, dass du nicht rumläufst ...« Er lässt den Satz in der Schwebe. Ich laufe nicht herum und habe mit x-beliebigen Leuten One-Night-Stands.
»Nein«, bestätige ich.
»Und wenn du ihn magst, na ja, das ist doch schön.«
Zwar lächelt er, aber es kommt mir nicht aufrichtig vor. Immerhin bemüht er sich, nett zu sein.
»Okay. Danke«, sage ich leise.
Er sieht wieder zum Fernseher, und meine Beklemmung kehrt zurück. Ich schließe die Augen.

Kapitel 14

»Ehrlich, die waren ein einziger Albtraum.«
Ich stehe in der Teeküche bei Alex und schimpfe über meine letzte Hochzeit.
»Rachel meint, das sei ein neues Phänomen. Sie nennt es das ›Phänomen der nichtsnutzigen Brautjungfer‹«, erzähle ich. »Sie waren zu *überhaupt nichts* zu gebrauchen. Das Einzige, was die im Kopf hatten, war, sich zu betrinken und Spaß zu haben. Zur Abendveranstaltung haben sie sogar ihre Brautjungfernkleider ausgezogen.«
»Im Ernst?«
»Ja. Sie hatten richtig schöne Kleider im Fünfzigerjahrestil an, alle in unterschiedlichen Blautönen, und die haben sie ausgezogen und sich stattdessen in irgendwelche schrecklichen Club-Outfits geworfen, die ihnen kaum bis über den Hintern gingen. Ich wäre ausgerastet, wenn ich die Braut gewesen wäre. Nicht, dass ich je Braut sein möchte. Aber ehrlich, so was hab ich noch nie erlebt. Die waren total egoistisch. Ihre Freundin war ihnen schnurzpiepegal. Die Hälfte der Zeit musste ich die Schleppe und den Brautstrauß tragen. Rachel musste ihr sogar helfen, aufs Klo zu gehen.«
Alex lacht. »Klingt schrecklich.«
»Ehrlich, ich hoffe, Zara hat ein paar nette Freundinnen, denn diese Frauen waren wirklich zu nichts zu gebrauchen.«
Nach der bizarren Unterhaltung im Lake District gebe ich mir besondere Mühe, mehr über Alex' Verlobte zu sprechen, und es

scheint zu funktionieren: Wir sind viel entspannter im Umgang miteinander.
»Sie hat keine Brautjungfern«, verrät Alex.
»Nicht?« Hat sie etwa keine Freundinnen?
»Sie hat stattdessen zwei kleine Blumenmädchen.«
»Oh, klar. Das wird bestimmt nett.« Die Blumenmädchen letztes Wochenende waren beinahe so ungezogen wie die Brautjungfern. Um sie bei Laune zu halten, erlaubte die Braut ihnen sogar, Feenflügel zu tragen.
»Wie war dein Geburtstagsumtrunk?«, fragt Alex.
»Unklug«, erwidere ich etwas verhaltener. »Am Ende sind wir in Lachies Pub gelandet und haben Shots getrunken, und dann sind wir noch in einen Club weitergezogen.«
»Man wird eben nur einmal dreißig«, betont Alex.
»Am Samstag ging es mir so richtig schlecht.«
Zum Glück hat Rachel sich nicht daran gestört, sondern hatte sogar Mitleid. Sally hatte sie erneut im Stich gelassen – diesmal angeblich wegen Grippe –, daher musste ich in letzter Minute einspringen.
»Was *machst* du da?« Als ich Nickys zornige Stimme höre, fahre ich zusammen. Vermutlich hat sie mich gesucht, weil ich so lange nicht mehr an meinem Schreibtisch war. »Simon will dich sehen«, blafft sie und funkelt mich wütend an.
»Komme sofort«, antworte ich, während sie sich auf dem Absatz umdreht und davongeht. »Worum es wohl geht?«, frage ich besorgt.
»Ich glaube, ich weiß es«, flüstert Alex. »Es ist nichts Schlimmes«, fügt er mit einem beruhigenden Lächeln hinzu.
Ich nehme meinen Tee und gehe zurück ins *Hebe*-Büro.
»Ah, Bronte«, sagt Simon, als er mich sieht. »Kann ich dich kurz sprechen?«
Er deutet mit dem Kopf zum Besprechungsraum in der Nähe meines Schreibtischs. Nervös folge ich ihm.

»Wie du weißt, planen wir ein Redesign.«
»Ja.«
»Ich brauche ein kleines Team von Leuten, das in den nächsten drei Wochen ausschließlich daran arbeitet, und aus der Bildredaktion hätte ich gern dich dabei.«
Mir geht das Herz auf. »Wirklich? Nicht Nicky?«, frage ich nach.
»Nein, Nicky hat genug um die Ohren«, entgegnet er ungerührt.
»Okay. Toll!« Wow! Ich bin schon gespannt, wer sonst noch dazugehört. »Muss ich dafür irgendwas vorbereiten?«
»Nein. Freitag ist unser letzter Tag hier in der Redaktion, also versuch, bis dahin deinen Schreibtisch abzuarbeiten. Esther, Pete, Alex, Mike und Tegan sind die anderen im Team.« Das sind alles Ressortleiter: Feuilleton, Nachrichten, Grafik, Herstellung und Mode. Ich bin als Einzige keine Ressortleiterin. Irgendwie merkwürdig. Nicht dass ich mich beschweren will.
»Toll.«
Er steht auf: Ende der Besprechung.
Ich verlasse den Raum und sehe zu Alex. Er lächelt mir zu, aber ich bleibe ernst, denn Nicky beobachtet mich. Ich setze mich an meinen Schreibtisch und versuche, meine Chefin zu ignorieren, die sehr geräuschvoll mit irgendwelchen Papieren herumfuhrwerkt.

»Ich weiß nicht, warum«, beharrt Alex am Freitagabend im Pub.
Russ glaubt zu wissen, warum Simon mich statt Nicky ins Redesign-Team geholt hat. »Weil sie schlecht ist«, sagt er. »*Und* sie ist ein kleines Miststück. Aber ich werde euch vermissen. Es wird still sein in der Redaktion.«
»Ach was«, sage ich und wuschle ihm liebevoll durch die Haare. »Triffst du dich nachher mit Maria?«
»Ja, in Lachies Pub.«

»Cool.« Ich wende mich an Alex und Pete. »Geht ihr mit?«
»Kann nicht. Sylvies Mutter ist aus Amerika zu Besuch«, sagt Pete. Sylvie ist die Amerikanerin, die er im Juli heiratet.
»Letzte Hochzeitsvorbereitungen?«, fragt Lisa.
»Ja, bloß eine Stippvisite«, bestätigt er.
»Was ist mit dir?«, wendet Lisa sich an Alex. »Camden?«
»Heute Abend nicht«, erwidert er. »Zaras Eltern aus Devon sind zu Besuch. Hochzeitskleid kaufen«, verrät er mit hochgezogenen Augenbrauen.
»Wie aufregend«, sage ich und hoffe, es klingt auch so.
»Und wann lernen wir deine Zukünftige endlich kennen?«, fragt Russ. »Bring sie mal an einem Freitag mit.«
»Klar«, erwidert er. »Vielleicht.«
Ich weiß, es wäre bestimmt gut für mich, wenn ich endlich ein Gesicht mit ihrem Namen verbinden könnte. Aber es fühlt sich nicht gut an.

»Was bekommst du?«, fragt Lachie grinsend, als wir im Pub in Camden ankommen. »Tequila?«
»Nein!«, lehne ich energisch ab. »Ich habe morgen eine Hochzeit. Letzte Woche war ich völlig fertig. Eine Limo, bitte.«
Er nimmt ein Glas aus dem Regal über der Theke und schenkt aus der Zapfanlage ein. »Um wie viel Uhr fahren wir los?«, fragt er.
»Fahren wir wohin los?«, frage ich verwirrt zurück.
»Zu der Hochzeit.«
»Welche Hochzeit?«
»Die Hochzeit morgen. Du weißt doch, dass ich mitkomme, oder?«
»Ach? Wie kommt das denn?«
»Rachel hat mich am Mittwoch angerufen. Die Leute haben in letzter Minute beschlossen, dass sie doch einen Liveact wollen, und sie hat mich empfohlen.«

»Oh, cool. Das war aber nett von ihr.« Ich wusste nicht einmal, dass Rachel seine Nummer hat.
»Also?« Er stellt mein Getränk vor mich hin.
»Was? Oh, um wie viel Uhr wir losfahren?«
Er nickt amüsiert. Ich bin noch immer ein bisschen überrascht darüber, dass Rachel mir nichts davon erzählt hat. »Um neun, glaube ich. Hat sie denn nichts gesagt?« Ich hole mein Portemonnaie heraus und gebe ihm einen Fünfer.
»Doch, aber ich hab's vergessen. Ich dachte, ich frage heute Abend einfach dich.« Er geht zur Kasse und kehrt mit meinem Wechselgeld zurück.
»Holen wir dich ab?«, frage ich.
»Ja.«
»Worum geht's?«, fragt Maria.
»Wusstest du, dass Lachie morgen mit zu dieser Hochzeit fährt?«, frage ich sie.
»Ja. Rachel hat es mir erzählt.«
»Was meinst du, wann du morgen Abend zurückkommst?«, fragt Russ sie.
»Ich überlege, ob ich dableibe und mal meine Eltern besuche.«
Er wirkt enttäuscht. Sicher hätte er sie an diesem Wochenende gerne gesehen.
»Komm doch mit«, schlägt sie vor.
»Was? Und dann übernachten wir bei deinen Eltern?«
»Na ja, nein, da würden sie ausflippen.«
»Im Ernst?«, fragt Bridget überrascht. Lachie wendet sich einer Gruppe Frauen zu, die gerade reingekommen sind.
»Ja, sie sind sehr streng«, erklärt Maria. »Katholisch.«
»Woher kommst du?« Mir fällt auf, dass ich Maria tatsächlich noch nie danach gefragt habe.
»Aus Spanien«, erwidert sie. »Na ja, eigentlich meine Eltern. Ich lebe schon immer in Großbritannien. Aber mein Großvater ist noch in Spanien, in der Nähe von San Sebastián.«

»Oh, ich liebe Nordspanien«, sagt Bridget. »Machst du oft Urlaub da?«

»Normalerweise fahren wir im Sommer hin. Sie haben da eine Villa, die sie vermieten.«

»Wie schön!«

»Also, wenn ich nicht bei euch übernachten kann ...« Russ lenkt Marias Aufmerksamkeit wieder auf das Wochenende.

»Richtig. Tja, ich glaube, ich habe einfach nicht richtig nachgedacht. Auf der Hochzeit habe ich nur am Vormittag zu tun. Also könnten wir danach meinen Eltern einen kurzen Besuch abstatten und dann mit den anderen zurückfahren. Du kannst bei mir und Rachel übernachten. Erzähl bloß meinen Eltern nichts davon«, fügt sie rasch hinzu.

Nach allem, was ich höre, seit wir im Lake District waren, ist Russ praktisch bei ihnen eingezogen.

»Ich habe ein bisschen Angst«, gesteht Russ kleinlaut.

»Keine Sorge. Sie werden dich lieben.« Sie drückt seinen Arm, und er lächelt sie an. Ich sehe zu Bridget, und die verdreht die Augen. Grinsend gehe ich um die Turteltäubchen herum zu ihr, damit wir uns unterhalten können. Ich ziehe mir einen Hocker heran und setze mich.

»Im Moment liegen eindeutig zu viele Pheromone in der Luft«, sagt sie. »Sieh dir Lachie an.«

Ich sehe mich um. Die Frauen, die er am anderen Ende der Theke bedient, flirten mit ihm, und er scheint sich in der Aufmerksamkeit zu sonnen.

»Ich wette, er könnte jeden Abend mit einer anderen Frau nach Hause gehen«, sinniert sie.

»Hm-hm«, stimme ich ihr zu, wende den Blick ab und trinke einen Schluck. »Wahrscheinlich tut er das auch.«

Sie sieht mich mit zusammengekniffenen Augen an. »Das gefällt dir wohl nicht?«

»Wie kommst du denn darauf?« Ich zucke die Achseln und warte

gar nicht erst ab, bis sie mir erzählt, dass ich ihrer Meinung nach etwas für ihn empfinde. »Ich sehe doch, was er für einer ist«, sage ich. »Ein Charmeur, wie er im Buche steht. Was glaubst du, wie vielen Brautjungfern er im Lauf der Jahre schon den Kopf verdreht hat?«
Aber natürlich hat sie recht. Ich fühle mich zu ihm hingezogen. Wer nicht? Zu einer weiteren Kerbe in seinem Bettpfosten zu werden, ist allerdings wirklich das Letzte, was ich im Moment brauche.

Kapitel 15

Rachel hat im Gegensatz zu Alex nichts dagegen, dass Lachie zur Musik aus dem Radio mitsingt. Ich sitze an die Tür gequetscht auf der Rückbank, während Maria und Russ neben mir knutschen.
»So, nur damit du Bescheid weißt«, sagt Rachel laut, und mit ein wenig Verzögerung geht mir auf, dass sie mit mir spricht. »Der Onkel des Bräutigams ist Teilzeithochzeitsfotograf.«
Ich ziehe mich an ihrer Kopfstütze nach vorn, um mit ihr zu reden.
»Warum macht er dann nicht die Hochzeit?«
»Ich weiß es nicht. Vielleicht wollen Nina und Seb einfach, dass er den Tag genießen kann«, erwidert sie.
Nina und Seb sind die Braut und der Bräutigam.
»Oder er ist einfach miserabel«, wirft Lachie ein, dreht sich zuerst zu mir um und sieht dann Rachel an.
»Möglich«, stimmt Rachel zu und sieht ihn kurz an. Ich kann ihr Gesicht nicht sehen, aber ich weiß, dass sie lächelt. »Anscheinend hat er sich vorgenommen, uns das Leben schwerzumachen«, fügt sie hinzu.
»Was?«, frage ich verächtlich.
»Ich *glaube*, er hat nur einen Witz gemacht. Ich *hoffe*, es war ein Witz«, berichtigt sie sich.

Es war kein Witz.
»Das ist aber ein großes Objektiv für so eine kleine Frau.«
Ich nehme an, dies ist der Onkel, denn er trägt eine gewaltige

Profikamera mit sich herum und fotografiert in der Kirche die gleichen Details wie ich. Ich bemühe mich, mir von ihm nicht die Laune verderben zu lassen.
»Aah, eine Canon«, sagt er. »Ich bin ja eher für Nikon.«
Das interessiert mich ganz ehrlich null.
»Bob«, sagt er und reicht mir die Hand.
»Onkel Bob?
»Ja. Was für ein Objektiv benutzen Sie?«
»35 Millimeter Festbrennweite.« Das ist gut für Porträts, und ich hoffe, der Bräutigam trifft gleich ein.
»Wirklich?« Er verzieht das Gesicht. Genau in diesem Augenblick betritt der Bräutigam tatsächlich die Kirche.
»Entschuldigen Sie mich«, sage ich, aber Onkel Bob geht einfach mitten im Gang in die Hocke.
»Seb! Komm her, Junge. Stell dich einfach da hin, ja? Und lächeln. Genau so!«, ruft er seinem Neffen zu.
Klick, klick, klick. Ich fasse es nicht, wie dreist dieser Mann ist.
»Entschuldigung, dürfte ich bitte ...«
Er rührt sich nicht vom Fleck. »Fabelhaft, mein Junge. Dreh dich ein bisschen nach rechts. Hand auf die Hüfte. Perfekt.«
Ich gebe auf. Da ich ohnehin keine gestellten Aufnahmen will, fotografiere ich noch ein bisschen das Kircheninnere, bis Bob fertig ist. Dann mache ich verstohlen ein paar hübsche Aufnahmen von Seb, als dieser einen Moment mit seiner Mutter und seinem Trauzeugen plaudert, ehe er nach vorn zum Altar geht.
Beim Anblick der Orgel zögere ich. Sie ist nicht so groß und einschüchternd wie einige der anderen Orgeln, die ich in letzter Zeit gesehen habe. Es gibt nur zwei Klaviaturen – oder Manuale, wie sie bei Orgeln heißen – und lediglich gut zwei Dutzend glänzende silberne Pfeifen. Die größten Orgeln der Welt haben bis zu sieben Klaviaturen und über zwanzigtausend Pfeifen. Das Pedal, also die Klaviatur aus Holz, die mit den Füßen bedient wird, ist abgestoßen und schmutzig. Vergilbte Notenblätter mit aufgerollten Rän-

dern liegen schon für den Einzug der Braut bereit, und mehrere Registerzüge – die cremefarbenen Knäufe, mit denen man die einzelnen Pfeifenreihen ein- und ausschalten kann – sind bereits herausgezogen.

Ich merke, dass ich heftiger atme, seit ich das Instrument betrachte. Das bisschen Holz, Metall und Kunststoff dürfte mich eigentlich nicht so mitnehmen. Es ist wirklich ein bisschen albern. Ich zwinge mich, an die Orgel zu treten und über die Tasten zu streichen. Mein Puls wird schneller, aber ich verharre noch eine Weile so, ehe ich die Hand wieder sinken lasse. Dann nehme ich meine Kamera und beginne zu fotografieren. Als ich mit der Orgel fertig bin, bin ich wieder einigermaßen gelassen.

Wie es der Zufall will, scheint gerade die Sonne, als die Kirchentür sich öffnet und Nina, die Braut, eintritt. Sie trägt ein rückenfreies weißes Kleid aus Chiffon und Seide mit plissiertem Oberteil und Nackenträgern aus Spitze. Der federleichte Chiffonrock in A-Linienform bauscht sich nach unten hin glockenförmig und ist mit weißen Pailletten besetzt. Dazu trägt sie einen Schleier, durch den jetzt das Sonnenlicht in ihrem Rücken hindurchscheint. Sie sieht aus wie ein Engel. Hinter ihr gehen ihre drei Brautjungfern, die in ihren bodenlangen Kleidern in unterschiedlichen Rosatönen – von Pastellrosa bis Rosenrot – ebenfalls hinreißend aussehen, doch die heiter-gelassene Braut bildet den Mittelpunkt meines Fotos. Und dann stößt Bob gegen meinen Ellbogen.

»Wunderschön«, sagt er und fotografiert drauflos. Ungläubig starre ich ihn an. Ist der noch bei Trost? Gott sei Dank habe ich meine Fotos bereits, aber was denkt er sich nur dabei?

Im weiteren Verlauf des Gottesdienstes wird es nicht besser. Hin und wieder verstellt er mir die Sicht, und obendrein hat er nicht einmal den Ton beim Fokussieren ausgeschaltet, so dass seine Kamera jedes Mal piept, wenn er fotografiert, und der Vikar zu uns herübersieht. Am liebsten würde ich rufen: Das bin ich nicht! Aber ich fürchte, das käme nicht besonders gut an.

Als wir die Gruppenaufnahmen am Hochzeitssaal machen, wird es noch schlimmer: Er stellt sich neben Rachel und gibt der Hochzeitsgesellschaft Anweisungen. »Haltet die Sträuße so, Mädchen«, ruft er den Brautjungfern zu. »Genau hier, gleich oberhalb der Hüfte.«
Aber dem schiebt Rachel sofort einen Riegel vor. »Verzeihung, aber so arbeiten wir nicht. Nein, bleiben Sie ganz natürlich«, ruft sie den Frauen zu. »Halten Sie die Sträuße nicht an der Hüfte.«
»Warum nicht?«, fragt er dreist.
»Das ist zu förmlich«, erklärt Rachel entschieden, aber gelassen. »Förmlich ist nicht unser Stil.«
Die gegensätzlichen Anweisungen scheinen die Brautjungfern völlig verwirrt zu haben. Betreten sehen sie einander an und wissen nun gar nicht mehr, was sie mit ihren Sträußen tun sollen.
»Legen Sie die Arme umeinander«, rufe ich. Sie gehorchen, und Rachel macht rasch ein paar Aufnahmen. Bob wirkt extrem ungehalten.
Dann führt Rachel Braut und Bräutigam fort von den anderen für die ganz intimen Aufnahmen, aber zu unserer Verblüffung folgt Bob uns verstohlen, und seine Frau schwankt auf ihren hohen Absätzen mit seiner Kameratasche und zwei Gläsern Champagner hinter ihm her. Doch da Bob nun einmal Sebs Onkel ist und Seb und Nina nichts dazu sagen, können wir die beiden nicht einfach in die Wüste schicken, sondern müssen uns damit abfinden, dass sie uns über die Schulter sehen, selbst fotografieren und uns ganz allgemein das Leben schwermachen, genau wie Onkel Bob es uns angedroht hatte.
»Ärgere dich nicht über ihn«, sagt Rachel gelassen, als wir uns nach den Ansprachen zu einer Pause in die Küche zurückziehen. »Er ist ganz offensichtlich ein Fotograf der alten Schule. Soll er sein Ding machen, und wir machen unseres. Letztlich haben Seb und Nina *uns* engagiert, und nicht ihn.«
Ich bin froh, dass sie es so gelassen nimmt.

»Ich würde zur Hochzeit eines Freundes nicht einmal eine Profikamera mitnehmen«, sagt Rachel später auf der Heimfahrt im Auto.
»Echt?«, fragt Russ, den Arm um Maria gelegt. Ihrer Körpersprache nach zu urteilen, ist der Besuch bei den Eltern gut verlaufen.
»Nur wenn man mich darum bittet«, sagt sie. »Sonst fände ich das sehr respektlos.«
»Das muss so ärgerlich gewesen sein, dass er euch die ganze Zeit über die Schulter geguckt hat«, pflichtet Maria uns bei.
»Ich fand es furchtbar«, gebe ich zu. »Aber dich scheint es überhaupt nicht gestört zu haben«, sage ich, beuge mich vor und sehe Rachel über die Schulter.
»Es wird immer ein paar Hochzeitsgäste geben, die genauso gute Kameras haben wie du. Aber das muss man einfach gelassen nehmen, sich nicht darüber ärgern und sich nur um seine eigenen Angelegenheiten kümmern. Die Braut und der Bräutigam haben uns ausgesucht, weil ihnen unser Stil und das Endprodukt gefallen. Das Gesamtpaket wird immer besser wirken als alles, was die anderen machen.«
»Ich wünschte, ich hätte dein Selbstvertrauen«, sage ich.
Sie lacht. »Wenn du so viele Hochzeiten gemacht hast wie ich, dann bringt dich so leicht nichts mehr aus der Fassung.«
»Wie viele Hochzeiten hast du denn gemacht?«, fragt Russ sie.
»Bis sechzig fehlen nicht mehr viele.«
»Wow«, sagt er. Ich habe bisher sechs gemacht.
»Immer die Hochzeitsfotografin, niemals die Braut«, kommentiert sie trocken.
Aus irgendeinem Grund muss ich dabei an Alex denken.

Kapitel 16

»Kuschelig.« Alex steht an der Tür des kleinen Konferenzraums, der in den nächsten drei Wochen unser provisorisches Büro sein wird, und betrachtet ihn.
»Kann man wohl sagen.« Ich beobachte einen IT-Techniker, der gerade meinen Computer anschließt. Ich bin früh gekommen, und die Leute sind noch nicht mit dem Einrichten des Büros fertig.
»Brauchen Sie noch lange?«, fragt Alex beim IT-Mann nach.
»Mindestens zwanzig Minuten«, erwidert der kurz angebunden.
»Gehen wir einen Kaffee trinken?«, schlägt Alex vor.
Ich zögere, aber im Augenblick gibt es sonst nicht viel zu tun, und wir sind ja auch früh dran. »Klar, okay.«
Unser neues Büro liegt im dritten Stock eines Gebäudes, das sich ein Stück nördlich der Oxford Street befindet. »Wie laufen die Hochzeitsvorbereitungen?«, frage ich, während wir die Treppe hinunterlaufen.
»Gut, glaube ich. Das meiste macht Zara. Sie ist gut im Organisieren.«
»Hat sie schon ein Kleid?«
»Am Samstag war sie mit ihrer Mutter einkaufen.« Er wirft mir einen vielsagenden Blick zu, während wir durch den Eingangsbereich laufen. »Als sie zurückkamen, sah sie ziemlich zufrieden aus.«
»Das ist ein gutes Zeichen. Ich hatte vergessen, dass ihre Eltern zu Besuch sind. Versteht ihr euch gut?«

»Ja.« Er zuckt die Achseln und hält mir die Tür auf. »Ich kenne sie ja jetzt schon richtig lange.«
Ich deute mit dem Kopf in die Richtung, die wir nehmen müssen, und wir machen uns auf den Weg. Es ist ein kühler Morgen, aber der Himmel ist strahlend blau. Mittags kann man vielleicht sogar in den Park.
»Ich fasse es nicht, dass ihr seit der Uni zusammen seid. Das ist echt beeindruckend.«
»Hm-hm. Also, erzähl mir von deinem Wochenende«, wechselt er das Thema. Wir betreten das Café, und das Aroma frisch aufgebrühten Kaffees steigt uns in die Nasen. Es geht doch nichts über diesen Duft.
»Noch eine Hochzeit. Und die war der reinste Albtraum.« Ich erzähle ihm von Onkel Bob, und er lacht. Inzwischen stehen wir ganz vorn in der Schlange.
»Lachie war also auch mit?«
»Ja, und Maria und Russ.«
»Das geht aber schnell bei den beiden«, merkt er an.
»Allerdings. Mit Eltern kennenlernen und so weiter.«
»Schön für die beiden.«
»Ja.« Ich bin noch immer zufrieden, Single zu sein. Im Moment jedenfalls.

Die Zeit im Redesign-Team vergeht wie im Flug. Während einer Brainstorming-Sitzung schlage ich eine brandneue Rubrik namens Promihäuser vor, für die die Bildredaktion zuerst die Shootings aushandeln und dann die Häuser oder Wohnungen von Promis fotografieren müsste, die ihr trautes Heim ganz groß in *Hebe* sehen wollen. Gelegentlich wird einer aus dem Team – möglicherweise ich – nach Amerika oder anderswohin reisen müssen, was wiederum ein größeres Budget für die Bildredaktion erfordert. Simon nimmt mich mit zu der Besprechung, in der er Clare für meine Idee gewinnen will, und als sie zustimmt, den

Etat der Bildredaktion zu erhöhen, fühle ich mich wie im siebten Himmel. Dann muss ich meinen Vorschlag allerdings auch umsetzen, und das bedeutet, diversen PR-Leuten Honig ums Maul zu schmieren, damit wir am Ende die heißgehandelte, junge Topschauspielerin Nelly Lott in ihrem vornehmen Landhaus fotografieren dürfen. Alex kommt mit zum Shooting, und ich weiß nicht, ob sie uns ohne seine beeindruckende Überzeugungskraft erlaubt hätte, sie im Bett zu fotografieren, in einem bequemen, aber höchst unerotischen Pyjama, völlig zerzaust und mit geschwollenen Augen.
Simon ist begeistert von den Fotos und gibt mir den Auftrag, mich gleich um das nächste Fotoshooting zu kümmern.
Unser Team ist so klein, dass wir die Mittagspause häufig zusammen verbringen – wenn wir nicht gerade irgendwo Promis fotografieren. So lerne ich auch Pete, den Nachrichtenredakteur, besser kennen. Er kommt zwar freitagabends oft mit in den Pub, aber ich habe mich dort bisher nie viel mit ihm unterhalten. Esther, Russ' Chefin im Feuilleton, und Mike aus der Herstellung gesellen sich normalerweise ebenfalls zu uns, aber Tegan aus der Moderedaktion geht in der Mittagspause lieber shoppen auf der Oxford Street, und Simon bleibt normalerweise für sich. Ich glaube, er will ein bisschen Distanz zu seinen Mitarbeitern halten.
Unser letzter Mittwoch im Redesign-Büro ist ein fürchterlich heißer Tag, und wir sitzen zu fünft – Esther, Mike, Pete, Alex und ich – auf dem nahe gelegenen Cavendish Square in der Sonne und essen unsere Sandwichs. Heute Nachmittag will Clare vorbeikommen, um sich unsere Redesign-Vorschläge anzusehen, damit sie uns Feedback geben kann, bevor wir am Freitag unsere große Präsentation vor ihr halten. Dem Rest der Redaktion stellen wir unsere Ideen am Montag vor, wenn wir wieder dort sind. Ich bin ein bisschen nervös und hoffe, Clare gefällt das Resultat meines ersten Promihaus-Shootings.
Alex und Pete schwelgen in Erinnerungen an ihre gemeinsame

Zeit bei einer Sonntagszeitung. Wie sich herausstellt, sind die beiden alte Freunde.

»Wann war das?«, frage ich und versuche, nicht weiter an unsere Verlegerin zu denken.

»Vor ein paar Jahren«, erwidert Pete. »Vor *Hebe*.«

»Du hast auch bei dieser Sonntagszeitung gearbeitet, bevor du zu *Hebe* gekommen bist?«, frage ich Alex.

»Ja.« Er bewirft Pete mit einer Handvoll Gras.

Deshalb habe ich also Alex' Namen nie im Impressum von Zeitschriften gefunden. Als ich daran denke, wie ich nach meiner Rückkehr nach Australien die Hochglanzmagazine durchkämmte, werde ich ganz schwermütig.

»Morgen ist dein letzter Arbeitstag.« Esther stupst Pete an und lenkt meine Aufmerksamkeit wieder auf die Kollegen.

»Ja«, erwidert er grinsend.

»Freust du dich darauf, ein verheirateter Mann zu sein?«, fragt sie ihn.

»Kann's kaum erwarten.« Es klingt durch und durch aufrichtig.

Seltsamerweise rührt mich seine Antwort. Lasse ich etwa endlich meinen Zynismus hinter mir? »Kommt Sylvies ganze Familie her?«, frage ich.

»Ja. Zum Teil sind sie schon da, der Rest kommt morgen an.«

»Nett, dass sie in Großbritannien statt in den USA heiraten wollte«, sinniert Esther.

»Sie sagt, das ist jetzt ihr Zuhause«, entgegnet Pete mit einem kleinen, glücklichen Achselzucken.

»Das wird bestimmt ein tolles Wochenende«, sagt Mike überzeugt. »Meine Freundin plant schon seit Wochen ihr Outfit.«

»Ach, ihr geht auch hin?«, frage ich Mike.

»Ja. Und ihr doch auch, oder?«, fragt Mike bei Alex und Esther nach.

»Aber natürlich«, erwidert Esther lächelnd.

»Hm-hm«, sagt Alex, weicht meinem Blick aus und reißt weiter

Gras aus. Hat er etwa ein schlechtes Gewissen, weil ich als Einzige von uns nicht eingeladen bin?
Pete sieht mich an, und ich zwinge mich zu einem strahlenden Lächeln. »Wer macht eure Hochzeitsfotos?«
»Ähm, ein Paar namens Lina und Tom«, erwidert er und hat vermutlich ein schlechtes Gewissen, weil ich nicht einmal seine Fotos mache. Die Namen kommen mir bekannt vor.
»Das ist nicht zufällig Lina Orsino?«, frage ich nach.
»Doch.« Pete blickt verdutzt. »Woher weißt du das?«
»Sie ist Rachels Mentorin. Rachel spricht oft von ihr. Anscheinend hat sie ihr alles beigebracht, was sie weiß; sie muss also fabelhaft sein. Grüßt du sie von uns?«
»Klar«, erwidert Pete lächelnd.

Als wir später nach einem rundum positiven Meeting mit Clare Feierabend machen, erhält Pete einen Anruf von seiner Verlobten. Ich klopfe ihm auf den Rücken, halte ihm den erhobenen Daumen hin, um ihm Glück zu wünschen, und mache mich auf den Heimweg. Ich bin schon halb die Treppe hinunter, da höre ich ihn rufen: »Bronte, warte!« Als er mich einholt, ist er ein bisschen außer Atem. »Was machst du am Wochenende?«
»Ähm, nichts Besonderes«, erwidere ich verdutzt. Ich muss nicht arbeiten und wollte einfach mit Bridget abhängen.
»Möchtest du auch zu meiner Hochzeit kommen?«, fragt er hoffnungsvoll.
Irritiert runzele ich die Stirn. Lädt er mich bloß ein, weil er ein schlechtes Gewissen hat?
»Uns hat gerade jemand abgesagt«, erklärt er hastig. »Sylvies Cousin aus Amerika hat eine Blinddarmentzündung, und deshalb können er und seine Frau nicht kommen. Ich würde mich sehr freuen, wenn du kommst, falls du Zeit hast.«
Ich bin unsicher. Er scheint sich ehrlich zu wünschen, dass ich dabei bin.

»Du kannst gern jemanden mitbringen. Machen die anderen auch«, fährt er fort.
Mir dämmert, dass Alex natürlich Zara mitbringen wird. Will ich diese Frau wirklich persönlich kennenlernen? Nein. Sag einfach Nein.
»Komm schon. Ich weiß, dass in dem B&B, in dem die anderen übernachten, noch Platz ist«, sagt er.
Sag einfach Nein.
»Es würde mich freuen«, drängt er mich gutmütig. »Nach all den gemeinsamen Mittagspausen habe ich das Gefühl, dass du auch schon eine alte Freundin bist.«
Da muss ich ihn einfach anlächeln.
Sag einfach Nein. Das wäre keine gute Idee. Du willst sie nicht kennenlernen.
»Danke, das ist total nett. Ich komme gern.«

Auf dem Heimweg mache ich einen Abstecher in den Pub, in dem Lachie arbeitet. Er hat nicht auf meine SMS und meinen panischen Anruf reagiert, deshalb hoffe ich, dass er heute arbeitet. Als ich ihn die Theke abwischen sehe, lächele ich erleichtert. Lachie grinst.
»Was machst du denn hier?«, fragt er.
»Ich wollte dich um einen Gefallen bitten«, sage ich und hüpfe auf einen Hocker. »Was machst du am Wochenende?«
Er zuckt die Achseln. »Nichts Besonderes. Straßenmusik wahrscheinlich.«
»Musst du Samstagabend arbeiten?«
»Nein. Warum?«
»Kommst du mit mir zu einer Hochzeit nach Yorkshire?«, frage ich hastig.
»Wer heiratet denn?«
»Pete. Du hast ihn im Pub kennengelernt. Er hat mich gerade zu seiner Hochzeit eingeladen, und ich darf jemanden mitbringen.

Die Yorkshire Moors sollen übrigens atemberaubend schön sein. Und es wird bestimmt lustig.«

Er blickt amüsiert. »*Du* willst *mich* als Begleiter auf einer Hochzeit dabeihaben?«

Ärgerlicherweise werde ich rot. »Als Kumpel«, betone ich hastig und senke den Blick. Dann sehe ich ihm hoffnungsvoll in die Augen.

Er richtet sich auf und wischt weiter die Theke ab.

»Wer ist sonst noch dabei?« Er sieht mich an.

»Ähm, Esther – die kennst du, glaube ich, auch schon –, mein Kollege Mike und ... Alex.«

»Alex geht auch hin.«

Es ist nicht einmal eine Frage.

»Ja.«

»Und Alex' Verlobte?«

Mist. Er hat mich durchschaut.

Nonchalant zucke ich die Achseln. »Davon gehe ich aus. Alle bringen jemanden mit.«

Er sieht mir in die Augen, und ich werde noch röter. »Und *du* willst, dass *ich dich* mitbringe«, sagt er bedächtig.

»Genau«, bestätige ich matt.

»Okay.« Er putzt weiter.

»Du kommst mit?«, vergewissere ich mich.

»Klar. Warum nicht?« Er wirft mir einen vielsagenden Blick zu, aber ich beschließe, lieber über etwas anderes zu reden, als ihn darauf anzusprechen.

Kapitel 17

Ich schaue aus dem Fenster auf die üppige grüne Landschaft, die an uns vorbeisaust, und versuche, meine frisch manikürten Nägel nicht zu ruinieren. Dieses dringende Bedürfnis, auf den Nägeln zu kauen, hatte ich nicht mehr, seit ich ein Teenager war. Ich sitze Lachie gegenüber in einem frühen Zug nach York. Alex und Zara nehmen Esther und ihren Freund im Auto mit, und Mike und seine Freundin sind schon gestern Abend angereist. Wir hatten Glück, so kurzfristig noch günstige Tickets zu bekommen.
Ich sehe Lachie an, der mich gelassen betrachtet. Er trägt ein gutsitzendes weißes Hemd, dessen obere Knöpfe geöffnet sind, und eine schwarze Hose. Er sagte, einen Anzug habe er nicht, aber ich kann mir nicht vorstellen, dass das irgendjemanden groß stört.
»Du wirkst nervös«, merkt er an.
Ich rümpfe die Nase. »Ich mag eigentlich keine Hochzeiten.«
Er lacht etwas genervt. »Und was wollen wir dann auf der hier?«
Ich schürze die Lippen. »Ehrlich gesagt, ich weiß es auch nicht.«
»Du bist schon eine Nummer, Bronte … Wie heißt du mit Nachnamen?«
»Taylor.«
»Du bist schon eine Nummer, Bronte Taylor.«
Ich grinse ihn an und entspanne mich ein bisschen. Diese Wirkung hat er oft auf mich. »Warum bin ich eine Nummer?«
»Du glaubst nicht an Hochzeiten … Du glaubst nicht an Gott …«
»Ich weiß. Ich bin grässlich, oder?«

Er grinst. »Und trotzdem arbeitest du als Hochzeitsfotografin.«
»Schon komisch«, räume ich ein.
»Und gehst auf diese Hochzeit, obwohl du die Einladung wirklich hättest ausschlagen sollen«, stellt er fest.
Ich zucke die Achseln und sehe wieder aus dem Fenster.
»Kennst du Alex' Zukünftige?«
Bei dieser Frage versteife ich mich. »Nö«, gebe ich flapsig zurück.
»Aber das ändert sich ja jetzt bald, nicht wahr?«, füge ich honigsüß-sarkastisch hinzu.
Darüber lächelt er nicht. Wenn selbst Lachie ernst guckt, bekomme ich es mit der Angst zu tun.
»Wie ist dein Nachname?«, frage ich.
»Samson. Netter Themawechsel«, fügt er mit erhobener Augenbraue hinzu. Ich strecke ihm die Zunge raus.
Ich trage ein Cocktailkleid aus Seide, das an der Taille eng sitzt, dann in eine kokette A-Linie mündet und knapp oberhalb der Knie endet. Die Träger, die seitlichen Stoffbahnen und die Rückseite des Kleides sind schwarz, aber vorn ist es cremefarben mit einer cremefarbenen Schleife gleich unter dem Busen. Es ist sehr hübsch. Ich habe es am Freitag in der Mittagspause im Sale gefunden, als ich mich in letzter Minute panisch fragte, ob ich das wirklich durchziehen will. Die Haare habe ich zu einem Seitenzopf geflochten, und meine Nägel sind kirschrot lackiert.
Vom Bahnhof aus fahren Lachie und ich mit dem Bus direkt zur Hochzeit in einem kleinen Dorf in den Yorkshire Moors und müssen unsere kleinen Übernachtungstaschen mitnehmen. Wir haben noch ein Zimmer in dem B&B bekommen, das Pete erwähnte. Nur eines. Lachie kommt nicht darüber hinweg, dass ich mich darauf eingelassen habe, mir nun doch ein Zimmer mit ihm zu teilen, aber ich habe ihm deutlich gesagt, dass entweder er auf dem Sofa schläft oder ich.
Unterwegs gibt es einen Unfall, und der Verkehr auf der Landstraße staut sich auf einer Länge von etwa einer Meile. Wir wer-

den auf den letzten Drücker ankommen, und das lindert meine Nervosität nicht gerade.

Ich bin freiwillig Gast bei einer Hochzeit, und obendrein bei der Hochzeit eines Menschen, den ich eigentlich nicht besonders gut kenne. Ich werde jemanden kennenlernen, den ich eigentlich nicht kennenlernen möchte, und ich kann mich nicht einmal mit Fotografieren ablenken.

Als wir den Hügel hinauf zur Kirche eilen, läuten schon die Glocken. Es sind zwei, langsam und in unterschiedlichen Tonhöhen: *Ding Dong, Ding Dong, Ding Dong.*

Der steinerne Kirchturm ist schon von weitem zu sehen und überragt das alte Marktstädtchen, und während wir eine Treppe zwischen einem Geschäft und einem Cottage hinaufgehen, kommt nach und nach der Rest der schönen alten Kirche in Sicht. Auf dem Treppenabsatz vor dem Kirchenportal wartet ein junger Fotograf in weißem Hemd, schwarzer Hose und Weste – vielleicht Linas Partner Tom? Er nickt jemandem hinter uns zu, und als wir uns umdrehen, sehen wir schon den Brautwagen heranfahren.

»Lieber Gott, wir sind zu spät«, murmelt Lachie, als wir vorbei am Pfarrer, der ebenfalls vor dem Portal wartet, in die Kirche hasten. Ich schätze den Pfarrer auf Mitte dreißig, aber er wird schon langsam kahl.

Er wirft uns einen amüsierten Blick zu. »Ach, der ist auch hier?«, fragt er spöttisch. »Das ist ein gutes Zeichen.«

Ich schürze die Lippen, und Lachie überspielt das Lachen, indem er hustet. Dann steigt mir der vertraute feuchtkalte, muffige Geruch in die Nase, und sofort wird mir ein bisschen schwindelig.

»Hier«, flüstert Lachie, nimmt meine Hand und zieht mich hinter sich her in die letzte Bank auf der Seite des Bräutigams. Unsere Taschen stellt er neben seine Füße.

Ich setze mich, schließe kurz die Augen und versuche, mich wieder zu fassen.

»Alles okay?«, flüstert Lachie, und ich reiße die Augen auf.

»Ja«, erwidere ich. »Mir ist nur ein bisschen schummerig.« Ich zwinge mich, tief durchzuatmen. Ist Alex hier? Als ich ihn ein paar Bankreihen vor uns entdecke, stockt mir kurz der Atem. Rechts neben ihm sitzen Esther und ihr Freund, und links von ihm sitzt eine Frau mit hellblonden Haaren. Mein Magen krampft sich zusammen, und ich taste unwillkürlich nach Lachies Hand. Überrascht sieht er mich an, sagt aber nichts dazu. Seine Hand ist warm und tröstlich. Ich frage mich, ob ihm aufgefallen ist, wie kalt und klamm meine ist.

»Diese Kirche ist der Wahnsinn«, sagt Lachie ehrfürchtig und blickt sich um. Ich folge seinem Blick nach oben und entdecke an den Wänden Gemälde. Eines zeigt den Heiligen Georg, der den Drachen erschlägt, ein anderes den Heiligen Christophorus, der das Jesuskind trägt.

»Mittelalterliche Fresken«, flüstert Lachie und lenkt meine Aufmerksamkeit auf eine kurze Geschichte der, wie ich jetzt erfahre, normannischen Kirche, die dem Kirchenheft beigefügt ist. Die gewölbte Kirchendecke hoch über unseren Köpfen besteht aus Eichenholz.

Dann erspähe ich Pete in der Nähe der Kanzel. Er tritt von einem Fuß auf den anderen und unterhält sich weder mit seinem Trauzeugen noch mit den beiden Zeremonienmeistern. Er wirkt sehr nervös, und ich fühle mit ihm, was mich vorübergehend davon ablenkt, wie unbehaglich mir selbst zumute ist.

Dann vernehme ich das vertraute Klicken eines Kameraverschlusses, und als ich mich umdrehe, erblicke ich eine kleine, kurvenreiche Frau mit langen, lockigen dunklen Haaren, die eine Kamera mit einem langen Objektiv hält. Lina? Sie spricht kurz mit dem Pfarrer und eilt dann durch den Mittelgang. Ich folge ihr mit dem Blick, neugierig darauf, die Frau, die Rachel alles beigebracht hat, was sie weiß, in Aktion zu erleben. Sie sagt etwas zu Pete, der die Stirn runzelt und nickt. Sein Trauzeuge tritt vor und fragt ihn etwas. Ob alles in Ordnung ist?

Ich drehe mich nochmals um und sehe etwas Weißes am Portal aufblitzen. Nun, Sylvie ist jedenfalls hier. Sollte also etwas nicht in Ordnung sein, hat es nichts mit ihr zu tun. Wieder höre ich es klicken: Tom fotografiert die Braut, ihren Vater und die Brautjungfern.

Es ist eigenartig, als Gast an einer Hochzeit teilzunehmen. Ich habe das Gefühl, ich sollte an Toms Stelle sein, am Portal bei der Braut. Es ist lange her, dass ich in einer Kirche war, ohne dort zu arbeiten.

Ich lasse den Blick durch die Kirche schweifen. Der Blumenschmuck besteht aus rosa Pfingstrosen. An jeder zweiten Kirchenbank ist am Mittelgang mit langen rosa Satinschleifen je ein Strauß befestigt, und in den Vasen vorne am Altar stehen ebenfalls langstielige Pfingstrosen. Doch dann sehe ich nicht mehr die rosa Pfingstrosen, sondern direkt in Alex tiefblaue Augen. Mir stockt der Atem.

Er lächelt mir verhalten zu, und ich zwinge mich, ebenso verhalten zurückzulächeln. Als mein Blick kurz zu Zaras Hinterkopf schweift, wird er ernst. Widerstrebend wende ich mich Lachie zu.

»Was da wohl los ist?«, flüstere ich.

Er runzelt die Stirn und blickt nach vorn. »Ich glaube, es hat mit der Musik zu tun.«

Der Pfarrer tritt vor die Gemeinde.

»Verzeihen Sie die Verzögerung«, sagt er theatralisch. »Ich fürchte, der Organist sitzt im Stau fest.«

Kollektives Gemurmel erhebt sich.

»Wir beginnen, sobald wir können«, versichert der Pfarrer uns.

Mit der ehrfürchtigen Stille in der Kirche ist es vorbei: Die Leute beginnen, sich zu unterhalten. Auf der anderen Seite des Mittelgangs höre ich diverse amerikanische Akzente heraus.

Der Pfarrer spricht leise, aber vernehmlich mit der Braut. »Ich fürchte, wenn er noch länger braucht, müssen wir ohne ihn anfangen. Ich habe heute Nachmittag noch eine Taufe.«

»Schade, dass du deine Gitarre nicht mitgebracht hast«, sage ich zu Lachie.
»Hm. Der Hochzeitsmarsch ist eines der wenigen Stücke, die ich *nicht* kann«, erwidert er.

»Gib mir deine Hand ...«
Seine Finger tanzen über die Tasten, seine Füße bewegen sich auf den Pedalen, und dabei rutscht er auf dem breiten, polierten Holzhocker hin und her. Völlig gebannt sehe ich ihm zu, während die Klänge meinen Kopf und mein Herz erfüllen. Das muss die eindrucksvollste, erhabenste Musik der Welt sein. Der Bass lässt meinen ganzen Körper vibrieren und jagt mir Schauer über den Rücken.
»Es ist nicht so schwer, wie es aussieht.«
»Das glaube ich dir nicht.« Mein Stimmchen ist klein. Ich bin klein. Ich bin nur ein kleines Mädchen.
»Ich kann es dir beibringen, wenn du bereit bist, zu lernen«, sagt er ...

Ich fahre aus meinen Erinnerungen hoch, entreiße Lachie meine Hand und drücke sie mir aufs Herz.
»Was ist?«, fragt er besorgt. »Was ist los?«
Hastig schüttele ich den Kopf.
»Hat es was mit Alex zu tun?«, fragt er drängend.
»Was?« Blitzartig sehe ich ihn an, so erschrocken über seine Frage, dass ich wieder zur Besinnung komme. »Nein!«
»Was dann?«, fragt er perplex.
»Ich kann Orgel spielen«, platzt es aus mir heraus.
Seine Sorge weicht einem erstaunten Gesichtsausdruck. »Wirklich?«
Ich bin selbst überrascht. Warum habe ich ihm das bloß erzählt?
»Kannst du auch den Hochzeitsmarsch spielen?«, fragt er.

Ich zögere nur ganz kurz; dann nicke ich.
»Willst du einspringen?« Er blickt nach vorn zu Pete.
»Es ist so lange her«, sage ich mit bebender Stimme. Was ist nur in mich gefahren? Warum biete ich das an? »Aber ich glaube, ich erinnere mich noch.«
»Dann mach«, drängt er mich und schiebt mich von der Bank. Langsam erhebe ich mich, aber dann erstarre ich mitten in der Bewegung. »Na los«, sagt er und schubst mich sanft weiter. Benommen richte ich mich auf. Es kommt mir alles so unwirklich vor. »Soll ich mitkommen?«
Ich nicke hastig.
Wir gehen ans Portal und sprechen mit dem Pfarrer. Nervös lächele ich Sylvie zu.
»Sie können den Hochzeitsmarsch spielen?«, fragt der Pfarrer ungläubig, als Lachie ihm mein verborgenes Talent verrät. »Auf der Orgel?«
Ich nicke nur, als hätte ich vergessen, wie man spricht. Langsam glaube ich, ich brauche das, solche Verpflichtungen einzugehen.
»Fabelhaft!«, ruft er aus. »Kennen Sie auch Kirchenlieder?«
»Nicht gut.« Meine Stimme klingt zittrig.
»Nun ja, zumindest können wir loslegen«, sagt er eifrig. »Selbst wenn wir die Kirchenlieder a cappella singen müssen.«
Er führt uns beide durch den Mittelgang und unter dem kunstvoll geschnitzten hölzernen Lettner hindurch in den Chorbereich. Die Orgel befindet sich zu unserer Linken: zwei Manuale und rund zwei Dutzend goldene Pfeifen. Damit sollte ich zurechtkommen, rede ich mir gut zu. Ich ziehe die hohen Schuhe aus, rutsche auf den breiten Holzhocker und stelle die Füße leicht auf das schon recht abgewetzte Pedal. Lachie geht neben mir in die Hocke. Die Notenblätter für den Hochzeitsmarsch liegen aufgeschlagen da, aber ich kenne ihn auswendig. Ich schalte die Orgel ein, und während ich warte, bis der Elektromotor Luft in die Bälge geblasen

hat, stelle ich die Register ein – die cremefarbenen Knäufe, die den Klang kontrollieren. Wenn dies Mendelssohns Hochzeitsmarsch wäre, würde ich noch mehr Register ziehen, um einen noch volleren Klang zu erzeugen. Aber »Treulich geführt«, Wagners Hochzeitsmarsch, ist verhaltener. Ich glaube, ich bin bereit – aber meine Güte, ist das lange her.
Ich höre, wie der Pfarrer sich an die Hochzeitsgemeinde wendet.
»Wir haben eine Freiwillige gefunden!«, ruft er. »Eine der Gäste kann Orgel spielen!«
Jetzt gibt es kein Zurück mehr ...
Ich sehe auf meine Füße, um mich zu vergewissern, dass sie auf den richtigen Tasten ruhen – ich werde mich an die Pedaltasten C, G, F und D halten und mit dem rechten Fuß darüber hinaus die Lautstärke regulieren müssen. Und ich werde nur ein Manual benutzen und eine ganz schlichte Version spielen, anstatt das Risiko einzugehen, mich zu übernehmen.
Das Herz schlägt mir bis zum Hals, und ich muss allen Mut zusammennehmen. Ich kann das. Das ist genau wie Fahrradfahren.
»Alles okay?«, fragt Lachie.
Ich sehe ihn nicht an, aber ich nicke. Dann atme ich tief durch und lege die Hände aufs Manual.
»Du gibst das Kommando«, sagt Lachie und sieht an mir vorbei zum Mittelgang. Als ich sanft zu spielen beginne, nimmt der Klang, der aus den Pfeifen ertönt, mir den Atem. Er erfüllt meinen Kopf, erfüllt mein Herz, genau wie damals, als ich noch ein kleines Mädchen war.
Ich schaffe das.
Es ist beinahe so, als bewegten sich meine Glieder auf Autopilot. Meine Finger tanzen über das Manual vor mir, und meine Füße bewegen sich unten übers Pedal. Als Sylvie das obere Ende des Mittelgangs erreicht, ziehe ich das 8'-Flötenregister, wodurch der Klang insgesamt heller wird. Im Nu ist das Stück zu Ende.

Ich lasse die Finger auf den zuletzt gespielten Tasten ruhen und sehe mit feuchten Augen zu Lachie. Er blickt mich staunend an.
»Wow«, flüstert er.
Ich hebe den Blick zu den glänzenden goldenen Pfeifen, und plötzlich verschwimmt alles, denn jetzt fließen die Tränen. Niemand hier kann verstehen, wie wichtig dieser Augenblick für mich ist. Wie einschneidend.
»Sie können jetzt an Ihre Plätze zurückkehren«, ruft der Pfarrer amüsiert.
Da kommt wieder Bewegung in mich. Ich rutsche vom Hocker, und Lachie zieht mich in die Höhe und führt mich zurück ins Kirchenschiff.
Als ich den Chor verlasse, liegen sämtliche Blicke auf mir, und die Gemeinde bricht in spontanen Applaus aus. Ich sehe Alex an. Er wirkt überwältigt.
Pete strahlt mich an, ebenso seine Zukünftige, und dann eile ich mit gesenktem Blick zurück an meinen Platz. Lachie rutscht neben mich auf die Bank. Allmählich ebbt der Applaus ab, doch mein Gesicht brennt noch immer.
Hinter uns ruft jemand: »Verzeihen Sie die Verspätung!«, und als wir uns umsehen, erblicken wir einen unauffälligen Mann in einem grünen Pullover und einer braunen Cordhose, der gerade in die Kirche stürzt. »Jetzt bin ich da. Oh!« Er sieht die Braut bereits am Altar stehen.
»Ah, unser Organist ist eingetroffen«, erklärt der Pfarrer dem amüsierten Brautpaar und dem Rest der Gemeinde. »Dann müssen wir die Kirchenlieder wohl doch nicht a cappella singen.«
Lachie drückt meine Hand. Ich schließe die Augen und lege den Kopf an seine Schulter. Urplötzlich bin ich erschöpfter als je zuvor in meinem Leben.
Vierzig Minuten später sause ich schon auf die nächste Hürde zu. Der Gottesdienst ist vorüber. Wir stehen draußen auf dem Kirchhof inmitten eines bunten Sammelsuriums von Grabsteinen und

lauschen den sieben Kirchenglocken, die nun alle gemeinsam jubilierend läuten. Es wird Zeit, Zara kennenzulernen. Alex kommt mit ihr zu uns, während Pete und Sylvie ihre Gäste begrüßen. Nach der Herausforderung, der ich mich in der Kirche gestellt habe, sollte mich doch eigentlich nichts mehr nervös machen, aber als ich die beiden nun auf uns zukommen sehe, erstarre ich zu Eis.

Sie ist groß und sehr dünn und hat lange, ganz glatte, sehr hellblonde Haare. Sie ist hübsch, aber ihre Züge mit der geraden Nase und der strengen Mundpartie sind ein wenig herb. Sie trägt ein teuer aussehendes, knielanges apricotfarbenes Kleid aus strukturiertem Chiffon, und ihre Haut ist blass, ohne den geringsten Hauch Sonnenbräune.

»Wo zum Teufel hast du gelernt, Orgel zu spielen?«, ruft Alex, als sie bei uns sind, und schüttelt Lachie geistesabwesend die Hand.

Ich zwinge mich, ungezwungen zu lachen. »Ich hatte als Kind seltsame Hobbys.« Meine Finger suchen und finden Lachies Hand.

Alex' Blick fällt auf unsere verschränkten Hände; dann sieht er mir verwirrt in die Augen.

Er deutet auf seine Verlobte. »Das ist Zara. Zara, das sind Bronte und Lachie.«

»Hi.« Ich lächele sie strahlend an.

»Hallo«, erwidert sie und lächelt sehr zurückhaltend, beinahe verkniffen. Sie reicht mir die Hand, und als ich sie ergreife, sind ihre Finger kalt und dünn.

Na bitte. Geschafft. Der Name hat ein Gesicht. Und alles, was ich je für ihn empfunden haben mag, sollte jetzt verdorren und absterben. Es ist wirklich höchste Zeit dafür.

»Bronte arbeitet auch bei *Hebe*«, erklärt Alex Zara.

»Ach, richtig«, sagt sie mit geheucheltem Interesse, während sie auch Lachie mechanisch die Hand gibt. Dann legt sie Alex den Arm um die Taille.

Lina ruft alle für die Konfetti-Aufnahme zusammen, und so ge-

hen Lachie und ich zu ihr, immer noch Hand in Hand. Mir wird bewusst, dass ich Lachie widersprüchliche Signale sende, aber ich brauche ihn einfach. Ich brauche seine Unterstützung. Ich hoffe, er kann damit leben, sie mir zu gewähren, ohne dass er sich deswegen Chancen bei mir ausrechnen darf.
»Die meisten Menschen spielen die Orgel nicht bloß als Hobby«, flüstert er mir ins Ohr und drückt meine Hand.
»Ich schon«, erwidere ich gespielt entspannt, damit er das Thema fallen lässt. Er tut es. Fürs Erste.

Lachie steht ja immer sehr auf Körperkontakt, und heute Abend lasse ich ihn gewähren. Die Hochzeitsfeier findet in einem nahe gelegenen Hotel statt, und wir beide sitzen bei Sylvies amerikanischen Angehörigen am Tisch. Meine *Hebe*-Kollegen sitzen an einem anderen Tisch ganz in der Nähe, aber Lachie und ich sind als Letzte auf die Gästeliste gekommen, daher haben wir wohl die Plätze von Sylvies krankem Cousin und seiner Frau bekommen. Darüber bin ich ehrlich gesagt sogar froh, denn ich fürchte, es würde mir schwerfallen, freundlich mit Zara zu plaudern. Hier mit Lachie und Menschen, die ich kaum kenne, bin ich viel entspannter. Der Wein ist süffig und das Essen köstlich. Ich beobachte Lina und Tom bei der Arbeit und genieße es zu meiner eigenen Verwunderung, ausnahmsweise mal auf der anderen Seite der Kamera zu sein. Das hätte ich nicht gedacht.
Ich schreibe es der Gesellschaft meines tiefenentspannten Landsmanns zu.
»Danke, dass du mitgekommen bist«, sage ich nach den Reden zu ihm. Wir sind nach draußen in einen Pavillon im Hotelgarten umgezogen, wo die Abendunterhaltung stattfinden wird. Es ist nur eine Frage der Zeit, bis meine Kollegen uns finden. Und das gefällt mir merkwürdigerweise gar nicht.
»Kein Problem«, sagt Lachie. In diesem dämmrigen Licht wirken seine Augen viel dunkler, und als er mich ansieht, wird mir

ganz warm im Bauch. »Es war sehr erhellend.« In Anbetracht des ganzen Weins, den er beim Abendessen getrunken hat, wirkt er erstaunlich nüchtern. Er lächelt schief. »Die Bar ist geöffnet. Vielleicht steige ich auf Bier um.«
»Gute Idee.«
Er nimmt meine Hand und führt mich zu der Bar, die für den Abend draußen aufgebaut wurde. Als wir dort ankommen, lässt er mich los. Kurz fühle ich mich einsam, doch schon liegen seine Hände auf meinen Hüften, und er steht direkt hinter mir, so dass ich an der Theke gefangen bin.
»Zwei Bier bitte«, sagt er zum Barkeeper. Seine Berührung bringt mich ziemlich aus dem Konzept.
Es ist Zeit für den ersten Tanz, und so schlendern wir hinüber zur Tanzfläche. Auf einer kleinen Bühne sitzt eine Live-Band, und als Sylvie und Pete auf die Tanzfläche gehen, fällt mir auf, dass Sylvie ihren langen cremefarbenen gegen einen kürzeren, ebenfalls cremefarbenen Rock mit diversen Schichten rosafarbener Rüschen darunter ausgetauscht hat. Das erinnert mich an die Pfingstrosen in der Kirche und die Tischdekoration. Sylvies Brautstrauß bestand aus einem Dutzend enggebundener Pfingstrosen, und auch die dreistufige Hochzeitstorte ziert an der Seite eine Kaskade aus Pfingstrosenköpfchen. Häufig kann man eine Hochzeit auch anhand des Blumenschmucks beschreiben, ist mir aufgefallen, und diese ist genau so, wie man es erwartet: rosa, sanft und feminin.
Die Band spielt *My Girl* von den Temptations. Die Musiker sind gut, aber: »Nicht so gut wie du«, flüstere ich Lachie ins Ohr. Er trinkt einen Schluck aus seiner Bierflasche und lächelt mich dabei an. Mir wird schwindelig. Ich reiße den Blick von ihm los und zwinge mich, Petes und Sylvies lustiger Choreographie zuzuschauen. Dann entdecke ich Sylvies Brautjungfern, die in einer Gruppe neben der Tanzfläche zusammenstehen. Ihre Kleider passen von der Farbe und dem Stil her zu den Pfingstrosen:

mehrere Schichten rosa Rüschen, die kurz über dem Knie enden. Sie kichern und tuscheln und starren zu uns herüber. Mit einem mulmigen Gefühl im Bauch sehe ich zu Lachie, doch dem ist ihre Aufmerksamkeit noch gar nicht aufgefallen. Oder vielleicht doch. Vielleicht ignoriert er sie nur.
Der erste Tanz endet, und nun spielt die Band Nina Simones *My Baby Just Cares For Me*. Einige Gäste gehen auf die Tanzfläche.
»Immer noch nicht betrunken genug«, höre ich eine vertraute Stimme sagen, und drehe mich zu Alex um.
Ich kichere. »Ich bin schon völlig hinüber.«
»Ach?« Er sieht an mir vorbei zu Lachie.
»Wo ist Zara?«, frage ich.
»Toilette«, erwidert er. »Sie fühlt sich nicht so gut. Ich glaube, wir bleiben nicht mehr lange.«
Ich gebe mich mitfühlend. »O nein. Das tut mir leid.«
»Ihr übernachtet im selben B&B wie wir, oder?«, fragt er.
»Ja.«
»Dann sehen wir uns beim Frühstück?«
»Sicher.«
Eine Frau fragt: »Lust zu tanzen?«, und ich drehe mich um. Eine der hübschen rosa Pfingstrosenbrautjungfern hat Lachie angesprochen. Er sieht mich fragend an.
»Geh ruhig«, ermuntere ich ihn.
Freudestrahlend zieht die junge Frau ihn auf die Tanzfläche, und ich beobachte amüsiert, wie Lachie sie herumwirbelt. Tanzen kann er also auch.
»Tanzen kann er also auch«, spricht Alex meine Gedanken laut aus. »Macht es dir nichts aus?«
»Was denn? Dass er mit anderen Frauen tanzt?«
Er nickt und kneift die Augen zusammen, als versuchte er, meine Gedanken zu lesen.
»Nein.« Ich zucke die Achseln. »Er ist sein eigener Herr; er kann tun und lassen, was er will.«

»Dann seid ihr nicht ...« Er bricht ab.
»Zusammen? Nein«, bestätige ich. »*Immer noch nicht*«, füge ich mit einem vielsagenden Blick hinzu.
Er wirkt verlegen. Ich sehe hinüber zu Lachie, der sich ziemlich gut zu amüsieren scheint.
Zara tritt neben Alex. »Können wir gehen?«, fragt sie ihn.
»Jetzt schon?« Er runzelt die Stirn.
»Ich bin müde«, erwidert sie und drückt seine Taille. Dann sieht sie mich an. »Es war eine lange Woche.«
»Bestimmt.« Ich nicke mitfühlend, obwohl ich keine Ahnung habe, wie ihr Leben ist oder warum sie das Gefühl hat, ihre Woche sei lang gewesen.
»Na gut«, willigt Alex ein. »Bis morgen dann«, sagt er zu mir. »Grüß Lachie von uns.«
»Mache ich.«
Wir lächeln uns an, und er berührt leicht meine Hand. Dann folgt er Zara. Verzagt sehe ich den beiden hinterher und trinke mein Bier aus.
»Sind sie schon weg?«, fragt Lachie stirnrunzelnd, als er wieder zu mir kommt.
»Ja, Zara ist müde«, erwidere ich in sarkastischem Ton.
»Was für ein Weichei«, spöttelt Lachie. »Ein bisschen lahm, die Frau.«
»Genau!«, sage ich eifrig, begierig, über sie herzuziehen. »Ich fand sie ein bisschen komisch.«
»Sehr verkrampft«, stimmt er mir zu. »Aufgeblasen. Und ziemlich mager.«
»Viel zu mager. Und kühl, fand ich.«
»Sie war wirklich kühl, oder?«, pflichtet er mir bei.
»Wie eine Leiche auf Urlaub!«
Er lacht in sich hinein, und mit jedem Satz, der über diese prachtvollen Lippen kommt, mag ich ihn mehr. Seine Lippen sind wirklich prachtvoll. Ich ertappe mich dabei, dass ich sie anstarre.

»Also, was war da los in der Kirche?«, fragt er.
Mein Herz setzt einen Schlag aus.
»Du hast ein bisschen verstört gewirkt.«
»Ich mag keine Kirchen«, erkläre ich unversehens.
»Warum?«
Ich zucke die Achseln. »Ich habe Angst vor ihnen. Man nennt das Ecclesiophobie. Schlag's nach.«
Er sieht ein wenig befremdet aus. »Meinst du das ernst? Du hast Angst vor Kirchen?«
»Ja.«
»Trotzdem fotografierst du sie bei Hochzeiten.« Er sagt das ganz langsam, als könne er es nicht glauben.
»Nenn es Therapie«, erwidere ich flapsig, aber so ist mir eigentlich gar nicht zumute.
»Nimmst du mich auf den Arm?«, fragt er stirnrunzelnd.
»Nein.« Ich muss grinsen. »Ich habe wirklich Angst vor Kirchen.«
»Aber ... *Warum?*«, fragt er konsterniert.
Ich zucke die Achseln. »Ich weiß es nicht.«
»Aber es muss doch irgendwas passiert sein, was ...«
»Juckt dein Bart?«, falle ich ihm ins Wort und streiche ihm übers Kinn.
Er nimmt meine Hand und blickt mir direkt in die Augen. Ich schnappe nach Luft, und mein Puls beginnt zu rasen.
»Nein.« Er lässt meine Hand los. »Mittlerweile bin ich dran gewöhnt.«
»Und?« Ich wende mich von ihm ab und bemühe mich um einen normalen Ton. »Wie war deine Brautjungfer?«
Er lacht in sich hinein. »Meine Brautjungfer? Welche?«
Ich funkele ihn an. »Die, mit der du getanzt hast.«
Er lacht. »Sie war gut. Eine gute Tänzerin«, präzisiert er dann.
Da stelle ich die Frage, die mir schon oft auf der Zunge lag: »Wie viele Brautjungfern hattest du denn schon?«

Wieder lacht er, aber jetzt blickt er frech. »Frag nicht. Dann lüge ich dich auch nicht an.«
»Warum solltest du mich anlügen? Mir ist das doch egal«, sage ich achselzuckend.
Das scheint ihm den Wind aus den Segeln zu nehmen. »Es ist dir wirklich egal?«, fragt er stirnrunzelnd.
»Ja.«
»Es kümmert dich kein bisschen?« Er hebt eine Augenbraue.
»Überhaupt nicht.«
»Moment mal.« Er stellt die Flasche auf den Tisch hinter sich. »Du willst behaupten, dass es dich nicht das geringste, klitzekleinste bisschen kümmert, mit wie vielen Brautjungfern ich Sex hatte?«
Bei dieser Frage spüre ich Unsicherheit in mir aufsteigen, aber das lasse ich mir nicht anmerken. Diese Genugtuung gönne ich ihm nicht. »Du kannst vögeln, wen du willst«, sage ich so lässig wie möglich, aber gleichzeitig krampft sich mein Magen zusammen. Eigentlich will ich nicht, dass er vögelt, wen er will. Warum ermuntere ich ihn dann dazu? Allmählich frage ich mich, ob ich masochistische Tendenzen habe.
Er starrt mich an, und diesmal spielt kein Lächeln um diese prachtvollen Lippen. »Es würde dich also nicht kümmern, wenn ich jetzt gleich da rübergehe und sie küsse.« Er deutet auf die Brautjungfer, mit der er getanzt hat. »Und sie mit zu mir nehme«, fügt er hinzu, beugt sich vor und sieht mir aus nächster Nähe in die Augen.
Ich zögere.
»Soll ich?« Er klingt sehr entschlossen. Die Liveband spielt so laut, dass ich ihn kaum hören kann, aber ich lese es ihm von den Lippen ab.
Ich sehe in diese blauen Augen, und es überläuft mich heiß und kalt, beinahe so intensiv wie in den diversen Kirchen, in denen ich in den letzten Monaten war, das schwöre ich. Er sieht mich unverwandt an. Er fordert mich heraus.

Ich habe zu viel getrunken. Ich finde ihn wahnsinnig sexy, und seine trotzige Attitüde macht mich an.

»Soll ich?«, fragt er erneut.

Ich schüttele kaum merklich den Kopf.

»Nein?« Dabei weicht er nur wenige Millimeter zurück, aber anstatt meine Antwort abzuwarten, nimmt er meinen Kopf zwischen seine Hände und küsst mich. Ich erwidere seinen Kuss, und zwar leidenschaftlich. O Gott, er küsst himmlisch. Er legt mir die Hände auf den Rücken, und ich merke, dass wir uns bewegen, hinaus aus dem Pavillon in die kühle Nacht, und ich bekomme eine Gänsehaut. Er löst sich von mir, und sein Blick ist so verdammt heiß, dass meine Knie weich werden. Dann nimmt er meine Hand, geht entschlossen über den gepflegten Rasen zu einem Gewächshaus, öffnet die Tür und zieht mich hinein. Der Geruch von feuchter Erde und Tomaten steigt mir in die Nase, aber schon küsst er mich wieder. Ich vergrabe die Finger in seinen Haaren und halte seinen Kopf fest, während er sich meine Beine um die Taille legt und mich gegen die Tür drückt. »Vorsicht«, murmele ich in seinen offenen Mund und stelle mir vor, wie wir zusammen durch die Glastür brechen. Seine Finger finden den Reißverschluss meines Kleides, dann schiebt er die Träger von meinen Schultern und zieht meinen BH vorne herunter. Als seine Lippen meine Brustwarze finden, werfe ich den Kopf in den Nacken und schnappe nach Luft.

Mir ist schwindlig. Ich bin rasend vor Verlangen und mehr als nur ein bisschen betrunken. Wieder sucht er meinen Mund, und während er mich küsst, lässt er mich von seinen Hüften gleiten und schiebt die Hände unter meinen Rock. Als seine Finger gerade am Saum meines Slips entlangfahren, schießt mir die Frage durch den Kopf, was ich da eigentlich verfickt nochmal treibe.

»Lachie, nein, warte! Aufhören!«, sage ich und taste nach seinen Handgelenken, um den Vormarsch seiner Finger aufzuhalten. Als

hätte er mich nicht gehört, küsst er mich erneut auf den Mund. Ich drehe das Gesicht weg und packe seine Arme. »Aufhören!«, wiederhole ich energischer.
Heftig atmend löst er sich von mir. »Was zum … Was ist denn?«
»Ich kann nicht. Aufhören!«
Sofort lässt er mich los, und ich schiebe hastig den Rock nach unten und ziehe BH und Kleid wieder hoch.
»Du kannst nicht aufhören?«, fragt er. »Oder du kannst nicht – aufhören!? Ich glaube, du solltest dir überlegen, was du mir eigentlich mitteilen willst, denn deine Worte sind durchaus zweideutig.«
Seiner zornigen Miene nach zu urteilen, weiß er sehr wohl, was ich meine. Er will es mir nur schwermachen.
Wobei – zornig ist vielleicht das falsche Wort. Aber glücklich sieht er jedenfalls nicht aus.
»Tut mir leid.« Ich schüttele den Kopf, und als ich versuche, den Reißverschluss am Rücken zu schließen, schwanke ich auf meinen hohen Absätzen. Gar nicht so einfach. »Ich bin völlig durcheinander, und ich weiß, dass du weißt, dass ich für jemand anderen tiefere Gefühle habe.« Ich will und muss Alex' Namen nicht laut aussprechen. »Ich kann einfach nicht. Ich habe zu viel getrunken. Ich bin verwirrt.« Und ich will auch nichts mit Lachie anfangen, wenn ich am Ende doch nur wieder verletzt werde. Er ist zu jung, zu wild, flirtet viel zu gern. Ich kann ihn mir nicht in einer ernsthaften Beziehung vorstellen. Nicht dass ich eine ernsthafte Beziehung möchte, aber einen One-Night-Stand mit ihm will ich auch nicht.
Er kratzt sich am Kopf. »Sollen wir den Abend dann beenden?«
Ich nicke. »Ich glaube, das ist eine gute Idee.«

Vierzig Minuten später stehen wir nach einer angespannten Taxifahrt in einem Zimmer, das kaum größer ist als das Doppelbett, das es beherbergt. Für ein Sofa ist hier eindeutig kein Platz.

»Ich weiß ja nicht, wie du das siehst«, sagt Lachie, »aber ich schlafe garantiert nicht auf dem Boden.«
Ich werfe ihm einen vernichtenden Blick zu.
»Nein«, beharrt er nonchalant.
»Dann eben ich.«
»Jetzt sei doch nicht so dickköpfig, Bronte«, fährt er mich an. »Herrgott, ich werde dich ganz sicher nicht anrühren, wenn du das nicht willst.«
»Ich will es nicht«, bestätige ich rundheraus.
Wütend funkelt er mich an und beginnt, sein Hemd aufzuknöpfen. Hastig wende ich den Blick ab, doch vorher erhasche ich noch einen Blick auf seine gebräunte, wohldefinierte Brust.
»Ich gehe ins Bad«, sage ich und nehme meine Tasche mit.
Ich bin so müde, dass ich nicht einmal wütend auf die Frau bin, die mir aus dem Spiegel entgegenblickt, sondern bloß meinen Pyjama anziehe und mir die Zähne putze; die Mühe, das Make-up zu entfernen, mache ich mir gar nicht erst. Als ich zurück ins Zimmer komme, liegt Lachie mit dem Gesicht zur Wand im Bett. Ich schlüpfe unter die Decke und schalte das Licht aus.

Kapitel 18

Ich schalte sie nicht ein. Ich wage es nicht, ein Geräusch zu machen. Federleicht streichen meine Finger über die Tasten, sausen nach links und nach rechts, während in meinem Kopf die Melodie abspielt. Ich dachte, er würde hier sein, aber das ist er nicht. Es ist still, so still. Aber ich habe keine Angst. Hier habe ich nie Angst.
Dad wird böse auf mich sein, wenn er herausfindet, dass ich allein hier war. Aber Mum weint schon wieder, und ich habe es satt, sie weinen zu sehen. Ich musste raus. Ich musste hierherkommen.
Plötzlich höre ich etwas, und meine Finger erstarren. Ich spitze die Ohren. Gleich darauf höre ich dasselbe Geräusch noch einmal. Ich weiß nicht, was es ist, aber es stammt von einem Menschen. Es klingt, als hätte jemand Schmerzen. Ich bekomme Angst und stehe langsam auf. Die Vernunft sagt mir, ich solle hier versteckt bleiben, aber meine Neugier siegt. Langsam strecke ich den Kopf um die Ecke und sehe zum Altar. Ich weiß zwar nicht, was ich da sehe, aber es ist irgendwie eklig, und ich weiß, dass es ganz falsch ist.

»Nein!« Mit einem Ruck werde ich wach und schnappe nach Luft, während mir der kalte Schweiß ausbricht. Ich setze mich auf, weil ich nicht richtig atmen kann. In der Dunkelheit neben mir regt sich etwas, und da fällt mir wieder ein, wo ich bin: mit Lachie im Bett.
»Alles in Ordnung?«, fragt er. Seine Stimme klingt tief und heiser vom Schlafmangel. Es muss mitten in der Nacht sein, denn draußen ist es noch immer stockfinster, soweit ich sehe.

»Nur ein Albtraum. Alles in Ordnung.« Ich lasse mich zurück aufs Kopfkissen sinken und versuche, ruhiger zu atmen.
Es war nur ein Traum. Nur ein Traum, sage ich mir immer wieder.
Bloß erwachsen manche Träume aus der Realität.
Nochmals regt sich etwas neben mir. Ich glaube, er hat sich wieder zur Wand gedreht. Jetzt fällt mir alles wieder ein. Unser Kuss, nun ja, unsere Küsse, und was sonst noch alles zwischen uns vorgefallen ist. Ich bin so bescheuert. Wahrscheinlich habe ich Lachie jetzt als Freund verloren, und das bloß, weil ich meine dämlichen Pfoten nicht bei mir behalten konnte.
Ich schließe die Augen und seufze tief.
»Worum ging es in deinem Traum?«
Ich fahre zusammen. Ich hatte gedacht, er hätte sich wieder zur Wand gedreht, aber stattdessen hat er sich mir zugewandt.
»Nichts«, murmele ich.
»Du hast Nein geschrien.«
»Wirklich?« Er hat mich gehört?
»Komm her.« Zu meiner Überraschung schiebt er den Arm unter meine Schultern und zieht mich an sich. Seine Brust ist nackt, und sofort versteife ich mich, aber dann begreife ich, dass er noch immer mein Freund ist, und entspanne mich wieder. Ich lege den Kopf auf seine Schulter und den rechten Arm über seine Brust. Er hält mich liebevoll an sich gedrückt und streicht mir mit der linken Hand übers Haar. Nach einer Weile beruhigt sich meine Atmung.
So schlafe ich wieder ein, in Lachies Armen.
Irgendwann in der Nacht müssen wir uns voneinander abgewandt haben, denn als ich wach werde, liege ich allein auf meiner Seite des Betts. Ich sehe zu Lachie. Er atmet langsam und regelmäßig, schläft noch immer tief und fest. Ich starre traurig an die Decke.
Diesen Traum hatte ich schon sehr lange nicht mehr. Das muss

an der Orgel gelegen haben. Ich hätte nicht wieder Orgel spielen dürfen.

Niedergeschlagen stehe ich auf und gehe ins Bad. Ich mag mich gerade selbst nicht sehen, und so weiche ich meinem Spiegelbild aus, ziehe rasch ein langes dunkelblau-weißes Kleid über und schlüpfe in meine Sandalen. Ich muss hier raus. Ich muss meinen Kopf auslüften.

An der Tür zögere ich und betrachte den schlafenden Lachie. Die Bettdecke ist herabgerutscht, und ich kann seinen breiten Rücken sehen, auf dem sich deutlich sichtbar die Muskeln abzeichnen. Als ich Trost brauchte in dieser Nacht, nahm er mich in die Arme. Ich verspüre einen befremdlichen Drang, wieder ins Bett zu schlüpfen und mit der Hand über seinen Brustkorb zu streichen. Offenbar brauche ich wirklich frische Luft.

Ich hinterlasse ihm eine Nachricht:

Bin spazieren. B x

Hoffentlich deutet er das X nicht falsch.

Draußen vor dem B&B wende ich mich instinktiv nach rechts und spaziere die Landstraße entlang. Es ist ein schöner, frischer, sonniger Morgen, und nach kurzer Zeit mündet die schmale Straße auf offene Felder. Sonnenschein fällt auf die Hügel.

Was für ein seltsamer Tag das gestern war. Ich habe Alex' Verlobte kennengelernt, und das ist mir nicht richtig gut bekommen. In letzter Zeit habe ich mich ihm sehr nahe gefühlt, aber jetzt möchte ich nur noch möglichst viel Abstand zwischen uns bringen. Zara ist kein gesichtsloser Name mehr, und das gefällt mir nicht, aber es musste sein.

Dann die Sache mit der Orgel – ich fasse es nicht, dass ich das getan habe. Ich hätte nicht gedacht, dass ich je wieder Orgel spielen würde, schon gar nicht in einer Kirche vor Publikum. Das hätte schrecklich schiefgehen können.

Und schließlich das mit Lachie. Ich seufze tief. Was habe ich mir dabei nur gedacht? Ich war betrunken. Mein pochender Schädel ist der Beweis. Aber das ist keine Entschuldigung. Er flirtet schon ewig mit mir – er ist eben ein Charmeur, so ist er einfach. Ich glaube, ich hatte nicht damit gerechnet, dass er weitergehen würde, und schon gar nicht damit, dass ich ihn lassen würde. Hätten wir wirklich fast Sex gehabt? *Er* hat *mich* geküsst, so war das doch? Oder habe ich ihn geküsst?

Tiefe Scham überkommt mich, und mein Gesicht brennt. Urplötzlich möchte ich rennen. Ich beginne zu laufen und rase einen breiten, unbefestigten Weg entlang, der mitten durch ein Weizenfeld führt. Der Weg fällt allmählich ab, ich werde immer schneller und muss mein Kleid festhalten. Das Laufen ist befreiend. Wenn mich jetzt jemand sehen könnte, wie ich da in meinem langen Kleid durch ein Feld renne wie eine Figur aus einem Jane-Austen-Roman, würde er mich für komplett irre halten. Bei diesem Gedanken muss ich laut lachen, wodurch ich noch verrückter wirke. Völlig außer Atem bleibe ich schließlich stehen und beuge mich vornüber. Ich habe überhaupt keine Kondition. In der Erde sind Risse, die so breit und tief sind, dass man denken könnte, hier bräche die Welt auseinander. Ich starre in die Tiefe der dunkelsten Risse und stelle mir vor, ich könnte bis nach Australien sehen. Auf einmal überfällt mich Heimweh, und ich breche aus heiterem Himmel in Tränen aus. Ich bin ganz allein, niemand wird meine Tränen sehen, niemand kann mich weinen hören. Und das ist auch gut so, finde ich. Ich zwinge mich, weiterzugehen, auch wenn ich dabei vor mich hin schluchze. Ich sollte Mum anrufen. Schon lange gehe ich ihr aus dem Weg und rufe immer nur samstagabends an, obwohl ich weiß, dass sie dann nicht zu Hause ist. Ich hinterlasse immer eine Nachricht, erzähle ihr, ich sei sehr beschäftigt und werde es ein andermal wieder versuchen. Was ich nie, niemals mache.

Ich schniefe und wische mir den Rotz ab. An meine Mutter zu

denken, macht mich eher wütend als traurig. Ich wünschte, Maria wäre hier. Sie hätte bestimmt ein Taschentuch.
Ich habe sie seit einer Ewigkeit nicht mehr gesehen. Sie ist noch mit Russ zusammen, das weiß ich, aber normalerweise übernachtet er bei ihr in Golders Green, und sie kommt nicht in die Stadt. Nächstes Wochenende habe ich eine Hochzeit, auf der sie auch arbeitet, also sehen wir uns bald. Ich nehme an, es läuft nach wie vor alles gut zwischen ihr und meinem *Hebe*-Kollegen.
Am nächsten Feld wende ich mich nach links und hoffe, dass ich so in einem Dreieck wieder zum B&B zurückkomme. Der Weg führt bergauf. Spinnweben glitzern in der Sonne. Die langen, seidigen Fäden, die über den hohen, von Tau benetzten Grashalmen liegen, drehen sich glitzernd im sanften Wind. Ich stapfe über den Weg und vernichte dabei winzige Wohnstätten und Lebensräume. Als ich den Gipfel des Hügels erreiche, habe ich mich wieder beruhigt. Ich bleibe einen Augenblick stehen, atme die frische Luft ein und betrachte dabei die Aussicht. Dann nehme ich den letzten Schenkel meines Dreiecks in Angriff, zurück zum B&B. Ich bin allein und summe vor mich hin, bis ich auf der anderen Seite der Hecke, die den Weg säumt, eine dunkle Gestalt entdecke und erschrocken zusammenfahre. Die Gestalt geht in die entgegengesetzte Richtung. Jetzt bleibt sie stehen, dreht sich um und sieht mich durch das Laub hindurch an. Es ist Lachie.
»Du hast mich zu Tode erschreckt!«, rufe ich.
Er grinst. »Entschuldige.«
»Was machst du hier?«
»Ich hatte Lust auf einen Spaziergang.«
»Ach was?«
»Ja. Wie komme ich zu dir?« Er deutet auf die Hecke.
Ich deute lächelnd hinter mich. Gerade eben bin ich an einer Lücke vorbeigelaufen. Ich warte, bis er bei mir ist.
»Alles gut?«, fragt er grinsend, als er zu mir aufholt, und seine hellblauen Augen funkeln.

Ich bin erleichtert. Es ist alles normal zwischen uns.
»Also habe ich es endlich zu dir ins Bett, aber nicht in dein Höschen geschafft«, sagt er.
Zu früh gefreut.
Ich boxe ihn an die Brust, und er lacht und nimmt mich in die Arme. »War nur ein Scherz, Bronnie. Alles okay?« Amüsiert sieht er mich an.
»Ja.« Ich zucke die Achseln. Seine starken Arme sind mir willkommen. Wir gehen weiter, aber meine Gedanken überschlagen sich, und irgendwann kann ich mich nicht mehr zurückhalten.
»Was hattest du eigentlich vor? Wolltest du einfach mit mir vögeln, ohne zu verhüten?«
»Nein, ich habe ein Kondom in der Brieftasche.« Er verzieht das Gesicht, als wollte er sagen: O Mann!
»Hätte ich mir denken können«, murmele ich und löse mich von ihm.
»Was? Bist du jetzt etwa sauer auf mich?«, fragt er ungläubig.
»Weil ich Safer Sex praktiziere?«
»Ganz und gar nicht«, sage ich verbindlich. »Ich bin sicher, du praktizierst *oft* Safer Sex.«
»Jetzt wirfst du mir also vor, ich sei leicht zu haben.« Er grinst mich an.
»Bist du das etwa nicht?« Ich erwidere das Lächeln nicht.
»Hängt von deiner Definition ab«, sagt er frech.
Ich schnalze mit der Zunge. »Ich fasse es nicht, dass ich mich von dir habe küssen lassen«, murmele ich.
Er stellt sich vor mich und legt mir die Hände auf die Hüften, so dass ich stehen bleiben muss. »Willst du noch mal?«, fragt er verführerisch und sieht mir in die Augen. Mistkerl. Jetzt werde ich schon wieder rot.
»Hörst du endlich mal auf?«, fauche ich, schubse ihn zur Seite und stürme davon.
»Ich ziehe dich doch nur auf«, ruft er und läuft mir hinterher.

»Tja, lass es einfach. Ich bin nicht in Stimmung.«
Er steckt die Hände in die Taschen. »Also ... gestern war strange.«
Ich lache auf. »Was du nicht sagst.«
»Hast du wirklich eine Kirchenphobie?«
Stimmt. Das habe ich ihm ja erzählt. Ich versuche, mir nichts anmerken zu lassen. »Ich mag Kirchen nicht, nein.«
»Ich dachte, du willst mich auf den Arm nehmen, aber du kanntest den Fachbegriff und alles.«
»Ecclesiophobie.« Ich zögere. »Vielleicht habe ich ein bisschen übertrieben, es ist keine richtige Phobie, aber ich mag Kirchen definitiv nicht.«
Wir gehen weiter. Er mustert mich nachdenklich.
»Wo hast du gelernt, Orgel zu spielen?« Ich weiß, er ist verwirrt. Wäre es wirklich so schlimm, ihm die Wahrheit zu erzählen?
Ich schlucke. »Mein Vater hat es mir beigebracht.«
»Dein Vater?«
»Er war Kirchenorganist.«
»Ach?«
»Ich spreche eigentlich nicht gerne darüber.« Ich sehe ihn an.
Er schweigt, aber nicht lange. »Ich dachte, du wärst so durch den Wind, weil du Alex' Zukünftige kennengelernt hast.«
Ich schnaube und entspanne mich ein wenig. »Das war nicht das Angenehmste, was mir je passiert ist«, gebe ich zu, obwohl ich daran nun wirklich selbst schuld bin.
Seine Miene wird weicher, und dann zieht er mich erneut in die Arme. Ich leiste keinen Widerstand.

Als wir zurück ins B&B kommen, wird gerade das Frühstück serviert, also gehen wir direkt in den kleinen Frühstücksraum. Alex und Zara sitzen an einem Tisch am Fenster. Der Anblick trifft mich ein bisschen.
»Morgen«, sagt Alex und lächelt uns verhalten zu.
»Hey«, erwidert Lachie.

»Hi«, sagen Zara und ich gleichzeitig. Sie trägt eine enge blaue Jeans und einen makellos weißen Pulli. Die blonden Haare hat sie zu einem Pferdeschwanz gebunden. Sie trinkt einen Schluck Tee und stellt die Porzellantasse sanft wieder auf die Untertasse. Leises Klirren von Besteck und Geschirr erfüllt den Raum.
Lachie zieht mir einen Stuhl von einem quadratischen Tisch vor und setzt sich mir gegenüber. Seine Höflichkeit erstaunt mich, aber ich widerstehe dem Impuls, ihn damit aufzuziehen.
»Gut geschlafen?«, fragt Alex uns mit erhobener Augenbraue. Unwillkürlich sehe ich Lachie an. »Ja«, erwidere ich achselzuckend und weigere mich, zu erröten. »Und ihr?«
»Ziemlich gut, ja«, erwidert Alex.
»Geht es dir besser?«, frage ich Zara, bemüht, nett zu ihr sein.
»Hm?«, fragt sie verwirrt. Alex wirft ihr einen Blick zu. »Ach so, ja, mir geht's gut«, lässt sie mich abblitzen.
Esther und ihr Freund kommen herein. »Guten Morgen«, sagt Esther fröhlich und setzt sich an den Tisch neben uns. »Wie geht's euch allen?«
»Na ja, ich habe Kopfschmerzen«, antworte ich selbstmitleidig.
»Oje«, sagt sie mitfühlend. »Hast du Kopfschmerztabletten?«
»Nein.«
»Aber ich. Ich hole sie dir nach dem Frühstück.«
»Danke.« Ich lächele sie an.
Die Wirtin des B&B kommt, nimmt unsere Bestellungen auf und geht zurück in die Küche.
»Wann fahren wir zurück?«, fragt Esther Alex.
»Bald, wenn euch das recht ist«, erwidert er.
»Klar. Wie kommt ihr zurück nach London?«, fragt sie Lachie und mich.
»Mit dem Taxi zum Bahnhof, dann mit dem Zug.«
»Wo wart ihr übrigens gestern Abend?«, fragt sie stirnrunzelnd. »Mike hat euch gesucht. Er wollte fragen, ob ihr eine Mitfahrgelegenheit zurück zum B&B braucht.«

»Ach, das hat er? Das war aber nett von ihm«, sage ich unschuldig. Lachies Grinsen ignoriere ich, so gut ich kann, und unterm Tisch trete ich ihm mit voller Absicht auf die Zehen. Er kichert, was nicht hilfreich ist.

Später im Zug sitzen wir Seite an Seite in Fahrtrichtung. Er hat auf seine lässige, ungezwungene Art den Arm um mich gelegt, und ich habe mich an ihn angelehnt und fühle mich unerklärlich zufrieden.
»Danke, dass du mitgekommen bist«, sage ich und sehe ein wenig benommen aus dem Fenster.
»Aber immer«, murmelt er und streicht mir ein paar verirrte Strähnen aus dem Gesicht. Ich genieße seine Berührung, aber dann fällt mir wieder ein, dass ich ihn nicht ermutigen sollte. Widerstrebend löse ich mich von ihm.
»Das mit gestern Abend tut mir leid«, sage ich zu meiner eigenen Überraschung. Er antwortet nicht, und ich sehe ihn an.
»Vergiss es einfach«, sagt er ernst und erwidert meinen Blick. »Ist ja nichts passiert, oder?«
Ich sehe wieder aus dem Fenster. »Nein«, sage ich leise. »Ist ja nichts passiert.«

Kapitel 19

Möglicherweise geht gerade irgendein Virus um, oder aber die Ereignisse des vergangenen Wochenendes haben mich eingeholt. Jedenfalls kann ich am Montagmorgen einfach nicht aufstehen. Ich weiß nicht genau, was ich habe, aber es geht weit über Erschöpfung hinaus. Ich fühle mich völlig ausgelaugt.
Ich melde mich krank, verbringe den Vormittag im Bett und versuche, nicht allzu viel über die Ereignisse bei der Hochzeit nachzudenken. Mit einem Mal vermisse ich Australien und mein unkompliziertes Leben in Sydney – als ich noch stellvertretende Bildredakteurin war und sonst nicht viel passierte. Ein Anruf bei meiner Mutter würde mich sofort von meinem Heimweh kurieren. Bridget hat erzählt, dass sie am Samstag wieder angerufen hat. Wenn ich erst mit ihr gesprochen habe, bin ich bestimmt ziemlich froh, am anderen Ende der Welt zu sein. Seufzend greife ich zum Telefon und wähle ihre Nummer.

Es fühlt sich komisch an, als ich am nächsten Morgen zum ersten Mal nach drei Wochen wieder die trubelige Redaktion betrete. Gestern stellte Simon dem übrigen Team unsere Redesign-Ideen vor, und wie ich höre, sind sie gut angekommen. Gleich diese Woche beginnen wir damit, den neuen Magazinlook mit den längerfristigen Feature-Projekten und Modeseiten umzusetzen, und nächste Woche machen wir dann das erste Heft im neuen Gewand. Wir bringen das Nelly-Lott-Shooting als unser erstes Promihaus-Feature, und ich arbeite bereits am nächsten.

Ich werde unsanft wieder auf den Boden der Tatsachen zurückgeholt, denn Nicky überschüttet mich mit Arbeit, und so bleibt mir keine andere Wahl, als mich mit Volldampf hineinzustürzen. Wahrscheinlich ist das nur gut so. Nachdem ich Zara jetzt kennengelernt habe, halte ich mich ganz instinktiv von Alex fern. Einige Male ertappe ich ihn dabei, dass er mir befremdete Blicke zuwirft, und am Donnerstag kommt er sogar an meinen Schreibtisch und fragt mich, ob ich eine Tasse Tee möchte. Ich lüge ihm vor, ich würde gerade eine Detox-Kur machen. Dann lächele ich ihn flüchtig an und arbeite weiter. Die Woche ist kräftezehrend, und am Freitagabend entschuldige ich mich bei den anderen und fahre direkt nach Hause. Am nächsten Tag habe ich wieder eine Hochzeit, und zwar eine große. Nach allem, was ich von Rachel gehört habe, gehört der Familie des Bräutigams das halbe Land.

Am nächsten Morgen ruft Rachel ganz früh an. Noch nie habe ich sie so verstört erlebt. »Ich kann nicht. Ich kann einfach nicht. Ich habe mich die ganze Nacht übergeben. Das kann ich nicht riskieren. Stell dir vor, ich würde alle anstecken? Womöglich würde ich der Braut aufs Kleid kotzen! Ach, Bronte, diesmal musst du es allein machen!«
»Aber ...« Ach, du Scheiße! »Was ist mit Sally?«, frage ich ratlos.
»Die ist im Urlaub.«
»Lina und Tom?«
»Nein, sie haben diese Hochzeit ja an mich abgegeben, weil sie sie nicht selbst übernehmen konnten. Du schaffst das schon!«, beharrt sie. »Maria wird dich moralisch unterstützen. Sie ist in meiner Kfz-Versicherung eingetragen, sie kann also fahren. Vielleicht kann sie ja auch die Aufnahmen vom Bräutigam übernehmen. Wir werden ihnen einen Rabatt gewähren müssen, aber ich weiß nicht, was ich sonst machen soll.«

»Okay. Okay. Alles wird gut«, sage ich und hoffe, dass mein Tonfall nicht verrät, wie nahe ich der Hysterie bin.

»Wo ist Rachel?«, fragt Binky, die Braut, mit einem unglaublich versnobten Oberschichtakzent, als der Mann – der Butler? – unsere Ankunft meldet.
»Hat sie nicht angerufen?«, frage ich nervös und betrete das opulente Wohnzimmer, wo die Braut in einem weißen Seidenmorgenmantel an einem kleinen Holztisch am Fenster sitzt und Tee aus einer Porzellantasse trinkt.
»Das Telefon hat den ganzen Morgen in einem fort geläutet. Mama hat es wahrscheinlich ausgestöpselt.«
»Oh. Verstehe. Tja, Rachel geht es leider gar nicht gut«, sage ich bemüht mitfühlend. »Aber das macht nichts. Ich kümmere mich um die Fotos, und Maria hilft mir, sobald sie mit Ihren Haaren und dem Make-up fertig ist.«
Eine zweite Tür im Wohnzimmer öffnet sich, und eine Frau in mittlerem Alter fegt herein. Sie ist hübsch und bewegt sich mit der Selbstsicherheit der Privilegierten. »Wer sind Sie?«, fragt sie arrogant.
»Ich bin Bronte«, sage ich herzlich und reiche ihr die Hand. »Ich bin Rachels ... Kollegin«, beschließe ich im letzten Augenblick zu sagen. Ich fürchte, hier würde ein bloßes »Assistentin« nicht allzu gut ankommen.
»Wo ist Rachel?«, fragt die Frau und wirft mir einen unfreundlichen Blick zu, während sie kurz meine Fingerspitzen schüttelt. Sie meint wohl, es lohne nicht, mir ihre ganze Hand anzubieten.
»Ich fürchte, sie hat sich einen Virus eingefangen.« Ich rücke lieber gleich damit heraus.
»Igitt.« Die Frau reißt ihre Hand weg, als könnte ich ansteckend sein.
»O Mama, war sollen wir nur tun?«, stößt Binky weinerlich hervor, stellt ihre Teetasse klirrend auf die Untertasse und steht auf.

»Mama« eilt an ihre Seite. »Alles wird gut, Liebes. Wir stehen das durch.«
»Bronte ist wirklich eine ausgezeichnete Fotografin«, meldet Maria sich hilfsbereit zu Wort. »Rachel sagt mir täglich, wie gut sie ist.«
Ich lächele sie an.
»Wie viele Hochzeiten haben Sie bereits fotografiert?«, fragt Binky und legt besorgt die Hände an die Wangen.
»Ach ...« Ich kräusele die Nase.
»Zu viele, um sie noch zu zählen«, antwortet Maria an meiner Stelle.
Ich glaube, dies ist meine siebte, aber wenn ich Petes und Sylvies mitzähle, war ich dieses Jahr bereits auf acht Hochzeiten. Bloß klingt acht noch immer nicht sonderlich beeindruckend.
»Sollen wir dann anfangen?«, fragt Maria liebenswürdig.
»Gewiss doch, das scheint mir angeraten«, sagt Binkys Mutter.
Gewiss doch, das scheint mir angeraten. Ein einfaches Ja tut es wohl nicht. Und dieser Akzent! Ehrlich, diese Leute würden hervorragend in den Buckingham Palace passen.

Binky und ihr Zukünftiger, Charles, heiraten in der Kathedrale von Ely. Stretchlimousinen bringen uns von Binkys Landsitz in Cambridgeshire dorthin. Um fünfzehn Uhr soll es losgehen.
Die Braut sieht zeitlos-klassisch aus in ihrem langen Meerjungfrau-Brautkleid aus weißer Spitze. Träger und Taille sind mit winzigen Diamanten und Perlen besetzt, und dazu trägt sie leuchtend weiße Handschuhe. Die dunklen Haare sind zu einem kunstvollen, enggedrehten Knoten auf dem Oberkopf frisiert, und dazu trägt sie Perlenohrhänger, dunkelroten Lippenstift und einen geschwungenen, dicken schwarzen Lidstrich. Sie sieht aus wie ein Starlet aus den vierziger Jahren und könnte direkt von einem Film-Set kommen.
Das kann ich eigentlich kaum vermasseln. Sie wird phantastisch aussehen, egal, was ich mache.

Die Kathedrale von Ely, die wegen ihrer unverwechselbaren, hoch über der flachen, feuchten Landschaft aufragenden Form hier in der Gegend auch »Schiff der Fens« genannt wird, ist eine prachtvolle normannische Kirche, wie ich noch nie eine gesehen habe. Auf der Fahrt dorthin erzählt der Chauffeur mir ein bisschen darüber – Binkys Mutter hat mich neben ihn auf den Beifahrersitz verbannt. Die kurze Atempause ist mir nur recht; der Vormittag war anstrengend. Maria sitzt im anderen Wagen bei den fünf Brautjungfern, aber sobald wir ankommen, wird sie mir assistieren. Es war ein wenig Überzeugungsarbeit nötig, bis sie bereit war, in meine Fußstapfen zu treten. Zu sagen, sie sei nicht gerade scharf darauf gewesen, wäre eine unglaubliche Untertreibung. Am Ende hat Rachel sie einfach bestochen. Ich glaube, sie hat sich verpflichtet, in den nächsten sechs Monaten den ganzen Abwasch allein zu erledigen, und ich weiß, dass sie Maria außerdem gut bezahlt. Wenn wir das heute bloß ordentlich über die Bühne bringen, wird alles gut.

Ich benutze Rachels Ausrüstung, und Maria hat meine, wobei die Hälfte meiner Ausrüstung ohnehin Sally gehört. Aber ich will demnächst in ein paar neue Objektive investieren. Als wir an der Kathedrale sind, gehe ich mit Maria hinein, um ein paar Fotos vom Bräutigam zu machen. Sie hat früher schon ein bisschen mit Rachels Kameras herumgespielt, aber ich rate ihr, im Zweifel mit dem zentralen Fokus-Messfeld und einer höheren Blendenzahl zu arbeiten. Ich bin sicher, Rachel hat lieber gutgemachte Fotos, als dass Maria experimentiert und am Ende alle Fotos unscharf sind. Aber bestimmt wird sie das ohne Probleme meistern.

Ich fotografiere die Hochzeitsgesellschaft auf dem gepflegten Rasen vor dem Hintergrund der cremefarbenen Kathedrale; dann eile ich hinein und schnappe nach Luft: Es ist ein sehr langer Weg bis zum Altar.

Die Kathedrale von Ely ist riesig, kalt und schön, genau wie alle anderen Kirchen, in denen ich war, nur in *viel* größerem Maß-

stab. In Anbetracht ihrer Größe ist es sonderbar, dass sie mich nicht so aus der Fassung bringt wie die kleineren Kirchen bisher. Während ich durch den Mittelgang eile, blicke ich nach oben zu den Deckengemälden. Die Details wollte ich eigentlich nach dem Gottesdienst aufnehmen, aber ich kann nicht widerstehen und mache jetzt schon ein paar Fotos. Die Kathedrale ist für Besucher geöffnet; nur der Bereich ganz vorn ist mit Kordeln abgesperrt. Der Bankschmuck besteht aus gewaltigen Arrangements aus kaskadenartig herabfallenden grünen und weißen Blumen.
Ich stelle mein Einbeinstativ hinter dem Pult auf und mache einige Aufnahmen vom Bräutigam mit dem gewaltigen Raum der Kathedrale im Hintergrund. Er trägt einen schwarzen Cutaway mit einer hellgrauen Weste und einer Krawatte in gedecktem Orange. Ich bleibe bei Rachels 24–70-mm-Objektiv, damit ich zwischen dem Bräutigam in meiner Nähe und der durch den Mittelgang kommenden Braut wechseln kann. Zu diesem Zeitpunkt traue ich mich nicht mehr, das Objektiv zu wechseln; dafür bin ich zu nervös. Die Klänge der Orgel schallen durch den weitläufigen Raum, und der Bass lässt meinen ganzen Körper vibrieren.
Energisch schüttele ich den Kopf und zwinge mich, mich auf meine Aufgabe zu konzentrieren. Da kommt die Braut. Es ist ein langer Weg für Binky, ihre fünf Brautjungfern und zwei Blumenmädchen, aber sie scheinen jede Sekunde zu genießen. Noch nie habe ich einen so einheitlichen Brautzug gesehen: Alle Brautjungfern tragen lange Meerjungfraukleider in gedecktem Orange, sind schlank, attraktiv und ungefähr gleich groß. Die beiden Blumenmädchen sehen sehr niedlich aus in ihren weißen Spitzenkleidchen mit farblich passenden orangen Schärpen. Ich frage mich, ob Binky überhaupt unattraktive Freundinnen hat. Irgendwie bezweifle ich es. Und falls doch, dann hatten die Ärmsten jedenfalls nie eine Chance, es bis in den Brautzug zu schaffen. Das Auswahlkriterium für diese Gruppe scheint die Makellosigkeit gewesen zu sein.

Ich hatte mich darauf gefreut, einmal ganz vorn zu stehen, wo sonst Rachels Platz ist, aber nun bin ich ein bisschen enttäuscht. Die Kathedrale fühlt sich zu groß an, und ich weiß nicht, ob Braut und Bräutigam oder auch die Gäste die Trauung richtig intensiv erleben. Nirgendwo werden Augen mit Taschentüchern trockengetupft, und überhaupt sehe ich kaum Emotionen in den Gesichtern. Einmal ertappe ich mich sogar dabei, dass ich einer Gruppe japanischer Touristen, die das Oktogon der Kathedrale fotografieren, mehr Aufmerksamkeit schenke als der Hochzeit.
Sobald der Gottesdienst zu Ende ist, renne ich, so schnell ich kann, außen an den Kirchenbänken vorbei, um die frisch Vermählten fotografieren zu können, wenn sie durch den Mittelgang auf mich zukommen. Allerdings ist das alles nur Schau: Sie haben es nicht eilig, diese schöne Kathedrale zu verlassen. Als die beiden das Ende des abgesperrten Bereichs erreichen, machen sie kehrt und gehen zurück, um ihre Gäste zu begrüßen.
Da meine Speicherkarte fast voll ist, knie ich mich auf den Boden, hole den winzigen schwarzen Behälter mit den Speicherkarten aus der Fototasche und tausche die Karte aus.
»Sind ein paar gute dabei?«
Als ich hochblicke, steht eine übergewichtige amerikanische Touristin mittleren Alters vor mir. Ich unterdrücke ein Seufzen.
Aber dann kann ich nicht widerstehen. »Nein, ehrlich gesagt habe ich heute einen schlechten Tag.«
»Was?« Sie blickt entgeistert, doch dann grinst sie. Sie lacht mich aus. »Ihr Briten seid so komisch«, sagt sie und watschelt davon. Eigentlich bin ich ja Australierin.
Ich nehme meine Fototasche, gehe zu Maria, und wir machen noch zig Schnappschüsse in der Kathedrale, bevor wir zu den Gruppenaufnahmen mit den Gästen nach draußen auf den Rasen gehen.
Diese Gruppenaufnahmen gestalten sich ganz anders, als ich es sonst kenne: Die politischen Verwicklungen können es mit denen im Parlament locker aufnehmen. Binkys Vater lebt von ihrer

Mutter getrennt. Cousin Ernest muss eine Bannmeile um Großmutter Beatrice einhalten. Tante Rose und Onkel Bertie sprechen seit drei Jahren nicht mehr miteinander. Wir bekamen strikte Anweisung, diese Gäste bloß nicht miteinander in eine Gruppe zu packen, und die Liste mit all den Aufnahmen, die Binky und Charles haben wollen, ist sehr lang.
Am Ende der Gruppenaufnahmen habe ich hämmernde Kopfschmerzen, die, da bin ich sicher, nur der Alkohol kurieren kann. Zum Glück hilft Maria mir. Ohne sie wäre ich verloren.
»Brauchst du noch eine Speicherkarte?«, frage ich sie.
»Meine ist bald voll, ja.«
»Dann tausch sie lieber jetzt vor der Feier aus.«
Ich nehme die Fototasche von der Schulter, öffne sie und suche darin nach dem kleinen schwarzen Behälter, in dem ich die Speicherkarten aufbewahre. Er ist nicht da. Ich öffne den Reißverschluss der Tasche vollständig und durchsuche sie erneut. Kein Zweifel: Der Behälter ist weg.
Innerhalb von Sekunden zeigen sich bei mir sämtliche Symptome einer schweren Grippe: Mir wird heiß und kalt, ich fühle mich fiebrig, verschwitzt und klamm, und schließlich habe ich auch noch das Gefühl, Rachels Magen-Darm-Virus hätte mich ebenfalls erwischt. Es ist passiert. Mein schlimmster Albtraum ist wahr geworden. Ich habe die Speicherkarten verloren. Eine ganze Hochzeit: einfach futsch.
Ich glaube, ich werde gleich ohnmächtig.
»Was ist?«, fragt Maria.
»Ich kann die Speicherkarten nicht finden!«, flüstere ich verzweifelt.
»Alles in Ordnung?« Ich blicke auf: Charles steht neben mir.
»Ja, alles in Ordnung«, antworte ich forsch.
»Die Wagen warten«, sagt er.
»Wir kommen gleich«, sagt Maria, während ich eilig meine Fototasche schließe.

»Sogleich, wenn ich bitten darf.«
Fassungslos über diesen Ton blickt Maria ihm hinterher.
»Lass ihn einfach«, zische ich Maria zu. Wo sind sie nur? Wo zum Teufel sind die Dinger? Ich sause zurück in die Kathedrale und versuche, meinen Weg nachzuvollziehen. Wann habe ich den Behälter zuletzt gesehen? Plötzlich habe ich eine Eingebung. »*Sind ein paar gute dabei?*« Gewiss doch! Ich meine, JA! Die Touristin hat mich abgelenkt; so ist es passiert. Ich laufe zurück ans obere Ende des abgesperrten Bereichs und sehe mich hektisch um. Keine Spur des kleinen schwarzen Behälters. Ich falle auf die Knie und fürchte schon, dass ich vielleicht für immer hierbleiben muss, wenn ich diese verdammten Speicherkarten nicht finde, aber dann erspähe ich den Behälter unter einem Stuhl. Vor lauter Erleichterung bin ich kurz davor, den Blick zur wunderschönen Deckenmalerei zu heben und Gott zu danken, das schwöre ich. Rasch vergewissere ich mich, dass die Speicherkarten auch im Behälter sind, und laufe aus der Kirche. Draußen halte ich Maria den erhobenen Daumen hin und strahle sie an, als hätte ich im Lotto gewonnen. Dann steige ich in die Limousine und ignoriere die finsteren Mienen der Menschen, die ich habe warten lassen.
Das war knapp.
Noch nie habe ich mich mehr auf die Pause gefreut. Von dem ganzen Adrenalin ist mir ein bisschen schwindlig. Hungrig machen wir uns über unsere Käse-Pickles-Sandwiches her – kein Filet Mignon für uns arme Schlucker.
»Ausgerechnet diese Hochzeit allein machen zu müssen«, murrt Maria. »Ich weiß gar nicht, ob Rachel selbst schon mal eine so schlimme hatte.«
»Und diese familienpolitischen Verwicklungen!«, rufe ich aus. »Die Gruppenaufnahmen waren der reinste Albtraum!«
»Es ist eine Schande, dass diese Leute sich nicht mal um ihrer Kinder willen wieder vertragen«, sagt sie.

»Hm-hm.« Ich lasse mir mein Sandwich schmecken. »Wie geht es dir eigentlich?«, frage ich zwischen zwei Bissen. »Ich habe dich in letzter Zeit kaum gesehen.«

»Stimmt.« Sie lässt die Mundwinkel hängen. »Ich habe mich ein bisschen zurückgezogen und bin viel mit Russ zu Hause geblieben.«

»Wie läuft es denn bei euch beiden?«

Sie nickt und blickt auf ihren Teller. »Toll«, sagt sie, aber ihre Stimme bricht, und plötzlich verzieht sie das Gesicht und bricht in Tränen aus.

»Was ist denn?«, frage ich entgeistert, springe auf und laufe um den Tisch herum zu ihr, um sie zu trösten.

»Ach Gott, ich wollte eigentlich nichts sagen«, schluchzt sie.

»Was ist los?«

»Bitte sag es niemandem weiter. Nur Rachel und Russ wissen Bescheid.«

»Ich schwöre, ich sage kein Sterbenswort.« Energisch schüttele ich den Kopf.

Sie sieht mich an, und die Tränen strömen aus ihren warmen braunen Augen. »Ich bin schwanger.«

»Bist du sicher?« Ich bin erschüttert.

Sie nickt. »In der zehnten Woche.«

Ich denke einen Moment nach.

»Lake District«, murmelt sie und wird knallrot.

Ich weiß nicht, was ich sagen soll. Wir waren dabei, als die beiden *ein Baby gezeugt haben*? »Was wirst du jetzt tun?«, frage ich schließlich.

»Ich weiß es nicht. Ach Bronte, meine Eltern werden mich verstoßen!«, jammert sie.

»Quatsch«, fahre ich sie ein wenig ungeduldig an. Wer tut denn so etwas heutzutage noch?

»Du kennst meine Eltern nicht. Sie versuchen seit Jahren, mich zu verheiraten. Sie glauben, ich sei immer noch Jungfrau.«

»Tja, dann ist das eben ein kleiner Schock für sie, aber mehr auch nicht. Es haben schon immer Leute uneheliche Kinder bekommen.«
Sie schüttelt den Kopf, und jetzt fällt mir auch auf, wie blass sie ist.
»Du hast ja keine Ahnung.«

Kapitel 20

Diese Hochzeit war so schrecklich, dass ich es am Montagmorgen tatsächlich kaum erwarten kann, Alex davon zu erzählen. Aber zu meiner Enttäuschung ist er nicht da.
»Wo ist Alex?«, frage ich Tim, seinen Kollegen in der Graphik.
»Nicht da.«
»Oh.« Ich hatte gehofft, dass er heute mit mir zum aktuellen Promihaus-Shooting kommt. Wir fotografieren den Star einer Reality-TV-Show, eine Mischung aus Bad Boy und Märchenprinz, in seinem Haus in Wimbledon. »Ist er krank?«
Tim zuckt die Achseln. »Private Probleme.«
Auch am nächsten Tag kommt er nicht zur Arbeit. Am Mittwoch mache ich mir bereits richtig Sorgen um ihn, doch als ich aus der Teeküche komme, fahre ich zusammen, denn er sitzt unverhofft an seinem Schreibtisch und starrt auf seinen Bildschirm.
»Hey!«, begrüße ich ihn herzlich. »Alles in Ordnung?«
Er sieht mir in die Augen, aber er wirkt ausgebrannt und völlig erschöpft. »Ja«, sagt er leise, ohne die Spur eines Lächelns. »Mir geht's gut.«
»Bist du krank?«, frage ich einem Impuls folgend, obwohl ich nicht sicher bin, ob er darüber reden möchte.
»Ähm ...« Er senkt den Blick und schiebt Korrekturfahnen über seinen Schreibtisch. »Ja. Mir geht's nicht so toll.«
Er will eindeutig nicht darüber reden. Ich respektiere das und gehe wieder an die Arbeit. Nicky hat diese Woche Urlaub, und ich vertrete sie. Dadurch rückt auch Helen eine Stufe auf und ist

jetzt viel netter. Zusätzlich ist für die Zeit von Nickys Urlaub eine freiberufliche Assistentin eingesprungen.

»Es ist ein Junge!«, ruft Simon laut, ehe ich mich setzen kann. »Joe Strike hat einen Sohn bekommen.« Gleich darauf drängen sich alle um seinen Schreibtisch und machen »ooooh« und »aaah«, ich eingeschlossen.

Joseph Strikes Management hat eine Pressemitteilung mit einem einzigen Publicityfoto herausgegeben, das den Schauspieler mit seiner Verlobten zeigt, die ein hübsches Baby im Arm hält.

»Alex?« Simon sieht sich nach ihm um, doch er steht nicht bei uns, sondern sitzt noch an seinem Schreibtisch und starrt wie benommen auf den Bildschirm. »Alex!«, ruft Simon, und er fährt hoch. Simon winkt ihn zu sich. Wir Übrigen zerstreuen uns wieder.

»Bronte, du bleibst hier«, befiehlt Simon, während Alex, bleich und mitgenommen, zu uns kommt.

»Joe Strike hat also einen Sohn. Ich will die drei auf dem Cover unseres nächsten Hefts haben«, bestimmt Simon. »Lisa?«, ruft er unserer freundlichen Nachrichtenredakteurin zu, die Pete, den Leiter der Nachrichtenredaktion, während dessen Flitterwochen vertritt. »Wir müssen das besprechen.« Er steht auf und geht uns voran in den Besprechungsraum.

Unterwegs schnappe ich mir einen Notizblock von meinem Schreibtisch. Simon skizziert seine Pläne für das Heft. Lisa und ich nicken und machen hin und wieder Vorschläge, aber Alex ist eigenartig still.

Die nächsten beiden Tage vergehen wie im Flug. Ich versuche, Fotos von Joe und seiner Verlobten aufzutreiben, und wir bringen noch mal die Bilder mit dem dicken Babybauch. Das Management hat uns ein Exklusivfoto des glücklichen Paars mitsamt Baby überlassen – zu einem deftigen Preis, aber das gesamte Geld geht an eine Wohltätigkeitsorganisation. Meine Arbeit macht mich ganz euphorisch. Ich kann sie viel mehr genießen, wenn Ni-

cky nicht da ist, und sogar Helen beeindruckt mich mit ihrer neuen Begeisterung. Die zusätzliche Verantwortung tut mir gut; ich organisiere Fotoshootings und bin bei zwei besonders wichtigen mit sehr bekannten Stars persönlich dabei, um die künstlerische Leitung zu übernehmen. Das einzige Problem ist Alex, der total am Ende zu sein scheint. Als Nickys Vertretung muss ich enger mit ihm zusammenarbeiten, und deswegen drucke ich von den Fotos der Shootings Kontaktabzüge aus, die wir gemeinsam bearbeiten. Außerdem muss ich mir regelmäßig Fotos auf seinem Bildschirm ansehen, um sicherzustellen, dass sie im Layout auch scharf genug sind – die Auflösung der Digitalfotos von Lesern ist häufig nicht hoch genug, um sie im Druck zu verwenden. Jedes Mal, wenn ich mehr oder weniger allein mit ihm bin, frage ich ihn, ob alles in Ordnung ist, und jedes Mal behauptet er, es gehe ihm gut. Aber in die Augen sieht er mir fast nie.
Am Freitag macht er so früh wie möglich Feierabend. Schweren Herzens schaue ich ihm hinterher. Wenn ich nur wüsste, was los ist.
Ich habe am nächsten Tag wieder eine Hochzeit und gehe deswegen heute Abend auch nicht aus. Lachie habe ich seit zwei Wochen nicht gesehen, ihm aber mehrere SMS geschrieben, um die Freundschaft nicht einschlafen zu lassen. Ich weiß, dass er so oft wie möglich im Pub arbeitet, um ein bisschen mehr Geld zu verdienen. Außerdem macht er jetzt in Camden Straßenmusik, wenn er nicht im Pub arbeitet, um kein Geld für U-Bahn-Fahrten ins Zentrum zu verschwenden.

Im Auto unterwegs zur Hochzeit in Guildford erzählt Rachel mir, die Eltern der Braut seien geschieden.
»O Mann«, stöhne ich. »Das Taktieren bei den Gruppenfotos auf der letzten Hochzeit war ein einziger Albtraum. Das war der stressigste Teil des Tages.« Dass ich beinahe die Speicherkarten verloren hätte, habe ich nicht erwähnt.

»Noch stressiger, als zu glauben, du hättest die Speicherkarten verloren?«, fragt sie trocken und wirft mir einen amüsierten Blick zu.
Ich blicke angemessen beschämt. »Hat Maria es dir erzählt?«
Sie lacht. »Ja. Keine Sorge, das ist mir auch schon passiert. Das ist der totale Albtraum, nicht wahr?«
»Mit das Schlimmste, was mir je passiert ist«, gebe ich zu. Möglicherweise übertreibe ich da ein bisschen, aber es war jedenfalls ein fürchterlicher Schreck.
»Ich habe den Behälter jetzt an einem Clip in meiner Fototasche befestigt, damit er mir nicht noch einmal verlorengeht.«
»Das ist eine gute Idee.« Ich zögere. »Wie geht es Maria?« Seit der letzten Hochzeit habe ich sie nicht mehr gesehen. Auf meine Anrufe reagiert sie nicht, nur auf meine SMS. Sie versuche noch immer, sich über alles klarzuwerden, schrieb sie. Russ wirkt bei der Arbeit beinahe genauso niedergeschlagen wie Alex, doch da Maria mich bat, Stillschweigen zu bewahren, spreche ich ihn nicht darauf an.
»Es geht ihr … nicht so gut«, sagt Rachel verhalten.
»Hat sie es schon ihren Eltern erzählt?«
»Das will sie dieses Wochenende machen.«
»Oh, wow. Hätte ich das gewusst … Dann hätte ich ihr Glück gewünscht.«
Allerdings wird sie weit mehr brauchen als nur meine guten Wünsche, fürchte ich.
»Wenigstens hat sie Russ als moralische Unterstützung dabei.«
»Russ begleitet sie?« Ich weiß nicht, warum mich das so überrascht – Russ ist ja ein netter Kerl –, aber so, wie es klang, wird das ein schweres Gespräch. Und sie befinden sich noch ganz am Anfang ihrer Beziehung. Das ist eine große Belastung für eine junge Liebe.
»Er hat darauf bestanden«, erwidert Rachel und wirft mir einen vielsagenden Blick zu.

Meine neunte Trauung in diesem Jahr findet in einer Dorfkirche am Rande von Guildford statt. Für die anschließende Hochzeitsfeier gehen wir in den Park eines Landsitzes in der Nähe. Louisa, die siebenundzwanzigjährige Braut, hat zwei Väter. Ihre Eltern trennten sich, als ihre Mutter noch mit ihr schwanger war. Dadurch hat sie einen Stiefvater, der sie von ihrem ersten Lebensjahr an mit aufzog, und einen biologischen Vater, zu dem die Beziehung in den letzten zehn Jahren immer enger geworden ist. Sie sagt, das Schwierigste an den ganzen Hochzeitsvorbereitungen sei der Versuch gewesen, sich zwischen den beiden zu entscheiden. Doch dann sei ihr klargeworden, dass sie das eigentlich gar nicht muss. Als sie jetzt mit einem Vater zur Linken und einem weiteren Vater zur Rechten durch den Mittelgang schreitet, bleibt kaum ein Auge trocken. Beide Männer lächeln stolz – ich nehme keine Spur von Konkurrenz zwischen ihnen wahr –, und Carl, der Bräutigam, sieht aus, als würde er vor Stolz gleich platzen. Ich fange seinen strahlenden Blick ein; dann richte ich mich auf und wische mir die Tränen ab.

Ja, sie haben sogar mich, die alte Zynikerin, gerührt. Wer würde mich zum Altar führen? Diesen Gedanken unterdrücke ich sofort. Ich werde ja nie heiraten. Mein Zynismus geht wieder in Stellung.

Nach der erhabenen Kathedrale von Ely ist dies wieder eine kleinere Kirche, doch die hier kommt mir nicht so düster und kalt vor. Vielleicht weil Hochsommer ist – wir haben jetzt August –, oder weil mein Orgeleinsatz vor ein paar Wochen mir gezeigt hat, dass ich mit so ziemlich allem umgehen kann.

Das Landhaus, in dem die Feier stattfindet, ist nicht ganz so prachtvoll wie das, was man in *Downton Abbey* sieht, aber viel fehlt nicht. Das ältere Paar, dem das Haus gehört, muss es für Veranstaltungen vermieten, um von den Einnahmen notwendige Reparaturen zahlen zu können. Die Dame des Hauses wirkt nicht gerade glücklich darüber. Von den armen Schluckern, die da über

ihr Grundstück trampeln, scheint sie jedenfalls nicht angetan zu sein. Und als wir die Aufnahmen von Braut und Bräutigam im Haus machen wollen, dreht sie erst richtig auf.
»Passen Sie auf diesem Teppich mit den Schuhen auf – der ist einhundertfünfzig Jahre alt! Seien Sie vorsichtig mit dieser Vase – sie ist ein Familienerbstück. Stellen Sie sich nicht auf diesen Balkon – er ist fünfhundert Jahre alt und könnte abstürzen!« Sogar als ich ein paar Spinnweben wegwische, wirkt sie verärgert. Die exzentrische alte Dame erinnert mich an Dickens' Miss Havisham.
Als wir wieder in den prächtigen Garten gehen können, bin ich erleichtert. Im Frühling war die Luft von Vogelgesang erfüllt. Jetzt im Sommer bildet das Surren der Insekten die Hintergrundmusik. Im nahen Obstgarten summen Bienen und Wespen um die Bäume, und die Luft ist trotz Sonnenschein ein wenig dunstig vom Staub und den Pollen, die von den angrenzenden Feldern herangeweht werden.
Die Gäste halten Champagnergläser in Händen und genießen die Sonne, und als es Zeit für das Hochzeitsessen ist, scheinen sie nur widerwillig in den Pavillon zu gehen. Rachel und ich bleiben draußen und setzen uns auf eine verwitterte Steintreppe, die hinab in den Rosengarten führt. Rachel wendet ihr sonnengebräuntes Gesicht dem Himmel zu, und ich tue es ihr gleich.
»Wie im Paradies.« Ich ziehe den Rock bis zu den Oberschenkeln hoch, um ein bisschen Sonne an meine Beine zu lassen. Es riecht nach frisch gemähtem Gras, und hoch über uns sehe ich einen Raubvogel auf den warmen Luftschichten segeln. Er gibt einen kreischenden Laut von sich.
»Ein Bussard«, sagt Rachel.
Nur wenige Meter von uns entfernt gaukelt ein Schmetterling vorüber.
Rachel sieht mich an. »Das war eine schöne Trauung. Ich mag kirchliche Hochzeiten. Habe ich in letzter Zeit nicht oft.«

»Du hast nicht viele kirchliche Trauungen?«, frage ich nach. Die Hochzeiten, bei denen ich dabei war, waren fast alle kirchlich.
»Nein. Die meisten Leute heiraten auf dem Standesamt und in Veranstaltungssälen. Sally hat das ganze Jahr nicht eine einzige kirchliche Trauung gehabt; die hast alle du abbekommen.«
»Oh.« Ich Glückspilz. »Wie läuft es mit Sally?«
»Ganz gut.« Sie nickt. »Sie ist noch mit ihrem Freund zusammen.« Dann lächelt sie schief. »Ich glaube, sie ist froh, dass du heute arbeitest, obwohl sie letzte Woche anscheinend Spaß bei der Arbeit hatte.«
»Ach?« Ich wusste nicht einmal, dass Rachel letzte Woche auch eine Hochzeit hatte.
»Hatte vielleicht etwas mit dem Hochzeitsmusiker zu tun«, fügt Rachel sarkastisch hinzu und rubbelt mit dem Daumen ein Fleckchen Moos von der Treppe.
Ich lächele. »Wer war das?«
Kurz sieht sie verwirrt aus. »Lachie. Ich dachte, das hätte ich dir erzählt.«
»Nein.« Ich schüttele den Kopf und zwinge mich zu lachen. »Das ist ja nett. Hast du ihm den Auftritt besorgt?«
»Ja. Es war ziemlich kurzfristig.«
»Das war nett von dir.« Andere Adjektive fallen mir offensichtlich nicht ein. »Dann mochte Sally ihn also?«
»Klar.« Rachel verdreht die Augen. »Ist ja auch schwer, ihn nicht zu mögen, oder?«
»Hm-hm.« Ich wette, sie fand ihn mehr als nur »nett«.
»Was ist das?«, fragt Rachel plötzlich und spitzt die Ohren.
»Feueralarm!«, rufe ich und springe auf.
Wie sich herausstellt, gehört auch die Küchenausstattung zu den Dingen, die in diesem ein wenig baufälligen Landsitz erneuert werden müssten. Das Feuer ist rasch unter Kontrolle und richtet nur minimalen Schaden an, aber dennoch kommt ein leuchtend roter Feuerwehrwagen angerast und sorgt für Aufregung, nicht

zuletzt bei den weiblichen Gästen und den Kindern. Eine Gelegenheit für ein gutes Foto lasse ich mir nicht entgehen. Ich schaffe es, die vier Feuerwehrleute zu überreden, unsere Braut vor dem Löschwagen in die Höhe zu heben, während Rachel lachend fotografiert.
Unter allgemeinem Jubel stellen die Männer Louisa wieder auf die Füße. Rachel zwinkert mir zu. Auftrag erledigt.

Am nächsten Tag sehe ich Polly. Grant ist beim Cricket, daher treffen wir uns zum Sonntagslunch in einem Pub am Borough Market. Sie schlägt vor, eine Flasche Wein zu bestellen, und ist nicht besonders erfreut, als ich sage, mir sei nicht nach Alkohol. Doch letztlich bestellt sie sich widerstrebend ebenfalls etwas Alkoholfreies.
»Wie geht es dir?«, frage ich.
»Ganz gut«, erwidert sie seufzend.
Es ist unsere erste Begegnung, seit Maria und ich unangekündigt bei ihr reinplatzten. Ich habe ein paarmal versucht, mich mit ihr zu verabreden, doch sie sagte immer, sie habe keine Zeit.
»Vermisst du Zuhause?«, fragt sie unvermittelt.
»Manchmal.« Ich möchte mich nicht wieder auf eine Unterhaltung über meine Mutter mit ihr einlassen, deswegen gebe ich die Frage zurück. »Und du?«
»Ich vermisse meine Eltern und meine Schwester. Ich vermisse meine Freunde. Klar, du bist hier, aber alle anderen fehlen mir. Ich habe hier keine Vergangenheit.«
»Es war klar, dass es schwer wird, in einem anderen Land Wurzeln zu schlagen.«
»Ich dachte, Grant würde mir genügen.«
»Ich glaube nicht, dass ein einziger Mensch einem je genügen kann. Damit bürdet man ihm eine gewaltige Verantwortung auf.«
»Ja, tja, er ist sowieso zu nichts zu gebrauchen.« Sie klingt wütend.

»Läuft es immer noch nicht so gut zwischen euch?«, frage ich behutsam.

»Ich bekomme ihn kaum zu Gesicht. Er ist immer bei der Arbeit oder geht mit Freunden aus.«

»Lädt er dich immer noch nicht ein mitzukommen?«

»Hin und wieder. Aber es gefällt ihm nicht, wenn ich etwas trinke.«

Ich senke den Blick auf den Tisch.

»Ich habe kein Problem«, behauptet sie defensiv.

Ich sehe ihr in die Augen. »Polly, du hattest immer ein Problem.«

Sie schnaubt verächtlich. »Mach dich nicht lächerlich. Als ob du nichts trinkst. Jetzt mach mal einen Punkt.«

»Ich weiß aber normalerweise, wann ich genug habe«, erwidere ich. »Okay, manchmal trinke ich auch zu viel, aber ich bin noch nie aggressiv geworden.«

»Ich werde nicht aggressiv«, braust sie auf.

Ich ziehe die Augenbrauen in die Höhe. »Du wirst oft aggressiv. Du erinnerst dich bloß am nächsten Morgen nicht mehr daran.«

Sie funkelt mich an.

»Und ich trinke nicht tagsüber, wenn ich allein bin«, füge ich leise hinzu.

»Jetzt trinke ich nicht.« Sie deutet auf ihre Cola. Ich sage nichts dazu.

»Er will, dass ich zu einem Treffen der Anonymen Alkoholiker gehe«, erzählt sie ungläubig.

»Wäre das denn so eine schlechte Idee?«

»Es ist ab...« – ihre Stimme bricht und das – »surd« kommt ganz erstickt heraus.

Ich nehme ihre Hand. Hastig schüttelt sie den Kopf und blinzelt, um die Tränen zurückzuhalten.

»Wir könnten uns öfter treffen«, schlage ich sanft vor. »Ich würde

Grant gerne besser kennenlernen. Was hältst du davon, wenn ihr zwei euch mit Bridget und mir trefft, damit er deine Freundinnen kennenlernt und es nicht immer nur zu seinen Bedingungen ist? Dann fühlst du dich vielleicht nicht mehr so isoliert.« Außerdem glaube ich, dass es hilfreich wäre, wenn Grant *mich* besser kennenlernen würde. Vielleicht erreichen wir gemeinsam mehr. Er sollte das nicht ganz allein schultern müssen, aber ich könnte auch verstehen, wenn er mich nicht um Hilfe bitten möchte, weil er mich kaum kennt.

Sie schnieft und nickt. »Vielleicht.«

Kapitel 21

Am Freitag kommt Russ zu mir. »Kommst du heute Abend mit in den Pub?« Er bebt förmlich vor Vorfreude.
»Ähm, ja, vielleicht auf ein, zwei Pints.«
»Nichts da. Heute Abend geht die Post ab.«
»Ach?« Verdutzt sehe ich ihn an. »Warum das denn?«
»Wart's ab.«
Er grinst, hebt die Augenbrauen und geht weiter. Ich drehe mich um und blicke ihm hinterher: Er geht direkt zu Alex, und gleich darauf sehe ich Alex nicken. Verwirrt wende ich mich wieder meinem Computer zu. Da summt mein Handy: Ich habe eine SMS bekommen. Sie ist von Lachie, der wissen will, ob ich heute Abend schon etwas vorhabe. Lächelnd bejahe ich. Daraufhin schreibt er mir, er komme in die Stadt und werde mich um 18 Uhr treffen. Normalerweise kellnert er freitags. Im Nu verwandelt meine Freude sich in Nervosität. Es kommt mir vor, als hätte ich ihn seit einer Ewigkeit nicht gesehen. Sofort muss ich an unsere Küsse denken. Mein Gesicht wird heiß, und ich halte mir die kalten Hände an die Wangen. Da kommt eine weitere SMS an. Ich schnappe mir das Telefon und frage mich, was er jetzt wohl noch will. Aber die Nachricht ist von Polly.

Grant will heute ausgehen. Bis gleich im Pub gegenüber von deiner Redaktion?

Oh. Ich lasse mich nach hinten sinken. Als ich vorgeschlagen hatte, Grant besser kennenzulernen, dachte ich eher an ein Mittagessen im Pub und nicht an den Freitagsumtrunk mit meinen Arbeitskollegen. Das ist das Letzte, was Polly jetzt braucht. Aber sie weiß, dass ich jeden Freitag ausgehe; was kann ich da sagen? Ich beiße mir auf die Lippe, schreibe zurück: »Cool, dann bis später«, und hoffe das Beste.

Normalerweise mache ich mir nicht die Mühe, mich für den Pub zu schminken, aber heute schlüpfe ich am späten Nachmittag auf die Toilette und trage frische Wimperntusche und Lipgloss auf. Als ich wieder herauskomme, haben Russ, Alex und die anderen sich schon an der Tür versammelt.
»Da bist du ja!«, ruft Russ, zieht mich an sich und umarmt mich stürmisch, aber liebevoll.
Wir gehen alle gemeinsam über die Straße in den Pub. An der Bar sitzen bereits Maria und Rachel.
»Was tut ihr denn hier?«, frage ich angenehm überrascht und umarme zuerst Rachel und dann Maria. »Hallo!«, begrüße ich Maria herzlich.
»Maria hat mich mitgeschleppt«, erzählt Rachel mir mit einem schelmischen Funkeln in den Augen. Maria strahlt regelrecht. Was geht hier vor?
»Hi.«
Zuerst höre ich seine tiefe Stimme mit dem australischen Akzent und gleich darauf spüre ich seine Hände auf meinen Hüften. Ich drehe mich um und lächele Lachie an. Er grinst amüsiert. Dann lässt er mich los und begrüßt Maria und Rachel mit Wangenküsschen. Ich bin ein bisschen enttäuscht, weil er mich nicht auch geküsst hat, aber dann taucht Alex neben mir auf, und die Kränkung ist vergessen.
»Was zu trinken?«
»Die gehen auf mich«, meldet Russ sich grinsend zu Wort.

»Was?«, fragen Alex und ich wie aus einem Munde. Es kommt nicht oft vor, dass Russ eine Runde schmeißt.
»Los, besorgt uns einen Tisch«, fordert er uns auf.
Alex sieht mich an und zieht eine Augenbraue hoch. Dann suchen wir einen freien Tisch für uns alle, und die anderen folgen uns. Ich setze mich neben Alex auf eine Bank an der Wand, Lachie zieht sich gegenüber einen Stuhl heran, und Lisa, Esther und Tim setzen sich auf Alex' andere Seite. Pete ist nicht dabei – er ist noch in den Flitterwochen. Wann Polly und Grant kommen wollen, weiß ich nicht. Bridget sagte, sie käme später dazu, falls wir dann noch da seien – sie trifft sich mit einer Freundin gleich nach der Arbeit zum Abendessen. Vielleicht brauchen wir nachher einen größeren Tisch.
Ich sehe Lachie an. »Hast du dir den Bart gestutzt?« Er wirkt irgendwie verändert, obwohl er nach wie vor die übliche abgewetzte Jeans und ein schwarzes T-Shirt trägt.
Er reibt sich übers Kinn. »Ja. Habe mich doch noch dazu aufgerafft.«
Ich lächele ihn an. »Musst du heute Abend nicht arbeiten?«
»Hab freigenommen.« Er grinst Rachel an, die sich vom Tischende einen Stuhl holt, und lehnt sich zurück.
»Genau, gut so«, formt sie mit den Lippen, sieht ihn vielsagend an und setzt sich zwischen uns. Ich bin verwirrt. Hat Rachel ihn eingeladen zu kommen? Und warum? Ist sie an ihm interessiert? Ist er an ihr interessiert? Ich weiß, es geht mich nichts an und es dürfte mir nun wirklich nichts ausmachen, aber was hilft das schon? Es macht mir was aus. Und dann kommt Russ mit einem Tablett an den Tisch, auf dem zwei Flaschen Sekt und zahlreiche Sektgläser stehen. Erstaunt sehe ich ihn an.
»Was um alles in der Welt geht hier vor?« Ich betrachte die verwirrten Mienen meiner *Hebe*-Kollegen.
Russ wirkt sehr zufrieden mit sich. Rachel und Maria sind anscheinend eingeweiht, und Lachie zuckt nur mit den Achseln: Er

scheint zu wissen, dass da etwas vor sich geht, aber ich bin mir nicht sicher, ob er auch weiß, was. Russ lässt die Korken knallen und spannt uns weiter auf die Folter, während er mit sehr zufriedener Miene die prickelnde Flüssigkeit auf die Gläser verteilt und sich dabei alle Zeit der Welt lässt. Als jeder ein Glas hat, stellt er sich hinter Maria, die neben Lachie sitzt, und legt ihr eine Hand auf die Schulter.
»Ich möchte mit euch anstoßen«, sagt er.
Maria sieht aus, als würde sie gleich platzen vor Glück. Sie sieht zu ihm hoch, und Russ wird kurz ernst. Dann lächelt er ihr zu und stößt sanft mit ihr an. »Auf meine zukünftige Frau.«
»Was?« Ungläubig starre ich die beiden an, ebenso wie fast alle anderen am Tisch.
»Maria und ich heiraten nächsten Monat«, erzählt er uns breit grinsend und setzt sich neben sie.
Ich falle fast vom Stuhl.

Als Maria ihren Eltern erzählte, dass sie schwanger ist, flippten sie aus und verlangten, Russ solle eine ehrbare Frau aus Maria machen. Doch der zukünftige Vater fand diese Idee keineswegs so absurd, wie Maria gedacht hätte. Im Gegenteil: Je länger Russ darüber nachdachte, desto mehr *wollte* er ihr einen Ring an den Finger stecken. Sowohl Russ als auch Maria war klar, dass alle ihre Entscheidung für überstürzt halten würden. Russ' Eltern und sein Bruder haben bereits versucht, es ihnen auszureden. Aber letztlich erklärte Russ, es sei seine Entscheidung, und nun freuen sie sich angeblich mit ihnen. Der errechnete Geburtstermin ist im Januar, und Maria möchte ein weißes Kleid tragen, bevor man ihr die Schwangerschaft ansieht.
»Da bleibt aber nicht viel Zeit für die Organisation«, sage ich. Ich möchte mich gern für sie freuen, aber ich bin nicht sicher, ob ich die Entscheidung für eine kluge Idee halte. »Habt ihr schon Pläne?«

Maria lacht über meine bestürzte Miene. »Wir halten es ganz schlicht.« Liebevoll lächelt sie Russ an. »Genauer gesagt werden wir in Nordspanien bei meinem Großvater heiraten.« Sie sieht uns einem nach dem anderen in die Augen. »Und wir dachten, vielleicht habt ihr alle Lust zu kommen.«
Gemurmel erhebt sich, aber sie fährt fort: »Die Flüge nach Bilbao sind superbillig. Wir mieten einen Minibus zum Haus meines Großvaters, und wir können alle bei ihm und in den dazugehörenden Apartments unterkommen. Mein Großvater hat die ganze Villa von Freitag, dem zwölften, bis Sonntag, dem vierzehnten September für uns geblockt.«
Völlig verrückt, aber was soll's. »Ich bin dabei«, sage ich grinsend. »Wer macht die Fotos?« Ich werfe Rachel einen Blick zu. Sie grinst zurück.
»Wir hatten irgendwie gehofft, ihr beide würdet die Fotos als Hochzeitsgeschenk für uns machen.« Maria sieht verlegen von Rachel zu mir.
Ich lache. »Klar.«
»Ich glaube, das ist so circa das einzige Wochenende, an dem ich noch keine Hochzeit habe«, erwidert Rachel.
»Ich weiß.« Maria grinst frech. »Ich habe in deinem Terminkalender nachgesehen.«
Rachel lacht. Dann lächelt Maria Lachie, der rechts von ihr sitzt, hoffnungsvoll an. »Und dich wollten wir fragen, wenn wir deine Flüge bezahlen – und eure gehen natürlich auch auf uns«, sagt sie hastig zu Rachel und mir und fährt fort, ehe ich das ablehnen kann, »ob du dann vielleicht die Abendunterhaltung übernimmst?«
Lachie lacht in sich hinein. »Klar, warum nicht. Ich versuche, mir freizunehmen.«
»Wir müssen *alle* erst sehen, ob wir freinehmen können«, sagt Alex, beugt sich vor und stützt die Ellbogen auf den Tisch.
Alex will mitkommen?

»Es ist nur ein Tag, und es ist ein Freitag, da wird der Großteil des Hefts schon druckfertig sein. Simon hat bestimmt nichts dagegen«, sagt Russ. Hoffentlich hat er recht. »Und Lebensgefährten sind natürlich auch eingeladen«, fügt er hinzu.
Als Maria sieht, dass ihr Plan aufgeht, entfährt ihr ein leiser Aufschrei des Entzückens, und sie klatscht in die Hände.
»Wer macht dein Make-up?«, frage ich sie grinsend. Sie verdreht die Augen, und dann kichert sie und kann gar nicht mehr aufhören. Ihre Begeisterung ist ansteckend.
Als Polly und Grant dazukommen, unterhalten wir uns schon wieder über andere Themen als Babys und Hochzeiten. Ich stehe auf und umarme und küsse die beiden zur Begrüßung. Pollys Atem riecht nach Alkohol. Offenbar waren die beiden vorher schon irgendwo was trinken. Ich ahne nichts Gutes.
Lachie und meine Kollegen kennt Polly noch nicht, nur Rachel und Maria. Ich mache alle miteinander bekannt, und wir rücken zusammen, so dass sie noch zwei Stühle zwischen Lachie und Rachel quetschen können. Dann setze ich mich wieder, ohne mir viele Gedanken zu machen. Bis ich sehe, wie Polly Alex mustert, die Stirn nachdenklich in Falten gelegt.
»Sind wir uns schon einmal begegnet?«, fragt sie ihn.
O nein, ich hätte sie bitten sollen, nichts zu sagen!
»Du warst bei meinem Junggesellinnenabschied!«, kräht sie unvermittelt.
»Moment mal«, unterbricht Russ sie verwirrt. »Alex war bei deinem Junggesellinnenabschied?«
»Ich war nicht bei *ihrem* Junggesellinnenabschied«, wiegelt Alex ab. »Ich war beim Junggesellenabschied des Mannes meiner Schwester.«
»Warst du auch da?«, fragt Lisa mich direkt.
»Hm-hm.«
»Ich wusste gar nicht, dass ihr beiden euch schon kanntet, bevor ihr bei *Hebe* angefangen habt.« Sie runzelt die Stirn. Logisch,

die Frau aus der Nachrichtenredaktion zieht natürlich sofort die richtigen Schlüsse.

»Ja«, bestätige ich betont lässig. »Komisch, oder?«

Ich spüre, wie Alex neben mir sich versteift. Jemand tritt mich unterm Tisch gegen das Bein, und als ich aufsehe, begegne ich Lachies Blick. Er beugt sich vor.

»Ich habe gerade meinen Flug nach Hause gebucht.«

Ich bin geknickt. »Echt? Für wann?«

»Dezember. Rechtzeitig zu Weihnachten.«

»Oh, wow.« Aber es fühlt sich nicht wie eine freudige Nachricht an.

»Fliegst du zu Weihnachten auch zurück?«, fragt er mich.

»Nein, mein Visum ist bis März gültig.«

»Sie würde zu Weihnachten sowieso nicht nach Hause fliegen«, wirft Polly spöttisch ein.

»Warum denn nicht?«, fragt Alex beiläufig, gerade, als ich einen großen Schluck Wein trinke. Ich verschlucke mich. Er klopft mir auf den Rücken.

»Fliegst du nach Perth?«, frage ich Lachie mit tränenden Augen. Ich kann kaum sprechen, aber ich will Polly gar nicht erst zu Wort kommen lassen.

»Ja«, erwidert er und verschränkt die Arme.

»Du bist aus Perth?«, fragt Polly ihn überrascht. Ihr Blick schießt zu mir. Dann fragt sie Lachie mit boshafter Miene: »Kennst du einen Jason?«

»Nein, ich kenne keine Jasons«, erwidert Lachie verwirrt.

»Sei doch nicht albern, Polly«, fahre ich sie an und wünschte, sie wäre nicht hergekommen. »Perth ist eine große Stadt.«

»Wer ist denn Jason?«, fragt Lachie.

»Er war mein …«

»Verlobter«, beendet Polly meinen Satz mit einem süffisanten Grinsen.

»Verlobter?«, fragt Maria erstaunt, während Alex mich scharf ansieht. Ich spüre, dass auch Lachies Blick auf mir ruht, aber die übrigen Kollegen sind zum Glück zu sehr in ihre eigenen Gespräche vertieft.

»Er war nicht mein Verlobter«, wiegele ich ab, und begegne mit heißem Gesicht Alex' bohrendem Blick.

»Er wäre es aber gern gewesen«, sagt Polly, die mein Unbehagen offenbar genießt und ihr Glas in Rekordzeit leert. Grant rutscht betreten hin und her.

»Großartig, Polly.« Meine Stimme trieft vor Sarkasmus. »Dank dir weiß jetzt die ganze Welt über mein katastrophales Liebesleben Bescheid.« Ich rutsche von der Bank und stehe auf. »Jemand was zu trinken?«, frage ich mit zusammengebissenen Zähnen.

»O ja, bitte«, sagt Polly.

Ich ignoriere sie und stapfe zur Theke. Hinter mir höre ich einen Stuhl über den Boden schrammen. Lachie kommt mir nach.

»Deine Freundin ist ein bisschen heftig«, kommentiert er trocken.

»Manchmal geht sie mir auf die Nerven«, murmele ich. Ich muss meiner Wut einfach Luft machen.

»Den Eindruck hatte ich irgendwie auch«, sagt er. »Und das ist die Freundin, wegen deren Hochzeit du um die halbe Welt geflogen bist?«

Meine Miene wird ein wenig weicher. »Ja. Ich weiß auch nicht, warum.«

Er schürzt die Lippen. Der Barkeeper kommt zu uns. »Drei Bier«, sagt Lachie. »Russ' und Alex' Gläser sind leer«, erklärt er mir. Ich hatte es so eilig, dass mir das gar nicht aufgefallen ist. »Was möchtest du?«

Ich brauche jetzt was Stärkeres. »Wodka Lemon«, sage ich zum Barkeeper. »Halt, machen Sie einen doppelten draus.«

»Irgendwas für Polly?«, fragt Lachie trocken.

»Und eine Limo mit Limettensaft«, rufe ich dem Barkeeper hinterher. »Ohne Wodka!«

»Warum bist du denn überhaupt zu ihrer Hochzeit gegangen?«, fragt Lachie und lenkt meine Aufmerksamkeit wieder auf sich.
Ich seufze. »Irgendeine verquere, komische Loyalität, und außerdem wollte ich schon immer mal nach Großbritannien. Die Hochzeit war der Anlass, den ich brauchte. Außerdem meinte sie, sie wolle mich unbedingt dabeihaben.«
Gemeinsam gehen wir zurück an den Tisch. Als ich Polly ihr Glas reiche, zwinkere ich Grant verschwörerisch zu. Er sieht mich verwirrt an. »Ohne Alkohol«, forme ich mit den Lippen. Jetzt guckt er noch verwirrter. Ich gebe auf. Wenn er nicht von den Lippen ablesen kann, kann ich ihm auch nicht helfen.
Ich zwänge mich an den anderen vorbei, und Alex rückt zur Seite, damit ich mich wieder neben ihn setzen kann. Alle sind in irgendwelche Gespräche vertieft. Polly und Grant schwelgen mit Rachel in Erinnerungen an ihren großen Tag, Lachie unterhält sich mit Maria und Russ, und rechts neben Alex unterhalten Lisa, Esther und Tim sich über die Arbeit. An unserem Tisch scheint wieder Normalität eingekehrt zu sein. Doch meine Erleichterung ist nicht von Dauer.
»Ihr wart *verlobt*?«, murmelt Alex und sieht mich entsetzt an.
»Nein«, entgegne ich mit fester Stimme. »Waren wir nicht.«
»Aber er hat dir einen Antrag gemacht?«
»Ja, aber ich glaube wie gesagt nicht an die Ehe.«
»Aber er hat dir einen Antrag gemacht. Also hat er gedacht, du glaubst daran. Ihr müsst euch sehr nahegestanden haben.«
»Was interessiert dich das?«
»Tut mir leid, ich … mir war nicht klar, dass es so ernst war. Ich dachte, ihr wärt nur ein Jahr zusammen gewesen.«
»Stimmt ja auch.« Er verlor sein Herz … schnell.
»War ich das Trostpflaster?«
Ich fasse es nicht, dass er mich das fragt. Hier. Mit all den Leuten um uns herum. Entgeistert starre ich ihn an. Dann beantworte ich seine Frage mit einer Gegenfrage. »War ich es?«

Er schüttelt resolut den Kopf. »Nein.«
»Dann sind wir ja schon zu zweit«, flüstere ich.
Sein Blick bohrt sich in meine Augen, als wollte er mir bis in die Seele schauen. Ein Schauer läuft mir über den Rücken, und ich weiß, ich sollte den Blick abwenden. Aber ich kann nicht. Wahrscheinlich dauert unser Blickkontakt nur Sekunden, aber es fühlt sich viel länger an. Als ich den Blick von ihm losreiße, tut es geradezu körperlich weh. Erschüttert greife ich nach meinem Cocktail und trinke einen großen Schluck.
Moment mal. Da stimmt was nicht. Ich trinke noch einen Schluck. O nein. Ich habe Polly meinen doppelten Wodka Lemon gegeben. Bestürzt sehe ich zu, wie sie einen gewaltigen Schluck trinkt.
Lisa, die nichts von meiner Panik ahnt, wendet ihre Smalltalk-Fertigkeiten auf Polly und mich an. »Wie lange kennt ihr zwei euch schon?«
»Ach Gott, schon ewig«, erwidert Polly, und ihre Stimme wird lauter. Wenn sie so weitertrinkt, wird sie gleich sturzbetrunken sein und sehr unangenehm werden. Grant neben ihr wirkt beschämt, und ich fühle mit ihm.
»Seit der Grundschule, richtig?«, werfe ich ein und hoffe, das Gespräch so auf ungefährliches Terrain zu lotsen.
»Dann hast du auch in der Nähe von Adelaide gelebt?«, fragt Lachie Polly.
»Ja. Aber sobald ich konnte, bin ich Bronte nach Sydney gefolgt.«
»Wann bist du nach Sydney gegangen?«, fragt Lachie mich. Alex neben mir ist sehr still, aber ich spüre seine Gegenwart so intensiv, als würde neben mir ein Feuer lodern.
»Mit siebzehn«, sagt Polly grinsend, ehe ich antworten kann.
»Fast achtzehn«, betone ich.
»Das war aber jung«, kommentiert Lisa.
»Sie konnte es gar nicht erwarten, von ihren Eltern wegzukommen.«

»Polly!«, sage ich in scharfem Ton.
»Ach, sei doch nicht so empfindlich«, bügelt sie mich ab. »Du bist dreißig Jahre alt! Was soll das immer noch mit deinem Vater? Komm endlich drüber weg!«
Mir ist übel. Ihretwegen. Warum bin ich mit dieser Person überhaupt befreundet?
»Ich konnte es auch nicht erwarten, von meiner Familie wegzukommen«, kommt Lachie mir zu Hilfe. »Aber das lag daran, dass ich vier ältere Schwestern habe.«
»Im Ernst?« Maria wendet sich ihm zu, aber nicht, ohne mir zuvor einen entgeisterten Blick zuzuwerfen. »Wie hast du das überlebt?«
Das lenkt die Aufmerksamkeit von mir auf Lachie, was sicher genau seine Absicht war. Ich spüre, wie Alex sich neben mir bewegt, und plötzlich liegt seine Hand auf meinem Rücken. Instinktiv versteife ich mich, doch er reibt nur mit dem Daumen auf und ab, und mir wird klar, dass er mich bloß trösten möchte. Ich atme tief ein und zittrig wieder aus.
Polly sabotiert diesen kurzen friedlichen Augenblick. »Wusstest du, dass deine Mutter einen Bekannten hat?« Sofort bin ich wieder angespannt, und Alex' Hand hält inne.
Verwirrt schüttele ich den Kopf »Ich habe nicht ... Wie meinst du das?«
Zu laut, wie so oft in solchen Situationen, fährt sie fort: »Meine Mutter hat gesagt, sie hat einen Bekannten.«
»Sie kann nicht ... Sie würde nicht ...«, stottere ich, und alles Blut weicht aus meinem Gesicht. Jetzt hören uns alle am Tisch zu, und das ist mir entsetzlich unangenehm.
»Sie geht mit ihm zur Kirche und alles.«
Mein Magen krampft sich zusammen. »Du kannst nicht ... Da musst du was missverstanden haben. Meine Mutter würde nicht ... Er ist bestimmt nur ein guter Freund.«
»Nein«, widerspricht Polly kategorisch. »Mum hat gesagt, sie wä-

ren viel mehr als nur gute Freunde. *Alle* reden darüber«, fügt sie vielsagend hinzu.

»Vielleicht solltest du dieses Gespräch lieber mit Bronte allein führen.« Alex entschiedene Stimme durchbricht das betretene Schweigen. Seine Hand liegt noch immer tröstend auf meinem Rücken.

Polly mustert ihn ein wenig erschrocken und schwankt leicht dabei. Schließlich lacht sie, als fände sie Alex' Vorschlag einfach absurd.

»Ich glaube, wir sollten gehen«, sagt Grant leise.

»Was?«, fährt sie ihren Mann an. Anklagend wendet sie sich wieder Alex zu. »Was tut ihr hier überhaupt?« Sie wedelt mit dem Finger zwischen uns beiden hin und her. »Vögelt ihr zwei miteinander?«

Alle schnappen nach Luft und starren Polly fassungslos an.

»Okay, das reicht«, sagt Grant und schiebt wütend seinen Stuhl zurück. »Wir gehen.«

Er zieht sie hoch, aber sie schlägt seine Hand weg. »Ich gehe nirgendwohin!«, faucht sie.

»Ich gehe. Und du kommst mit«, sagt er entschieden.

»Ich gehe nicht«, nuschelt sie betrunken und setzt sich wieder. »Wenn du unbedingt ein Spielverderber sein willst – bitte. Aber ich bleibe hier bei meinen Freunden.«

Ich rutsche aus der Bank, stehe auf und dränge mich an Rachel vorbei. »Komm jetzt«, blaffe ich Polly an und klopfe ihr auf die Schulter.

Lachie steht ebenfalls auf. Polly dreht den Kopf und sieht mich an, als käme ich von einem anderen Planeten.

»Steh auf!«, sage ich lauter. Grant wendet sich ab und rauft sich verzweifelt die Haare.

Schwankend steht Polly auf. Ich packe sie am Arm und will mit ihr zur Tür gehen, aber sie reißt sich wütend wieder los. »Was soll das?«, zischt sie.

»Komm jetzt, Polly«, sagt Lachie gelassen und legt ihr die Hand auf den Rücken. »Wir gehen jetzt sowieso alle nach Hause.«
»Was?«
»Es ist schon spät«, erklärt er.
»Es ist noch total früh!«, zetert sie. »Ihr seid ein Haufen Schlappschwänze!«
Mittlerweile stehen wir draußen vor dem Pub. Ich winke ein Taxi heran. Der Fahrer mustert Polly argwöhnisch, während Grant ihm ihre Adresse nennt, und ich fürchte schon, er will sie nicht mitnehmen, doch Lachie öffnet die hintere Tür und schiebt Polly einfach auf den Rücksitz.
»Alles klar, Kumpel?«, fragt er Grant. Der nickt knapp und will einsteigen. Lachie legt ihm die Hand auf die Brust und hält ihn zurück. »Brauchst du Hilfe, um sie nach Hause zu bringen?«
»Nein, nein, schon gut«, erwidert Grant schroff, während ich mit den Tränen kämpfe.
»Vielleicht solltet ihr zwei euch morgen mal unterhalten«, schlägt Lachie vor. Grant zögert und meidet meinen Blick; dann nickt er nochmals. Lachie lässt ihn los, und er steigt ein.
Als das Taxi abfährt, kommt Alex aus dem Pub. »Alles in Ordnung?«, fragt er besorgt.
Ich nicke hastig, aber jetzt habe ich einen dicken Kloß im Hals.
»Tut mir leid«, murmele ich und sehe weg. Ich muss jetzt wirklich, *wirklich* weinen. »Ich fahre nach Hause.« Durch einen Tränenschleier hindurch entdecke ich ein gelbes Taxischild und winke den Wagen spontan heran.
»Hey«, sagt Alex sanft und legt mir die Hand auf den Unterarm. »Geh noch nicht.«
Hastig schüttele ich den Kopf. Er sollte mich nicht berühren. Er sollte auf Abstand bleiben, anstatt so lieb zu sein, weil ich ihn dann nur noch mehr mag. Lachie verschränkt die Arme, hält sich aber raus. »Ich muss nach Hause«, krächze ich. »Sagst du Bridget, es tut mir leid, dass ich nicht auf sie gewartet habe? Chalk Farm,

bitte«, sage ich dem Fahrer durchs offene Fenster. Dann steige ich hinten ein, krabbele ans andere Ende der Rückbank und blicke aus dem Fenster. Die Tränen laufen mir übers Gesicht. Hastig wische ich sie ab, aber ich kann jetzt keinem der beiden Männer da draußen auf dem Bürgersteig in die Augen sehen.
Als das Taxi los- und um die Ecke auf das große Centre-Point-Gebäude aus Glas und Beton zufährt, mischt sich Wut in meine Trauer. In diesem Augenblick verabscheue ich Polly. In ihrer Gegenwart fühle ich mich nie wohl in meiner Haut. Sie ist jemand, der nur nimmt und niemals gibt. Ich fühle mich mit ihr verbunden, weil sie eines der wenigen Bindeglieder zu meiner Kindheit ist. Manchmal wünschte ich, ich könnte diese Verbindung mit einem Vorschlaghammer zertrümmern und mich befreien. Aber schon verraucht meine Wut wieder, und meine Unterlippe bebt gefährlich.
Plötzlich klopft jemand an der anderen Seite ans Fenster, und ich erschrecke mich beinahe zu Tode. Ich reiße den Kopf herum und starre verdutzt in Lachies Gesicht. Er hält meine Tasche in die Höhe, und erst jetzt geht mir auf, dass ich weder Geld noch sonst etwas dabeihabe.
»Gehört der zu Ihnen?«, fragt der Taxifahrer in scharfem Ton. Wir stehen an einer Ampel in der Nähe des Centre Point.
»Ja!«, rufe ich, beuge mich zur anderen Seite und öffne die Tür. »Danke!« Ich will ihm die Tasche abnehmen, aber er rutscht neben mich auf die Rückbank und schließt die Tür.
»Was tust du da?«
»Mir eine Mitfahrgelegenheit besorgen«, sagt er atemlos. Er muss gesprintet sein wie Usain Bolt, um das Taxi noch einzuholen.
»Danke«, wiederhole ich leise und nehme ihm die Tasche ab, ohne ihm in die Augen zu sehen. Das Taxi fährt weiter.
Lachie zögert kurz und sagt dann: »Alex wollte eigentlich kommen.« Mein Herz jubiliert, aber die Freude ist nur von kurzer Dauer.

»Ach?«, frage ich mit zittriger Stimme.
»Ja.«
»Und warum … hat er es nicht getan?«, frage ich verlegen.
»Ich fand, es wäre keine besonders gute Idee«, sagt Lachie tonlos.
Ich starre auf meine Hände. »Nein, wahrscheinlich nicht.« Jetzt weiß Lachie garantiert, was ich für Alex empfinde. Er wendet sich mir zu, aber ich kann ihm noch immer nicht in die Augen sehen. »Ich weiß nicht, was ich mit ihr machen soll«, murmele ich und bringe das Gespräch auf Polly.
»Du musst eine konfrontative Intervention anleiern«, sagt er ganz sachlich.
Stirnrunzelnd sehe ich ihn an. Mir ist nicht ganz klar, was er damit meint. »Du musst Pollys Freunde und Grant zusammentrommeln, damit ihr Polly gemeinsam klarmachen könnt, dass sie ein Alkoholproblem hat. Sie braucht professionelle Hilfe.« Er zuckt die Achseln. »Bei einem Kumpel von mir drüben in Oz war es genauso. Komasaufen, auf Leute losgehen, am nächsten Morgen nichts mehr davon wissen.«
»Sie weiß am nächsten Morgen auch nichts mehr davon«, sage ich. »Aber immer, wenn ich etwas dazu sage, zerreißt sie mich fast in der Luft.«
»Deshalb sollst du es ja auch nicht allein machen. Tu dich mit Bridget und Grant zusammen, mit allen, die ihr nahestehen.«
Ich muss an ihre Brautjungfer denken. »Michelle«, sage ich laut. Ob sie und Polly noch immer miteinander zu tun haben? Ich könnte im Hotel anrufen und sie fragen, doch beim bloßen Gedanken daran fühle ich mich erschöpft.
»Das wird schon wieder«, versichert Lachie mir. »Womit ich nicht sagen will, dass sie ratzfatz von ihrer Sucht geheilt ist. Im Gegenteil: Zunächst trinkt sie sehr wahrscheinlich erst mal weiter, aber sie davon zu überzeugen, dass sie überhaupt ein Problem hat, ist der erste Schritt. Wahrscheinlich erkennt sie die Anzeichen dann nach und nach selbst.«

Ich seufze tief. Nach allem, was sie heute Abend gesagt hat, kann ich mir nicht vorstellen, dass ich die Energie dafür aufbringen kann.

Lachie schiebt mir liebevoll den Arm in den Rücken. »Komm her.«

Ich rutsche zu ihm, er zieht mich an sich, und ich lege den Kopf an seine Schulter. Aber ich empfinde seine Umarmung nicht als so tröstlich wie sonst. Ich muss daran denken, wie Alex mir vorhin die Hand auf den Rücken legte, und an seinen Blick, als er mich fragte, ob er das Trostpflaster gewesen sei. Mein Herz beginnt zu rasen. Ich kneife die Augen zu, doch dadurch wird die Erinnerung nur intensiver.

Hastig setze ich mich wieder aufrecht hin. Ich will mich nicht von Lachie trösten lassen. Ich beiße mir auf die Lippe und blicke aus dem Fenster. Lachie scheint auch nicht zu wissen, was er sagen soll, und so verbringen wir den Rest der Fahrt nach Camden schweigend.

»Gleich da vorne an der Ampel, Mann«, sagt Lachie dem Taxifahrer und holt einen Geldschein aus der Brieftasche. Er sieht mich an. »Kommst du auf ein Bier mit?«

Ich schüttele den Kopf. »Ich kann nicht.«

»Wenn du Hilfe möchtest – ich kann dir helfen. Ich rufe sogar Grant für dich an, wenn du willst.«

Ich lächele ihn zögerlich an. Er ist so wahnsinnig nett. »Danke«, sage ich leise. »Aber im Augenblick kann ich mit Polly nicht umgehen. Ich weiß, dass das falsch ist.« Es schnürt mir die Kehle zu, und meine Augen werden wieder feucht. »Ich bin ihre Freundin und müsste für sie da sein. Aber im Moment kann ich einfach nicht.« Hastig wische ich mir die Tränen ab.

Das Taxi hält an. »Komm auf ein Bier mit«, drängt er mich erneut.

Ich schüttele den Kopf. »Ich muss nach Hause.« Nach Hause? Ich fühle mich nirgends zu Hause.

Er seufzt tief, tätschelt mir das Bein, steigt aus und bezahlt den Fahrer. »Bis bald«, sagt er zu mir.
»Danke, dass du mir meine Tasche gebracht hast.«
»Kein Thema.« Er schließt die Tür. Noch nie war mir so schwer ums Herz wie in diesem Augenblick.

Kapitel 22

Als ich gerade eindöse, bekomme ich eine SMS. Meine Neugier ist stärker als meine Müdigkeit, ich nehme das Handy vom Ladegerät und sehe im Dunkeln aufs Display. Mein Herz pocht wie verrückt: Die SMS ist von Alex.

Bist du wach?

Das bin ich. Und wie. Ich setze mich auf. Warum schickt er mir so spät abends noch Nachrichten? Weiß Zara davon? Hat er ihr erzählt, was vorhin zwischen Polly und mir vorgefallen ist? Mir kommt der Gedanke, dass ich ihn lieber ignorieren sollte, aber schon tippen meine Finger eine Antwort.

Kurz vorm Einschlafen. Danke für deine Unterstützung. Bis Montag.

Ich starre aufs Display und warte nervös ab, ob er antwortet. Ja.

Hat Lachie dich eingeholt?

Aufgeregt antworte ich:

Ja. Hab ihn auf dem Heimweg in Camden abgesetzt.

Ich will, dass er das weiß. Natürlich weiß ich auch, dass mir das eigentlich egal sein sollte.

Die Eingangstür geht auf und wieder zu: Bridget ist zu Hause. Sie poltert ein bisschen im Flur herum, dann öffnet sie meine Zimmertür.
»Bronte?«, flüstert sie.
»Hi«, sage ich und schalte die Nachttischlampe ein.
»Hey«, sagt sie mitfühlend. Sie kommt rein und setzt sich auf die Bettkante. »Ich habe das von heute Abend gehört.«
Ich stöhne. »Ach?« Da beginnt mein Handy zu vibrieren. Ich schnappe es mir und erstarre. Alex ruft mich an. »Ich muss drangehen«, erkläre ich Bridget so erschrocken wie eindringlich.
»Hallo?«, melde ich mich und wünschte, Bridget würde gehen.
»Hier ist Alex.«
»Ich weiß«, hauche ich.
»Kannst du reden?«, fragt er. Er klingt anders als sonst, und ich frage mich, wie viel er getrunken hat.
»Bridget ist bei mir«, erzähle ich ihm. »Alex«, forme ich mit den Lippen.
»Passt es dir jetzt nicht?«, fragt er.
»Doch. Warte mal.« Ich sehe Bridget an. »Ich komme gleich zu dir, dann reden wir«, verspreche ich.
Sie wirft mir einen befremdeten Blick zu, doch dann steht sie auf, geht hinaus und schließt nachdrücklich die Tür hinter sich.
»Da bin ich wieder«, melde ich mich. Mein Puls rast. »Wo bist du?«
»Zu Hause.«
»Ist Zara bei dir?« Ich ersticke beinahe an ihrem Namen.
»Nein, sie ist heute ausgegangen«, erwidert er heiser.
Also weiß sie nicht, dass er mir geschrieben hat, ganz zu schweigen von diesem Anruf. Wir schweigen betreten, während ich darüber nachdenke.
»Ich wollte mich nur vergewissern, dass du gut nach Hause gekommen bist«, sagt er schließlich mit rauer Stimme. Das weiß er doch schon aus den SMS.

»Ich bin zu Hause. Es geht mir gut.«

»Ich habe mir Sorgen um dich gemacht«, sagt er. Ich glaube, er ist ein bisschen betrunken.

»Mir geht's gut«, erwidere ich und frage mich, wohin dieses Gespräch führen soll. »Es ist mir nur ein bisschen peinlich.« Ich schalte das Licht aus, lege mich wieder hin und ziehe die Bettdecke bis zum Kinn hoch. »Was haben die anderen gesagt, als ich weg war?«

»Nicht viel. Bridget hat sich Sorgen um dich gemacht, als sie kam und du nicht mehr da warst.«

»Sie ist gerade nach Hause gekommen.«

»Ach, richtig. Ja. Sie ist nicht sehr lange geblieben.« Pause. »Weißt du schon, was du wegen Polly unternehmen willst?«

»Lachie meint, ich müsste eine konfrontative Intervention anleiern. Er hatte in Australien einen Freund mit einem ähnlichen Problem«, füge ich hinzu. »Ich schätze, ich rufe Grant dieses Wochenende mal an.« Davor graust es mich jetzt schon. Im Moment habe ich kaum die Kraft, mit meinen eigenen Problemen fertigzuwerden, von Pollys ganz zu schweigen.

»Was Polly da über deine Mutter gesagt hat … Du sprichst nie über deine Eltern.«

Vielleicht liegt es an der Dunkelheit; jedenfalls öffne ich mich ihm, womit ich selbst nicht gerechnet hätte. Ich seufze tief. »Ich hatte keine besonders schöne Kindheit.«

»Warum nicht?« Seine tiefe Stimme klingt tröstlich.

»Meine Eltern waren nicht glücklich. Sie hätten gar nicht zusammen sein sollen, aber sie waren zu stur, um sich zu trennen. Mum jedenfalls. Ich glaube, mein Vater hätte sich scheiden lassen, wenn meine Mutter ihn gelassen hätte. Er war zu schwach.« Meine Stimme ist kaum mehr als ein Flüstern.

»Das tut mir leid.«

»Sind deine Eltern glücklich verheiratet?«

»Ähm, ja.« Er klingt, als widerstrebe es ihm, das zuzugeben.

»Das ist gut. Du hast gute Vorbilder.«
Er schweigt eine Weile. Aber was ich gesagt habe, stimmt. Zara hat Glück. Der Gedanke tut weh, und plötzlich kommt es mir unwirklich vor, dass wir diese Unterhaltung so spät abends überhaupt führen.
»Glaubst du ihretwegen nicht an die Ehe?«, reißt er mich aus meinen Gedanken.
Ich beiße mir auf die Lippe. »Ich glaube schon.«
»Das ist traurig.«
Darüber will ich nicht weiter reden. »Was ist mit dir?« Ich drehe mich um. Trotz Bettdecke friere ich. »Ich habe mir in letzter Zeit Sorgen um dich gemacht.«
»Mir geht's gut«, sagt er leise.
»Ist alles in Ordnung bei …« – ich fasse es nicht, dass ich diese Frage stelle – »… bei dir und Zara?«
Er atmet zischend ein und hörbar wieder aus. »Ja«, stößt er hervor. »Alles in Ordnung.«
Das klingt nicht gut. Beunruhigenderweise spüre ich einen Hoffnungsfunken aufflackern. Schließlich finde ich meine Stimme wieder. »Ist etwas … vorgefallen?«
Er stöhnt leise. »Ähm, letzte Woche haben wir einen kleinen Schrecken bekommen.«
»Was war denn?«
»Sie dachte, sie sei schwanger.«
Beklemmung beschleicht mich.
»War sie gar nicht«, sagt er hastig. »Aber … ich weiß auch nicht, es hat uns irgendwie aus der Bahn geworfen.«
Mir wird ein bisschen übel. »Inwiefern?«
»Sie wollte die Hochzeit vorverlegen. Ich fand, wir sollten sie verschieben.«
Erst mit kurzer Verzögerung erfasse ich die Bedeutung seiner Worte. Er wollte die Hochzeit verschieben? Meine Übelkeit verwandelt sich in Nervenflattern.

»Wie habt ihr euch entschieden?« Ich habe beinahe Angst, diese Frage zu stellen.
»Wir mussten uns nicht entscheiden. Sie war nicht schwanger.«
»Dann steht der Hochzeitsplan also noch?«
Er antwortet nicht sofort. »Ja«, bestätigt er schließlich halbherzig, und unwillkürlich schließe ich die Augen. Dann reiße ich mich zusammen, auch wenn es mir schwerfällt.
»Nicht zu fassen, das mit Russ und Maria, was?«, sage ich mit gekünstelter guter Laune.
»Ja. Ziemlich verrückt.« Er klingt noch immer bedrückt.
»Hör mal, ich muss noch mit Bridget sprechen. Danke, dass du angerufen hast!«, sage ich übertrieben überschwänglich.
»Na gut«, sagt er gedehnt.
»Wir sehen uns Montag.«
»Klar.« Er scheint das Telefonat nicht beenden zu wollen.
»Bis dann.« Mir ist danach, das Telefon an die Wand zu werfen, doch dann werfe ich es bloß aufs Bett, was nicht halb so befriedigend ist. Frustriert reibe ich mir das Gesicht. Was sollte das denn? War das bloß ein Fall von: beinahe verheirateter Mann greift betrunken zum Telefon? Ich schlage die Bettdecke zurück und stehe auf. Da ich jetzt sowieso zu aufgedreht bin, um sofort einzuschlafen, halte ich mein Versprechen, gehe zu Bridget und klopfe an ihre Tür.
»Alles in Ordnung?«, fragt sie und ich höre einen sarkastischen Unterton heraus. Sie liegt im Bett und liest ein Buch.
»Nein.«
»Was ist denn?«, fragt sie überrascht und legt das Buch zur Seite.
»Was wollte denn Alex um diese Uhrzeit von dir?«
»Das ist eine sehr gute Frage«, sage ich ebenso sarkastisch.
Sie schüttelt den Kopf. »Er mag dich immer noch, oder?« Es ist eigentlich gar keine Frage.
Ich lasse mich auf ihr Bett plumpsen. »Ich weiß es nicht. Manchmal fühlt es sich an, als wäre da noch etwas zwischen uns.«

»Und du magst ihn immer noch.«
Auch das ist keine Frage.
»Ich komme drüber weg«, murmele ich. »Wenn er erst verheiratet ist, wird es leichter. Er dachte, er hätte Zara geschwängert.«
Ich sehe an die Decke und kämpfe mit den Tränen.
»Echt?«
»Das hätte mich abgeschreckt.« Ich lache bitter.
»Ich könnte mich nie in einen verheirateten Mann verlieben«, sagt sie.
»Nein, ich auch nicht«, betone ich hastig.
»Es gibt nichts Abschreckenderes als einen Mann, der aus tiefstem Herzen eine andere Frau liebt.«
»Ganz deiner Meinung. Aber das ist es ja. Alex scheint Zara nicht aus tiefstem Herzen zu lieben.«
Bridget blickt besorgt.
Ich erkläre es ihr. »Er hat mir gerade erzählt, Zara habe die Hochzeit vorziehen wollen, als sie glaubte, sie sei schwanger. Er dagegen wollte sie verschieben. Warum hat er ihr die Bitte nicht einfach erfüllt, wenn er sich der Beziehung ganz sicher ist und sie sowieso heiraten will?«
»Vielleicht ist er sich da nicht so sicher.«
»Und was soll das alles dann?« Der Kloß in meinem Hals ist wieder da.
»Weiß der Himmel«, murmelt Bridget. »Ich verstehe immer noch nicht, warum du nicht einfach was mit Lachie anfängst. Das würde dich von Alex ablenken.«
Ich verdrehe die Augen. »Das wäre aus mehreren Gründen nicht okay. Zum einen würde ich dann Lachie nur benutzen, um mich von Alex abzulenken, und zum anderen würde ich mich beschissen fühlen, wenn er mit mir schläft und dann gleich zum nächsten Mädel übergeht.«
»Glaubst du, so ist er?«
»Du nicht?«

Sie legt die Stirn in Falten. »Ich weiß es nicht. Ich bin mir da nicht sicher.«

»Na, jedenfalls werde ich das nicht für einen vierundzwanzigjährigen Gitarrenheini riskieren.«

Sie lacht. »Er ist kein Gitarrenheini.«

»Wenn du ihn so gern hast, warum schläfst du nicht einfach mit ihm?«

»Na gut, dann mache ich das vielleicht«, erwidert sie flapsig, und ich starre sie entgeistert an.

Sie grinst. »Das war doch nur ein blöder Scherz.« Anklagend zeigt sie mit dem Finger auf mich. »Ich *wusste* doch, dass du ihn magst.«

»Gar nicht wahr.« Ich runzele die Stirn. »Eigentlich nicht. Jedenfalls nicht so.«

»Tja, er mag sowieso *dich* und nicht mich«, betont sie.

Ich runzele die Stirn. »Glaubst du wirklich?«

»Ja. *Offensichtlich!*« Sie wirft mir einen genervten Blick zu. »Wie auch immer. Wenn du dir nicht so sicher bist, ob du ihn wirklich heiß findest …«

»Ich habe nicht gesagt, dass ich ihn nicht heiß finde.«

»Ach?«

»Wem geht es bitte nicht so?«

»Wohl wahr«, räumt sie ein.

Ich seufze, stehe auf, räkele mich und gähne laut. »Mal sehen, ob ich jetzt einschlafen kann.«

»Okay. Gute Nacht, Bronte.«

»Gute Nacht, Bridget.«

Als ich ihr Zimmer verlasse, ruft sie mir hinter: »Gute Nacht, Mary Ann!«

»Gute Nacht, Billy Bob!«, rufe ich zurück und gehe in mein Zimmer.

»Gute Nacht, Suzie Lynn!«

Ich grinse. »Gute Nacht, Sally Jo!«

»Gute Nacht, …«

»Halt endlich die Klappe, Bridget!«, falle ich ihr ins Wort und knalle meine Tür schwungvoll zu. Sie prustet los, und ich biege mich ebenfalls vor Lachen.

Kapitel 23

Viel zu schnell ist es wieder Montagmorgen, und auf dem Weg zur Arbeit frage ich mich nervös, wie Alex sich in meiner Gegenwart verhalten wird.
Doch unsere Wege kreuzen sich bereits im U-Bahnhof Tottenham Court Road – zum ersten Mal seit jener Rolltreppenbegegnung.
»Hi!«, ruft er überrascht, als wir nebeneinander durch die Drehkreuze gehen.
»Selber hi«, gebe ich zurück und merke, dass ich erröte. Ich muss auf der Rolltreppe direkt an ihm vorbeigegangen sein, anscheinend völlig in meine Gedanken versunken. Wir gehen zum Ausgang. Alex rückt seine Umhängetasche zurecht. Ich bin noch ein wenig außer Atem und außerdem verlegen. Ich weiß nicht, was ich sagen soll. Hoffentlich fällt ihm etwas ein.
»Hast du schon mit Polly gesprochen?«, fragt er.
»Nein.« Ich mache ein langes Gesicht. »Ich fühlte mich dem nicht gewachsen«, erkläre ich und sehe ihn an. »Wahrscheinlich bin ich einfach ein schlechter Mensch.«
»Unsinn.«
Wir treten aus der U-Bahn-Station hinaus auf die kalte, nasse Straße. Es regnet in Strömen, und ich laufe unter das Vordach des Centre Point. »Was ist aus dem Sommer geworden?«, nörgele ich, während Alex mir folgt und sich die nassen Haare aus dem Gesicht streicht. Es ist Mitte August! Ich hole meinen superleichten Regenschirm aus der Handtasche. Seit ich in England lebe,

finde ich ihn ebenso überlebenswichtig wie meine U-Bahn-Fahrkarte.
»Wenigstens war es gestern schön«, sagt Alex, und wir machen uns auf den Weg Richtung Covent Garden und Redaktion. Ich halte meinen Schirm über uns beide, aber da wir nicht Arm in Arm gehen, wird seine rechte Schulter nass. »Ich habe meine Schwester und ihren Mann in St. Albans besucht«, erzählt er.
»Jo und Brian?«
»Genau.« Er lächelt mich an. »Dein Gedächtnis ist ja phänomenal.«
Ich zucke die Achseln. »Ja, echt der Hammer.«
Er lacht, und mir wird warm ums Herz. Ich bringe ihn gern zum Lachen. »Hast du etwa ein fotografisches Gedächtnis?«, neckt er mich.
»Schön wär's. Nein, normalerweise erinnere ich mich nur an das, was ich verg…«
»Was du vergessen willst?«, beendet er meinen Satz.
Darüber würde ich gern hinweglachen, aber das Lachen bleibt mir im Halse stecken. Ich nicke. Ja, es gibt eindeutig ein paar Erlebnisse, die ich lieber vergessen würde.

Als mein Computer hochgefahren ist, springt mir im Eingangspostfach ein vertrauter Name ins Auge. Ich öffne Lilys Mail und quieke.

Elizabeth Rose Whiting kam am Sonntag, dem 17. August, um 7.15 Uhr zur Welt und wog 3,3 kg. Sie war zwei Wochen zu früh dran, woraus Ben hoffnungsvoll schließt, dass sie uns auch in den kommenden Jahren nicht warten lässt (darauf, dass sie endlich einschläft). Mummy meint, Daddy träumt … Ich erhole mich gut nach einer relativ leichten Geburt – nein, ich hätte auch nicht gedacht, dass ich das einmal sagen würde! (Dank Dr. Gowri und seinen Hypnose-CDs!) Fotos von unserer wunderschönen kleinen Tochter im Anhang. Wir sind gerade sehr verliebt xxx

Ich betrachte die Fotos des winzigen, wunderschönen Babys und schlage mir die Hand vor den Mund. Ist die schön. Ich kann es gar nicht erwarten, sie zu sehen.

Die neueste Ausgabe von *Hebe* landet auf meinem Schreibtisch, und ich sehe auf: Simon steht vor mir. »Danke«, sage ich. Als er die Babyfotos auf meinem Bildschirm sieht, zögert er und lächelt. »Wer ist das?«

»Meine Freundin Lily hat ihr Kind bekommen«, erzähle ich ihm.

»Die Lily, die uns die Fotos von Joseph Strike geliefert hat?«, fragt er neugierig.

»Ja.«

Er beugt sich vor und betrachtet die Bilder. »Ach, ist die niedlich. Sag doch bitte Sarah, sie soll ihr in unserem Namen ein paar Blumen schicken. Die Ausgabe mit Josephs schwangerer Verlobter ist nach wie vor unser bestverkauftes Heft in diesem Jahr.«

Dicht gefolgt von dem Heft mit Joe Strike als frischgebackenem Vater.

»Oh, danke, mache ich gern.«

Wie süß ist das denn? Ich stehe auf und rede mit unserer Redaktionsassistentin Sarah, die diese Aufgabe nur zu gern übernimmt. Sie ist nach wie vor enorm tüchtig und effizient, aber ich frage mich, wie lange Simon sie noch halten kann, bevor sie sich anderweitig nach Aufstiegsmöglichkeiten umsieht.

Eine Woche später kündigt Nicky, was außer mir niemanden in der Redaktion zu erschüttern scheint.

»Man hat es ihr nahegelegt«, flüstert Russ schadenfroh, als wir in der Teeküche stehen.

Stirnrunzelnd sehe ich ihn an. »Wie kommst du darauf?«

»Das ist doch wohl offensichtlich, oder? Sie ist scheiße.«
»Russ.« Ich schnalze mit der Zunge und verdrehe die Augen.
»Die sind wir los«, fügt er noch hinzu.
»So schlimm ist sie auch wieder nicht.« Unfassbar, dass ich sie auch noch in Schutz nehme! Wenn sie Superkräfte hätte, hätten ihre bösen Blicke längst ein riesiges Loch mitten durch meinen Kopf gebrannt.
Einige Tage später ruft Simon mich zu einer Besprechung nach hinten in sein Büro.
»Wie du weißt, hat Nicky gekündigt«, sagt er.
Ich weiß noch immer nicht, ob man ihr wirklich nahegelegt hat, zu kündigen. Sie selbst behauptet, sie wolle eine Auszeit nehmen und ein bisschen mehr Zeit mit ihren alternden Eltern verbringen. »Ja.« Ich nicke.
»Eigentlich ist es unsere Unternehmenspolitik, offene Stellen auszuschreiben, aber ich habe mit Clare gesprochen, und sie ist einverstanden. Wir möchten gern, dass du Nickys Posten übernimmst.«
Ich starre ihn mit weit aufgerissenen Augen an. Einfach so? Sie wollen mich nicht durch brennende Reifen in Form von gnadenlosen Bewerbungsgesprächen springen lassen, wie es sonst üblich ist? Ich muss grinsen.
»Nicht jeder verfügt über die Fähigkeit, so mit den Stars umzugehen, dass sie das tun, was wir von ihnen wollen«, erklärt er lächelnd. »Manche dieser Leute sind sehr, sehr schwierig im Umgang. Du musst extrem taktvoll sein, du darfst sie nicht aufregen oder verärgern, und trotzdem musst du sie ständig – *irgendwie* – überzeugen, beschwatzen, eben alles tun, was nötig ist, damit sie uns geben, was wir brauchen. Nelly Lott ist ein gutes Beispiel dafür, dass du diese Fähigkeit besitzt.«
»Na ja, das war hauptsächlich Alex«, sage ich automatisch.
»Es war eine Gemeinschaftsleistung«, beharrt er, und da kann ich nicht widersprechen. Er fährt fort: »Als Director of Photography

verwaltest du auch das Budget und verhandelst über große Bildstrecken, was bedeutet, dass du mit großen Summen umgehen musst. Wir werden dich natürlich zu ein paar Fortbildungen schicken, zum Beispiel in Management, weil du Personalverantwortung für zwei Leute haben wirst. Ich weiß, du hast Nicky schon vertreten, aber es wäre hilfreich für dich, wenn du ihr über die Schulter siehst, solange sie noch hier ist, damit du dich richtig einarbeiten kannst.«
Dass ich darauf wenig erpicht bin, versteht sich von selbst. »Wird ihr das recht sein?«, frage ich zaghaft.
»Natürlich.« Er klingt sehr zuversichtlich. Andererseits will sie *Hebe* ja sicher als Referenz angeben ... »Helen wird befördert, und die Stelle der Assistentin schreiben wir neu aus.«
»Okay.« Ich nicke, noch immer völlig überwältigt.
»Zufrieden?«, fragt er.
Das ist mir doch bestimmt anzusehen. Und wie. »Ja!«, sage ich begeistert. »Danke!« Aber Moment mal ... »Was ist mit meinem Visum? Das läuft im März ab. Dann muss ich zurück. Ist das nur eine vorübergehende Lösung?«
»Daran habe ich gar nicht gedacht«, räumt er nachdenklich ein. Ich bin kurz davor, den Mut zu verlieren, aber Simon wirkt nicht beunruhigt. »Käme es für dich in Betracht, in Großbritannien zu bleiben?«
»Kann ich das denn einfach so?«
»Ich glaube nicht, dass es ein Problem wäre, dein Visum zu verlängern, wenn du das möchtest.«
Möchte ich das? Ich glaube schon.
»Ich spreche mit Clare darüber«, sagt er. »Sie hat sich schon mit Visa-Fragen befasst und weiß bestimmt, was zu tun ist.«
»Danke.«
»Aber ich will dich so oder so für diesen Posten«, sagt er mit hochgezogener Augenbraue. »Selbst wenn du uns nur noch sechs Monate erhalten bleiben solltest.«

Ich grinse. »Cool.«

»Ich gebe es am Freitag bekannt. Bis dahin behalte es bitte für dich.«

»Geht klar.«

Damit ist die Besprechung beendet, aber mir kommt noch eine Idee. »Hast du schon jemanden als stellvertretenden Bildredakteur im Auge?«

»Nein.« Er schüttelt den Kopf. »Du?«

»Ich hatte an Sarah gedacht.«

»Unsere Redaktionsassistentin?«

»Ja. Sie hat Interesse an Fotos gezeigt, und ich glaube, sie wäre richtig gut.« Als sie erfuhr, dass meine erste Stelle in der Zeitschriftenbranche ebenfalls eine Redaktionsassistenz war, fand sie das sehr interessant.

»Wir reden zusammen mit ihr«, bestimmt Simon.

Als Simon am Freitagnachmittag die Neuigkeiten bekannt gibt, jubeln alle in der Redaktion. Drei von uns werden befördert: Helen, Sarah und ich. Sarah war total aus dem Häuschen über diese Chance – echt entzückend. Simon gibt eine Stellenanzeige für eine neue Redaktionsassistentin auf und wird sich vor Bewerbungen kaum retten können.

Natürlich steht fest, dass meine Freunde und ich hinterher in den Pub gehen. Als Alex mit mir anstößt, scheint er aufrichtig stolz auf mich zu sein.

»Das hast du verdient«, sagt er.

»Danke.« Ich schürze die Lippen und sehe ihn frech an. »Ich glaube, es war das Nelly-Lott-Shooting, das den Ausschlag gegeben hat, also danke dafür.«

Er wirkt verdutzt. »Warum dankst du mir?«

»Du hast sie doch erst davon überzeugt, in einem alten Pyjama und ohne Make-up zu posieren.«

»Das ist nicht nur mein Verdienst«, sagt er entschieden und

schüttelt den Kopf. »Du hast auch deinen Teil dazu beigetragen. Du warst fabelhaft bei diesem Shooting.«
Ich lächele. Das Gleiche dachte ich auch über ihn.
»Fliegst du im März nicht zurück nach Oz?«, unterbricht uns Lisa.
Mein Visum hat Simon nicht erwähnt, und so kläre ich meine Kollegen auf. Clare glaubt nicht, dass die Verlängerung größere Schwierigkeiten bereiten wird.
»Also bleibst du in Großbritannien?«, fragt Alex erschüttert.
»Sieht ganz so aus«, erwidere ich grinsend.
Er erholt sich rasch wieder und scheint sich doch aufrichtig zu freuen. »Na dann, lass uns darauf trinken.«
Wir stoßen erneut an. »Wie läuft's mit euren Hochzeitsvorbereitungen?«, frage ich Russ.
»Die Kirche ist reserviert«, erzählt er. »Wer hat schon seinen Flug gebucht?« Herausfordernd blickt er sich an unserem Tisch um und deutet von einem zum anderen.
»Ich mache es am Wochenende«, meldet Lisa.
Pete übergeht er. »Dass du nicht kommst, weiß ich.«
»Tut mir leid, wir können es uns einfach nicht leisten«, entschuldigt Pete sich und wirkt ein wenig beschämt. »Die Hochzeit hat uns ruiniert.«
»Die Flüge ...«
»Ich weiß, ihr habt gesagt, sie sind superbillig, aber es sind die ganzen anderen Kosten. Außerdem kann Sylvie keinen Urlaub mehr nehmen.«
»Schon gut.« Russ seufzt melodramatisch und wendet sich an mich. »Dass du kommst, weiß ich«, sagt er grinsend.
Trotz meiner Einwände bezahlen Russ und Maria mir und Rachel die Flüge, und Lachie ebenfalls, nehme ich an, doch ich habe seit vorletztem Freitag nicht mehr mit ihm gesprochen.
»Meinen buche ich morgen«, verspricht Alex. Ich horche auf.
»Yeah!« Russ reckt den Arm wie ein Fußballchampion. »Zara auch?«

»Sie kann nicht. Sie muss an dem Wochenende wieder nach New York«, erwidert Alex, und es fühlt sich an, als hätte mir jemand ganz kurz das Herz aus der Brust gerissen und dann wieder zurückgesteckt. Zara kommt nicht, aber er schon?
»Mann, sie ist aber wirklich permanent in New York!«, ruft Russ. »Kann sie nicht ein andermal hinfliegen?«
Alex zuckt die Achseln. »Nein. Ihr Chef ist ziemlich gnadenlos.«
Meine Nerven sind zum Zerreißen gespannt. Als Russ sich an den Nächsten, Tim, wendet, höre ich diesen zwar sagen, er habe seine Flüge schon gebucht, aber in Gedanken bin ich noch bei Alex. Er kommt also zu Russ' und Marias Hochzeit, und zwar allein.

Kapitel 24

Wir treffen uns alle in der Abflughalle des Flughafens Stansted.
»Hey.« Lachie grinst vergnügt und steht auf, um Bridget und mich zu begrüßen. Ich umarme ihn ungestüm – seit jenem verrückten Abend mit Polly habe ich ihn nicht mehr gesehen, und ich freue mich sehr, dass er mitkommt. Er löst sich von mir und lächelt mich liebevoll an. Dann wendet er sich Bridget zu, und ich begrüße auch die Übrigen. Als ich Alex sehe, werde ich richtig aufgeregt. Erst jetzt, wo ich ihn sehe, kann ich glauben, dass er tatsächlich mitkommt.
Der Flug nach Bilbao ist kurz, aber angenehm. Schon am Flughafen gesellen sich ein paar weitere Freunde und nahe Angehörige von Russ und Maria zu uns, und im Nu verstehen wir uns alle blendend.
Bei der Landung in Bilbao um kurz nach ein Uhr mittags ist der Himmel weitgehend blau, aber als wir unser rund eine Autostunde entferntes Ziel erreichen, hängen über den Bergen ein paar Wolken. Der Besitz von Marias Großvater liegt in den Ausläufern der Pyrenäen. Das Ferienhaus selbst ist weitläufig und ein wenig verwinkelt und liegt terrassenförmig auf mehreren Ebenen an einem steilen Hang. Auf der obersten Ebene befinden sich drei Zweibettapartments, die durch eine Auffahrt vom Hauptgebäude getrennt sind. Russ hat sie für seine Familie und einige von seinen und Marias engsten Freunden reserviert, während Marias Familie bei ihrem Großvater in seiner separaten Wohnung auf der untersten Ebene wohnt.

Als wir ankommen, erwarten Marias Großvater und ihre Eltern uns an der Auffahrt, und dann wird erst einmal umarmt und geküsst und Spanisch gesprochen – ich verstehe kein Wort, aber es klingt alles sehr herzlich. Erst dann dürfen wir mit unserem Gepäck hineingehen.

Wir Übrigen schlafen im ein wenig heruntergekommenen Hauptgebäude, das oberhalb der Wohnung des Großvaters liegt. Wir betreten es durch eine große Küche mit einem langen Holztisch, der Platz für zwölf bietet. Eine kleine Treppe führt in einen Fernsehraum, eine weitere Treppe von dort aus in den hinteren Teil des Hauses, wo zwei Doppelzimmer mit Balkonen und Blick auf die majestätischen, bewaldeten Berge liegen. Russ lässt seine Tasche im größeren der beiden Zimmer zu Boden fallen. Es hat einen riesigen Südbalkon mit Blick auf einen Swimmingpool und einen Rasen, auf dem ein weißer Pavillon errichtet worden ist. Bei diesem Anblick stößt Maria einen Laut des Entzückens aus. Obwohl sie ja bereits von Russ schwanger ist, waren ihre Eltern angeblich entsetzt über die Vorstellung, Maria könne mit Russ in einem Zimmer schlafen. Aber es bringt ohnehin Unglück, den Bräutigam vor der Hochzeit zu sehen, daher schläft sie heute in der Wohnung ihres Großvaters, und ab morgen schlafen die beiden dann als Mann und Frau zusammen.

Maria führt Bridget und mich ins Zimmer nebenan, das einen kleineren Ostbalkon hat. Weil wir so aufgeregt und neugierig auf den Rest des Hauses sind, folgen Bridget und ich den anderen die zweite Treppe hinauf in den vorderen Teil des Hauses. Ganz oben befinden sich drei weitere Doppelzimmer. Alex und Lachie bekommen das einzige Zimmer mit zwei Einzelbetten.

»Wenigstens kannst du mich diesmal nicht treten«, merkt Alex trocken an und stellt seine Tasche auf das Bett am Fenster.

»Ja, aber ich muss immer noch dein Schnarchen ertragen«, gibt Lachie zurück und lehnt den Gitarrenkoffer an die Wand.

Ich glaube, das war ein Scherz. Soweit ich weiß, schnarcht Alex nicht.

Lisa, Tim und ihre Lebensgefährten schlafen in den anderen beiden Zimmern, und Rachel nächtigt mit zwei Freundinnen von Maria, die sie gut kennt, in einem der anderen Apartments.

Dann erkunden wir das Gelände. Eine Seitentür führt aus dem Gebäude auf eine kleine Treppe, über die man zu einem von gewaltigen Hortensienbüschen mit großen rosa, violetten und blauen Blüten umgebenen Grillbereich mit einem runden Steintisch gelangt. Eine weitere Treppe führt auf die ausgedehnte Rasenfläche mit dem Pavillon, und rechts davon liegt der Pool. Zwar ist der Himmel ein bisschen bedeckt, aber die Luft ist richtig warm. Winzige Spatzen flitzen von Ast zu Ast, und über dem Pool schweben große, leuchtend gestreifte Libellen.

Ich hoffe, Maria und Russ haben in unserem Tagesablauf ein bisschen Zeit für den Swimmingpool eingeplant.

»Schwimmen?«, schlägt Russ vor und reibt sich voller Vorfreude die Hände.

»Du kannst wohl Gedanken lesen«, kommt Bridget mir zuvor.

Wir kehren ins Haus zurück, um uns umzuziehen, und aus einer Laune heraus schnappe ich mir meine Kamera und befestige das 35-mm-Objektiv daran. Dieses Objektiv war beim Kauf der Kamera vor ein paar Jahren dabei, aber neulich habe ich in zwei zusätzliche, erstklassige Objektive investiert: ein 200-mm-Objektiv und ein unglaublich gutes, aber auch astronomisch teures 85 mm f1.2 für beinahe zweitausend Pfund. Mit meiner Beförderung ist auch eine Gehaltserhöhung verbunden.

Heute ist Nickys letzter Tag. Es tut mir leid, dass ich nicht da bin, um einen Abschiedsumtrunk im Pub vorzuschlagen – aber so leid auch wieder nicht. Sie hat nie auch nur das geringste Interesse daran bekundet, freitagabends mit uns zu kommen, und ich kann mir nicht vorstellen, dass sie jetzt noch damit anfangen würde. Immerhin, ihr über die Schulter zu sehen, war bei weitem nicht so schlimm, wie ich befürchtet hatte. Im Gegenteil: In den letzten paar Wochen war sie lockerer, als ich sie je erlebt hatte. Jetzt nimmt sie erst einmal ihre Auszeit und besucht eine Weile ihre Eltern in Wales, aber sie hat schon angekündigt, bald nach London zurückzukehren und sich eine Stelle bei einem Monatsmagazin zu suchen. Sie behauptet, mit Wochenzeitschriften sei sie »durch«.

Bevor ich gestern nach Hause ging, schenkte ich ihr eine nette Karte und Pralinen, aber ich habe nicht vergessen, wie schwer sie mir das Leben zeitweise gemacht hat, und kann nicht behaupten, ich sei nicht froh über ihre Kündigung.

»Mach schon, Bridget!«, dränge ich, als sie sich nicht zwischen ihren drei Bikinis entscheiden kann. Ich trage meinen einzigen, und der ist rot. Darüber ziehe ich noch einen schlichten weißen Kaftan. Ich habe eine ziemlich gute Figur, aber ich habe nicht vor, hier praktisch nackt durch die Gegend zu laufen.

»Den grünen«, sage ich, und sie entscheidet sich spontan und stürzt ins Bad.

»Warte auf mich!«, schreit sie. Ich verdrehe die Augen und warte auf dem Treppenabsatz vor unserem Zimmer auf sie. Lachie kommt die Treppe herabgelaufen. Er trägt pinkfarbene Surfershorts, die ziemlich scharf sind, und sonst nichts. Seine wohldefinierte Brust ist verführerisch gebräunt, und unwillkürlich entweicht mir ein Seufzer. Ich bin versucht, gleich hier und jetzt ein Foto von ihm zu machen. Er deutet mit dem Kopf auf die Kamera, die ich mir um den Hals gehängt habe. »Arbeitest du schon?«

»Warum nicht?«

Gleich darauf kommt auch Alex in einer weißen Badehose aus dem Zimmer, und sofort muss ich daran denken, bei welcher Gelegenheit ich seinen schönen schlanken Körper zuletzt ähnlich unbekleidet sah. Es ist zwei Jahre her, aber er wirkt noch immer erschreckend vertraut auf mich. Er ist nicht so breit gebaut oder so muskulös wie Lachie, aber auch sein Körper ist wohldefiniert, fit und einfach großartig, und ich fasse es nicht, dass mir solche Gedanken durch den Kopf gehen. Ich rufe Bridget zu, sie solle sich beeilen.

Lachie sieht an mir vorbei in unser Zimmer, wo Bridget sich einen schwarzen Sarong um die Hüften knotet. »Nicht zu fassen, dass ihr zwei Bräute in einem Bett schlaft«, murmelt er, sieht wieder zu mir und hebt vielsagend eine Augenbraue.

»Nicht schon wieder.« Alex klingt, als trüge er die Last der gesamten Welt auf den Schultern.

»Sag nicht, du findest die Vorstellung nicht scharf«, neckt Lachie ihn grinsend, lehnt sich an die Wand und verschränkt die Arme. Dabei wölben sich seine Bizepse. Ich werfe einen Blick über die Schulter: Alex verdreht die Augen. Ich grinse Lachie an, und endlich kommt auch Bridget zu uns.

»Was ist scharf?«, fragt sie unschuldig.

»Du und Bronnie«, erwidert Lachie und stößt sich von der Wand ab. Bridget wirkt amüsiert, aber verwirrt.

»Wir zusammen in einem Bett«, erläutere ich.

»Oh. Wollt ihr euch dazugesellen?«, scherzt sie in verführerischem Ton.

»Ermutige ihn nicht noch, du dumme Kuh!«, schreie ich, und sie lacht laut.

Ich wende mich zum Gehen. Alex hält uns mit einem schiefen Lächeln die Tür auf. Lachie lacht in sich hinein und folgt mir nach draußen.

Unten am Pool kommen mir Zweifel, ob es eine so gute Idee war, die Kamera mitzunehmen. Was, wenn sie nass wird? Oder schlimmer? Ich beschließe, jetzt gleich ein paar Aufnahmen zu machen und sie dann zurück ins Zimmer zu bringen. Ich erwische Alex mitten bei einem perfekten Kopfsprung ins tiefe Ende des Pools. Er taucht wieder auf und streicht sich die nassen Haare aus dem Gesicht. Dann mache ich ein paar Fotos von Lachie, der eine pro-

testierende Bridget hochhebt, in den Pool wirft und hinterherspringt. Russ fange ich ein, als er gerade eine Kühltasche mit Eis und Bierflaschen die Treppe herunterträgt, flankiert von seinem Bruder und seinem Trauzeugen, einem alten Freund aus seiner Heimatstadt. Und Maria fotografiere ich, als sie gerade Arm in Arm mit ihrem betagten Großvater in den Pavillon geht.
Russ öffnet Bierflaschen und verteilt sie, und Lachie klettert aus dem Pool, um sich eine zu holen. »Du solltest die wirklich weglegen«, sagt er mit einem frechen Grinsen zu mir und trinkt einen großen Schluck Bier, während ihm das Wasser in kleinen Rinnsalen über den durchtrainierten Körper läuft.
»Bleib mir bloß vom Leib«, warne ich ihn und mache spontan gleich noch ein Foto von ihm.
»Das gefällt dir wohl.« Aufreizend fährt er sich mit der Hand über den Waschbrettbauch.
»Idiot.« Ich versuche, eine ernste Miene zu bewahren.
»Wie hast du mich genannt?« Er tut entsetzt und stellt langsam und absichtsvoll die Bierflasche auf das mosaikgekachelte Tischchen. Ich lasse die Kamera sinken und weiche zurück. »Wag es ja nicht!«
Er kommt immer näher und hebt eine Augenbraue.
»Wag. Es. Ja. Nicht«, wiederhole ich. Er kommt weiter auf mich zu. »Lachie, nicht.« Jetzt bekomme ich es ein bisschen mit der Angst zu tun. Das würde er doch nicht tun, oder? »Du ruinierst meine Kamera!«, rufe ich erschrocken.
Er bleibt wie angewurzelt stehen. »Als ob ich deine Kamera in den Pool werfen würde«, schimpft er, und ich weiß nicht, ob er aufrichtig verletzt ist oder mich noch immer aufzieht. Er kehrt mir den Rücken zu, und ich starre ihn verunsichert an. Dann geht er zurück zum Tisch und nimmt seine Bierflasche. Ich weiß nicht, was ich davon halten soll, und beschließe, die Kamera sicherheitshalber in mein Zimmer zurückzubringen.
Als ich zurückkehre, haben sich Rachel und einige von Russ'

und Marias Freunden zu unserer Schar am Pool gesellt, und es herrscht regelrecht Partystimmung. Maria hat sich bereiterklärt, heute Abend den Minibus zu fahren. Wir wollen alle im nahe gelegenen San Sebastián ausgehen, und sie trinkt logischerweise nichts.

»Nicht zu fassen, dass ihr einen gemeinsamen Junggesellen- und Junggesellinnenabschied veranstaltet«, beklagt sich Lachie.

»Tja, ich kann jetzt schon sagen, dass es ganz sicher nicht so spät wird. Ich habe morgen eine Hochzeit«, entgegnet Maria.

»Ach was, du bist doch eine großartige Visagistin«, sagt Bridget und reicht mir ein Bier. »Die dunklen Ringe unter den Augen deckst du doch locker ab.«

Lachie steht ganz in der Nähe, und ich stoße sanft mit ihm an.

»Ich weiß, dass du mich und meine Kamera nicht wirklich in den Pool werfen würdest«, sage ich leise.

Sofort ist das schelmische Funkeln in seinen Augen wieder da.

»Dass ich *dich* nicht in den Pool werfen würde, habe ich nicht gesagt.«

»Oh. Mist.« Wie blöd kann man sein?

Ich stelle die Flasche ab und renne los, doch er hat mich im Nu eingeholt und hebt mich hoch. Ich kreische, aber er trägt mich gnadenlos zum Pool und wirft mich hinein, mitsamt Kaftan. Keuchend und Wasser spuckend komme ich wieder hoch.

»Ich Tarzan, du Jane!«, ruft er und spannt die Armmuskeln an. Ich muss lachen. Bridget schleicht hinter ihn, und ich halte den Blick fest auf Lachie gerichtet, um sie nicht zu verraten. Es funktioniert: Sie gibt ihm einen Schubs, und er fliegt ins Wasser. Jetzt springen auch die Übrigen hinein, und ich habe so viel Spaß wie schon lange nicht mehr.

Abends machen Bridget und ich uns gemeinsam ausgehfertig. Da ich weiß, wie lange sie im Bad benötigt, dusche ich als Erste. Dann ziehe ich ein oberschenkellanges schwarz-weißes Minikleid und

Highheels an. Die Haare lasse ich offen. Zum Schminken bediene ich mich an Marias Make-up: Sie hat immer das beste Zeug. Auch sie ist im Handumdrehen fertig, daher gesellen Russ, die übrigen Jungs und ich uns auf einen Drink auf ihrem Balkon zu ihr, während wir auf die anderen warten. Lachie und Alex haben eine große Schüssel Sangria gemacht, mit Rotwein, Limonade, Cointreau, viel frischem Orangensaft und dazu Zitronen- und Orangenschnitzen. Lachie schöpft mir ein Glas voll. Er trägt eine schwarze Hose und ein schwarzes Hemd, das sich eng an seinen breiten Oberkörper schmiegt. Seine sandblonden Haare sind noch feucht vom Duschen. Ausnahmsweise hat auch er sich ein bisschen mehr Mühe gegeben. Alex steht auf und überlässt mir seinen Stuhl – es gibt nur vier Stühle, aber an der Wand steht noch eine Bank. Er trägt ein legeres cremefarbenes Leinenhemd mit silbernen Nadelstreifen und eine Cargohose. Die Ärmel hat er wie üblich hochgekrempelt und die Haare nach hinten gekämmt.

»Danke«, sage ich lächelnd und setze mich auf den angebotenen Platz. »Ich schone meine Füße fürs Tanzen später.« Ich hebe die Füße, und er grinst mich an.

»Tanzen, was? Du willst dir doch bestimmt nur die Kante geben, oder?«

Ich zucke die Achseln und trinke einen Schluck. »Hoppla! Ich fürchte, ich habe keine andere Wahl«, rufe ich und halte das Glas von mir.

Lachie und Alex lachen.

»Ist sie sehr stark?«, fragt Maria.

»Nur ein bisschen«, erwidere ich.

»Ach, ich wünschte, ich könnte auch was trinken«, klagt sie. Russ reibt ihr tröstend die Schulter.

»Entschuldige«, murmelt er.

»Genau, du bist schuld«, gibt sie zurück.

»Moment mal, es war nicht meine Idee, die Zelte zu tauschen«, ruft er und hebt die Hände.

»Eigentlich ist Bronte schuld«, sagt Maria grinsend. »Wenn du nicht beschlossen hättest, dreißig zu werden ...«

»Mo-ment!«, unterbreche ich sie. »Wenn hier überhaupt jemand schuld ist, dann Bridget. Sie hat den Ausflug organisiert.«

»Was soll ich jetzt schon wieder getan haben?«, ruft Bridget und kommt in einem engen roten, rückenfreien Kleid auf den Balkon, in dem sie höllisch sexy aussieht.

Ich zeige auf sie. »*Du* bist schuld an *ihrem* Baby«, sage ich.

Sie grinst. »Wenn das so ist, bin ich auch an diesem verdammt geilen Kurzurlaub schuld, und dafür müsst ihr mich heute Abend aushalten. Ab sofort.«

Lachie bringt ihr ein Glas Sangria, dann setzt er sich wieder und klopft auf sein Knie. Sie hockt sich nur zu gern darauf.

»Nettes Kleid, Bridgie«, murmelt Lachie anerkennend und streicht mit dem Finger über ihren nackten Rücken.

»Nun, danke, Sir«, sagt sie gedehnt und dreht ihm den Kopf zu. »Beehren Sie mich bald wieder.«

»Vielleicht komme ich darauf zurück.« Er lacht in sich hinein, und sie kichert.

Unabsichtlich seufze ich und sehe zu Alex, der sich auf die Bank an der Wand gesetzt hat. Rachel und eine von Marias Freundinnen kommen ebenfalls auf den Balkon. Ich stehe auf und gehe zu Alex, um Platz am Tisch zu machen.

»Hast du Polly in letzter Zeit gesehen?«, fragt er leise, während die anderen plaudern und lachen.

»Nein. Wir haben uns ein paar SMS geschrieben. Kein Wort über jenen Abend. Ich bezweifle, dass sie sich daran erinnert.« Ich müsste mit Grant über eine Intervention sprechen, aber bisher konnte ich mich nicht überwinden, ihn anzurufen. Darauf bin ich nicht stolz, aber Polly und ich kennen uns schon so lange, dass die Konfrontation dadurch sicher umso schwieriger wird. Ich weiß nicht, was sie mir alles an den Kopf werfen wird, wenn ich ihr sage, dass *sie* ein Problem hat. Die Wahrheit ist: Ich habe Angst davor.

Ich spiegele Alex' Körpersprache, beuge mich vor und lege die Ellbogen auf die Knie.

»Es ist so schön hier«, sage ich.

In der Ferne fallen die Berge zum Meer hin ab. Die Wolken glühen orange am blassblauen Abendhimmel, und die Bäume sehen in diesem Sonnenuntergang aus, als stünden sie in Flammen.

»Ich habe gehört, man kann zu einem Wasserfall da hinten wandern.« Er deutet auf die Berge links von uns.

»Da wäre ich dabei.«

»Vielleicht am Sonntag? Bevor wir zurückfliegen?«

»Ist gebongt. Hast du deine Kamera dabei?«

»Ja.« Er nickt.

»Ah! Dann bekomme ich endlich mal ein paar von deinen Fotos zu sehen.«

Er lacht. »Die sind nichts Besonderes.«

»Du bist so kreativ.« Ich stupse ihm den Ellbogen in die Rippen.

»Ich wette, sie sind toll.« Er lehnt sich zurück, legt ein Bein am Knöchel auf das andere Knie und winkt ab. »Was für Motive fotografierst du gern?«

»Hauptsächlich Landschaften. Menschen fotografiere ich eigentlich nicht.«

»Dann wirst wohl kaum jemals Hochzeitsfotograf«, witzele ich.

»Ich glaube, man kann unbesorgt sagen, dass du diesen Bereich schon abdeckst.«

»Hm-hm.« Ich lehne mich auch an die Wand. Mit einem Mal bin ich besorgt. »Ich bin ein bisschen nervös wegen morgen«, gestehe ich ihm.

»Im Ernst?« Er staunt. »Warum? Weil ihr befreundet seid?«

»Ja. Da will ich es besonders gut machen.«

»Nur kein Stress. Du machst das bestimmt gut. Mehr als gut. Fabelhaft.«

»Na ja.« Ich erröte, blicke hoch und sehe ihm direkt in die schönen blauen Augen. Oh, warum stehe ich bloß immer noch auf ihn?

Es tut weh.
Er wendet den Blick ab und räuspert sich. Ein befangenes Schweigen tritt ein. Ich breche es.
»Wie läuft es jetzt mit Zara nach ... du weißt schon ...« Dem Schrecken mit der Schwangerschaft.
»Ganz gut. Sie musste in letzter Zeit viel arbeiten.«
»Sie ist ein ziemlicher Karrieretyp, oder??«
»Extrem«, erwidert er.
Ich zögere, doch meine Neugier behält die Oberhand. »Was ist eigentlich aus ihrem Arbeitskollegen geworden?« Ich meine den Mann, an dem sie angeblich interessiert war, als Alex und sie eine Auszeit vereinbart hatten.
»Sie sagt, da sei nie was gelaufen.«
»Hast du ihr von ...« Ich klappe den Mund zu. Nicht zu fassen, dass ich ihn wirklich fragen wollte, ob er ihr von mir erzählt habe.
»Okay!« Glücklicherweise klatscht Russ jetzt in die Hände und lenkt unser aller Aufmerksamkeit auf sich. »Dann mal los.«

Es ist noch hell, als Maria uns – ein bisschen orientierungslos, das muss leider gesagt werden – nach San Sebastián fährt. Sie macht eine kurze Stadtrundfahrt mit uns, bevor sie den Minibus abstellt, und dann schlendern wir zusammen durch die hübschen Straßen. Die Architektur ist eine spannende Mischung aus alten spanischen Gebäuden und innovativen Neubauten. Schließlich sind wir an der weitläufigen Bucht La Concha, die von drei Bergen umgeben ist. Mitten in der Bucht vor uns erhebt sich das Inselchen Santa Clara, und vom Gipfel des Monte Urgull zu unserer Rechten blickt eine große Christus-Statue auf uns herab. Maria, die im Gegensatz zu mir ziemlich religiös ist, sagt, sie soll die Stadt beschützen.
Bridget weiß, wie die ganzen Berge heißen, und ich bin sehr beeindruckt – manchmal vergesse ich total, dass sie Reiseschriftstellerin

ist. Sie erzählt, der Strand La Concha werde in Reisemagazinen häufig als einer der besten Stadtstrände der Welt beschrieben.
Da wir in der Villa bereits mit Sangria vorgeglüht haben, beginnen wir gleich mit einem Bummel durch die Tapasbars, und als wir in dem Club ankommen, in den wir wollten, kann man mich mit Fug und Recht betrunken nennen. Maria scheint sich herrlich zu amüsieren, obwohl sie nichts trinken kann, und sogar Rachel, die sonst nie viel Alkohol zu trinken scheint, hat schon ordentlich einen im Tee.
Der Club ist sehr beliebt und die Musik laut. Lachie und Bridget stehen an der Bar und reihen Shots auf, die wir definitiv nicht brauchen, und ich lehne mich an eine Säule und verschnaufe ein bisschen, weil meine Füße höllisch weh tun. Wo Alex ist, weiß ich nicht.
Lachie bringt mir einen Shot, aber ich schüttele den Kopf.
»Ach, komm!«, ruft Bridget mir zu und kippt ihren Shot. Lachie tut es ihr nach, und dann gibt er mir eine letzte Chance, meinen zu trinken.
»Nein, danke!«, sage ich leicht schwankend. Er zuckt die Achseln und trinkt auch meinen Shot.
»Das kommt mir merkwürdig bekannt vor«, sagt Alex mir ins Ohr. Er nimmt seinen Shot entgegen und trinkt ihn.
»Nicht wahr?« Ich werfe ihm einen amüsierten Blick zu. In diesem Licht sind seine Augen dunkler. Er greift an mir vorbei, um sein Glas auf die Theke zu stellen, und streift dabei meinen nackten Arm. Ich bekomme eine Gänsehaut und wende mich Lachie zu, um mich abzulenken.
»Freust du dich schon darauf, zu Weihnachten nach Hause zu fliegen?«, frage ich, einfach um etwas Nettes zu sagen. Ich muss mich dicht zu ihm beugen und ihm ins Ohr sprechen.
»Ja und nein.« Er lächelt. »Ich habe das Gefühl, dass ich nicht lange genug hier war, aber es wird schön sein, meine Familie wiederzusehen. Und wer weiß, vielleicht komme ich ja zurück.«

»Was hast du vor, wenn du wieder dort bist?«
»Keine Ahnung.« Er zuckt die Achseln. »Weiter Musik machen, schätze ich. Ich habe keine großen Karrierepläne.«
Seine Sorglosigkeit amüsiert mich. »Ich werde dich vermissen!« Aus einem Impuls heraus werfe ich ihm die Arme um den Hals, umarme ihn freundschaftlich und schwanke betrunken.
Er löst sich von mir und sieht mich stirnrunzelnd an. Habe ich etwas falsch gemacht?
»Los, wir gehen tanzen!«, ruft Bridget und zieht mich fort, ehe ich ihn fragen kann.
Später, als ich wirklich nicht mehr stehen kann, sehe ich mich nach einem Sitzplatz um und entdecke Alex bei einigen von Marias Freunden. Ich gehe zu ihnen, und Alex rutscht auf der Bank zur Seite, um Platz für mich zu machen.
»Meine Füße bringen mich um«, klage ich. »Warum trage ich immer diese bescheuerten Highheels?«
Er grinst und streicht mir eine Haarsträhne hinters Ohr. Die Geste ist viel zu vertraulich, und ich reiße die Augen auf.
»Entschuldige.« Er scheint selbst bestürzt darüber zu sein.
Hastig schüttele ich den Kopf, und dann wird ein Song gespielt, der Marias Freunden wohl etwas bedeutet, denn sie stürzen auf die Tanzfläche und lassen uns allein.
»Hast du je an mich gedacht?« Die Frage ist raus, ehe ich sie aufhalten kann.
Bekümmert sieht er mich an.
Ich weiß, es ist falsch. Ich weiß, ich bin betrunken. Ich sollte aufstehen und gehen. Oder *er* sollte aufstehen und gehen. Aber er tut es nicht, und auch ich bleibe wie festgewachsen auf meinem Platz sitzen.
Schließlich nickt er bedächtig, ohne den Blick von mir abzuwenden. »Ständig.«
Das Herz schlägt mir bis zum Hals, und in meinen Ohren rauscht das Blut.

»Was ist passiert, nachdem ich wieder weg war?« Wir sitzen dicht nebeneinander und weit genug von den Lautsprechern entfernt, um nicht schreien zu müssen.

»Wir haben so ziemlich da weitergemacht, wo wir aufgehört hatten.« Er seufzt tief. »Du warst fort.« Er hat die Arme verschränkt, ich ebenfalls, und plötzlich streift er mit der rechten Hand meine linke. Er zieht sie nicht wieder weg, und auch ich rege mich nicht. Die Berührung ist elektrisierend.

»Ich habe im Impressum von Magazinen nach deinem Namen gesucht«, erzähle ich ihm.

»Ich habe bei einer Zeitung gearbeitet.« Er lächelt verhalten.

»Ich weiß.«

Er schiebt seine Hand näher und verschränkt die Fingerspitzen mit meinen. Es fühlt sich genau richtig an. Der Raum um uns herum verblasst.

Plötzlich wird mir klar, dass ich ihn liebe. Ich könnte heulen.

»Warum hast du nicht oben gewartet?«, frage ich, und meine Nase kribbelt. »Damals auf der Rolltreppe.«

»Ich wollte ja«, sagt er. »Aber dann habe ich an Zara gedacht und ... konnte es einfach nicht.«

Als ich ihren Namen höre, balle ich reflexartig die Hand zur Faust und unterbreche dadurch unseren Körperkontakt.

»Bronte ...«, murmelt er. Und dann blicke ich auf und sehe Lisa auf uns zukommen. Als ihr auffällt, wie dicht nebeneinander wir sitzen, gefriert ihr das Lächeln ein bisschen. Ich komme wieder zu mir und rücke hastig von ihm ab.

»Hey!«, rufe ich gespielt munter. »Amüsiert ihr euch?«

»Ja, und ihr?« Sie setzt sich neben Alex, und das ist das Ende unserer Unterhaltung. Zumindest erst mal.

Als wir wieder im Landhaus sind, sagen Russ und Maria allen gute Nacht, aber Bridget überredet ein paar der anderen zu einem Gute-Nacht-Drink am Steintisch im Grillbereich. Unwillkürlich sehe ich zum Nachthimmel hoch. Weit oben kreist ein Satellit um

die Erde und sieht aus wie eine Sternschnuppe in Zeitlupe. In der frischen Luft bekomme ich wieder einen etwas klareren Kopf und weiß, ich sollte schlafen gehen. Rachel ist bereits im Bett, und wir müssen ja beide morgen arbeiten. Da ich mir denken kann, wie Bridget das aufnehmen würde, stehle ich mich einfach davon.
Es ist stickig in unserem Schlafzimmer, und ich öffne die Balkontür. Jetzt, wo ich allein bin, ist in meinem Kopf Raum, um über das nachzudenken, was vorhin mit Alex vorgefallen ist. Im Nu überschlagen sich meine Gedanken, und da weiß ich, dass an Schlaf jetzt nicht zu denken ist. Ich ziehe die Schuhe aus und gehe auf den Balkon. Auf den Terrakottafliesen liegt ein wenig Sand. Der ist bestimmt immer da, egal, wie oft gefegt wird. Ich lehne mich über die eiserne Brüstung. Die Berge vor mir sind dunkel, aber am Himmel leuchten stecknadelkopfgroße Sterne. Beinahe überhöre ich das Klopfen an meiner Tür.
»Ja, bitte?«, rufe ich und drehe mich um. Die Tür geht auf, und Alex kommt herein. Er sieht sich um.
»Ich bin hier draußen«, rufe ich leise, und als er auf den Balkon kommt, beginnt mein Herz zu rasen.
»Wir haben unser Gespräch nicht zu Ende gebracht«, sagt er und stellt sich zu mir ans Geländer.
»Hast du ihr je von mir erzählt?«, frage ich ganz direkt, nun, da wir allein sind und endlich offen reden können.
Er zögert kurz. »Nein.« Er seufzt. »Es hätte sie nur verletzt, und das fand ich sinnlos. Schließlich dachte ich, ich sehe dich nie wieder.«
Mutlos sehen wir einander an. Wenn wir es nur gewusst hätten. Wäre unsere Beziehung dann jetzt eine andere? Schwer zu sagen.
»Als ich dich auf der Rolltreppe sah, konnte ich es kaum glauben«, erzählt er mir.
»Ich bin zurück nach oben gerannt und habe überall nach dir gesucht«, flüstere ich und denke daran, wie weh das tat.

»Tut mir leid. Ich bin einfach … durchgedreht. Als ich zur Arbeit kam, konnte ich kaum klar denken. Der erste Tag in einem neuen Job, und ich bin völlig durch den Wind. Und als ich dann zu diesem Fotoshooting kam und dich da auf dem Bürgersteig stehen sah …« Fassungslos schüttelt er den Kopf; dann blickt er stumm zum Sternenhimmel hoch. Ich sehe ihn schlucken; sein Adamsapfel hüpft auf und ab.
»Ich kann nicht glauben, dass du heiratest«, sage ich verzagt, und während ich mit den Tränen kämpfe, schießt mir ein scheußlicher Gedanke durch den Kopf: Ich bin ein *schlechter* Mensch. Ich verdiene die Liebe nicht. Ich verdiene ihn nicht. Er gehört nicht zu mir. Er gehört zu Zara. Er gehört schon seit Jahren, lange bevor ich daherkam und alles verkomplizierte, zu ihr.
Alex dreht sich zu mir um und streicht langsam mit dem Finger über meine Schläfe. In meinem Bauch flattern so viele Schmetterlinge, dass ich ihre Flügel womöglich schlagen hören könnte, wenn nur mein Herz nicht so laut pochte.
»Ich weiß weder aus noch ein«, flüstert er.
Ich liebe ihn. Und das tut so weh.
Er zieht mich in die Arme, und ich bin unfähig, ihn davon abzuhalten. Ich schließe die Augen und lege den Kopf an seine Brust, und er wölbt zärtlich die Hand um meinen Hinterkopf. Meine eigenen Hände sind klamm, und mein Herz fleht um eine Atempause. Tränen laufen mir über die Wangen.
Er löst sich ein wenig von mir und sieht mich an. »Hey«, sagt er bestürzt und wischt mir mit den Daumen die Tränen ab.
»Du solltest gehen«, sage ich erstickt, lege meine Hände auf seine und löse sie sanft von meinem Gesicht. »Die anderen suchen vielleicht nach uns. Ich glaube, Lisa vermutet schon etwas.«
»Wir tun doch nichts Falsches.« Er runzelt die Stirn und lässt die Hände fallen.
Ich werfe ihm einen befremdeten Blick zu, und er seufzt. »Na gut.« Aber er will offenbar noch nicht gehen. »Komm her«, sagt

er und nimmt mich noch einmal in die Arme, diesmal jedoch weniger leidenschaftlich als freundschaftlich. »Alles in Ordnung?«, fragt er, das Gesicht in meinen Haaren vergraben.
»Ja.« Ich löse mich von ihm. »Ich sollte ein bisschen schlafen. Ich muss morgen arbeiten.«
»Stimmt.«
Ich streife den Sand von den Füßen, gehe zurück hinein und begleite ihn zur Tür. Leise öffne ich sie und spähe hinaus, aber alles ist ruhig. »Bis morgen«, sage ich, als er hinausgeht. Ich will die Tür schon wieder schließen, doch er hält sie mit der Hand offen und sieht mir in die Augen. Er wirkt innerlich zerrissen.
»Ich weiß weder aus noch ein«, wiederholt er gequält, und da bin ich sicher, dass er mich küssen wird, und ich weiß, dass ich ihn nicht davon abhalten werde. Doch zu meinem Schrecken geht hinter ihm die Tür zum Garten auf, und Lachie kommt herein. Als er Alex und mich einander zugewandt an meiner Schlafzimmertür stehen sieht, blickt er entgeistert. Ich reagiere instinktiv und schlage Alex ohne lange zu fackeln die Tür vor der Nase zu.

Kapitel 25

Wenn ich keine Hochzeit zu fotografieren hätte, säße ich wohl im nächsten Flugzeug nach England. Alex und Lachie schlafen in einem Zimmer, und ich mag mir gar nicht vorstellen, was sie sich heute Nacht hinter verschlossenen Türen noch an den Kopf geworfen haben mögen. Vielleicht nichts, aber es würde mich wundern, wenn die Stimmung zwischen den beiden heute nicht angespannt wäre. Hoffentlich fällt das außer mir niemandem auf.

Bridget hat mich nicht gefragt, warum ich gestern Abend so plötzlich verschwunden bin. Sie ist so verkatert, dass es ihr egal ist, glaube ich, selbst wenn es ihr aufgefallen sein sollte. Ich hörte sie mitten in der Nacht hereinkommen. Sie fiel ins Bett, ohne sich auch nur auszuziehen, und heute Morgen musste ich sie wachrütteln, damit sie sich rechtzeitig fertig machen konnte. Zum Dank verfluchte sie mich mehrfach.

Ich assistiere Rachel in der Wohnung von Marias Großvater bei den Fotos von der Brautvorbereitung, und es tut gut, etwas zu haben, was mich von heute Nacht ablenkt. Maria strahlt richtig, allem Schlafmangel zum Trotz. Wir fotografieren sie dabei, wie sie sich selbst schminkt.

»Wie fühlst du dich?« Ich lächele sie herzlich an. Diese Frage habe ich sie schon so vielen Bräuten stellen hören.

Sie kichert. »Besser als du.«

»Bestimmt. Hast du dich denn gestern Abend amüsiert?«, frage ich, während Rachel ein Foto von uns beiden macht.

»Ich habe den Abend total genossen. Der beste Junggesellinnenabschied überhaupt.«

Ich grinse. »Meinst du, Russ hat sich auch amüsiert?«

»Allerdings, der hatte richtig Spaß. Aber ich wette, heute ist er ein bisschen angeschlagen.«

Maria und Russ heiraten im nächsten Ort, von hier aus bloß ein Stück den Hügel hinab. Russ' Vater chauffiert uns alle mit dem Minibus zur Kirche und wieder zurück. Rachel sieht auf die Uhr.

»Meinst du, ich sollte gehen?«, frage ich sie widerstrebend.

»Ich glaube, es wird Zeit.«

Unwillig stehe ich auf. Wir haben uns darauf geeinigt, dass ich die Gäste beim Einsteigen in den Minibus fotografiere, aber ich würde Alex und Lachie lieber aus dem Weg gehen.

Es ist ein strahlend schöner Tag, was Maria zufolge in Nordspanien nicht so normal ist, wie man meinen könnte. Anscheinend regnet es hier viel. Dafür ist es aber auch sehr grün.

Mit pochendem Schädel gehe ich die Treppe hinauf zur Auffahrt und höre die Leute schon von weitem murmeln, vergnügt plaudern und lachen. Lachie steht bei Bridget, die zwar eine dunkle Sonnenbrille trägt und ein bisschen angeschlagen wirkt, aber in ihrem federleichten, knielangen smaragdgrünen Kleid ganz entzückend aussieht. Alex, fällt mir auf, steht an der anderen Seite der Auffahrt bei Tim und dessen Freundin. Er trägt einen Anzug, und es tut mir in der Seele weh, ihn anzusehen, also versuche ich, das zu vermeiden, aber ich stelle rasch fest, dass er meinem Blick sowieso ausweicht. Da ist er nicht der Einzige. Auch Lachie sieht mich nicht an. Selbst als er in den Bus steigt und sich auf meiner Seite ans Fenster setzt, blickt er stur geradeaus.

Als der Bus losfährt, brennt mein Gesicht. Eigentlich müsste ich erleichtert darüber sein, dass sie als Erste zur Kirche gefahren werden, aber mein Magen krampft sich nervös zusammen, und mir ist ein bisschen übel, was garantiert nichts mit dem gestrigen

Alkoholkonsum zu tun hat. Bis der Bus wieder hier ist, dauert es mindestens eine Viertelstunde, und so gehe ich ein Stück spazieren und mache Fotos vom Pavillon. Eigentlich ist das nur ein Vorwand, um den anderen aus dem Weg zu gehen. Ich atme tief durch und versuche, den Kloß in meinem Hals hinunterzuschlucken. Der heutige Tag wird zäh.
Dann kommt Russ mit seinem Trauzeugen aus dem Haus. Ich setze ein Lächeln auf und halte ihn für die Nachwelt fest.
Ich würde Maria gern in den Bus steigen sehen, aber ich soll mit Russ zur Kirche fahren, deshalb eile ich zurück in die Wohnung, um ihr Glück zu wünschen. Rachel schnürt ihr gerade das Korsett, während Marias einzige Brautjungfer – eine alte Schulfreundin von ihr – hilflos daneben steht. Rachel hat aber auch viel Übung in diesen Dingen. Die Szene rührt mich zu Tränen, und so ist mein Blick ein wenig verschwommen, als ich sie fotografiere. Hoffentlich liegt das nur an meinen Augen und nicht am Objektiv. Da muss ich wieder lachen, wische mir die Tränen ab und mache sicherheitshalber noch eine Aufnahme.
Maria sieht wunderschön aus in ihrem eleganten cremefarbenen Seidenkleid. Es ist noch nichts zu sehen – nun ja, ein bisschen schon, aber der Schnitt des Kleides, dessen Rock unterhalb des Busens locker fällt, ist ideal, um ein kleines Bäuchlein zu verbergen. Ich gebe ihr einen Kuss, wünsche ihr Glück, gehe wieder hinaus und setze mich zu Russ in den Minibus.
Die Kirche mit ihrem roten Backstein und dem ein wenig bröckeligen grauen Naturstein macht nicht gerade einen stabilen Eindruck. Russ wirkt nervös, wenn auch aus ganz anderen Gründen. Ich fotografiere ihn und seinen Trauzeugen auf dem Schotterweg vor der Kirche, wo sie mit ihren schwarzen Schuhen Staub aufwirbeln. Schließlich gehen sie hinein, und ich folge ihnen mit einem mulmigen Gefühl im Bauch. Diesmal ist allerdings nicht die Kirche das Problem; diesmal sind es die Leute auf den dunklen Holzbänken. Ich konzentriere mich auf meine Aufgabe und

fotografiere die hübschen, schlichten Hortensien, mit denen die Bänke geschmückt sind, während Bridget Faxen macht, um mich abzulenken.
»Nimm die Brille ab, du Spinnerin«, murmele ich ihr zu. Sie trägt nämlich auch in der Kirche ihre Sonnenbrille.
Lachie sitzt neben ihr und betrachtet intensiv seine Fingernägel. Ich mache eine Aufnahme von Bridget; dann ich gehe weiter nach vorn und stelle mich dem spanischen Priester vor, der kein Wort Englisch spricht. Hoffentlich kommen wir trotzdem zurecht. Immerhin wirkt er sehr nett. Ich frage mich, wer Russ und uns anderen den Gottesdienst übersetzen wird.
Als ich ans Kommuniongitter trete und die alte Orgel erblicke, versteife ich mich. Rasch schieße ich ein Foto davon und wende mich wieder ab. Russ nimmt gerade seinen Platz neben dem Trauzeugen ein. Ich mache ein paar Aufnahmen von den beiden und nehme als Nächste seine Mutter ins Visier, die sich auf der Bank hinter ihm gerade die Augen trockentupft. Als ich die Kamera sinken lasse, blicke ich Alex in die Augen. Er sieht sofort weg.
Ich könnte heulen. Von nun an wird unser Umgang total verkrampft sein, das weiß ich jetzt schon. Dabei ist es schon schlimm genug, dass ich mir eingestanden habe, dass ich ihn liebe. Ich verstecke mich hinter der Kamera und zwinge mich, zuletzt noch die schlichten Kirchenfenster zu fotografieren, ehe ich nach draußen gehe, um auf Maria zu warten. Sie trifft pünktlich ein und sieht einfach wunderschön aus. Rachel hilft ihr, den Schleier ihrer verstorbenen Großmutter zurechtzuzupfen, den sie zur Hochzeit trägt, während ich mich an die schwere Kirchentür lehne und mit den Tränen kämpfe. Ich weiß, es ist völlig normal, wenn man bei Hochzeiten rührselig wird, aber für mich ist es das nicht. Ich mache ein paar Fotos, obwohl das eigentlich Rachels Sache ist, und dann gehe ich zurück in die Kirche. Als Rachel an mir vorbei in die Kirche kommt, tätschelt sie mir den Arm, und ich sehe, dass auch ihre Augen feucht glänzen. Die Orgel setzt ein, und ich foto-

grafiere Maria, als sie gerade einen tiefen, beruhigenden Atemzug tut und sich innerlich vorbereitet. Ihr Vater bietet ihr feierlich den Arm, und dann kommt sie zuversichtlich lächelnd und gesetzten Schrittes auf mich zu.

Sie zieht das wirklich durch. Ich war mir da nicht sicher. Sie kennen sich ja kaum. Es haut mich um, dass die beiden sich gleich zu einem gemeinsamen Leben verpflichten werden. Ich drehe mich zu Russ um. Als er Maria erblickt, verfärbt seine Nase sich rosa, und ich sehe deutlich, wie er schluckt. Doch dann lächelt er tapfer und glücklich, und da habe ich nicht mehr den geringsten Zweifel daran, dass er sie liebt und mit ihr zusammen sein möchte. Ich hoffe von ganzem Herzen, dass die beiden glücklich miteinander werden.

Als wir nach der Trauung beim Sektempfang am Pool stehen, fällt Bridget über mich her. »Was zum Teufel war da gestern Nacht los?«, murmelt sie leise und zieht mich hinter einen Hortensienbusch.

»Wovon redest du?«, frage ich zurückhaltend.

»Zwischen dir und Lachie herrscht so dicke Luft, dass man sie mit dem Messer schneiden könnte. Erst war er verschwunden, und dann fiel mir auf, dass du auch weg warst.«

»Ich bin ins Bett gegangen«, erzähle ich ihr.

Sie sieht weg. Durch ihre dunklen Brillengläser kann ich ihren Blick nicht erkennen, aber ich vermute, dass sie gekränkt ist, weil ich mich ihr nicht anvertraue.

Ich seufze. »Alex ist zu mir gekommen.«

Ruckartig wendet sie mir das Gesicht zu, und ich erzähle ihr alles.

»Heilige Scheiße«, murmelt sie. »Und Lachie hat euch gesehen?«

»Es ist nichts passiert«, wiederhole ich.

»Das wusste er aber nicht.«

»Nein«, räume ich ein. »Aber Alex hat es ihm hinterher garantiert erzählt.«
»Ich fürchte, das wird er ihm nicht geglaubt haben, nachdem er gesehen hat, wie Alex dich fast geküsst hätte. Mensch, Bronte, stell dir vor, statt Lachie hätten euch Lisa oder Tim gesehen! Oder kennen sie Zara nicht?«
Ich erröte heftigst. Sie hat jedes Recht, mir den Kopf zu waschen, aber ich versuche ja selbst noch immer, mir darüber klarzuwerden, was da eigentlich passiert ist. Ich glaube, das begreift sie auch. »Soll ich mit Lachie reden?«
»Nein.« Ich schüttele den Kopf. »Falls er fragt, erkläre ich es ihm. Er erzählt bestimmt niemandem davon.«
»Hoffentlich hast du recht.«
Die Gruppenaufnahmen schaffen wir noch vor dem Hochzeitsessen, und danach entführen Rachel und ich das glückliche Paar für die ganz intimen Fotos. Wie glücklich sie sind. Überglücklich. Wir fotografieren sie vor dem Hintergrund der Berge. Arbeiten müssen Rachel und ich zwar auch hier, aber unsere Pause machen wir ausnahmsweise nicht allein, sondern bei den anderen Gästen, wenn auch ohne Alkohol zu trinken. Meine lieben Freunde und Kollegen hingegen rücken ihrem Kater mit dem berüchtigten Konterbier zu Leibe, und es scheint ihnen gut zu bekommen. Froh und erleichtert beobachte ich, wie die Verstimmung zwischen Lachie und Alex sich im Laufe des Essens legt. Sie sitzen an einem Tisch in der Nähe – es gibt ein Buffet und keine Sitzordnung –, während Rachel und ich bei Marias spanischen Freunden sitzen, an deren Tisch noch Plätze frei waren. Bridget machte ein langes Gesicht, weil ich mich nicht neben sie gesetzt habe, aber ich glaube, sie versteht, dass ich lieber auf Abstand bleibe.
Beim Kaffee nach dem Essen werden die Ansprachen gehalten, und Rachel und ich gehen wieder an die Arbeit. Marias Vater spricht als Erster. Ich nehme Marias Mutter und die nahen Angehörigen an ihrem Tisch ins Visier, während Rachel sich auf Maria

und ihren Vater konzentriert. Mir gelingen ein paar entzückende Aufnahmen von Marias Mutter, die sehr gerührt wirkt, aber stolz lächelt. Trotz der, ähm, biologischen Gegebenheiten, die das Verfahren so beschleunigt haben, scheint sie sich aufrichtig darüber zu freuen, dass ihre Tochter den Bund der Ehe eingeht.
Als Nächster spricht Russ, und bei seiner Rede verdrücken wir abwechselnd vor Rührung Tränen oder biegen uns vor Lachen. Danach ist sein Trauzeuge an der Reihe, und ich halte erschrocken den Atem an. Maria und ihre engere Familie haben den älteren Verwandten nicht erzählt, was der Anlass für diese hastige Eheschließung ist. Russ' Trauzeuge jedoch spielt in seiner Ansprache auf ein gewisses Zelt im Lake District an. Aber Marias Angehörige sprechen ohnehin so gut wie kein Englisch. Bis neun zählen können sie allerdings schon, und so erleben sie womöglich eine Überraschung, wenn schon in rund fünf Monaten ein Baby zur Welt kommt.
Bald darauf werden die Tische abgeräumt, und ich beobachte, wie Lachie aufbaut. Er hat mich den ganzen Tag über demonstrativ ignoriert. Niedergeschlagen und traurig beobachte ich, wie er seine geliebte Gitarre an den Verstärker anschließt, den Marias Cousin, der DJ ist, bereitgestellt hat. Ich würde gern mit ihm reden, aber das muss warten, bis ich offiziell Feierabend habe – also womöglich nicht mehr heute Abend. Es wird Zeit für den ersten Tanz, und ich gehe näher an die Tanzfläche heran. Erst, als ich schon in Stellung gegangen bin, fällt mir auf, dass Alex ganz in der Nähe steht. Mir wird ganz heiß, und ich beschäftige mich intensiv mit meinem Objektiv, doch er entdeckt mich und kommt – vielleicht befeuert vom Alkohol – zu mir.
»Wie läuft's?«, fragt er.
»Gut«, erwidere ich. »Gut. Es ist ein schöner Tag, findest du nicht?«, frage ich betont beiläufig.
»Ein sehr schöner Tag.«
Lachie spielt *5 Years Time* von Noah & The Whale, und ich fo-

tografiere lächelnd Maria und Russ, die aus dem Stegreif einen hinreißenden Tanz aufs Parkett legen. Ich zoome Lachie heran. Er sieht sehr süß aus, wie er da Gitarre spielt und lächelnd davon singt, sich mit viel zu viel Wein zu betrinken und einfach Spaß, Spaß, Spaß zu haben. Plötzlich blickt er genau auf mein Objektiv, aber zu meiner Erleichterung erlischt sein Lächeln selbst dann nicht, als er »love, love, love« singt. Doch dann entdeckt er Alex neben mir und seine Züge werden grimmig. Er senkt den Blick auf seine Gitarre, und mir wird schwer ums Herz. Ich entferne mich von Alex und fotografiere die lächelnden Gäste.

Als das Lied zu Ende ist, applaudieren und jubeln alle, und Russ und Maria küssen sich, ehe sie sich umdrehen und ihrerseits Lachie applaudieren. Er grinst und tippt sich lässig an einen imaginären Hut.

Kurz darauf drückt Rachel mir ein Glas Sekt in die Hand. »Cheers«, sagt sie grinsend und trinkt einen Schluck aus ihrem eigenen Glas.

»Wo hast du den denn her?«, frage ich. Ich dachte, der Sekt sei schon längst aus.

»Maria hat uns eine Flasche aufgehoben«, erzählt sie mir lächelnd.

»Bronte!«, ruft Bridget und kommt mit einem Glas Weißwein in der Hand zu uns. Seit heute Morgen hat sich ihre Laune deutlich verbessert. Maria lässt Russ stehen und kommt ebenfalls dazu, und Rachel – immer ganz professionell – macht ein Foto von uns dreien Arm in Arm. Wir bleiben zusammen stehen und sehen Lachie zu, ebenso wie so ziemlich jede andere Frau in der Nähe. Ich glaube, ihm gefällt die Aufmerksamkeit. Ein paarmal schaut er grinsend zu uns herüber.

Rachel besteht darauf, dass sie den Rest des Abends allein bewältigen könne, und schließlich gebe ich nach – sie ist wirklich eine supernette Chefin und Mentorin –, bringe meine Kamera in mein Zimmer und mache mich ein bisschen frisch. Ich trage ein gelbes

Kleid mit Nackenverschluss und einem Rüschensaum, der knapp über den Knien endet. In einem Kleid dieser Länge kann ich gut arbeiten. Normalerweise trage ich eine seriöse Hose, wenn ich mit der Kamera unterwegs bin, aber heute bin ich ebenso Gast wie Fotografin. Ich richte meine Haare, frische mein Make-up auf und kehre nach draußen zurück.

Die Sonne geht gerade unter, und der Himmel ist mehrfarbig gestreift: mauve, grau, orange, gelb, weiß und direkt über mir hellblau. Ich bleibe einen Augenblick auf der Treppe stehen und genieße den Anblick. Es war voreilig, meine Kamera schon aufs Zimmer zu bringen, aber bis ich sie wieder herausgeholt hätte, wären die Farben verblichen.

Ich gehe die Treppe hinab, und mein Blick fällt auf Alex, der mit seiner Kamera am Pool steht und den Sonnenuntergang fotografiert. Ich bleibe stehen. Gleich darauf höre ich den Kameraverschluss, und dann dreht er sich um und entdeckt mich.

»Hey«, sagt er leise und legt die Kamera auf das Mosaiktischchen. »Ich wollte dich schon suchen. Können wir reden?«

Zurückhaltend willige ich ein und frage mich, was er mir jetzt zu sagen hat, nachdem er mich praktisch den ganzen Tag ignoriert hat.

Er sieht zum Pavillon, um sich zu vergewissern, dass wir allein sind, und deutet dann mit dem Kopf zum Schuppen am Pool. Ich folge ihm um das kleine Gebäude herum unter die dicht belaubten Bäume. Er steckt die Hände in die Taschen und dreht sich zu mir um.

»Ich wollte mich wegen gestern Nacht entschuldigen«, sagt er ernst. »Ich war betrunken.«

Ich zucke kaum merklich zusammen, gekränkt darüber, dass er das als Entschuldigung benutzt.

»Vergiss es«, sage ich. »Ich auch. Schwamm drüber.« Ich wende mich zum Gehen, aber er hält mich am Handgelenk fest. Erstaunt sehe ich ihn an.

»Bronte ...« Unglücklich schüttelt er den Kopf. »Ich bin gerade verdammt scheißverwirrt.«
Sein Anblick erweicht mein Herz. Aber ich will mich nicht erweichen lassen. Ich will, dass mein Herz sich verdammt nochmal verhärtet und mir ermöglicht, ihn einfach stehen zu lassen.
»Entschuldige.« Er lässt mein Handgelenk los und berührt mein Gesicht. »Ich ...« Er schluckt, und ich sehe, wie schwer ihm das fällt. »Du bist mir wichtig.«
Ich mustere ihn verunsichert. »Warum willst du sie heiraten?«
Seiner überraschten Miene nach zu urteilen, hat er mit dieser Frage nicht gerechnet.
»Ich ... Zara und ich sind seit Jahren zusammen. Ich wollte immer eine Familie gründen, Kinder haben. So bin ich erzogen worden. Ich weiß, du glaubst nicht an die Ehe ...«
»Das heißt nicht, dass ich das alles nicht auch will«, falle ich ihm ins Wort.
»Aber du gehst zurück nach Australien.«
»Im Augenblick bleibe ich erst einmal hier.«
Frustriert fährt er sich mit den Händen durch die Haare. Dann schüttelt er den Kopf und läuft auf und ab. »Wer weiß, was passiert wäre, wenn wir zwei damals mehr Zeit miteinander gehabt hätten. Ich weiß nicht, ob ich dann zu Zara zurückgegangen wäre.«
Mit angehaltenem Atem warte ich darauf, dass er fortfährt.
»Aber wir hatten nicht mehr Zeit. Sie hat mir diese SMS geschrieben, und du musstest zurück nach Hause.« Er blickt verzagt. »Ich mochte dich sehr.« Er tut einen zittrigen Atemzug. »Ich mag dich *immer noch* sehr.«
Resigniert schließe ich kurz die Augen. »Ich mag dich auch sehr«, sage ich. Falsch. Ich liebe ihn.
Er bleibt stehen und sieht mich eindringlich an. Es ist so dunkel hier unter den Bäumen. Nur hier und da schimmert der Abendhimmel durch das Laub hindurch.

Ich glaube nicht, dass ich jemals etwas so sehr wollte, wie dass er mich hier und jetzt küsst. Bei dieser Erkenntnis treten mir die Tränen in die Augen.
Er sieht es. »Bronte«, sagt er traurig, kommt zu mir und nimmt mich in die Arme. Ich bin völlig verspannt. Er löst sich wieder von mir, und ich habe beinahe Angst, seinem Blick zu begegnen. Er legt die Hände um mein Gesicht und lehnt seine Stirn an meine. Sein Atem geht schneller; seine Lippen sind nur Zentimeter entfernt, und ach, ich habe nicht vergessen, wie unglaublich gut er küssen kann. Ich lege ihm die Hand auf die Brust, und die Wärme seiner Haut versengt mir die Handfläche. Er schnappt nach Luft, dann streicht er sehr langsam mit der Nase über mein Gesicht, bis seine Lippen an meinem Hals liegen. Ich fürchte, mir bleibt gleich das Herz stehen.
»Alex«, murmele ich. Ich weiß, er muss damit aufhören, aber ich will alles andere als das. Er atmet stoßweise, und ich spüre die Hitze seines Mundes auf meiner Haut. Ich kann das nicht. Ich kann nicht aufhören. Ich wende ihm das Gesicht zu und fahre heftig zusammen, denn seine Lippen finden meinen Mund. Er küsst mich, als gäbe es kein Morgen, und in diesem Augenblick wünschte ich beinahe, es wäre so. Ich packe sein Hemd, während seine Zunge meinen Mund erforscht. Meine Hände fliegen zu seinem Gesicht, und ich spüre Bartstoppeln unter meinen Fingerspitzen, während er mich an die Schuppenwand presst. Ich begehre ihn so sehr. Ich will seine nackte Haut wieder an meiner spüren. Wir waren uns so nahe, wie es zwei Menschen nur möglich ist – ohne jede Einschränkung. So nahe will ich ihm auch jetzt sein. Aber ach ... Daraus wird nichts.
Entsetzt reißt er sich von mir los. Gleich darauf verwandelt sich sein Entsetzen in Abscheu. Ich weiß, dass der ihm selbst und nicht mir gilt.
»O Gott, Bronte«, stößt er hervor. »Es tut mir so leid. Scheiße. Es tut mir so leid.« Beschämt rauft er sich die Haare und fasst

sich an den Kopf. »Oh, Scheiße! Scheiße!«, murmelt er immer wieder.
Niedergeschlagen beobachte ich, wie er auf und ab läuft, und wische mir bedächtig mit dem Handrücken seine Berührung vom Mund. Ich bin wie betäubt.
»Geh«, sage ich schließlich. Unglücklich sieht er mich an. »Geh!«, wiederhole ich lauter. Ich will allein sein. Er sieht mich gequält an. »Bitte geh einfach«, flüstere ich. Abrupt nickt er und geht rasch davon.
Benommen sehe ich ihm hinterher. Er darf sie nicht heiraten. Er darf nicht. Ich liebe ihn, und ich weiß, auch er hegt tiefe Gefühle für mich. Ich reiße mich zusammen und gehe zurück auf die Party. Als ich mich dem Pavillon nähere, höre ich Lachie eine gefühlvolle akustische Fassung von *Love Is Blindness* spielen. Ich finde zwar, dass das nicht der allerpassendste Song für eine Hochzeit ist, aber alle sind in Hochstimmung. Alex ist nirgends zu sehen. Ich geselle mich zu Bridget und zwei Freundinnen von Maria, die den Blick nicht von Lachie abwenden können. Zittrig ziehe ich mir einen Stuhl heran und setze mich.
»Wo warst du?«, fragt Bridget.
»Ein bisschen frische Luft schnappen«, antworte ich tonlos. Ich war noch nie eine besonders gute Schauspielerin, aber ich will heute Abend nicht mehr der – wo wir schon mal hier sind – spanischen Inquisition unterworfen werden. »Ich fürchte, die letzte Nacht holt mich jetzt ein.«
»Au weia. Ich habe es Lachie übrigens gesagt.«
»Ihm was gesagt?« Verwirrt sehe ich sie an.
»Dass zwischen dir und Alex nichts vorgefallen ist. Dass ihr euch nur unterhalten habt.«
»Oh.« Mir geht durch den Kopf, dass ihr Informationsstand ein bisschen veraltet ist. »Danke.«
Lachie beendet den Song und sagt, er mache eine kurze Pause, und in der Zwischenzeit macht Marias Cousin, der DJ, Musik.

Lachie geht an die Bar, holt sich eine Flasche Bier und lässt dann den Blick über die Gäste schweifen. Als er uns entdeckt, kommt er herüber.

»Was dagegen, wenn ich mich zu euch setze?«, fragt er gedehnt und sieht mich an. Sein Verhalten mir gegenüber hat noch immer etwas Abweisendes. Ich weiß nicht, ob er Bridget glaubt, aber ich werde nicht versuchen, ihn zu überzeugen. Nicht jetzt, wo es eine Lüge wäre.

»Natürlich nicht«, erwidere ich, setze ein Lächeln auf und rücke zur Seite. Er zieht sich einen Stuhl von einem anderen Tisch heran. »Das war toll«, sage ich, als er sich setzt.

»Ja? Du hast das meiste verpasst.«

»Ich habe die Kamera in mein Zimmer gebracht.«

»Ach.« Er trinkt einen Schluck Bier, und ich antworte, obwohl es keine Frage war.

»Ja.«

»Wo ist Alex?«, fragt er und sieht mir in die Augen.

»O Mann, jetzt mach mal einen Punkt, Lachie«, fährt Bridget ihn an und steht auf. »Ich habe dir doch gesagt, es ist nichts passiert. Ich gehe aufs Klo.« Sie klopft ihm ein wenig herablassend auf die Schulter und geht davon.

»Genau, sie hat mir gesagt, dass nichts passiert ist.«

»Ach ja? Gut.«

»Ich kaufe es dir nicht ab.« Er mustert mich durchdringend. »Und ich hoffe, du nimmst es mir nicht übel«, setzt er in einigermaßen gelassenem Ton an, doch dann bricht seine Wut durch, »aber was tust du da eigentlich, verdammt nochmal?«

»Hör auf.«

»Er heiratet in drei Monaten.«

Sein eisiger Blick lässt mich innerlich gefrieren.

»Meinst du, das wüsste ich nicht?« Zu meinem Entsetzen füllen meine Augen sich mit Tränen, und weil ich nicht hier sitzen und flennen kann, stehe ich auf und verlasse den Pavillon.

Leider folgt er mir.

»Lass mich in Ruhe«, sage ich verzweifelt und gehe hinter den Pavillon, wo ich hoffentlich meine Ruhe habe.

»Tut mir leid«, sagt er schroff. »Ich wollte dich nicht zum Weinen bringen.«

Ich beiße mir auf die Lippe und wende das Gesicht den Bergen zu. »*Du* bringst mich auch nicht zum Weinen.« Nein, nicht er. Alex.

»Was tust du nur, Bronte?«, fragt er erneut, zutiefst verwirrt. »Du bist doch so eine kluge Frau. Ich kapiere nicht, wie du dich in einen Kerl verlieben kannst, der kurz davorsteht, eine andere zu heiraten.«

»Meinst du, ich habe mir das so ausgesucht?«, frage ich ihn weinerlich. »Meinst du, ich wollte mich in ihn verlieben?«

Er prallt zurück, vorübergehend sprachlos; dann fragt er halb erschüttert, halb entsetzt: »Du liebst ihn?«

»Das ist doch wohl offensichtlich.«

Er wendet sich ab, stützt sich auf den niedrigen Holzzaun, der das Grundstück einfasst und schüttelt ungläubig den Kopf. »Dann kann ich dir wohl wirklich nicht helfen, was?«

»Lachie …«

»Ich wusste, dass du ihn magst, aber ich hätte nicht gedacht … Scheiße.«

Er tut mir leid, denn mit einem Mal glaube ich, dass Bridget womöglich recht hat und seine Gefühle für mich doch tiefer sind. Unwillkürlich habe ich das Bedürfnis, ihn zu trösten, und lege ihm die Hand auf den Arm.

»Willst du einen Mann, der betrügt?«, fragt er ungläubig.

Langsam lasse ich die Hand sinken. »Natürlich nicht.«

»Wenn er das seiner Verlobten antut, könntest du ihm doch niemals trauen, oder?«

Ich schüttele den Kopf. Alex ist niemand, der seine Frau betrügt, eigentlich nicht.

»Einmal ein Betrüger, immer ein Betrüger«, fügt er verbittert hinzu.
»Das stimmt nicht.« Ich werde lauter. »Das hier ist … anders.« Trotzig sehe ich ihn an. »Er ist verwirrt. Er will das nicht empfinden. Wenn er damit aufhören könnte, würde er es tun.«
Kaum habe ich das gesagt, kommt es mir erschreckend bekannt vor, und ich zucke heftig zusammen.

»Ich bin verwirrt. Bronte, Liebling, bitte. Ich bin so verwirrt. Ich kann nichts dafür. Ich kann nicht anders. Wenn ich aufhören könnte, würde ich es tun. Bitte erzähl deiner Mutter nichts davon … Bitte. Komm. Komm her, Liebling … Ich kann nichts an meinen Gefühlen ändern. Bitte erzähle es nicht deiner Mutter.«

Mit weit aufgerissenen Augen starre ich Lachie an, während Übelkeit in mir aufsteigt. Er mustert mich irritiert, spürt wohl, dass etwas nicht stimmt. »Was ist?«
»Nichts«, will ich sagen, doch ich bringe keinen Ton hervor.
»Du zitterst ja«, sagt er besorgt.
Er hat recht. Ich zittere am ganzen Körper, und mir bricht der kalte Schweiß aus. Mit einem Mal muss ich an das letzte Telefonat mit meiner Mutter denken. Sie sagte, ich müsse nach Hause kommen, es sei wichtig. Sie wollte unbedingt, dass ich zu Weihnachten nach Hause fliege. »Es könnte deine letzte Gelegenheit sein«, sagte sie. »Im März ist es vielleicht schon zu spät.«
»Ich komme im März nicht nach Hause«, erzählte ich ihr. »Ich bin befördert worden. Ich bleibe länger.«
Sie ignorierte meinen Einwand. »Über Weihnachten hast du bestimmt frei. Jeder hat über Weihnachten frei«, sagte sie. »Du musst kommen. Ich muss dich sehen. Er muss dich sehen. Womöglich ist es jetzt schon zu spät.«
Ich starre wie betäubt ins Leere, und eine große Ruhe überkommt mich. »Ich muss nach Hause«, murmele ich.

»Es ist ja nur noch ein Tag.«
»Nicht nach Großbritannien. Ich muss nach Hause, nach Australien.«
Er reibt sanft meine Schulter. »Vielleicht ist es so am besten.«
Ich sehe ihn scharf an. »Das hat nichts mit Alex zu tun. Ich komme wieder. Ich muss nur über Weihnachten nach Hause.«
»Wovon redest du? Bis dahin sind es noch fast vier Monate«, sagt er konsterniert.
»Ich weiß.«
»Scheiße, du bist so verwirrend, Bronte.« Frustriert vergräbt er das Gesicht in den Händen und stöhnt kehlig. Schließlich schüttelt er sich, als wollte er so seine Ratlosigkeit abschütteln. »O Mann, du bist wirklich völlig durch den Wind«, murmelt er und kann mir dabei nicht in die Augen sehen. Er wendet sich ab. »Ich muss wieder an die Arbeit.«
Ich sehe ihm hinterher. Er hat recht. Ich bin unglaublich verkorkst.

Kapitel 26

Irgendwie schaffe ich es, mich halbwegs wieder zu fassen, und kehre in den Pavillon zurück. Nach eineinhalb Stunden finde ich, ich habe meine Pflicht erfüllt, stehle mich davon und gehe ins Bett. Mir schwirrt der Kopf, und als ich endlich eindöse, ist mein Schlaf unruhig und voller alter und neuer Albträume.
Ich wache früh auf. Bridget neben mir schläft tief und fest. Sie ging erst schlafen, als der DJ gegen eins Schluss machte. Als sie hereinkam, war ich noch hellwach, stellte mich aber schlafend.
Ich ziehe mir etwas an und verlasse das Zimmer. Es ist alles still im Haus. Barfuß tappe ich in die Küche. Das Dämmerlicht ist kalt und grau. Ich fülle den Wasserkessel und schalte ihn ein. Plötzlich geht die Haustür auf, und ich fahre zusammen. Alex kommt herein, mit gesenktem Kopf und tief in Gedanken versunken.
Mein Herz fängt an zu rasen. »Hi«, sage ich, und er schreckt hoch.
»Verdammt!«
»Tut mir leid.« Zaghaft lächele ich ihn an.
Er wirkt verlegen. »Ich dachte, alle schlafen noch.«
»Tun sie ja auch. Nur ich nicht.«
Er nickt und weicht meinem Blick aus.
»Ich mache Tee«, sage ich und bemühe mich um einen normalen Tonfall. »Willst du auch einen?«
Er zögert, dann erwidert er: »Gern.«
»Hast du mit ihr gesprochen?«, frage ich ruhig.
»Nein.« Er schüttelt den Kopf. »In New York ist es jetzt mitten

in der Nacht. Hier habe ich keinen Empfang, deshalb bin ich ein Stück die Straße entlanggegangen, um meine Nachrichten abzurufen.«
Ich gehe mit den Tee-Utensilien zum Tisch und setze mich. »Hattest du welche?«
Er nickt. »Ja. Sie hat gestern angerufen.«
Als du mich gerade geküsst hast? Diesen Kommentar verkneife ich mir. Er wäre im Moment vermutlich nicht hilfreich.
Ich schenke Tee in zwei Tassen und schiebe Alex eine zu. Dann gebe ich Milch in meinen Tee und beobachte, wie die weiße Flüssigkeit im dunklen Tee Wirbel bildet wie ein Miniatursturm.
»Was ist los?« Seine Stimme ist kaum mehr als ein Flüstern.
»Schau.« Ich gieße etwas Milch in seinen Tee und beobachte, wie eine weitere Wolke Gestalt annimmt. Ich stelle die Milch auf den Tisch und blicke hoch, ihm direkt in die Augen. Beklommen nimmt er über den Tisch hinweg meine Hand. Seine Berührung jagt einen Stromstoß durch meinen Arm. Ich möchte meine Finger an seinem Unterarm entlanggleiten lassen und die Berührung ausweiten.
»Tut mir leid«, flüstert er.
Ich schüttele den Kopf. »Mir nicht.«
Er schweigt, runzelt aber ein wenig die Stirn. Wenn ich es ihm jetzt nicht sage … werde ich es bereuen. Er darf sie nicht heiraten. Er darf nicht. Meine Augen füllen sich mit Tränen, und schon laufen sie mir über die Wangen, während ich ihm mein Herz ausschütte. »Ich liebe dich.«
Er schnappt nach Luft und drückt meine Hand unwillkürlich fester.
»Ich liebe dich, Alex.«
»Bronte, nicht.« Er schüttelt den Kopf und lässt meine Hand los. »Ich kann nicht.« Mir wird ganz kalt.
»Ich weiß, du empfindest auch etwas für mich«, sage ich überzeugter, als ich eigentlich bin.

Er sieht mir in die Augen, aber er wirkt völlig zerrissen. Sein Gesicht ist sehr blass. »Das stimmt auch. Du bist mir wichtig. Es gibt eine Anziehung zwischen uns. Aber Zara und ich ...«
Ich zucke zusammen.
»Wir haben eine gemeinsame Geschichte«, beendet er den Satz. »Ich muss nach Hause und mit ihr reden.«
Angst drückt mir das Herz ab. »Wirst du ihr wirklich von mir erzählen?«
Resigniert schließt er die Augen. »Ich weiß es nicht«, bekennt er schließlich. »Aber wir haben ganz offensichtlich Probleme, sonst wäre das nicht passiert.«
Das? Er und ich?
»Heirate sie nicht!« Ich will ihn nicht anflehen.
»Bronte«, sagt er zögernd und kann mir nicht in die Augen sehen. »Ich weiß nicht, was ich tun soll. Ich darf nicht mit dir zusammen sein. Ich darf nicht in deiner Nähe sein.«
Er reibt sich mit den Handballen die Augen. Schließlich lässt er die Hände sinken.
»Was sagst du da?«, frage ich, während meine Beklemmung wächst.
»Ich muss mit Simon reden.«
»Alex, nein.« Jetzt flehe ich ihn doch an. »Geh nicht weg. Nicht meinetwegen. Es wird schon irgendwie gehen.«
»Tut mir leid«, sagt er erneut.
»Hör auf mit deinem ›Tut mir leid‹!« Ich werde lauter. »Ich will das nicht hören.«
»Pst.«
Ich schiebe meinen Stuhl zurück und stehe auf. »Du kannst nicht ... Du kannst mich nicht einfach so küssen ...«
»Ich werde dich nicht mehr küssen«, fällt er mir ins Wort. »Ich muss zurück nach Hause und das in Ordnung bringen. Ich komme mir schon mies vor, weil ich jetzt überhaupt nur mit dir rede. Ich werde Simon fragen, ob ich an einem Sonderprojekt mit-

arbeiten kann. Er hat mir erzählt, dass Tetlan ein neues Magazin herausbringen will, und wollte meinen Rat dazu. Ich brauche Abstand, um mir über alles klarzuwerden.«

Ich beiße mir auf die Lippen, aber das lässt meine Tränen nicht versiegen. Wütend wische ich sie fort, doch es kommen immer neue nach.

»Ich glaube, du machst einen Fehler«, flüstere ich und sehe ihm in die tiefblauen Augen. Den verunsicherten Blick, den er mir zuwirft, als ich mich abwende und hinausgehe, werde ich niemals vergessen.

Den Rest des Tages sehe ich nicht viel von Alex – er kommt nicht mit uns an den Strand, und da er behauptet, er habe sich einen Magen-Darm-Virus eingefangen, halten alle Abstand zu ihm. Mir ist schleierhaft, wie ich die Zeit bis zum Abflug am Abend überstehen soll. Aber offenbar bin ich eine viel bessere Schauspielerin, als ich immer dachte.

Am Montag muss ich mich zwingen, zur Arbeit zu gehen – es ist mein erster Tag als Director of Photography, aber ich habe keine Ahnung, woher ich die Kraft nehmen soll; am liebsten würde ich mich einfach verkriechen. Ich muss das Backstage-Shooting bei einer wichtigen Musikpreisverleihung nächste Woche organisieren. *Hebe* fungiert als offizieller Fotograf für den veranstaltenden Fernsehsender. Wir werden zig Stars ablichten, und die Fotos erscheinen dann in einigen Wochen in *Hebe*. Alex soll an der Entwicklung von Ideen für die verschiedenen Kulissen mitarbeiten, die wir verwenden werden, doch in den Besprechungen vermeidet er jeden Blickkontakt mit mir, und die Befangenheit zwischen uns ist viel schlimmer als je zuvor. Außerdem macht er ernst und fragt Simon, ob er an dem neuen, bisher noch ganz geheimen Magazin mitarbeiten kann, das unser Verlag lancieren will. Und obwohl die Backstage-Veranstaltung bei der Preisverleihung ziemlich begehrt ist und nur wenige Glückliche auf der

Gästeliste landen, überlässt er Tim sein Ticket. Als ich in der folgenden Woche zur Arbeit komme, sitzt Tim auf Alex' Platz, und ein Teil von mir stirbt. Am Abend heule ich mir die Augen aus. Genauso gut hätte er mir in die Brust greifen und mir das Herz eigenhändig herausreißen können.

Ich beichte Bridget alles. Ich kann gar nicht anders. Bei der Arbeit lasse ich mir nichts anmerken und bringe die Tage irgendwie hinter mich, aber sobald ich Feierabend habe, verrutscht meine Maske, und ich breche zusammen.

Noch nie musste ich so viel und so hart arbeiten: Ich muss ein Fotoshooting nach dem anderen organisieren und als künstlerische Leiterin begleiten, was bedeutet, Kontakt zu den PR-Leuten der Stars zu pflegen, Zeitpläne auszuhandeln und mit vielen schwierigen Menschen umzugehen. Ich muss Locations und Studios buchen, Hair-Stylisten und Make-up-Artists engagieren und mir ständig neue Konzepte für originelle Fotoshootings ausdenken. Simon ist ein ziemlich anspruchsvoller Chef: Er ist ein schlimmerer Perfektionist, als mir bisher klar war. Das alles zusammengenommen, eine Woche nach der anderen, zehrt an mir. Wenn Alex hier wäre, würde er mir sicher helfen, mit der zusätzlichen Verantwortung zurechtzukommen und meine Kreativität zu entfalten, und wir könnten gemeinsam Ideen für die Fotoshootings entwickeln. Aber er ist nicht hier. Ich bin auf mich allein gestellt und bekomme den vollen Druck zu spüren.

Tage werden zu Wochen. Der September geht in den Oktober über. Das grüne Laub färbt sich golden und fällt von den Bäumen, und ich gebe dem Wunsch meiner Mutter nach und beschließe, zu Weihnachten nach Hause zu fliegen. Ich verpasse einige Anrufe von Polly, kann mich aber nicht dazu überwinden, sie zurückzurufen. Und dann erreicht sie eines Tages Bridget.

»Polly geht zu den Anonymen Alkoholikern«, erzählt Bridget mir an diesem Abend und lässt ihre Tasche zu Boden fallen.

»Was?«

Sie lässt sich aufs Sofa plumpsen und verzieht das Gesicht, als ihr auffällt, welche Musik ich mir anhöre: *Love* von Daughter. Immer wieder höre ich mir den Song an, weil er mich an Alex erinnert.

»Sie hat mich im Büro angerufen«, fährt Bridget fort. »Sie hat gesagt, sie hat dich ein paarmal angerufen, aber du rufst nicht zurück.«

»Ich fühle mich dem nicht gewachsen«, bringe ich hervor. »Sie geht also zu den Anonymen Alkoholikern?«

»Sie hat gesagt, Michelle und Grant hätten sie gezwungen, einzugestehen, dass sie ein Problem hat.«

»Michelle?«

»Anscheinend haben sie eine konfrontative Intervention vorgenommen, wie du gesagt hattest.«

Ich habe meine Freundin im Stich gelassen. Ich bin ein schrecklicher Mensch. Mein Gesicht verzieht sich, und ich bin kurz davor, zu heulen.

»Okay, jetzt reicht's!«, sagt Bridget in scharfem Ton.

Das reißt mich ein wenig aus meinem Selbstmitleid heraus.

»Hör auf, dir selbst leid zu tun«, fährt sie verärgert fort, schnappt sich ein paar Papiertaschentücher aus der fast leeren Schachtel und wirft sie mir zu. »Ich habe es satt. Hör auf, diesen depressiven Song zu spielen. Komm drüber weg. Er verlässt sie nicht, also vergiss ihn. Hinfallen, aufstehen, Krönchen richten, weitergehen ist das Motto. Such dir einen anderen Mann, einen, den du nicht mit jemandem teilen musst. Lachie ...«

»Der wird nicht interessiert sein«, falle ich ihr ins Wort. »Jetzt nicht mehr.« Nicht, nachdem er bei der Hochzeit gesehen hat, was für ein hoffnungsloser Fall ich bin.

»Lachie reist in zwei Wochen ab. Das wollte ich sagen«, fährt sie energisch fort. »Lass uns ...«

»Was?« Plötzlich friere ich. »Wohin denn?«

Sie sieht mich an, als wäre ich ein bisschen unterbelichtet. »Er will

rumreisen«, sagt sie ungeduldig. »Er will sich Europa ansehen, bevor er zurück nach Hause fliegt. Das weißt du doch«, fügt sie verärgert hinzu. »Ach nein, stimmt ja, du warst ja so sehr mit Alex beschäftigt, dass du gar nicht mitbekommen hast, was deine Freunde so treiben.«
»Lachie reist in zwei Wochen ab?«
»Ja. Du sagst, er sei nicht mehr an dir interessiert, aber du bist ihm immer noch wichtig, Bronte. Er fragt oft nach dir.«
»Wirklich?«
»Ja.«
Ich war in letzter Zeit freitagabends nicht mehr mit im Pub; Bridget schon. »Er spielt auf der Hochzeit am Samstag«, erzählt sie mir in vielsagendem Ton. »Ein letzter Auftritt.«
»Ich weiß nicht, ob ich …«
»O Mann, Bronte!«, fährt sie mich an. »Du bist schon fast so schlimm wie Sally. Rachel verlässt sich auf dich. Du hast sie diesen Monat schon einmal im Stich gelassen.«
Das stimmt. Ich fühlte mich der letzten Hochzeit, für die ich eingeplant war, nicht gewachsen, und so musste Sally mal zur Abwechslung für mich einspringen.
Ich nicke. »Okay.« Kleinlaut trockne ich mir die Augen und putze mir geräuschvoll die Nase. »Und Polly holt sich wirklich Hilfe?«
»Ja.« Bridget nickt, aber ich sehe, dass sie skeptisch ist. »Ich habe ihr gesagt, du hättest selbst gerade Probleme. Deshalb hättest du nicht zurückgerufen.«
»Danke«, sage ich leise.
»Sie hat gefragt, ob es etwas mit deinem Vater zu tun hätte.«
Argwöhnisch sehe ich Bridget an. »Du hast hoffentlich Nein gesagt, oder?«
Sie blickt auf ihre Hände und antwortet nicht.
»Was hat sie gesagt?«
»Ich wusste das nicht«, erwidert sie leise. »Das mit deinem Vater.«

»Was ist mit ihm?«, frage ich dumpf. Wie weit mag Polly diesmal gegangen sein?
»Sie hat gesagt, er sei krank.«
Ich nicke. »Das stimmt.«
»Und sie hat gesagt, du hättest eine schwierige Kindheit gehabt«, fügt sie vorsichtig hinzu.
Ich muss schlucken. »Darüber spreche ich nicht gern. Und Polly sollte das wissen. Normalerweise weiß sie es auch, wenn sie nicht gerade sturzbesoffen ist. Hast du nicht gesagt, sie trinkt nicht mehr?«
»Stimmt ja auch. Sie war stocknüchtern.«
»Und wie kommt sie dann dazu, alles Mögliche über meine Familie auszuposaunen?«, frage ich wütend und stehe auf. »Wenn ich darüber reden möchte, dann werde ich das tun. Aber diese blöde Schlampe muss ja immer wieder davon anfangen!«
Bridgets Miene nach zu urteilen, ist mir das Unmögliche gelungen: Ich habe sie schockiert. Abrupt stürme ich in mein Zimmer und knalle die Tür zu. Ich zittere am ganzen Körper; es schüttelt mich regelrecht. Mir ist danach, irgendetwas kaputtzumachen, aber dieser Drang vergeht schnell wieder. Bridget wagt erst nach einer guten halben Stunde, an meine Tür zu klopfen.
»Komm rein«, rufe ich.
Sie tut es – misstrauisch.
»Entschuldige«, sage ich ganz offen und setze mich im Bett auf. Ich bin noch immer wütend, aber ich weiß, es ist nicht Bridgets Schuld. »Ich fasse es einfach nicht: Dieser ganze Scheiß hängt mir seit Jahren nach, und Polly *weiß* das. Das Gerede, die Gerüchte, die befremdeten Blicke. Deshalb bin ich aus meinem kleinen Küstenstädtchen in Südaustralien weg. Ich konnte es kaum erwarten, da endlich abzuhauen. Früher hat sie das verstanden.« Plötzlich bin ich eher traurig als wütend, und meine Unterlippe bebt. »O Gott, nicht schon wieder heulen.« Ich ziehe die Nase hoch und nehme mir noch ein Taschentuch. Bridget hockt sich auf die

Bettkante. »In der Schule kam ich mir vor wie eine Aussätzige«, erzähle ich ihr unglücklich. »Polly war meine einzige Freundin. Ich dachte, es sei nur eine Frage der Zeit, bis auch sie mir den Laufpass gibt, aber das hat sie nie getan. Als ich nach Sydney zog, dachte ich, sie wäre froh, mich los zu sein, aber ein Jahr später ist die dumme Kuh mir gefolgt.«
Ich lache bitter auf und trockne mir die Augen. Bridget betrachtet mich mitfühlend. »Sie war schon immer eine totale Katastrophe«, murmele ich. »Ich weiß nicht, warum wir uns überhaupt angefreundet haben. Ich weiß nicht, warum wir immer noch befreundet sind.«
»Ihr habt eine gemeinsame Geschichte«, sagt Bridget sanft.
Es gibt eine Anziehung zwischen uns. Aber Zara und ich ... Wir haben eine gemeinsame Geschichte.
Ich schüttele den Kopf. Nein, ich flenne nicht gleich wieder los. »Ja, und trotzdem hat sie mich nicht gebeten, ihre blöde Brautjungfer zu sein.«
Bridget lacht, und ich muss mitlachen. »Nicht dass ich so eine blöde Brautjungfer sein wollte!«, rufe ich halb hysterisch. »Hast du mitbekommen, wie katastrophal sie sich aufgeführt hat? Arme Michelle!«
Dann vergeht mir das Lachen wieder. »Vermutlich hat sie letztlich doch die richtige Entscheidung getroffen. Michelle war für sie da, ich nicht.«
»Polly ist auch nicht für dich da«, wendet Bridget leise ein. »Sie ist schon lange nicht mehr für dich da. Eure gemeinsame Geschichte ... Ich weiß, du fühlst dich zu Loyalität verpflichtet, aber manchmal müssen Freundschaften auseinandergehen.«
Ich nicke zittrig. »Wenn ich nicht zu ihrer Hochzeit gegangen wäre, wäre ich jetzt nicht hier.«
»Meinst du nicht, du hättest dich so oder so um diese Stelle bei *Hebe* beworben? Und dann hätten sich deine und Alex' Wege trotzdem gekreuzt.«

Das gibt mir zu denken. Sie hat recht. Und ich bin ziemlich sicher, dass wir uns auch dann zueinander hingezogen gefühlt hätten.
»Aber dich hätte ich vielleicht nicht kennengelernt«, sage ich, und schon wieder treten mir die Tränen in die Augen.
»Tja, wenn das so ist, bin ich froh, dass du zu ihrer Hochzeit gegangen bist.« Sie schnieft. Noch eine Premiere: Bridget weint.
»Es tut mir so leid, Bridget. Ich weiß, das Zusammenleben mit mir war in letzter Zeit ein einziger Albtraum. Es tut mir leid, dass ich wegen Alex so ein Trauerkloß war. Ab jetzt reiße ich mich zusammen und blicke nach vorn, das verspreche ich dir.«
»Und mit der Hochzeit dieses Wochenende fängst du an«, sagt sie nachdrücklich. »Werde nicht zu einer zweiten Sally.«
Ich nicke hastig. »Okay.«

Kapitel 27

»Hallo, du!«
Ich lächele über Marias liebevolle Begrüßung und klettere auf den Rücksitz. »Hallo!«, grüße ich zurück, stelle die Fototasche neben mich und beuge mich nach vorn, um sie auf die Wange zu küssen. Mein Blick fällt auf ihren Bauch – und der ist gewachsen.
»Wow!«
»Ich weiß!« Sie legt die Hände auf den Bauch. »Er scheint über Nacht doppelt so groß geworden zu sein.«
»Nicht ganz«, widerspreche ich und schnalle mich an, während Rachel losfährt. »Aber jetzt sieht man dir die Schwangerschaft deutlich an.«
»Es kommt mir vor, als hätten wir uns ewig nicht gesehen«, sagt Maria und dreht sich zu mir um. »Wo warst du?«
»Ich hatte wahnsinnig viel auf der Arbeit zu tun«, sage ich ausweichend.
»Russ meinte, es sei dir nicht so gutgegangen?«
»Nicht so toll, nein, aber jetzt geht es mir viel besser.«
»Aber du warst trotzdem arbeiten?«
»Ja.« Meine gesundheitlichen Probleme sind seelischer, nicht körperlicher Natur. »Ich bin doch gerade erst befördert worden, deshalb habe mich da durchgekämpft.«
Sie blickt besorgt. »Aber übertreib's nicht. Du willst doch nicht zusammenklappen.«
»Danke. Jetzt geht es mir wieder besser«, versichere ich. »Ich freue mich schon, dieses Wochenende ein bisschen rauszukommen.«

Meine elfte Hochzeit – ohne Petes und Sylvies die zehnte – findet in Rachels Heimatstadt Bath statt. Die Fahrt dauert etwa zwei Stunden. Wir sind früh aufgebrochen und werden in einem B&B übernachten.
»Du siehst jedenfalls toll aus«, sage ich. Das stimmt. Ich hätte nicht gedacht, dass Marias Haare noch mehr glänzen könnten, aber der Beweis sitzt direkt vor mir.
Sie lächelt. »Danke.«
Als wir durch Camden fahren, werde ich nervös. Ich habe Lachie seit Marias und Russ' Hochzeit vor zwei Monaten nicht mehr gesehen. Er mag nach mir gefragt haben, aber er hat keinen Kontakt zu mir aufgenommen oder gar versucht, mich zu treffen. Wenn meine Freunde und Kollegen ihn gesehen haben, dann weil sie zu ihm in den Pub gegangen sind. Wenn man bedenkt, wie spielend er Teil unserer Clique geworden war, ist es schon merkwürdig, dass er sich so sehr zurückgezogen hat.
»Kannst du schnell nach oben laufen?«, bittet Rachel mich, nachdem sie auf einer doppelten durchgezogenen gelben Linie vor Lachies Haus gehalten hat. »Kann sein, dass ich um den Block fahren muss.«
»Klar.« Innerlich wappne ich mich für die Begegnung mit Lachie.
Er wohnt in einem ähnlichen Mehrfamilienhaus wie Bridget und ich. Allerdings könnte Lachies Haus einen neuen Anstrich vertragen. Ich war noch nie bei ihm. Neugierig steige ich aus und gehe die breite graue Treppe hinauf zur Haustür. Es gibt vier Klingelknöpfe. Lachies Namen sehe ich nicht, aber ich weiß, dass sein Mitbewohner Dan heißt, weil ich ihm schon einmal im Pub begegnet bin.
Ich klingele da, wo Dans Name steht, und als es gleich darauf summt, drücke ich die Tür auf und trete zögerlich ein. Welche Wohnung ist seine? Ich höre, wie im ersten Stock eine Tür geöffnet wird.

»Komm rauf«, ruft Lachie.
Ich steige über die Werbesendungen, mit denen der Hausflur übersät ist, und gehe die schmuddelige Treppe hinauf, vorbei an cremefarbenen Wänden voller Fingerabdrücke aus diversen Jahrzehnten und wer weiß was sonst noch allem. Eine der beiden Türen im ersten Stock steht halb offen. Zögerlich drücke ich sie ganz auf.
»Lachie?«, rufe ich und strecke den Kopf in die Wohnung.
»Bron?« Er kommt in den Flur und wirkt überrascht, mich zu sehen.
»Hast du nicht mit mir gerechnet?«, frage ich und trete ein.
»Na ja, zur letzten Hochzeit bist du nicht gekommen, deshalb war ich mir nicht sicher. Ich bin gleich so weit.«
Ich lasse den Blick durch den Raum schweifen. Er ist ordentlich, aber nicht übermäßig, und die Möblierung beschränkt sich auf ein bequemes Sofa, einen großen Flachbildfernseher mit einer PlayStation davor sowie einen fleckigen Glascouchtisch mit zwei Fernbedienungen darauf. Man sieht sofort, dass hier zwei Kerle leben.
»Ich wusste gar nicht, dass du bei der letzten Hochzeit aufgetreten bist«, sage ich. Rachel hat nichts davon gesagt.
»Doch.« Er wirft mir einen eigenartigen Blick zu; dann schüttelt er den Kopf und lacht in sich hinein, während er den Reißverschluss an seinem Rucksack schließt. »Ich dachte, du gehst mir aus dem Weg.«
»Nein«, sage ich nachdrücklich. »Nein. Ganz und gar nicht.«
Er hängt sich den Rucksack über die Schulter und wendet sich mir zu. »Wie geht's dir?« Die Frage ist voller versteckter Beiklänge.
»Ganz gut«, erwidere ich zurückhaltend.
»Wie geht's Alex?« Sein Tonfall ist nüchtern, doch in dieser Frage schwingen womöglich noch mehr Untertöne mit.
»Ich weiß nicht«, erwidere ich wahrheitsgemäß und lasse die Mundwinkel hängen. Er hebt eine Augenbraue. »Er arbeitet jetzt

in einem anderen Gebäude. Ich habe ihn das letzte Mal kurz nach Russ' und Marias Hochzeit gesehen.«
»Oh.« Er mustert mich. »Und kommst du damit zurecht?«
Ich zucke die Achseln. »Ich versuch's«, antworte ich ehrlich.
Er schnappt sich einen Schlüsselbund von der Arbeitsplatte in der Küche und steckt ihn in die Tasche. Dann nimmt er seinen Gitarrenkoffer.
»Fertig.«
Ich gehe voran die Treppe hinab, vorbei an den überall verstreuten Werbesendungen und durch die Haustür auf die Straße. Rachel ist nirgends zu sehen. Doch da kommt sie schon um die Ecke und hält an.
»Schnell!«, ruft sie durchs offene Fenster. »Polizeiwagen hinter mir.«
Mit quietschenden Reifen fährt sie wieder los. Auf der Rückbank ist nicht viel Platz, und Lachie sitzt so dicht neben mir, dass unsere Körper sich berühren.
»Geht das so dahinten?«, fragt Maria ihn entschuldigend. »Tut mir leid, im Augenblick wird mir immer übel, wenn ich hinten sitze.«
»Alles gut«, sagt Lachie; dann sieht er zu mir. »Passt meine Gitarre in den Kofferraum?«, fragt er Rachel.
»Ich fürchte nicht, tut mir leid«, erwidert sie.
»Mach dir keine Gedanken«, sage ich, aber Lachie nimmt mir die Fototasche vom Schoß und verstaut sie unter seinem Gitarrenkoffer.
Mir ist noch immer nicht so richtig nach Plaudern. Eine Weile höre ich den anderen zu, aber dann klinke ich mich aus und blicke aus dem Fenster.
Gestern habe ich endlich mit Polly gesprochen. Sie gibt zu, dass sie ein Problem hat, und versucht, mit Hilfe von Grant – und Michelle – dagegen anzukämpfen. Außerdem entschuldigte sie sich bei mir für ihren Aussetzer im Pub damals – Grant hatte ihr

detailliert davon berichtet. Dann wollte sie mit mir über meinen Heimflug zu Weihnachten reden, aber ich bin noch nicht bereit, darüber zu reden. Zumindest nicht mit ihr.
Lachies Körper neben mir ist warm und tröstlich, und plötzlich bin ich sehr müde. Ich schließe die Augen.

Ich spiele die Orgel, und meine kleinen Finger tänzeln über die Tasten. Ich kann nicht fassen, dass ich diesen gewaltigen Klang erzeuge – ich! Ich ganz allein! Stolz bediene ich mit den Füßen die Pedale. Es ist nur eine einfache Melodie, aber Daddy ist bestimmt stolz auf mich. Ach, bitte lass ihn stolz auf mich sein! Ich will doch nur, dass er mich liebhat. Dann ist er plötzlich da und sieht auf mich herab, aber er ist nicht stolz; er freut sich nicht. Er ist wütend. Meine Finger stocken, meine Füße erstarren, und dann schließt seine Hand sich um mein Handgelenk, und er zerrt mich vom Hocker.

Ich schrecke hoch, und dabei wird Lachie, der offenbar ebenfalls eingedöst ist, auch wach. Schläfrig lässt er die Arme sinken, die er verschränkt hatte, und sieht mich an. Er blinzelt ein paarmal, während er allmählich wach wird. »Was ist?«, murmelt er. Rachel und Maria unterhalten sich und bekommen nicht mit, was auf der Rückbank vorgeht.
Mein Puls rast, und das Herz schlägt mir bis zum Hals.
»Hey«, sagt er sanft. Ich packe seine Hand und drücke sie, so fest ich kann. Gleichzeitig kneife ich die Augen zu, um die Erinnerungen auszublenden, aber es gelingt mir nicht.

Meine Schulkameraden zeigen mit dem Finger auf mich; sie kichern und tuscheln. Mit hasserfüllten Mienen weiden sie sich an meinem Unbehagen. Ich versuche nicht, die Gerüchte zurückzuweisen …

Am liebsten würde ich die Tür aufstoßen und aussteigen, aber wir fahren so schnell, dass das Selbstmord wäre.

»Schlecht geträumt?«, fragt Lachie, und ich reiße die Augen auf. Ich nicke hastig. Dann lasse ich widerstrebend seine Hand los und lege sie zurück auf seinen Schoß. Er jedoch legt mir den Arm um die Schultern und zieht mich an sich. Bei dieser Geste könnte ich heulen. Er ist so lieb zu mir, so süß und sanft und lustig. Ich verdiene ihn nicht. Aber ich will ihn auch nicht gehen lassen. Ich vergrabe das Gesicht an seiner Brust, und er hält mich fest, während meine Atmung sich allmählich wieder beruhigt. Er streichelt mir über die Haare, und ich drehe das Gesicht zur Seite, um besser Luft zu bekommen, aber ich möchte nicht von ihm abrücken. Sanft drückt er mir die Lippen auf die Stirn. Mein Atem stockt und geht dann wieder schneller, anstatt sich zu beruhigen. Ich löse mich ein Stück von ihm und sehe ihn an. Während Alex' Augen von der Farbe eines kühlen blauen Ozeans sind, haben Lachies die Farbe eines Sommerhimmels. Mein Blick sinkt auf seine Lippen, und ich muss an unseren leidenschaftlichen Kuss auf Petes und Sylvies Hochzeit denken. Erst als er den Arm wegzieht, komme ich wieder zur Besinnung. Sehr langsam lehnt er den Kopf an die Kopfstütze, sieht mir aber weiter in die Augen. Es sieht traurig aus, doch ich rücke von ihm ab und sehe wieder aus dem Fenster. Ich fühle mich zu ihm hingezogen. Ich habe mich schon immer zu ihm hingezogen gefühlt. Bridget meint, ich solle meinen Liebeskummer einfach mit einem neuen Mann bekämpfen – aber das kann ich Lachie nicht antun, selbst wenn er mich wollte. Er verdient etwas Besseres, als mein Trostpflaster zu sein.

Wir übernachten im selben B&B wie der Bräutigam. Nachdem wir eingecheckt und unser Gepäck abgeladen haben, gehen wir zum Haus der Brauteltern.
Es fällt mir nicht sofort auf, doch nach einer Weile wird mir klar, dass wir es hier nicht mit einer glücklichen Braut zu tun haben. Sie heißt Hester, und als sie Maria sagt, es sei ihr egal, ob sie die

Haare hochgesteckt oder offen trage, wirft Rachel mir einen besorgten Blick zu.
Sie ist nicht etwa einfach nur unkompliziert oder beugt sich dem Urteil der Expertin. Es ist ihr egal. Sie ist in Gedanken anderswo. Gleichgültig, wie sehr wir uns bemühen, sie aufzuheitern, und ihr Komplimente machen, wir ernten höchstens ein zerstreutes Lächeln.
»Hat Maria keinen Probedurchgang mit ihr gemacht?«, frage ich Rachel.
»Nein. Das wollte sie nicht.«
Ich bin ziemlich beunruhigt, als ich mich auf den Weg zur Kirche mache.
Bill, der Bräutigam, ist deutlich besser drauf, und ich versuche, mir einzureden, die Braut sei nur nervös. Ich atme tief durch und mache mich daran, eine weitere alte englische Kirche zu fotografieren. Die Blumenarrangements sind wahnsinnig schön, ein herbstlicher Farbrausch: gelbe Sonnenblumen, rote Chrysanthemen und orangefarbene Freesien. Als mein Blick auf die Orgel am Altar fällt, zucke ich leicht zusammen. Dann streiche ich über die cremefarbenen Tasten und denke an das kleine Mädchen in meinem Traum.
Ich frage mich, ob er es manchmal bedauert. Oder ob er überhaupt etwas empfindet.
»Sie müssen die Fotografin sein.«
Ich zucke zusammen. Der Pfarrer, ein junger Mann mit einem freundlichen Gesicht, tritt neben mich. Ich nicke hastig und schlucke, um die Tränen zurückzuhalten.
»Ja. Hallo. Ich bin Bronte.«
Er schüttelt mir die Hand. »Father Phillip. Freut mich, Sie kennenzulernen.«
»Wir achten darauf, Ihnen nicht im Weg zu sein«, setze ich an.
»Das brauchen Sie nicht«, entgegnet er. »Das Brautpaar möchte Sie hierhaben, und das genügt mir.«

»Danke.«
»Spielen Sie?«, fragt er und deutet auf die Orgel.
Ich nicke und beiße mir auf die Lippe.
»Klavier?«
»Nein, na ja, doch.« Ich räuspere mich. »Ich spiele auch Orgel. Jedenfalls früher.«
»Wie interessant. Nicht viele Menschen entscheiden sich heutzutage noch für dieses Instrument.«
»Mein Vater war Organist.«
»Ach?« Er lächelt erfreut. »Oh, hier ist auch Nicholas, unser Organist!«, ruft er munter.
»Ich gehe dann lieber«, sage ich hastig, eile davon und spüre, dass der Pfarrer mir verwirrt hinterhersieht.
Ich habe die Kirchenfenster noch nicht fotografiert, aber nun ist es zu spät, denn die Braut und ihr Tross sind eingetroffen. Ich eile nach draußen und sehe noch, wie Hesters drei Brautjungfern in langen kirschroten Kleidern aus dem Auto steigen. Rasch blicke ich mich nach dem Pfarrer um. Er unterhält sich mit dem Bräutigam, lächelt, nickt und bemüht sich sicher, dessen Nervosität zu lindern. Scheint ein netter Kerl zu sein. Wahrscheinlich hält er mich für völlig durchgeknallt. Damit läge er nicht ganz falsch.
Ich atme tief ein. Früher habe ich diesen typischen Kirchengeruch geliebt. Ich muss daran denken, wie panisch ich bei meiner ersten Hochzeit dieses Jahr war, der von Suzie und Mike. Heute kommt mir das sogar ein wenig unwirklich vor. Jedenfalls macht der Geruch mir nicht mehr so viel aus – immerhin läuft mir kein kalter Schauer mehr über den Rücken.
Früher hielt ich mich unheimlich gern in Kirchen auf. Ich liebte die gewaltigen, kühlen, schönen Räume – eine himmlische Zuflucht vor dem heißen australischen Sommer, ein Ort, an dem ich mich ganz auf mich besinnen konnte. Egal, was zu Hause los war, ich konnte jederzeit in die Kirche gehen und dort Frieden finden.

Ich drehe mich um und sehe Hester auf mich zukommen. Sie sieht wunderschön aus in einem trägerlosen Kleid mit einem Korsettoberteil, das mit Pailletten und Perlen besetzt ist. Sie trägt einen Schleier, und als sie sich dem Mann neben ihr zuwendet und ihm ihren Arm überlässt, schwant mir etwas. Das ist nicht ihr Vater – dieser Mann ist viel zu jung dafür. Ihr Bruder vielleicht? Ist ihr Vater verstorben? Lächelt sie deshalb nicht? Rachel geht an mir vorbei und verzieht das Gesicht. »Wenn das mal gutgeht«, sagt sie besorgt.

Als Nicholas beginnt, Wagners bekanntes Stück zu spielen, gehe ich an meine Position und mache ein paar Fotos von Hester, als diese im Mittelgang an mir vorbeikommt. Doch sie lächelt noch immer nicht. Nun dreht Billy sich zu ihr um und nickt ihr aufmunternd zu. Diesen Augenblick fange ich ein und frage mich dabei, wie Rachels Foto der Braut und mein Gegenstück des Bräutigams sich wohl diesmal im Hochzeitsalbum machen werden. Irgendwie bezweifele ich, dass diese Fotos zu Hesters und Billys Favoriten zählen werden.

Hester geht weiter auf den Altar zu, und die Scheinwerfer über uns lassen die Diamanten am Saum ihres Schleiers aufblitzen wie winzige Blitzlichter. Als die Musik verklingt und der Pfarrer zu sprechen beginnt, weicht Hester vor dem Bräutigam zurück.

»Hess«, sagt Billy entgeistert.

Sogar von hier hinten kann ich sehen, wie sie den Kopf schüttelt. Er streckt flehentlich die Hand nach ihr aus, und ein Murmeln geht durch die Gemeinde.

»Ich kann nicht«, murmelt sie. Dann macht sie kehrt und rennt mit geschürztem Kleid zum Ausgang.

»Mist, im Ernst?« Lachies Miene ist ein Bild für die Götter.
»Scheiße. Wo ist der arme Kerl jetzt?«
»Unten.«
»In der Bar?«, fragt er erstaunt.

Ich nicke. Gerade habe ich Lachie die Neuigkeit überbracht. Er ist in seinem Zimmer, um sich noch etwas auszuruhen. Als ich an seine Tür klopfte, lag er auf dem Bett und las offenbar in einer Zeitschrift. Sein Auftritt bei der Hochzeitsfeier wäre erst in zwei Stunden gewesen.
»Was ist denn passiert?«
Ich erzähle ihm, was vorgefallen ist, und versuche, mich nicht davon ablenken zu lassen, dass er jedes Mal, wenn er eine Frage stellt, den Bizeps anspannt. Er trägt auch jetzt noch ein kurzärmeliges T-Shirt, und die sommerliche Bräune ist ihm bisher erhalten geblieben. Lachie scheint wirklich nie zu frieren.
Er flucht leise. »Und was jetzt?«, fragt er dann.
»Ich weiß nicht. Rachel und Maria sind unten.«
»Dann lass uns gehen«, sagt er und legt mir die Hand aufs Kreuz. Als ich überrascht zusammenzucke, reißt er sie sofort wieder weg. »Entschuldige«, murmelt er.
Glaubt er jetzt schon, er müsse sich entschuldigen, wenn er mich berührt? Ich verabscheue mich dafür, dass ich ihn dazu gebracht habe.
Die Bar unten ist voller Hochzeitsgäste. Rund ein Fünftel der Gäste, die dem Gottesdienst beigewohnt haben, ist jetzt hier, ebenso wie der Bräutigam. Rachel und Maria stehen an der Theke.
»Was wollt ihr trinken?«, fragt uns Rachel.
»Bleiben wir denn?«, frage ich verwirrt zurück. Ich hatte gedacht, wir würden zurück nach London fahren.
»Warum nicht? Wir haben Zimmer. Außerdem haben Billy und seine Familie uns eingeladen, uns zu ihnen zu gesellen, und mir ist jetzt nach einem Drink.«
»Kann ich verstehen«, stimme ich zu.
»Fein«, sagt Lachie. »Was sollen wir nehmen? Eine Flasche Roten?« Er sieht mich an.
»Gern.« Ich suche den Raum nach dem Bräutigam ab. Er sitzt vornübergebeugt auf einem Lehnstuhl. Seine Mutter kniet zu

seinen Füßen und hat ihm die Hände auf die Knie gelegt. Auch ohne ihren Hut, den sie abgesetzt hat, sieht sie großartig aus in ihrem langen silbrig-grauen Rock und der dazu passenden Bluse. Ich kann nicht hören, was sie sagt. Wir sind Außenstehende, die nicht in Privates eingeweiht werden, jedenfalls kaum. Gut möglich, dass wir niemals erfahren werden, warum Hester Billy am Altar stehengelassen hat. Und damit müssen wir uns abfinden – das gehört nun einmal zu unserem Job, selbst wenn wir vor Neugier sterben. Aber was Billys Mutter auch zu ihm sagen mag, er nickt jedenfalls. Der Anblick rührt mich. Lachie stupst mich an. Er hat eine Flasche Wein in der rechten Hand, und zwischen den Knöcheln seiner linken ragen die Stiele dreier Weingläser heraus. Maria trinkt ja keinen Alkohol.
In einer Ecke ist ein kleiner Tisch frei. Wir gehen hinüber und setzen uns.
Es wird ein eigenartig schöner Abend, wenn man bedenkt, welcher traurige Vorfall uns hier zusammengeführt hat. Man kann sich der Stimmung kaum entziehen. Wir beobachten, wie Billys entferntere Angehörige und seine nicht so engen Freunde sich nach und nach verabschieden, bis nur noch seine Eltern sowie die engsten Angehörigen und Freunde übrig bleiben. Sie lachen, sie weinen, sie überschütten Billy mit Liebe und Anteilnahme, und nach einer Weile schließen wir uns ihnen an und werden so ebenfalls Teil der Runde. Zu späterer Stunde schlägt jemand vor, Lachie solle seine Gitarre holen. Diesem Wunsch kommt er gern nach, und als er zurückkehrt, schließt der Manager des Hotels ab, und wir bleiben unter uns, während wir Lachies tiefer, wohlklingender Stimme lauschen. Er verzichtet auf sein beschwingteres Hochzeitsrepertoire und singt stattdessen langsame, gefühlvolle Songs über Liebe und Verlust, und alle müssen zum Taschentuch greifen. Es ist eigenartig befreiend – sogar ich muss ein bisschen weinen.
Maria geht als Erste ins Bett. Sie stiehlt sich unauffällig davon,

um Lachies Privatkonzert nicht zu stören. Als Nächste geht Rachel. Sie klopft mir sanft auf den Rücken und mahnt: »Bleib nicht zu lange auf«, doch ihre Augen funkeln schelmisch, und sie sieht kurz zu Lachie. Ich weiß nicht, was sie meint. Glaubt sie etwa, ich wünsche mir, dass zwischen ihm und mir etwas läuft? Ein wenig benommen wende ich meine Aufmerksamkeit wieder seinen wohldefinierten Armen zu und betrachte das Spiel seiner Muskeln, während er in die Saiten greift. Im Moment gibt er eine abgespeckte Version von *Sex* von The 1975's zum Besten, und das ist wirklich sehr sexy. *Er* ist sehr sexy. Plötzlich sieht er mich an, und Verlangen durchzuckt mich. Ich kann den Blick nicht von ihm losreißen. Seine blauen Augen glühen, sengen, brennen sich in mich hinein, während er singt: »talk about sex«. Die Art, wie er das letzte Wort betont, löst in mir den Wunsch aus, genau den mit ihm zu haben.
Ganz im Ernst: Falls er heute Nacht mit mir schlafen will, gehöre ich ihm. Ohne jeden Zweifel. Ein ganz kleiner, weniger betrunkener Teil von mir erkennt, dass das wahrscheinlich eine *ganz* schlechte Idee ist. Aber das ist mir im Moment egal. Während er eine reine Gitarrenpassage spielt, sieht er mich an und hebt eine Augenbraue. Seine Hände sind an die Gitarre vergeudet. Ich will, dass sie ihren Zauber auf *mir* entfalten. Als er den letzten Akkord spielt und gelassen meinem Blick begegnet, bin ich sehr kribbelig, sehr nervös und ziemlich heiß auf ihn.
»Danke, Leute«, sagt er und unterbricht den Blickkontakt mit mir, während alle applaudieren, wie auch nach allen seinen anderen Songs bisher. Er steht auf. »Ich haue mich in die Koje.«
Mit mir? Bitte, mit mir. Ich hatte schon viel zu lange keinen Sex mehr.
Er schüttelt Billy die Hand. »Viel Glück, Mann. Alles wird gut. Du hast liebe Menschen um dich.«
Ich bin so atemlos, dass ich kaum sprechen und schon gar nicht dem Bräutigam nochmals mein Mitgefühl aussprechen kann.

Aber das habe ich im Laufe des Abends schon so häufig getan, dass ich ihm lediglich ein hoffentlich aufmunterndes Lächeln schenke und zur Tür gehe. Dort drehe ich mich um und warte auf Lachie. Er verstaut seine Gitarre im Koffer, schließt ihn, lächelt und verabschiedet sich auf dem Weg zur Tür von den Leuten. Als er am letzten Tisch vorübergeht, begegnen sich unsere Blicke, und ich atme schneller.
»Okay?«, fragt er gedehnt und sieht mich an.
Ich nicke rasch und gehe zur Treppe, spüre seine Gegenwart intensiv. Ich gehe direkt zu seinem Zimmer.
»Liegt dein Zimmer nicht ein Stück weiter?«, fragt er mich trocken und lehnt sich an die Wand. Dann holt er den Schlüssel aus der Tasche, öffnet die Tür und hält sie mir wortlos auf. Ich nehme das als sehr deutlichen, sehr willkommenen Hinweis darauf, dass er mich auch will.
Er schließt hinter mir ab, und ich gehe auf ihn zu, den Blick fest auf seine Lippen gerichtet. Er legt mir die Hände um die Taille und sieht mir tief in die Augen. Ich schnappe nach Luft.
»Du willst mich immer nur dann küssen, wenn du betrunken bist«, sagt er leise.
»Das stimmt nicht.« Ich schüttele den Kopf. »Ich wollte dich schon im Auto küssen.«
»Ach?«
Trotz all des enthemmenden Alkohols in meinem Blut werde ich rot.
»Und warum hast du es nicht getan?« Sein Daumen streicht an der Taille über mein dünnes T-Shirt. Ich kann mich nicht konzentrieren.
»Ich will dich jetzt küssen. Reicht das nicht?«
»Ausgerechnet jetzt, ja? Kurz bevor ich weggehe? Machst du das immer so? Dir Männer aussuchen, die du nicht haben kannst?«
Das verschlägt mir die Sprache. Ich schüttele den Kopf. Hat er recht? Mache ich das immer so?

»Warum?«, fragt er leise. »Warum tust du das? Glaubst du, du verdienst es nicht, glücklich zu sein?«
»Hör auf«, sage ich und kneife die Augen zu. Er ist erst vierundzwanzig. Wie kommt er in dem Alter zu solchen Einsichten?
»Ich würde alles dafür tun, mich *nicht* in jemanden zu verlieben, den ich nicht haben kann, Bronnie«, sagt er traurig, und dann stellt er mir die Frage, die ich wirklich nicht von ihm hören wollte. »Liebst du Alex noch?«
Der Klang seines Namens lässt die Narbe wieder aufreißen, und mein gebrochenes, blutiges Herz liegt schutzlos da. Ich lege Lachie die Hand auf die Brust und schiebe ihn sanft von mir. Er lässt die Hände sinken. Dann zwinge ich mich, seine Frage zu beantworten: »Es ist fast zwei Monate her«, murmele ich. »Ich habe ihn nicht mehr gesehen. Ich weiß es nicht. Ich war völlig fertig, aber jetzt geht es mir besser. Viel besser.«
Erst jetzt wage ich ihm in die Augen zu sehen. Sein Blick ist traurig und verletzt und ... voller Mitgefühl?
Letzteres wohl eher nicht, denn er muss wissen, dass seine nächsten Worte mich verletzen werden. »Rachel hat mir erzählt, sie hätte ihn und Zara neulich gesehen.« Rachel trifft sich immer mindestens zweimal vor der Hochzeit mit Braut und Bräutigam – sie möchte, dass das Brautpaar in ihrer Gegenwart möglichst entspannt ist. »Sie hat gesagt, sie hätten glücklich gewirkt. Mehr als bereit, den Bund der Ehe zu schließen.«
Er hätte mir auch das Herz mit den Zähnen aus der Brust reißen können. Ich zucke zusammen, drehe mich um und lege die Hand auf den Türknauf.
»Komm her«, sagt Lachie und zieht mich in seine starken Arme. »Es tut mir leid. Alles wird gut.«
Ich atme tief durch, entspanne mich und lasse mich von seiner Umarmung trösten.
»Es tut mir leid, dass ich dir schwierige Fragen stelle, wenn du betrunken bist«, sagt er, den Mund in meinen Haaren vergraben.

Klar. Mistkerl.

»Aber ich weiß, dass ich dann eine ehrliche Antwort von dir bekomme.«

Das Gute an der Sache ist, dass mein Verlangen nach Sex mit ihm sich komplett verflüchtigt hat. Keine Reue am Morgen danach. Behutsam löse ich mich von ihm. »Ich gehe dann wohl besser.«

»Bleib.« Er legt mir die Hand auf den Arm.

Verdutzt sehe ich ihn an. Er macht Witze, oder? »Schlaf mit mir«, sagt er ruhig.

Ich sehe ihn mit erhobener Augenbraue an und schüttele den Kopf.

»Einfach nur ... *schlafen*«, sagt er nachdrücklicher.

Ja. Ich möchte mich wirklich gern von ihm im Arm halten lassen – mehr, als ich meinen Schlafanzug oder meine Zahnbürste will, wird mir klar. Und es fühlt sich an, als hätte ich eine Wahl. Er versteht mein Zögern als Zustimmung, nimmt meine Hände und führt mich zum Bett. Dann schlägt er die Decke zurück und zieht die Schuhe aus. Auch ich ziehe meine Schuhe aus und schwanke dabei ein bisschen, was er sehr unterhaltsam zu finden scheint. Doch dann zieht er sein T-Shirt aus, und mir bleibt der Mund offen stehen. Lachie ist verboten scharf. Er wirft mir das T-Shirt an den Kopf, und ich fange es wie betäubt auf. Dann deutet er mit dem Kopf Richtung Bad und danach auf das T-Shirt in meinen Händen. »Schlafanzug«, erklärt er lächelnd.

Mmm, ja, das trage ich gern im Bett. Ich gehe ins Bad, entkleide mich bis auf den Slip, ziehe sein T-Shirt an und spüre, wie es sich an mich schmiegt. Noch warm. Immer warm. Ich kehre ins Schlafzimmer zurück. Er hat das Licht ausgeschaltet, und als ich unter die Decke schlüpfe, kann ich kaum die Umrisse seines Körpers erkennen. Seine Arme umschlingen mich, und ich kuschele mich an seine Brust. Er küsst mich auf den Kopf.

»Gute Nacht, Bronnie«, sagt er schläfrig.

»Gute Nacht«, murmele ich.
Lange liege ich da und lausche seinem Atem, der immer langsamer und regelmäßiger wird. Aber ich kann nicht einschlafen. Seine Haut fühlt sich weich an. Ich streiche mit den Fingerspitzen über seine Brust und dann abwärts bis zur untersten Rippe. Er nimmt meine Hand. Oje, ich habe ihn geweckt.
Ich spüre seinen Atem, er ist nicht mehr langsam und regelmäßig, sondern stoßweise. Seine Finger umschließen mein Handgelenk, aber ich lege ihm die Hand auf den Bauch, und er stößt einen gedämpften, kehligen Laut aus.
Ich drehe das Gesicht dorthin, von wo dieser Laut meiner Einschätzung nach kam, küsse Lachie und fahre mit der Zunge über seine Haut, und da ist es um ihn geschehen. Er presst die Lippen auf meinen Mund, und als ich mich auf ihn setze, zieht er mir in einer einzigen geschmeidigen Bewegung das T-Shirt über den Kopf. Ein Schauer läuft mir über den Rücken, teils vor Kälte, hauptsächlich aber, weil ich so erregt bin, dass ich mich kaum beherrschen kann. Nur seine Boxershorts und mein Slip trennen uns noch, aber ich spüre ihn, und ich will ihn. Unbedingt. Er legt mir grob die Hände auf die Hüften und zieht mich heftig an sich. Ich schnappe nach Luft, meine Lippen liegen noch immer auf seinen.
»Scheiße«, flucht er. »Jeans.« Er gibt mir einen Klaps auf den Hintern und schiebt mich von sich. Jeans? Oh, Kondom. Mir ist schwindelig, während er aufsteht und die Brieftasche aus der Jeans zieht. Er findet, was er gesucht hat, und kommt zurück ins Bett. Gleich darauf dreht er mich auf den Rücken und beugt sich über mich. Doch dann zögert er. Ich lasse die Hände an seinem breiten, muskulösen Rücken hinabgleiten; er soll mich nehmen! Ist es nicht das, was er wollte? Da beugt er sich vor und küsst mich auf den Mund, und dieser Kuss ist so süß und so voller Liebe und Verlangen, dass er mich wahnsinnig berührt. Ohne den Kuss zu unterbrechen, dringt er in mich ein, und das nehme ich so in-

tensiv wahr, dass es mir fast den Atem nimmt. Dann beginnen wir, uns in völligem Einklang zu bewegen.

Hinterher schlafe ich in seinen Armen ein, den Kopf auf seiner Brust, und als ich aufwache, hält er mich noch immer im Arm und hat sich von hinten an mich geschmiegt. Mein Kopf pocht dumpf, aber während ich daliege und allmählich wach werde, merke ich, dass ich nichts bereue. Die letzte Nacht war unglaublich. Atemberaubend. Seine rechte Hand wölbt sich um meine Brust, und sein Arm liegt schwer auf mir. Behutsam löse ich mich von ihm und stehe auf, um ins Bad zu gehen. Er murmelt im Schlaf. Ich habe einen scheußlichen Geschmack im Mund. Igitt. Ich spüle den Mund mit Wasser aus und borge mir ein wenig Zahnpasta von ihm, aber das genügt mir nicht. Ach, was soll's?, denke ich schließlich, schnappe mir seine Zahnbürste und putze mir die Zähne. Er braucht es ja gar nicht zu erfahren. Dann sehe mich ich nach einem Bademantel um, aber da ist keiner. Ein Handtuch? Nein. Das würde albern aussehen, und außerdem schläft er sowieso noch.
Oh. Er schläft nicht mehr. Ich laufe zurück zum Bett, schlüpfe unter die Decke und lächele, als er mich wieder in die Arme schließt.
»Ich dachte, du wärst gegangen«, murmelt er und grinst schläfrig. Ich schüttele den Kopf und küsse ihn.
»Hm, Pfefferminz«, sagt er mit tiefer, warmer Stimme. »Moment mal, hast du meine Zahnbürste benutzt?«
Ich muss kichern.
»Hinterlistig«, murmelt er, aber er grinst und küsst mich. Unsere Zähne stoßen leicht aneinander. Dann zieht er mich an sich, und ich stoße einen leisen Laut des Entzückens über so viel Hautkontakt aus. Ich gleite an seinem Körper empor, um an seine Lippen heranzukommen, und spüre, wie er *vollständig* erwacht.
»Kann nicht«, murmelt er.
Ich löse mich von ihm und sehe ihn fragend an.

»Ich hatte nur ein Kondom«, erklärt er. Ich nehme zwar die Pille, aber wir sind noch in der Safer-Sex-Phase. »Aber wir können andere Sachen machen«, sagt er und sieht mich vielsagend an, ehe ich enttäuscht sein kann.
Den Großteil der nächsten Stunde verbringen wir mit »anderen Sachen«.
Schließlich wird uns bewusst, dass wir uns vermutlich mal blicken lassen und herausfinden sollten, welche Pläne Rachel und Maria für den heutigen Tag haben. Rachel hatte vor, ihre Eltern zu besuchen, da sie schon in der Nähe ist, und Maria wollte erste Weihnachtseinkäufe erledigen. Wundersamerweise gelingt es mir, unentdeckt zurück in mein Zimmer zu gelangen. Ich dusche rasch, ziehe Jeans und einen Pulli an und gehe nach unten in den Speiseraum. Lachie, Maria und Rachel sitzen bereits an einem Tisch. Als ich zu ihnen gehe und Lachies Schlafzimmerblick sehe, erröte ich wieder einmal. Peinlich. Rachel schürzt die Lippen, und ich werde noch röter – ich bin sicher, sie hat es erraten. Und am Ende des Frühstücks weiß auch Maria Bescheid. Könnte etwas damit zu tun haben, dass Lachie mich irgendwann packt und mir einen langen Kuss auf den Mund gibt.
Mir ist das Ganze ein wenig peinlich, aber Lachie wirkt nur amüsiert. Wir verabreden, uns um drei Uhr wieder am B&B zu treffen, und dann gehen wir getrennte Wege – Lachie allerdings bleibt bei mir. Den Vormittag verbringen wir damit, durch den hübschen Kurort zu schlendern und uns die Architektur anzusehen. In einem entzückenden Pub essen wir zu Mittag. Lachie ist sogar noch berührungsfreudiger als sonst, und das ist einfach wundervoll. Ich mag ihn. Sehr. Und ich habe nicht vergessen, dass er nächste Woche abreist.
Die ganze Rückfahrt nach London über sitzen wir aneinandergekuschelt auf der Rückbank. Rachel will mich als Erste absetzen, doch als wir uns meiner Straße nähern, fragt Lachie: »Kommst du mit zu mir?«

»Ich muss morgen arbeiten«, sage ich bedauernd.
»Und wenn du schnell holst, was du brauchst?«
»Ich warte gern«, wirft Rachel amüsiert ein.
»Ich brauche auch nicht lange!«, verspreche ich.
Ich schließe die Wohnungstür auf und sehe Bridget auf dem Sofa sitzen und ein Buch lesen.
»Hey, wie war's?«, fragt sie beiläufig.
Ähm. Da wäre einiges zu erklären. Aber dafür ist jetzt keine Zeit, denn Rachel wartet unten am Rand der vielbefahrenen Straße.
»Richtig gut«, sage ich. »Ähm … ich übernachte heute bei Lachie«, platze ich dann heraus.
»Was?«
»Ich …« Argh! »Wir haben miteinander geschlafen.«
»Ihr habt *was*?«
»Wir …« Ich wedele mit den Händen. »Du weißt schon.«
»Du hast ihn gevögelt?«, fragt sie ungläubig.
»Nun, wenn du es so nennen willst«, erwidere ich und flüchte in mein Zimmer. Sie folgt mir.
»O mein Gott!«, quiekt sie. »Wie ist das denn passiert?«
»Rachel wartet unten«, sage ich entschuldigend und überlege hektisch, was ich morgen zur Arbeit anziehen soll.
»Erzähl mir die Kurzfassung«, verlangt Bridget. Sie reißt mir ein rotes Etuikleid aus der Hand und sucht dann in meiner Kommode eine dazu passende Strumpfhose aus. Während ich meine Tasche auf dem Bett ausleere, meinen Kosmetikkram und frische Kleidung einpacke, bringe ich sie auf den neusten Stand.
»Nimm dir für morgen Abend nichts vor«, sagt sie streng und zeigt mit dem Finger auf mich. »Ich will einen detaillierten Bericht.« Dann grinst sie, umarmt mich und schickt mich weg.
»Sorry«, sage ich, als ich wieder einsteige. »Bridget wollte mit mir reden.«
»Was du nicht sagst«, murmelt Lachie, und ich ziehe eine Grimasse.

Als wir in Lachies Wohnung ankommen, stellen wir fest, dass sein Mitbewohner Dan Besuch hat. Er und ein anderer Typ sitzen vor dem Fernseher auf dem Boden und spielen mit der PlayStation, während zwei weitere Jungs auf dem Sofa sitzen und Bier trinken.
»Hey«, grüßt Lachie. Ich bin ein wenig nervös, denn ich hatte damit gerechnet, dass wir allein in der Wohnung sein würden.
Lachies Kumpels begrüßen ihn überschwänglich, doch dann entdecken sie mich und sehen überrascht aus. Die beiden, die vor der PlayStation hängen, unterbrechen ihr Spiel.
Lachie stellt den Gitarrenkoffer ab und legt die Hand darauf.
»Jungs, das ist Bronte.« Ausnahmsweise benutzt er einmal meinen richtigen Namen.
»Hi«, erwidere ich auf ihr fröhliches »Hallo« und stelle meine Tasche ab, was die Jungs mit verwunderten Blicken quittieren.
»Bin gleich bei euch«, sagt Lachie beiläufig, ohne den Grund meiner Anwesenheit zu erklären. Er deutet in die kleine Diele, und ich nehme meine Tasche und folge ihm verlegen. Die erste Tür links führt in sein Zimmer. Es ist klein – der Platz reicht gerade eben für sein Doppelbett –, und er hat keinen Kleiderschrank, sondern nur eine Kommode, aus deren halb offen stehenden Schubladen Kleidung heraushängt. Unter der zerwühlten cremefarbenen Bettdecke ragen die Riemen eines großen Rucksacks hervor – eine unerwartete, schmerzhafte Erinnerung daran, dass er bald nach Hause fliegt. Er stellt seine Sachen ab und wendet sich mir zu.
»Tut mir leid, dass es so chaotisch ist.« Er blickt ein bisschen verlegen.
Der Zustand seines Zimmers ist mir egal. Wieder einmal habe ich einen Kloß im Hals. »Ich kann nicht glauben, dass du nächste Woche schon abreist.«
»Das habe ich dir aber gesagt.« Er lächelt verhalten und legt mir die Hände auf die Taille. »Aber erst mal nur nach Europa. Im De-

zember komme ich noch mal für ein paar Tage zurück hierher, bevor ich nach Hause fliege.«

Das Herz wird mir ein bisschen leichter. »Wusstest du, dass ich zu Weihnachten nach Hause fliege?«

»Nein.« Seine Augen leuchten auf. »Echt? Nach Südaustralien?«

»Ja. Aber nur für zwei Wochen, dann bin ich wieder hier.«

»Oh. Und im März fliegst du dann wieder nach Sydney zurück?«

Ich schüttele den Kopf. Habe ich ihm das nicht erzählt? »Nein, ich bin befördert worden. Ich bleibe länger hier.«

Er sieht traurig aus, aber er packt meine Taille fester. »Hier in Großbritannien?«

»Ja.«

»Ich dachte, du gehst zurück nach Sydney?«

»Nein. Eigentlich hatte ich das vor, aber jetzt nicht mehr. Ich dachte, ich hätte es dir erzählt.«

»Nein.« Er schüttelt den Kopf und sieht überhaupt nicht so aus, als freute er sich für mich. »Hast du nicht.«

Erschrocken wird mir klar, dass ich ihn mit Alex verwechselt habe. Es war Alex, dem ich davon erzählt habe. Lachie setzt sich aufs Bett. Seine Laune ist im Keller. Er streicht die zerwühlte Bettdecke glatt. »Ich hatte irgendwie mit dem Gedanken gespielt, nach Sydney zu ziehen«, sagt er leise.

»Wirklich?« Ich kann meine Überraschung nicht verbergen.

»Na ja, ich konnte mir nicht vorstellen, dass du in nächster Zeit nach Perth ziehst.« Er wirft mir einen verschmitzten Blick zu. »Ich weiß ja, was dieser Vorschlag deinem letzten Freund eingebracht hat.«

Ist er jetzt mein fester Freund? Ich weiß nicht, was ich davon halten soll. Aber er reist nächste Woche ab, und ich bleibe. Wir werden ohnehin nicht lange zusammen sein. Ich werde wieder traurig.

»Dann müssen wir wohl einfach das Beste aus der Zeit machen,

die uns bleibt«, sage ich, lächele zaghaft und lege ihm die Hand auf die Schulter. Er zieht mich zu sich herab, küsst mich sanft und drückt mich dann rücklings aufs Bett. Während seine Küsse leidenschaftlicher und fordernder werden, dringen undeutlich Schüsse und schroffe Schreie in mein Bewusstsein – die PlayStation im Wohnzimmer. Ich muss lächeln.
»Was ist?« Er löst sich von mir und sieht mir in die Augen. Sein Blick ist so feurig, dass er meine Bedenken beinahe beiseitefegt.
»Meinst du nicht, wir sollten rübergehen und uns ein bisschen mit deinen Kumpels unterhalten?«
Er stöhnt und küsst mich noch einmal. Dann klettert er von mir herunter und streckt mir die Hand hin.
Ich mag seine Freunde. Zwei von ihnen sind ebenfalls Australier. Alle drei sind Anfang zwanzig, und ich komme mir ein bisschen alt vor. Wir bestellen Pizza, trinken ein paar Bier dazu und unterhalten uns bis halb zehn.
Dann sagt Lachie, er sei jetzt langsam wirklich »müde«. Den Mienen der anderen nach zu urteilen, kaufen sie ihm das zwar nicht ab, aber das kümmert mich nicht mehr. Sein Daumen, der meine Taille streichelt, lenkt mich schon den ganzen Abend ziemlich ab.
Als wir in seinem Zimmer ankommen, habe ich weiche Knie. Er küsst mich langsam und sanft und entkleidet mich, ohne ein Wort zu sagen. Dann zieht er sich das T-Shirt über den Kopf, und ich küsse seinen Hals, fahre mit den Händen über seinen perfekten Oberkörper bis hinab zum Bund seiner abgetragenen Jeans und mache mich an den Knöpfen zu schaffen. Er atmet schneller und heftiger, so dass richtige Wellen über seine Brustmuskeln laufen. Als wir beide nackt sind, schlüpfen wir ins kalte Bett und wärmen uns gegenseitig. Unsere Küsse werden leidenschaftlicher, aber ich kann nicht ausblenden, dass seine Freunde gleich auf der anderen Seite der dünnen Wand sind.
Als ich die Hand über Lachies Bauch gleiten lasse, stößt er ei-

nen kehligen Laut aus, und ich lächele und flüstere ihm ins Ohr: »Pst.«

Er küsst mich gierig, und mit einem Mal spüre ich seine Hände überall.

Als er in mich eindringt, bin ich fast außer mir und kann mich kaum zurückhalten, um nicht laut zu stöhnen. Das macht unseren Sex unglaublich intensiv und beinahe unerträglich erregend.

Als wir endlich kommen, liegen seine Lippen auf meinem Mund, und ich keuche in ihn hinein, damit ich nicht laut schreie. Er lässt sich auf mich sinken, heiß und schwer, während ich versuche, wieder zu Atem zu kommen. Er erdrückt mich fast, aber als er sich von mir lösen will, halte ich ihn fest. Ich mag sein Gewicht auf mir.

Wir lieben uns noch zweimal, ehe wir schließlich einschlafen, und am Morgen steht er mit mir auf, um mir Frühstück zu machen, bevor ich zur Arbeit gehen muss. Die Wohnung ist still – Dan liegt wohl noch ruhig schlummernd im Bett, was mir nur recht ist, denn ich glaube nicht, dass wir beim letzten Mal noch allzu still waren.

»Was machst du heute Abend?«, fragt Lachie zwischen zwei Bissen Toast.

»Bridget will, dass ich zu Hause bleibe«, erzähle ich ihm lächelnd.

»Und du?«

»Ich muss im Pub arbeiten.«

»Magst du danach zu mir kommen?«

Er blickt erfreut. »Gern.«

Zum Abschied küsst er mich an der Tür und würde mir wohl in T-Shirt und Boxershorts die Treppe hinab folgen, wenn ich ihn nicht kichernd davon abhielte.

»Bis später«, rufe ich.

Ich lächele den ganzen Weg zur Arbeit über: unterwegs zur U-Bahn-Station Camden Town, auf der Treppe hinab zu den

Gleisen und auf der gesamten Fahrt in der völlig überfüllten U-Bahn.

Noch immer lächelnd betrete ich die Redaktion, doch dann sehe ich Alex an seinem Schreibtisch sitzen, und mein Lächeln erlischt.

Kapitel 28

Als meine Schritte stocken, blickt er auf. »Hey.«
»Hi.« Ich senke den Kopf und eile an ihm vorbei an meinen Schreibtisch. Mir bleibt nichts anderes übrig, denn es sind zu viele Kollegen in der Nähe, aber als ich mich setze, schlägt mir das Herz bis zum Hals.
Ich kann mich überhaupt nicht konzentrieren, sondern schiebe nur irgendwelche Papiere auf dem Schreibtisch hin und her, um den Anschein von Arbeit zu erwecken. Als Helen und Sarah eintreffen, gelingt es mir sogar, ihnen zuzulächeln, aber hauptsächlich halte ich den Kopf gesenkt. Ich sitze jetzt auf Nickys Platz am Fenster, und wenn ich über meinen Bildschirm hinweglinse, kann ich Alex' wunderbares Profil sehen. Ich meine, ich kann Alex' Profil wunderbar sehen. Aber ach ... Ich riskiere noch einen Blick: Sein Profil ist wirklich wunderbar. Das markante Kinn, die gerade Nase, die Art, wie ihm manchmal die Haare in die Stirn fallen, ehe er sie nach hinten streicht wie gerade eben.
Ich beiße mir auf die Lippe, bis ich zu meiner Überraschung Blut schmecke. Geschieht mir nur recht. Auf dieses Spiel lasse ich mich nicht noch einmal ein. Ich zwinge mich zu einer professionellen Einstellung. Irgendwann schlägt mein Herz wieder normal, und ich fühle mich allmählich besser. Es hilft, an Lachie zu denken. Ich atme langsam und tief durch und denke daran, wie er mich anlächelte, als er heute Morgen in seinen Toast biss. Dann schließe ich kurz die Augen, öffne sie wieder und mache mich an die Arbeit.

Gegen halb elf brauche ich dringend einen Tee. Sarah hat sich angewöhnt, sich im Café auf der anderen Straßenseite einen Kaffee zu holen, und Helen trinkt normalerweise auch einen, daher bin ich neuerdings allein, wenn es um Tee geht. Schließlich erliege ich meinem Durst und gehe hocherhobenen Hauptes an Alex vorbei in die Teeküche.
Gleich darauf kommt er mir nach. Ich bin kurz davor, ihn zu beschimpfen. Warum kann er mich nicht einfach in Ruhe lassen?
»Ich wusste nicht, dass du diese Woche wieder in der Redaktion bist.« Es fällt mir erstaunlich schwer, meinen Tonfall neutral zu halten, aber es gelingt. »Bist du jetzt so richtig wieder hier?«
»Ja.«
Ohne ihn anzusehen, mache ich mich daran, den Tee zu kochen.
»Hey«, sagt er sanft und berührt mich am Arm. Ich reiße den Arm weg. »Lass das«, sage ich mit zusammengebissenen Zähnen.
Er sieht betroffen aus. Ich hatte gehofft, ihn nie mehr zu Gesicht zu bekommen. Da kommt Russ in die Küche. Ich beeile mich mit meinem Tee, lasse die beiden allein und höre Alex noch seufzen.
Kurz nachdem ich an meinen Schreibtisch zurückgekehrt bin, kommt eine E-Mail von Alex.

Können wir zusammen zu Mittag essen?

Ungläubig starre ich auf meinen Monitor. Dann blicke ich darüber hinweg, aber er sieht nicht her. Zornig tippe ich:

Geht's noch?

Ich sehe, wie er das Kinn vorschiebt, als er das liest. Dann seufzt er und beginnt eine Antwort zu schreiben. Er braucht eine Ewigkeit dafür, und irgendwann denke ich, dass er vielleicht gar nicht mir schreibt. Als ich schon weiterarbeiten will, wie er es meiner Vermutung nach auch tut, kommt wieder eine E-Mail von ihm.

Tut mir leid. Ich weiß, ich hab's verbockt. Ich will mich bloß entschuldigen. Das mag dir jetzt wie eine ziemlich bescheuerte Idee vorkommen, aber ich dachte, wir könnten Freunde sein. Du bist mir immer noch wichtig.

Als ich den letzten Satz lese, stockt mir der Atem. Ich bin zu benommen, um zu antworten. Noch eine Nachricht trifft ein.

So meine ich das nicht. Bitte, können wir zusammen zu Mittag essen?

Wütend antworte ich:

Nein. Ich will nicht mit dir essen gehen. Es ist schlimm genug, dass ich dein bescheuertes Gesicht ständig vor der Nase habe. Ehrlich gesagt überlege ich, ob ich zurück an meinen alten Schreibtisch ziehen soll.

Ich grinse in mich hinein, während ich das schreibe. Dann füge ich noch hinzu:

Was du zu sagen hast, kannst du auch jetzt sagen.

Ich bin versucht, den ersten Teil meiner Mail wieder zu löschen, aber dann denke ich: Scheiß drauf, und drücke auf Absenden. Mit großer Genugtuung sehe ich, wie er die Augen aufreißt, als er meine Nachricht liest, und fassungslos auf seinen Monitor starrt. Aber dann bereue ich doch, dass ich so impulsiv war, umso mehr, als ich Simon zu ihm gehen sehe, der etwas mit ihm besprechen will. Ich schicke noch eine kurze Nachricht hinterher:

Vergiss, was ich eben geschrieben habe. Wir müssen zusammenarbeiten, und vielleicht ist es eines Tages nicht mehr so verkrampft zwischen uns, aber ich will trotzdem nicht mit dir essen gehen. Ich habe gehört, dass eure Besprechung mit Rachel gut gelaufen ist? Alles gut bei euch?

Als Alex hört, dass bei ihm eine Nachricht eingeht, zuckt sein Blick kurz zum Monitor. Er muss sich offensichtlich zwingen, sich auf Simon zu konzentrieren, doch sobald unser Chef wieder an seinen Schreibtisch zurückkehrt, antwortet er.

Danke für dein Verständnis. Es war eine Weile ziemlich holprig zwischen uns, aber ich glaube, es wird alles gut.

Mir wird eng um die Brust. Aber auch bei mir wird alles gut. Ich zwinge mich, bei meiner Antwort an Lachie zu denken.

Das freut mich.

Das ist allerdings gelogen.

Diese Woche schlafe ich jede Nacht in Lachies Armen ein. Das hilft. Das Wochenende ist unser letztes gemeinsames, aber unglücklicherweise ist dann auch die letzte Hochzeit, die ich dieses Jahr zusammen mit Rachel fotografiere. Ich würde die Zeit lieber mit Lachie verbringen, aber Rachel braucht mich, und sie hat mir bereits versprochen, mich nächstes Jahr häufiger für Hochzeiten zu engagieren, wenn ich möchte.
Zum Glück findet die Hochzeit in Nordlondon statt. Dadurch schaffe ich es noch zur letzten Runde in Lachies Pub. Ich setze mich an die Bar und sehe ihm bei der Arbeit zu, während er von diversen attraktiven Frauen angeschmachtet wird. Ich bin mir ziemlich sicher, dass er jede von ihnen haben könnte. Warum will er mich?

Als das Licht im Pub angeht, helfe ich ihm, die leeren Gläser abzuräumen. Die letzten Gäste gehen nach und nach.
»Wie war's?«, erkundigt er sich nach der Hochzeit.
»Lustig«, erwidere ich. »Eine Kostümparty.«
»Echt?« Er blickt neugierig.
»Na ja, nicht ganz.« Die Braut, der Bräutigam und sämtliche Gäste trugen durchaus volle Hochzeitsgarderobe, erzähle ich ihm lächelnd; der Bräutigam einen schwarzen Cutaway und die Braut einen langen Rock und ein Korsett aus cremefarbener Seide, wobei sie den langen Rock allerdings später gegen einen kürzeren eintauschte, unter dem cremefarbene Rüschen hervorlugten. Die Kostümierung bestand im Kopfschmuck: Das Motto hieß »Ausgefallene Kopfbedeckungen«. Der Bräutigam trug den glänzenden Silberhelm eines römischen Zenturios mit einem roten Helmbusch im Irokesenstil. Die Braut trug ein Vogelnest. Ja, wirklich. Aber es war kein gewöhnliches Vogelnest. Auf dem Rand saßen zwei Elstern mit seidigem Gefieder und blickten in das mit glitzerndem Schmuck gefüllte Nest. Die Fotos werden phantastisch aussehen.
»Letzte Hochzeit des Jahres, richtig?«, vergewissert sich Lachie.
»Ja.« Ich lächele ihn an. Selbstverständlich gehe ich nicht davon aus, dass Alex mich zu seiner Hochzeit einlädt. Lachie küsst mich zärtlich, und wir tragen die leeren Gläser zur Theke.
Ich habe ihm gleich am Montagabend erzählt, dass Alex in die Redaktion zurückgekehrt ist, und diese Neuigkeit hat seiner Stimmung zwar zunächst einen empfindlichen Dämpfer versetzt, aber im Lauf der Woche hat er sich davon wieder erholt. Wie Alex und ich auch. Gestern hatte ich sogar eine amüsante Unterhaltung mit ihm, über die beiden charismatischen Schwulen, die den Blumenschmuck für seine Hochzeit machen. Sie sind privat wie beruflich Partner, und ihre Beziehung ist, vorsichtig ausgedrückt, turbulent. Alex sagte, er würde sich nicht wundern, wenn sie sich zerstritten und Zara und er an ihrem großen Tag ohne Blumenschmuck dastünden.

»Wir schließen, Leute«, ruft Lachie ein paar Nachzüglern zu, während er die Theke abwischt. Ich wünschte, sie würden endlich gehen. Ich will mit diesem prachtvollen Mann nach Hause und ins Bett.
»Du kannst ruhig gehen, Lachie«, sagt der Wirt lächelnd. »Bis Montag?«
»Klare Sache.«
»Danke für deine gute Arbeit.« Sie schütteln sich herzlich die Hände. »Ich werde dich vermissen.«
Heute war sein letzter Arbeitstag. Am Dienstagvormittag reist er ab, doch vorher gibt er Montagabend hier noch einen aus.
Er holt seine unförmige schwarze Jacke hinter der Theke hervor und zieht sie über sein rotes T-Shirt. Es ist sehr kalt geworden, und sogar sein erstaunlich warmblütiger Körper braucht jetzt einen ordentlichen Kälteschutz. Wir gehen an ein paar Frauen vorüber, die betrübt dreinschauen, als sie sehen, dass Lachie mit mir verschwindet. »Sieht so aus, als hättest du da ein paar Verehrerinnen«, flüstere ich ihm zu, als wir hinaus auf den eisigen Bürgersteig treten.
Er grinst. »Die sind immer hier.«
Aha. »Du kommst nicht in Versuchung?« Die Frage kann ich mir nicht verkneifen.
Er runzelt bloß die Stirn, antwortet aber nicht.
»Was siehst du in mir?«, frage ich ihn direkt.
Er wirkt wie völlig überrascht. »Das musst du fragen?«
»Ich bin ein bisschen verwirrt«, gebe ich zu und zittere, denn es ist wirklich eisig. Er legt den Arm um mich.
»Na ja, du bist schön. Und witzig. Und klug. Und wirklich verdammt gut im Bett.«
Ich boxe ihn an die Brust, und er lacht und zieht mich enger an sich.
»Ich werde dich vermissen«, sage ich und muss schlucken, weil ich plötzlich einen Kloß im Hals habe.

»Ich werde dich auch vermissen.« Jetzt lächelt er nicht mehr. Er küsst mich auf den Kopf. »Aber ich will nicht, dass es ein Abschied für immer ist.«
Diese Bemerkung lasse ich erst einmal auf sich beruhen. Wenn er fort ist, habe ich noch genug Zeit, um über die Zukunft nachzudenken.

Als Russ am Montag gerade an meinem Schreibtisch steht, kommt Alex aus dem Besprechungsraum.
»Kommst du heute Abend auch?«, fragt Russ ihn, und ich versteife mich.
Alex runzelt die Stirn. »Was gibt's denn?«
»Lachies Abschiedsumtrunk.«
»Oh. Ich wusste gar nicht, dass er weggeht.«
Russ sieht mich an und wartet ab, ob ich als Lachies Freundin etwas dazu sage, aber ich bleibe stumm, und so klärt er Alex auf.
»Ja, er reist eine Weile durch Europa, bevor er nach Australien zurückgeht.«
»Oh, verstehe.« Alex nickt. »Klar. Ich könnte auf ein, zwei Drinks mitkommen.«
Ich bin verunsichert. Ich will ihn eigentlich nicht dabeihaben, und Lachie auch nicht, möchte ich wetten. Aber in Russ' Gegenwart kann ich ihm schlecht sagen, dass er nicht willkommen ist. Sobald Russ gegangen ist, schreibe ich Alex eine Mail.

Du brauchst heute Abend nicht zu kommen. Lachie erwartet das bestimmt nicht.

Er blickt entgeistert. Dann tippt er eine Antwort.

Wäre dir lieber, dass ich nicht komme?

Ich seufze. Will ich das wirklich vertiefen? Ich weiß nicht einmal, ob Alex weiß, dass ich mit Lachie zusammen bin.

Ich glaube einfach, es ist nicht nötig.

Er antwortet mit einem knappen »O. k.«. Ich habe ein leises schlechtes Gewissen, aber ich glaube wirklich, Lachie wäre nicht erfreut, ihn zu sehen, und es ist schließlich sein Abschiedsabend.

Zufällig verlässt Alex die Redaktion zur gleichen Zeit wie Russ und ich. Maria will direkt in Lachies Pub kommen, und Rachel und Bridget machen es genauso. Alex, Russ und ich gehen zusammen zur Station Tottenham Court Road. Russ nimmt vermutlich an, dass Alex mitkommt, und die beiden plaudern freundschaftlich über Russ' aktuelle Wohnungssuche. Er und Maria wohnen noch immer bei Rachel, aber sie suchen jetzt nach einer gemeinsamen Wohnung.
»Was ist mit dir, Mann?«, fragt Russ. »Wie läuft's mit den Hochzeitsvorbereitungen?«
»Ach, alles bestens«, erwidert Alex eine Spur angespannt, wahrscheinlich, weil ich dabei bin. »Allerdings wünschte ich fast, wir hätten es so gemacht wie ihr. Zara treibt mich noch in den Wahnsinn, weil sie jeden Abend sämtliche Details durchgehen will.«
»Am Ende ist es das aber wert«, sagt Russ, während wir die Treppe hinab in die U-Bahn-Station gehen. »Ich hoffe bloß, Maria bedauert nicht später, dass sie keine größere Feier hatte. Aber sie war auf so vielen Hochzeiten, dass sie genau wusste, was sie wollte.«
»Eure Hochzeit war doch toll«, mische ich mich ein. »Eine der nettesten, die ich bisher erlebt habe.« Auch wenn sie für mich ihre Höhen und Tiefen hatte.
»Fand ich auch«, sagt Russ lächelnd.
Am Fuß der Rolltreppen stehen häufig Straßenmusiker, daher achte ich nicht auf die leisen Gitarrenklänge, als wir durch die

Drehkreuze gehen. Aber dann höre ich seine Stimme und stoße einen leisen Freudenschrei aus. »Das ist Lachie!«
Ich stelle mich ans Geländer der Rolltreppe, recke den Hals und suche nach ihm, anstatt wie sonst die Stufen hinabzulaufen.
»Kann nicht sein«, höre ich Russ lachend sagen, als Lachie in Sicht kommt.
Lachie erblickt mich und grinst breit. Er spielt *Sympathy For The Devil* von den Stones, und ich muss mir das Lachen verkneifen. Als er sieht, wer hinter mir steht, gefriert ihm sein Lächeln ein bisschen, doch dann sieht er mich an und fängt sich wieder. Es geht ja auch kaum anders – meine Freude ist bestimmt ansteckend. Kaum bin ich unten angekommen, hört er mitten im Song auf zu spielen, grinst und schiebt die Gitarre auf den Rücken, damit er mich in die Arme nehmen kann. Ich umfasse sein Gesicht mit beiden Händen und gebe ihm einen langen, innigen Kuss auf den Mund.
»Hallo«, sagt er liebevoll und sieht mich mit einem schelmischen Funkeln in den Augen an.
»Was tust du hier?«, frage ich ausgelassen.
»Eine letzte Straßenmusiksession. Die mich zufälligerweise in die Station führte, von der aus du nach Hause fährst.«
»Ich glaube nicht an Zufälle«, erkläre ich ihm grinsend.
Er sieht an mir vorbei. »Hey.« Er lässt mich los, um Alex und Russ zu begrüßen. Ich sehe mich um. Alex wirkt ein bisschen erschüttert.
»Kommst du auch mit?«, fragt Lachie Alex. Ich glaube nicht, dass es außer mir jemandem auffällt, aber sein Tonfall ist nicht so herzlich wie sonst.
»Ich muss leider gleich nach Hause«, erwidert Alex betreten.
»Warum das denn?«, ruft Russ und blickt ihn verwirrt an. »Ich dachte, du kommst mit.«
»Äh, ich kann nicht.« Er sieht Lachie an. »Ich habe gehört, du reist morgen ab?«

»Ich reise eine Weile rum, ja, aber ich komme noch mal zurück.«
Seine Stimme hat eindeutig einen grimmigen Unterton.
»Wirklich?«, fragt Russ überrascht nach.
Lachie zuckt die Achseln. »Ja, im Dezember, für ein Weilchen.«
»Dann ist dieser Abschiedsumtrunk doch nur ein Vorwand, um sich die Kante zu geben?«, fragt Russ grinsend.
Lachie verdreht die Augen; dann lächelt er mich an. »Sollen wir?«
»Ja.«
Ich gehe beiseite, damit er die Münzen aus seinem Gitarrenkasten klauben und die Gitarre darin verstauen kann. »Bis morgen dann«, verabschiedet Alex sich von Russ und mir.
»Ja. Bis dann«, erwidere ich knapp. Ich schwöre, er ist ein bisschen blass um die Nase, als er davongeht.

Zu Lachies Abschiedsumtrunk kommen eine Menge Leute – ich wusste gar nicht, dass er hier so viele Freunde hat. Mir geht durch den Kopf, wie viel Zeit ich ungenutzt verstreichen ließ, anstatt ihn näher kennenzulernen, und das macht mich traurig. Auch dass er nach unserem Spanienausflug das Gefühl hatte, er müsse sich von mir und meinen Freunden zurückziehen, tut mir leid. Rückblickend gibt es so viel, was ich gerne anders machen würde.
Da ich Lachie heute Nacht ganz für mich allein haben werde, halte ich mich ein bisschen im Hintergrund und lasse ihn die Gesellschaft seiner Kumpels – und, wie zu erwarten, einer beachtlichen Anzahl weiblicher Gäste – genießen.
»Wirst du ihn vermissen?«, fragt Bridget, während wir an der Theke sitzen.
»Ja«, erwidere ich und werde sofort ziemlich melancholisch.
»Wie geht es jetzt weiter?« Sie sieht mich vielsagend an.
»Ich weiß es nicht«, murmele ich.
»Meinst du, er kommt zurück nach England?«
»Ich weiß nicht, ob er das kann«, erwidere ich und beobachte, wie

er zwischen seinen Kumpels steht und über irgendetwas lacht.
»Er hatte ein Visum für ein Jahr. Und ich weiß, dass er sein Zuhause und seine Familie vermisst.«
»Würdest du zurückgehen?«, fragt sie forschend.
Meine Antwort kommt ganz automatisch. »Nicht jetzt, wo ich gerade befördert worden bin. Und außerdem«, wiegele ich ab, »sind wir noch nicht lange zusammen. Für Zukunftspläne ist es noch zu früh.«
Nachdenklich legt sie den Kopf schräg, bohrt aber zu meiner Erleichterung nicht weiter nach.

Unser Liebesspiel in dieser Nacht ist zärtlicher denn je, doch danach kann ich einfach nicht in seinen Armen einschlafen, obwohl ich erschöpft bin. Irgendwann stehe ich auf und gehe ins verlassene Wohnzimmer. Es ist eiskalt hier, und ich zittere, als ich mich aufs Sofa setze. Lachies Gitarrenkoffer steht dort an die Wand gelehnt, wo er ihn abgestellt hat, bevor wir in den Pub gingen. Ich sitze im Dunkeln und lasse die Tränen einfach laufen, zu niedergeschlagen, um sie abzuwischen. Die Stimme der Vernunft rät mir, wieder zu Lachie ins warme Bett zu schlüpfen, aber sie ist nur ein Flüstern. Eine andere, dominantere innere Stimme befiehlt mir, genau da zu bleiben, wo ich bin, in der Kälte. Dieser Teil von mir möchte mich dafür bestrafen, dass ich es wage, mich zu verlieben. Liebe? Wen liebe ich denn?

Durch einen Spalt zwischen den Vorhängen fällt Sonnenlicht auf sein Gesicht. Ich stütze mich auf den Ellbogen und beobachte die silbrigen Staubkörnchen, die in den hellen Sonnenstrahlen tanzen.
Alex murmelt etwas, und ich sehe ihn an.
»Wow, deine Augen sind aber richtig *blau«, sage ich überrascht. Meine Stimme klingt rauchiger als sonst.*
Schläfrig lächelt er mich an. »Wie spät ist es?« Auch seine Stimme klingt anders, ist belegt vom Schlaf und dem Alkohol.

»Ich weiß nicht. Ich glaube, es ist später Vormittag, dem Sonnenlicht nach zu urteilen.« Ich sehe zum Fenster. »Sieh dir den Sonnenstrahl an. Die Staubkörnchen darin sind wie Feenstaub. Zauberhaft.«
Er runzelt die Stirn. »Wovon redest du?«
»Siehst du die Staubkörnchen nicht?«
»Nein.«
»Vielleicht musst du das Gesicht aus dem Sonnenstrahl raushalten, um zu sehen, wie schön das ist.«
»Du bist schön.«

Wehmut steigt in mir auf, und ich kann die Tränen nicht zurückhalten. Ich weine still vor mich hin, lasse die Tränen laufen und drücke dabei den Mund auf den Arm, damit Lachie mich nicht hört. Doch dann fällt mir etwas ein, was Lachie einmal gesagt hat, und da muss ich noch heftiger weinen.

»Ich würde alles dafür tun, mich nicht in jemanden zu verlieben, den ich nicht haben kann, Bronnie.«

Als Lachie mich findet, zittere ich unkontrolliert.
»Was machst du denn hier?«, stößt er bestürzt hervor und nimmt mich in die Arme. »Komm zurück ins Bett.«
»Tut mir leid«, sage ich. »Ich kann bloß nicht …«
»Schsch.« Er verschließt mir den Mund mit Küssen, und unwillkürlich schmelze ich wieder dahin – Hauptsache, ich kann meinen quälenden Erinnerungen entfliehen.

Am Morgen werde ich mit einem Ruck wach. Eine Weile liege ich bloß da, starre an die Wand und denke nach. Nach ein, zwei Minuten merke ich, dass Lachie ebenfalls wach ist. Ich drehe mich zu ihm um und schäme mich plötzlich. Er betrachtet mich sichtlich besorgt. Ich weiß nicht, wie lange er schon wach ist.
»Alles in Ordnung?«, fragt er.

»Ja.« Ich erröte. »Sieht mir gar nicht ähnlich, so melodramatisch zu sein.«
Er lächelt nicht. »Ich mache mir Sorgen um dich«, murmelt er.
»Das brauchst du nicht«, wiegele ich ab und setze mich auf. »Mir geht's gut.«
»Siehst du, das glaube ich eben nicht«, entgegnet er leise und sieht mich an.
»Ach Lachie, hör auf damit!« Ich runzele die Stirn. »Tut mir leid, ich weiß nicht, was heute Nacht in mich gefahren ist. Bitte vergiss es einfach. Es ist mir peinlich.«
Er seufzt und zieht mich wieder in die Arme. Ich gestatte es ihm widerstrebend. »Ich habe nachgedacht. Vielleicht sollte ich doch nicht rumreisen. Ich könnte bis nächsten Monat hierbleiben. Vielleicht könnten wir sogar zusammen nach Hause fliegen.«
»Sei nicht albern«, fahre ich ihn an und spüre sofort, wie er sich versteift. »Tut mir leid, ich meine nicht, dass du albern bist«, entschuldige ich mich hastig und stütze mich auf die Ellbogen, um ihn anzusehen. »Aber ich möchte *wirklich* nicht, dass du meinetwegen deine Pläne änderst. Das brauchst du nicht. Amüsier dich. Das ist eine einmalige Gelegenheit.«
»Das stimmt nicht unbedingt.«
»Du weißt, was ich meine. Ich ... Bitte. Ich *möchte*, dass du gehst.« Ich lege ihm besänftigend die Hand auf die Brust, aber nun versteift er sich erst recht. Ich rede mich noch um Kopf und Kragen. »Ich meine nicht, ich *möchte*, dass du gehst. Natürlich nicht. Ich werde dich vermissen.« Ich beuge mich zu ihm herab, um ihn zu küssen, aber sein Mund bleibt verschlossen, und so ziehe ich mich wieder zurück.
»Halt dich von Alex fern«, sagt er warnend und sieht mich trotzig an. Ich reiße die Augen auf. Beinahe wütend fährt er fort: »Ich habe seinen Blick gesehen, als du mich in der U-Bahn-Station geküsst hast. Du hast ihm nicht erzählt, dass wir zusammen sind?«

»Nein, ich ...« Ich werde rot und merke sofort, wie schuldbewusst ich dadurch auf ihn wirken muss. »Ich habe ja kaum mit ihm gesprochen!«, rechtfertige ich mich und werde unwillkürlich lauter. »Ich gehe ihm aus dem Weg. Ich halte mich ja von ihm fern.« Aber ich weiß nicht, ob es mir gelingt, Lachie zu überzeugen. Er wendet den Blick ab und starrt an die Decke. »Lachie«, sage ich bekümmert. »Er heiratet in drei Wochen. Es gibt nichts, weswegen du dir Sorgen machen müsstest.« Erneut lege ich ihm die Hand auf die Brust, um ihn zu besänftigen. »Ich ... mag dich wirklich«, sage ich, doch ich weiß nicht, ob das genügt. Seufzend nehme ich die Hand von seiner Brust und lasse sie sinken. »Wirklich«, beteuere ich.
Flüchtig vergräbt er sein Gesicht in den Händen, dann gibt er sich einen Ruck. »Ich sollte mich wohl besser fertig machen.« Ich verliere den Mut.
Doch ich habe keine Zeit, weiter auf seine Stimmung einzugehen. Auch ich muss mich fertig machen. Lachie bringt mich zur U-Bahn-Station, denn sein Flug geht erst später. Wir gehen schweigend nebeneinander, und ich bin sehr niedergeschlagen und traurig. Dann bleibe ich mitten auf dem belebten Bürgersteig stehen und wende mich ihm zu. Das Funkeln ist aus seinen blauen Augen verschwunden – er lächelt nicht, und ich ebenso wenig. In diesem Augenblick sind meine Gefühle für ihn mehr als nur »mögen«, aber ich weiß trotzdem nicht, ob es reicht – und außerdem ist es sowieso zu spät.
»Wir sehen uns im Dezember?«, frage ich und schaue ihn traurig an.
Er nickt, sagt aber nichts.
»Schickst du mir SMS aus Europa? Wir bleiben in Verbindung?«
»Klar«, murmelt er.
»Lachie, bitte.« Ich nehme seine Hände und kämpfe mit den Tränen. »Du bist mir sehr wichtig. Ich werde dich wirklich vermissen.«

Er sieht mir in die Augen und kann unmöglich übersehen, wie traurig ich bin. Endlich nimmt er mich in die Arme, und ich halte ihn so fest, wie ich kann.

Nach einer Weile bebt sein Brustkorb – er lacht in sich hinein.

»Du erdrückst mich«, murmelt er in meine Haare.

»Echt?« Schmunzelnd sehe ich ihn an. »Du großer starker Schlappschwanz.«

Er grinst, und ich stelle mich auf die Zehenspitzen, um ihn zu küssen. Er hält mich fest, und sein Kuss ist so leidenschaftlich, dass mir die Knie weich werden. Ich schlinge ihm die Arme um den Hals und erwidere den Kuss.

Erst als jemand murrt: »Nehmt euch ein Zimmer!«, lösen wir uns voneinander.

»Bis bald«, sage ich und umarme ihn ein letztes Mal ganz fest, ehe ich mich umdrehe und in die U-Bahn-Station eile. Ich könnte schwören, dass ich ihn noch sagen höre, er liebe mich.

Kapitel 29

Ob zufällig oder nicht, jedenfalls laufe ich Alex wieder einmal in der U-Bahn-Station über den Weg.
»Wie war's gestern Abend?«, fragt er mich auf dem Weg zur Redaktion.
»Schön«, erwidere ich und starre niedergeschlagen vor mich hin, während wir die St. Giles Church zu unserer Rechten passieren.
»Ich werde ihn vermissen«, gestehe ich und schlucke.
»Ich wusste nicht, dass ihr zwei …« Er bricht ab.
»Ja«, sage ich leise.
»Seit wann?«
Stirnrunzelnd sehe ich ihn an. »Ist das wichtig?« Ich klinge gereizt, aber das kann ich nicht ändern. Er weicht meinem Blick aus.
»Nein, natürlich nicht«, antwortet er ein wenig defensiv. »Ich freue mich bloß für euch, das ist alles.«
Er klingt nicht sehr erfreut.
»Danke.« Ich bemühe mich um einen höflichen Ton, scheitere aber kläglich daran. »Aber freu dich nicht zu sehr für mich. Jetzt ist er weg.«
»Aber doch nicht für lange.« Er stupst mich an, und ich glaube, er versucht, mich aufzuheitern. Es funktioniert nicht. Aber wenigstens bemüht er sich um einen einigermaßen normalen Umgang mit mir.
Ansonsten befolge ich Lachies Rat und halte mich, so gut es geht, fern von Alex. Lachie schickt mir regelmäßig SMS, um mich

wissen zu lassen, wo er ist, und was er so treibt, und seine Nachrichten sind immer der Höhepunkt des Tages für mich. Je näher Alex' Hochzeit rückt, desto unbefangener arbeiten wir miteinander. Aber manchmal tut es noch immer weh, ihn anzusehen, besonders als er bei der verlagsinternen Preisverleihung einen Design-Preis gewinnt, denn das führt mir erneut vor Augen, wie klug und talentiert er ist. Wenn ich ihm morgens in der Teeküche begegne und sein Aftershave rieche, versetzt mir das noch immer einen Stich. Ich will gar nicht hören, wie meine Kollegen die letzten Hochzeitsvorbereitungen mit ihm besprechen, und ich wünschte, Russ würde die schaurigen Details von Alex' Junggesellenabschied für sich behalten. Manchmal spüre ich seinen Blick auf mir ruhen und frage mich, was er wirklich empfindet. Aber allmählich nehme ich innerlich Abstand, wenn auch nicht ganz freiwillig. Und ich weiß, dass er sich schon vor langer Zeit dafür entschieden hat.

Er arbeitet bis zu seiner Hochzeit, und an seinem letzten Arbeitstag gehen wir alle zusammen mittags essen. Ich wäre lieber nicht mitgekommen, aber das wäre auffällig gewesen. Also sitze ich da und plaudere mit Lisa und Esther über alles Mögliche, Hauptsache nicht über Hochzeiten, bis die Stunde rum ist und wir wieder an die Arbeit müssen. Als wir den Soho Square überqueren, gehe ich zufällig neben Alex.

»Tja, viel Glück für morgen«, sage ich und verschränke die Arme vor der Brust, um möglichst wenig Kälte an mich heranzulassen.

»Danke«, sagt er leise.

»Bei Rachel seid ihr in guten Händen.«

»Kommt mir irgendwie nicht richtig vor, dass du nicht auch dabei bist.«

»Ach?« Ich lache auf und werfe ihm einen ungläubigen Blick zu.

»Doch«, beharrt er. »Ich weiß, du würdest nicht wollen …«

»Es wäre mir egal«, falle ich ihm ins Wort. »Es ist gut so, und außerdem ist das nur ein Job.«
Eine Weile gehen wir schweigend nebeneinander.
»Es ist eisig«, murmele ich schließlich. »Allmählich freue ich mich sogar darauf, zu Weihnachten nach Hause zu fliegen, und ich hätte nicht gedacht, dass ich das je sagen würde.«
Er runzelt die Stirn. »Warum denn nicht?«
»Lange Geschichte«, lasse ich ihn abblitzen.
Mir kommt der Gedenke, dass er eigentlich nichts über mich weiß und ich nichts über ihn. Nichts Wichtiges. Ich habe seine Eltern nicht kennengelernt, ich habe seine Schwester nicht kennengelernt, seine Mutter hat nie einen ihrer berühmten Braten für mich gemacht. Ich weiß nichts über seinen Vater. Stehen sie sich nahe?
Es ist absurd, dass ich geglaubt habe, ich könne je Zaras Stelle in seinem Leben einnehmen. Er hat es selbst gesagt: Sie haben eine gemeinsame Geschichte. Zwischen uns herrscht bloß eine starke Anziehung. Und selbst da bin ich mir nicht mehr sicher.
»Wohin fahrt ihr in den Flitterwochen?«, wechsele ich das Thema.
»Zuerst nach Österreich. Von da aus geht es über Deutschland und Italien in die Schweiz.«
»Klingt nett.« Klingt kalt.
»Das wird es hoffentlich auch.«
»Wie lange seid ihr weg?«, frage ich beiläufig.
»Zwei Wochen.«
»Ach, dann sehen wir uns ja eine ganze Weile nicht.«
»Warum das?«, fragt er verblüfft.
»Ich bin schon in Australien, wenn du wieder da bist.«
»Ach, richtig.«
Wahrscheinlich sollte ich ihm lieber jetzt schon alles Gute wünschen für den Fall, dass sich keine weitere Gelegenheit ergibt, aber als ich gerade den Mund aufmachen will, sehe ich Polly vor dem Verlagsgebäude warten.

Ich werde langsamer. Alex bemerkt es, folgt meinem Blick und entdeckt meine Freundin. »Du hast sie nicht erwartet?«, fragt er.
Ich schüttele den Kopf und merke, wie angespannt ich bin. »Nein.«
Ich habe sie seit jenem Abend im Pub, als sie mich vor allen anderen derart in Verlegenheit brachte, nicht mehr gesehen. Und abgesehen von jenem einen Telefonat habe ich auch nicht versucht, sie anzurufen. Vielleicht sollte ich ihr nicht mehr böse sein – ich weiß ja, dass sie eine schwere Zeit durchmacht.
»Soll ich Simon sagen, dass du ein bisschen später kommst?«
»Ja, bitte.«
Ich gehe zu Polly hinüber. Sie sieht verändert aus – zum einen wirkt sie verlegen, aber zum anderen sehe ich sofort, dass sie wieder abgenommen hat, wenn auch nicht so stark wie vor ihrer Hochzeit. Sie sieht ... gut aus.
»Hi«, sagt sie. »Ich musste in die Stadt, um Weihnachtseinkäufe zu erledigen, und da dachte ich, ich schaue mal bei dir vorbei. Dein Chef hat gesagt, du seist vermutlich auf dem Rückweg vom Mittagessen, also habe ich einfach gewartet.«
»Oh.« Ich trete von einem Fuß auf den anderen. »Ich fürchte, ich muss wieder da rein.«
»Bronte«, sagt sie zögerlich. »Können wir rasch einen Kaffee trinken gehen?«
»Ähm ...«
»Bitte.«
Wir gehen in das Café auf der anderen Straßenseite.
»Du siehst gut aus«, sage ich. »Wie geht's dir? Gehst du noch zu den AA-Treffen?«
»Ja.« Sie nickt.
»Das ist ja großartig, Polly. Und wie läuft es mit Grant?« Ich trinke einen Schluck Tee.
»Richtig gut.« Jetzt lächelt sie zum ersten Mal richtig, und auch

wenn ich in ihrer Gegenwart immer vorsichtig bin, hebt der Anblick meine Laune.

»Wirklich?«

»Ja.« Sie lächelt herzlich, doch gleich darauf verzieht sie das Gesicht, und ihre Augen füllen sich mit Tränen. »Er ist ein Fels in der Brandung für mich.«

Ich nehme ihre Hand und kämpfe selbst mit den Tränen. Ich kann es nicht ertragen, sie weinen zu sehen.

»Es tut mir so leid, Bronte«, flüstert sie. »Ich weiß, ich bin eine miserable Freundin gewesen. Grant hat mir einiges von dem erzählt, was ich zu dir gesagt habe. Bridget auch. Es tut mir so leid, dass ich vor deinen Kollegen von deinem Vater angefangen habe.«

Ich lasse ihre Hand los.

»Ich weiß, wie sehr es dir weh tut, über deine Kindheit zu sprechen. Ich verstehe, wenn du mir nicht verzeihen kannst.«

»Schon gut«, sage ich. »Aber ich rede immer noch nicht gerne darüber.« Falls du darauf hinauswillst, füge ich im Stillen hinzu.

»Ich weiß ja, dass du zu Weihnachten nach Hause fliegst, und da wollte ich dir nur sagen, dass ich hoffe, alles geht gut.«

»Danke«, sage ich abweisend.

»Meine Mutter …«

»Polly, ich will nicht hören, was deine Mutter denkt«, falle ich ihr ins Wort, und ihr bleibt der Mund offen stehen.

»Ich wollte bloß …« Als sie mein Gesicht sieht, bricht sie ab. Mir ist übel. Ich wünschte, sie wüsste nicht alles über mich. Ich wünschte, sie wäre nie nach England gezogen. Ich wünschte, ich wäre ihr nie gefolgt. »Ich wollte dich vorwarnen«, bringt sie ihren Satz zu Ende.

Meine Übelkeit verstärkt sich, aber wie Neugier eben so ist, kann man sie nicht so leicht zähmen. »Mich vor was warnen?«, fauche ich.

»Mum hat den Priester gesehen. Du weißt schon, welchen.«

Mir stockt der Atem. »Wann? Wo?« Meine Stimme klingt ganz fremd.
»Er ist in einer Kirche in der Stadt.«
»Weiß meine Mutter davon?«, frage ich und spüre, wie alles Blut aus meinem Gesicht weicht. Er war nach Queensland gezogen. Warum ist er zurückgekommen?
»Ich weiß nicht«, sagt Polly. »Aber ich kann mir nicht vorstellen, dass sie es nicht weiß.«
Nein. In unserer Gegend bleibt nicht viel geheim. Aber Polly ist noch nicht fertig.
»Sie hat auch deinen Vater gesehen«, fährt sie widerstrebend fort. »Es geht ihm nicht gut.«
»Das hat Mum mir erzählt«, erwidere ich mit zittriger Stimme.
»Ich fand bloß, du solltest vorbereitet sein.«
Ich frage nicht weiter nach. Bald genug werde ich selbst dort sein.
Polly begleitet mich zurück zum Verlagsgebäude. »Können wir uns wieder mal treffen?«, fragt sie. »Magst du irgendwann mal zum Abendessen kommen?«
Ich nicke. Wir bleiben vor dem Verlagsgebäude stehen.
»Bronte, es tut mir leid«, sagt sie aufrichtig. »Du bist meine älteste und liebste Freundin. Ich will dich nicht verlieren.« In ihren Augen stehen die Tränen.
»Du wirst mich nicht verlieren«, beruhige ich sie sanft und umarme sie. »Ich bin deine älteste Freundin, aber bestimmt nicht deine liebste«, halte ich ihr milde vor.
Sie löst sich aus der Umarmung und sieht mich verwirrt an.
»Das ist jetzt Michelle«, erkläre ich.
»Michelle ist eine gute Freundin, aber sie ist nicht meine beste Freundin.«
Ich werfe ihr einen sarkastischen Blick zu.
»Meinst du das, weil ich dich nicht gebeten habe, meine Brautjungfer zu sein?«, fragt sie und schnieft.

Ich lache. »Nein«, lüge ich, weil es mir peinlich ist. »Vergiss es.«
»Bronte, du hasst Hochzeiten!«, ruft sie aus, packt meine Arme und schüttelt mich sanft. »Ich konnte es ja kaum glauben, als du zugesagt hast.«
»Im Ernst?« Ich werde rot.
»Ich dachte, du würdest mich umbringen, wenn ich dich bitte, ein Kleid in Wassermelonenpink anzuziehen.«
»Es war magentafarben.«
»Es war pink. Und hatte grüne Ärmel.« Ich muss lachen. »Michelle hat mir immer noch nicht verziehen.«
»Ach, Polly, manchmal spinnst du wirklich.« Ich nehme sie noch einmal in die Arme, und sie lacht an meiner Schulter. »Ich muss jetzt gehen, aber wir sehen uns bald wieder. Wir können uns im Januar treffen, wenn ich wieder zurück bin.«
»Unbedingt«, verspricht sie und wischt sich die Tränen ab.
Mein Handy lässt mich mit einem Summen wissen, dass ich eine SMS erhalten habe. Ich hole es heraus, während ich die Eingangshalle betrete, und rechne damit, dass die SMS von einem meiner Kollegen ist, der nach mir sucht. Doch sie ist von Rachel, und mir bleibt fast das Herz stehen, als ich sie lese:

Sally hat Grippe. Bitte, bitte, bitte, sag, dass du morgen Zeit hast?

Entsetzt starre ich auf die Nachricht. Wie auf Autopilot betrete ich den Aufzug und drücke den Knopf für meine Etage. Was soll ich tun? Was kann ich sagen? Rachel hat keine Ahnung, worum sie mich da bittet. Ich habe ihr nie von Alex erzählt. Was hat er noch gleich auf dem Fußweg zurück zum Verlag zu mir gesagt? Es komme ihm irgendwie nicht richtig vor, dass ich nicht auch dabei bin? Hat er das ernst gemeint? Und was habe ich geantwortet? Es sei mir egal – es sei bloß ein Job. Meine ich das wirklich ernst? Dumme Frage. Natürlich ist es mir nicht egal. Aber

könnte ich das? Was, wenn ich ablehne? Dann muss Rachel alles allein schaffen. Wobei das nicht ganz stimmt: Vielleicht kann Maria aushelfen. O nein. Nein, das kann sie nicht. Sie und Russ besuchen dieses Wochenende ihre Eltern. Was zum Teufel soll ich nur tun?
Die Aufzugtür öffnet sich, und ich gehe in die Redaktion. Alex blickt hoch und sieht gleich, dass etwas nicht stimmt.
»Was?«, formt er mit den Lippen.
Ich gehe neben seinem Schreibtisch in die Hocke, zeige ihm die SMS und beobachte genau seine Reaktion. Er reißt die Augen auf; dann schluckt er und sieht mich an.
»Und?«, fragt er.
»Was und?«
»Hast du morgen Zeit?«
Verwirrt starre ich ihn an. »Ja, schon, aber ...«
Seine Miene wird weich. »Wenn du das ernst gemeint hast, was du vorhin gesagt hast ... Wenn du damit zurechtkommst, würde ich mich natürlich freuen, wenn du meine Hochzeit fotografierst.«
Das ist nicht die Antwort, mit der ich gerechnet habe. Ich mustere ihn prüfend. »Okay.«
Jetzt wirkt sein Lächeln ein wenig angestrengt. Mit wild pochendem Herzen stehe ich auf und gehe an meinen Schreibtisch.

Abends ruft Lachie an. Bridget redet bereits seit einer halben Stunde auf mich ein. Ich unterbreche ihre wütende Tirade und gehe ans Telefon.
»Hallo, schöne Frau«, sagt er mit seiner warmen Stimme, aber innerlich ist mir eiskalt. »Wie geht's dir?«
Er wird mich umbringen.
»Ähm, ganz gut«, sage ich zögerlich.
»Was machst du eigentlich morgen Abend?« Weiß er es? Klang eigentlich nicht so. »Weil«, fährt er unbeschwert fort, »ich da nämlich eine Idee habe. Ich bin in Paris und dachte, vielleicht hast

du Lust, in den Eurostar zu hüpfen, zu mir zu kommen und die Nacht mit mir zu verbringen?«

Ich kann den seltsamen Gefühlsmix, der meinen Bauch rumoren lässt, nicht einmal annähernd beschreiben.

»Samstags sind die Fahrkarten superbillig«, erzählt er, doch sein Tonfall ist jetzt verhaltener, denn ihm fällt auf, dass ich noch gar nicht reagiert habe.

»Ich ... ich kann nicht«, flüstere ich.

»Oh.« Pause. »Hast du schon was vor?«

»Ich muss arbeiten.«

»Arbeiten? Für Rachel?« Er klingt verdutzt.

Ich kneife die Augen zu. »Ja.«

»Ich dachte, du hättest deine letzte Hochzeit für dieses Jahr hinter dir?« Bis ich Worte gefunden habe, um es ihm zu erklären, beantwortet er sich die Frage selbst. »Du machst Alex' Hochzeit.«

Sein unversöhnlicher Tonfall jagt mir eisige Schauer über den Rücken. »Sally hat Grippe«, erzähle ich ihm verzagt.

»Bist du völlig verrückt geworden?«, fragt er mit kaum verhüllter Wut.

»Allmählich fürchte ich, ja«, erwidere ich leise. »Aber ich muss das machen.«

»Nein, das musst du nicht«, fährt er mich an. »Das wäre das Dümmste, was du je getan hast.«

»So kann ich damit abschließen«, erkläre ich. Dieses Argument habe ich schon Bridget gegenüber vorgebracht, aber auch sie hat es mir nicht abgekauft.

»Du bist völlig durchgedreht!«, sagt er wütend.

»Lachie!«, rufe ich erschrocken.

»Völlig verrückt«, sagt er. »Allmählich frage ich mich, ob ich dich einweisen lassen soll.«

Ist er darauf erst jetzt gekommen? Ich überlege schon eine Weile, ob das nicht vielleicht eine gute Idee wäre.

»Bitte sei nicht böse. Es wird schon gutgehen. Ich bringe es einfach hinter mich, und dann gehe ich.«

»Was hat Alex gesagt?«, fragt er ungläubig. »Ist er einverstanden?«

»Ja.«

Er stößt einen Laut aus, der völlige Fassungslosigkeit bekundet.

»Er möchte, dass ich es mache. Er vertraut mir.«

»Er möchte, dass du es machst?« Lachie klingt, als könnte er nicht glauben, was er da hört. »Herrgott nochmal! Dieser *Typ*!« Noch nie habe ich ihn so wütend erlebt. Aber es spielt keine Rolle. Nichts, was er sagen könnte, kann mich umstimmen.

»Ich muss das machen, Lachie. Ich mache es.«

»Du musst dich selbst wirklich verdammt hassen, Bron«, sagt er. »Ich bin damit fertig, zuzusehen, wie du dein Leben gegen die Wand fährst. *Wir* sind fertig miteinander.« Und dann legt er auf.

Die dreizehnte Hochzeit

Nachdem ich so schlecht geschlafen habe wie noch nie, werde ich sehr früh wach. Einen weiteren Vortrag von Bridget könnte ich nicht ertragen, daher mache ich mich, so leise ich kann, fertig und verlasse die Wohnung, ehe sie wach wird. Ich fahre mit der U-Bahn und steige am Kings Cross um in die Picadilly Line nach Covent Garten.
Alex heiratet mittags in der St. Paul's Church an der Covent Garden Piazza, und bis dahin muss ich noch einige Stunden totschlagen. Es versteht sich von selbst, dass ich das Fotografieren der Brautvorbereitungen Rachel überlasse.
Im trüben Licht des frühen Morgens spaziere ich durch die Kopfsteinpflasterstraßen von Covent Garden, komme an Geschäften und Restaurants vorüber, die noch geschlossen sind, und suche ein Café, in dem ich ein paar Stunden verbringen kann. Ich finde eines gleich in der Nähe der Kirche und setze mich an einen Ecktisch. Mir ist so kalt, dass ich zittere, aber ich habe mich schon damit abgefunden, dass mir den ganzen Tag nicht warm werden wird.
Um zehn Uhr erhalte ich eine SMS von Lachie. Als ich sie öffne, zieht sich alles in mir zusammen.

Willst du das wirklich durchziehen?

Meine Antwort besteht aus einem knappen Ja. Ich rechne nicht damit, noch einmal von ihm zu hören. Bridget versucht dreimal, mich anzurufen, aber ich lehne alle ihre Anrufe ab. Daraufhin schreibt auch sie mir eine SMS:

Ich wollte dir nur Glück wünschen. Ich denke an dich, und wenn du nach Hause kommst, wartet schon eine Flasche Wodka auf dich.

Mit brennenden Augen schicke ich ihr ein Dankeschön.

Um elf Uhr ist mir richtig schlecht, und ich bin so nervös wie noch nie in meinem ganzen Leben, aber ich zwinge mich, wieder hinaus auf die kalten, sonnigen Straßen von Covent Garden zu treten. Die schöne Kirche aus dem 17. Jahrhundert liegt an der Westseite der Covent Garden Piazza. Als ich dort ankomme, hat sich auf dem Platz eine Menschenmenge um einen Straßenkünstler versammelt, der auf einem Einrad auftritt, und ich höre Rufe und Applaus. Benommen gehe ich an den Leuten vorbei und die kleine Treppe hinab auf den Kirchhof. Ich habe keine Ahnung, wie ich das durchstehen soll.
Mit bleiernen Füßen steige ich die Treppe hinauf zur gläsernen Eingangstür, stoße sie auf und gehe hinein. Das Innere der Kirche besteht aus einem einzigen Raum, der nicht von Pfeilern oder Säulen unterteilt wird. Die St. Paul's Church trägt den Beinamen »Schauspielerkirche«. Gedenkplaketten für berühmte Schauspieler und Schauspielerinnen an den Wänden zeugen von der Verbindung zum Theater. Sträuße aus Zweigen mit roten Beeren, dunkelroten Rosen und Tannengrün bilden den Bankschmuck. Am Altar hockt ein Mann in einem Cutaway und zündet Dutzende von Stumpenkerzen in hohen durchsichtigen Glasvasen an. Ich zwinge mich, zu ihm zu gehen.
»Hallo«, grüße ich.
Er blickt auf. Oh. Das ist Brian – der Mann von Alex' Schwester, den ich von seinem Junggesellenabschied kenne. Er runzelt die

Stirn und überlegt wohl, wo er mich schon einmal gesehen hat. Ich erlöse ihn.
»Ich bin Bronte. Die Assistentin der Fotografin. Wir sind uns bei deinem Junggesellenabschied begegnet.«
»Wow.« Er steht auf und schüttelt mir die Hand. »Das ist ja ein Zufall.«
»Hm-hm. Hast du was dagegen, wenn ich fotografiere, wie du die Kerzen anzündest?«
»Ich weiß zwar nicht, was daran so furchtbar interessant sein soll, aber mach ruhig.«
»Solche Fotos ergänzen das Gesamtbild. Mach einfach weiter. Es ist besser, wenn es ganz natürlich aussieht.«
Ich hole meine Canon aus der Tasche, fotografiere zuerst Brian und wende mich dann dem Blumenschmuck zu. Der Beifall der Leute draußen auf dem Platz dringt durch die Steinmauern und Kirchenfenster herein. Es wird nicht die allerstillste Trauung werden. Der Pfarrer erscheint, und ich stelle mich ihm vor. Dann mache ich ein paar Fotos von den ersten Gästen. Brian ist, wenn ich das richtig sehe, einer von zwei Zeremonienmeistern. Dann treffen Alex' Eltern ein, und ich kann nur mühsam die Fassung bewahren.
Mir ist sofort klar, wer die beiden sind – nicht bloß, weil Alex' Vater ein Knopflochsträußchen mit einer roten Rose und roten Beeren trägt, sondern weil er aussieht wie sein Sohn: groß, mit markantem Kinn, ganz gerader Nase und dunklem, wenn auch ergrauendem Haar. Und als ich Alex' Mutter betrachte, zucke ich beinahe zusammen, denn ihre Augen sind so blau wie das Meer an einem Sommertag. Lächelnd kommt sie auf mich zu, und ich muss mich ziemlich beherrschen, um mich nicht einfach umzudrehen und davonzulaufen. Und wenn diese Frau mich nun sofort durchschaut? Wenn sie nun erkennt, dass ich ihren Sohn liebe?
»Hallo«, begrüßt sie mich herzlich. »Ich bin Clarissa, Alex' Mutter. Sind Sie hier, um die Fotos zu machen?«

»Ja.« Ich lächele nervös.
»Dumme Frage. Der Fotoapparat da ist ja kaum zu übersehen.« Sie schüttelt mir die Hand.
»Ich bin Bronte«, stelle ich mich vor.
»Viel Erfolg«, sagt sie noch. Dann wendet sie sich ab und geht mit ihrem Mann ganz nach vorn. Benommen sehe ich ihr hinterher.
Ich bin bloß Bronte. Wegen der Fotos hier. Ich bin hier eine Angestellte, eine Außenstehende. Ich bin nicht Teil dieser Feierlichkeiten, dieses wundervollen, vermeintlich »schönsten Tages in ihrem Leben«. Sie hat keine Ahnung, wer ich bin oder was ich ihrem Sohn bedeute.
Ich weiß ja selbst nicht, was ich ihrem Sohn bedeute.
Ich fürchte, wenn sie Bescheid wüsste, würde sie mich nicht mehr sonderlich mögen. Bei diesem Gedanken komme ich mir wie eine schmutzige Betrügerin vor und kann mich selbst nicht leiden. Ich dürfte gar nicht hier sein.
Falsch. Ich bin hier, weil ich Rachel – und Alex – einen Gefallen tue. Ich bin kein schlechter Mensch. Bin ich nicht. Nachdem ich mir das vor Augen geführt habe, mache ich mit meiner Arbeit weiter.
Unterdessen hat die Kirche sich deutlich gefüllt, und es ist beinahe viertel vor zwölf, aber von Alex ist noch nichts zu sehen. Nachdem ich genügend Fotos von den Gästen gemacht habe, gehe ich hinaus auf den Kirchhof, um nach ihm zu suchen. Wo bleibt er bloß?
Die Trauung beginnt um zwölf Uhr – wenn er nicht bald da ist, kommt er zu spät. Womöglich ... Womöglich hat er es sich anders überlegt?
Trotz der harmlosen Motive für meine Anwesenheit, die ich mir gerade noch einreden wollte, regt sich Hoffnung in mir.
Ich bin eben doch ein schlechter Mensch. Wem will ich etwas vormachen?

Mir geht die Frage durch den Kopf, was ich tun würde, falls Alex die Hochzeit absagen würde. Falls er sagen würde, dass er mich will, nur mich.
Sofort fallen mir diverse Einwände ein: Ich wäre die Frau, die die Beziehung zwischen ihm und Zara zerstört hätte, die Schlampe, die einer Frau den Mann raubt, mit dem sie seit fast zehn Jahren zusammen ist. Seine Mutter, sein Vater, seine Freunde und Verwandten – keiner von ihnen würde mich mögen oder mir trauen. Das wäre der völlig falsche Anfang für eine Beziehung. Vielleicht würde Alex seine Entscheidung irgendwann bereuen; vielleicht würden wir feststellen, dass wir doch nicht so viel gemeinsam haben, wie wir dachten. Dann drängt sich ein anderer Gedanke in den Vordergrund: die Vorstellung, Lachie nie wiederzusehen. Als ich das ernsthaft in Betracht ziehe, tut es unglaublich weh. Mehr, als ich gedacht hätte. Gestern Abend hat er mit mir Schluss gemacht. Bisher habe ich das nicht richtig zu mir durchdringen lassen, aber jetzt merke ich, wie unfassbar traurig ich darüber bin. Die Stimme der Vernunft sagt mir, dass er das bloß im Eifer des Gefechts gesagt hat und ich es mir immer noch anders überlegen kann – wenn ich will. Will ich? Ja. Ohne Wenn und Aber. Aber das bringt mich wieder zurück zu meiner ursprünglichen Frage: Wo ist Alex? Sind ihm Zweifel gekommen? Und will ich überhaupt, dass ihm jetzt noch Zweifel kommen?
Zum ersten Mal könnte die Antwort Nein lauten, glaube ich. Aber es ist ein wackeliges Nein. Und dann sehe ich ihn vor einem der Seiteneingänge des Kirchhofs stehen, in einem schattigen Durchgang, der unterhalb der Gebäude vorbeiführt, die den Kirchhof umgeben. Mein Herz macht einen Satz und geht dann in den freien Fall über: Er ist hier. Er zieht das durch. Eine neue Welle der Trauer überrollt mich. Aber er kommt nicht in die Kirche. Jemand steht bei ihm: ein weiterer Mann in einem Cutaway. Ich erhasche einen Blick auf das Gesicht des Freundes und sehe sei-

nen besorgten Blick. Worüber mögen sie reden? Sind ihm doch Zweifel gekommen?
Das ist ja unerträglich. Noch nie im Leben war ich so verwirrt. Mein Kopf fühlt sich an wie in einen Schraubstock geklemmt, und beinahe wünschte ich, jemand würde an der Kurbel drehen und mich ein für alle Mal von meinem Elend erlösen.
Ohne nachzudenken, gehe ich auf die beiden zu. »Alex?«, frage ich, als ich am Durchgang ankomme.
Sein Kopf fährt zu mir herum. Er starrt mich an, und nie zuvor habe ich ihn so zerrissen oder gequält erlebt. Er sagt nichts, doch sein Trauzeuge – falls er das ist – sieht mich direkt an.
»Wir kommen gleich«, sagt er nachdrücklich und gibt mir damit zu verstehen, dass ich verschwinden soll.
Alex wendet mir den Rücken zu und murmelt etwas, und sein Freund blickt völlig entgeistert.
»Was tun Sie hier?«, fragt der Freund mich so leise, dass es kaum mehr als ein Flüstern ist.
»Ich fotografiere die Hochzeit«, gebe ich zurück und hebe die Kamera.
Ungläubig starrt er Alex an. »Sie fotografiert die Hochzeit?«, fragt er erschüttert.
»Ich bin Bronte«, sage ich zu ihm.
»Ich *weiß*, wer Sie sind.« An seinem Tonfall erkenne ich, dass er nicht nur weiß, wer ich bin. Er weiß *alles*.
Keine schöne Erkenntnis, aber es ist Alex, um den ich mich sorge. Er zittert. »Alles in Ordnung?«, frage ich besorgt, halte aber weiter Abstand. »Es ist gleich zwölf.«
Er nickt knapp, kann mir aber nicht in die Augen sehen.
»Geben Sie uns eine Minute, ja?«, sagt der beste Freund, dem ich nie zuvor begegnet bin, in einem Ton, der an Wut grenzt. »Was wollen Sie überhaupt hier?«
»Ed«, mahnt Alex in scharfem Ton und sieht ihn an. »Vielleicht könntest du *uns* eine Minute geben?«

»Mann, was soll das?«, fragt Ed ihn aufrichtig besorgt. Er sieht auf die Uhr. »Zara kann jeden Augenblick hier sein.«
»Meinst du, das wüsste ich nicht?«, fragt Alex. »Bitte. Nur eine Minute.«
Ed wirft mir einen bösen Blick zu und stapft an mir vorbei. Ich sehe mich rasch um und vergewissere mich, dass wir ungestört sind. Alex macht keine Anstalten, aus dem schattigen Durchgang heraufzukommen, daher gehe ich zu ihm hinunter. Er lässt mich keine Sekunde aus den Augen.
»Ich bin völlig durcheinander«, flüstert er, und die Tränen treten ihm in die Augen.
Er tut mir so leid, und in diesem Augenblick möchte ich nichts mehr, als ihn in die Arme zu nehmen und seinen Kummer zu lindern. Aber ich bleibe, wo ich bin, und warte ab.
»Als ich heute Morgen ins Wohnzimmer ging, fiel durch einen Spalt zwischen den Vorhängen ein Sonnenstrahl herein und beleuchtete den Staub, der in der Luft schwebte.«
Es läuft mir kalt den Rücken hinunter, denn ich weiß genau, warum er mir das erzählt. Er erinnert sich an den Morgen nach unserer gemeinsamen Nacht. Ich weiß bloß nicht, was er mir damit sagen will.
»Es ist genau, wie du gesagt hast: Man muss aus dem Licht heraus, um zu sehen, wie schön es ist.« Tränen laufen ihm über die Wangen. »Ich konnte es nicht sehen, Bronte. Ich kann es immer noch nicht deutlich genug sehen. Der Druck war zu groß. Das ganze Jahr schon stehen Zara und ich im Scheinwerferlicht der Aufmerksamkeit unserer Freunde und Angehörigen. Diese ganze Verlobung – es war alles so verwirrend. Ich möchte am liebsten die Pausentaste drücken, damit ich Zeit habe, das alles zu verarbeiten. Aber das geht nicht. Es geht alles viel zu schnell.«
»Alex«, murmele ich, aber ich wage nicht, ihn zu berühren.
»Ich liebe dich«, sagt er niedergeschlagen.
Ich schnappe leise nach Luft; er zerreißt mir das Herz.

»Aber ich liebe auch Zara.«
Ich bin wie betäubt. Aber eines erkenne ich dennoch ganz klar: Er ist nicht der Einzige, der zwei Menschen liebt.
»ALEX!« Eds Stimme hallt laut im Durchgang wider. »Zara ist da.«
Alex und ich sehen einander in die Augen, aber ich lese nur Entsetzen in seinem Blick. Ich schüttele den Kopf und weiche zurück. Diese Entscheidung liegt bei ihm.
Doch als ich wieder in der Kirche stehe, so erschüttert, dass ich kaum noch weiterarbeiten kann, wird mir klar, dass die Entscheidung nicht nur bei ihm liegt. Auch ich muss mich entscheiden. Lachie oder Alex. Ich weiß es nicht. Ich weiß es noch immer nicht. Wir sind alle im Lichtstrahl gefangen, und das Licht ist so hell, dass wir nicht klar sehen können.
Eisige Schauer laufen mir über den Rücken, und ich kämpfe gegen den Drang an, mich zu übergeben. Vage nehme ich wahr, dass jetzt ein leises Murmeln durch die Gemeinde läuft. Der Bräutigam steht noch immer nicht am Altar, aber die Nachricht vom Eintreffen der Braut hat bereits die ersten Gäste erreicht. Ich sehe Alex' Mutter den Hals recken und mit besorgter Miene in den hinteren Teil der Kirche spähen. Doch dann zeigt sich ein Lächeln auf ihrem Gesicht.
Ich nehme seinen Geruch wahr, bevor ich ihn sehe: Sein Aftershave schwebt an mir vorüber. Benommen beobachte ich, wie er und sein Trauzeuge ihre Positionen ganz vorn einnehmen. Einige Gäste applaudieren spontan, und Ed macht eine alberne kleine Verbeugung. Alex steht stocksteif da und blickt stur geradeaus. Dann setzt die Orgel ein.
»Alles bereit?« Vage nehme ich wahr, dass Rachel mir den Arm tätschelt, als sie in bester Laune an mir vorbeigeht, ohne etwas von meinem inneren Chaos zu ahnen.
Mit zitternden Händen hebe ich die Kamera an die Augen, aber ich kann mich nicht umdrehen. Ich kann ihren Anblick nicht er-

tragen. Hoffentlich hat Rachel genügend Aufnahmen von Zara, denn sie zu fotografieren ist das Eine, was ich nicht über mich bringe. Die Gäste raunen entzückt, und da weiß ich, sie ist hinter mir. Aber meine Hauptaufgabe ist das, was ich als Rachels Assistentin immer mache: die Reaktion des Bräutigams einzufangen, wenn er seine Braut erblickt. Ich zoome ihn heran, und meine Hände werden ruhig. Er blickt noch immer zum Altar. Aus dem Augenwinkel sehe ich etwas Weißes an mir vorbeiziehen. Mit einem Mal fühle ich mich wie losgelöst von meinem Körper und wünsche mir seltsamerweise nur noch, Alex möge Zara endlich ansehen, damit ich meine Aufgabe erledigen kann. Tatsächlich dreht er jetzt ganz langsam den Kopf. Ich mache mehrere Fotos, weil ich den Augenblick, in dem ihre Blicke sich treffen, nicht verpassen will. Doch er sieht nicht Zara an. Er sieht direkt zu mir. *Klick.* Seine blauen Augen bohren sich direkt in meine Seele. *Klick.* Ed merkt, wem Alex' Aufmerksamkeit gilt, und blickt besorgt. Gleich darauf steht Zara neben Alex. Da schüttelt er seine Lähmung ab, dreht sich zu ihr um und lächelt sie ein wenig benommen an – wie eine lange vergessene Freundin, die er zufällig auf der Straße trifft. Ich mache ein einziges Foto.
Das kann sie haben.
Aber die anderen gehören mir.

Mir ist schleierhaft, wie ich die nächste halbe Stunde überstehe – die Einleitung, die Gebete, die Kirchenlieder, das Ja-Wort. Als Alex einwilligt, Zara zu heiraten, stirbt ein kleiner Teil von mir, doch damit ist es noch lange nicht vorbei. Eine Lesung ... die Predigt ... die Gelübde ...
»*Ich will ...*«
Ich ertrage es nicht.
Und dann sagt der Pfarrer laut und deutlich: »Was Gott zusammengefügt hat, soll der Mensch nicht scheiden.«
Ein unbeherrschbarer Schauer überläuft mich; ich kann gar nicht

mehr aufhören zu zittern und befürchte, dass mir gleich übel wird. Ich kann kaum noch stehen, geschweige denn ein Objektiv scharfstellen, und was würden die Gäste denken, wenn ich mich hier übergebe?
Meine Fototasche kommt mir tonnenschwer vor. Ich drehe mich um, flüchte aus der Kirche und haste vorbei an den Touristen, die dicht an dicht auf der Kirchentreppe sitzen, auf die Piazza.
Die Kamera schlägt mir gegen die Brust, und ich verspüre den überwältigenden Drang, sie in einen Mülleimer zu stopfen oder auf dem Pflaster zu zertrümmern. Ich weiß, ich kann im Moment nicht klar denken, aber ich habe das Gefühl, sie vergiftet mich, erstickt mich – ich will sie nicht in meiner Nähe haben. Aber ich muss noch den Auszug der Frischvermählten aus der Kirche fotografieren.
Jemand ruft meinen Namen. Der Ruf kommt aus Richtung Kirche.
»BRONTE!«
Alex?
Nein. Der Rufer steht draußen auf der Treppe, aber er ist auch kein Tourist, jedenfalls nicht im engeren Sinne. Noch während Lachie die Treppe hinab zu mir läuft, breche ich in Tränen aus.
Seine warmen Arme umschließen mich, und da lasse ich mich gehen und heule. Undeutlich höre ich die Gemeinde *All Things Bright and Beautiful* singen.
»Du zitterst ja. Ach Gott, du Ärmste«, murmelt er in meine Haare.
»Ich glaube, ich schaffe das nicht«, sage ich.
»Natürlich nicht!«, fährt er auf, aber er klingt nicht böse. »Wo ist dein Mantel?«
Das sieht ihm ähnlich: Ausgerechnet Lachie, der warmblütigste Mann auf der Welt, denkt an meinen Mantel.
»In der Sakristei«, bringe ich trotz des gewaltigen Kloßes in meinem Hals hervor. »Lass ihn dort.« Ich versuche, ihn festzuhalten.

»Ich will auch Rachel Bescheid geben, dass du nicht wieder reinkommst«, sagt er, ehe er sich widerstrebend von mir losmacht.

Sie wird mich umbringen, weil ich sie im Stich lasse. Andererseits fühle ich mich bereits wie tot. Ich sehe Lachie hinterher, der zurück zur Kirche läuft und langsam die Glastür aufschiebt. Orgelklänge dringen heraus; dann fällt die Tür wieder zu. Kurz darauf kommt er wieder heraus, nimmt seinen großen Rucksack von der Treppe und setzt ihn im Gehen auf. Er hilft mir in den Mantel, als wäre ich ein kleines Kind, und führt mich über den Kirchhof und hinaus auf die Straße. Ich zittere noch immer.

Die ganze Taxifahrt über hält er mich im Arm, aber er sagt kein einziges Wort. Ich bin zu erschöpft, um mir Gedanken darüber zu machen, was ihm durch den Kopf gehen mag. Immer wieder ziehen die Ereignisse des Vormittags vor meinem geistigen Auge vorüber, und von Zeit zu Zeit erschauere ich unwillkürlich. Er hält mich umso fester und streichelt mir über die Haare.

Vor unserem Haus muss er mir die Tasche abnehmen, weil meine Hände zu sehr zittern, um die Schlüssel zu finden, geschweige denn, eine Tür aufzuschließen. Mir ist vage bewusst, dass mein Verhalten ihn vertreiben wird – wer will schon eine Freundin, die wegen eines anderen Mannes einen Nervenzusammenbruch bekommt? Aber ich kann es nicht ändern. Ich bin am Ende.

Ich habe kaum die Kraft, die Treppe hinaufzusteigen, und der arme Lachie muss zusätzlich zu seinem schweren Rucksack noch meine Fototasche schleppen. Er klopft, ehe er eintritt, und schon steht Bridget im Flur. Als sie sieht, in welcher Verfassung ich bin, wird sie ganz blass.

»Ach Bronte«, murmelt sie bekümmert.

Lachie führt mich hinein, und sie umarmt mich, während er seinen Rucksack absetzt und meine Fototasche behutsam auf den Boden stellt. Ich bin so erschöpft, dass ich nicht einmal mehr weine. Wir gehen ins Wohnzimmer, und ich kuschele mich auf dem

Sofa an den warmen Lachie, den ich so sehr mag und der mir jetzt vielleicht nicht mehr lange erhalten bleibt. Aber solange ich kann, halte ich mich an ihm fest.

»Ich vermute mal, er hat sie geheiratet?«, fragt Bridget leise.

Aus dem Augenwinkel sehe ich Lachie nicken. Bridget seufzt.

Aber vorher hat er mir noch gesagt, dass er mich liebt. Das darf ich nicht laut aussprechen. Das will ich auch gar nicht. Ich weiß nicht, ob ich das je tun werde.

Bridget schaltet den Fernseher ein, weil ich nicht in der Lage bin zu reden, und nach einer Weile steht sie auf und macht uns etwas zu essen. Ich werde mich zum Essen zwingen müssen, aber ich habe seit gestern keine Nahrung zu mir genommen.

Sobald Bridget den Raum verlassen hat, löse ich mich von Lachie und sehe ihn an. Er erwidert meinen Blick, und in seinen Zügen mischen sich Traurigkeit und vorsichtige Zurückhaltung.

»Ich liebe dich«, flüstere ich und sehe ihm in die hellblauen Augen.

Er dreht den Kopf ein Stück zur Seite, aber seine Miene kann ich nicht deuten. Seine Brust unter meiner Hand versteift sich.

»Ich möchte, dass du das weißt. Und es hat nichts damit zu tun, dass er sie geheiratet hat. Ich habe dich vorher auch schon geliebt.«

»Lass das bitte«, sagt er gepresst. »Ich kann ... das jetzt nicht hören.«

Niedergeschlagen sehe ich, wie er seine Aufmerksamkeit auf den Fernseher richtet. »Es tut mir leid«, flüstere ich. Ich recke mich und drücke ihm einen Kuss auf den Hals. »Aber ich liebe dich wirklich. Und es tut mir leid.«

Ich schmiege das Gesicht an seinen Hals. Erst als Bridget zurückkehrt, löse ich mich von ihm. Mittlerweile hat er sich wieder ein kleines bisschen entspannt, aber ich weiß nicht, ob er mir je verzeihen wird. *Kann* man jemandem verzeihen, dass er sich in den Falschen verliebt hat?

Schlagartig verstehe ich die ungeheure Tragweite dieser Frage, und es überläuft mich heiß und kalt. Jetzt denke ich nicht mehr an Lachie. Ich denke nicht an Alex. Ich denke an jemand ganz anderen.

Nachts habe ich wieder einen Albtraum, aus dem ich mit einem Ruck und nach Luft schnappend erwache. Lachie regt sich neben mir, und gleich darauf spüre ich seine Hand auf meinem Arm.
»Schon gut«, sage ich. »Nur ein Albtraum. Schlaf weiter.«
Er nimmt die Hand weg, und ich liege mit offenen Augen da, starre in die Dunkelheit und versuche, die gestrigen Ereignisse zu verarbeiten.
Alex ist verheiratet. Er hat mir gesagt, er liebe mich. Er sagte, er sei verwirrt. Das war nicht zu übersehen – ich konnte es in seinem Blick lesen. Aber ich unternahm nichts, um ihn aufzuhalten; ich versuchte nicht, ihn umzustimmen. Hätte ich es versuchen sollen? Hätte er sich trotzdem für sie entschieden? Jetzt ist es zu spät, und die Vorstellung, ihn wiederzusehen, ist unerträglich. Ich weiß nicht, wie ich je darüber hinwegkommen soll. Wie soll ich im neuen Jahr wieder in die Redaktion gehen? Ich glaube nicht, dass ich ihm je verzeihen kann.
»Worum ging es in deinem Traum?«
Lachies Stimme reißt mich aus meinen Gedanken. Ich dachte, er sei wieder eingeschlafen. Er seufzt.
»Erzähl mir doch davon«, sagt er nach einer Weile.
Ich antworte nicht.
»Bronnie«, drängt er sanft. »Es gibt so viel, was ich nicht über dich weiß. Ich weiß, du hattest eine schwierige Kindheit, aber ich weiß nicht, inwiefern. Ich weiß, dein Vater war Organist. Ich weiß, du hast Angst vor Kirchen.«
»Das ist nicht mehr so schlimm«, unterbreche ich ihn. Der gestrige Tag könnte mich allerdings wieder ein Stück zurückgeworfen haben.

»Du sagst, du glaubst nicht an die Ehe, aber ich weiß nicht, ob ich dir das glauben soll.«

»Warum?« Jetzt bin ich neugierig.

»Wegen deiner Reaktion gestern. Wenn du wirklich nicht an die Ehe glauben würdest, wärst du nicht so ausgeflippt.«

»Alex glaubt an die Ehe«, erkläre ich leise. Dadurch kommt dem gestrigen Tag für mich eine so überwältigende Bedeutung zu.

»Fang bloß nicht von Alex an«, murmelt Lachie. Er hat wieder meine Hand genommen. Jetzt will er sie loslassen, aber ich halte ihn fest. »Was du gestern gesagt hast«, setzt er mit gedämpfter Stimme an. »Hast du das ernst gemeint?«

»Dass ich dich liebe? Ja.«

Er atmet geräuschvoll aus. »Vertraust du mir?«

Ich runzele die Stirn. »Ich glaube schon, ja.«

Er dreht sich zur Seite. Gleich darauf leuchtet die Nachttischlampe auf, und ich kneife die Augen zu. Lachie wendet sich wieder mir zu, legt mir die Hand an die Wange und sieht mir fest in die Augen.

»Du kannst mir vertrauen. Ich liebe dich.« Ich sehe, dass seine Augen sich mit Tränen füllen, und schon verschwimmt mir selbst alles vor Augen. Ich wische mir die Tränen ab, beuge mich vor und küsse ihn auf den Mund. Er erwidert den Kuss sanft; dann lehnt er sich zurück. »Du kannst mir vertrauen«, wiederholt er.

Ich hole zittrig Luft. Okay. Ich werde es ihm erzählen. »Was möchtest du wissen?«

»Was ist in deiner Kindheit passiert? Worum geht es in deinen Albträumen?«

»Darüber spreche ich mit niemandem.«

»Mit mir kannst du darüber sprechen.«

»Ich weiß gar nicht, wo ich anfangen soll.«

»Fang mit deinem Traum an.«

Ich atme tief durch. »Ich war damals neun Jahre alt.«

Er nimmt wieder meine Hand und hält sie beruhigend fest.

»Aber ich muss ein bisschen ausholen. Meine Mum und mein Dad waren nicht glücklich miteinander, obwohl da niemand je drauf gekommen wäre. Sie waren sehr religiös, und wir gingen jedes Wochenende zur Kirche, und wenn Dad die Orgel spielte, lächelte Mum immer stolz und tat so, als wären sie ein glückliches Paar. Aber zu Hause lachten sie nie zusammen. Mum hat ständig geweint, wenn sie nicht gerade schrie oder kreischte. Aber Dad hat nie zurückgeschrien. Er nahm es einfach hin. Als ich klein war, hatte er überhaupt keine Beziehung zu mir. Er schien mich nicht mal zu mögen. Erst als ich Interesse daran zeigte, Orgel spielen zu lernen, konnte ich seine Aufmerksamkeit erregen. Gottesdienste fand ich langweilig, aber als Dad anfing, mich nach der Schule mit in die Kirche zu nehmen, um mir Unterricht zu geben, sah ich die Kirche in einem anderen Licht.
Manchmal traf ich mich dort mit ihm. Dann wartete ich in diesem kühlen, schönen Raum auf ihn und kam zur Ruhe. Das waren einige der wenigen friedvollen Augenblicke, die ich damals kannte – fern von dem Geschrei und dem Weinen zu Hause. Er schien nur dann zu lächeln, wenn ich Orgel spielte. Aber zu Hause wirkte er bloß wie ein Schatten seiner selbst. Er sprach kaum mit uns. Er zog sich in sein Schneckenhaus zurück, und egal wie sehr Mum ihn zu provozieren versuchte, er reagierte einfach nicht darauf. Dann wurde er plötzlich noch komischer und wollte mir nicht einmal mehr Orgelunterricht geben. Er vertröstete mich unter irgendwelchen Vorwänden, er sagte, er hätte keine Zeit, mir Unterricht zu geben. Manchmal ging ich trotzdem in die Kirche, und wenn sie verlassen war, tat ich so, als würde ich spielen, und hoffte einfach, er würde kommen. Eines Abends weinte meine Mum mal wieder; ich konnte sie durch die Wand hören. Sie versuchte nicht mal, leise zu weinen. Es war ihr egal, dass jedes Schluchzen für mich wie ein Nagel war, den sie mir ins Herz schlug«, erzähle ich verbittert, und Lachie drückt meine Hand. »Also bin ich abgehauen, hab mich rausgeschlichen.

Ich war erst neun.« Ich atme tief durch, denn jetzt kommt das, wovon ich immer träume. »Ich ging zur Kirche, ich wollte zu meinem Vater, er sollte nach Hause kommen und Mum dazu bringen, dass sie aufhört zu weinen, denn manchmal – aber nur manchmal – konnte er das. Ich weiß nicht, was er dann zu ihr sagte, aber das sollte er jetzt jedenfalls auch zu ihr sagen. In der Kirche war niemand, also habe ich mich an die Orgel gesetzt. Ich hatte zu viel Angst, um sie einzuschalten, und tat nur so, als spielte ich.« Mir stockt der Atem. »Dann hörte ich etwas. Es klang, als ob da jemand Schmerzen hätte.« Es fällt mir so schwer, darüber zu sprechen. »Ich linste hinter der Orgel hervor und sah meinen Vater und den Priester. Sie küssten sich.« Bei dieser Erinnerung krümme ich mich innerlich und starre stur an Lachie vorbei. Dann flüstere ich: »Ich hatte noch nie jemanden so küssen gesehen. Es sah aus, als wollten sie sich gegenseitig aufessen, als wollten sie einander verschlingen. Jetzt im Rückblick weiß ich, dass sie sich nur unglaublich leidenschaftlich küssten, aber ich war erst neun.« Ich sehe Lachie wieder an, doch er hört einfach zu, ohne irgendeine Reaktion zu zeigen. »Ich habe gar nicht verstanden, was ich da sah. Der Priester war erst vor kurzem nach Südaustralien gezogen. Er kam mir sehr jung vor – vermutlich war er Anfang dreißig. Aber er war sehr beliebt und freundlich, und alle schienen ihn zu mögen. Ich mochte ihn. Und mein Vater ganz offensichtlich auch.« Ich schlucke, und Lachie streichelt meine Wange. »Jedenfalls, sie gingen noch weiter. Ich glaube nicht, dass sie …« Ich kann es nicht aussprechen. Ich kann nicht Sex und meinen Vater in einem Atemzug nennen.

»Dass sie Sex haben wollten?« Lachie hat keine Probleme damit.

»Ja. Ich glaube nicht, dass sie es am Altar tun wollten, aber sie hatten sich gegenseitig die Hände unters Hemd geschoben, sie hielten sich umklammert. Es sah … schmerzhaft aus.« Ich verziehe das Gesicht: Diese Erinnerung verstört mich noch immer, auch wenn ich heute besser verstehe, was damals passierte. »Dann habe ich geschrien.« Tränen brennen in meinen Augen. Lachie streichelt mir tröstend mit dem Daumen übers Kinn.

»Sie hörten mich und fuhren auseinander, und Dad kam auf die Orgel zugestürmt. Er wurde niemals wütend«, flüstere ich. »Nicht mal, wenn Mum ihn beschimpfte und ihn Weichei nannte. Aber als er mich da sitzen sah und wusste, dass ich wusste ...« Ich atme tief durch. »Er hat mich vom Hocker gezerrt, und ich schlug mir den Kopf an der Wand an. Das tat weh, aber es hat ihm nicht gereicht.« Die Tränen laufen mir übers Gesicht. »Er hat mich geohrfeigt. Er hat mich geschüttelt und mich dumme Göre genannt, immer wieder. Aber er weinte. Ich hatte ihn noch nie weinen sehen. Der Priester zog ihn von mir weg und hielt ihn zurück. Aber Dad schrie immer wieder: ›Du dumme Göre!‹, immer wieder. Der Priester versuchte, ihn zu beruhigen, und da bin ich losgerannt. Aber er fing mich wieder ein. Ich hatte *schreckliche* Angst.«

»Du Arme«, murmelt Lachie.

»Er schloss mich in der dunklen Sakristei ein, und ich hatte wirklich, ganz ehrlich, keine Ahnung, was er mit mir vorhatte. Ich hatte ihn noch nie so erlebt – noch nie. Ich hatte solche Angst.« Meine Unterlippe bebt. »Irgendwann – mir kam es wie Stunden vor – kam er allein in die Sakristei. Er hatte sich beruhigt, und es tat ihm sehr leid, aber ich hatte Angst vor ihm. Er hat gebettelt. Er hat mich angefleht. Er war total verstört, hat geweint und geschluchzt und mich gebeten, Mum nichts davon zu sagen. Ich habe es ihm geschworen. Ich verstand noch immer nicht, was er mit dem Pfarrer getan hatte. Es war alles so verwirrend. Jetzt kapiere ich es natürlich.«

»Was kapierst du?«, fragt Lachie sanft nach.

»Ich habe kapiert, dass er schwul war. Schwul ist. Er hat Mum nie geliebt. Er hat sie geheiratet, weil er glaubte, er müsse das tun. Er hat sie geschwängert, weil man das eben so macht. Aber ei-

gentlich war er ein Feigling. Er hätte zu seinem Lover gehen und Mum und mich in Ruhe lassen sollen, wenn er uns so hasste.«
»Ich glaube nicht, dass er euch gehasst hat«, widerspricht Lachie sanft.
»So hat es sich aber angefühlt. Von da an konnte er mich nicht mal mehr ansehen. Aber ich habe nichts gesagt. Mum weinte immer noch ständig, aber er hat nie ein Wort zu seiner Verteidigung gesagt. Und dann kamen die Gerüchte auf. Ich nehme an, Dad hat seine Affäre fortgeführt, denn der Priester blieb noch ein paar Monate in der Stadt, nachdem ich sie zusammen gesehen hatte, aber er sprach nie wieder mit mir. Am Sonntag danach zeigte meine Mutter ihm in der Kirche sogar den Bluterguss in meinem Gesicht, wo ich mir den Kopf an der Wand gestoßen hatte und danach noch von Dad geohrfeigt worden war. Sie lächelte und entschuldigte sich für mein Aussehen und sagte, ich sei tollpatschig und sei gestürzt. Und er hat keinen Ton dazu gesagt. Das Arschloch«, zische ich. »Hat eine Affäre mit einem verheirateten Mann.«
Lachie sieht mich an, und mir geht auf, wie heuchlerisch das in seinen Ohren klingen muss. »Das ist nicht dasselbe«, sage ich. »Er hatte ein Kind. Mich! Und Alex war nicht verheiratet. Ich würde nie ...«
Aber ich will nicht über Alex sprechen.
»Was ist dann passiert?«, fragt Lachie.
»Die Gerüchte verbreiteten sich. Ich verwandelte mich von einer fröhlichen – wenn auch stillen – Schülerin mit vielen Freundinnen zu einer Einzelgängerin mit einer einzigen Freundin: Polly. Die anderen Kinder hänselten und schikanierten mich und beleidigten meinen Vater. Sie hatten die typische Kleinstadtmentalität, und sie waren unversöhnlich. Polly war meine einzige Freundin, aber selbst sie gab mir das Gefühl, dass ich ihr etwas schuldete, dass ich in ihrer Schuld stand. Das alles habe ich jahrelang ertragen. Der Priester ging fort, ein anderer kam, und neue Gerüchte

zirkulierten. Soweit ich weiß, hat Dad Mum nie reinen Wein eingeschenkt. Aber ich bin mir ganz sicher, dass sie es wusste ... Sie *wusste* es«, wiederhole ich nachdrücklich. »Und sie ist mit ihm *verheiratet* geblieben!«
Das werde ich niemals verstehen.
»Warum hat sie sich nicht scheiden lassen? Warum eine Lüge leben? Warum sich gegenseitig unglücklich machen? Es war eine einzige Farce!« Es macht mich so wütend. »Ich glaube, Dad wollte sich scheiden lassen. Er hat mir gegenüber mal so was fallenlassen, aber Mum hat nicht eingewilligt. Einmal, kurz bevor ich von zu Hause wegging, habe ich sie gefragt, warum sie sich nicht scheiden lässt, obwohl er sie so unglücklich macht. Und weißt du, was sie gesagt hat? Sie hat gesagt: ›Ich habe deinen Vater vor den Augen Gottes geheiratet, und in seinen Augen werden wir immer vereint sein.‹ Dass ich nicht lache!«, rufe ich. »Sie haben eine Farce aus ihrer Ehe gemacht. Sie hätten niemals heiraten dürfen, geschweige denn verheiratet bleiben. Sie sind *immer noch* verheiratet!«, rufe ich ein wenig hysterisch. »Dabei ist er schwul! Mein Vater ist *schwul*! Was zum Teufel hat er sich dabei gedacht?«
»Hast du ihn mal gefragt?«, fragt Lachie.
Jetzt bebt meine Unterlippe bedrohlich. Ich schüttele den Kopf. »Ich kann nicht.« Ich schniefe laut. »Weißt du, seit kurzem glaube ich, dass ich ihm vielleicht verzeihen kann – nicht, dass er mich je um Verzeihung gebeten hätte. Als ich das letzte Mal zu Hause war, konnte er mir nicht in die Augen sehen; nicht einmal jetzt kann er mich ansehen. Ich hasse es wie die Pest, nach Hause zu fahren«, erkläre ich mit Nachdruck. »Ich vermeide es um jeden Preis, aber meine Mutter macht mir so lange ein schlechtes Gewissen, bis sie mich rumkriegt. Nicht zu fassen, dass ich zu Weihnachten nach Hause fliege.« Ich reibe mir übers Gesicht.
Ich würde sogar fast lieber hierbleiben und Alex nach den Flitterwochen wieder im Büro willkommen heißen. Was mich schmerzhaft daran erinnert, dass er gestern Zara geheiratet hat.

»Du hast gesagt, du glaubst, du kannst ihm vielleicht verzeihen«, bringt Lachie mich zurück zum Thema.
»Ja. Er hat so viel falsch gemacht. Wie er damit umgegangen ist, wie er mit mir umgegangen ist, dass er mir anscheinend nie verzeihen konnte, dass ich sein Geheimnis entdeckt hatte. Aber letzten Endes hat er sich einfach in den Falschen verliebt.«
Lachie streicht mir eine Haarsträhne hinters Ohr. »Bist du dir da sicher?«
Verwirrt sehe ich ihn an.
»Vielleicht hat er sich in den Richtigen verliebt. Vielleicht war dieser Priester der Richtige. Vielleicht hätten sie zusammen glücklich werden können. Vielleicht hätte *er* glücklich werden können. Glaubst du, du hättest das akzeptieren können? Dass er schwul ist?«
»Natürlich. Ich weiß, dass er daran nichts ändern kann. Es ist keine Entscheidung. Ich verstehe das, im Gegensatz zu einigen der engstirnigen Leute, mit denen ich aufgewachsen bin. Womit ich nicht klarkomme, ist der Gedanke, dass mein Vater glücklich sein könnte. Ich kann ihn mir nicht glücklich vorstellen. Als ich ihn diesen Priester küssen sah … Es hat mich total verstört, meinen Vater dabei zu sehen, egal mit wem. Ich habe ihn nie meine Mutter küssen sehen. Auch nicht flüchtig. Aber dieser Kuss … So lebendig wie da habe ich ihn weder vorher noch nachher je gesehen. Er war ein ganz anderer Mensch. Er war mir fremd. Und das hat mir Angst gemacht.«
»Ich fasse es nicht, dass er und deine Mutter noch verheiratet sind«, sagt Lachie. »Kein Wunder, dass du die Ehe für eine Lüge hältst.«
»Ich weiß, dass das nicht für jeden so ist. Ich kenne ein paar Leute, die schon ihr ganzes Leben glücklich verheiratet sind, und das ist ja auch toll.«
Lachie sieht amüsiert aus. Das klang beinahe sarkastisch, aber so habe ich es nicht gemeint.

»Ich finde einfach, man soll mit demjenigen zusammen sein, mit dem man zusammen sein will. Und wenn man nicht mehr mit ihm zusammen sein will, dann geht man. Man braucht dafür keine Papiere oder Gottes Segen. Man muss sich nur lieben. Und wenn man beschließt, Kinder zu bekommen, dann muss man die auch lieben.«
Ich schniefe und wische mir die Tränen ab.
»Ich bin sicher, dein Vater liebt dich, Bron«, sagt Lachie traurig.
Trübsinnig sehe ich ihn an. »Das werde ich wahrscheinlich niemals wissen.«

Kapitel 30

Lachie setzt seine Reise durch Europa nicht fort. Er sagt, wenn ich erst mal in London bleibe, kommt er zurück, sobald er kann, und dann können wir Europa vielleicht gemeinsam bereisen. Bei dieser Vorstellung muss ich lächeln, aber keiner von uns weiß, wann das sein wird, und dieser Gedanke ernüchtert mich wieder. Er wohnt bei mir in Bridgets Wohnung, und es tut gut zu wissen, dass er da ist, wenn ich nach Hause komme, aber die letzte Arbeitswoche ist dennoch ein einziger Kampf für mich. Lachie und ich konnten unsere Flüge umbuchen, und jetzt fliegen wir gemeinsam zurück nach Australien. Er hat angeboten, über Weihnachten mit zu mir nach Hause zu kommen, aber ich bin noch nicht so weit, ihn meiner Familie vorzustellen. Unsere Beziehung steht auch so schon auf wackeligen Füßen. Immerhin ist er zu meiner unendlichen Überraschung immer noch bei mir und herzerweichend zuversichtlich, was unsere Beziehung angeht. In Sydney trennen unsere Wege sich fürs Erste, und wir fliegen jeweils allein weiter.
Als mein Flugzeug in Adelaide landet, scheint die Sonne. Die Einreiseprozedur habe ich in Sydney bereits hinter mich gebracht. Mum wartet im Inlandsterminal auf mich. Ich erkenne sie nicht sofort, denn sie hat sich ihre früher mausgrauen langen Haare zu einem schulterlangen Bob schneiden und Strähnchen machen lassen. Sie hat einen strahlenden Teint und wirkt insgesamt gesund und fit und sehr, sehr verändert im Vergleich zu unserer letzten Begegnung. Damals war sie müde und erschöpft, und ihr Gesicht war von tiefen Sorgenfalten gezeichnet.

Verblüfft starre ich sie an. »Mum?«
»Hallo Bronte.« Sie lächelt und umarmt mich steif. In dieser Hinsicht hat sich also nichts geändert. »Wie war dein Flug?«
»Gut.« Ich staune noch immer. »Du siehst ganz anders aus als sonst.«
Sie lächelt und zuckt – völlig untypisch – sorglos die Achseln. Wer ist diese Frau?

Ich bin in einem kleinen Küstenort etwa eineinhalb Stunden südlich von Adelaide aufgewachsen, aber bei Mums Fahrstil dauert die Fahrt wahrscheinlich eher zwei Stunden. Quälend langsam tuckern wir durch die ausgedehnten Vororte und kommen dabei an unzähligen einstöckigen Lebensmittelgeschäften, Reinigungen, Wohltätigkeitsläden und Friseuren vorbei. Wir plaudern verkrampft über meine Arbeit und das Leben in Großbritannien und verfallen schließlich in vergleichsweise entspanntes Schweigen. Ich muss eingedöst sein, und als ich wieder wach werde, haben wir die Vororte hinter uns gelassen und sind umgeben von den gedämpften Farben des australischen Buschs: Grau, Grün, Gelb und Braun. Gewaltige gelbbraune Hügel, die mit grünen Pinien und Eukalyptusbäumen gesprenkelt sind, lassen die Landstraße zwergenhaft klein erscheinen. Die im Laufe der Jahre von peitschenden Winden und Regenfällen in die Hügel gegrabenen Furchen wirken wie kleine Wellen in einem Gewässer, und als wir an einer tiefen Schlucht vorüberkommen, erhasche ich durch das Fenster auf Mums Seite einen Blick auf den funkelnden blaugrünen Ozean dahinter. Ich hatte beinahe vergessen, wie schön es hier ist. Als ich zum blauen Himmel hochblicke und einen riesigen Schwarm weißer Kakadus über uns hinwegfliegen sehe, muss ich unwillkürlich lächeln.
Wir fahren noch eine Weile auf der kurvigen Straße, vorbei an glitzernden Seen, ausgetrockneten, von großen alten Eukalyptusbäumen gesäumten Flussläufen und Farmen mit geschmeidigen

Pferden, Rindern, denen zu heiß ist, und staubigen Schafen. Vor einem Haus im Kolonialstil am Fuß der Hügel wachsen weiße Rosenbüsche. Weiße Rosen werden mich immer an meinen Vater erinnern, der stets so stolz auf die seinen war.
Als meine Mutter ihren roten Kia zehn Minuten später in der Einfahrt parkt, stelle ich erschrocken fest, dass Dads geliebte Rosensträucher allesamt vertrocknet sind.
»Was ist mit Dads Rosen passiert?«, frage ich meine Mutter stirnrunzelnd. Auch der Rasen ist gelb und vertrocknet.
Sie zuckt die Achseln. »Ich habe keine Zeit für die Gartenarbeit«, rechtfertigt sie sich.
»Hast du bei der Arbeit so viel zu tun?« Sie hilft in einer Bibliothek ein paar Städtchen weiter aus. Doch sie steigt aus, ohne mich einer Antwort zu würdigen. Ich steige ebenfalls aus. Dann stehe ich lange da und betrachte das kleine Einfamilienhaus aus den Siebzigern mit seinen cremefarbenen Ziegeln und den braunen Klinkern, das einst mein Zuhause war. Die blau-weiß gestreiften Segeltuchmarkisen sind ausgezogen und werfen Schatten auf die Fenster. Dadurch kam mir mein Zimmer früher immer furchtbar düster und schäbig vor.
Mum schließt die Tür auf und legt die Hand auf die Klinke, aber dann zögert sie, sie herunterzudrücken.
»Ich habe beschlossen, das Haus zu verkaufen«, platzt sie heraus. »Ich wollte es dir schon am Telefon sagen, aber du bist immer so schwer zu erreichen.«
Und ich rufe sie normalerweise nur samstagabends an, wenn es in Australien Sonntagmorgen und sie in der Kirche ist.
Aber an ihrer Miene erkenne ich, dass meine schlechte Erreichbarkeit nur eine Ausrede ist.
»Ich habe nichts dagegen, dass du das Haus verkaufst«, erwidere ich gelassen.
»Ach?« Ihre Erleichterung ist nicht zu übersehen.
»Warum sollte ich? Ich lebe seit dreizehn Jahren nicht mehr hier.«

»Ich dachte bloß ... Egal.« Sie drückt die Klinke herunter und öffnet die Tür. Sofort weht mir ein schmerzlich vertrauter Geruch entgegen und hüllt mich ganz ein, als ich ihr ins Haus folge. Ich blicke durch die offene Tür ins Wohnzimmer, in dem sich Kartons stapeln. Sie hat bereits angefangen zu packen.
»Dein Zimmer habe ich noch nicht angerührt«, sagt sie nervös. »Ich dachte, wenn du kommst, kannst du deine Sachen vielleicht selbst aussortieren.«
Meine Eltern haben mein Zimmer nie angerührt. Es sieht dort immer noch genauso aus wie damals, als ich mit siebzehn von zu Hause fortging, und bei meinen seltenen Besuchen zu Hause war ich immer zu deprimiert, um etwas daran zu ändern.
»Ich brauche nichts davon. Aber klar. Wir können alles irgendeiner Wohltätigkeitsorganisation geben.«
Sie wirkt bestürzt. »Du willst gar nichts behalten? Nicht mal Monty?« Monty war mein Lieblingskuscheltier, als ich klein war. Er und ich gingen zusammen durch dick und dünn. Er kennt alle meine Geheimnisse.
»Nein«, erwidere ich schroff. »Allerdings kann ich mir nicht vorstellen, dass den noch jemand haben will, also werfen wir ihn einfach weg. Ich bringe das Gepäck in mein Zimmer.«
Das erste Zimmer zu meiner Rechten ist meines. Ich öffne die Tür und betrachte entmutigt die rosa Wände, die noch immer grell wirken, obwohl die Vorhänge vorgezogen sind und die Markise vor dem Fenster das Sonnenlicht größtenteils abhält. An den Wänden hängen verblichene Poster, in den billigen Bücherregalen stehen dicht an dicht bunte Kinderbücher und Bibelgeschichten, und im kackbraunen Kleiderschrank sowie der dazu passenden Kommode liegen garantiert noch immer ein paar schäbige Pullis aus meiner Jugend. Mein Blick fällt auf den sorgfältig gebügelten Bettüberwurf mit den Feenmotiven und den schäbigen Plüschhund, der auf dem Kopfkissen thront. Ich lasse die Taschen auf den ausgetretenen Teppich fallen und setze mich aufs Bett. Monty

blickt mich trübselig mit seinem einen Glasauge an, das schon längst allen Glanz verloren hat. Ich nehme ihn in die Hände und betrachte ihn.
Na gut. Vielleicht nehme ich Monty doch mit. Er hat es nicht verdient, im Müll zu landen. Aber der Rest kann weg.
Es klopft an der Tür.
»Komm rein.«
»Möchtest du einen Tee?«, fragt Mum.
»Gern.«
Ich stehe auf und folge ihr in den hinteren Teil des Hauses, wo sich die Küche mit dem orangefarbenen Linoleumboden und den gelben Melaminschränken befindet, die seit vierzig Jahren nicht renoviert worden ist. Verdammt, ist das deprimierend. Ich lasse mich auf einen Stuhl am Küchentisch fallen. Mum stellt eine Schachtel Yo-Yo-Kekse vor mich hin. Das muntert mich ein bisschen auf.
»Um eins kommt ein Freund vorbei«, sagt Mum betont locker, und ich werde sofort hellhörig.
»Ach?«
»Ja. Er hilft mir, ein paar von diesen Kartons zum Wohltätigkeitsladen zu bringen.« Sie wird knallrot.
Ich mache ein ausdrucksloses Gesicht. »Kenne ich ihn?«
»Er heißt David, und er ist nur ein Freund«, sagt sie defensiv.
Innerlich wird mir kalt. »Polly hat mir erzählt, du hättest einen Mann kennengelernt.« Ich bemühe mich um einen entspannten Tonfall, aber es fällt mir schwer.
»Er ist nur ein Freund«, wiederholt sie, aber sie ist noch immer rot im Gesicht.
»Wann hast du Dad das letzte Mal besucht?«, frage ich sie, und ein eigenartiges Gefühl beschleicht mich.
»Ich besuche deinen Vater ständig!« Sie wird lauter und erinnert nun wieder mehr an die Mutter meiner Kindheit und weniger an die neue gebräunte, mit Strähnchen versehene Hochglanzversion.

»Ich habe ihm alles gegeben!«, ruft sie. »Ich habe euch beiden alles gegeben! Jetzt muss ich auch mal an mich denken!« Ich starre sie an. Dann stehe ich auf und gehe aus der Küche.
»Bronte!«, ruft sie. »Komm zurück.«
Nein. Ich kann nicht. Ich gehe in mein Zimmer, schnappe mir meine Handtasche und verlasse das Haus.
Ich wende mich nach links und gehe zügigen Schrittes los. Die Tasche hänge ich mir über die Schulter. Die trockenen Eukalyptusblätter, mit denen der sengend heiße Weg übersät ist, knistern unter meinen Füßen. Ich habe kein Ziel; ich weiß nur, ich kann nicht da drin bei ihr bleiben. Es geht einfach nicht. Nur ein Freund! Sie lügt. Sie hat uns alles gegeben? Ha! Eine unglückliche Kindheit hat sie mir gegeben. Und was meinen Vater angeht ...
Die Sonne brennt auf meinem pochenden Schädel, und als ich ankomme, fühle ich mich, als wäre mein Körper ganz ausgeleert und mit Sand aufgefüllt worden. Ohne auch nur zu wissen, dass ich überhaupt hierherwollte, stehe ich plötzlich vor der kleinen Blausteinkirche. Das Blechdach glänzt silbrig in der Sonne, und das weiße Holzkreuz auf dem kleinen Glockenturm wirkt noch heller als sonst. Ich wische mir mit dem Handrücken die Nase ab und gehe zum Eingang, wobei ich versuche, die Piniennadeln in meinen Sandalen, die mir in die Füße piken, zu ignorieren.
Die Kirchentür steht offen, und ich gehe einfach hinein und stocke auch kaum, als mir der wohlvertraute Geruch in die Nase steigt. Zielstrebig gehe ich durch den Mittelgang, vorbei an den zehn Bankreihen, und bleibe vor der Orgel stehen. Benommen setze ich mich auf den Hocker, und meine Erinnerungen brechen über mich herein. Ich kann meinen Vater und den Priester *hören*, ich kann sie *sehen*, und dann sehen sie mich, und mein Kopf erinnert sich mit mir, denn auf meiner rechten Gesichtsseite, gleich über der Augenbraue, an der Stelle, wo mein Kopf gegen die Wand schlug, pocht es schmerzhaft. Ich drücke meine kühle Hand darauf und versuche, mich wieder zu beruhigen.

Ich weiß nicht, was ich jetzt tun soll. Ich will wirklich nicht nach Hause. Ich könnte Lily und Ben anrufen. Vielleicht könnte ich ein paar Tage bei ihnen bleiben. Sicher, sie werden mit ihrem Neugeborenen alle Hände voll zu tun haben, aber vielleicht freut Lily sich über ein bisschen Hilfe. Mein Blick fällt auf die Tür zur Sakristei, und sofort überkommt mich ein Anflug von Klaustrophobie.
»Bronte?«
Ich seufze auf. Sie hat mich gefunden.
»Bronte?«, fragt Mum erneut, kommt durch den Mittelgang und sieht mich betrübt an der Orgel sitzen.
»Lass mich einfach in Ruhe«, murmele ich. Ich bin zu erschöpft, um mit ihr zu streiten.
»Bitte komm nach Hause«, drängt sie mich und blickt sich ängstlich um. Gott bewahre, dass uns jemand hier sieht und es *weitererzählt* ...
»Ich will nicht nach Hause kommen«, sage ich mit ausdrucksloser Stimme. »Ich weiß gar nicht, warum ich überhaupt hergekommen bin. Ich hätte in England bleiben sollen.«
Vor meinem geistigen Auge sehe ich Alex' blaue Augen, die mich anblicken, und zucke zusammen. Nein, in England will ich auch nicht sein.
Ich hätte mit Lachie nach Perth fliegen sollen. Moment mal! Ich *könnte* Lachie in Perth besuchen! Ich muss gar nicht hierbleiben. Ich bin kein Kind mehr; sie kann mich nicht dazu zwingen.
»Ich muss mit dir über deinen Vater reden.« Das reißt mich aus meinen hoffnungsvollen Gedanken.
»Was ist mit ihm?«, frage ich matt.
»Es geht ihm nicht gut, Bronte.«
»Ich weiß. Das hast du schon mal gesagt. Polly hat es mir auch gesagt. Was soll ich deiner Meinung nach dagegen unternehmen?«
Langsam hebe ich den Blick und sehe ihr in die Augen.
Sie blickt bestürzt. »Möchtest du ihn besuchen?«

»Eigentlich nicht.« Sehr distanziert, wie losgelöst von meinem Körper, beobachte ich ihre Reaktion. »Aber vielleicht sollten wir es einfach hinter uns bringen.«

Mum, die in der Zwischenzeit auch im digitalen Zeitalter angekommen ist, ruft mit ihrem neuen Handy ihren Freund – oder was er auch sein mag – David an und verschiebt die Fahrt zum Wohltätigkeitsladen. Ich warte im Auto, während sie telefoniert, aber ich kann ihre Stimme hören, die ganz hoch und befremdlich mädchenhaft klingt. Er ist mehr als ein Freund. Auf der Fahrt zum Pflegeheim sehe ich stur aus dem Fenster, und als ich aussteige, sage ich mit zusammengebissenen Zähnen, dass sie nicht mit hineinkommen soll.
»Ich warte ...«
Ich knalle einfach die Autotür zu und gehe heftig atmend über den von violetten Schmucklilien gesäumten Weg zur Eingangstür. Eigentlich würde ich mich gerne zuerst beruhigen, aber das fällt mir schwer, weil ich weiß, dass sie im Auto sitzt und mich beobachtet. Also gehe ich einfach hinein und an die Rezeption. Eine Frau mittleren Alters mit einem dauergewellten Bob und Lippenstift in einem für sie unschmeichelhaften Orangeton blickt auf.
»Kann ich Ihnen helfen?«, fragt sie liebenswürdig.
Ich sage ihr, dass ich meinen Vater, Terrence Taylor, besuchen will. Sie macht große Augen und lächelt strahlend. »Sie müssen Bronte sein!«
Ich nicke.
»Und Sie sind den weiten Weg von England hierhergekommen?«
»Genau.« Mum muss ihr erzählt haben, dass ich kommen würde.
»Ach, wie wundervoll! Wann sind Sie angekommen?«
»Heute«, erwidere ich. Ich bin nicht in der Stimmung, mit einer Fremden zu plaudern.

»Ach, nun ja, das ist wundervoll.« Ihr Lächeln verblasst ein wenig, dann noch ein wenig mehr, bis ihre Miene schließlich Mitgefühl ausdrückt. »Es kann sein, dass er sich ein bisschen verändert hat, seit Sie ihn zuletzt gesehen haben«, sagt sie sanft.
»Ich weiß. Ich bin vorgewarnt.«
»Er hat seine guten und seine schlechten Tage«, erklärt sie liebenswürdig. »Trauriger weise werden die guten Tage immer seltener. Heute wirkt er aber ganz munter.«
Ich will das nur hinter mich bringen. »Wo ist er?«
Sie senkt kurz den Blick. »Er ist im Gemeinschaftsraum, links durch die Flügeltür.«
»Danke«, sage ich tonlos und wende mich von in ihrem Blick ab, der voller Mitgefühl ist.
Als ich die Flügeltür aufschiebe, dringt Klavierspiel heraus. Stirnrunzelnd gehe ich der Musik nach und gelange aus dem Korridor in einen großen Raum mit Sesseln in leuchtenden Farben, auf denen ältere Bewohner sitzen und vor sich hin starren. Einige haben allerdings auch Besuch, vermutlich von Angehörigen. Die Haare einer sehr alten Dame haben denselben Violettton wie die Schmucklilien draußen, aber meine Aufmerksamkeit gilt dem Mann, der da Klavier spielt.
In meinem Hals bildet sich ein Kloß, und meine Füße sind wie am Teppichboden festgewachsen. Ich kann mich keinen Zentimeter weiterbewegen, sondern stehe einfach da und starre den Mann an. Ich erkenne das Lied. Als ich klein war, spielte er es oft. An den Titel erinnere ich mich nicht, aber es ist ein schwieriges Stück. Dennoch tanzen seine Finger über die Tasten. Er hält den Kopf gesenkt und nickt hin und wieder im Takt.
Er ist grauer, als ich ihn in Erinnerung habe, und seine Haare sind länger, aber er scheint eigentlich ganz gut beieinander zu sein. Immerhin spielt er Klavier! Was macht er in einem Pflegeheim?
Wie auf Autopilot tragen meine Füße mich zu ihm. Ich stelle

mich neben ihn, betrachte ihn zaghaft und warte darauf, dass er mich bemerkt. Aber er spielt einfach weiter.
»Dad?«, frage ich nach einer Weile zögerlich.
Er reagiert nicht.
»Dad?«, sage ich lauter. Ich lege ihm die Hand auf den Arm. Seine Finger spielen wie aus eigenem Antrieb weiter, aber nun wendet er mir langsam das Gesicht zu und sieht mich an. Nichts. Kein Anzeichen dafür, dass er mich erkennt.
»Dad, ich bin's«, sage ich. »Bronte.«
Immer noch nichts. Er ist eine leere Hülle. Ein leeres Gefäß. Er wendet den Blick wieder dem Klavier zu, und seine Finger tänzeln munter über die Tasten.
»Dad«, sage ich noch einmal und rüttele ihn an den Schultern.
Plötzlich wird mir klar, dass er fort ist. Ich komme zu spät.
Aber nein. Das darf nicht sein. Ich bin noch nicht bereit dafür, ihn gehen zu lassen, ohne Abschied nehmen zu können. Ich muss zu ihm durchdringen.
Erneut rüttele ich ihn sanft an der Schulter, und noch einmal sieht er mich an, doch diesmal blickt er verwirrt.
»Bronte? Bronte, meine Liebe.« Jemand berührt mich am Arm, und ich fahre herum und erblicke eine freundliche Pflegerin mittleren Alters. »Würden Sie bitte mitkommen, meine Liebe?« Sie löst meine Hand von der Schulter meines Vaters, aber er unterbricht sein Klavierspiel nicht – er hält nicht einmal flüchtig inne. Seine Musik folgt mir bis zu dem kleinen Büro, in das die Pflegerin mich führt. Hinter mir schließt sie die Tür.
»Ich fürchte, sein Zustand hat sich weitaus schneller verschlechtert, als wir erwartet hatten«, sagt sie sanft.
»Aber wie kann er dann immer noch Klavier spielen?«
»Alzheimer ist eine eigenartige Krankheit. Aufgrund des befallenen Bereichs im Gehirn kann der Patient sich noch bis in ein sehr spätes Krankheitsstadium an früher Erlerntes erinnern. Es tut mir leid, meine Liebe.«

Als ich ihr Büro verlasse, bin ich wie betäubt. Eine einzelne Träne läuft mir über die Wange.
Also werde ich wirklich niemals erfahren, ob er mich geliebt hat. Er weiß ja nicht einmal, wer ich bin.

Als ich wieder ins Auto steige, mustert Mum mich halb besorgt, halb mitfühlend.
»Stimmt es? Ist er in Adelaide?«
Sie sieht mich verwirrt an und weiß offenbar nicht, von wem ich rede.
»Der Priester. Ist er wieder da?«
Sie weicht meinem Blick aus. Weigert sie sich selbst jetzt noch einzugestehen, was passiert ist?
»Ich will ihn sehen. Weißt du, wo er arbeitet?«
»Mach dich nicht lächerlich!«, fährt sie mich an.
»Wenn ich Dad nicht mehr fragen kann, dann will ich ihn fragen.«
»Was fragen?«
»Wie das passiert ist! Wie es dazu kam, dass mein Vater eine Affäre mit ihm hatte!«
Sie prallt zurück, und ich schüttele den Kopf. »Dad ist *schwul*, Mum. Warum hast du dich nicht scheiden lassen, als du es herausgefunden hast?«
»Die Ehe ist heilig.« Sie wirkt peinlich berührt.
Lange mustere ich sie ungläubig. »Wie kannst du das sagen, obwohl du selbst einen Liebhaber hast?«
»Er ist nur …«
»Erzähl mir nicht, er sei nur ein Freund!«, falle ich ihr ungeduldig ins Wort. »Hör auf, mich anzulügen!«
Sie sieht weg. Schließlich sagt sie mit bebender Stimme: »Ich hatte Angst. Und ich war sehr unglücklich.« Jetzt laufen ihr die Tränen über die Wangen und rinnen durch ihr Make-up wie Regenwasser durch ein ausgetrocknetes australisches Flussbett. »Dieser

ganze unglückselige Vorfall war so peinlich. Ich habe mich geschämt. Die Leute haben geredet, und ich hätte mich am liebsten versteckt, um sie nicht hören zu müssen. Ich wünschte, ich wäre stärker gewesen.« Sie sieht mir in die Augen. »Du hast recht mit David. Ich liebe ihn.« Ich schnappe nach Luft. »Und ich weiß, dass ich damit die Ehe breche, genau wie dein Vater damals. Aber ich liebe ihn. Er macht mich glücklich. Und ich möchte glücklich sein, Bronte. Ich war mein Leben lang unglücklich, und ich will glücklich sein.« Sie beginnt zu schluchzen und streckt mir die Hand hin, als bäte sie mich um meinen Segen.
Mitgefühl regt sich in mir. Ich nehme ihre Hand und drücke sie ganz fest.
Ich wünschte bloß, auch Dad hätte glücklich werden können.
Wir haben nicht in der Hand, in wen wir uns verlieben. Sie nicht. Dad nicht. Der Priester nicht. Und Alex, Lachie und ich ebenso wenig. Letztendlich ist es manchmal einfach eine Frage der Chemie.
Vielleicht liegt es ja am Jetlag, aber mit einem Mal fühle ich mich unsagbar erschöpft und will nur noch schlafen, am liebsten gleich eine Woche lang.
»Können wir nach Hause fahren?«, frage ich leise. »Ich bin so müde.«
»Wirst du mir je verzeihen?«, fragt sie besorgt.
»Natürlich, Mum. Ich habe dir schon verziehen.«

Kapitel 31

Letzten Endes besuche ich Ben und Lily wirklich für ein paar Tage in ihrem warmen, gemütlichen Haus in den Bergen. Es ist befreiend, weit weg von Mum und David zu sein. David ist zwar nett und scheint ein ganz anständiger Kerl zu sein, aber ich muss erst noch verdauen, wie weit Dads Krankheit fortgeschritten ist, und kann mich im Moment nicht dazu durchringen, den Freund meiner Mutter näher kennenzulernen. Mum packt weiter Kartons – sie zieht in eine kleinere Wohnung näher an Adelaide, wo David lebt. Ich freue mich, dass sie fern vom Tratsch und der Gerüchteküche noch einmal neu anfangen kann.
Beim nächsten Besuch im Heim meines Vaters erfahre ich, dass sein Zustand sich von nun an nur noch verschlechtern wird. Daher ruht meine ganze Hoffnung darauf, doch noch herauszufinden, was vor all den Jahren geschehen ist, nun auf dem Priester. Polly findet raus, wo er arbeitet. Da meine Mutter früher oder später garantiert mitkriegen wird, dass ich Polly nach dem Priester gefragt habe, setze ich mein Vorhaben, mit ihm zu sprechen, in die Tat um, bevor meine Mutter einschreiten kann.
Lily fährt mich durch die wunderschönen, verwinkelten Adelaide Hills in die Stadt. Auf der Rückbank kräht leise die kleine Elizabeth, was mich ein bisschen tröstet. Lily stellt den Wagen auf dem Kirchenparkplatz ab, und wir verabreden, uns in einer halben Stunde in einem Café zu treffen. Dann macht sie sich mit Elizabeth in der Babytrage auf zu einem kleinen Einkaufsbummel.

Nervös blicke ich an der beeindruckenden gotischen Kirche aus braunem Stein mit dem hohen Schrägdach und den in den sonnigen Himmel ragenden Türmen empor, ehe ich über den gepflegten Kirchhof zum Portal gehe und das gewaltige Kirchenschiff betrete.
Dort ist niemand zu sehen, und so suche ich nach der Sakristei und finde sie rechts vom Altar. Ich klopfe an die offene Tür und rufe: »Hallo?«
Gleich darauf tritt ein Mann in Soutane und weißem Priesterkragen vor mich. »Kann ich Ihnen helfen?« Er ist älter geworden, genauer gesagt, um rund zwanzig Jahre gealtert. In der Körpermitte ist er in die Breite gegangen, und sein Haar ergraut allmählich, aber insgesamt hat er sich nicht so stark verändert wie ich. Es ist ganz unverkennbar er.
»Father William?«, frage ich mit bebender Stimme.
»Ja?«
»Kann ich mit Ihnen reden?«
Er runzelt die Stirn. »Selbstverständlich.«
Mit einer schwungvollen Geste winkt er mich in die Sakristei. Ich setze mich auf einen neuen, ziemlich unbequemen Lehnstuhl, und er nimmt mir gegenüber Platz.
»Sie erinnern sich wahrscheinlich nicht an mich«, beginne ich. Ich bin gar nicht so nervös, wie ich gedacht hätte. »Ich heiße Bronte.«
Sein Blick ... Plötzlich weiß er genau, wer ich bin, und alles Blut weicht aus seinem Gesicht.
»Ich will Ihnen keine Schwierigkeiten machen«, beruhige ich ihn. »Aber meinem Vater geht es nicht gut – er hat Alzheimer.«
Ein schmerzerfüllter Ausdruck huscht über sein Gesicht.
»Deshalb kann ich ihn nichts mehr fragen.«
»Was möchten Sie denn wissen?« Ich kann an seiner Stimme hören, dass er nur ungern mit mir spricht.
»Ich weiß es selbst nicht«, gestehe ich. »Ich möchte bloß ver-

stehen, wie es passiert ist.« Mir ist danach, ihm zu erzählen, wie ihre Beziehung sich auf mein Leben ausgewirkt hat; dass nach jenem Abend nichts mehr so war wie zuvor und ich mich erst jetzt meinen Dämonen stellen kann. Doch daran kann er nichts ändern, und ich bin nicht hier, um ihm Vorwürfe zu machen oder ihm Kummer zu bereiten. Ich zweifle nicht daran, dass er davon bereits genug hatte.
Er wird rot, vielleicht bei der Vorstellung, mir zu erzählen, wie »es passiert ist«, und ich bereue die Frage. »Können Sie mir von ihm erzählen?«, bitte ich ihn verzagt. »Wie war er?«
Er mustert mich befremdet. »Nun, er war ein liebenswürdiger Mann, ein talentierter Organist und ein guter Freund«, erwidert er zurückhaltend.
»War er wirklich liebenswürdig?«, frage ich unwillkürlich nach. »Denn so habe ich ihn nicht in Erinnerung.« Meine Augen füllen sich mit Tränen. »Ich erinnere mich nur daran, wie unglücklich er immer wirkte, und dass er Mum und mich nicht zu mögen schien, ganz zu schweigen davon, uns zu lieben, *mich* zu lieben.«
»Natürlich hat er Sie geliebt«, sagt Father William rasch und beugt sich vor, als wollte er meine Hand nehmen, lässt es dann aber. Ich hätte nichts dagegen. »Er war ein sehr verwirrter Mann.«
Das bezweifle ich nicht. »Er war offensichtlich schwul ...«
»Nicht schwul«, unterbricht Father William mich. »Bisexuell.« Die Röte in seinem Gesicht greift auf den Hals über.
»Ich weiß nicht, wie es dazu kam, dass er meine Mutter geheiratet hat. Sie schienen nicht gut zueinander zu passen.«
Er schweigt, vermutlich aus Respekt. Ich glaube nicht, dass er anderer Meinung ist als ich. »Jener Abend ... Der Abend, an dem ich Sie sah ...«
Er schnappt nach Luft und nickt hastig. »Ich werde das nie vergessen«, sagt er gepresst. »Ich habe nie aufgehört, an Sie zu denken«, fährt er zu meiner Überraschung fort. Er hat nie aufgehört, an mich zu denken? »Es tut mir sehr, sehr leid, was da geschah,

was Sie mitansehen mussten, wie Ihr Vater reagierte, und wie ich hinterher damit umgegangen bin. Ich habe Gott immer wieder um Vergebung dafür gebeten. Wir hätten nie zulassen dürfen, dass Sie für uns lügen. Es tut mir so leid.« Tränen laufen ihm über die Wangen. »Ich habe ihn geliebt. Ein Teil von mir liebt ihn immer noch. Ich schließe ihn jeden Abend in meine Gebete ein – ihn und Sie und Ihre Mutter.«

»Meine Mutter hat jemand Neues kennengelernt«, erzähle ich ihm. »Und Dad ist in einem Pflegeheim und weiß nicht mehr, wer ich bin.« Mir kommt eine Idee. »Ich fürchte, wer Sie sind, weiß er auch nicht mehr, aber falls Sie ihn gern besuchen möchten …«

Lange sieht er mich an. Dann nickt er unter Tränen. »Danke.«
Ich gebe ihm die Adresse und will gehen.
»Bitte kommen Sie jederzeit wieder«, sagt er. »Jederzeit. Falls Sie noch Fragen haben, helfe ich Ihnen gerne, so gut ich kann.«
»Danke.« Ich stehe auf. »Eine Frage noch. Warum sind Sie zurückgekommen? Nach Südaustralien? Ich dachte, Sie wären nach Queensland gezogen.«
»Manchmal muss man zurückgehen, um nach vorn blicken zu können«, erwidert er.
Ich lächele traurig. Ich weiß genau, wie er sich fühlt.

Lily und Ben sagen, ich könne bei ihnen bleiben, solange ich will, aber ich habe andere Pläne, und nun, da ich auf die Idee gekommen bin, Lachie zu besuchen, kann ich gar nicht mehr aufhören zu lächeln. Aber bevor ich meiner Mutter beichte, dass ich Weihnachten dieses Jahr nicht mit ihr und David verbringe, muss ich zuerst mit meinem prachtvollen Gitarrero sprechen und mich vergewissern, dass es seinen Eltern auch recht ist, wenn ich in ihre Familienfeier hineinplatze. Ich erreiche nur seinen Anrufbeantworter und bitte Lachie, mich zurückzurufen. Die Aussicht, wieder in Lachies Armen zu liegen, erfüllt mich mit Glück.

Doch meine gute Laune vergeht sofort, als ich einen Anruf mit unbekannter Rufnummer annehme und Alex' Stimme am anderen Ende der Leitung höre.
»Bronte?«
Ich erstarre.
»Bronte?«, fragt er erneut. »Hier ist Alex.«
Ich finde meine Stimme wieder, und sie klingt so eisig, wie ich mich fühle.
»Was willst du?«
Ich sitze mit Ben und Lily im Wohnzimmer vor dem Fernseher, während Lily Elizabeth stillt. Die beiden sehen mich besorgt an. Ich stehe auf, gehe in mein Zimmer und schließe langsam die Tür.
Ich höre ihn schniefen. Er spricht leise, und seine Stimme klingt gepresst und zutiefst verzweifelt. »Ich habe mich von Zara getrennt.«
Ich schnappe nach Luft und lasse mich aufs Bett sinken.
»Ich habe ihr alles erzählt. Es tut mir so leid. Ich hätte das nie durchziehen dürfen.« Er bricht in Tränen aus.
Ich bekomme am ganzen Körper eine Gänsehaut und unterdrücke ein Schluchzen. Zum Glück hat er noch mehr zu sagen, denn ich bringe im Moment kein Wort heraus.
»Es tut mir so leid, dass ich dir das bei der Hochzeit angetan habe. Als du aus der Kirche gelaufen bist ... Ich wusste, wie sehr du darunter leidest, aber ich konnte nichts dagegen tun. Ich fühlte mich bloß betäubt.«
Völlig verstört höre ich ihm zu.
»Es war alles so unwirklich. Ich war sicher, dass die Entscheidung, sie zu heiraten, richtig war. Nach Spanien war es richtig befreiend, dass ich im anderen Büro arbeiten konnte«, gesteht er. »Sogar als ich dich wiedersah, hatte ich noch das Gefühl, dass alles gut werden könnte, dass ich das Richtige tue. Und dann war der Hochzeitstag da, und ich wusste nicht mehr weiter. Plötzlich

stand ich da in der Kirche. Der Gedanke, alles abzusagen, *jetzt noch*, wo alle unsere Freunde und Verwandten dasaßen und warteten ... das war einfach zu viel für mich. Aber ich habe mich dafür verachtet.«

Beklommen warte ich ab, was noch kommt.

»Es ist dieses Jahr nicht gut gelaufen zwischen Zara und mir. Als wir uns verlobten, kam es mir vor, als wäre es der richtige Zeitpunkt dafür, aber dann kamst du zurück in mein Leben und hast alles über den Haufen geworfen. Bronte. Bitte sag etwas.«

Also sage ich etwas. »Ich liebe Lachie.«

»O Gott, sag das nicht.«

»Tut mir leid, aber es stimmt!«, rufe ich. »Es ist zu spät.«

»Nein. Es ist nicht zu spät«, widerspricht er flehend. »Du kommst zurück nach London; er bleibt dort.«

»Ich habe dir doch gerade gesagt, dass ich ihn liebe!«

»Aber mich liebst du auch. Oder?« Er klingt panisch. »Bitte sag, dass du mich noch liebst.«

»Ein Teil von mir liebt dich noch, aber ach, Alex, diese Liebe ist vergiftet! Du hast sie vergiftet, als du dich entschieden hast, Zara zu heiraten. Selbst wenn ich Lachie nicht lieben würde, glaube ich nicht, dass wir noch einmal von vorne anfangen könnten.«

»Sag das nicht«, fleht er. »Wann kommst du zurück? Können wir reden? Persönlich? Ich weiß, es ist ein bisschen viel auf einmal, aber ich vermisse dich wahnsinnig.«

»Ich weiß nicht«, sage ich zögernd. »Die Vorstellung, dich wiederzusehen, war die Hölle. Ich wusste nicht, wie ich damit je zurechtkommen sollte, aber Lachie tut mir gut.«

Es dauert eine Weile, ehe er wieder spricht. Dann sagt er nachdenklich: »Vielleicht hätte ich warten sollen, bis du zurück bist, um es dir persönlich zu sagen. Aber ich wollte keinen weiteren Tag vergehen lassen, ohne dich wissen zu lassen, wie sehr ich dich liebe. Manchmal macht es mir richtig Angst, wie sehr ich dich liebe. Aber wir können es nicht leugnen. *Du* kannst es nicht

leugnen. Wenn du mich wiedersiehst, wirst du es auch wissen. Wir sind füreinander bestimmt.«
Ich kneife die Augen zu und reiße sie gleich wieder auf: Plötzlich ist alles ganz klar.

Epilog

»Ich komme jetzt! Tut mir leid, ich wurde bei der Arbeit aufgehalten«, erzähle ich Bridget hastig. Sie hat mich angerufen, weil sie wissen wollte, warum ich zu spät zu unserem gemeinsamen Mittagessen komme.
»Die Leute beäugen diesen Tisch, als wären sie Geier und ich frisches Aas, also schaff deinen Hintern hier rüber.«
»Ich bin in fünf Minuten da«, verspreche ich, beende das Gespräch und winke der Rezeptionistin in der Eingangshalle zu, die in einem Hochzeitsmagazin liest. Ich habe gehört, dass ihr Freund ihr gerade einen Antrag gemacht hat.
Ich blicke durch die deckenhohe Glasscheibe und seufze. Es regnet in Strömen. Eigentlich sollte mich das nicht überraschen; dieses Wetter ist typisch für den März. Zum Glück habe ich meinen leichten Schirm in der Handtasche. Ich hole ihn heraus und gehe durch die Drehtür. Als ich gerade den Schirm aufspanne, klingelt mein Telefon. Im strömenden Regen ziehe ich das Handy aus der Tasche und lächele, als ich sehe, wer mich anruft.
»Hey«, melde ich mich.
»Selber hey«, antwortet er liebevoll. »Was treibst du so?«
»Ich bin gerade unterwegs zum Mittagessen mit Bridget.« Ich gehe zügig los, und es ist gar nicht so einfach, mit Handtasche, Schirm und Handy gleichzeitig zu hantieren. »Ich bin spät dran, ich muss mich beeilen.«
»Viel los heute Vormittag bei *Hebe*?« Er ist schwer zu verstehen, weil der Regen so laut auf meinen Schirm prasselt.

»Irre.«

»Heißt das, du kommst heute Abend später?« Er klingt ein bisschen enttäuscht.

»Ich bin vor ihnen da, versprochen«, erwidere ich lächelnd. Ich habe nicht vergessen, dass sein neuer Chef heute Abend zum Essen kommt.

»Gut. Ich liebe dich.«

»Ich liebe dich auch.«

Ich lege auf und eile über die Straße. Kurz darauf betrete ich das Restaurant und lächele, als ich Bridget an einem der besten Tische am Fenster entdecke. Man kann sich darauf verlassen, dass Bridget immer an einem der besten Tische im Lokal sitzt.

»Hallo«, rufe ich. »Tut mir echt leid!«

»Kein Problem«, wiegelt sie ab, beugt sich über den Tisch und umarmt mich. »Ich habe einfach die Aussicht genossen.« Sie wirft einen vielsagenden Blick in Richtung zweier sehr attraktiver Männer an der Bar.

»Und ich habe schon gedacht, du meinst die Oper von Sydney«, bemerke ich in zuckersüßem Ton und blicke aus dem Fenster auf die weißen Segel des berühmten Wahrzeichens, das sich nur wenige Hundert Meter entfernt erhebt.

»Tja, auf Dauer langweilt mich der Anblick ein bisschen«, witzelt sie und winkt ab. »Und was ist mit dem verdammten Wetter los? Ich dachte, in Sydney ist es heiß!«

»Es ist Herbst, Dummerchen.« Ich verdrehe die Augen. »Komm im Sommer wieder.«

»Pass auf, sonst nehme ich dich noch beim Wort«, erwidert sie ziemlich ernsthaft.

Ich bin in Sydney, und Bridget ist zu Besuch. Letztendlich bin ich nicht zurück nach Großbritannien gegangen, nicht einmal vorübergehend. Weihnachten habe ich mit Lachie in Perth verbracht, und sobald ich ihn wiedersah, drehte sich meine kleine Welt wieder ein bisschen stabiler um ihre Achse. Er erdet mich.

Und so rief ich zwischen Weihnachten und Neujahr Simon, meinen Chefredakteur bei *Hebe*, an und beichtete ihm alles. Es war ein schrecklich schwieriges Gespräch, aber er musste unbedingt alle Hintergründe verstehen, ehe ich ihn um seine Unterstützung bitten konnte. Selbst wenn Alex nicht im Spiel gewesen wäre, hätte ich näher an meinem Zuhause sein wollen, um meiner Mutter helfen und mich ein bisschen um meinen Vater kümmern zu können. Ich weiß nicht, wie viel Zeit ihm noch bleibt.

Simon war natürlich enttäuscht, aber er ließ sich darauf ein, dass ich gleich ganz in Australien bleibe, anstatt darauf zu bestehen, dass ich nach London zurückkehre und meine Kündigungsfrist einhalte.

Als Bridget erfuhr, dass ich nicht zurückkommen würde, war sie am Boden zerstört. Sie war eine tolle Mitbewohnerin, aber vor allem ist sie die beste Freundin, die ich je hatte. Ich wusste, ich würde sie schrecklich vermissen, aber sie sagte, sie könne mich verstehen – und versprach, sich sobald wie möglich eine Australienreise sponsern zu lassen. Und sie hat ihr Versprechen gehalten: Vor einer Woche traf sie hier ein, beladen mit Übergepäck, unter anderem deshalb, weil sie einen Koffer mit meinen restlichen Habseligkeiten mitgebracht hatte. Es gefällt ihr so gut hier, dass sie überlegt, länger zu bleiben. Als freie Reiseschriftstellerin könnte sie sich mit Artikeln über Australien sicherlich gut über Wasser halten.

Nach Neujahr packten Lachie und ich unsere Sachen, verabschiedeten uns von seiner lustigen, freundlichen, liebevollen und ein bisschen durchgeknallten Familie und machten uns auf nach Sydney, um uns in unser eigenes Abenteuer zu stürzen. Wir fanden eine kleine Wohnung in Manly in Strandnähe, und ich klapperte alle meine früheren Kontakte in den diversen Bildredaktionen ab, um einen neuen Job zu finden. Zu meiner Überraschung erfuhr ich, dass meine *alte* böse Chefin bei *Hebe* Australien gekündigt hatte. Daher bewarb ich mich um die Stelle der Bildredakteurin –

und bekam sie. Lachie wiederum suchte sich einen Job auf einer Baustelle, um ein bisschen Geld zu verdienen, das er mit Straßenmusik und ein paar Auftritten aufstocken will.
Wir sind jetzt seit gut zwei Monaten in Sydney, und das Leben ist schön. Aber ich denke noch immer an Alex. Wie auch nicht? Er mailt mir täglich. Sicher kommt irgendwann der Tag, an dem keine Mail von ihm auf mich wartet, wenn ich morgens zur Arbeit komme, und ich weiß noch nicht, wie sich das anfühlen wird. Doch bis es so weit ist, erstarre ich jedes Mal kurz, wenn ich seinen Namen lese, und frage mich, was er diesmal wieder schreibt. Heute Morgen war es: »Ich liebe dich. Ich gebe nicht auf.«
Father William kam zurück nach Südaustralien, weil man, wie er sagte, zurückgehen müsse, um nach vorn blicken zu können. Vielleicht muss ich zurück nach London gehen, um Alex wiederzusehen, ehe ich wahrhaft nach vorn blicken kann. Aber dazu bin ich noch nicht bereit. Wenn ich ihn wiedersehe, werde ich womöglich wieder schwach. Die Chemie zwischen uns ist überwältigend, aber ich glaube nicht, dass das gesund ist: Chemie kann auch giftig sein. Wenn ich gerade einen klaren Kopf habe, glaube ich nicht, dass wir einen Neuanfang hätten machen können. Unsere Beziehung hätte immer unter einem ungünstigen Stern gestanden. Er braucht Zeit, um sich an ein Leben ohne Zara zu gewöhnen, und mir tut es gut, mit jemandem zusammen zu sein, der mich glücklich macht und mir das Gefühl gibt, geliebt und behütet zu sein. Aber für diese Einsichten brauche ich wie gesagt einen klaren Kopf.
Wenn ich den gerade nicht habe, dann liebe ich Alex noch immer. Obwohl er mir so weh getan hat.

»Du bist doch heute Abend da, oder?«, frage ich Bridget.
»Ja. Warum?«
»Lachies Chef und seine Frau kommen zum Abendessen zu uns. Ich möchte gern, dass du sie kennenlernst.«

»Cool. Ja, klar. Sind sie nett?«
»Sehr. Ich habe ein gutes Gefühl bei den beiden. Ich glaube, wir könnten Freunde werden.«
»Ich fasse es nicht, dass du nicht zurückkommst«, sagt sie schmollend.
»Ich vermisse dich auch«, erwidere ich leise. Ich vermisse alle meine Freunde und Kollegen. Russ und Maria haben im Januar einen kleinen Sohn bekommen; zwischen den beiden läuft noch immer alles toll. Pollys und Grants Beziehung ist enger denn je, und sie lässt weiter die Finger vom Alkohol. Rachels Assistentin Sally hat sich von ihrem Freund getrennt, was zwar traurig für sie ist, dafür aber ihre Zuverlässigkeit meiner Freundin gegenüber erhöht. Rachel war außer sich darüber, dass sie mich verliert, sogar nachdem ich sie bei jener katastrophalen dreizehnten Hochzeit mittendrin im Stich gelassen hatte. Sie war aber so lieb, mir zu verraten, dass ich alle erforderlichen Aufnahmen von der Kirche und dem Bräutigam gemacht hätte – auch wenn unsere Fotos letztlich gar nicht benötigt wurden, da die Neuvermählten sich trennten, ehe Rachel das Album fertig hatte. Sie war nicht überrascht. Sowohl in der Kirche als auch bei der Hochzeitsfeier hinterher hatte sie das Gefühl gehabt, dass Alex zwar körperlich anwesend, in Gedanken aber weit weg gewesen sei. Nur verstand sie nicht, warum, bis ich ihr schließlich die Wahrheit über uns erzählte. Sie wunderte sich sehr, dass ich überhaupt eingewilligt hatte, bei seiner Hochzeit zu arbeiten. Ich muss mir immer wieder selbst in Erinnerung rufen, dass ich es aus den richtigen Gründen tat – er war ein Freund, und ich wollte weder ihn noch Rachel im Stich lassen –, aber Lachie fragt sich nach wie vor, ob ich masochistische Tendenzen habe.
Rachel schickte Alex und Zara dennoch sämtliche Hochzeitsfotos zu – einschließlich der Aufnahme, auf der er sie ansieht, als sie neben ihn tritt. Aber die Fotos, auf denen Alex mich ansieht, habe ich Rachel nicht gegeben. Ich habe sie abgespeichert. Ich weiß,

dass ich sie löschen sollte, aber bisher konnte ich mich dazu nicht durchringen.
Vielleicht hat Lachie recht, und ich habe wirklich masochistische Tendenzen. Aber im Moment habe ich diese Tendenzen einigermaßen unter Kontrolle.
Meine Mutter ist noch mit David zusammen, und mein Vater baut immer mehr ab. Hin und wieder spreche ich mit dem Heimpersonal, um mich über seinen Gesundheitszustand zu informieren. Dabei habe ich auch erfahren, dass Dad gelegentlich Besuch von einem Priester bekommt. Das ist sicherlich Father William. Selbst er scheint keine Erinnerungen bei Dad auszulösen, jedenfalls soweit die Pflegekräfte es beurteilen können, aber anscheinend empfindet der Priester es als tröstlich, bei Dad zu sitzen und ihn Klavier spielen zu hören, was Dad offenbar häufig tut.

»Hast du mal über die Sache mit der Hochzeitsfotografie nachgedacht?«, fragt Bridget, nachdem die Kellnerin unsere Bestellung aufgenommen hat. Bridget hat mir vorgeschlagen, ich solle nebenbei wieder ein bisschen als Hochzeitsfotografin arbeiten. Sie würde mir einen Kontakt zur australischen Ausgabe des Hochzeitsmagazins herstellen, für das sie in London gearbeitet hat, nur für den Fall, dass die da Tipps für mich haben.
»Ich finde die Idee nicht vollkommen abwegig«, erwidere ich.
»Lachie hat für kommenden Sommer einen Auftritt bei einer Hochzeit bekommen«, erzähle ich dann lächelnd.
»Ihr zwei solltet einen Hochzeitsservice aufmachen«, sagt sie eifrig. »Du machst die Fotos, er die Unterhaltung, und der Rubel rollt!«
Ich lache. »Vielleicht suche ich mir irgendwann einen Job als Assistentin, aber jetzt will ich mich erst einmal wieder in Sydney einleben und mich nicht gleich wieder übernehmen.« Außerdem muss mein Herz sich erst noch erholen.
»Mein Motto ist ja: hinfallen, aufstehen, Krönchen richten und

weitermachen«, erklärt sie in ihrer typischen unverblümten Art. »Und scheiß auf das Assistieren – Rachel findet, du bist gut genug, um das Baby allein zu schaukeln. Du solltest dir *selbst* eine Assistentin suchen«, sagt sie entschieden. »Apropos – wie wär's mit Lachie?«
»Wie meinst du das?« Ich runzele die Stirn.
»Du könntest ihm beibringen, die Fotos vom Bräutigam und von der Kirche zu machen, und bei der Feier hinterher übernimmst du dann wieder, während er Musik macht.«
Ihr Vorschlag lässt mich eher an Alex als an Lachie denken.
»Was ist?«, fragt Bridget, als sie sieht, wie es hinter meiner Stirn arbeitet.
»Der Foto-Typ ist eher Alex«, erkläre ich tonlos.
Sie lehnt sich zurück und stöhnt genervt. »Ich will nichts mehr von Alex hören!«, fährt sie mich an. »Was hat er dir heute geschrieben?«, will sie gleich darauf wissen.
»Spielt keine Rolle«, erwidere ich, damit sie sich nicht wieder in eine ihrer Schimpftiraden stürzt. Es gefällt ihr überhaupt nicht, dass Alex mir noch immer mailt.
»Ich fasse es nicht, dass er immer noch nicht lockerlässt, nach allem, was er dir angetan hat!«, platzt sie heraus.
»Lass es, Bridget«, sage ich müde.
»Ist doch wahr!« Sie lässt nicht locker. »Du bist mit Lachie glücklich! Was zum Teufel denkt der sich dabei, immer noch hinter dir herzujagen? Er soll dich in Ruhe lassen, damit du dein Leben weiterleben kannst. Er hat genug Schaden angerichtet.«
Ich seufze.
»Und *du*«, fährt sie in anklagendem Ton fort, und sofort versteife ich mich, »du musst aufhören, ihn auch noch zu ermutigen.«
»Ich ermutige ihn doch nicht!«, widerspreche ich empört. »Ich antworte nie auf seine Mails!«
»Eben«, sagt sie im befriedigten Tonfall einer Frau, die sicher ist, im Recht zu sein.

Beklommen blicke ich sie an.
»Du sagst ihm nicht, dass er sich nicht mehr bei dir melden soll«, fährt sie streng fort. »Das ist nicht fair Lachie gegenüber, und obwohl Alex meiner Meinung nach ein totales Arschloch ist, finde ich, es ist auch ihm gegenüber nicht fair.« Sie beugt sich über den Tisch und nimmt sanft meine Hand. »Du musst ihn loslassen«, sagt sie beschwörend. »Es ist an der Zeit.«

Ich verabschiede mich in nachdenklicher Stimmung von Bridget. Sie hat recht, das weiß ich. Wenn Lachie eine Exfreundin hätte, die ihm jeden Tag E-Mails schicken und versuchen würde, ihn zurückzugewinnen, würde ich ausflippen. Lachie ahnt nicht einmal, wie oft Alex mir noch immer schreibt. Wenn er so etwas vor mir geheimhalten würde ... Bei diesem Gedanken überkommt mich das kalte Grausen, dicht gefolgt von Schuldgefühlen und schließlich einem Entschluss. Ich drücke mich in einen Hauseingang, hole mein Handy hervor und wähle, ohne lange darüber nachzudenken, Alex' Nummer. Es ist mitten in der Woche und schon ziemlich spät, aber ich hoffe, er ist noch wach.
»Hallo?«
Als ich seine verschlafene Stimme höre, krampft sich mein Herz zusammen, aber ich zwinge mich, mich zusammenzureißen.
»Hier ist Bronte.«
»Bronte!« Er klingt erschrocken. »Was ... Wo bist du?«
»In Sydney. Alex, du musst aufhören, mir zu mailen«, sage ich, so entschieden ich kann. »Ich bin mit Lachie zusammen«, fahre ich fort. »Ich liebe ihn. Zwischen uns ist es vorbei.« Es hatte zwar eigentlich nie richtig begonnen, aber das Gefühl ist dasselbe.
Alex schweigt, und ich frage mich schon, ob er wohl aufgelegt hat, aber da sagt er: »Tut mir leid. Aber das glaube ich nicht. Es kann nicht vorbei sein zwischen uns.«
»Doch.« Ich zwinge mich, es zu sagen. »Du wirst mich niemals umstimmen.«

Er seufzt tief. »Na gut, Bronte«, sagt er sanft. »Wenn du sicher bist, dass es das ist, was du willst.«
»Ja.«
Ein langes Schweigen tritt ein; schließlich sagt er: »Okay«, und es klingt endgültig. Ich habe einen Kloß im Hals. »Ich werde nach Fotos von dir Ausschau halten«, sagt er. »Vielleicht machst du eines Tages ja sogar mal eine königliche Hochzeit.«
»Wer weiß?« Jetzt laufen mir die ersten Tränen über die Wangen. Dass ich im Augenblick gar keine Hochzeiten fotografiere, erzähle ich ihm nicht. Ich bin sicher, dass ich bald wieder damit anfange.
Ich will nicht zusammenbrechen, während ich mit ihm telefoniere. Es ist, wie Bridget gesagt hat: Ich muss ihn loslassen. Es ist an der Zeit. »Ich muss Schluss machen«, sage ich. »Mach's gut, Alex.«
Ich schließe die Augen und warte auf seinen Abschiedsgruß. Und schließlich kommt er auch: »Mach's gut, Bronte.«
Ich lege auf. Dann suche ich in meiner Handtasche nach einem Taschentuch und lasse mir einen Moment Zeit, um mich wieder zu fassen. Aber als mein Handy wieder in der Tasche verstaut ist und meine Absätze über den Bürgersteig klappern, hebt sich eine Last von meinen Schultern, von der ich nicht gewusst hatte, dass ich sie trage.
Ich wische mir die letzten Tränen ab und atme tief durch. Es war richtig, dieses Telefonat zu führen.

Der Rest des Tages vergeht wie im Flug. Nach der Arbeit nehme ich die Schnellfähre nach Manly und gehe unter Deck, um dem unablässigen Regen zu entgehen. Die Fähre entfernt sich vom Circular Quay, lässt die Sydney Harbour Bridge sowie das Opernhaus hinter sich und hält über das graue, aufgewühlte Wasser auf Manly zu, wo ich zusammen mit Scharen von anderen Pendlern von Bord gehe und zügig nach Hause marschiere. Als ich dort an-

komme, sind die Beine meiner Jeans völlig durchgeweicht – es ist jetzt wirklich Herbst, und ich brauche unbedingt einen größeren Regenschirm. Ich blicke an dem zweigeschossigen Haus hinauf zu unserem kleinen Balkon, auf dem ein tropfnasser Wetsuit über dem Geländer hängt, und stelle fest, dass in der Wohnung schon Licht brennt, weil der Tag so düster ist. Also ist Lachie zu Hause. Ich vermute, er hat heute nicht lange auf der Baustelle gearbeitet, aber ich bin ziemlich sicher, dass sein neuer Chef Nathan ihm das nicht übelnimmt. Wenn ich mir den Wetsuit auf dem Balkon so ansehe, vermute ich sogar, dass die beiden wieder einmal surfen waren. Nathan kommt heute Abend mit seiner Frau Lucy, die ich richtig gerne mag, zum Essen. Als ich Lily von den beiden erzählte, stellte sich witzigerweise heraus, dass sie früher mit ihnen befreundet war, der Kontakt aber irgendwann abgebrochen ist. Die Welt ist klein. Was für ein Zufall, fand Lily. Aber ich glaube nicht an Zufälle.
Ehe ich die Wohnungstür aufschließen kann, öffnet sie sich, und Lachie – mein prachtvoller, heißer, liebenswerter Freund – steht mit ausgebreiteten Armen vor mir. Lachend gehe ich zu ihm und lasse meinen triefnassen Schirm zu Boden fallen. Alles Frösteln hat ein Ende und weicht der Wärme, die ich in seinen Armen immer finde.
»Du bist ja klatschnass«, murmelt er in meine Haare und stupst mich mit seinem nackten Bein an. Er trägt Surfershorts – ein weiteres sicheres Zeichen dafür, dass er surfen war. Das Wetter mag schlecht sein, aber die Wellen sind gut, und Lachie kümmert der Regen nicht. Ich mache mir Sorgen um ihn, wenn er da draußen auf dem Ozean ist, aber er sagt, er surfe schon sein ganzes Leben lang. Auf jeden Fall sieht es ziemlich scharf aus, wenn er auf den Wellen reitet. Jetzt weiß ich auch, wie er zu diesem schlanken, muskulösen Körper kommt.
»Komm, wir holen dich aus den nassen Klamotten«, flüstert er mir ins Ohr.

Dagegen ist nichts einzuwenden. »Wie viel Zeit haben wir, bis Nathan und Lucy kommen?«, frage ich, während er flink meine schwarze Bluse aufknöpft. Ich ziehe ihm das orange Surfer-T-Shirt über den Kopf und seufze anerkennend, während ich mit den Händen über seine entzückende Brust fahre.

»Gerade genug«, erwidert er, küsst mich fordernd und schiebt mich derweil schon Richtung Schlafzimmer. »Ich weiß allerdings nicht, was mit Bridgie ist.«

»Die habe ich ganz vergessen.« Kichernd weiche ich ihrem Koffer neben dem Schlafsofa aus, das vor der Ankunft unserer Gäste noch wieder zusammengeklappt werden muss. »Ich dachte, sie wäre schon hier.«

»Sie wollte in ein Café und ein bisschen schreiben«, erzählt er mir zwischen zwei Küssen, knöpft eilig meine Jeans auf, hakt die Daumen hinten ein und zieht sie zusammen mit meinem Slip herab.

»Sie könnte jeden Augenblick zurückkommen«, sage ich warnend und lache, als er mich aufs Bett schubst und mir die durchnässten Sachen auszieht.

»Dann müssen wir eben schnell sein.« Er grinst verführerisch und entledigt sich flugs seiner Shorts.

Mmmm, also *das* ist mal ein Anblick! Er klettert aufs Bett und beugt sich über mich. In seinen hellblauen Augen funkelt es kurz; gleich darauf nimmt er zuerst meinen Mund und dann auch meinen restlichen Körper in Besitz. Ich liebe die Berührungen dieses warmherzigen, liebenswürdigen, gefühlvollen Mannes.

An Zufall glaube ich nach wie vor nicht. An Gott ebenso wenig. Ob ich an die Ehe glaube, weiß ich nicht – sie ist eindeutig nicht für jeden das Richtige, aber bei manchen Menschen funktioniert sie. Was die Liebe betrifft – nun, an die Liebe glaube ich ohne Wenn und Aber. Mein Herz ist ganz erfüllt davon.

Leseprobe

Prolog

In letzter Zeit ging Doris das kleine Mädchen einfach nicht mehr aus dem Kopf. Natürlich hatte sie nach dem Unfall oft an sie gedacht, doch das war sechsundzwanzig Jahre her, und nun war Doris über neunzig und hatte Jahrzehnte von anderen Erinnerungen, auf die sie zurückgreifen konnte.
»Bitte … Sie müssen es ihr sagen …«, hatte die Frau sie mit ihren letzten Atemzügen angefleht. Beim Gedanken daran, zuckte Doris unwillkürlich zusammen, der Schmerz fühlte sich noch genauso frisch an wie vor sechsundzwanzig Jahren.
Doris versuchte, die Bilder aus ihrem Kopf zu verdrängen, doch es half alles nichts. Die Frau ließ sich nicht zum Schweigen bringen, jetzt genauso wenig wie damals. Selbst Schlaf brachte Doris keinen Frieden, und dabei war sie doch so furchtbar müde in letzter Zeit.
Doris hatte die Hand der Frau genommen, ohne zu wissen, wie sie ihr erklären sollte, dass ihre Tochter auf dem Rücksitz bewusstlos war. Doch einen Moment später war die Frau gestorben, ihre letzten Worte hallten in Doris Ohren wider.
Da bewegte sich das kleine Mädchen. Es hielt ein Plüschtier fest im Arm, und Doris' gequältes Herz brach erneut, als sich die kobaltblauen Augen des Kindes öffneten und in dasselbe grelle Sonnenlicht blinzelten, das vermutlich seine Mutter dazu gebracht hatte, von der Straße abzukommen.
Wenn Doris nur wüsste, was aus dem Mädchen geworden war, vielleicht könnte sie dann loslassen und endlich ohne Albträume

schlafen. Sie hatte dem Polizisten mitgeteilt, was die Frau vor ihrem Tod gesagt hatte, doch sie hatte sich nicht mehr weiter versichert, dass die Nachricht dem Mädchen auch ausgerichtet worden war. Hätte sie es dem Kind nicht doch selbst sagen sollen, wie sie es versprochen hatte?

In diesem Moment wusste Doris, was sie zu tun hatte. Sie würde einen Brief schreiben und ihren Sohn bitten, ihr dabei zu helfen, das Mädchen zu finden, das natürlich inzwischen eine erwachsene Frau war. Ihr Name war Amber, Doris hatte es nicht vergessen. Amber Church. Es war an der Zeit, dass sie ihr Versprechen einlöste.

Die Geschichte von
Amber Church, dem Mädchen
mit der Sonne in den Augen

Kapitel 1

Heute war ein richtiger Scheißtag.

Er fing schon mies an, als ich das zweite Mal diese Woche ohne meinen Mann neben mir im Bett aufgewacht war. Ned war mit seinem Boss nach der Arbeit etwas trinken gegangen – mal wieder –, und ich fand ihn völlig ausgeknockt auf dem Sofa, nach Schnaps und kaltem Rauch stinkend. Rauch von *ihren* Zigaretten, um genau zu sein. Sein Boss ist eine Frau, und sie steht auf ihn. Zumindest vermute ich das.

Mein erster Gedanke war, ihm ein Glas kaltes Wasser über den Kopf zu gießen, mein zweiter, dass ich damit unser braunes Wildledersofa ruinieren würde. Also ließ ich es sein. Da entdeckte ich einen kleinen Fleck von Erbrochenem auf seiner Schulter, stellte jedoch schnell fest, dass er gar nicht so klein war und sich auch nicht auf seine Schulter beschränkte.

»Ned, du Vollidiot!«, schrie ich aus vollem Hals, was ihn hochschrecken ließ, die hellbraunen Augen weit aufgerissen.

»Was ist los?«, krächzte er.

»Du hast aufs Sofa gekotzt! Mach das wieder sauber!«

»Nein! Ich schlafe noch«, maulte er. »Ich habe tierische Kopfschmerzen«, fügte er hinzu und legte den Arm übers Gesicht. »Ich mache es später.«

»Steh auf und mach es *jetzt*!«, brüllte ich ihn an.

»*Nein!*«, schrie er genauso laut zurück.

Es war wohl nicht vermessen, zu behaupten, dass unsere Flitterwochen-Phase schon länger vorbei war.

Ich war fuchsteufelswild, als ich mich für die Arbeit fertigmachte, was ich dadurch zum Ausdruck brachte, dass ich möglichst viel Lärm machte und dabei unablässig vor mich hin schimpfte, wie egoistisch und erbärmlich mein Ehemann doch war. Ich dachte nicht eine Sekunde lang an das Paar, das seit kurzem unter uns wohnte, weshalb ich ziemlich überrascht war, als ich der Frau in die Arme lief, nachdem ich die Haustür krachend ins Schloss geworfen hatte und die Treppe hinunter gestampft war.

»Vielen Dank auch, dass Sie mein Baby geweckt haben!« Das Gesicht der Frau war vor Wut gerötet. Im Hintergrund schrie ein Baby wie am Spieß. »Der Kleine ist erst vor zwei Stunden eingeschlafen, nachdem er die ganze Nacht wach war. Ich hatte das Glück, eine ganze Stunde Schlaf zu bekommen, ehe der Lärm in Ihrer Wohnung angefangen hat.«

»Es tut mir leid«, entgegnete ich beschämt. »Ich hatte einen Streit mit – «

»Seien Sie einfach in Zukunft etwas rücksichtsvoller, ja?«, unterbrach sie mich müde.

Den ganzen Weg zur U-Bahn plagte mich mein schlechtes Gewissen.

Doch dann fing der Spaß erst richtig an.

Dank erheblicher Verzögerungen auf der Northern Line war der U-Bahnhof vollgestopft mit Berufspendlern, die sich wie Autos im dicksten Stau bis in die Tiefen des Tunnels schoben.

Bis ich auf der Arbeit ankam, war ich erhitzt, genervt und fünfundvierzig Minuten zu spät. Zu allem Überfluss hatte die Hitze in der U-Bahn meine rotbraunen, gewellten Haare strähnig gemacht, so dass ich jetzt auch noch mit einem Bad-Hair-Day klarkommen musste.

Ich eilte reumütig ins Büro, so voller Entschuldigungen, dass ich hätte platzen können, blieb dann aber wie angewurzelt stehen. Ich arbeitete als Aktienhändlerin in einem Start-up-Unternehmen in der City, doch die hektische Geschäftigkeit, die mich normalerweise empfing, war an diesem Morgen seltsam gedämpft. Als mein Chef mich erblickte, schnipste er mit den Fingern und winkte mich zu sich.

»Sie sind zu spät.«

»Es tut mir leid –«

»Machen Sie sich keine Gedanken«, unterbrach er mich. »Jemand aus der Personalabteilung will Sie sehen.«

Er nickte in Richtung seines Büros, wohin ich mich mit sorgenvoller Miene aufmachte. Die meisten meiner Kollegen verhielten sich normal, doch ein paar Plätze waren leer. Ich ertappte meine Schreibtischnachbarin Meredith dabei, wie sie mir einen mitleidigen Blick zuwarf, doch da hatte ich das Büro meines Chefs auch schon erreicht.

Die beiden Leute von der Personalabteilung baten mich, die Tür zu schließen und Platz zu nehmen.

Die Nachricht traf mich völlig unvorbereitet: Sie würden mich auf die Straße setzen. Fünf von uns wurden entlassen, mit sofortiger Wirkung. Genauer gesagt waren vier bereits weg.

Ich würde noch drei Monate lang mein Gehalt bekommen, allerdings ohne die erhebliche Bonuszahlung, die in weniger als zwei Monaten fällig gewesen wäre.

Mir wurde schlecht.

Der Maklerberuf zählt nicht zu den sichersten Jobs der Welt, und eigentlich war es auch gar nicht das, was ich machen wollte. Als ich die Universität mit einer Eins in Mathematik abgeschlossen hatte, entschloss ich mich zunächst dazu, Lehrerin zu werden. Einige meiner Mitstudenten hielten mich damals für verrückt, dass ich keinen besser bezahlten Karriereweg einschlagen wollte, wo mir doch so viele Türen offenstanden. Vergangenen Sommer war ich einem von ihnen begegnet, der mir von seinem tollen Job in einem Start-up-Unternehmen erzählt hatte, das offenbar Millionen scheffelte. Er gab mir seine Visitenkarte und sagte, er könnte mir den Kontakt zu jemandem verschaffen, wenn ich in nächster Zeit vorhätte, meinen Lehrerjob an den Nagel zu hängen. Er hatte mich zur rechten Zeit erwischt, ich war gerade an dem Punkt angelangt, dass ich eine Veränderung brauchte. Dummerweise stand die nächste schon allzu bald wieder an.

Bob, einer der Sicherheitsmänner des Gebäudes, leistete mir Gesellschaft, während ich meine Sachen zusammenpackte. Seine Anwesenheit wäre nicht nötig gewesen – ich hatte nicht vor, meinen PC in die Handtasche zu quetschen. Obwohl ich, ehrlich gesagt, ein paar Stifte mitgehen ließ, als er gerade nicht hinschaute.

Dann musste ich die ätzende U-Bahn-Fahrt erneut antreten, nur in die andere Richtung und mit einem Kopf voller Fragen, was ich als nächstes tun sollte.

Irgendwann schaffte ich es zurück in unsere Wohnung im zweiten Stock eines dreigeschossigen Reihenhauses in Dartmouth Park, einer Gegend Londons, die nicht weit vom Tufnell Park, Highgate oder Archway entfernt ist, je nachdem, wer fragt.

Es stank immer noch nach Neds Eskapaden der vorherigen Nacht; er hatte offenbar nur einen kläglichen Versuch unternommen, sein Erbrochenes vom Sofa zu entfernen. Mir blieb also nichts anderes übrig, als es selbst zu tun. Fluchend schruppte ich auf dem Fleck herum.

Wie gesagt, es war ein ziemlicher Scheißtag. Und dabei ist es gerade mal Mittag.

Ich seufze schwer, als der Abspann der Fernsehsendung über den Bildschirm läuft. Was jetzt? Ich sollte Ned anrufen, um ihm von meiner Kündigung zu erzählen, doch allein beim Gedanken daran, mit ihm zu sprechen, bekomme ich noch schlechtere Laune. Er hätte sich wenigstens mal melden können, um sich bei mir zu entschuldigen.

Einen Moment später klingelt mein Handy. Ich wette, das ist er. Wurde auch Zeit.

Ich fische mein Telefon aus der Tasche, doch die Nummer auf dem Display ist unbekannt. Wenn es wieder einer dieser Idioten ist, der mir eine Restschuldversicherung aufschwatzen will, kann er was erleben.

»Hallo?«, gehe ich gereizt dran.

»Amber, hier ist Liz«, sagt die Lebensgefährtin meines Dads in ihrem üblichen verhaltenen Tonfall.

Mein Dad und Liz sind schon seit siebzehn Jahren zusammen, haben aber nie geheiratet. Ich wünsche mir immer noch, dass sie sich eines Tages von ihm trennt, damit er eine Nettere finden kann, denn er selbst wird es nie schaffen, sie zu verlassen. Dad war schon immer jemand, der Konfrontationen lieber aus dem Weg geht.

»Hi, Liz«, erwidere ich kühl, während ich mich frage, warum sie mich auf dem Handy anruft, obwohl das viel teurer ist. Oh, natürlich, sie weiß noch nicht, dass ich arbeitslos bin. Das wird ein Spaß, ihr und Dad diese Neuigkeiten zu verkünden.

»Ich rufe wegen deines Dads an«, sagt sie. Ich versteife mich augenblicklich. »Er hatte einen Schlaganfall.«

Mir rutscht das Herz in die Hose. »Geht es ihm gut?«

»Das wissen wir noch nicht.« Sie klingt, als würde sie gleich anfangen zu weinen. Normalerweise würde sich Liz nie dabei ertappen lassen, in der Öffentlichkeit Schwäche zu zeigen, also muss die Lage mehr als ernst sein. »Ich habe ihn auf dem Badezimmerboden gefunden. Er konnte nicht sprechen, oder zumindest habe ich nicht verstanden, was er gesagt hat. Er klang, als wäre er betrunken, nur schlimmer, und sein Gesicht sah irgendwie komisch aus – als wäre eine Seite gelähmt. Er konnte seinen Arm nicht bewegen, und dann ist mir aufgefallen, dass seine gesamte rechte Körperhälfte nicht mehr funktionierte.«

»O Gott«, murmele ich.

»Ich habe sofort den Krankenwagen gerufen, und sie haben uns ins Krankenhaus nach Adelaide gefahren, weil sie dort eine Spezial-

abteilung für Schlaganfälle haben. Jetzt bekommt er gerade ein CT. Ich wollte dir nur so schnell wie möglich Bescheid geben.«
»O Gott«, wiederhole ich, unfähig, irgendwelche anderen Worte zu finden, die in der Situation angebracht wären. »Ist er –«
»Ich weiß es nicht, Amber«, unterbricht sie mich, wobei sie schon wieder viel mehr wie die Liz klingt, die ich nur zu gut kenne. »Ich weiß doch auch noch nichts«, fügt sie frustriert hinzu. »Sie haben mir nur gesagt, dass er sehr, sehr viel Glück gehabt hat, dass ich ihn so früh gefunden habe. Je schneller er behandelt wird, umso besser stehen seine Chancen, dass die Schädigung sich in Grenzen hält. Nicht auszudenken, was passiert wäre, wenn ich wie geplant mit Gina ins Kino gegangen wäre. Ich hatte etwas Halsweh, deshalb bin ich zu Hause geblieben.«
»Rufst du mich an, wenn –«
»Ich rufe an, wenn ich mehr weiß«, unterbricht sie mich wieder und beendet meinen Satz.
»Sollen wir nach Hause kommen?«, frage ich, während mir vor Angst schon ganz flau im Magen ist.
»Wir sprechen uns später«, entgegnet sie eilig. »Ich muss auflegen! Sein Arzt ist gerade rausgekommen.«
»Ich bin in der Wohnung«, sage ich noch, doch sie hat bereits aufgelegt.
Ich fühle mich so hilflos. Dad und Liz leben in Adelaide, Australien, wo ich aufgewachsen bin, und ich sitze hier in London, am anderen Ende der Welt.
Wie in Trance nehme ich das Festnetztelefon und wähle Neds Nummer.
Er sagt nicht einmal Hallo. »Was machst du denn schon zu Hause?«, fragt er stattdessen, weil er offenbar die Nummer im Display gesehen hat.
»Ich wurde entlassen.«
Er schnappt überrascht nach Luft, doch ich komme ihm zuvor, ehe er etwas erwidern kann.

»Aber ich rufe an, weil mein Dad einen Schlaganfall hatte.«
Am anderen Ende der Leitung herrscht Schweigen, dann höre ich ihn seufzen.
»O Baby«, sagt er leise.
Angesichts seines Mitgefühls breche ich zusammen.
»Ach Mensch, du Arme«, murmelt er. »Willst du, dass ich nach Hause komme?«
»Das musst du nicht«, schluchze ich. Bitte, komm nach Hause.
»Ich bin schon unterwegs«, erwidert er zärtlich. »Ich liebe dich.«
Ich schreibe Liz, dass sie mich auf dem Festnetz anrufen soll, sobald sie die Gelegenheit dazu hat, ehe ich mir mein iPad schnappe und mich damit aufs Bett lege. Ned kommt eine Dreiviertelstunde später nach Hause. Ich höre, wie er seine schwere Winterjacke im Flur aufhängt und sich dann auf die Suche nach mir macht. Im Türrahmen zum Schlafzimmer bleibt er stehen. Er sieht ganz zerknautscht aus, in ungebügeltem grauen Hemd und Jeans.
»Hey«, sagt er leise und lächelt mich mitfühlend an.
Als kleines Friedensangebot strecke ich die Hand nach ihm aus.
Seufzend setzt er sich aufs Bett und nimmt meine Hand. »Was genau hat Liz denn gesagt?«
Ich gebe unsere Unterhaltung wieder.
»Und was ist mit deinem Job?«, fragt er als nächstes, also bringe ich ihn auch, was das angeht, auf den neuen Stand.
»Was für ein Arschloch«, beschwert er sich über meinen Chef, während er kopfschüttelnd meine Hand drückt.
»Mmm.« Meine Miene verfinstert sich, als ich ihn so ansehe. Mein Ex-Boss ist nicht das einzige Arschloch hier.
Endlich hat er den Anstand, sich zu entschuldigen.
»Tut mir leid wegen vorhin.« Er senkt den Blick auf unsere ineinander verschlungenen Finger.
»Ich fasse es immer noch nicht, dass du mich angeschrien hast«, erwidere ich. »Nachdem du aufs Sofa gekotzt hast und –«

»Ich weiß, ich weiß«, unterbricht er mich. Ned hasst es, die eigenen Fehler unter die Nase gerieben zu bekommen.

Dieser Streit könnte tagelang so weitergehen – so war es jedenfalls schon in der Vergangenheit –, doch es gibt jetzt Wichtigeres, also beiße ich mir auf die Zunge.

»Ich habe mal nach Flügen nach Australien geschaut«, erzähle ich und verziehe das Gesicht, als ich nach meinem iPad greife. »Die Preise sind eine Frechheit, aber wenigstens ist die Weihnachtszeit vorbei.« Es ist Mitte Februar, was bedeutet, dass in Australien noch Sommer ist, es jedoch nicht mehr ganz so heiß ist wie im Dezember und Januar.

»Denkst du, du solltest fliegen?«, fragt er.

»Definitiv«, antworte ich. »Ich könnte übermorgen schon einen Flug nehmen.«

»Wirklich? Okay. Ich schätze, irgendwie ist es sogar gutes Timing. *Ungutes* Timing«, korrigiert er sich schnell, als er sieht, wie ich die Augen aufreiße. »Du weißt doch, was ich meine.« Er wippt nervös mit dem Bein. »Wenigstens kannst du so lange dort unten bleiben, wie es nötig ist.«

»Kommst du mit?«, frage ich hoffnungsvoll.

»Amber, ich kann nicht«, entgegnet er kleinlaut. »Ich wünschte, ich könnte, ehrlich, aber auf der Arbeit ist gerade zu viel los.«

Eine dunkle Ahnung beschleicht mich.

»Hey.« Er tätschelt mir die Schulter. »Du weißt doch, dass ich nicht einfach alles stehen- und liegenlassen kann. Übernächste Woche muss ich nach New York –«

»Mit Zara?«, frage ich dazwischen. Das ist seine Chefin.

»Ja.« Er runzelt die Stirn. »Sei nicht so«, mahnt er sanft. »Du weißt doch, dass dieser Job wichtig ist für mich. Für uns.«

»Ich verstehe nicht, warum du nicht einfach zugibst, dass sie auf dich steht«, entgegne ich aufgebracht.

»Tut sie nicht!«, erwidert er. »Sie hat sich erst vor ein paar Monaten von ihrem Mann getrennt.«

»Sie hatte doch gerade erst geheiratet!«, rufe ich, erbost darüber, dass er sie verteidigt.
»Sie steht nicht auf mich«, wiederholt er. »Ich wollte dir eigentlich eine gute Neuigkeit erzählen, aber …« Er bricht ab und starrt aus dem Fenster.
»Was denn?« Ich setze mich auf.
»Max und Zara haben mich heute befördert. Zara hat mir gestern Abend schon angekündigt, dass sie es vorhaben.«
»Zu was denn befördert?« Meine Stimme klingt, als käme sie von woanders her und nicht von mir.
»Zum Creative Director.« Er zuckt mit den Achseln und lächelt auf diese schüchterne, süße Art, die er manchmal an sich hat.
»Du arbeitest doch erst seit zwei Jahren dort, und sie macht dich schon zum Abteilungsleiter?« Von wegen, sie steht nicht auf ihn!
Er wird schlagartig ernst. »Es sind schon fast *zweieinhalb* Jahre, und vielleicht mache ich meinen Job ja besser, als du es mir zutraust.« Damit stürmt er aus dem Zimmer.
»Ned!«, rufe ich bestürzt und laufe ihm hinterher. Er ist schon in der Küche, wo er sich lautstark klappernd einen Kaffee macht. »Tut mir leid«, sage ich. »Ich weiß, du bist genial. Was haben sie denn gesagt?«, fordere ich ihn auf weiterzuerzählen.
Ned arbeitet bei einer rasch expandierenden Werbeagentur in der Londoner Innenstadt. Im vergangenen Jahr wurden sie von einer New Yorker Agentur aufgekauft, und diese Reise in weniger als zwei Wochen wird sein erster Besuch im amerikanischen Büro sein.
Max Whitman ist CEO und einer der drei Gründer der Firma. Zara ist Hauptgeschäftsführerin, ihr unterstehen also alle Angestellten. Sie ist erst dreiunddreißig. Ich kann sie nicht leiden, auch wenn ich sie erst ein paarmal gesehen habe.
Sie ist dünn und sehr groß – viel größer als ich mit meinen einsvierundsechzig – und sie hat seidenglatte, weißblonde Haare, die sie normalerweise streng zurückgekämmt trägt, so dass ihr markantes Gesicht mit den hohen Wangenknochen noch besser zur

Geltung kommt. Sie fällt auf, das muss man ihr lassen, aber vor allem könnte sie sich äußerlich kaum noch mehr von mir unterscheiden, mit meinem zierlichen Körperbau und den langen rotbraunen Locken. Manchmal trägt sie zwar die gleiche Art trendiger Hornbrille, die ich auch mal getragen habe, aber seit meiner Laser-Operation brauche ich keine Brille mehr. Wir können beide roten Lippenstift tragen, aber ich bin mir nicht sicher, ob das schon als Gemeinsamkeit zählt.

Ohne mich anzusehen, geht Ned zum Kühlschrank und holt die Milch heraus. »Tate arbeitet jetzt im New Yorker Büro, weshalb sie hier einen Ersatz für ihn brauchen«, sagt er und schließt die Kühlschranktür schwungvoller, als nötig gewesen wäre. Tate war Neds direkter Vorgesetzter und eines der sogenannten kreativen Genies der Agentur.

»Heißt das, du unterstehst jetzt Max direkt?«, frage ich. Das wäre ein ziemlicher Aufstieg. Max ist der Platzhirsch.

»Ja«, antwortet er. »Und Zara auch noch zu einem gewissen Grad.«

Plötzlich bin ich unglaublich stolz auf ihn, als würde seine gute Neuigkeit jetzt erst richtig zu mir durchdringen. »Das ist wirklich toll«, sage ich und streiche ihm über den Arm.

»Es bedeutet auch viel mehr Geld«, erwidert er grinsend und lehnt sich an den Küchentresen. »Ich werde ein paar Abende länger arbeiten müssen, und wahrscheinlich bräuchte ich ein paar neue Anzüge.« Er schaut an sich runter und zuckt amüsiert mit den Schultern.

»Ach, was, ich liebe deinen Shabby-Look«, sage ich mit schiefem Grinsen, und auch wenn es für einen Außenstehenden so aussehen mag, als würde ich ihn necken, weiß er, dass es stimmt.

Er lacht und zieht mich in seine Arme.

»Gut gemacht«, sage ich und drücke ihn.

»Danke, Baby«, murmelt er in meine Haare. Er ist über eins achtzig groß und überragt mich um eine Kopflänge. »Tut mir leid, dass du heute nur schlechte Nachrichten bekommen hast.«

Mir wird schlagartig flau im Magen, als ich daran erinnert werde, dass Dad einen Schlaganfall hatte und ich entlassen wurde.
»Hey«, sagt Ned leise, als sich meine Augen mit Tränen füllen und ich zu schluchzen beginne.
Wenigstens habe ich genug Geld gespart, um mir den Flug zurück nach Australien leisten zu können, und ich bekomme noch drei Monate Gehalt, von denen ich dort leben kann.
»Ich wünschte, du könntest mitkommen«, schniefe ich.
»Ich auch. Aber vielleicht ist es sogar besser so«, fügt er vorsichtig hinzu. »Dann kannst du dich besser auf deinen Dad konzentrieren.«
»Vielleicht.«
Ich weiß, er freut sich tierisch über seine Beförderung und würde jetzt viel lieber feiern, als mich zu trösten. Aber vielleicht tue ich ihm auch unrecht.
Er schiebt mich auf Armlänge von sich weg, um mir ins Gesicht zu schauen. »Und du kannst dich mal wieder mit Tina und Nell treffen.«
Und mit Ethan, flüstert eine Stimme in meinem Kopf, ehe ich sie unterdrücken kann.
Aber der Gedanke ist nicht leicht zu verdrängen. Plötzlich sehe ich nur noch den gutaussehenden dunkelhaarigen Jungen vor mir, in den ich mich vor vielen, vielen Jahren verliebt habe.
Ethan, Ethan, Ethan …
Meine erste große Liebe. Derjenige, der meine Liebe nie erwidert hat.
Trotz all der Tränen, die ich um ihn vergossen habe, trotz all des Herzschmerzes, den ich ertragen musste, würde ich immer noch alles dafür geben, ihn wiederzusehen.
Und jetzt bekomme ich die Gelegenheit dazu.

Aus dem Englischen von Tanja Hamer
© Paige Toon, 2015
© 2018 S. Fischer Verlag GmbH, Hedderichstr. 114,
D-60596 Frankfurt am Main

Danksagung

Ich möchte mich bei allen Menschen bedanken, die mich auf meinem Weg als Autorin bestärkt und unterstützt haben.

Vielen lieben Dank an meine Sponsoren: meine liebenswerten Großeltern, meinen hilfsbereiten Vater und an die besten Schwiegereltern, die ich mir wünschen kann.

Ein großes Dankeschön an meine Lektorin Carina Haas und an die Autorinnen Hedy Loewe und Stefanie Baier für ihre wertvollen Ratschläge.

Herzlichen Dank an meine Freunde, an meine ganze Familie und vor allem an meinen Ehemann, der mir immer mit Weisheit und Liebe zur Seite steht.

Dank euch allen konnte mein Traum wahr werden!

Die Autorin

Aylin Scherzer wurde 1990 unter ihrem Mädchennamen Lutz in Nürnberg geboren. Bereits mit 10 Jahren las und schrieb sie für ihr Leben gerne. 2013 schloss sie mit dem Bachelor of Arts ihr Studium der Philosophie und Germanistik mit Schwerpunkt Literaturwissenschaft erfolgreich ab. Aylin lebt mit ihrem Mann Florian und ihren zwei Töchtern Lana und Kim in Nürnberg.

Inzwischen hat sie Gedichte, Kurzgeschichten, Artikel und Romane verfasst. Ihr Fantasybuch »Aurora« schrieb sie genauso, wie sie es selbst als Jugendliche liebend gern gelesen hätte.

Als Jugendliche war das Schreiben ihre Flucht vor der Realität und als Erwachsene ist es nun die Erfüllung ihrer Träume!